Tip des Monats

**In derselben Reihe
erschienen außerdem als Heyne-Taschenbücher:**

Victoria Holt · Band 23/6
Victoria Holt · Band 23/18
Gwen Bristow · Band 23/24
Marie Louise Fischer · Band 23/33
Johanna Lindsey · Band 23/34
Robert Ludlum · Band 23/41
Johanna Lindsey · Band 23/43
Marie Louise Fischer · Band 23/45
Jackie Collins · Band 23/49
John Saul · Band 23/50
David Morell · Band 23/52
Philippa Carr · Band 23/53
Eric van Lustbader · Band 23/54
Barbara Cartland · Band 23/55
Mary Westmacott · Band 23/56
Pearl S. Buck · Band 23/58
Alistair MacLean · Band 23/59
Caroline Courtney · Band 23/61
Len Deighton · Band 23/62
Marie Louise Fischer · Band 23/63
Daphne Du Maurier · Band 23/64
Alexandra Cordes · Band 23/65
Evelyn Sanders · Band 23/66
Philippa Carr · Band 23/67

Robert Ludlum · Band 23/68
Barbara Cartland · Band 23/69
Jackie Collins · Band 23/70
Peter Straub · Band 23/71
Marc Olden · Band 23/72
Mary Westmacott · Band 23/73
Alistair MacLean · Band 23/74
Xaviera Hollander · Band 23/75
Dean R. Koontz · Band 23/76
Gwen Bristow · Band 23/77
Johanna Lindsey · Band 23/78
Marion Zimmer-Bradley ·
Band 23/79
Paul-Loup Sulitzer · Band 23/80
James Herbert · Band Band 23/81
Jackie Collins · Band 23/82
Philippa Carr · Band 23/83
Evelyn Sanders · Band 23/84
Dean R. Koontz · Band 23/85
Jacqueline Monsigny · Band 23/86
David Morell · Band 23/87
Marie Louise Fischer · Band 23/88
Eric van Lustbader · Band 23/89
Noel Barber · Band 23/94

Johanna Lindsey

ZWEI LEIDENSCHAFTLICHE LIEBESROMANE

Stürmisches Herz
Wenn die Liebe erwacht

WILHELM HEYNE VERLAG
MÜNCHEN

HEYNE TIP DES MONATS
Nr. 23/91

STÜRMISCHES HERZ/A Heart So Wild
Copyright © 1986 by Johanna Lindsey
Copyright © der deutschen Übersetzung 1989 by
Wilhelm Heyne Verlag GmbH & Co. KG, München
Aus dem Amerikanischen übersetzt von Hilde Linnert
(Der Titel erschien bereits in der Allgemeinen Reihe
mit der Band-Nr. 01/7843

WENN DIE LIEBE ERWACHT/When Love Awaits
Copyright © 1986 by Johanna Lindsey
Copyright © der deutschen Übersetzung 1988 by
Wilhelm Heyne Verlag GmbH & Co. KG, München
Aus dem Amerikanischen übersetzt von Uschi Gnade
(Der Titel erschien bereits in der Allgemeinen Reihe
mit der Band-Nr. 01/7672

Copyright © dieser Ausgabe 1993 by
Wilhelm Heyne Verlag GmbH & Co. KG, München
Printed in Germany 1993
Umschlaggestaltung: Atelier Ingrid Schütz, München
Umschlagillustration: John Ennis/Agentur Schlück, Garbsen
Gesamtherstellung: Elsnerdruck, Berlin

ISBN 3-453-06458-5

INHALT

Stürmisches Herz
7

Wenn die Liebe erwacht
289

STÜRMISCHES HERZ

*Für Dorene und Jerry,
die besten Freundinnen, die besten Cousinen,
die stets für mich da waren*

1. KAPITEL

Kansas, 1868

Elroy Brower knallte verärgert seinen Bierkrug auf den Tisch. Der Krach im Saloon lenkte ihn von der üppigen Blondine ab, die auf seinem Schoß saß, und Elroy bekam nur selten Gelegenheit, sich mit einem so verführerischen Geschöpf wie Big Sal näher zu befassen. Es war verdammt deprimierend, wenn man ständig unterbrochen wurde.

Big Sal rieb ihren mächtigen Hintern an Elroys Leistengegend, beugte sich vor und flüsterte ihm etwas ins Ohr. Ihre absolut eindeutigen Vorschläge führten zu dem erwarteten Ergebnis. Sie fühlte, wie seine Hose anschwoll.

»Warum kommst du nicht mit hinauf, Süßer, wo wir allein sein können?« schnurrte sie.

Elroy grinste, denn die Aussicht auf die vor ihm liegenden Stunden erregte ihn. Er hatte vor, Big Sal die ganze Nacht in Beschlag zu nehmen. Die Hure, die er manchmal in Rockley, der seiner Farm nächstgelegenen Stadt, besuchte, war alt und mager. Big Sal hingegen war ein Wonneproppen. Elroy hatte bereits ein kurzes Dankgebet dafür zum Himmel gesandt, daß er in Wichita auf sie gestoßen war.

Die laute, zornige Stimme des Ranchers erregte erneut Elroys Aufmerksamkeit. Was er vor zwei Tagen erlebt hatte, war Grund genug zuzuhören.

Der Rancher erzählte jedem, der es hören wollte, daß er Bill Chapman hieß. Er war gerade erst in den Saloon gekommen und hatte für alle eine Runde ausgegeben, was nicht so großzügig war, wie es klingt, weil sich insgesamt nur sieben Leute im Raum befanden – darunter die beiden Animierdamen. Chapman besaß etwas weiter nördlich eine Ranch und war auf der Suche nach Männern, die von den Indianern, die das Gebiet terrorisierten, genauso die Nase voll hatten wie er. Elroys Interesse war durch das Wort ›Indianer‹ geweckt worden.

Er selbst hatte keinen Ärger mit den Indianern gehabt, jedenfalls bis jetzt noch nicht. Aber er war erst seit zwei Jahren in Kansas. Er wußte, daß sein kleines Anwesen ungeschützt war – ziemlich ungeschützt sogar. Der nächste Nachbar war eine Meile von ihm entfernt und die Stadt Rockley zwei Meilen. Auf der Farm lebten nur Elroy und der junge Peter, ein Tagelöhner, der ihm bei der Ernte half. Elroys Frau war sechs Monate nach ihrer Ankunft in Kansas gestorben.

Das Gefühl, schutzlos zu sein, paßte Elroy überhaupt nicht. Er war groß, ein Meter neunzig, ein Kerl wie ein Baum, und er war daran gewöhnt, daß er dank seiner Größe ohne Probleme durchs Leben kam, außer er beschwor sie selbst herauf. Niemand hatte Lust, nähere Bekanntschaft mit Elroys Fäusten zu machen. Er war jetzt zweiunddreißig und in ausgezeichneter körperlicher Verfassung.

Jetzt machte sich Elroy allerdings wegen der Wilden Sorgen, die die Prärie unsicher machten und darauf aus waren, die anständigen, gottesfürchtigen Menschen zu vertreiben, die hier siedeln wollten.

Diese Wilden hielten nichts von friedlichem Zusammenleben oder gar Chancengleichheit. Die Geschichten, die Elroy gehört hatte, reichten aus, um sogar ihm einen Schauer über den Rücken zu jagen. Noch dazu hatte man ihn darauf aufmerksam gemacht, daß er sich verflucht nahe bei dem Indianerterritorium niederließ – einem riesigen, unfruchtbaren Gebiet zwischen Kansas und Texas. Von seiner Farm bis zur Grenze von Kansas waren es nur fünfunddreißig Meilen. Die Farm lag genau zwischen den Flüssen Arkansas und Walnut, und der Boden war gut, ohne Frage. Da der Krieg jetzt vorbei war, hatte Elroy angenommen, daß die Armee die Indianer in jenen Gebieten festhalten würde, die ihnen zugewiesen worden waren. Doch das war nicht der Fall. Als der Bürgerkrieg ausgebrochen war, hatten die Indianer beschlossen, das auszunützen und gegen die Siedler Krieg zu führen. Der Bürgerkrieg war vorbei, aber der Krieg gegen die Indianer flammte jetzt erst richtig auf. Sie waren mehr denn je entschlossen, keine Gebiete aufzugeben, die sie als ihr Eigentum betrachteten.

Elroys Angst war schuld daran, daß er an diesem Abend Bill Chapman aufmerksam zuhörte, obwohl er sich lieber mit Big Sal in den ersten Stock zurückgezogen hätte.

Vor zwei Tagen, bevor er mit Peter nach Wichita aufgebrochen war, hatte er eine kleine Gruppe Indianer entdeckt, die die Nordwestecke seiner Farm überquerten. Es war der erste feindselige Trupp, den er erblickte, denn man konnte diese Schar von Kriegern nicht mit den friedlichen Indianern vergleichen, die er auf seinen Reisen nach dem Westen gesehen hatte.

Die erwähnte Gruppe bestand aus acht gut bewaffneten, in Hirschleder gekleideten Männer; sie waren nach Süden geritten. Elroys Bestürzung war so groß, daß er ihnen folgte – natürlich in angemessener Entfernung –, und dadurch entdeckte er ihr Lager am Zusammenfluß des Arkansas mit dem Ninnescah. Am Ostufer des Arkansas standen zehn Indianerzelte, sogenannte Tipis, und mindestens zwölf weitere Wilde, darunter auch Frauen und Kinder, hatten sich dort niedergelassen.

Das Bewußtsein, daß diese Kiowas oder Komantschen durch einen scharfen Ritt seinen Hof innerhalb weniger Stunden erreichen konnten, genügte, um Elroy das Blut in den Adern stocken zu lassen. Er warnte seine Nachbarn vor den so nahe lagernden Indianern und wußte, daß diese Nachricht sie in Panik versetzen würde.

Als Elroy in Wichita eintraf, erzählte er seine Geschichte in der Stadt. Er hatte damit einigen Leuten Angst eingejagt, und jetzt stachelte Bill Chapman die Stammgäste des Saloons auf. Drei Männer erklärten, daß sie mit Chapman und den sechs Cowboys reiten würden, die ihn begleiteten. Einer der Stammgäste erwähnte, daß er in der Stadt zwei Landstreicher kannte, die vielleicht Lust hatten, ein paar Rothäute umzulegen, und begab sich auf die Suche nach ihnen, um sie zu fragen, ob sie mitmachen wollten.

Bill Chapman verfügte jetzt über drei begeisterte Freiwillige und bekam unter Umständen noch zwei dazu. Nun wandte er sich an Elroy, der schweigend zugehört hatte.

»Und wie steht's mit Ihnen, Kumpel?« fragte der große, hagere Rancher. »Sind Sie dabei?«

Elroy schubste Big Sal von seinem Schoß, hielt sie aber am Arm fest, als er zu Chapman trat. »Sollte man die Jagd auf die Indianer nicht der Armee überlassen?« fragte er vorsichtig.

Der Rancher lachte verächtlich. »Damit ihnen die Armee auf die Finger klopft und sie in das Indianerreservat zurückgeleitet? Das entspricht nicht meiner Vorstellung von Gerechtigkeit. Wenn man sicher sein will, daß ein diebischer Indianer einen nicht zum zweiten Mal bestiehlt, muß man ihn umbringen, denn erst dann kann er es nicht mehr tun. Dieser Haufen Kiowas hat vergangene Woche über fünfzehn Stück Vieh aus meiner Herde geschlachtet und sich mit einem Dutzend erstklassiger Pferde aus dem Staub gemacht. Sie haben sich in den letzten Jahren zu oft aus meiner Tasche bedient. Mit diesen Überfällen muß Schluß sein.« Er sah Elroy scharf an. »Machen Sie mit?«

Elroy lief es kalt über den Rücken. Fünfzehn Stück Vieh geschlachtet! Er war mit seinem einzigen Paar Ochsen in die Stadt gekommen, aber das gesamte übrige Vieh auf der Farm konnte in dem einen Tag, den er nun fort war, gestohlen oder geschlachtet worden sein. Ohne Vieh war er am Ende. Wenn die Kiowas ihm einen Besuch abstatteten, war er erledigt.

Elroy sah Bill Chapman unverwandt an. »Ich habe vor zwei Tagen acht Krieger gesehen und bin ihnen gefolgt. Sie haben ihr Lager bei einer Gabelung des Arkansas aufgeschlagen, etwa dreizehn Meilen von meiner Farm entfernt. Wenn sie dem Fluß folgen, sind es von hier ungefähr siebenundzwanzig Meilen.«

»Verdammt noch mal, warum sagen Sie das erst jetzt?« Chapman überlegte. »Das könnten diejenigen sein, hinter denen wir her sind. Ja, sie hätten es in dieser Zeit bis dorthin schaffen können. Diese Schweine kommen rascher voran als jede andere Menschenseele. Waren es Kiowas?«

Elroy zuckte die Schultern. »Für mich sehen alle gleich aus. Aber diese Krieger hatten keine Pferde bei sich. Allerdings befand sich im Lager eine Pferdeherde. Etwa vierzig Tiere.«

»Zeigen Sie mir und meinen Cowboys, wo das Lager ist?« fragte Chapman.

Elroy runzelte die Stirn. »Ich habe kein Pferd dabei. Nur ein Ochsengespann, um einen Pflug auf die Farm zu befördern. Ich würde Sie nur aufhalten.«

»Ich leihe Ihnen ein Pferd.«

»Aber mein Pflug –«

»Ich bezahle die Lagergebühr für die Zeit, die wir fort sind. Sie können ja danach zurückkommen und ihn holen.«

»Wann brechen wir auf?«

»Im Morgengrauen. Wenn wir wie die Teufel reiten und die Kiowas sich nicht vom Fleck rühren, können wir ihr Lager im Lauf des Nachmittags erreichen.«

Elroy sah Big Sal an und grinste breit. Wenn Chapman nicht sofort reiten wollte, hatte er nicht vor, auf seine Nacht mit Big Sal zu verzichten. Ganz bestimmt nicht. Aber morgen ...

»Sie können mit mir rechnen. Und auch mit meinem Tagelöhner.«

2. KAPITEL

Am nächsten Morgen verließen vierzehn zu allem entschlossene Männer Wichita. Der neunzehnjährige Peter war schrecklich aufgeregt, denn er hatte so etwas noch nie mitgemacht. Er war von dieser Gelegenheit begeistert, genau wie einige andere. Manchen Männern machte es einfach Spaß zu töten, und hier bot sich ihnen ein ausgezeichneter Vorwand.

Elroy hatte für keinen der Männer viel übrig. Mit solchen Menschen verband ihn nichts, obwohl alle etwas gemeinsam hatten: jeder hatte einen anderen Grund, die Indianer zu hassen.

Chapmans drei ständige Cowboys nannten nur ihre Vornamen – Tad, Carl und Cincinnati. Die drei Revolvermänner, die Chapman angeheuert hatte, hießen Leroy Curly, Dare Trask und Wade Smith. Einer der Männer aus Wichita war ein herumziehender Zahnarzt, der ausgerechnet Mr. Smiley hieß. Ein anderer war ein arbeitsloser Hilfssheriff, der vor sechs Monaten nach Wichita gekommen und immer noch arbeitslos war. Elroy hätte gern gewußt, wovon der Mann lebte, aber er hütete sich wohlweislich zu fragen. Der dritte Mann aus Wichita besaß genau wie Elroy ein Anwesen und hatte sich am vergangenen Abend zufällig im Saloon befunden. Die beiden Landstreicher waren Brüder, hießen Little Joe und Big Joe Cottle und waren nach Texas unterwegs.

Chapman schlug ein scharfes Tempo an, weil er hoffte, noch ein paar Männer aufzutreiben, und sie ritten mittags in Rockley ein. Aber der Umweg brachte ihnen nur einen weiteren Mann, nämlich Lars Handleys Sohn John. Es stellte sich jedoch heraus, daß sie sich Zeit lassen konnten, denn Big Joe Cottle war auf einem Ersatzpferd vorausgeritten, stieß in Rockley wieder zu ihnen und berichtete, daß die Kiowas immer noch am Fluß lagerten.

Sie erreichten das Lager der Indianer am Nachmittag.

Elroy war noch nie in seinem Leben so scharf geritten. Sein Hintern schmerzte mörderisch. Auch die Pferde waren erledigt. Er hätte ein Pferd, das ihm gehörte, nie so erbarmungslos angetrieben.

Die Bäume und die dichte Vegetation am Fluß lieferten Elroy und seinen Gefährten reichlich Deckung. Sie konnten sich nahe an das Lager heranschleichen, um es zu beobachten, denn das Rauschen des Flusses übertönte die leisen Geräusche, die sie verursachten.

Ihnen bot sich ein friedliches Bild. Unter den riesigen Bäumen standen ansehnliche Tipis. Die Kinder versorgten die Pferde, und die Frauen standen in einer Gruppe beisammen und unterhielten sich. Ein einsamer alter Mann spielte mit einem Säugling.

Man kann sich nur schwer vorstellen, daß diese Menschen blutdürstige Wilde sind, dachte Elroy, und daß die Kinder töten und stehlen werden, sobald sie erwachsen sind. Die Frauen waren sogar ärger als die Männer, wenn es darum ging, die Gefangenen zu foltern; das hatte er jedenfalls gehört. Ein einziger Krieger war sichtbar, aber das hatte nichts zu bedeuten. Little Joe meinte, daß die übrigen Krieger vielleicht Siesta hielten, so wie es die Mexikaner tun.

»Wir sollten bis heute abend warten, wenn sie alle ahnungslos schlafen«, schlug Tad vor. »Indianer kämpfen nicht gern bei Nacht. Es hat wohl etwas damit zu tun, daß ihr Geist nicht die ewigen Jagdgründe finden kann, wenn sie im Dunkeln sterben. Eine kleine Überraschung kann niemals schaden.«

»Ich finde, daß wir die Überraschung jetzt auf unserer Seite haben«, meinte Mr. Smiley. »Wenn die Krieger ohnehin alle schlafen –.«

»Vielleicht sind sie gar nicht da.«

»Wer sagt das? Vielleicht fertigen sie in den Tipis Waffen an oder bocken auf ihren Frauen«, grinste Leroy Curly.

»Da müßten sie eine Menge Frauen haben. Es sind insgesamt nur zehn Tipis, Curly.«

»Erkennen Sie eines ihrer Pferde, Mr. Chapman?« fragte Elroy.

»Das kann ich nicht sagen, sie stehen zu dicht beisammen, als daß ich sie genau mustern könnte.«

»Ich erkenne jedenfalls Kiowas, wenn ich sie sehe.«

»Das glaube ich nicht, Tad«, widersprach Cincinnati. »Ich glaube, daß es Komantschen sind.«

»Woher willst du das wissen?«

»Genau wie du glaubst, daß du Kiowas erkennst«, antwortete Cincinnati, »erkenne ich Komantschen, wenn ich sie sehe.«

Carl kümmerte sich nicht um die beiden, denn Tad und Cincinnati waren nie der gleichen Meinung. »Was spielt das schon für eine Rolle? Ein Indianer ist ein Indianer. Und hier ist kein Reservat, also sind sie ganz bestimmt nicht friedlich.«

»Ich bin hinter denen her, die mein Vieh —« begann Bill Chapman.

»Klar sind sie das, Boß, aber wollen Sie tatsächlich diese Bande fröhlich weitermachen lassen, auch wenn sie nicht die Viehdiebe sind?«

»Sie könnten es nächstes Jahr sein«, bemerkte Cincinnati der sein Gewehr überprüfte.

»Was zum Teufel soll das Ganze?« fragte Little Joe. »Soll das heißen, daß wir uns Blasen geritten haben und jetzt kehrtmachen, ohne sie umzubringen? Blödsinn!«

»Beruhige dich, kleiner Bruder. Ich glaube nicht, daß Mr. Chapman an so etwas denkt. Stimmt's, Mr. Chapman?«

»Und ob«, antwortete der Rancher verärgert. »Carl hat recht. Es ist ganz gleich, welche Bande von Viehdieben wir vor uns haben. Wir erledigen diese hier, und die anderen werden es sich zweimal überlegen, bevor sie in der Gegend Überfälle veranstalten.«

»Worauf warten wir dann noch?« Peter sah sich unternehmungslustig um.

»Sorgt nur dafür, daß ihr die Frauen bis zum Schluß aufhebt.« Wade Smith sagte zum ersten Mal etwas. »Ich möchte einige von denen haben. Für meine Mühe, klar?«

»Das ist mir aus dem Herzen gesprochen.« Dare Trask kicherte. »Und ich habe schon geglaubt, daß es wieder ein Routinejob wird.«

Als die Männer zu ihren Pferden zurückschlichen, war ein neues Element zu ihrer Erregung hinzugekommen. Frauen! Daran hatten sie nicht gedacht. Zehn Minuten später zerrissen Gewehrschüsse die Stille. Als der letzte Schuß verhallte, waren vier Indianerinnen übrig, drei Frauen und ein junges Mädchen, das Wade Smith so gut gefallen hatte, daß er nicht auf sie verzichten wollte. Alle vier wurden mehrfach vergewaltigt und dann getötet.

Bei Sonnenuntergang ritten vierzehn Männer zurück. Der ehemalige Hilfssheriff war ihr einziger Toter. Als sie seinen Leichnam fortschafften, fanden sie, daß der Preis nicht hoch gewesen war.

Nachdem sie aufgebrochen waren, trat im Lager Stille ein; der Wind hatte die Schreie davongetragen. Nur das Rauschen des Flusses war zu hören. Niemand trauerte um die toten Komantschen; sie hatten nichts mit der Bande Kiowas zu tun, die Bill Chapmans Ranch überfallen hatte. Niemand trauerte um das junge Mädchen, dessen dunkle Haut und blaue Augen Wade Smith aufgefallen waren; die Augen waren ein Hinweis darauf, daß in ihren Adern ein Tropfen weißes Blut floß. Keiner ihrer Leute hörte, wie sie vor ihrem Tod litt, denn ihre Mutter war gestorben, während das Mädchen noch vergewaltigt wurde.

Sie war in diesem Frühjahr zehn Jahre alt geworden.

3. KAPITEL

»Du läßt schon wieder die Schultern hängen, Courtney. Damen halten sich gerade. Haben sie euch in diesem teuren Mädcheninternat denn überhaupt nichts beigebracht?«

Der getadelte Teenager warf seiner neuen Stiefmutter einen raschen Blick zu und wollte etwas erwidern, überlegte es sich aber anders. Es hatte ja doch keinen Sinn. Sarah Whitcomb, jetzt Sarah Harte, hörte nur, was sie hören wollte. Außerdem befaßte sich Sarah schon nicht mehr mit Courtney, denn die in der Ferne auftauchende Farm nahm ihre gesamte Aufmerksamkeit in Anspruch.

Courtney richtete sich trotzdem auf, obwohl ihre Schultermuskeln empört protestierten, und biß die Zähne zusammen. Warum war sie die einzige, die unter Sarahs scharfer Zunge zu leiden hatte? Manchmal wunderte sich Courtney über die neue Persönlichkeit dieser Frau. Sie schwieg jedoch meist und zog sich in sich zurück, so wie sie gelernt hatte, den Schmerz zu unterdrücken. Es kam jetzt sehr selten vor, daß Courtney ihren früheren Mut bewies. Das war meist dann der Fall, wenn sie übermüdet war und ihr die Folgen gleichgültig waren.

Sie war nicht immer so verunsichert, sondern ein frühreifes, mitteilsames Kind gewesen – freundlich und mutwillig. Ihre Mutter hatte sie immer damit geneckt, daß sie ein kleines Teufelchen war. Aber ihre Mutter starb, als Courtney erst sechs Jahre alt war.

In den neun Jahren seither war Courtney von einer Schule auf die nächste geschickt worden, weil ihr Vater infolge seiner tiefen Trauer nicht fähig war, auf die Bedürfnisse des Kindes einzugehen. Doch dieses Arrangement hatte Edward Harte offenbar zugesagt, denn Courtney durfte im Sommer nur für wenige Wochen nach Hause kommen. Und auch dann fand Edward nie Zeit für sein einziges Kind. Während der Kriegsjahre war er beinahe überhaupt nicht zu Hause gewesen.

Mit fünfzehn hatte Courtney bereits zu lange darunter gelitten, daß sie unerwünscht und ungeliebt war. Sie war nicht mehr offen und freundlich, sondern ein sehr zurückhaltendes, vorsichtiges Mädchen, das sehr empfindlich darauf reagierte, wie man es behandelte, und sich bei der leisesten Andeutung von Mißbilligung zurückzog. Ihre vielen strengen Lehrerinnen hatten ihren Teil dazu beigetragen, der Hauptgrund für die übertriebene Schüchternheit des Mädchens aber war vor allem, daß sie ständig versuchte, die Liebe ihres Vaters wiederzugewinnen.

Edward Harte war ein Arzt, dessen blühende Praxis in Chicago ihn so sehr in Anspruch nahm, daß er außer für seine Patienten kaum für etwas anderes Zeit fand. Er war ein hochgewachsener, eleganter Südstaatler, der sich nach seiner Heirat in Chicago niedergelassen hatte. Courtney war der Ansicht, daß kein anderer Mann so gut aussah und so sehr in seiner Arbeit aufging wie ihr Vater. Sie betete ihn an und starb jedesmal ein bißchen, wenn seine hellbraunen Augen, die sie von ihm geerbt hatte, geistesabwesend auf sie gerichtet waren.

Er hatte vor dem Bürgerkrieg nie Zeit für Courtney gehabt, und nachher war es noch schlimmer geworden. Der Krieg hatte diesem Mann etwas Schreckliches angetan, denn er hatte schließlich aufgrund seiner humanitären Überzeugung gegen seine Heimat kämpfen müssen. Als er 1865 aus dem Krieg zurückkam, nahm er seine Praxis nicht wieder auf. Er lebte zurückgezogen, schloß sich in seinem Arbeitszimmer ein und trank, um die Toten zu vergessen, die er nicht hatte verhindern können. Das Vermögen der Hartes hatte darunter gelitten.

Wenn Edwards ehemaliger Mentor Dr. Amos ihm nicht geschrieben und ihn aufgefordert hätte, seine Praxis in Waco, Texas, zu übernehmen, hätte sich Courtneys Vater wahrscheinlich zu Tode getrunken. Dr. Amos schrieb, daß enttäuschte Südstaatler auf der Suche nach einem neuen Leben in den Westen strömten, und Edward beschloß, es ihnen nachzumachen.

Auch für Courtney sollte es ein neues Leben werden. Sie würde nicht mehr auf Schulen geschickt werden und fern von ihrem Vater leben. Sie würde die Möglichkeit bekommen, ihm zu zeigen, daß sie keine Last für ihn bedeutete und daß sie ihn liebte.

Doch als ihr Zug in Missouri länger aufgehalten wurde als vorgesehen, hatte ihr Vater das Unfaßbare getan und Sarah Whitcomb, die in den letzten fünf Jahren seine Haushälterin gewesen war, geheiratet. Offenbar hatte jemand darauf hingewiesen, daß es ungehörig war, wenn eine dreißigjährige Frau zusammen mit Dr. Harte reiste.

Edward liebte Sarah nicht, und Sarah hatte ein Auge auf Hayden Sorrel geworfen, einen der beiden Männer, die Edward als Begleiter für die gefährliche Reise nach Texas angestellt hatte. Noch am Tag der Hochzeit verwandelte sich Sarah in einen anderen Menschen. Während sie vorher überaus freundlich zu Courtney gewesen war, benahm sie sich jetzt wie eine Xanthippe – herrschsüchtig, nörglerisch, ohne Rücksicht auf die Gefühle anderer. Irgendwann hatte sich Courtney mit dieser Veränderung abgefunden und versuchte nur noch, Sarah aus dem Weg zu gehen. Das war aber nicht so einfach, wenn fünf Personen in einem einzigen Wagen durch die Prärie von Kansas reisten.

Sie waren an diesem Morgen in Wichita aufgebrochen und zunächst dem Arkansas gefolgt, hatten aber jetzt den Fluß verlassen, um ein Anwesen oder eine Stadt zu finden, in der sie die Nacht verbringen konnten. Sobald die zweihundert Meilen lange Strecke durch das Indianerterritorium begann, mußten sie ohnehin unter freiem Himmel übernachten.

Indianerterritorium. Schon das Wort jagte Courtney Angst ein. Aber Hayden Sorrel und der zweite Begleiter, der sich einfach Dallas nannte, behaupteten, daß kein

Grund zur Besorgnis bestehe, solange sie Vieh mit sich führten, mit dem sie die Indianer bestechen konnten. Zudem hatte Jesse Chisholm, ein Halbblut-Irokese, eine relativ flache Route zwischen San Antonio in Texas und Wichita entdeckt, über die er bereits 1866 Waren transportiert hatte. Seither verwendeten auch die Siedler diesen Weg und nannten ihn allgemein den Chisholm-Trail.

Joseph McCoy, ein Viehhändler aus Illinois, war in diesem Jahr für die Herden verantwortlich, die durch Kansas kamen – McCoy und die Kansas-Pacific-Railroad, die endlich auf ihrem langsamen Treck nach Westen Abilene erreicht hatten. Da der Smoky Hill River genügend Wasser für Abilene lieferte, es in der Nähe gute Weideflächen gab, und das nahe Fort Riley für Schutz sorgte, war der Chisholm Trail jetzt die ideale Route für die Herden, die in den Osten geliefert wurden.

Die Eisenbahn hatte phänomenale Auswirkungen auf Abilene gehabt. Noch vor einem Jahr hatte die Stadt aus einem Dutzend Blockhütten bestanden. Jetzt gab es allein ein Dutzend Saloons und andere Lasterhöhlen, in denen die Cowboys landeten, die die Herden hierhergetrieben hatten.

Es wäre schön gewesen, wenn die Eisenbahn schon weiter vorgedrungen wäre, doch das war nicht der Fall. Deshalb hatten die Hartes nur bis Abilene relativ bequem reisen können. Dort kauften sie einen Wagen, auf den sie ihre Habseligkeiten verluden; es war ein alter Kasten, der bereits den Trail befahren hatte. Irgendwie wirkte es beruhigend, daß ihr Transportmittel schon einmal heil durchgekommen war.

Courtney wäre viel lieber in den Osten zurückgekehrt und auf Umwegen nach Texas gelangt. Sie hatten auch ursprünglich vorgehabt, nach Süden zu reisen und die texanische Grenze im Osten zu überschreiten. Aber Sarah wollte ihre Verwandten in Kansas City besuchen, bevor sie sich im fernen Texas niederließ. Und als Edward dann von diesem Viehtrail erfuhr, der gefahrlos war und noch dazu an ihrem Ziel – Waco – vorbeiführte, bestand er darauf, daß sie diese Route einschlugen. Schließlich befanden sie sich bereits in Kansas, und wenn sie direkt nach Süden reisten, ersparten sie sich sehr viel Zeit. In Wirklichkeit wollte er es vermeiden, die Südstaaten zu durchqueren und die Zerstörung wiederzusehen, die der Krieg verursacht hatte.

Dallas ritt zu der Farm voraus, die sie entdeckt hatten, und teilte ihnen bei seiner Rückkehr mit, daß sie die Nacht in der Scheune verbringen durften. »Es genügt für eine Nacht, Dr. Harte«, berichtete er Edward. »Es hat keinen Sinn, den Umweg von einer Meile nach Rockley in Kauf zu nehmen. Es ist ohnehin nur eine winzige Stadt. Morgen früh können wir dann direkt zum Fluß zurückfahren.«

Edward nickte, und Dallas blieb jetzt neben dem Wagen. Courtney mochte ihn nicht besonders, genausowenig wie seinen Freund Hayden, der Sarah nicht aus den Augen ließ. Dallas war viel jünger als Hayden, etwa dreiundzwanzig, und interessierte sich für Courtney.

Dallas sah auf seine Art gut aus, und Courtney hätte sich durch sein Interesse geschmeichelt gefühlt, wenn ihr nicht aufgefallen wäre, daß er jede Frau, die ihnen über den Weg lief, mit den Blicken verschlang. Ihr war klar, daß er sich nur deshalb für sie interessierte, weil sie das einzige weibliche Wesen weit und breit war, das für seinen Geschmack jung genug war.

Courtney wußte, daß sie nicht attraktiv war, oder jedenfalls nicht genügend attraktiv, um von einem Mann beachtet zu werden. Sie hatte zwar schöne Haare und Augen, und ihr Gesicht war sogar hübsch, wenn man ihre füllige Gestalt übersah. Aber das bemerkten die Männer meistens nicht. Sie warfen einen Blick auf ihren rundlichen Körper und beachteten sie dann nicht mehr.

Courtney haßte ihre äußere Erscheinung, aber Essen war oft das einzige, was sie tröstete, wenn sie sich unglücklich fühlte. Noch vor ein paar Jahren war es ihr gleichgültig gewesen, wie sie aussah. Wenn andere Kinder sie damit neckten, daß sie dick war, aß sie einfach noch mehr. Als sie sich schließlich mit ihrer Erscheinung befaßte, bemühte sie sich abzunehmen und schaffte es auch. Jetzt bezeichnete man sie nicht mehr als dick, sondern als rundlich.

Etwas hatte sich allerdings nach der Heirat ihres Vaters zum Besseren gewandelt. Er begann, sich um Courtney zu kümmern. Während der langen Fahrt im Wagen unterhielt er sich sogar mit ihr. Sie führte das aber nicht auf die Heirat zurück, sondern auf das erzwungene Zusammensein. Nun, vielleicht war es doch nicht hoffnungslos, vielleicht würde er sie wieder so lieb haben wie vor dem Tod ihrer Mutter.

Edward hielt vor einer großen Scheune an. Courtney, die ihr ganzes bisheriges Leben in Chicago verbracht hatte, konnte noch immer nicht verstehen, daß Menschen wie dieser Farmer, der herauskam, um sie zu begrüßen, bereit waren, fern von anderen Menschen zu leben. Courtney war gern allein, aber in einem Haus, das von anderen Häusern umgeben war, in denen andere Menschen wohnten. In der Abgeschiedenheit dieser Wildnis, in der die Indianer immer noch herumstreiften, hätte sie sich nie sicher gefühlt.

Der Farmer war ein riesiger Mann, wog mindestens zweihundertfünfzig Pfund, und die haselnußbraunen Augen in dem rötlichen Gesicht strahlten sie freundlich an. Er sagte Edward, daß er in die Scheune fahren könne. Sobald das geschehen war, half er Courtney vom Wagen herunter.

»Sie sind aber ein hübsches Mädchen«, stellte er fest, bevor er Sarah die Hand reichte. »Aber Sie sollten etwas Fett ansetzen, Süße. Sie sind mager wie eine Bohnenstange.«

Courtney wurde krebsrot und hoffte inständig, daß Sarah ihn nicht gehört hatte. War der Mann verrückt? Sie hatte sich zwei Jahre lang bemüht abzunehmen, und jetzt behauptete er, sie wäre mager.

Während sie noch versuchte, ihre Verwirrung zu verbergen, trat Dallas hinter sie und flüsterte ihr ins Ohr: »Er ist groß und kräftig, deshalb mag er Frauen, die genauso sind wie er. Am besten, du kümmerst dich nicht um ihn, Kleine. In ein bis zwei Jahren bist du den Babyspeck los, und dann bist du bestimmt das hübscheste Mädchen von Texas.«

Wenn Dallas ihren Gesichtsausdruck gesehen hätte, wäre ihm klar geworden, daß er das Falsche gesagt hatte. Courtney war zutiefst gekränkt. Diese persönliche Kritik von einem Mann war mehr, als sie ertragen konnte. Sie rannte hinaus zur Rückseite der Scheune. In ihren goldbraunen Augen glänzten Tränen.

Zu dick, zu mager – wie konnten die Menschen so grausam sein? Welche der beiden entgegengesetzten Meinungen war ehrlich gemeint? Oder bedeutete es, daß Männer nie die Wahrheit sagten? Courtney wußte nicht mehr, was sie denken sollte.

4. KAPITEL

Elroy Brower war in Hochform. Seit sein Haus stand, hatte er noch nie so viele Besucher gehabt. Er hatte gestern keinen einzigen Handgriff getan, aber das störte ihn nicht. Er hatte keine Lust gehabt, seinen Pflug aus Wichita zu holen, denn er war mit einem entsetzlichen Katzenjammer aufgewacht. Auch das störte ihn nicht. Es tat einem Mann gut, wenn er gelegentlich einen Rausch hatte. Er hatte auch eine Menge Gesellschaft gehabt, denn in der Nacht davor hatten Bill Chapman und die anderen in seiner Scheune übernachtet und ihren Sieg mit Whisky gefeiert. Nur die beiden Joes waren nach dem Massaker sofort nach Süden geritten.

Und dann waren gestern der Doktor, seine Damen und die Cowboys des Doktors hereingeschneit. Das mußte man sich einmal vorstellen: Damen nahmen zum Abendessen an seinem Tisch Platz. Sie waren ganz bestimmt richtige Damen, das merkte man schon an ihrer eleganten Reisekleidung und an ihrem Benehmen. Und natürlich an ihrer zarten, weißen Haut. Er hatte die junge sogar dazu gebracht, rot zu werden.

Elroy hätte nichts dagegen gehabt, wenn sie noch ein paar Tage geblieben wären. Sein Pflug konnte warten. Chapman hatte die Lagergebühr und das Futter für die Ochsen bezahlt, und Elroy konnte sie holen, sobald er Lust dazu hatte. Der Doktor hatte gesagt, daß sie am Vormittag aufbrechen würden; er bestand darauf, bei Tagesanbruch auf die Jagd zu gehen, um Elroys Vorräte aufzufüllen. Dagegen war nichts einzuwenden. Der Doktor war ein netter Mensch, ein richtiger Gentleman. Er hatte die drei Kratzer auf Elroys Hals bemerkt und ihm eine Salbe dafür angeboten.

Elroy war bei der Erwähnung der Kratzer verlegen geworden. Er schämte sich zwar nicht, aber vor Damen sprach man nicht über Dinge, wie sie im Lager geschehen waren. Zum Glück interessierte es den Arzt nicht, woher die Kratzer stammten.

Die Rache war eine erregende Erfahrung gewesen. Elroy hatte nach dem Überfall aufgehört, sich Sorgen darüber zu machen, daß sich die Indianer in der Nähe seines Hauses herumtrieben. Es war verdammt leicht, sie zu töten – und zu vergewaltigen. Er verstand nicht mehr, warum er sich überhaupt den Kopf darüber zerbrochen hatte. Er hatte nur kurz gezögert, als er bemerkte, daß die kleine Wilde, die ihn kratzte, keine reine Indianerin war. Ihre blauen Augen hatten ihn haßerfüllt angeblickt. Aber er vergewaltigte sie trotzdem – all das Töten hatte ihn zu sehr erregt. Er hatte keineswegs ein schlechtes Gewissen, sondern ärgerte sich nur darüber, daß er nicht aufhören konnte, an diese Augen zu denken.

Vermutlich waren die Damen bereits aufgewacht und angekleidet, also konnte er zur Scheune hinübergehen und sie zum Frühstück einladen. Der Arzt und Dallas würden auch bald wieder da sein. Der zweite Cowboy, Sorrel, rasierte sich hinten am Brunnen und erfand dabei bestimmt neue Lügengeschichten für Peter. Elroy befürchtete, daß der Junge nicht mehr lange bei ihm bleiben würde. Er sprach schon davon, in das 7. Kavallerieregiment einzutreten und gegen die Indianer zu kämpfen. Elroy hoffte, daß er damit wenigstens bis nach der Ernte warten würde.

Zwanzig Meter von Elroys Blockhaus entfernt begann sein Kornfeld. Die hohen Halme schwankten sanft. Falls Elroy dies aufgefallen wäre, als er zur Scheune ging, hätte er angenommen, daß ein Tier durch das Feld schlich, denn es war vollkommen windstill. Aber er bemerkte es nicht, denn er überlegte gerade, daß er seinen Pflug holen wollte, sobald die Hartes fort waren.

Courtney war seit einer halben Stunde wach und wartete darauf, daß Sarah mit ihrer Morgentoilette fertig wurde. Sarah war hübsch und brauchte jeden Morgen sehr lange dazu, um ihre Schönheit zur Geltung zu bringen. Sie hatte sogar eine Lotion mitgenommen, die Sonnenbrand verhindern sollte. Sarahs Eitelkeit war schuld daran, daß sie die Reise so spät angetreten hatten und froh sein mußten, wenn sie Waco noch vor Einbruch des Winters erreichten. Sarah hatte Edward den Besuch bei ihren Verwandten abgebettelt, denn sie wollte mit ihrem Mann, einem bedeutenden Arzt, angeben und allen Leuten in Kansas City zeigen, wie weit sie es gebracht hatte.

Der Farmer machte vor der Tür genügend unnötigen Lärm, bevor er den Kopf hineinsteckte. »Der Speck ist gebraten, meine Damen, und die Eier müssen nur noch in die Pfanne geschlagen werden, wenn Sie zum Frühstück ins Haus kommen möchten?«

»Wie reizend von Ihnen, Mr. Brower«, lächelte Sarah. »Ist mein Mann schon zurückgekommen?«

»Nein, Madam, aber er muß jeden Augenblick da sein. Um diese Jahreszeit gibt es hier sehr viel Wild.«

Elroy schloß die Tür wieder, um ins Haus zurückzukehren. Als er neuerlich klopfte, schüttelte Courtney erstaunt den Kopf. Was wollte er jetzt? Dann wurde die Tür aufgerissen, und Elroy, der seinen Schenkel umklammerte, fiel herein. Ein langer, dünner Stab steckte in seinem Bein.

»Mein Gott, es waren mehrere«, stöhnte er, während er aufstand und dabei den Pfeilschaft abbrach.

»Was ist denn geschehen, Mr. Brower?« fragte Sarah.

Elroy stöhnte wieder. »Indianer. Sie greifen uns an.« Sarah und Courtney starrten ihn mit offenem Mund an, und Elroy befahl heiser: »Dorthin!« Er zeigte auf einen Gegenstand, der wie eine große Futterkiste mit einem Deckel aussah, und erklärte immer aufgeregter: »Ich habe genau aus diesem Grund ein Loch für meine Frau gegraben. Sie war eine große Frau, also sollte es für Sie beide reichen. Kriechen Sie hinein *und kommen Sie nicht heraus*, auch wenn es draußen still wird. Ich muß ins Haus zurück, um mein Gewehr zu holen.«

Dann war er fort. Weder Sarah noch Courtney waren bereit, ihm zu glauben. Es war doch nicht möglich, daß so etwas geschah.

Als ein Schuß fiel, dem sofort ein zweiter folgte, wurde Sarah übel. »Kriech in die Kiste, Courtney«, rief sie, während sie schon vorauslief. »O mein Gott, das kann doch nicht wahr sein, nachdem alles so glatt gegangen ist.«

Courtney gehorchte automatisch und kroch hinter Sarah in die Kiste, die keinen Boden hatte. Das Loch war nicht ganz einen Meter tief, so daß beide darin kauern konnten, ohne daß ihre Köpfe den Rand der Kiste erreichten.

»Mach den Deckel zu!« fuhr Sarah Courtney an. »Wir haben nichts zu befürchten. Sie werden uns nicht finden. Sie werden nicht einmal hier hereinschauen. Sie —«

Sarah verstummte, als hinter der Scheune ein Schrei ertönte, ein entsetzlicher, qualvoller Schrei. Was darauf folgte, war noch schlimmer: Viele Geräusche, tierische Geräusche, die immer lauter wurden. Dann heulte jemand vor der Scheunentür schrill auf. Courtney erwachte aus ihrer Erstarrung, zog den Deckel zu und tauchte sie beide damit in eine Dunkelheit, die an sich schon schrecklich war.

»Sarah! Sarah!«

Courtney begann zu weinen, als sie begriff, daß Sarah in Ohnmacht gefallen war. Obwohl der warme Körper der Frau neben ihr lag, fühlte sie sich einsam. Sie würde sterben, und sie wollte nicht sterben. Sie wußte, daß sie schändlich sterben würde, daß sie schreien und bitten und dann trotzdem sterben würde.

O Gott, wenn ich sterben muß, dann laß mich nicht betteln. Gib mir den Mut, nicht zu betteln.

Edward Harte hatte den ersten Schuß gehört und galoppierte zur Farm zurück. Dallas folgte dicht hinter ihm. Doch als sie näherkamen und sahen, was vor sich ging, machte der Cowboy kehrt und ritt davon. Dallas war kein Held.

Edward wußte nicht, daß er auf dem letzten Stück des Weges allein war, denn er dachte nur daran, daß er seine Tochter retten mußte. Er näherte sich der Farm von der Seite her und erblickte vier Indianer, die um die Leichen von Peter, dem jungen Landarbeiter, und Hayden Sorrel herumstanden. Edwards erster Schuß traf, aber im nächsten Augenblick bohrte sich ihm ein Pfeil in die Schulter. Er war von der Vorderseite der Scheune aus abgeschossen worden, und Edward feuerte in diese Richtung.

Es war sein letzter Schuß. Zwei weitere Pfeile trafen ihn, er fiel vom Pferd und blieb regungslos liegen.

Die acht Komantschenkrieger hatten erreicht, was sie sich vorgenommen hatten. Sie waren der Spur von dreizehn Pferden bis zu der Farm gefolgt. Sie hatten gesehen, daß elf Pferde die Farm verlassen hatten. Damit befanden sich nur zwei der dreizehn Männer auf der Farm, die die Krieger suchten. Einer der beiden war bereits tot. Der Farmer lebte also noch.

Der Farmer hatte nur eine Wunde abbekommen, war aber von seinem Haus und der Scheune abgeschnitten. Vier Krieger spielten jetzt mit ihm und reizten ihn mit ihren Messern, während die anderen Komantschen Haus und Scheune durchsuchten.

Zwei von ihnen betraten die Scheune. Einer kletterte in den Wagen, durchwühlte ihn und warf dabei den Inhalt hinaus. Der andere suchte das Gebäude nach Verstecken ab. Seine Augen ließen keinen Winkel aus.

Sein Gesicht spiegelte seine Gedanken nicht wider, aber sein Herz war von schrecklichem, herzzerreißendem Kummer erfüllt. Als er gestern das Lager der Komantschen erreichte, hatte er den Alptraum vorgefunden, den die Weißen hinterlassen hatten. Er war nach dreijähriger Abwesenheit zu seiner Familie zurückgekehrt und zu spät gekommen, um seine Mutter und seine Schwester zu retten. Die Rache konnte ihre Leiden nie wettmachen, aber sie würde seinen Kummer lindern.

Ihm fielen die Fußabdrücke im Staub auf, und er ging langsam zur Futterkiste. In der Hand hielt er die kurze, rasiermesserscharfe Klinge, mit der er Tiere abhäutete.

Courtney hatte nicht gehört, daß die beiden Indianer die Scheune betraten, denn ihr Herz klopfte so laut, daß es alle Geräusche übertönte.

Der Deckel der Futterkiste flog auf, und Courtney konnte gerade noch nach Luft schnappen, bevor eine Hand brutal ihre Haare ergriff. Sie schloß die Augen, um den Todesstoß nicht zu sehen. Sie wußte, daß der Indianer ihr die Kehle durchschneiden würde, denn er bog ihren Kopf nach hinten.

Sie öffnete die Augen nicht, aber er wollte, daß sie ihn ansah, wenn er sie tötete. Die zweite Frau lag ohnmächtig im Loch, aber diese war bei Bewußtsein und zitterte. Doch sie sah ihn nicht an, nicht einmal, als er ihre Haare um seine Hand schlang, so straff er konnte. Er wußte, daß er ihr weh tat, aber sie öffnete ihre Augen trotzdem nicht.

Schließlich ließ seine Wut ein wenig nach, und er musterte sie. Dabei wurde ihm klar, daß sie nicht hierher gehörte. Ihre Kleider waren zu schön, ihre von der Sonne kaum getönte Haut war für die Frau oder das Kind eines Farmers zu weiß. Ihre Haare fühlten sich an wie Seide; ihre Farbe war ein Mittelding zwischen braun und blond. Dann musterte er sie noch genauer und stellte fest, daß sie kaum älter sein konnte als vierzehn Jahre.

Als er zum Wagen hinüberblickte, sah er die vielen Kleider, die Krummer Finger hinausgeworfen hatte. Er ließ das Mädchen los.

Courtney war so verängstigt, daß sie die Augen aufschlug. Die Zeit verging, und kein Messer berührte ihren Hals. Doch als sie aufblickte, fiel sie beinahe in Ohnmacht. Noch nie hatte sie so etwas Schreckliches wie diesen Indianer gesehen. Sein Haar war lang, pechschwarz und zu zwei Zöpfen geflochten. Seine nackte Brust war mit Streifen in der Farbe von gewässertem Blut bemalt. Durch eine verschiedenfarbige Bemalung war sein Gesicht in vier Teile geteilt, so daß man seine Züge nicht erkennen konnte. Doch seine Augen waren merkwürdig. Sie schienen nicht zu ihm zu gehören, denn sie wirkten im Gegensatz zu seinem Körper überhaupt nicht bedrohlich.

Er wandte den Blick kurz von ihr ab, so daß sie es wagte, ihn genauer zu mustern. Doch sie kam nur bis zu dem Messer, das er in der Hand hielt und dessen Spitze auf sie gerichtet war. Bei diesem Anblick weiteten sich ihre katzenartigen, goldenen Augen, dann verlor sie das Bewußtsein. Er brummte, als sie neben der anderen Frau zusammensank. Diese dummen Frauen aus dem Osten. Sie hatten sich nicht einmal bewaffnet.

Er zögerte seufzend. Ihre runden, kindlichen Wangen erinnerten ihn zu sehr an seine Schwester. Er konnte sie nicht töten.

So schloß er leise den Deckel der Futterkiste, wandte sich zum Gehen und bedeutete Krummem Finger, daß sie schon zuviel Zeit vergeudet hatten.

5. KAPITEL

Elroy Brower verfluchte das Schicksal, das ihn an dem Tag nach Wichita geführt hatte, an dem sich auch Bill Chapman dort aufhielt. Er wußte, daß er sterben würde. Aber wann – wann? Er war meilenweit von seiner Farm entfernt. Die Indianer waren Chapmans Spur nach Norden gefolgt und hatten erst angehalten, als die Sonne direkt über ihren Köpfen stand.

Sobald Elroy begriff, was sie mit ihm vorhatten, war beinahe der ganze Trupp erforderlich, um ihn zu bewältigen. Doch dann lag er nackt an vier Pfähle gebunden auf dem Boden, und Körperteile, die noch nie das Tageslicht gesehen hatten, waren der Mittagssonne ausgesetzt.

Die verdammten Wilden hockten um ihn herum und sahen zu, wie er schwitzte. Einer von ihnen klopfte alle fünf Sekunden mit einem Stock gegen die Pfeilspitze, die in seinem Schenkel steckte, und der Schmerz schoß in Wellen durch seinen Körper.

Er wußte, was sie erreichen wollten. Auf seiner Farm hatten sie sich geduldig verständlich gemacht, hatten zwei Finger in die Höhe gehalten und auf ihn und dann

auf die drei Leichen gezeigt. Sie wußten, daß sich zwei
der Männern, die an dem Indianermassaker beteiligt gewesen waren, auf der Farm befanden, und daß er einer
von ihnen war.

Er versuchte, sie davon zu überzeugen, daß er nicht zu
den Männern gehörte, die sie suchten. Schließlich gab es
zwei zusätzliche Leichen, wie konnten sie also ihrer Sache
so sicher sein? Doch sie glaubten ihm nicht, und jedesmal,
wenn er ihnen nicht die erwartete Antwort gab, fügten sie
ihm einen Schnitt zu. Er wies bereits ein halbes Dutzend
kleiner Wunden auf, als er endlich auf Peters Leiche zeigte; der Junge war tot und konnte nicht mehr leiden. Aber
Elroy litt, als er zusah, was sie mit Peters Leiche taten. Sie
kastrierten ihn, stopften ihm die Genitalien in den Mund
und nähten ihm dann die Lippen zu. Jeder, der Peters
verstümmelten Körper fand, mußte annehmen, daß es geschehen war, als Peter noch lebte.

Würde er genauso viel Glück haben wie Peter? Er war
vermutlich nur deshalb noch am Leben, weil sie wollten,
daß er sie zu den am Massaker beteiligten Männern führte.
Doch je länger sie ihn am Leben erhielten, desto mehr würde er leiden. Er konnte ihnen anbieten, ihnen alles zu sagen, was er wußte, doch das nützte ihm nichts, weil die
Kerle nicht Englisch verstanden. Außerdem hatte er bei einem Großteil der anderen keine Ahnung, wo sie zu finden
waren. Aber das würden sie ihm natürlich nicht glauben.

Einer der Komantschen beugte sich über ihn. Von der
Sonne geblendet konnte Elroy nur eine dunkle Gestalt erkennen. Er versuchte, den Kopf zu heben, und erhaschte
einen Blick auf die Hände des Indianers in denen der
Mann mehrere Pfeile hielt. Wollten sie dem Ganzen ein
Ende bereiten? Nein. Der Mann betastete beinahe sanft
eine von Elroys Wunden. Dann schob er quälend langsam
eine Pfeilspitze in die Wunde, aber schräg, in das Fett-
und Muskelgewebe. Sie hatten die Pfeilspitze mit etwas
eingerieben, das höllisch brannte. Es war, als ob ein glü-

hendes Kohlestückchen auf seiner Haut lag. Elroy biß die Zähne zusammen und weigerte sich zu schreien. Er schrie auch nicht, als sie mit den anderen Wunden genauso verfuhren. Er hatte nur sechs Wunden, und das konnte er aushalten. Dann würden sie ihn eine Weile in Ruhe und den Schmerz auf seinen Körper einwirken lassen.

Elroy versuchte, den Schmerz zu verdrängen. Er dachte an die Damen, die das Pech gehabt hatten, auf seiner Farm zu übernachten. Er war froh, daß er nicht gesehen hatte, was mit ihnen geschehen war. Und dann sah er plötzlich wieder die Augen vor sich, die ihn so haßerfüllt anblickten. Die Vergewaltigung des indianischen Mädchens war die Leiden nicht wert gewesen, die er jetzt ertragen mußte. Nichts konnte diese Leiden wert sein.

Elroy schrie endlich. Der Indianer hatte ihm einen neuen Schnitt zugefügt und eine weitere Pfeilspitze hineingeschoben. Damit wußte Elroy, daß sie erst aufhören würden, wenn sein Körper voller Pfeile steckte. Das würde er nicht ertragen können. Er schrie und fluchte, wurde aber wieder geschnitten, und das Brennen verwandelte sich in Feuer.

»Schweinehunde! Verdammte Schweinehunde! Ich sage euch alles, was ihr wissen wollt!«

»Tatsächlich?«

Elroy hörte auf zu schreien und vergaß für einen Sekundenbruchteil seine Schmerzen. »Du sprichst Englisch?« keuchte er. »Gott sei Dank!« Jetzt konnte er hoffen. Jetzt konnte er feilschen.

»Was willst du mir erzählen, Farmer?«

Die Stimme klang leise und freundlich und verwirrte Elroy. »Laßt mich gehen, und ich nenne euch die Namen der Männer, die ihr sucht, den Namen jedes einzelnen. Und ich werde euch sagen, wo ihr sie am ehesten findet.«

»Du wirst es uns auf jeden Fall sagen, Farmer. Du kannst nicht um dein Leben feilschen, sondern nur um einen schnellen Tod.«

Elroy hatte sich hoffnungsvoll so weit aufgerichtet, wie es seine Fesseln erlaubten. Jetzt ließ er sich wieder sinken. Er war besiegt. Er konnte nur noch hoffen, daß es schnell gehen würde.

Er erzählte den Indianern alles, jeden Namen, beschrieb die Männer und nannte die Orte an denen man sie wahrscheinlich finden konnte. Er beantwortete jede ihm gestellte Frage rasch und wahrheitsgemäß und schloß mit: »Und jetzt tötet mich.«

»So wie du unsere Frauen, Mütter und Schwestern getötet hast?«

Der Indianer, der ein so klares, korrektes Englisch sprach, trat zurück. Jetzt konnte Elroy ihn deutlich sehen, sein Gesicht, seine Augen ... o Gott, es waren ihre Augen, die ihn mit dem gleichen glühenden Haß betrachteten. In diesem Augenblick begriff Elroy, daß er nicht rasch sterben würde.

Er fuhr sich mit der Zunge über die Lippen. Er wußte nicht, wie er darauf kam, aber er sagte langsam: »Sie war gut. Sie hatte zwar nicht viel Fleisch auf den Knochen, aber sie hat mir wirklich Vergnügen gemacht. Ich war der letzte, der sie hatte. Sie ist unter mir gestorben, mit meinem –«

Der Krieger heulte auf, und Elroy verstummte. Einer der anderen versuchte, den jungen Indianer zurückzuhalten, aber es gelang ihm nicht. Der Schmerz war für Elroy geringfügig, weil er nur den bereits vorhandenen Schmerz verstärkte. Was ihn tötete, war der Anblick jenes abgetrennten Körperteils, den er gerade hatte erwähnen wollen und den der Komantsche in der hocherhobenen Hand hielt.

In der Scheune starrte Courtney Harte verzweifelt auf den verstreuten Inhalt des Wagens, auf die zerfetzten Kleider, das zerbrochene Porzellan, die zertrampelten Lebensmittel. Sie konnte sich nicht dazu entschließen, das noch Brauchbare herauszusuchen. Im Gegensatz zu Sarah, die ihre Habseligkeiten sortierte, als wäre nichts geschehen, konnte sie sich zu überhaupt nichts entschließen.

Daß sie überhaupt noch am Leben war, hatte Courtney erschüttert. Doch das Schlimmste war, daß ihr Vater verschwunden war.

Berny Bixler, Elroy Browers nächster Nachbar, hatte den Rauch gesehen, weil die Indianer das Haus in Brand gesteckt hatten, und war herübergekommen. Er fand die Leichen hinter dem Haus und die beiden Frauen in der Futterkiste. Es gab keine Spur von Dallas, Elroy oder Dr. Harte. Letzterer war jedoch dagewesen, weil sein Pferd blutbespritzt im Feld stand. War Edward verwundet worden?

»Ich hätte ihn gesehen, wenn er entkommen und nach Rockley gegangen wäre, um Hilfe zu holen«, erklärte ihnen Berny. »Viel eher haben die Indianer ihn und die beiden anderen mitgenommen. Sie sind wahrscheinlich der Ansicht, daß es nicht schaden kann, ein paar kräftige Gefangene zur Verfügung zu haben, bis sie einen anderen Stamm finden, an den sie sich anschließen können.«

»Wie kommen Sie auf diese Idee, Mr. Bixler?« fragte Sarah. »Ich habe geglaubt, daß für gewöhnlich die Frauen gefangengenommen werden.«

»Ich bitte um Entschuldigung, Madam«, meinte Berny, »aber wenn ein Indianer Sie und das junge Mädchen ansieht, dann merkt er sofort, daß Sie die langen Ritte nicht durchhalten könnten.«

»Die langen Ritte?« fuhr ihn Sarah an. »Woher wollen Sie wissen, was die Indianer vorhaben? Genauso gut können sie ihr Lager in der Nähe aufgeschlagen haben.«

»Das hatten sie auch, Madam. Darum geht es ja. Es war kein Viehdiebstahl. Handleys Sohn John hat vor zwei Tagen in Rockley damit geprahlt, daß er, Elroy und Peter gemeinsam mit einigen Männern aus Wichita eine Bande von Kiowas ausgelöscht haben, die Wichita angreifen wollten. Angeblich haben sie den gesamten Trupp umgebracht. Vermutlich haben sie dabei ein paar Indianer übersehen. Die Kerle, die hier zugeschlagen haben, waren wohl auf der Jagd und haben bei ihrer Rückkehr die Toten vorgefunden.«

»Das sind nur Annahmen, Mr. Bixler. Es muß hier außer Kiowas ja auch noch andere Indianer geben.«

Der Farmer war verärgert. »John hat außerdem damit geprahlt, daß sie in dem Lager etwas getan haben, was ich nicht vor Damen erwähnen kann.«

»Also schön«, meinte Sarah höhnisch, »sie haben ein paar Squaws vergewaltigt. Das bedeutet aber noch lange nicht –«

»Dann sehen Sie sich einmal Peters Leiche an, damit Sie wissen, was das bedeutet«, unterbrach er sie scharf. »Aber ich würde es Ihnen nicht empfehlen. Ich werde noch lange Zeit deswegen Alpträume haben. Und wir werden bestimmt irgendwo in der Gegend Elroy finden, den sie sicherlich genauso zugerichtet haben. Man muß nicht besonders klug sein, um herauszubekommen, warum sie nur hinter den beiden her waren. Wenn sie es auf Frauen abgesehen hätten, wären Sie beide ebenfalls vergewaltigt worden. Nein, es war nur Rache, nichts anderes. Und die Indianer werden erst Ruhe geben, wenn sie alle Männer umgebracht haben, an denen sie sich rächen wollen. Sie werden sehen, auch John Handley wird schleunigst aus diesem Gebiet verschwinden.« Nach diesem Vortrag forderte Berny die Frauen mürrisch auf, ihre Habseligkeiten zusammenzusuchen, weil er nicht den ganzen Tag Zeit hatte, und verließ die Scheune. Er konnte es nicht erwarten, sie nach Rockley zu bringen und loszuwerden.

Elroy Bowers Leiche wurde eine Woche später von Soldaten gefunden, die Jagd auf die Indianer machten. John Handley verließ Rockley mit unbekanntem Ziel, und sein

Vater hörte nie wieder von ihm. Der Besitzer eines Anwesens in der Nähe von Wichita wurde ebenfalls von Indianern getötet, aber das war der letzte indianische Überfall in diesem Gebiet. Die Ermordung eines Ranchers namens Bill Chapman weiter im Norden hatte vermutlich nichts mit diesen Indianern zu tun, denn er wurde im Schlaf erschlagen, und der Mörder konnte ebensogut einer seiner Cowboys gewesen sein. Sofort nach dem Mord war nämlich ein großer Teil seiner Landarbeiter verschwunden.

Man fand keine Spur von Edward Harte oder Dallas. Sarah Whitcomb Harte betrachtete sich als Witwe. Es war unvorstellbar, daß ein Verwundeter, der von flüchtenden Indianern mitgenommen wurde, lange am Leben blieb.

Courtney war zu betäubt, um sich viele Gedanken zu machen, klammerte sich aber an die Möglichkeit, daß ihr Vater doch noch am Leben war.

Sarah und Courtney waren jetzt aufeinander angewiesen, was beiden das Leben beträchtlich erschwerte.

6. KAPITEL

»Da ist noch einer, Charley. Glaubst du, daß es wieder zu einer Schießerei kommt?«

Charley beförderte seinen Kautabak zielsicher in den Spucknapf beim Verandageländer, bevor er den Fremden musterte, der die Straße heraufritt. »Schon möglich. In der Stadt befinden sich noch ein paar Typen wie er.«

Die beiden Oldtimer saßen auf der Veranda vor Lars Handleys Laden und unterhielten sich über alles, was vorüberkam. Von ihrem Platz aus überblickten sie die einzige Straße der Stadt von einem Ende bis zum anderen.

»Glaubst du, daß er zu einem der Viehtriebe gehört hat?« fragte Snub.

»Der Mann sieht eher aus wie ein Revolvermann«, widersprach Charley.

»Es gibt genügend Revolvermänner, die jetzt als Cowboys arbeiten und umgekehrt.«

»Das stimmt.«

Charleys Gesichtsausdruck verriet deutlich, daß er seine Ansicht nicht geändert hatte und nur um des lieben Friedens willen nachgab. »Wie viele er wohl umgelegt hat?« fuhr Snub fort.

»Danach will ich ihn lieber nicht fragen«, brummte Charley. Dann kniff er die Augen zusammen. »Der Kerl kommt mir bekannt vor. Ist er nicht schon einmal hier aufgekreuzt?«

»Du hast recht, Charley. Ungefähr vor zwei Jahren.«

»Eher vor drei oder vier.«

»Richtig, jetzt erinnere ich mich. Er ist spät abends hereingeritten und hat im Hotel übernachtet, ist aber nicht länger geblieben.«

Charley nickte. »Ich kann mich nicht mehr an seinen Namen erinnern. Du vielleicht?«

»Er klang irgendwie ausländisch.«

»Ja, aber mehr fällt mir auch nicht ein. Jetzt werde ich den ganzen Tag darüber nachdenken müssen.«

»Es sieht so aus, als würde er wieder im Hotel absteigen«, bemerkte Snub, als der Fremde vor dem Gebäude vom Pferd glitt. »Wir könnten ja einen Blick ins Gästebuch werfen.«

»Doch nicht jetzt, Snub. Ackermans Frau würde uns sofort an die Luft setzen.«

»Mach dir doch nicht gleich vor Angst in die Hose, Charley. Die alte Hexe liegt vermutlich noch im Bett. Und Miß Courtney wird nichts dagegen haben, wenn wir eine Weile in der Hotelhalle sitzen oder rasch im Buch blättern.«

»Von wegen in die Hose machen«, maulte Charley. »Er hat wahrscheinlich inzwischen seinen Namen geändert, wie sie es alle tun. Aber wenn du dich unbedingt von der Xanthippe, die Harry geheiratet hat, anschreien lassen willst, dann hieve deinen Hintern hoch, und wir machen uns auf den Weg.«

Courtney schloß lächelnd die Tür des Hotelzimmers hinter sich, in dem sie gerade saubergemacht hatte. Sie hatte wieder eine Zeitung gefunden. Rockley besaß keine eigene Zeitung, und sie erfuhr nur dann Neuigkeiten aus der Außenwelt, wenn sie die Gespräche der durchreisenden Fremden belauschte, oder wenn einer von ihnen eine Zeitung liegenließ. Das kam allerdings nicht oft vor. Zeitungen waren in einer Stadt beinahe so wertvoll wie Bücher. Sarah hatte etliche Zeitschriften gesammelt, überließ sie jedoch Courtney nie zum Lesen.

Sie versteckte die Zeitung unter der schmutzigen Bettwäsche, die sie waschen sollte, und ging zur Treppe. Sie wollte die Zeitung in ihr Zimmer bringen, bevor sie die Wäsche in Angriff nahm.

Als sie den unten wartenden Fremden erblickte, blieb sie am oberen Treppenabsatz stehen. Dann tat sie etwas, was bei ihr nur selten vorkam – sie starrte ihn an. Sie ertappte sich dabei, konnte aber ihren Blick trotzdem nicht von ihm wenden. Sie wußte nicht, warum, aber er fesselte ihr Interesse wie noch kein anderer Mann.

Als erstes fiel ihr auf, daß er groß war und sich sehr gerade hielt. Dann bemerkte sie sein hageres, kühn geschnittenes Profil. Sie war davon überzeugt, daß er beunruhigend gut aussehen mußte, auch wenn sie im Augenblick nur seine linke Gesichtshälfte erblickte. Er war eine dunkle Erscheinung – seine Hose und Jacke waren schwarz, seine Haut bronzefarben, und das glatte Haar, das gerade noch die Ohren bedeckte, war ebenfalls schwarz. Hemd und Halstuch waren dunkelgrau.

Der Mann hatte seinen breitkrempigen Hut nicht abgenommen, aber er trug wenigstens keine Sporen. Das war seltsam, denn er hatte sich seine Satteltaschen über die Schulter gehängt, und Courtney hatte noch keinen Reiter ohne Sporen erlebt.

Dann bemerkte sie, daß er einen doppelten Gürtel trug, was bedeutete, daß er einen Revolver an seinen Schenkel geschnallt hatte. Das war nichts Außergewöhnliches, denn im Westen trugen die meisten Männer Revolver. Aber das Schießeisen und sein Aussehen riefen bei ihr den Eindruck hervor, daß er die Waffe nicht nur zu seinem Schutz brauchte.

Courtney mochte Revolvermänner nicht, denn sie war davon überzeugt, daß sie sagen und tun konnten, was sie wollten. Zu wenige Leute besaßen den Mut, sie zurechtzuweisen – denn das war lebensgefährlich.

Im allgemeinen ließen sich Revolvermänner nur selten in einer Kleinstadt wie Rockley blicken, aber hier lag der Fall anders. In den letzten Jahren war es hier sogar zu zwei Schießereien gekommen. Die Cowboys, die nach den Viehsammelzentren Abilene und Newton unterwegs waren, mußten durch Rockley. Im nächsten Jahr würde Wichita ebenfalls zu einem Viehsammelzentrum aufrücken, und dann würde sich noch mehr Gesindel in der Gegend herumtreiben.

Da Courtney in dem einzigen Hotel der Stadt arbeitete, konnte sie den Revolvermännern nicht ausweichen. Einer hatte sie beinahe vergewaltigt, andere hatten sich mit Küssen begnügt. Man hatte um sie gekämpft, sie verfolgt und ihr die empörendsten Anträge gemacht. Das war der Hauptgrund, warum sie Rockley unbedingt verlassen wollte. Und schon gar nicht hätte sie einen Bewohner von Rockley heiraten wollen – auch wenn sie dann dem Hotel entkommen wäre, in dem sie von morgens bis abends als Dienstmädchen schuftete.

Der Fremde trug sich in das Gästebuch ein und legte die Feder weg. Daraufhin machte Courtney kehrt und lief durch den Korridor zu der Hintertreppe, die direkt ins

Freie führte. Es war ein Umweg, aber sie wollte nicht die Küche im Erdgeschoß durchqueren, weil sie dort vielleicht auf Sarah stieß. Sie würde um das Hotel herumgehen und zur Vordertür hereinkommen – aber erst, nachdem der Fremde auf sein Zimmer gegangen war.

Sie wußte nicht, warum sie nicht wollte, daß er sie sah, es war eben so. Es ging bestimmt nicht darum, daß sie ihr ältestes Kleid trug und ihre Haare zerzaust waren. Er würde wahrscheinlich ohnehin nur eine Nacht bleiben, und sie würde ihn nie mehr wiedersehen.

Courtney schlich gebückt an den Fenstern des Speisesaals vorbei und weiter zur Eingangstür, um einen Blick hineinzuwerfen und sich davon zu überzeugen, daß er fort war. Das Bündel Schmutzwäsche, das sie noch immer in den Armen trug, hatte sie vollkommen vergessen. Sie wollte nur die Zeitung in ihrem Zimmer verstecken und sich dann wieder an die Arbeit machen.

Charley und Snub beobachteten verblüfft, wie Courtney vorsichtig durch die Vordertür lugte und dann wieder an die Wand zurückwich, als wolle sie sich verbergen. Dann ging die Tür auf, der Fremde trat heraus und ging über die Veranda zu seinem Pferd. Courtney huschte hinter seinem Rücken in das Hotel.

»Was sollte das Ganze eigentlich?« fragte Snub verständnislos.

Charley beobachtete gerade den Fremden, der das Pferd zum Stall führte. »Was?«

»Es hat ausgesehen, als würde sich Miß Courtney vor dem Kerl verstecken.«

»Daraus kann ich ihr keinen Vorwurf machen. Du erinnerst dich doch noch daran, wie sich der alte Schürzenjäger Barker in ihr Zimmer geschlichen hat. Wer weiß, was geschehen wäre, wenn Harry sie nicht hätte schreien hören und mit seinem Gewehr hingerannt wäre. Und denk an den verrückten Cowboy, der versucht hat, sie auf der Straße auf sein Pferd zu ziehen und mit ihr davonzureiten. Sie hat sich den Knöchel verstaucht, als sie vom Pferd gefallen ist.«

»Sie hat hier wirklich genügend Schwierigkeiten mit Männern gehabt, wahrscheinlich versucht sie deshalb, ihnen möglichst aus dem Weg zu gehen.«

»Trotzdem hat sie sich noch nie so komisch aufgeführt. Findest du nicht?«

»Das stimmt.«

»Dann interessiert sie sich vielleicht für ihn.«

»Ich habe geglaubt, daß sie Reed Taylor heiraten wird.«

»Das möchte ihre Stiefmutter gern, aber Mattie Cates hat mir verraten, daß es nie dazu kommen wird. Miß Courtney kann Reed nicht ausstehen.«

Im Hotel warf Courtney rasch einen Blick in das aufgeschlagene Gästebuch. Der Fremde hieß Chandos. Er hatte nur diesen Namen hingeschrieben.

7. KAPITEL

»Bitte beeile dich, Courtney. Ich habe nicht den ganzen Tag Zeit. Du hast versprochen, mir zu helfen, wenn ich den Stoff für mein neues Kleid aussuche.«

Courtney blickte Mattie Cates an, die auf dem umgestülpten Waschtrog saß, und schnaubte sehr undamenhaft. »Wenn du es so fürchterlich eilig hast, dann hilf mir, diese Laken aufzuhängen.«

»Das ist doch nicht dein Ernst. Sobald ich nach Hause komme, muß ich selbst Wäsche waschen. Pearces Hosen sind verdammt schwer. Wenn ich jetzt schon anfange, kann ich meine Arme nachher nicht mehr bewegen. Ich möchte nur wissen, warum ich einen solchen Riesen geheiratet habe.«

»Vielleicht, weil du ihn liebst?« lachte Courtney.

»Vielleicht.« Mattie erwiderte das Lächeln.

Mattie Cates war ein widersprüchliches Wesen. Die zierliche, blauäugige Blondine war für gewöhnlich freundlich und offenherzig, aber sie konnte auch still und zurückhaltend sein. Sie gab sich unabhängig und konnte gelegentlich genauso diktatorisch sein wie Sarah, doch im tiefsten Grund ihres Herzens war sie oft unsicher. Allerdings wußten das nur ihre besten Freundinnen, zu denen natürlich Courtney gehörte.

Mattie war davon überzeugt, daß man vom Leben alles zurückbekommt, was man hineinsteckt, und daß man alles vollbringen kann, wenn man es sich nur fest genug vornimmt. Ihr Lieblingsgrundsatz lautete: »Tu es selbst, denn jemand anderer wird es nicht für dich tun.« Sie hatte bewiesen, daß ihre Philosophie stimmte, als sie vor zwei Jahren ihre Unsicherheit überwand und Pearce Cates eroberte, obwohl er zu dem halben Dutzend Männern gehörte, das in Courtney verliebt war.

Mattie hatte ihrer Freundin nie einen Vorwurf daraus gemacht, daß Pearce in sie verliebt gewesen war. Im Gegenteil, sie hatte sich aufrichtig für Courtney gefreut, als diese sich aus einem häßlichen Entlein in einen schönen Schwan verwandelte, und sie fand es umwerfend komisch, daß Männer, die Courtney bisher keines Blickes gewürdigt hatten, plötzlich dahinschmolzen, wenn sie sie sahen. Gelegentlich fand Mattie, daß Courtney ihre Schöpfung war. Natürlich nicht die Schönheit, denn die kam daher, daß Courtney in den letzten beiden Jahren einige Zentimeter gewachsen war und so schwer gearbeitet hatte, daß der letzte Rest ihres Babyspecks dahinschwand. Doch Courtney war nicht mehr so schüchtern und nervös wie früher und nahm nicht mehr alles, was ihr widerfuhr, als unabänderliches Schicksal hin. Mattie hatte Courtney zwar drängen, stoßen und aufstacheln müssen, aber es war ihr gelungen, ihrer Freundin ein wenig Mut einzuflößen.

Courtney setzte sich jetzt sogar schon gegen Sarah zur

Wehr, zwar nicht immer, aber jedenfalls öfter als früher, und ließ sich nicht einmal mehr von Mattie herumschubsen. Sie war sich darüber bewußt geworden, über wieviel Mut sie verfügte.

Jetzt stellte sie den leeren Wäschekorb neben Mattie auf den Wäschetrog. »Schön, Miß Ungeduld, dann gehen wir.«

Mattie legte den Kopf zur Seite. »Willst du dir nicht ein anderes Kleid anziehen oder deine Frisur in Ordnung bringen oder so was?«

Courtney löste das Band, das ihre langen, braunen Haare zusammenhielt, band es frisch und strich ihr Kleid glatt. »Fertig.«

Mattie lachte. »Das wird wohl reichen. Deine alten Kleider sehen immer noch besser aus als mein bestes Baumwollkleid.«

Courtney errötete leicht. Sie war immer noch auf die Garderobe angewiesen, die sie vor vier Jahren besessen hatte, als sie nach Rockley gekommen war. Sie hatte die Kleider inzwischen zwar enger machen und die Säume auslassen müssen, aber es mußte gehen.

Allerdings paßten Courtneys alte Kleider aus Seide, Musselin, Crêpe de Chine und Mohair, die Spitzenkragen und die Umhänge aus Samt überhaupt nicht nach Rockley. Courtney haßte es, aufzufallen, und ihre Kleider bewirkten zu ihrer Verzweiflung genau das Gegenteil – sie fiel den Männern auf.

Rockley war eine kleine Stadt, in der es nur wenige heiratsfähige junge Frauen gab, deshalb hatten in den letzten beiden Jahren mehrere Männer ernsthaft um sie geworben.

Als der junge Schmied Richard sie bat, ihn zu heiraten, war sie so überrascht, daß sie ihm beinahe um den Hals gefallen wäre. Ein echter Heiratsantrag – und sie hatte schon geglaubt, daß sie eine alte Jungfer werden würde. Aber der Schmied liebte sie nicht, sondern wollte nur eine

Frau haben. Sie liebte ihn auch nicht, genauso wenig wie Judd, Billy oder Pearce, die sie alle heiraten wollten. Und ganz bestimmt liebte sie ihren neuesten Verehrer Reed Taylor nicht. Er war allerdings davon überzeugt, daß er sie erobern würde.

»Hast du jemals von einem Mr. Chandos gehört, Mattie?«

Courtney wußte nicht, warum ihr die Frage entschlüpft war. Mattie antwortete nachdenklich: »Ich glaube nicht. Er klingt wie ein Name aus unserem Geschichtsunterricht, und dazu ein bißchen spanisch. Warum fragst du?«

»Aus keinem besonderen Grund.«

Doch damit ließ sich Mattie nicht abspeisen. »Komm schon, woher hast du den Namen?«

»Er hat heute früh ein Zimmer im Hotel genommen. Ich wollte nur wissen, ob du ihn vielleicht vom Hörensagen kennst.«

»Wieder so ein Revolvermann?«

»Er sieht so aus.«

»Wenn er älter ist, kannst du Charley oder Snub nach ihm fragen. Sie kennen alle Revolvermänner, vor allem die mit dem schlechtesten Ruf. Und du weißt doch, wie gern sie tratschen.«

»Er ist nicht sehr alt, höchstens fünf- oder sechsundzwanzig.«

»Dann werden sie dir wahrscheinlich nicht sagen können, wie viele Männer er getötet hat.«

»Mattie! So etwas hat mich noch nie interessiert!«

»Warum hast du dann überhaupt gefragt?« Einen Augenblick später fügte sie hinzu: »Ist er das?«

Courtneys Herz setzte kurz aus, beruhigte sich dann aber wieder. Auf der anderen Straßenseite lehnte einer der beiden Revolverhelden, die kürzlich in die Stadt gekommen waren, an einem Pfosten.

»Nein, das ist Jim Ward«, erwiderte sie. »Er ist gestern gemeinsam mit einem zweiten Mann eingetroffen.«

»Jim Ward? Der Name kommt mir bekannt vor. Stand er nicht auf einem der Steckbriefe, die Wild Bill vergangenes Jahr aus Abilene herübergeschickt hat?«

Courtney zuckte die Schultern. »Ich habe nie begriffen, warum Marshal Hickok uns diese Steckbriefe zusendet. Wir haben in der Stadt noch nie einen Marshal gehabt. Auch wenn Mr. Ward steckbrieflich gesucht wird, gibt es hier niemanden, der ihn verhaften könnte.«

»Das stimmt, aber es ist gut, wenn man weiß, vor wem man sich zu hüten hat«, sagte Mattie.

»Ich hüte mich vor allen Fremden.«

»Das ist klar, aber du weißt, was ich meine. Wenn Harry gewußt hätte, daß Parker gesucht wird, hätte er ihn erschossen, statt ihn nur aus der Stadt zu vertreiben.«

»Erinnere mich nicht daran«, wehrte Courtney ab. »Sarah war monatelang wütend, als sie erfuhr, daß in Hays City jemand tausend Dollar Belohnung für Parker kassiert hat.«

Mattie lachte. »Sarah ist immer wegen irgend etwas wütend.«

Die beiden Mädchen überquerten die Straße, um in den Schatten zu gelangen. Courtney ging nur in die Sonne, wenn sie Wäsche aufhing, aber schon das genügte, damit ihre Haut im Sommer wie Gold schimmerte. Es paßte sehr gut zu ihren honigfarbenen Augen.

Lars Handley lächelte die Mädchen an, als sie seinen Laden betraten. Er bediente gerade Berny Bixler, der die beiden ebenfalls freundlich begrüßte.

In Handleys Laden konnte man alles finden, was man brauchte, vorausgesetzt, es diente praktischen Zwecken. Das einzige, was er nicht verkaufte, war Fleisch, aber Zing Hodges, ein ehemaliger Büffeljäger, hatte im Nachbargebäude einen Metzgerladen eröffnet.

In der vorderen Ecke von Handleys Laden schnitt Hector Evans den Männern die Haare, rasierte sie oder zog ihnen einen Zahn. Der Barbier hatte diesen Winkel von

Lars gemietet, weil er sich nie darüber klarwerden konnte, ob er für immer in Rockley bleiben würde, und wollte deshalb kein Geld für einen eigenen Laden ausgeben.

Mattie zog Courtney geradewegs zu der Wand, an der die alten Steckbriefe hingen.

»Siehst du?« strahlte sie. »Dreihundert Dollar Belohnung für Jim Ward, der wegen Mordes, Raubüberfällen und zahlreicher anderer Verbrechen gesucht wird, die er in Neu-Mexiko begangen hat.«

Courtney musterte den Steckbrief. »Er wird tot oder lebendig gesucht. Warum tun sie das, Mattie? Es ist für alle Kopfjäger ein Freibrief, ihn zu ermorden.«

»Das müssen sie tun, sonst würde niemand mehr auf Verbrecherjagd gehen. Es kommt immer zu einem Kampf, und wenn der Kopfjäger oder der Marshal nicht flink genug ist, dann ist er tot. Wenn er flink genug ist, dann bekommt er die Belohnung – und es gibt einen Verbrecher weniger. Wäre es dir lieber, daß keiner es versucht?«

»Nein, natürlich nicht. Es kommt mir nur so hart vor.«

»Du bist einfach zu zart besaitet, aber es hat dir bestimmt nicht leid getan, daß Parker getötet wurde.«

»Natürlich nicht.«

»Und sie sind alle wie er, Courtney. Es ist bestimmt besser, wenn sie tot sind.«

»Vermutlich, Mattie.«

»Man sollte doch annehmen, daß dieser Idiot seinen Namen ändert, wenn so viele Steckbriefe ausgehängt sind«, meinte Mattie.

»Vielleicht gefällt mir mein Name.«

Die Mädchen fuhren erschrocken herum. Hinter ihnen stand Jim Ward und sah sie keineswegs freundlich an. Er war mittelgroß und hager, hatte engstehende Augen, eine Hakennase und einen langen, struppigen Schnurrbart, der ihm bis zum Kinn hinunterhing. Er riß den Steckbrief herunter, zerknüllte ihn und steckte ihn in die Tasche.

Dann blickte er mit seinen kalten, grauen Augen Mattie an, die ausnahmsweise sprachlos war. Schließlich brachte Courtney heraus: »Sie hat es nicht böse gemeint, Mr. Ward.«

»Vielleicht mag ich es nicht, wenn man mich einen Idioten nennt.«

»Wollen Sie mich womöglich erschießen?« höhnte Mattie, die ihren Mut wiedergefunden hatte.

Courtney hätte ihr am liebsten den Mund zugehalten.

»Die Idee klingt großartig«, meinte Ward.

»Sie da drüben!« rief Lars Handley, »ich will in meinem Laden keinen Ärger haben.«

»Dann bleib, wo du bist, Alter«, befahl Ward scharf, und Lars blieb stehen. »Das hier geht nur mich und Miß Großmaul an.« Lars schielte nach dem Gewehr, das er unter dem Ladentisch aufbewahrte, griff aber nicht danach.

Es war totenstill. Charley und Snub waren sofort hinter Ward hereingekommen, hatten sich in die Ecke des Barbiers gesetzt und genossen jetzt das Schauspiel.

Hector war mit der Rasur seines Kunden fertig, und dieser wischte sich das Gesicht ab, traf aber keine Anstalten aufzustehen. Genau wie die anderen beobachtete er gespannt das Drama, das sich zu entwickeln drohte.

Courtney war den Tränen nahe. Und diesen Mann hatte sie noch vor wenigen Augenblicken bedauert, weil ihn irgendwer irgendwann erschießen würde!

»Mattie?« Sie bemühte sich, ruhig zu sprechen. »Gehen wir, Mattie.«

Jim ergriff einen von Matties Zöpfen und zog ihr Gesicht dicht an das seine heran. »Großmaul geht erst, wenn sie sich entschuldigt hat. Dann kümmere ich mich um dich, Süße. Also?« fragte er Mattie.

Matties blaue Augen funkelten.

»Entschuldigen Sie«, sagte sie schließlich leise.

»Lauter!«

»Entschuldigen Sie!« rief das Mädchen wütend.

Er ließ sie grinsend los.

Doch jetzt wandte er sich bösartig lächelnd Courtney zu.

»Warum gehen du und ich nicht irgendwohin, um uns besser kennenzulernen, Süße? Du bist mir sofort aufgefallen –«

»Nein!« platzte Courtney heraus.

»Nein?« Seine Augen wurden schmal. »Du sagst mir nein?«

»Ich muß ins Hotel zurück, Mr. Ward.«

Er packte sie am Arm. »Du hast mich wahrscheinlich nicht verstanden, Kleines. Ich habe gesagt, daß wir uns besser kennenlernen werden, also werden wir das tun.«

»Bitte nicht«, schrie Courtney, als er sie aus dem Laden zerrte. Er kümmerte sich nicht darum.

»Laß sie los, Ward.«

»Was?« Jim blieb stehen und sah sich um. Hatte er richtig gehört?«

»Ich sage es nicht zweimal.«

Jim ließ Courtney nicht los, sondern suchte mit den Blicken den, der da gesprochen hatte.

»Du hast die Wahl, Ward«, meinte dieser gleichgültig. »Zieh oder verschwinde. Aber denk nicht zu lange nach.«

Jim Ward ließ Courtney los, um die rechte Hand freizubekommen, und griff nach seinem Revolver.

Einen Augenblick später war er tot.

8. KAPITEL

Courtney zwang sich, an glückliche Erlebnisse zu denken – wie sie zum ersten Mal im Herrensattel geritten war, wie Mattie sie schwimmen gelehrt hatte, Sarahs Gesichtsausdruck, als Courtney ihr zum ersten Mal gesagt hatte, sie solle den Mund halten.

Es nützte nichts. Sie sah immer noch den Toten in Lars Handleys Laden vor sich. Er war der erste Tote, den sie zu Gesicht bekommen hatte. Im Laden hatte sie wie verrückt geschrien, bis es Mattie endlich gelungen war, sie zu beruhigen und ins Hotel zu führen. Jetzt lag sie mit einer kalten Kompresse auf den Augen im Bett.

»Komm, trink das.«

»Hör auf, mich zu bemuttern, Mattie.«

»Jemand muß es tun, vor allem, nachdem Sarah so über dich hergefallen ist.« Matties blaue Augen glitzerten angriffslustig. »Die Frau hat vielleicht Nerven – dir die Schuld für das Ganze zu geben. Dabei war ich ganz allein schuld daran.«

Courtney nahm den Umschlag ab und sah Mattie an. Sie brachte es nicht fertig zu widersprechen – Mattie hatte mit ihrer Großspurigkeit das Ganze ins Rollen gebracht.

»Ich weiß nicht, was über mich gekommen ist«, fuhr Mattie leiser fort. »Aber auf dich bin ich wirklich stolz, Courtney. Noch vor zwei Jahren wärst du in Ohnmacht gefallen, und jetzt hast du dich diesem Schwein gestellt.«

»Ich habe Todesängste ausgestanden«, unterbrach sie Courtney. »Hattest du denn überhaupt keine Angst?«

»Natürlich. Aber je mehr Angst ich habe, desto frecher werde ich, ich kann einfach nicht anders. Und jetzt trink das endlich. Es ist Mutters Allheilmittel, und du wirst dich im Handumdrehen wieder putzmunter fühlen.«

»Ich bin nicht krank, Mattie.«

»Trink!«

Courtney trank das Kräutergebräu, schloß dann die Augen und legte sich wieder hin. »Sarah war doch ungerecht, nicht wahr?«

Natürlich. Wenn du mich fragst, war sie nur wütend, weil sie den Kerl nicht früher erkannt hat. Sonst wäre sie nämlich selbst in sein Zimmer geschlichen und hätte ihn erschossen, um die dreihundert Dollar einzustecken.«

»Sarah sollte jemanden erschießen?«

»Ich traue es ihr zu. Ich sehe sie vor mir, wie sie um Mitternacht mit Harrys Gewehr durch den Korridor schleicht –«

»Hör auf, Mattie«, kicherte Courtney.

»So ist es schon besser, du lachst wieder. Und sieh es mal so: Du hast den Rest des Tages frei.«

»So möchte ich es lieber nicht sehen.«

»Hör auf, dir Vorwürfe zu machen. Du kannst nichts dafür, wenn die Männer deinetwegen den Kopf verlieren. Außerdem ist dem Kerl recht geschehen. Du weißt ganz genau, was er mit dir getan hätte.« Courtney erschauerte. Sie wußte es.

»Er hat angenommen, daß ihn niemand aufhalten wird«, fuhr Mattie fort, »und damit hatte er wahrscheinlich recht, denn der einzige, der es wagte, war dieser Fremde. Außerdem hatte Ward die Wahl – ziehen oder verschwinden. Er hat gezogen.« Nach einer kurzen Pause fügte sie hinzu: »Du bist dem Fremden Dank schuldig. Ich würde zu gern wissen, wer er ist.«

»Mr. Chandos.«

»Natürlich! Das hätte ich mir denken können! Kein Wunder, daß du seinetwegen neugierig warst. Er sieht verdammt gut aus, nicht wahr?«

»Eigentlich schon.«

»Eigentlich schon?« grinste Mattie. »Der Mann hat deine Unschuld gerettet, Courtney. Du mußt dich zumindest bei ihm bedanken, bevor er morgen früh die Stadt verläßt.«

»Er verläßt Rockley?«

»Charley und Snub haben in der Halle darüber gesprochen. Er bringt die Leiche nach Wichita, um die Belohnung zu kassieren.«

Courtney war plötzlich erschöpft. »Mußt du nicht nach Hause, Mattie?«

»Eigentlich ja. Pearce wird aber Verständnis dafür haben, daß ich so spät komme, wenn ich ihm erzähle, was geschehen ist. Du mußt mir nur versprechen, daß du nicht den ganzen Abend darüber grübeln wirst.«

»Das werde ich bestimmt nicht tun. Das Ganze hat mich nur in meinem Entschluß bestärkt, irgendwie in den Osten zurückzukehren. Dort kommt es nicht zu solchen Zwischenfällen. Der Westen ist unzivilisiert.«

»Es ist ein Jammer, daß deine Tante gestorben ist. Jetzt hast du niemanden, der dich im Osten aufnehmen wird.«

»Ich weiß, aber ich kann Arbeit annehmen, schlimmstenfalls die gleiche wie in den letzten vier Jahren hier. Das macht mir nichts aus. Ich fühle mich hier nicht sicher, Mattie. Harry beschützt uns nicht. Er weiß kaum, daß es mich gibt. Ich brauche Sicherheit, und weil ich sie bei Harry und Sarah nicht finde, muß ich zumindest an einem Ort leben, an dem ich mich sicher fühle.«

»Du bist also entschlossen, allein zu reisen?«

»Nein«, meinte Courtney trübselig, »das geht nun doch nicht. Aber Hector Evans möchte auch gern von hier fort. Vielleicht entschließt er sich aufgrund der heutigen Ereignisse, in den Osten zurückzukehren. Ich könnte ihn mit dem Geld bezahlen, von dem Sarah nichts weiß.«

»Klar könntest du ihn bezahlen, aber das wäre reine Verschwendung, denn Hector kann sich nicht einmal selbst beschützen, geschweige denn dich. Du weißt, daß in Missouri immer wieder Züge ausgeraubt werden. Wahrscheinlich erwischt dich die Brüder-James-Bande, und dann bist du dein letztes Geld los.«

»Dieses Risiko muß ich eingehen.«

»Wenn du wirklich entschlossen bist, dann suche dir wenigstens einen echten Beschützer. Reed würde es wahrscheinlich tun, wenn du ihn darum bittest.«

»Er würde darauf bestehen, daß ich ihn zuerst heirate.«

»Das könntest du doch tun. Warum nicht?« Courtney runzelte die Stirn. »Darüber macht man keine Witze. Du weißt, daß ich ihn nicht einmal mag.«

»Wir können ein andermal in Ruhe darüber sprechen«,

meinte Mattie, »denn ich muß jetzt wirklich nach Hause. Aber komm ja nicht auf die Idee, Hector zu nehmen. Eigentlich brauchst du einen Mann wie Chandos. Der würde bestimmt nicht dulden, daß dir jemand auch nur in die Nähe kommt. Hast du daran gedacht, ihn zu fragen?«

Courtney schauderte. »Das kann ich nicht. Er ist ein Killer.«

»Hast du mir denn überhaupt nicht zugehört, Courtney? Genau diese Art von Mann brauchst du als Begleiter. Du bestehst doch darauf, daß du dich sicher fühlen willst.«

Nachdem Mattie gegangen war, dachte Courtney über alles nach, was ihre Freundin gesagt hatte. Wenn sie nach Westen, Süden oder Norden gereist wäre, dann wäre Mr. Chandos tatsächlich der beste Beschützer gewesen. Aber sie wollte in den Osten, zurück in die Zivilisation. Es war gar nicht so weit bis zur Eisenbahn. Sie brauchte nur deshalb einen Begleiter, damit sie nicht ganz allein unterwegs war.

In einem Punkt hatte Mattie jedoch recht. Courtney mußte sich bei Mr. Chandos bedanken.

Sie brauchte eine ganze Stunde, um sich zu diesem Schritt zu entschließen.

Courtney hoffte, daß sie Mr. Chandos nicht in seinem Zimmer antreffen würde. Um diese Zeit wurde das Abendessen serviert, und es war möglich, daß er sich bereits im Speisesaal befand. Dann konnte sie Mattie wahrheitsgemäß erzählen, daß sie ihn gesucht, aber nicht gefunden hatte. Sie würde ihm einfach einen Zettel mit ein paar Worten hinterlassen.

Sie klopfte zweimal an seine Tür, hielt den Atem an und lauschte. Als sich nichts rührte, versuchte sie, den Türknauf zu drehen. Die Tür war versperrt. Und einen zweiten Schlüssel zu den Zimmern gab es nicht, weil Harry auf dem Standpunkt stand, daß ein Gast, der sein Zimmer zusperrte, nicht wollte, daß jemand hineinkam.

Courtney atmete erleichtert auf. Dieser Mann war gefährlich, und sie war froh, daß sie ihm ausweichen konnte.

Dennoch war sie merkwürdigerweise enttäuscht, daß sie ihn nicht angetroffen hatte. Ihre Angst war in dem Augenblick verflogen, in dem er Jim Ward befohlen hatte, sie loszulassen. Sie hatte sich zum ersten Mal seit dem Tod ihres Vaters sicher gefühlt.

Courtney wandte sich ab, um den Zettel mit ein paar Dankesworten zu schreiben und ihn unten am Pult zu hinterlegen. Doch in diesem Augenblick ging die Tür auf. Sie drehte sich wieder um und erstarrte, denn er hielt einen Revolver in der Hand.

»Entschuldigung.« Er steckte den Revolver in den Hosenbund, stieß die Tür weiter auf und trat zurück. »Kommen Sie herein.«

»Nn-ein, das geht nicht.«

»Ist das Wasser denn nicht für mich bestimmt?«

»Ach, natürlich, ja – ich wollte es auf Ihren Waschtisch stellen.«

Courtneys Gesicht glühte, während sie zum Waschtisch lief, den Wasserkrug hinstellte und die Handtücher danebenlegte. Was er wohl von ihr dachte? Zuerst nach der Schießerei in Handleys Laden ein hysterischer Anfall und jetzt dieses idiotische Gestotter.

Courtney brauchte ihren ganzen Mut, um sich umzudrehen und ihn anzusehen. Er lehnte am Türrahmen, hatte die Arme über der Brust verschränkt und verstellte ihr den Ausgang – absichtlich oder unabsichtlich. Er wirkte überhaupt nicht gespannt. Im Gegenteil, seine Haltung war so lässig, daß sie sich noch dümmer vorkam.

Seine schönen, leuchtend blauen Augen musterten sie unverwandt, und sie hatte das Gefühl, daß er bis auf den Grund ihrer Seele blickte. Doch sein Gesichtsausdruck blieb verschlossen; er ließ sich nicht anmerken, ob sie ihn interessierte, ob er neugierig war, oder ob er sie womöglich sogar hübsch fand. Damit weckte er ihre alte Schüchternheit, und sie reagierte mit Zorn darauf.

Bring es hinter dich, Courtney, und sieh zu, daß du von ihm fortkommst, bevor er den letzten Rest deines Selbstvertrauens zerstört, das du im Lauf der Jahre so mühsam erworben hast.

»Mr. Chandos –«

»Nicht Mister. Nur Chandos.«

Es war ihr noch nicht aufgefallen, wie sanft und beruhigend seine tiefe Stimme klang.

Sie war aus dem Konzept geraten und wußte nicht mehr, was sie sagen wollte.

»Sie haben Angst«, stellte er schlicht fest. »Warum?«

»Nein, nein, ich habe keine Angst, wirklich nicht.« *Stottere nicht herum, Courtney.* »Ich wollte mich nur bei Ihnen bedanken. Für das, was Sie heute getan haben.«

»Dafür, daß ich einen Menschen getötet habe?«

»Nein. Nicht dafür.« *O Gott, warum macht er es mir so schwer?* »Ich meine – es war nicht anders möglich. Aber Sie – Sie haben mich gerettet – ich meine – er hat auf niemanden gehört – und Sie haben ihn daran gehindert – und –«

»Ich halte es für besser, wenn Sie dieses Zimmer verlassen, bevor Sie vollkommen zusammenbrechen.«

Er hatte sie durchschaut. Courtney sah unglücklich zu, wie er sich vom Türstock löste und zur Seite trat, und rannte an ihm vorbei.

Doch dann schämte sie sich so sehr über ihr kindisches Benehmen, daß sie stehenblieb und sich umdrehte. Der Blick seiner hellblauen Augen war noch immer unverwandt auf sie gerichtet. Doch jetzt beruhigten sie diese Augen und vertrieben ihre Angst. Sie verstand nicht, wie er das schaffte, war ihm aber dafür dankbar.

»Ich danke Ihnen«, sagte sie einfach.

»Das ist nicht nötig. Man wird mich für meine Mühe bezahlen.«

»Aber Sie haben nicht gewußt, daß er steckbrieflich gesucht wird.«

»Glauben Sie?«

Er war also im Laden gewesen. Vielleicht hatte er zugehört, als Mattie und sie sich unterhielten. Trotzdem ...

»Ganz gleich, aus welchem Grund – Sie haben mir geholfen, Mister. Und ich bin Ihnen dankbar, ob Sie es wollen oder nicht.«

»Wie Sie meinen.« Die Worte klangen abschließend.

Courtney nickte steif und ging schnell durch den Korridor zur Treppe. Sie spürte, daß er ihr noch immer nachsah. Gott sei Dank würde er morgen fort sein. Der Mann brachte sie vollkommen aus der Fassung.

9. KAPITEL

Als Reed Taylor Courtney an diesem Abend besuchte, weigerte sie sich, mit ihm zu sprechen. Das trug ihr einen scharfen Verweis von Sarah ein, aber das war ihr gleichgültig. Sarah mochte Reed, und Courtney konnte sie verstehen. Die beiden waren einander ähnlich; beide waren despotisch, und es war schwer, mit ihnen zurechtzukommen. Und beide hatten beschlossen, daß Courtney Reed heiraten würde. Was sie selbst wollte, spielte offenbar keine Rolle.

Sarah machte aus ihrem Herzen keine Mördergrube. Am Ende jeder Schimpfkanonade kam unweigerlich der Satz: »Ich möchte, daß du heiratest, damit ich dich endlich los bin. Ich habe dich lange genug durchgefüttert.«

Das war lächerlich. Courtney verdiente ihren Unterhalt doppelt und dreifach. Sarah stellte ihr nur die Unterkunft und das Essen zur Verfügung und hatte ihr nie auch nur einen Penny bezahlt. Um zu eigenem Geld zu kommen, mußte Courtney in ihrer kargen Freizeit für Misses Coffman nähen. Trotzdem hatte sie Sarah nie verraten, daß sie in ihrem Zimmer fünfhundert Dollar versteckt hatte.

Als sie Chicago verließen, hatte Edward Harte einen Teil seiner Möbel verkauft. Sarah wußte nicht, daß Courtney das Geld in Verwahrung genommen und in ihrer Kiste versteckt hatte, in der es sogar den Indianern entgangen war.

Courtney hätte nicht sagen können, warum sie das Geld nicht erwähnt hatte, als Sarah darüber jammerte, daß sie nun arm wie Kirchenmäuse waren, weil Edward stets seine gesamte Barschaft bei sich trug; aber jetzt war sie froh darüber. Wahrscheinlich wäre sie mit dem Geld herausgerückt, wenn sie wirklich in Not geraten wären, es war jedoch nicht nötig gewesen. Sarah hatte sofort für sie beide Arbeit im Hotel gefunden und drei Monate später Harry Ackerman, den Besitzer des Etablissements, geheiratet. Er war kein so guter Fang wie seinerzeit Edward, aber seine Zukunftsaussichten waren rosig.

Die Heirat brachte Courtney nur Nachteile. Sie bekam für ihre Arbeit keinen Lohn mehr, und Sarah gewöhnte sich an, keinen Finger zu rühren und nur noch Befehle zu erteilen.

Courtney wußte genau, warum Sarah sie unbedingt loswerden wollte. Die Leute hatten begonnen, sie als die ›alte Sarah‹ zu bezeichnen, weil sie Courtney für ihre Tochter hielten. Sarah stellte den Sachverhalt zwar immer wieder richtig, aber die Bezeichnung blieb an ihr hängen. Sie war erst vierunddreißig und empfand deshalb diesen Zustand als unerträglich.

Dazu kam, daß Sarah Harry dazu überredet hatte, in das ständig wachsende Wichita zu übersiedeln. Ihr neues Hotel befand sich bereits im Bau. In Wichita konnte man Geld machen. Das meinte auch Reed, dessen neuer Saloon mit Spielhalle in Wichita fertiggestellt sein sollte, bevor die Viehtriebsaison 1873 begann.

Sarah war es gleichgültig, ob Courtney ebenfalls nach

Wichita übersiedelte; Hauptsache, sie wohnte nicht mehr bei Harry und ihr.

Courtney sah der Zukunft mit Bangen entgegen. In Wichita würden sich zehnmal so viele unangenehme Zeitgenossen herumtreiben wie in Rockley. Sie wollte nicht in Sarahs neues Hotel übersiedeln und wollte ganz bestimmt nicht Reed heiraten. Aber sie wollte auch nicht allein in Rockley leben.

Sie wälzte sich schlaflos im Bett herum, machte Pläne und verwarf sie wieder. Schließlich zündete sie die Kerze auf ihrem Nachtkästchen an und holte die Zeitung, die sie versteckt hatte, hervor. Zu ihrer Enttäuschung war es kein Blatt aus dem Osten, sondern nur ein acht Monate altes Wochenmagazin aus Fort Worth. Trotzdem breitete sie es auf dem Bett aus und las die ersten Artikel, überblätterte aber den Bericht über eine Schießerei. Das erinnerte sie zu sehr an Mr. Chandos und Jim Ward.

Obwohl sie sich bemühte, gelang es ihr nicht, Chandos aus ihren Gedanken zu verdrängen. Sie mußte zugeben, daß er sie beeindruckt hatte. Er war keineswegs der erste Mann, der ihr gefiel, aber keiner hatte sie so gründlich durcheinandergebracht. Das Merkwürdige daran war, daß sie wußte, wer Chandos war, was er war, und daß sie dennoch seine Anziehungskraft als überwältigend empfand.

Er war hager und von Kopf bis Fuß hart; von seinem Gesicht bis zur schlanken Taille und den kräftigen Muskeln der langen Beine. An einem kleineren Mann hätten seine Schultern zu breit gewirkt, zu seiner hochgewachsenen Gestalt aber paßten sie genau. Sein Gesicht war sonnengebräunt und makellos bis auf eine einzige kleine Narbe auf der linken Wange. Doch sein Mund und seine Augen waren schuld daran, daß er so unverschämt gut aussah. Die Lippen waren ein wenig geschwungen und gerade so voll, daß sie unglaublich sinnlich wirkten. Und die Augen, deren helles Blau durch die dunkle Haut besonders betont wurde, waren infolge der dichten, dunklen, langen Wimpern einfach unwiderstehlich.

Seine Nähe hatte Courtney ihre Weiblichkeit mehr denn je zu Bewußtsein gebracht; das war auch die Erklärung dafür, warum sie sich so unmöglich benommen hatte.

Sie seufzte. Ihr Blick fiel wieder auf die Zeitung und auf das Bild, das sie angestarrt hatte, ohne es, bewußt wahrzunehmen. Ihr Herz begann schneller zu klopfen, und sie betrachtete es ungläubig. War es möglich? Nein – ja!

Sie las rasch den Artikel, der zu dem unscharfen Foto gehörte – dem ersten Foto, das sie je in einer Zeitung gesehen hatte. Es ging um die Verhaftung des berüchtigten Viehdiebs Henry McGinnis in McLennan County, Texas, den der Rancher Fletcher Straton auf frischer Tat ertappt hatte. Das Foto zeigte den Viehdieb, der über die Hauptstraße von Waco geführt wurde sowie einige schaulustige Stadtbewohner. Natürlich hatte sich der Fotograf auf McGinnis konzentriert, und die Gesichter der Zuschauer waren unscharf. Trotzdem sah einer von ihnen genau aus wie Edward Harte.

Courtney schlüpfte in ihren Schlafrock und lief mit der Zeitung und Kerze zu Sarahs und Harrys Zimmer. Als sie an die Tür trommelte, fluchte Harry, aber sie stürzte trotzdem hinein. Sarah fuhr sie an: »Weißt du eigentlich, wie spät –«

Courtney unterbrach sie. »Sarah, mein Vater lebt.«

»Was?« riefen die beiden wie aus einem Mund.

Harry sah Sarah von der Seite an. »Bedeutet das, daß wir nicht verheiratet sind, Sarah?«

»Es bedeutet überhaupt nichts«, fauchte Sarah. »Wie kannst du es wagen, Courtney –«

Courtney unterbrach sie wieder, indem sie sich auf den Bettrand setzte. »Sieh doch her, Sarah. Du kannst mir nicht einreden, daß das nicht mein Vater ist.«

Sarah betrachtete das Bild lange, dann entspannte sie sich. »Du kannst weiterschlafen, Harry. Courtneys Phantasie ist mit ihr durchgegangen, Du hättest wirklich bis morgen früh warten können, um uns diesen Unsinn zu erzählen, Courtney.«

»Es ist kein Unsinn. Der Mann ist mein Vater. Und das Foto wurde in Waco gemacht, was beweist —«

Jetzt unterbrach Sarah sie. »Es beweist überhaupt nichts. Schön, es gibt in Waco einen Menschen, der Edward entfernt ähnlich sieht. Das Foto ist unscharf, und die Züge des Mannes sind verschwommen. Wegen einer flüchtigen Ähnlichkeit ist er noch lange nicht Edward. Edward ist tot, Courtney. Alle sind sich darüber einig, daß er die Gefangenschaft unmöglich überlebt haben kann.«

»Alle außer mir«, widersprach Courtney zornig. »Ich habe nie geglaubt, daß er tot ist. Vielleicht ist er geflohen. Vielleicht —«

»Dummkopf. Wo war er dann in diesen vier Jahren? In Waco? Warum hat er nie versucht, uns zu finden?« Sarah seufzte. »Edward ist tot, Courtney. Alles bleibt beim alten. Geh jetzt schlafen.«

»Ich reise nach Waco.«

»Du tust was?« Sarah brauchte einen Augenblick um zu begreifen, dann begann sie zu lachen. »Natürlich fährst du nach Waco. Wenn du dich unbedingt umbringen lassen willst, indem du allein auf Wanderschaft gehst, dann kannst du es von mir aus gern tun.« Dann wurde ihr Ton schneidend. »Und jetzt verschwinde und laß mich schlafen!«

Courtney wollte noch etwas antworten, überlegte es sich aber und verließ schweigend den Raum.

Sie kehrte nicht in ihr Zimmer zurück. Kein Mensch konnte sie davon überzeugen, daß der Mann auf dem Foto nicht ihr Vater war. Er war am Leben. Sie fühlte es instinktiv, hatte es immer gefühlt. Er war nach Waco gezogen – sie wußte nicht, warum, sie wußte auch nicht, warum er nicht versucht hatte, sie zu finden. Aber jetzt würde sie ihn finden.

Zum Teufel mit Sarah. Sie wollte einfach nicht, daß Edward am Leben war. Sie hatte einen Mann gefunden, der sie reich machen würde, und der ihr mehr zusagte als Edward.

Courtney begab sich in die Halle. Auf dem Pult brannte eine Kerze, aber sie entdeckte keine Spur von dem jungen Tom, der in der Nacht am Pult sitzen sollte, falls ein verspäteter Reisender auftauchte. Es war schon vorgekommen, daß sich ein nächtlicher Gast selber auf die Suche nach einem Zimmer begeben mußte und dabei alle Gäste weckte.

Courtney dachte nicht darüber nach, wo sich Tom herumtrieb, und vergaß auch, daß sie nur Nachthemd und Schlafrock anhatte. Sie hielt die Kerze in der Hand, hatte sich die kostbare Zeitung unter den Arm geklemmt und stieg die Treppe zu den Gästezimmern hinauf.

Sie wußte genau, was sie jetzt tun würde. Sie hatte noch nie etwas so Kühnes unternommen, und deshalb dachte sie lieber nicht darüber nach. Ohne zu zögern klopfte sie an die Tür, doch sie war so vernünftig, daß sie nur leise klopfte. Sie wollte ausschließlich Chandos wecken.

Als sie zum dritten Mal klopfte, flog die Tür auf, und sie wurde grob in den Raum gerissen. Eine Hand legte sich ihr auf den Mund, und ihr Rücken wurde an Chandos' harte Brust gepreßt. Die Kerze fiel ihr aus der Hand, und als er die Tür schloß, war es stockfinster im Zimmer.

»Hat ihnen noch niemand gesagt, daß es Ihren Tod bedeuten kann, wenn Sie jemanden mitten in der Nacht wecken? Jemand, der schlaftrunken ist, hätte sich nicht die Zeit genommen festzustellen, daß Sie eine Frau sind.«

Er ließ sie los, und Courtney hielt sich nur mit Mühe auf den Füßen.

»Entschuldigen Sie, bitte, aber ich muß mit Ihnen sprechen. Ich wollte nicht den Morgen abwarten, weil ich Angst hatte, daß ich Sie verfehlen würde. Sie verlassen doch morgen die Stadt?«

Sie verstummte, als ein Streichholz aufflammte. Er hob ihre Kerze auf, zündete sie an und stellte sie auf die kleine Kommode. Neben der Kommode lagen seine Satteltaschen und sein Sattel. Wahrscheinlich hatte er seine Sachen gar nicht erst ausgepackt, damit er jederzeit unverzüglich aufbrechen konnte.

Der Raum hatte sich verändert. Der große, handgewebte Teppich war zusammengerollt und lehnte an der Wand. Warum? Und warum war der kleine Teppich unter das Bett geschoben worden? Er hatte das Wasser und die Handtücher benützt, die sie am Abend heraufgebracht hatte, und die Tücher zum Trocknen über die Stangen des Waschtisches gehängt. Das einzige Fenster war geschlossen und die Vorhänge zugezogen. Auf dem Holzstuhl neben dem gußeisernen Ofen hingen ein sauberes blaues Hemd, die schwarze Jacke, das Halstuch und ein Gürtel. Der Revolvergürtel hing neben dem Bett, und das Halfter war leer. Beim Anblick seines zerwühlten Bettes wurde sie verlegen und wich zur Tür zurück. Sie hatte ihn geweckt, und das war absolut ungehörig.

»Es tut mir leid, daß ich Sie gestört habe«, entschuldigte sie sich.

»Aber Sie haben es getan. Deshalb werden Sie dieses Zimmer erst verlassen, wenn ich weiß, warum.«

Das klang wie eine Drohung, und plötzlich fiel ihr auf, daß sein Oberkörper nackt war und daß er die Hose nur hastig übergestreift hatte, so daß sein Nabel frei war. Die dichten, dunklen Haare auf seiner Brust bildeten ein T, dessen senkrechter Strich in der Hose verschwand. In einer seiner Gürtelschlingen steckte ein kurzes, gefährlich aussehendes Messer. Den Revolver hatte er wahrscheinlich hinten in den Hosenbund geschoben.

Nein, er war kein Risiko eingegangen, als er die Tür öffnete.

»Also?«

Sie zuckte zusammen. Seine Stimme klang nicht ungeduldig, aber er hatte sicherlich genug von ihr.

Sie hob zögernd den Blick. Sein Gesichtsausdruck war genauso undurchdringlich wie immer.

»Ich – ich habe gehofft, daß Sie mir helfen werden.«

Er hatte den Revolver tatsächlich hinten in den Hosenbund gesteckt. Jetzt zog er ihn heraus, ging zum Bett und steckte ihn in das Halfter. Dann setzte er sich auf das Bett und sah sie nachdenklich an. Das zerwühlte Bett, der halbbekleidete Mann waren zuviel für Courtney. Ihre Wangen begannen zu brennen.

»Sind Sie in Schwierigkeiten?«

»Nein.«

»Was dann?«

»Würden Sie mich nach Texas bringen?«

Sie hatte es hervorgesprudelt, bevor sie es sich anders überlegte.

Nach einer kurzen Pause fragte er: »Sie sind verrückt, nicht wahr?«

»Nein, ich versichere Ihnen, daß ich es ernst meine. Ich muß nach Texas. Ich habe Grund zu der Annahme, daß mein Vater in Waco lebt.«

»Ich kenne Waco. Die Entfernung von hier dorthin beträgt über vierhundert Meilen, und die Hälfte davon ist Indianerterritorium. Das haben Sie nicht gewußt, nicht wahr?«

»Ich habe es gewußt.«

»Aber Sie hatten nicht vor, diesen Weg zu wählen.«

»Es ist die kürzeste Route. Ich hätte sie vor vier Jahren mit meinem Vater benützt, wenn nicht –. Ich kenne die Gefahren. Deshalb bitte ich Sie, mich zu begleiten.«

»Warum ich?«

»Weil es sonst niemanden gibt, den ich darum bitten

kann. Das heißt, es gibt einen Mann, aber der Preis, den er verlangt, ist zu hoch. Außerdem haben Sie heute bewiesen, daß Sie durchaus dazu fähig sind, mich zu beschützen. Ich bin davon überzeugt, daß Sie mich heil nach Waco bringen würden.« Sie unterbrach sich und überlegte, ob sie weitersprechen sollte, dann tat sie es. »Außerdem kommen Sie mir irgendwie bekannt vor.«

»Ich vergesse niemals ein Gesicht, Lady.«

»Ich will damit nicht sagen, daß wir einander kennengelernt haben. Ich würde mich bestimmt daran erinnern. Ich glaube, es liegt an Ihren Augen.« Natürlich konnte sie ihm nicht sagen, daß seine Augen sie auf magische Weise beruhigten, denn dann würde er sie bestimmt für verrückt halten. Deshalb fuhr sie fort: »Vielleicht habe ich als Kind jemandem vertraut, der die gleichen Augen hatte wie Sie. Ich weiß es nicht. Aber ich weiß, daß Sie mir das Gefühl der Sicherheit geben – ich fühlte mich zum ersten Mal seit der Trennung von meinem Vater sicher.«

Er stand auf, ging zur Tür und öffnete sie. »Ich bringe Sie nicht nach Texas.«

Sie war verzweifelt. Sie war nie auf die Idee gekommen, daß er ablehnen könnte. »Ich würde Sie dafür bezahlen.«

»Ich lasse mich nicht anheuern.«

»Aber Sie bringen eine Leiche nach Wichita, um die Belohnung zu kassieren.«

Er lächelte amüsiert. »Ich wäre auf dem Weg nach Newton ohnehin durch Wichita gekommen.«

»Ach – ich habe nicht gewußt, daß Sie vorhaben, in Kansas zu bleiben.«

»Das habe ich auch nicht vor.«

»Dann verstehe ich nicht –«

»Ich bleibe bei meinem Nein. Ich bin kein Kindermädchen.«

»Ich bin kein hilfloses Kind«, begann Courtney empört, verstummte aber, als sie seinen ironischen Gesichtsausdruck bemerkte. »Dann werde ich eben jemand anderen finden, der mich nach Waco bringt«, schloß sie.

»Das würde ich Ihnen nicht empfehlen. Man würde sie umbringen.«

Sarah hatte dasselbe gesagt, und Courtneys Zorn wuchs. »Es tut mir leid, daß ich Sie gestört habe, Mister Chandos«, sagte sie scharf, machte kehrt und verließ hoch erhobenen Hauptes sein Zimmer.

10. KAPITEL

Das fünfundzwanzig Meilen nördlich von Wichita gelegene Newton lief Abilene allmählich den Rang als Rindersammelzentrum von Kansas ab. Vermutlich aber würde das Glück nur eine Saison dauern, denn Wichita traf bereits Anstalten, den Titel an sich zu reißen.

Die Tanzsäle, Saloons und Bordelle waren südlich der Eisenbahnlinie im Hide-Park-Viertel angesiedelt. In der Stadt hielten sich immer zahlreiche Cowboys auf, und der Höllenlärm dauerte rund um die Uhr an. Schießereien und Prügeleien waren gang und gäbe.

Dieser Rummel war für die Viehtriebsaison charakteristisch, denn die Cowboys erhielten ihren Lohn, sobald sie ihren Zielort erreichten, und brachten das Geld für gewöhnlich innerhalb weniger Tage durch. Chandos ritt durch Hide Park und beobachtete dabei die Viehtreiber. Sobald ihre Taschen leer waren, kehrten die meisten nach Texas zurück; einige versuchten ihr Glück in anderen Städten. Es war natürlich möglich, daß sich einmal einer von ihnen nach Rockley verirrte und dort von Courtney Harte dazu überredet wurde, sie nach Texas zu bringen.

Chandos' Gesicht spiegelte selten seine Gedanken wider, doch jetzt hätte er beinahe die Stirn gerunzelt. Die Vorstellung, daß die junge Courtney Harte mit einem dieser nach Frauen ausgehungerten Cowboys allein in der Prärie unterwegs war, wirkte nicht gerade beruhigend. Noch mehr ärgerte ihn, daß es ihm naheging. Diese dumme Frau aus dem Osten. In den vier Jahren, in denen sie auf sich selbst gestellt gewesen war, hatte sie überhaupt nichts gelernt. Ihr Überlebensinstinkt war entschieden unterentwickelt.

Chandos hielt vor Tuttles Saloon an, stieg aber nicht ab. Er griff in die Tasche seiner Jacke und zog einen kleinen Knäuel Haare heraus, den er seit vier Jahren bei sich trug. Es waren die Strähnen, die in seiner Hand geblieben waren, als er Courtney an den Haaren gezerrt hatte.

Er hatte damals ihren Namen nicht gekannt, ihn aber bald danach erfahren, als er nach Rockley ritt, um nachzusehen, was aus Kätzchen geworden war. Auch nachdem er ihren wirklichen Namen kannte, hatte er sie in Gedanken nur so genannt. Und er hatte in diesen vier Jahren oft an sie gedacht.

Natürlich hatte er im Geist immer noch das erschrockene Gesicht des Kindes vor sich gesehen, das nicht viel älter war als seine getötete Schwester. Doch das dumme Kind hatte sich zu einer schönen Frau entwickelt – ohne jedoch viel klüger zu werden. Er war davon überzeugt, daß ihr eigensinniger Entschluß, nach Texas zu gelangen, sehr wahrscheinlich dazu führen würde, daß sie vergewaltigt und getötet wurde.

Chandos stieg ab und band sein Pferd vor Tuttles Saloon an. Er betrachtete den Haarknäuel noch einmal, warf ihn dann angewidert weg und stieß die Tür zum Saloon auf.

Obwohl es um die Mittagszeit war, saßen mindestens zwanzig Personen an der Bar und an den Tischen; sogar zwei tiefdekolletierte Damen waren anwesend. An einem Tisch hatte ein Berufsspieler eine Pokerrunde zusammengetrommelt, und am anderen Ende des Raumes trank der Marshal mit einigen Zechkumpanen und machte genausoviel Krach wie die übrigen Trinker. Drei Cowboys stritten freundschaftlich um die beiden Huren. Zwei gefährlich aussehende Individuen tranken schweigend an einem Ecktisch.

»Ist Dare Trask schon vorbeigekommen?« fragte Chandos den Barkeeper, als er einen Drink bestellte.

»Keine Ahnung, Mister. Kennst du einen Dare Trask, Will?« rief der Barkeeper einem Stammgast zu.

»Nicht, daß ich wüßte«, erwiderte Will.

»Er ist mit Wade Smith und Leroy Curly geritten«, ergänzte Chandos.

»Smith kenne ich. Angeblich hat er sich unten in Paris in Texas mit einer Frau zusammengetan. Die anderen beiden?« Der Mann zuckte die Schultern.

Chandos trank seinen Whisky. Das war wenigstens ein Hinweis. Durch ein paar harmlose Fragen in einem anderen Saloon hatte er erfahren, daß Trask nach Newton unterwegs war; von Smith hatte er jedoch seit zwei Jahren nichts mehr gehört. Dafür hatte er Leroy Curly in einer kleinen Stadt in Neu-Mexiko aufgespürt und nicht einmal einen Streit heraufbeschwören müssen. Curly war der geborene Unruhestifter. Er hatte begeistert die Gelegenheit benützt, Chandos zu beweisen, wie rasch er ziehen konnte, und war dabei gestorben.

Chandos besaß nur eine flüchtige Beschreibung von Dare Trask; ein kleiner Mann, Ende zwanzig, mit braunem Haar und braunen Augen. Die Beschreibung paßte auf zwei der Cowboys und auf einen der Revolverhelden am Ecktisch. Doch Dare Trask besaß ein besonderes Kennzeichen: an der linken Hand fehlte ihm ein Finger. Chandos bestellte einen zweiten Whisky. »Falls Trask vorbeikommt, erzählen Sie ihm, daß Chandos ihn sucht.«

»Chandos? Klar, Mister. Sind Sie ein Freund von ihm?«

»Nein.«

Das genügte. Nichts reizte einen Revolverhelden mehr als die Tatsache, daß ihn jemand suchte, den er nicht kannte. Auf diese Art und Weise hatte Chandos Cincinnati gefunden; er hoffte, daß die Methode auch bei Trask wirken würde.

Sicherheitshalber musterte er die drei Männer, auf die Trasks Beschreibung ungefähr paßte, unauffällig. Jeder von ihnen besaß zehn Finger.

»Verdammt noch mal, was suchen Sie eigentlich, Mister?« fragte der Cowboy, der allein am Tisch zurückblieb, nachdem seine beiden Freunde gerade mit den Huren in den ersten Stock abgezogen waren, was ihm offensichtlich gar nicht paßte.

Chandos kümmerte sich nicht um ihn. Einen Mann, der es auf einen Streit angelegt hat, kann kein Mensch beruhigen.

Der Cowboy stand auf, packte Chandos an der Schulter und drehte ihn zu sich. »Ich habe dich etwas gefragt, du —«

Chandos versetzte ihm einen Tritt in den Unterleib; der Cowboy sank totenblaß auf die Knie und drückte die Hände auf den schmerzenden Körperteil. Chandos zog den Revolver.

Marshal McCluskie war zwar aufgestanden, traf aber keine Anstalten einzugreifen. Er wollte nicht unbedingt dasselbe Schicksal erleiden wie sein Vorgänger, der versucht hatte, Ruhe und Ordnung in Newton einkehren zu lassen. Außerdem legte man sich nicht mit einem Fremden an, der den Revolver bereits in der Hand hielt.

Die anderen beiden Cowboys kamen mit versöhnlich ausgestreckten Händen die Treppe herunter, um ihren Freund einzusammeln. »Nur mit der Ruhe, Mister. Bucky hat soviel Verstand wie eine Fliege. Er wird Ihnen bestimmt keine Schwierigkeiten mehr machen.«

»Verdammt nochmal, ich —«

Einer der beiden Cowboys rammte Bucky den Ellbogen in die Magengrube, während er ihm auf die Füße half. »Halt das Maul, du Idiot, solange du noch eines hast. Du kannst froh sein, daß er dir nicht ein Loch in den Kopf gebrannt hat.«

»Ich bleibe noch einige Stunden in der Stadt, falls euer Freund Lust auf mehr hat«, erklärte Chandos den beiden Cowboys.

»Nein, Sir. Wir bringen Bucky ins Lager zurück und bläuen ihm ein wenig Verstand in den Schädel, wenn er keine Ruhe gibt. Er wird Ihnen nicht mehr über den Weg laufen.«

Davon war Chandos nicht überzeugt; er würde eben auf der Hut sein müssen, bis er Newton wieder verließ.

Sobald Chandos den Revolver ins Halfter gesteckt hatte, schwoll der Lärm im Raum wieder an. Der Marshal nahm mit einem erleichterten Seufzer Platz, und das Kartenspiel ging weiter.

Kurz darauf verließ auch Chandos Tuttles Saloon. Er mußte noch die übrigen Saloons sowie die Tanzsäle und die Bordelle abklappern. In einem der letzteren würde er sich vielleicht länger aufhalten, denn es war Ewigkeiten her, daß er eine Frau gehabt hatte. Als Courtney im Nachthemd vor ihm gestanden hatte, war ihm diese Tatsache brennend heiß zu Bewußtsein gekommen.

In diesem Augenblick erblickte er im Staub den Haarknäuel, den er weggeworfen hatte. Der Wind blies ihn ihm vor die Füße: Chandos hob ihn auf und steckte ihn in die Jackentasche.

11. KAPITEL

Während die anständigen Menschen am Sonntagmorgen in der Kirche beteten, saß Reed Taylor in seinem Büro oberhalb des Saloons. Er hatte einen Stuhl ans Fenster gezogen und Groschenromane neben sich liegen.

Abenteuerromane faszinierten ihn, und er war gerade

zum zehnten Mal in die Lektüre seines Lieblingsbuchs vertieft, als Ellie May aus seinem Schlafzimmer geschlendert kam und laut gähnte, um ihn auf sich aufmerksam zu machen. Doch er ließ sich nicht ablenken, zumal ihn die vergangene Nacht restlos erschöpft hatte.

»Du hättest mich wecken sollen, Süßer«, murmelte sie kehlig und legte ihm die Arme um den Hals. »Ich habe geglaubt, daß wir den ganzen Tag im Bett verbringen werden.«

»Das war ein Irrtum. Jetzt geh schön brav in dein Zimmer.«

Er tätschelte ihre Hand, ohne von seiner Lektüre aufzublicken, worauf May verärgert den Mund verzog. Sie war hübsch, hatte eine gute Figur und mochte Männer über alles. Das galt übrigens auch für Dora, das Mädchen, das gemeinsam mit ihr in Reeds Saloon arbeitete. Doch Reed ließ nicht zu, daß die zwei auch seine Kunden betreuten. Er hatte sogar einen Revolverhelden angestellt, der dafür sorgen mußte, daß die beiden sich an diese Vorschrift hielten.

Reed betrachtete beide Mädchen als seinen Privatbesitz und konnte äußerst ungemütlich werden, wenn er Lust hatte, mit einer von ihnen ins Bett zu gehen und sie ihn warten ließ. Das Problem bestand nur darin, daß er nach Ansicht seiner Schutzbefohlenen mit keiner von ihnen oft genug ins Bett ging, weil sie ihn sich teilen mußten. Dora und Ellie May waren einmal Freundinnen gewesen, standen einander jetzt aber dank dieser Sachlage feindselig gegenüber.

Am liebsten wäre es Ellie May gewesen, wenn Courtney Harte Reed geheiratet hätte. Vielleicht würde der dann Dora und sie gehen lassen. Er hatte ihnen versprochen, sie nach Wichita mitzunehmen, und vielleicht würde sich dort Verschiedenes ändern.

»Weißt du, worin dein Problem besteht, Reed?« fragte Ellie May. »Du interessierst dich nur für drei Dinge –

Geld, die blöden Groschenromane und deine Freundin von gegenüber. Ich wundere mich ja, daß du sie nicht in die Kirche begleitest; allerdings würde der Pfarrer dann vielleicht vor Schreck in Ohnmacht fallen.«

Sie hätte sich ihren Sarkasmus schenken können, denn Reed hörte ihr nicht einmal zu. Sie wandte sich zornig ab, blickte dabei zufällig zum offenen Fenster hinaus, und ihre Augen leuchteten auf.

»Wer wohl der Kerl ist, der Miß Courtney von der Kirche nach Hause begleitet?« fragte sie unschuldig.

Reed sprang auf und schob Ellie May vom Fenster weg, um selbst nachzusehen. Dann zog er die Vorhänge zu, drehte sich um und funkelte sie wütend an.

»Du verdienst eine Tracht Prügel. Du solltest doch Pearce Cates erkennen können.«

»Ach, das war Pearce?« meinte sie scheinheilig.

»Verschwinde!«

Als sie das Zimmer verließ, lächelte sie zufrieden. Es hatte gut getan, Reed aus der Fassung zu bringen, wenn auch nur für kurze Zeit. Er war so daran gewöhnt, seinen Willen durchzusetzen, daß er aus dem Häuschen geriet, wenn ihm etwas in die Quere kam. Er war fest entschlossen, Courtney zu heiraten, und obwohl sie sich bis jetzt weigerte, war er davon überzeugt, daß sie schließlich nachgeben würde.

»Courtney!«

Sie blieb stehen und seufzte tief, als sie Reed Taylor erblickte, der über die Straße auf sie zukam. Ausgerechnet der. Noch ein paar Meter, und sie hätte sich glücklich im Hotel befunden.

Mattie und Pearce blieben ebenfalls stehen, aber Courtney bedeutete ihnen weiterzugehen. Im nächsten Augenblick stand Reed neben ihr; er war offenbar in dem Augenblick aus seinem Saloon gestürzt, in dem er sie sah, denn er hatte weder seinen Rock angezogen, noch seinen Hut aufgesetzt. Er wirkte überhaupt etwas ungepflegt;

seine blonden Haare waren ungekämmt, und er hatte sich an diesem Tag noch nicht rasiert. Dennoch sah er immer noch sehr gut aus. Die Kombination von dunkelgrünen Augen, Adlernase und Grübchen beim Lächeln war unwiderstehlich. Außerdem war er groß und kräftig – er strahlte Stärke aus. Er war der geborene Gewinner, der typische erfolgreiche Mann.

Manchmal dachte Courtney darüber nach, ob sie seine schlechten Eigenschaften vielleicht zu schwer nahm. Aber sie konnte nicht anders. Er war der herrschsüchtigste, eigensinnigste, hartnäckigste Mann, den sie je kennengelernt hatte. Sie mochte ihn einfach nicht. Doch als sie ihn jetzt begrüßte, ließ sie sich ihre Gefühle nicht anmerken, dazu war sie viel zu gut erzogen.

»Guten Morgen, Reed.«

Er kam sofort zur Sache. »Seit dem Zwischenfall in Handleys Laden hast du keine Zeit für mich gehabt.«

»Ja, und?«

»Hat dich der Zwischenfall so aufgeregt?«

»Natürlich.«

Das stimmte. Aber sie war vor allem damit beschäftigt, jemanden zu finden, der sie nach Texas brachte. Berny Bixler war bereit, ihr einen Wagen und ein kräftiges Pferd zu verkaufen. Ihr fehlte nur noch ein Begleiter.

Doch die Schießerei bei Handley war ein guter Vorwand, um Reed abzuwimmeln.

»Ich habe es kaum glauben können, als ich zurückkam«, erzählte Reed. »Es war ein verdammtes Glück, daß dieser Chandler dabei war.«

»Chandos«, stellte Courtney richtig.

»Was? Ist ja gleich. Ich wollte mich bei ihm dafür bedanken, daß er dir zu Hilfe gekommen ist, aber er ist am nächsten Tag frühmorgens abgereist. Wahrscheinlich war dies ohnehin die beste Lösung, weil der Mann bei der geringsten Herausforderung sofort den Revolver gezogen hat.«

Courtney wußte, was Reed meinte. Es war am nächsten Tag zu einer zweiten Schießerei gekommen, weil Jim Wards Freund Chandos vor dem Hotel herausgefordert hatte. Laut dem alten Charley hatte der Kerl keine Chance gehabt, weil Chandos blitzschnell zog. Chandos hatte seinen Gegner jedoch nicht getötet, sondern nur an der rechten Hand verletzt. Dann hatte er den Verwundeten gefesselt, Jim Wards Leiche auf seinem Pferd festgebunden, und war mit dem Toten und dem Lebenden im Schlepptau nach Wichita geritten.

»Es war nicht deine Aufgabe, dich in meinem Namen bei dem Mann zu bedanken, Reed«, widersprach Courtney. »Ich habe selbst versucht, ihm meinen Dank auszusprechen, aber er wollte nichts davon hören.«

»Es tut mir wirklich leid, daß ich nicht dabei war, um dich zu verteidigen, Liebling«, erklärte Reed aufrichtig. Dann fuhr er ohne Übergang fort: »Aber meine Reise war wenigstens erfolgreich. Ich habe mir in Buffalo City einen erstklassigen Baugrund sichern können. Der Mann, der mir davon erzählt hat, hat recht gehabt. Dank der Eisenbahn ist praktisch über Nacht eine weitere Stadt entstanden, diesmal an der Stelle, an der sich früher das Lager der Schnapsbrenner befunden hat. Sie wurde nach dem Kommandanten der nahegelegenen Garnison Dodge City benannt.«

»Schon wieder ein Viehsammelzentrum?« bemerkte Courtney unbeeindruckt. »Willst du nun dorthin übersiedeln statt nach Wichita?«

»Nein. Ich werde jemanden anstellen, der den Saloon in Dodge leitet; mein Hauptquartier wird aber nach wie vor Wichita sein.«

»Wie unternehmungslustig. Warum behältst du nicht auch deinen Saloon in Rockley, statt ihn niederzureißen?«

»Daran habe ich auch schon gedacht. Wenn du findest —«

»Hör auf, Reed«, unterbrach ihn Courtney schnell. Der

Mann war tatsächlich dickhäutig wie ein Elefant. »Was immer du entscheidest hat nichts mit mir zu tun.«

»Natürlich hat es mit dir zu tun.«

»Du täuschst dich. Ich habe beschlossen, Rockley zu verlassen.«

»Was soll das wieder heißen? Ich weiß, daß du in den Osten zurückkehren möchtest, und dafür habe ich volles Verständnis. Ich bin ja nur deinetwegen in Rockley geblieben. Aber was willst du jetzt noch im Osten? Sarah hat mir erzählt –«

»Es ist mir gleichgültig, was Sarah dir erzählt hat. Und wohin ich von hier ziehe, geht dich überhaupt nichts an.«

»Natürlich geht es mich etwas an.«

Sie hätte am liebsten geschrien. Aber es war immer so gewesen. Ein Nein hatte er noch nie akzeptiert, und er hatte einfach nicht zur Kenntnis genommen, daß sie sich weigerte, ihn zu heiraten. Wie konnte sie ihm das bloß begreiflich machen?

»Ich muß weiter, Reed. Mattie und Pearce warten auf mich.«

»Laß sie warten und hör mir zu. Es geht darum, daß du fortziehen willst. Ich kann dir einfach nicht gestatten –«

»Du kannst mir nicht *gestatten!*« wiederholte sie.

»Ich habe es doch nicht so gemeint«, versuchte er, sie zu beruhigen. Es kam nur selten vor, daß ihre Augen so funkelten wie jetzt, aber dann erregte sie ihn wie keine andere Frau. »Es geht doch nur darum, daß ich in zwei Wochen nach Wichita übersiedle und finde, daß wir vorher heiraten sollten.«

»Nein.«

»Es ist ein verdammt langer Ritt von Wichita hierher und wieder zurück, nur um weiterhin um dich zu werben.«

»Fein.«

Er runzelte die Stirn. »Du hast mir nie einen vernünftigen Grund genannt, warum du mich nicht heiraten willst. Ich weiß, du behauptest, daß du mich nicht liebst –«

»Das hast du also wenigstens gehört.«

»Du wirst lernen, mich zu lieben«, versicherte er lächelnd, und seine Grübchen vertieften sich. »Du wirst dich an mich gewöhnen.«

»Ich will mich nicht an dich gewöhnen, Reed, ich –«

Sie ertrug seinen unerwarteten Kuß, ohne sich zu wehren. Er war nicht widerlich. Reed verstand etwas vom Küssen. Doch die einzige Reaktion, die sie empfand, war Wut. Am liebsten hätte sie ihm eine Ohrfeige gegeben. Doch das Schauspiel, das sie boten, war schon arg genug. Sie wollte es nicht noch schlimmer machen.

Als er sie losließ, trat sie zurück. »Auf Wiedersehen, Reed.«

»Wir werden heiraten, Courtney«, sagte er, als sie an ihm vorüberging.

Courtney reagierte nicht auf diese Worte, die wie eine Drohung geklungen hatten. Vielleicht sollte sie ihre Abreise verschieben, bis Reed nach Wichita übersiedelte. Sie glaubte zwar nicht, daß er versuchen würde, sie am Weggehen zu hindern, aber bei Reed konnte man nie wissen.

Sie war so sehr in ihre Gedanken vertieft, daß sie beinahe in den Revolvermann hineinrannte, der in der Eingangstür des Hotels stand. Er mußte den Arm ausstrecken, um sie daran zu hindern. Wieso hatte sie ihn nicht bemerkt? Hatte er womöglich den Kuß gesehen? Wie immer war sein Gesicht undurchdringlich.

Sie spürte, wie sie errötete, und wurde noch verlegener. Sie warf einen Blick zurück, aber Reed war bereits in seinem Saloon verschwunden.

»Ich habe geglaubt, daß ich Sie nie wieder –« begann sie, unterbrach sich aber, als er ihr ein Stück Papier in die Hand drückte.

»Können Sie das innerhalb einer Stunde beisammen haben?«

Sie faltete das zerknüllte Blatt auseinander und überflog den Inhalt. Ihr Herz setzte kurz aus. Es war eine Packliste.

Sie blickte zu ihm auf. »Soll das heißen, daß Sie es sich überlegt haben?«

Er erwiderte ihren Blick, wie es schien, eine Ewigkeit lang. Sie war so leicht zu durchschauen: ihre Katzenaugen leuchteten vor Hoffnung und Aufregung.

»Eine Stunde, Lady, oder ich reite allein.«

12. KAPITEL

Mattie klopfte nur kurz und öffnete dann sofort die Tür. »Er ist also wiedergekommen?«

Courtney sah sich um. »Was? Ach, Mattie, ich habe vergessen, daß du und Pearce warten. Entschuldige bitte. Aber steh nicht herum, sondern komm herein und hilf mir.«

»Wobei soll ich dir helfen?«

»Was glaubst du wohl?«

Die Augen der Jüngeren weiteten sich, als sie das Durcheinander im Raum betrachtete. Überall lagen Sachen herum, Kleider und Unterröcke waren auf dem Stuhl, dem Bett, dem Tisch verstreut.

»Du meinst, ich soll dir helfen, in deinem Zimmer Ordnung zu machen?«

»Dummchen, ich kann meine Kiste nicht mitnehmen, weil er auf der Liste keinen Wagen, sondern nur ein Pferd mit komplettem Geschirr erwähnt hat. Sieh selbst.« Courtney reichte Mattie die Liste.

Diese starrte sie ungläubig an. »Er will dich also doch nach Texas bringen? Du hast doch gesagt –«

»Er hat es sich überlegt. Er macht nicht viele Worte, Mattie. Er hat mir die Liste gegeben und mich gefragt, ob ich die Sachen innerhalb einer Stunde beisammen haben kann. Und jetzt mach schon, ich habe nicht viel Zeit. Ich muß bei Handley noch Satteltaschen und Vorräte besorgen, ein Pferd kaufen, und –«

»Du kannst doch die Strecke nach Texas nicht ohne Wagen zurücklegen, Courtney. Du wirst auf der Erde schlafen müssen.«

»Ich nehme eine Bettrolle mit«, erklärte Courtney fröhlich. »Du siehst ja, daß auf der Liste eine steht.«

»Courtney!«

»Mir bleibt keine andere Wahl, nicht wahr? Und ohne Wagen kommen wir viel schneller voran. Ich werde viel früher in Waco sein, als ich angenommen habe.«

»Du bist noch nie einen ganzen Tag lang geritten, geschweige denn Wochen. Du wirst dich bestimmt so wundreiten –«

»Ich werde es schaffen, Mattie. Ich habe keine Zeit, mit dir zu streiten. Wenn ich nicht fertig werde, reitet er ohne mich.«

»Laß ihn doch. Der Mann hat es viel zu eilig. Er wird dich über die Prärie jagen. Deine Blasen werden Blasen ziehen. Nach zwei Tagen wirst du dir wünschen, tot zu sein, und ihn anflehen, er möge dich zurückbringen. Du wirst bestimmt jemand anderen finden, der dich begleitet.«

»Nein. Kann ich denn den Männern trauen, die durch Rockley durchkommen? Chandos vertraue ich. Du hast selbst gemeint, daß er der Richtige wäre. Außerdem kommt noch etwas dazu. Ich habe das Gefühl, daß Reed versuchen wird, mich zurückzuhalten.«

»Das würde er nie wagen.«

»O doch. Und es gibt nicht viele Männer, die sich Reed widersetzen würden.«

»Und du glaubst, daß Chandos es tun würde? Damit könntest du allerdings recht haben, aber –«

»Ich muß nach Waco, Mattie. Und Chandos ist der beste Begleiter, den ich finden kann. So einfach ist das. Hilfst du mir jetzt? Die Zeit wird knapp.«

»Also schön«, seufzte Mattie. »Was steht noch auf der Liste? Wirst du eine Hose und Hemden kaufen? Er hat sie angeführt.«

Courtney schüttelte den Kopf. »Er hat sie bestimmt nur auf die Liste genommen, weil ich nicht in einem Kleid reiten kann. Aber ich habe aus meinem Mohairrock einen Reitrock geschneidert, und damit ist alles in Ordnung.«

»Glaubst du wirklich, daß das der einzige Grund ist? Vielleicht will er, daß du wie ein Mann aussiehst. Du vergißt, durch was für Gebiete ihr reitet.«

»Fang nicht an, mir die Gefahren zu schildern, Mattie. Ich habe auch so schon genügend Angst.«

»Kaufe dir wenigstens eine Hose, um nichts falsch zu machen.«

»Mr. Handley wird mich für verrückt halten. Außerdem habe ich nicht soviel Zeit.«

Mattie betrachtete die Reisetasche, in die Courtney gerade zwei Kleider stopfte. »Auf der Liste steht zwar, daß du nur wenig Wäsche mitnehmen sollst, aber du bringst in der Tasche noch ein Kleid unter. Warum nicht? Du brauchst ohnehin einen zweiten Sack für die Lebensmittel, und du hast immer noch die Satteltaschen. Du wirst auf deinem Pferd ziemlich eingeengt sein, aber um das kommst du nicht herum.«

»Du kennst dich doch mit Pferden besser aus als ich, Mattie, und hier steht, daß ich ein gutes Pferd brauche. Könntest du vielleicht für mich eins kaufen?«

»Die Auswahl im Stall drüben ist nicht groß. Wenn wir etwas mehr Zeit hätten, würde ich dir ein Prachtstück von unserer Farm bringen.«

»Ich habe aber keine Zeit, Mattie. Er hat gesagt, eine Stunde, und das heißt eine Stunde.«

»Ich werde sehen, was ich tun kann«, murrte Mattie. »Wir treffen uns dann vor Handleys Laden. Weiß Sarah es schon?«

Während Courtney ihrer Freundin Geld gab, meinte sie

grinsend: »Machst du Witze? Wenn sie es wüßte, würde sie jetzt hier stehen und mir in den düstersten Farben schildern, was mich erwartet.«

»Warum machst du dich nicht aus dem Staub, ohne es ihr zu sagen? Du würdest dir viel ersparen.«

»Das kann ich nicht, Mattie. Schließlich hat sie sich all die Jahre um mich gekümmert.«

»Um dich gekümmert!« rief Mattie empört. »Sie hat dich bis zum Umfallen schuften lassen.«

Courtney lächelte über die offene Ausdrucksweise ihrer Freundin. Doch sie hatte sich im Lauf der Jahre ebenfalls angewöhnt, unbekümmerter zu sprechen; zumindest errötete sie nicht mehr, wenn Mattie mit einem Kraftausdruck herausplatzte.

Ihr wurde erst in diesem Augenblick klar, wie lang es dauern würde, bis sie Mattie wiedersah, und sie meinte: »Du wirst mir fehlen, Mattie; ich möchte übrigens, daß du dir von den Dingen, die ich zurücklasse, alles nimmst, was dir gefällt.«

»Soll das heißen, daß ich all die hübschen Kleider haben kann?«

»Mir ist es lieber, wenn du sie hast, und nicht Sarah.«

»Ich weiß wirklich nicht, was ich sagen soll. Ich meine – du wirst mir auch fehlen.«

Sie lief aus dem Zimmer, um nicht in Tränen auszubrechen. Es hatte keinen Sinn; Courtneys Entschluß stand fest.

Auch in Courtneys Augen standen Tränen, während sie rasch fertigpackte und dann in ihr Reitkleid schlüpfte.

Sie traf noch im Hotel auf Sarah. Sie hatte vorgehabt, sich erst im letzten Augenblick zu verabschieden, nachdem sie bei Handley eingekauft hatte, doch das ging nun nicht mehr.

»Du hältst also immer noch an der idiotischen Idee fest, nach Waco zu reisen?« fragte Sarah.

»Allerdings.«

»Wenn du draußen in der Prärie stirbst, du kleine Närrin, will ich verdammt sein, wenn ich um dich trauere.«
»Ich mache mich nicht allein auf den Weg, Sarah.«
»Was? Wer begleitet dich denn?«
»Er heißt Chandos und ist der Mann, der –«
»Ich weiß, wer er ist«, zischte Sarah. Dann begann sie überraschenderweise zu lachen. »Ich verstehe. Der lächerliche Unsinn über deinen Vater war nur ein Vorwand, damit du mit diesem Revolverhelden auf und davon gehen kannst. Ich habe immer schon gewußt, daß du ein Tramp bist.«

Courtneys Augen blitzten zornig. »Das stimmt nicht, Sarah. Aber von mir aus kannst du denken, was du willst. Übrigens, falls mein Vater wirklich am Leben ist, dann bist du eine Ehebrecherin, stimmt's?«

Während des kurzen Augenblicks, in dem Sarah sie sprachlos anstarrte, verließ Courtney das Hotel. Sie befürchtete, daß Sarah ihr folgen würde, doch das war nicht der Fall.

Sie erblickte auf der Straße weder Chandos noch sein Pferd, also blieb ihr noch etwas Zeit. Sie kaufte rasch ein, was sie brauchte, und verabschiedete sich gleich von einigen Leuten, die freundlich zu ihr gewesen waren, denn außer Lars Handley befanden sich zufällig Charley, Snub und die Coffman-Schwestern in seinem Laden.

Mattie kam herein, bevor Courtney fertig war. »Er wartet draußen.«

Courtney sah zum Fester hinaus und erblickte Chandos auf seinem Pferd. In diesem Augenblick empfand sie einen Anflug von Angst. Sie kannte diesen Mann kaum und vertraute ihm dennoch ihr Leben an.

»Er hat ein zweites Pferd mitgebracht«, fuhr Mattie leise fort. »Es ist aufgezäumt und gesattelt. Er hat das Tier gekauft und auch den Sattel ausgesucht. Wahrscheinlich hat er sich ausgerechnet, daß du in Rockley kein ordentliches Reittier bekommen wirst. Ich habe dir trotzdem die alte Nelly gekauft. Ich habe sie wirklich billig bekommen.« Mattie gab Courtney den Rest ihres Geldes zurück. »Du kannst sie zwar nicht reiten, aber sie gibt ein gutes Packpferd ab, und du wirst nicht so beengt sein.«

»Warum klingst du dann so unglücklich?«

»Bin ich gar nicht. Das heißt – du gehst fort ... aber das ist nicht alles. Chandos hat mich durcheinandergebracht. Er hat im Stall so entschieden gewirkt, ohne viel zu sprechen. Du hast recht, er macht wirklich nicht viele Worte. Und ich habe eine Heidenangst vor ihm.«

»Aber Mattie!«

»Ich kann es nicht ändern. Woher weißt du eigentlich, daß du ihm vertrauen kannst?«

»Ich vertraue ihm eben. Du vergißt, daß er mich vor dem schrecklichen Jim Ward gerettet hat. Jetzt ist er wieder bereit, mir zu helfen.«

»Das weiß ich, aber ich möchte gern wissen, warum.«

»Das ist unwichtig, Mattie, ich brauche ihn. Und jetzt komm und hilf mir, das Zeug auf der alten Nelly festzuzurren.«

Chandos reagierte nicht, als die beiden Mädchen aus dem Laden traten. Er stieg nicht einmal ab, um ihnen zu helfen, so daß sie Courtneys Sachen allein auf das Packpferd binden mußten. Courtney beeilte sich; nicht so sehr wegen Chandos, sondern weil sie nicht wollte, daß Reed sie überraschte. Sie blickte immer wieder nervös zu seinem Saloon hinüber und hoffte, daß sie und Chandos Rockley verlassen konnten, bevor es zu einer Szene kam.

Nachdem die beiden Freundinnen einander zum letzten Mal umarmt hatten und Courtney im Sattel saß, fragte Chandos: »Haben Sie alles, was auf der Liste steht?«

»Ja.«

»Es ist wahrscheinlich zu spät, wenn ich Sie jetzt frage, ob Sie reiten können.«

Er sagte es so trocken, daß Courtney lachen mußte. »Ich kann reiten.«

»Dann tun wir's doch, Lady.«

Er ergriff die Zügel der alten Nelly und wandte sich nach Süden. Courtney hatte gerade noch Zeit, Mattie zuzuwinken.

Sie erreichten sehr bald die letzten Häuser von Rockley. Courtney seufzte erleichtert auf und sagte diesem Kapitel ihres Lebens Lebewohl.

Sie gewöhnte sich sehr rasch daran, Chandos' Rücken vor sich zu sehen. Er weigerte sich einfach, neben ihr zu reiten. Sie versuchte einige Male, ihn einzuholen, aber er blieb immer eine gute Pferdelänge vor ihr. Es war nicht weit, aber nicht nahe genug für ein Gespräch. Dennoch wußte er stets, was sie tat. Er drehte sich nie um, aber jedes Mal, wenn ihr Pferd zurückblieb, wurde er langsamer. Er hielt immer die gleiche Entfernung zu ihr ein, was äußerst beruhigend wirkte.

Dieser Eindruck war falsch. Chandos hielt plötzlich an, stieg ab und kam dann zu ihr. Sie blickte ihn fragend an. Die Sonne war noch nicht untergegangen, und sie hatte nicht geglaubt, daß sie das Nachtlager so zeitig aufschlagen würden.

Doch dann regte sich leise Besorgnis in ihr, denn sein Gesichtsausdruck war entschlossen, und seine Augen waren kalt.

Er griff wortlos hinauf und zog sie vom Pferd. Sie schrie erschrocken auf, als sie gegen ihn fiel, und ihre Stiefel an seine Schienbeine prallten. Er zuckte mit keiner Wimper, drückte sie mit einem Arm an sich und umfaßte mit der zweiten Hand ihr Gesäß.

»Chandos, bitte!« rief sie entsetzt. »Was tun Sie?«

Er schwieg. Seine blauen Augen waren eisig, und sie las in ihnen die Antwort auf ihre Frage.

»Warum?«

»Warum nicht.«

Sie wollte es nicht glauben. »Ich habe Ihnen vertraut.«

»Das hätten Sie wahrscheinlich nicht tun sollen«,

erklärte er kalt und drückte sie mit beiden Armen an sich.

Courtney begann zu weinen. »Bitte, Sie tun mir weh.«

»Ich werde Ihnen noch viel ärgere Schmerzen zufügen, wenn Sie nicht genau das tun, was ich Ihnen sage, Lady. Legen Sie jetzt die Arme um mich.«

Er wirkte weder zornig, noch sprach er laut. Seine kalte Entschlossenheit erschreckte sie mehr als seine Worte.

Sie sah ihm in die eisigen Augen und gehorchte, weil sie nicht wagte, ihm zu widersprechen. Ihr Herz klopfte rasend. Wie hatte sie sich nur so in ihm irren können?

»So ist es schon besser«, meinte er unbeeindruckt. Dann riß er mit einer einzigen Bewegung ihre Bluse vorn auf.

Courtney schrie auf, und obwohl sie wußte, daß es sinnlos war, konnte sie nicht anders. Sie erreichte damit allerdings nur, daß Chandos sie von sich stieß und sie mit einem Plumps vor seinen Füßen landete. Hastig raffte sie ihre Bluse zusammen.

Sie hatte sich darauf verlassen, daß Chandos sie beschützen würde, und kam sich jetzt verraten und verkauft vor. Sie blickte zu ihm auf, und in ihren Augen lag das tiefe Entsetzen, das sie empfand.

Doch dann erschauerte sie. Er wirkte so erbarmungslos, wie er mit gespreizten Beinen vor ihr stand, so stark, so schön und so grausam.

»Sie haben die Situation offenbar noch immer nicht erfaßt, sonst würden Sie nicht meinen Zorn riskieren, indem Sie schreien.«

»Ich weiß genau, in welcher Situation ich mich befinde.«
»Dann erklären Sie es mir. Sofort.«
»Sie werden mich vergewaltigen.«
»Und?«
»Ich kann Sie nicht daran hindern.«
»Und?«
»Ich weiß nicht, was ich noch sagen sollte.«

»Eine ganze Menge, Lady. Die Vergewaltigung sollte Ihnen die geringste Sorge bereiten. Sie haben sich mir ausgeliefert. Das war dumm, denn jetzt kann ich mit Ihnen tun, was ich will. Habe ich mich klar ausgedrückt? Ich kann Ihnen die Kehle durchschneiden und Sie an einer Stelle liegen lassen, an der kein Mensch jemals Ihre Knochen suchen wird.«

Courtney zitterte wie Espenlaub. Sie hatte das alles nicht bedacht, als noch Zeit dafür gewesen war, und jetzt war es zu spät.

Als sie nicht aufhörte zu zittern, beugte sich Chandos vor und schlug sie ins Gesicht. Sie brach prompt laut heulend in Tränen aus, und er fluchte. Vielleicht verfuhr er zu hart mit ihr, aber sie hatte die Lektion gebraucht.

Er war bereit gewesen, notfalls noch weiter zu gehen, aber das war nicht notwendig. Sie ließ sich leicht in Angst versetzen.

Er legte ihr die Hand auf den Mund, um sie zum Schweigen zu bringen. »Du kannst aufhören zu weinen. Ich tue dir nichts.«

Er erkannte, daß sie ihm nicht glaubte, und seufzte. Er hatte sie tiefer verunsichert, als er vorgehabt hatte. »Hör zu, Kätzchen«, sagte er bewußt sanft. »Schmerz merkt man sich, deshalb habe ich ihn dir zugefügt. Du sollst nicht vergessen, was du heute gelernt hast. Ein anderer hätte dich vergewaltigt, ausgeraubt und wahrscheinlich getötet, um sein Verbrechen zu verbergen. Du kannst dein Leben nicht in die Hände eines Fremden legen, weder in diesem Teil des Landes noch sonstwo. Ich habe versucht, dir das begreiflich zu machen, aber du wolltest nicht auf mich hören. Diesen Trail benützen zu viele gefährliche Männer.«

Sie hatte aufgehört zu weinen. Er nahm die Hand von ihrem Mund und sah zu, wie sie sich mit der kleinen, rosa Zunge über die Lippen fuhr. Dann richtete er sich auf und wandte ihr den Rücken zu.

»Wir können genauso gut unser Nachtlager hier aufschlagen«, meinte er, ohne sie anzusehen. »Morgen früh bringe ich Sie nach Rockley zurück.«

13. KAPITEL

Courtney blickte einige Stunden lang zu den Sternen empor. Dann drehte sie sich um und starrte in das erlöschende Feuer. Sie nahm an, daß es gegen Mitternacht war.

Sie hatte sich beruhigt. Chandos hatte sie nicht mehr angerührt und war nur einmal zu ihr gekommen, um ihr einen Teller mit Essen zu geben. Er hatte auch nicht mehr mit ihr gesprochen, denn er war zweifellos der Ansicht, daß er alles Notwendige gesagt hatte.

Dieser Schuft! Wer gab ihm das Recht, sich als ihr Lehrer aufzuspielen? Das Recht, ihr Hoffnung zu machen, und diese Hoffnung dann wieder zu zerstören? Dennoch wagte sie nicht, ihm zu sagen, was sie von seiner ›Lektion‹ hielt. Sie hatte Angst, ihn damit zu provozieren.

Dann kamen die Tränen, Tränen der Verzweiflung. Es waren stumme Tränen, nur gelegentlich schnüffelte sie oder holte stockend Atem. Aber das genügte; Chandos hörte sie.

Er hatte nicht geschlafen, denn seine Gedanken hielten ihn wach. Seine Vorgehensweise bereute er allerdings nicht. Er hatte in bester Absicht gehandelt, auch wenn die Lektion etwas drastisch ausgefallen war. Doch es war besser, wenn das Mädchen jetzt einen Schreck bekam, als wenn es später irgendwo in der Prärie verscharrt wurde. Reden allein hätte nichts genützt, denn sie hätte nicht auf ihn gehört.

Sein Problem war nur, daß ihr Schmerz ihn unerwarteterweise tief getroffen hatte. Es war beinahe wie damals gewesen, als ihr Leben zum ersten Mal in seinen Händen gelegen hatte. In ihm war der Beschützerinstinkt erwacht, und er wollte sie trösten und beruhigen. Daß sie weinte, zerrte an seinen Nerven. Er ertrug es nicht.

Sein erster Gedanke war fortzureiten, bis sie sich beruhigt hatte. Aber dann würde sie natürlich glauben, daß er sie im Stich ließ, und er wollte ihr nicht noch mehr Angst einjagen. Verdammt! Frauentränen hatten ihn bis jetzt nie beeindruckt. Was war an ihren Tränen anders?

Er stand geräuschlos auf, ging zu ihr hinüber und ließ sich neben sie auf den Boden fallen. Sie zog erschrocken die Luft ein, als er die Arme um sie schloß und sie an sich zog, so daß sie mit dem Rücken zu ihm lag.

»Keine Angst, kleine Katze. Entspann dich. Ich tue dir nichts.«

Sie war steif wie ein Brett. Sie traute ihm nicht, und er konnte ihr daraus kaum einen Vorwurf machen. »Ich werde Sie nur festhalten, nichts sonst«, erklärte er beruhigend. »Dann können Sie endlich aufhören zu weinen.«

Sie wandte sich ihm zu, und ihr tränennasses Gesicht rührte Chandos zutiefst. Ihre Augen waren wie große Wunden.

»Sie haben alles zerstört«, sagte sie jämmerlich.

»Das weiß ich«, bestätigte er, nur um sie zu beruhigen.

»Ich werde meinen Vater niemals finden.«

»Natürlich werden Sie ihn finden. Sie müssen nur eine andere Möglichkeit suchen, um zu ihm zu gelangen.«

»Wie soll ich das tun? Ich habe Ihretwegen so viel Geld für Lebensmittel ausgegeben, daß ich es mir nun nicht mehr leisten kann, nach Waco zu reisen. Ich habe Kleidungsstücke gekauft, die ich niemals tragen werde, ein Pferd, das so alt ist, daß Mr. Sieber es nie zurücknehmen wird, und einen nutzlosen Revolver, der mehr gekostet hat als das Pferd.«

»Ein Revolver ist nie nutzlos«, erklärte Chandos geduldig. »Hätten Sie den Ihren heute getragen, so hätten Sie verhindern können, daß ich auch nur in Ihre Nähe gelange.«

»Ich habe nicht gewußt, daß Sie mich angreifen werden«, erwiderte sie entrüstet.

»Das stimmt«, gab er zu. »Aber Sie hätten darauf gefaßt sein müssen. Hier draußen muß man auf alles gefaßt sein.«

»Jetzt bin ich es.« Sie spannte den Revolver, den sie unter der Decke versteckt hatte.

Er war nicht sonderlich beeindruckt. »Sehr gut, Lady, Sie lernen. Aber Sie müssen rascher reagieren.« Er griff unter die Decke, packte den Revolver am Lauf und entriß ihn ihr. »Das nächste Mal müssen Sie darauf achten, daß Sie schußbereit sind, vor allem, wenn Ihnen Ihr Ziel so nahe ist.«

»Es hat ja doch keinen Sinn«, seufzte sie hoffnungslos. »Ich hätte Sie ohnehin nicht erschießen können.«

»Wenn die Bedrängnis groß genug ist, kann man beinahe alles erschießen. Aber jetzt hören Sie endlich auf zu weinen, bitte. Ich gebe Ihnen auch Ihr Geld zurück.«

»Danke sehr«, erwiderte sie kurz angebunden und nicht im geringsten besänftigt. »Aber das nützt mir auch nichts. Ganz gleich, wie ich nach Texas gelange – ich kann nicht allein reisen. Und Sie haben mir klargemacht, daß ich niemandem vertrauen kann –«

»Es ist ohnehin falsch, daß Sie Ihren Vater aufsuchen, denn eigentlich sollte er zu Ihnen kommen. Schreiben Sie ihm.«

»Wissen Sie eigentlich, wie lange ein Brief nach Waco unterwegs ist? Sogar ich würde dort früher eintreffen.«

»Ich könnte den Brief hinbringen.«

»Sie reiten nach Waco?«

»Ich hatte es nicht vor, aber ich würde es tun.«

»Sie tun es bestimmt nicht«, widersprach sie unfreundlich. »Sobald wir uns trennen, würden Sie nicht mehr daran denken.«

»Ich habe gesagt, daß ich es tue, und ich pflege meine Versprechen zu halten.«

»Und was ist, wenn mein Vater nicht dort ist? Wie erfahre ich es?« Sie sah ihn bittend an, aber er schien sie nicht zu verstehen.

»Ich werde wahrscheinlich irgendwann wieder vorbeikommen.«

»Irgendwann? Ich soll auf irgendwann warten?«

»Was wollen Sie eigentlich von mir, Lady? Ich habe Wichtigeres zu tun, als Botengänge für Sie zu besorgen.«

»Ich will, daß Sie mich nach Waco bringen. Sie haben gesagt, daß Sie es tun werden.«

»Das habe ich nie gesagt. Ich habe Sie aufgefordert, aufgrund einer Liste eine Ausrüstung zusammenzustellen, und Sie haben den Schluß daraus gezogen, den Sie ziehen wollten.«

Er hatte nicht lauter gesprochen, aber sie spürte, daß er langsam die Geduld verlor. Trotzdem konnte sie nicht einfach darüber hinweggehen.

»Ich verstehe nicht, warum Sie mich nicht nach Waco bringen können. Sie reiten doch ohnehin nach Texas.«

»Sie haben wohl überhaupt nichts begriffen, nicht wahr?« Seine Stimme klang jetzt kalt.

»O doch«, widersprach sie unsicher.

»Wieso wollen Sie dann immer noch mit mir reiten?«

Courtney senkte verlegen den Blick. Er hatte natürlich recht. Eigentlich sollte sie nicht einmal mit ihm reden.

»Ich weiß, warum Sie sich so benommen haben«, meinte sie schüchtern. »Natürlich gefällt mir Ihre Vorgehensweise nicht, aber ich glaube nicht, daß Sie mir etwas antun wollten.«

»Sie haben keine Ahnung, was ich wollte.«

Courtney verkrampfte sich, als seine Arme sich plötzlich fester um sie schlossen.

»Hätten Sie – hätten Sie wirklich ...?« stotterte sie.

»Hören Sie zu, Lady«, unterbrach er sie barsch. »Sie haben keine Ahnung, wozu ich fähig bin, also versuchen Sie gar nicht erst, Vermutungen anzustellen.«

»Wollen Sie mir schon wieder Angst machen?«

Er setzte sich auf. »Ich wollte nur, daß Sie aufhören zu weinen. Das ist mir gelungen. Jetzt sollten wir beide versuchen, wenigstens noch ein bißchen zu schlafen.«

»Warum nicht?« meinte sie vorwurfsvoll. »Meine Probleme berühren Sie ja nicht im geringsten. Vergessen Sie, daß ich Sie um Hilfe gebeten habe. Am besten, Sie vergessen alles.«

Chandos stand auf. Ihr spöttischer Ton beeindruckte ihn überhaupt nicht. Sie war eine Frau, und denen konnte man es nie recht machen. Aber ihre nächsten Worte trafen ihn wie ein Schlag in die Magengrube.

»Für mich gibt es doch noch eine Möglichkeit. Reed Taylor wird mich bestimmt nach Waco bringen. Das bedeutet natürlich, daß ich ihn heiraten muß, aber was soll ich sonst tun? Ich habe mich allmählich daran gewöhnt, daß nichts so geht, wie ich es möchte, also spielt auch das keine Rolle mehr.«

Sie hatte sich von ihm abgewandt und sprach mehr mit sich selbst als mit ihm. Dieses Luder! Er wußte nicht, ob er sich einfach nicht um sie kümmern oder ihr etwas Vernunft einbläuen sollte.

»Lady?«

»Was ist jetzt?« fuhr sie ihn an.

Er lächelte. Feige war sie jedenfalls nicht.

»Sie hätten ja gleich sagen können, daß Sie Ihren Körper einsetzen wollen, um nach Waco zu gelangen.«

»Was?« Sie fuhr so heftig herum, daß ihre Decke herunterglitt. »Ich würde nie —«

»Sie haben gerade gesagt, daß Sie den Kerl heiraten wollen.«

»Das hat doch nichts mit dem zu tun, was Sie gemeint haben.«

»Wirklich? Glauben Sie, daß Sie einen Mann heiraten können, ohne das Bett mit ihm zu teilen?«

Courtney errötete bis über beide Ohren. Sie hatte darüber noch nie nachgedacht, sondern nur geredet, um ihre Wut loszuwerden.

»Sobald Sie mich nach Rockley zurückgebracht haben, geht es Sie überhaupt nichts mehr an, was ich tue«, meinte sie schließlich.

Er trat wieder zu ihr. »Wenn Sie Ihre Jungfräulichkeit verkaufen, wäre ich unter Umständen an dem Geschäft interessiert.«

Sie war sprachlos. Wollte er sie vielleicht nur aus der Fassung bringen?

»Ich habe von einer Heirat gesprochen«, erwiderte sie unsicher. »Sie auch?«

»Nein.«

»Dann haben wir nichts mehr zu besprechen«, erklärte sie entschieden und wandte sich ab.

Chandos sah zu, wie sie nach ihrer Decke griff und sie sich bis zum Kinn hinaufzog.

Er drehte sich um und blickte zum Sternenhimmel empor. Wahrscheinlich war er verrückt geworden.

Trotz dieser Erkenntnis holte er tief Luft und sagte: »Ich bringe sie nach Texas.«

Sie schien einen Augenblick verblüfft, dann sagte sie: »Ihr Preis ist mir zu hoch.«

»Ich stelle keine zusätzlichen Forderungen, Lady; Sie bezahlen, was wir ursprünglich vereinbart hatten.«

Auf einmal, nach allem, was er ihr angetan hatte, überlegte er es sich jetzt wieder anders! Sie war so verärgert, daß sie nur kurz »Nein, danke«, sagte.

»Wie Sie wollen«, erwiderte er unbeeindruckt und kehrte zu seinem Schlafplatz zurück.

Sie war stolz darauf, daß sie abgelehnt hatte. Für wen hielt er sich denn, daß er mit ihrem Leben spielte?

Lange Zeit war nur das Knistern des Feuers zu hören.

Dann flüsterte sie: »Chandos?«
»Ja?«
»Ich habe es mir überlegt. Ich nehme Ihr Angebot an.«
»Dann schlafen Sie endlich, Lady. Wir brechen zeitig auf.«

14. KAPITEL

Der Duft nach starkem Kaffee weckte Courtney. Sie blieb einen Augenblick regungslos liegen und genoß die Wärme der Morgensonne, die ihr ins Gesicht schien. Sie hatte noch nie unter freiem Himmel geschlafen und empfand dieses Erwachen als angenehme Abwechslung. Die Bettrolle, die sie auf dem dichten Gras ausgebreitet hatte, war sehr bequem; vielleicht würde es sie wirklich nicht stören, daß sie ohne Wagen reisten.

Doch als sie sich bewegte, sah das Ganze wieder anders aus. Ihr gesamter Körper schmerzte. Dann erinnerte sie sich an Matties Warnung. Sie waren gestern beinahe sechs Stunden geritten, zwar nicht scharf, und sie hatten nur fünfzehn oder zwanzig Meilen zurückgelegt, aber Courtney war es nicht gewohnt, so lange im Sattel zu sitzen. Ihre Muskeln protestierten unmißverständlich.

Als sie sich umdrehte, zuckte sie zusammen. Es war schlimmer, als sie gedacht hatte. Dann fiel ihr Blick auf ihren Begleiter, und sie vergaß ihre Beschwerden.

Chandos rasierte sich gerade. Er stand in etwa drei Metern Entfernung von ihr neben den angebundenen Pferden. Auf dem Boden neben seinen Füßen befand sich ein Rasiernapf mit einem Pinsel darin. Er hatte seinem Pferd bereits den Sattel aufgelegt und einen Rasierspiegel daran befestigt, und zwar so, daß er in ihn hinunterblicken konnte. Courtney hatte ihrem Vater oft beim Rasieren zugesehen, aber bei Chandos war es etwas anderes. Er trug kein Hemd, nur Hose und Stiefel, und den Revolver-Gürtel, den das an seinen Oberschenkel geschnallte Halfter an der rechten Seite hinunterzog.

Sie sah zu, wie er den Arm hob und sich den Schaum vom Gesicht kratzte. Sie sah zu, wie seine Muskeln sich anspannten und bewegten, und konnte den Blick nicht von seinem kräftigen, harten Körper wenden. Seine nackte Haut war dunkel, glatt und faszinierend.

»Ruhig, Surefoot.«

Chandos' Pferd war einen Schritt zur Seite gewichen, und Courtney war darüber erstaunt, wie sanft und beruhigend Chandos' Stimme klingen konnte. Er sprach noch einige Worte in einer ihr unbekannten Sprache zu dem Pferd, und als er schließlich sagte: »Sie sollten sich Kaffee holen, Lady. Wir bleiben nicht mehr lange hier«, schnappte sie nach Luft und errötete. Wußte er, daß sie ihn beobachtet hatte? Wieso hatte er überhaupt bemerkt, daß sie wach war?

Sie setzte sich langsam auf, und ihre Muskeln meldeten sich wieder. Am liebsten hätte sie gestöhnt, aber sie wagte nicht, Chandos zu gestehen, daß sie Schmerzen hatte. Sie waren erst einen Tag geritten. Wenn er auf die Idee kam, daß sie nicht durchhalten würde, überlegte er es sich womöglich wieder.

»Haben Sie vorhin Spanisch gesprochen?« erkundigte sie sich.

»Nein.«

»Mattie hat angenommen, daß Sie vielleicht spanischer Abstammung sind. Kommt Ihr Name aus dem Spanischen?«

»Nein.«

Courtney verzog das Gesicht. Er war aber auch ein Griesgram! Konnte er denn nicht zur Abwechslung einmal freundlich sein? Sie versuchte es noch einmal.

»Wenn Sie kein Spanier sind, was sind Sie dann?«

»Der Kaffee wird kalt, Lady.«

Das kommt davon, wenn man ein höfliches Gespräch führen will, dachte sie. Dann konzentrierte sich ihre Aufmerksamkeit auf den Kaffee. Sie war hungrig!

»Gibt es auch etwas zu essen, Chandos?«

Endlich sah er sie an. Ihre Haare hatten sich im Schlaf gelöst und hingen ihr bis zur Taile herab. Er erinnerte sich daran, wie er sich ihre Haare um die Hand geschlungen hatte. Sie blickte ihn unter schweren Lidern an, und ihre Augen wirkten noch schräger als gewöhnlich. Sie war müde, weil sie geweint hatte und die halbe Nacht wachgeblieben war. Sie hatte offensichtlich keine Ahnung, wie unglaublich verführerisch sie aussah.

»Neben dem Feuer liegen Pfannkuchen«, antwortete er.

»Ist das alles?«

»Am Morgen esse ich für gewöhnlich wenig. Sie hätten gestern abend essen sollen.«

»Ich wäre nicht imstande gewesen, es bei mir zu behalten. Ich war so –« Sie unterbrach sich. *Erwähne nicht den gestrigen Tag, Courtney.* »Pfannkuchen sind großartig, danke.«

Chandos wandte sich wieder seiner Rasur zu. Ich bin ganz bestimmt verrückt, sagte er sich. Das war die einzige Erklärung dafür, daß er eine Frau – diese Frau – durch über vierhundert Meilen Wildnis führen wollte. Ausgerechnet eine gottverdammte Jungfrau. Noch dazu hatte sie nichts Besseres zu tun, als ihn anzustarren und zu glauben, daß er es nicht merkte. Doch er hatte ihren Blick in dem Augenblick gespürt, in dem sie sich ihm zuwandte. Er hatte diese Augen genauso gespürt, als hätten nicht ihre Blicke, sondern ihre Hände seinen Körper liebkost.

Er mochte die Gefühle nicht, die sie in ihm weckte. Aber er würde sie nach Waco bringen. Er mußte es tun, denn sonst könnte er nie ihr schönes, tränenüberströmtes Gesicht, ihre von Verzweiflung erfüllten Katzenaugen vergessen. Er hatte keine Lust, dieses Bild für den Rest seines Lebens mit sich herumzutragen. Es genügte, daß er in den letzten vier Jahren das Bild des verängstigten Mädchens mit sich herumgetragen hatte, das ihn an seine tote Schwester erinnerte.

Zu seinem Verdruß war sie von dem Tag an, als er sie zum ersten Mal erblickte, mit ihm verbunden; verbunden durch das, was er erlitten hatte und was sie erleiden würde. Als er ihr Leben schonte, wurde sie zu einem Teil seines Lebens.

Das wußte sie natürlich nicht. Und es gab auch keinen Grund, warum sie es erfahren sollte.

Es war ein Fehler gewesen, daß er nach Rockley gekommen war, um nachzusehen, ob sie noch dort lebte. Und es war ein noch größerer Fehler gewesen, daß er zurückgekommen war, um sie vor den Folgen ihrer Unüberlegtheit zu bewahren. Er war nicht für sie verantwortlich. Er wollte nur eines: sich von dieser Neigung befreien, das Band zwischen ihnen durchtrennen. Statt dessen brachte er sie nach Waco. Ja, er war eindeutig verrückt.

»Chandos?«

Er wischte sich den restlichen Schaum vom Gesicht, ergriff das Hemd, das am Sattelknopf hing, und wandte sich ihr zu, während er hineinschlüpfte. Sie saß äußerst damenhaft am Feuer und hielt einen Blechnapf in der einen und die Reste eines Pfannkuchens in der anderen Hand. Ihre Wangen waren tiefrot, und sie wich seinem Blick aus. Statt dessen musterte sie die Prärie rings um sie, auf der es weder Büsche noch Bäume gab. Er erriet sofort, worin ihr Problem bestand, und wartete ab, was sie sagen würde.

Sie sah ihn kurz an und wandte dann den Blick wieder ab. »Ich – ich glaube, ich habe ... ich meine ... ach, vergessen Sie's.«

Er unterdrückte mühsam ein Lachen. Sie war unglaublich. Sie litt lieber, als über etwas zu sprechen, das sie sichtlich für unaussprechlich hielt.

Er schlenderte zum Feuer und hockte sich neben sie. »Sie sollten etwas damit tun«, meinte er und schob ihr eine Locke aus dem Gesicht.

Courtney starrte seine gebräunte Brust mit den dunklen Haaren darauf an. Eigentlich hätte er das Hemd zuknöpfen können, bevor er sich ihr näherte. Doch sie würde sich vermutlich daran gewöhnen müssen, daß sie mit einem Mann unterwegs war, der nichts von guten Umgangsformen hielt.

»Natürlich«, erwiderte sie sittsam. Sie zog die Haarnadeln aus der Tasche, schlang das lange, honigbraune Haar schnell zu einem Knoten und steckte ihn im Nacken fest. Chandos ließ sie dabei nicht aus den Augen. Er würde Abstand von ihr halten müssen.

»Ich breche jetzt auf«, erklärte er unvermittelt. Als sie ihn erschrocken ansah, fügte er hinzu: »Lassen Sie sich nicht zu lange Zeit, sonst werden Sie Mühe haben, mich einzuholen.«

Er packte den Wasserkessel und seinen Blechbecher ein, trat das Feuer aus und ritt davon. Courtney seufzte hörbar erleichtert auf. Jetzt konnte sie endlich ihrem menschlichen Bedürfnis nachgeben.

Dann begriff sie plötzlich, daß er gewußt hatte, worin ihr Problem bestand. Wie schrecklich peinlich! Aber sie mußte wahrscheinlich ihr Zartgefühl vergessen, wenn sie mit einem Mann unterwegs war.

Sie beeilte sich, weil sie befürchtete, daß sie Chandos nicht mehr einholen würde, und machte sich so rasch wie möglich auf den Weg.

Ihre Besorgnis war unnötig gewesen. Er war etwa eine Viertelmeile geritten und hatte dann angehalten. Er blickte nach Westen und drehte sich nicht einmal um, als sie näherkam.

Erst als sie neben ihm hielt, sah er sie an und reichte ihr

einen Streifen luftgetrocknetes Fleisch. »Kauen Sie das. Es sollte Ihren Hunger stillen, bis wir zu Mittag Rast machen.«

Er wußte also, daß sie immer noch, trotz der Pfannkuchen, halb verhungert war. »Danke«, flüsterte sie.

Doch Chandos traf keine Anstalten weiterzureiten. Als sie endlich aufblickte, stellte sie fest, daß seine unergründlichen blauen Augen sie fixierten.

»Das ist Ihre letzte Gelegenheit umzukehren, Lady. Das wissen Sie doch?«

»Ich will nicht umkehren.«

»Wissen Sie wirklich, worauf Sie sich einlassen? Hier draußen finden Sie nichts, was auch nur entfernt an Zivilisation erinnert. Und wie ich schon gesagt habe, bin ich kein Kindermädchen. Erwarten Sie nicht, daß ich etwas für Sie tue, was Sie selbst tun können.«

Sie nickte langsam. »Ich werde selbst für mich sorgen. Ich erwarte von Ihnen nur, daß Sie mich beschützen, wenn es notwendig ist. Das werden Sie doch tun?«

»So gut ich kann.«

Während er das getrocknete Fleisch wieder in seiner Satteltasche verstaute, seufzte sie erleichtert auf. Das war wenigstens geklärt. Und wenn er jetzt noch aufhören würde, sich so zu benehmen, als hätte sie sich ihm aufgedrängt, würden sie sogar miteinander auskommen. Er könnte zumindest aufhören, sie Lady zu nennen.

»Ich habe einen Namen, Chandos«, begann sie.

»Ich kenne ihn«, unterbrach er sie, gab seinem Pferd die Sporen und fiel in Galopp.

Sie sah ihm empört nach.

15. KAPITEL

Courtney erblickte den Indianer zum ersten Mal kurz vor Mittag, als sie im Begriff waren, den Arkansas zu überqueren. Chandos war nach Westen geritten, bis sie den Fluß erreichten, und ihm dann nach Süden gefolgt, um eine seichte Stelle zu finden.

Courtney war nahezu geblendet, weil sie so lange auf den in der Sonne glitzernden Fluß gestarrt hatte. Deshalb konnte die Bewegung, die sie in dem Gebüsch am gegenüberliegenden Ufer wahrnahm, alles Mögliche gewesen sein. Vielleicht war der Mann mit den schwarzen Zöpfen nur eine Illusion.

Als sie Chandos erzählte, daß sie auf der anderen Seite des Flusses vielleicht einen Indianer erblickt hatte, zuckte er nur mit den Schultern.

»Dann war es eben einer. Machen Sie sich deshalb keine Sorgen.«

Dann faßte er die Zügel ihres Pferdes und die der alten Nell und zog die Tiere in den Fluß. Sie vergaß den Indianer, weil sie damit beschäftigt war, im Sattel zu bleiben. Das eiskalte Wasser reichte ihr bald bis zu den Hüften, und die scheckige Stute bemühte sich krampfhaft, in der starken Strömung nicht den Halt zu verlieren.

Als sie den Fluß hinter sich hatten, ihr Reitrock und ihr Unterrock zum Trocknen über einem Busch hingen und sie die ungewohnte Hose angezogen hatte, freundete sich Courtney mit der kleinen Stute an. Ihre Stute und Chandos' Wallach waren sogenannte Pintos, schöne, blauäugige Tiere. Ihre Zeichnung war beinahe gleich, nur war der Wallach schwarzweiß und die Stute braunweiß geflecht.

Die Pintos waren die Lieblingspferde der Indianer – vermutlich wegen ihrer Ausdauer bei langen Ritten. Die Stute war Courtneys erstes Pferd, und sie empfand das Bedürfnis, ihr einen Namen zu geben.

Sie entschloß sich endlich, hinter den Büschen, hinter denen sie sich umgezogen hatte, hervorzukommen und Chandos zum ersten Mal in Hosen gegenüberzutreten.

Sie hatte die Hose im Laden nicht anprobiert und angenommen, daß sie ihr passen würde. Das erwies sich als Irrtum, denn sie saß viel zu knapp.

Chandos stand unten am Fluß und füllte ihre Feldflaschen, doch sie beachtete ihn nicht weiter, als sie sah, daß in dem Kessel über dem Feuer ein Stew brodelte. Das Wasser lief ihr im Mund zusammen; sie ergriff den Löffel und beugte sich über den Kessel, um umzurühren.

»Verdammt nochmal!«

Sie ließ erschrocken den Löffel fallen, richtete sich auf und drehte sich zu Chandos um. Er stand ein paar Schritte von ihr entfernt, hielt die beiden Feldflaschen in der einen Hand und hatte die andere über die Augen gelegt, als wäre er erschrocken. Doch als er die Hand sinken ließ und sie ansah, merkte sie, daß dieser Eindruck nicht stimmte.

»Chandos?«

Er antwortete ihr nicht, sondern ließ den Blick über ihre Rundungen gleiten, die durch die hautenge Hose betont wurden. Sie bekam allmählich das Gefühl, daß sie überhaupt nichts anhatte.

Ihre Wangen brannten. »Sie haben keinen Grund, mich so anzusehen. Ich wollte mir keine Hose kaufen, aber Mattie hat gemeint, daß Sie mich vielleicht für einen Mann ausgeben wollen, also habe ich es getan. Ich habe mir noch nie Hosen gekauft, und ich hatte auch keine Zeit, sie anzuprobieren, weil –«

»Halten Sie den Mund. Es ist verdammt egal, warum Sie sie tragen; ziehen Sie die Hose aus und Ihren Rock wieder an.«

»Aber Sie haben verlangt, daß ich mir eine Hose kaufe!«

»Ich habe gesagt, Hose und Hemd. Und wenn Ihre Verstand nicht weiter reicht, als Ihren kleinen Arsch zur Schau zu stellen –«

»Wie können Sie es wagen!«

»Reizen Sie mich nicht noch mehr, Lady. Ziehen Sie wieder Ihren Rock an.«

»Er ist noch nicht trocken.«

»Von mir aus kann er triefnaß sein. Ziehen Sie ihn an – sofort!«

»Schön.« Sie drehte sich um und fügte wütend hinzu: »Aber machen Sie mir keine Vorwürfe, wenn ich mich erkälte und Sie –«

Er packte sie an der Schulter und riß sie so heftig herum, daß sie ihm in die Arme fiel. Offenbar war er genauso überrascht wie sie, denn er hielt sie am Gesäß fest und ließ sie auch nicht los, als sie ihr Gleichgewicht wiedergefunden hatte.

Courtney reichte es. »Ich habe geglaubt, daß ich mich umziehen soll?« fragte sie scharf.

Seine Stimme war leise, aber seltsam beunruhigend. »Sie verstehen wohl überhaupt nichts, Kätzchen?«

»Könnten Sie mich vielleicht jetzt loslassen?« fragte sie unsicher.

Er gehorchte nicht sofort, und einen Augenblick lang waren seine Augen genauso verwirrt wie die ihren. Sie bekam plötzlich keine Luft mehr.

»In Zukunft, Lady«, murmelte er schließlich, »würde ich Ihnen raten, mich nicht mehr auf diese Art zu überraschen. Wenn Sie unbedingt wollen, können Sie die Hose auch weiterhin tragen, denn ich habe tatsächlich auf ihr bestanden. Wenn ich meine ... Mißbilligung über Ihren Aufzug nicht verbergen kann, dann ist das schließlich mein Problem, nicht das Ihre.«

»Wenn es Ihnen nichts ausmacht, würde ich dann lieber die Hose anlassen, bis wir gegessen haben und mein Rock etwas getrocknet ist. Ist es Ihnen recht?«

Er nickte, und Courtney ging zum Packpferd, um die Teller zu holen.

Etwa eine Stunde, nachdem sie aufgebrochen waren – sie folgten immer noch dem Fluß, allerdings in einiger Entfernung, um die dichten Büsche an seinem Ufer zu vermeiden –, erblickte Courtney wieder den Indianer. Sie wußte natürlich nicht, ob es derselbe war, aber diesmal war sie sicher, daß sie es sich nicht einbildete. Er hielt auf seinem kleinen Pinto auf einem Hügel westlich von ihnen und beobachtete sie von dort aus.

Sie trieb ihr Pferd an, um Chandos einzuholen. »Sehen Sie ihn?«

»Ja.«

»Was will er?«

»Nichts von uns.«

»Warum beobachtet er uns dann?«

Er wandte ihr endlich den Bück zu. »Beruhigen Sie sich, Lady. Er ist nicht der letzte Indianer, den Sie in den nächsten Wochen sehen werden. Kümmern Sie sich nicht um ihn.«

Der Mann konnte einen tatsächlich in Wut bringen. Doch es beruhigte sie, daß Chandos sich offensichtlich keine Sorgen machte.

Trotzdem erinnerte sich Courtney im Lauf des Nachmittags an all die Indianerüberfälle, von denen sie gehört oder gelesen hatte. Einige davon waren die begreifliche Reaktion auf das Massaker, das General Custers Kavallerie vor etwa vier Jahren an einer Gruppe von befreundeten Cheyennes verübt hatte.

Sie seufzte. Die Weißen töteten. Die Indianer rächten sich. Dann rächten sich wieder die Weißen, und die Indianer schlugen zurück. Würde es jemals aufhören?

Vor einem Jahr hatten in Nord-Texas einhundertfünfzig Kiowas und Komantschen zehn Wagen angegriffen, die Weizen transportierten. Obwohl es dem Leiter des Transports gelungen war, eine Wagenburg zu bilden, so daß einige seiner Männer entkommen konnten, waren alle übrigen getötet und verstümmelt worden.

Angeblich hatte der Kiowahäuptling Satanta diesen Angriff geleitet. Er war leicht zu erkennen, weil er oft den Messinghelm mit Federbusch und den Waffenrock eines US-Generals trug.

Satanta verfügte offensichtlich auch über Humor.

Nachdem er den größten Teil der Pferdeherde von Fort Larned gestohlen hatte, beschwerte er sich in einem Brief an den Befehlshaber des Forts über die schlechte Qualität der gestohlenen Pferde und verlangte, daß man für seinen nächsten Besuch bessere Tiere bereitstellen solle.

Courtney war allerdings sicher, daß sie Satanta auf diesem Trail nicht zu Gesicht bekommen würde, weil er zur Zeit in Texas im Zuchthaus saß. Es gab jedoch genügend andere kriegerische Häuptlinge, und sie sah allmählich ein, daß sie sich auf eine wirklich gefährliche Reise begeben hatte. Ihr blieb nichts anderes übrig, als zu beten und zu hoffen, daß sie sich auf Chandos und auf ihre Pferde verlassen konnte.

16. KAPITEL

Chandos wartete, bis er sicher war, daß Courtney schlief. Dann erhob er sich, schlüpfte in seine Stiefel, griff nach seinem Revolver und verließ das Lager.

Er war noch nicht weit gekommen, als Springender Wolf auftauchte und sich ihm anschloß. Keiner von ihnen sprach, bis sie weit genug vom Lager entfernt waren, so daß Courtney sie nicht hören konnte.

»Ist sie deine Frau?«

Chandos blieb stehen und überlegte. Seine Frau? Es klang nicht schlecht. Aber er hatte noch keine Frau als die seine bezeichnet und hatte auch noch nie das Bedürfnis gehabt, es zu tun. Dafür hatte er keine Zeit. Die einzige Frau, die er immer wieder aufsuchte, war die leidenschaftliche Calida; doch Calida gehörte vielen Männern.

»Nein, sie ist nicht meine Frau«, antwortete er endlich.

Springender Wolf hörte den bedauernden Unterton heraus. »Warum nicht?«

Chandos hatte viele Gründe, aber er nannte nur einen. »Sie gehört nicht zu den Frauen, die blind gehorchen, und ich gehöre nicht zu den Männern, die aufgeben, bevor sie etwas zu Ende geführt haben.«

»Aber sie ist bei dir.«

»Für gewöhnlich bist du nicht so neugierig, mein Freund. Hältst du mich für verrückt, wenn ich dir verrate, daß sie stärker, oder vielleicht hartnäckiger ist als ich?«

»Wie bekommt sie Macht über dich?«

»Durch Tränen, gottverdammte Tränen.«

»Ach ja, ich kann mich sehr genau an die Macht der Tränen erinnern.«

Chandos wußte, daß Springender Wolf an seine tote Frau dachte. Obwohl Chandos immer noch darauf aus war, seine Rache zu vollziehen, versuchte er, das Geschehene zu vergessen. Springender Wolf hingegen hielt die Erinnerung bewußt wach. Sie war seine Nahrung, die ihn am Leben hielt. Erst wenn der letzte der fünfzehn Mörder tot war, würde der Alptraum für Chandos und Springender Wolf vorbei sein. Erst dann würde Chandos im Schlaf keine Todesschreie mehr hören und nicht mehr Springender Wolf vor sich sehen, wie er mit tränenüberströmtem Gesicht neben seiner toten Frau auf die Knie gesunken war und fassungslos seinen zwei Monate alten Sohn anstarrte, der mit durchschnittener Kehle neben ihr lag.

Manchmal wurde auch in Chandos die Erinnerung wieder so stark, daß er seine Umgebung vergaß und innerlich weinte wie an dem Tag, an dem er zurückgekehrt war und vor den hingeschlachteten Indianern stand. Dann sah er wieder seinen weinenden Stiefvater vor sich, der die blutbefleckten Beine seiner toten Frau zugedeckt und ihr die Augen zugedrückt hatte. Diese vor Entsetzen geweiteten schönen, blauen Augen seiner Mutter, der Frau mit den Himmelsaugen, wie sie genannt wurde.

Vielleicht würde er eines Tages imstande sein zu weinen. Dann würde er ihre Schreie nicht mehr hören, und sie konnte endlich in Frieden schlafen.

Aber er glaubte nicht, daß das Bild von Weißer Flügel jemals verblassen würde – seiner kleinen Halbschwester, die er innig geliebt und die ihn angebetet hatte. Wie dieses süße, liebevolle Kind hingeschlachtet worden war, hatte sich unauslöschlich in seine Seele eingebrannt – die gebrochenen Arme, die Spuren der Zähne, der verkrümmte, blutige Körper. Daß seine Mutter vergewaltigt worden war, konnte man vielleicht begreifen, weil sie eine schöne Frau gewesen war. Aber die Vergewaltigung von Weißer Flügel war ein unfaßbarer Greuel.

Von den fünfzehn weißen Mördern waren nur noch zwei am Leben. Springender Wolf und die fünf Krieger, die Chandos begleiteten, hatten innerhalb des ersten Jahres den größten Teil der Schuldigen aufgespürt und hingerichtet. Chandos' Stiefvater hatte die beiden Cottle-Brüder verfolgt und war später tot neben ihren Leichen gefunden worden. Erst als die Schweinehunde begonnen hatten, sich in den Städten zu verstecken, wo eine kleine Gruppe von Indianern nichts gegen sie unternehmen konnte, hatte Chandos sich die Haare schneiden lassen wie ein Weißer und seinen Revolver umgeschnallt, so daß er die Männer aus den Städten hinaustreiben konnte.

Die nur unter den Namen Tad und Carl bekannten Cowboys hatten die Stadt verlassen, als sie erfuhren, daß Chandos sie suchte, und waren Springender Wolf direkt in die Arme gelaufen. Später hatte sich Cincinnati – und danach auch Curly – Chandos gestellt. Beide waren tot.

Chandos hatte es vor allem auf Wade Smith abgesehen, der ihm immer wieder entging – genau wie Trask.

Bevor John Handley starb, hatte er noch mehr Informationen geliefert als der fette Farmer und hatte auch Namen genannt. Trask hatte die junge Frau von Springender Wolf getötet, und der Komantsche würde erst Ruhe finden, wenn Trask tot war. Genauso ging es Chandos mit

Wade Smith, der Weißer Flügel gefoltert hatte, bevor er ihr den Hals durchschnitt.

So oft es möglich war, ritten die indianischen Freunde zusammen. Sie waren gemeinsam nach Arizona geritten, wo Chandos Curly fand. Sie hatten Texas mehr als einmal durchquert und waren bis nach Neu-Mexiko und sogar nach Nebraska gelangt. Chandos verließ seine Freunde nur, wenn sie sich Städten näherten. Sie waren auch bei dem letzten Ritt gemeinsam von Texas heraufgekommen, und Chandos wäre mit ihnen zurückgekehrt – wenn Courtney nicht gewesen wäre.

»Er war nicht in Newton«, berichtete Chandos leise.

»Und jetzt?«

»Ich habe gehört, daß Smith sich in Paris in Texas verkrochen hat.«

Eine kurze Pause trat ein.

»Und die Frau?«

»Sie reitet mit mir nach Texas.«

»Dann wirst du auf diesem Ritt auf unsere Gesellschaft verzichten.«

Chandos grinste. »Sie würde kein Verständnis dafür haben. Sie ist heute schon aus dem Häuschen geraten, als sie dich gesehen hat. Wenn auch noch die anderen auftauchen, wird sie wahrscheinlich hysterisch.«

»Du weißt jedenfalls, daß wir in der Nähe sind, wenn du uns brauchst.« Damit verschwand Springender Wolf so geräuschlos, wie er gekommen war.

Chandos blieb stehen, blickte zum Nachthimmel empor und dachte daran, daß erst nach dem Tod des letzten Mörders die Last von seiner Seele genommen sein würde.

Plötzlich erstarrte er, weil er hörte, wie Courtney seinen Namen schrie. Er empfand die gleiche Angst wie an dem schrecklichen Tag, an dem er ins Lager zurückgekehrt war.

Und dann rannte er so schnell er konnte zu ihr zurück.

»Was ist geschehen?«

Courtney sank an seine Brust, klammerte sich an ihn und vergrub ihr Gesicht an seiner Schulter.

»Es tut mir leid – ich bin aufgewacht, und Sie waren nicht da. Ich wollte nicht schreien, aber ich habe geglaubt, daß Sie mich im Stich gelassen haben. Ich hatte so schreckliche Angst, Chandos. Sie würden mich doch nicht verlassen, nicht wahr?«

Er packte ihre Haare und bog ihren Kopf zurück. Dann küßte er sie hart. Seine Lippen, die ihr so sinnlich vorkamen, preßten sich ganz und gar nicht sanft auf die ihren. Weder sein Kuß noch die Art, wie er sie hielt, hatten etwas Zärtliches an sich.

Doch allmählich mischte sich ein neues Gefühl in ihre Verwirrung. Dieses komische Gefühl in ihrem Bauch, das sie schon einmal empfunden hatte.

Als ihr dämmerte, daß sie es war, die den Kuß verlängerte, indem sie sich an ihn klammerte, dachte sie daran, daß sie ihn loslassen, sich von ihm lösen sollte, aber sie tat es nicht. Sie wollte auf keinen Fall, daß der Kuß zu Ende ging.

Aber alles hat einmal ein Ende. Und so ließ Chandos sie schließlich los und schob sie auf Armlänge von sich.

Seine leuchtend blauen Augen waren unverwandt auf sie gerichtet, und das verwirrte sie. Sie wunderte sich etwas zu spät über ihr Benehmen, verstand das seine allerdings noch weniger. Unwillkürlich hob sie die Hand und berührte ihre Lippen.

»Warum haben Sie das getan?«

Chandos brauchte seine gesamte Willenskraft, um etwas Abstand zwischen sie und sich zu legen, und sie fragte ihn, warum er das getan hatte! Andererseits – was konnte man von einer Jungfrau erwarten? Sie wollte wissen, warum? Die weichen, vollen Brüste, die sich an seine Brust preßten, die seidig glatten, nackten Arme, die sich um seinen Hals schlangen. Nur ein dünnes Hemd und ein Unterrock hatten ihre Körper voneinander getrennt. Warum? Großer Gott!

»Chandos?« Sie ließ nicht locker.

Chandos wußte nicht, was er getan hätte, wenn nicht in diesem Augenblick Springender Wolf hinter ihr aufgetaucht wäre. Er hatte offenbar Courtneys Schrei gehört und war zu Hilfe geeilt. Wieviel hatte er gesehen? Zuviel, besagte sein verschmitztes Lächeln, bevor er sich umdrehte und verschwand.

Chandos seufzte tief. »Vergessen Sie es. Es war die einzige Möglichkeit, Sie zum Schweigen zu bringen.«

»Oh!«

Verdammt noch mal, mußte sie so enttäuscht klingen? Ahnte sie denn nicht, wie schwer es ihm fiel, sich zu beherrschen? Nein, sie ahnte es nicht, rief er sich ins Gedächtnis. Sie hatte keine Ahnung, was sie ihm antat.

Er ging zum Feuer und warf zornig ein Stück Holz hinein. »Gehen Sie schlafen, Lady«, sagte er, ohne sich umzudrehen.

»Wo sind Sie gewesen?«

»Ich habe ein Geräusch gehört und nachgesehen. Es war nichts. Aber Sie hätten sich davon überzeugen können, ob mein Pferd noch da ist, bevor Sie voreilige Schlüsse zogen. Denken Sie nächstes Mal daran.«

Courtney stöhnte innerlich. Sie hatte sich hoffnungslos lächerlich gemacht. Kein Wunder, daß er so verärgert war. Er mußte denken, daß er ein hysterisches Weib am Hals hatte, das ihm nur Schwierigkeiten bereiten würde.

»Es wird nicht wieder vorkommen –« begann Courtney, verstummte aber, als er eines der fremden Worte hervorstieß, die er immer verwendete, wenn er außer sich war. Er machte kehrt und trat zu seinem Pferd. »Wohin gehen Sie?«

»Da ich ohnehin hellwach bin, werde ich ein Bad nehmen.« Er holte ein Stück Seife und ein Handtuch aus der Satteltasche.

»Chandos, ich –«

»Gehen Sie schlafen.«

Courtney wickelte sich wieder in ihre Bettrolle und sah ihm wütend nach, als er zum Fluß ging. Sie hatte sich nur entschuldigen wollen; deshalb mußte er ihr nicht gleich den Kopf abreißen. Dann fiel ihr Blick auf ihre ordentlich zusammengelegte Kleidung, und sie wurde krebsrot. Daran hatte sie nicht gedacht. O Gott! Sie hatte sich ihm an den Hals geworfen, obwohl sie nur ihre Leibwäsche anhatte. Wie konnte sie nur?

Courtney wußte nicht, ob sie weinen oder lachen sollte, wenn sie an das absurde Bild dachte, das sie Chandos geboten hatte. Kein Wunder, daß er sich so verhalten hatte. Es war ihm womöglich noch peinlicher gewesen als ihr.

Courtney seufzte und wandte sich dem Feuer und dem dahinter liegenden Fluß zu. Sie hätte gern den Mut aufgebracht, nackt im Fluß zu baden, wie er es tat, statt voll bekleidet ein bißchen Katzenwäsche zu machen. Es wäre bestimmt auch das richtige Heilmittel für ihre schmerzenden Muskeln gewesen.

Sie war noch hellwach, als Chandos ins Lager zurückkehrte, tat jedoch, als würde sie schlafen, weil sie nicht wußte, ob sein Ärger schon verflogen war. Doch sie beobachtete ihn unter ihren gesenkten Lidern hervor.

Er erinnerte sie an ein schlankes Tier, weil er sich so geschmeidig bewegte. Er hatte entschieden etwas Raubtierhaftes an sich, nicht im üblichen Sinn des Wortes, sondern deshalb, weil er seine Umgebung durch seine Selbstsicherheit und Überlegenheit zu beherrschen schien.

Sie sah ihm nach, als er das Handtuch zum Trocknen über einen Strauch breitete und die Seife wieder in der Satteltasche verstaute. Dann hockte er sich ans Feuer und stocherte mit einem Stock darin herum. Als er plötzlich den Kopf wandte und sie ansah, stockte ihr der Atem. Hatte er bemerkt, daß sie ihn beobachtete? Oder doch nicht?

Was hielt er eigentlich von ihr? Vermutlich empfand er sie als Last, die er gern losgeworden wäre.

Als er endlich aufstand und zu seinem Schlafplatz ging, bemerkte sie, daß sein Rücken in der Vertiefung zwischen seinen Schulterblättern noch naß war, und empfand das überwältigende Bedürfnis, seine Haut mit ihren Händen trockenzureiben.

Um Himmels willen, Courtney, schlaf endlich!

17. KAPITEL

»Guten Morgen! Der Kaffee ist fertig, und ich habe Ihr Essen warmgehalten.«

Chandos stöhnte, als ihn ihre fröhliche Stimme weckte. Wieso, zum Teufel, war sie vor ihm wach? Dann fiel ihm ein, daß er dank ihr in der vergangenen Nacht kaum geschlafen hatte.

Er musterte sie teilnahmslos.

»Wollen Sie jetzt essen?«

»Nein!« bellte er.

»Das könnten Sie auch freundlicher sagen, verdammt nochmal!«

»Verdammt nochmal?« wiederholte er und begann zu lachen. Sie wirkte sehr komisch.

Courtney starrte ihn verständnislos an. Sie hatte noch nie erlebt, daß er gelächelt, geschweige denn gelacht hatte. Sein strenges Gesicht wurde weich, und er sah noch besser aus – einfach unwiderstehlich.

»Entschuldigen Sie«, sagte er endlich. »Ich habe geglaubt, daß nur die Leute aus dem Westen drastische Ausdrucksweise bevorzugen.«

Courtney lächelte. »Wahrscheinlich ist es der schlechte Einfluß meiner Freundin Mattie. Mit ihren zeitweilig sehr prägnanten Ausdrücken –«

»Zeitweilig?« unterbrach er sie. »Sie fallen wirklich von einem Extrem ins andere.« Er lachte wieder.

Courtneys gute Stimmung verflog schnell. Er machte sich ja über sie lustig.

»Das Essen, mein Herr«, erinnerte sie ihn kurz angebunden.

»Sie haben wohl vergessen, daß ich am Morgen nichts esse?«

»Ich weiß noch genau, was Sie gesagt haben. Sie haben erwähnt, daß Sie am Morgen nur wenig essen, aber nicht, daß Sie überhaupt nicht essen. Deshalb habe ich zwei Pfannkuchen für Sie gemacht, und das ist bestimmt nicht viel. Aber ich möchte darauf hinweisen, daß wir uns die Mittagsrast ersparen können, wenn Sie zum Frühstück mehr essen. Dadurch könnten wir das Tageslicht besser ausnützen. Wir könnten größere Strecken zurücklegen und vielleicht –«

»Wenn Sie imstande sind, eine Zeitlang den Mund zu halten, Lady, dann kann ich Ihnen erklären, daß wir gestern zu Mittag Ihretwegen und nicht meinetwegen Rast gemacht haben. Ohne Sie hätte ich diese Strecke in der halben Zeit zurückgelegt. Aber wenn Ihr Hintern es aushält –«

»Bitte!« unterbrach ihn Courtney. »Entschuldigen Sie. Ich habe nur gedacht ... nein, ich habe überhaupt nicht gedacht. Ich bin tatsächlich ... nicht fähig, länger im Sattel zu sitzen, als es gestern der Fall war. Jedenfalls jetzt noch nicht.« Sie errötete. »Und ich bin Ihnen dankbar dafür, daß Sie an mein ...« Sie verstummte und wurde feuerrot. »Ich werde jetzt die Pfannkuchen essen«, sagte er.

Courtney stürzte davon, um ihm Kaffee und Pfannkuchen zu bringen. Sie hatte sich wieder einmal blamiert. Er hatte natürlich recht, denn sie hatte nicht daran gedacht, wie sehr ihr Körper schmerzte, und daß sie längere Ritte als den gestrigen noch nicht durchstehen würde. Daß

Matties Prophezeiung sich nicht bewahrheitet hatte, verdankte Courtney nur Chandos' Rücksichtnahme.

»Wann gelangen wir eigentlich in das Indianerterritorium?« erkundigte sie sich, um von dem heiklen Thema wegzukommen.

»Etwa zwei Stunden, bevor wir gestern unser Lager aufgeschlagen haben«, meinte er beiläufig.

»Oh! Schon?« fragte sie verblüfft.

Das Gebiet sah genauso aus wie der Teil von Kansas, den sie verlassen hatten. Was hatte sie eigentlich erwartet? Indianerdörfer? Die Prärie erstreckte sich, soweit sie blicken konnte; Bäume gab es nur an den Ufern der Flüsse. Dennoch war dieses Land den Indianern zugewiesen worden, und irgendwo mußten sie sich befinden.

»Machen Sie sich keine Sorgen, Lady.«

Sie lächelte verlegen. Ließ sie ihre Angst so deutlich merken?

»Warum nennen Sie mich nicht Courtney?« fragte sie unvermittelt.

»Das ist Ihr zivilisierter Name. Er paßt nicht zu einem Ritt durch dieses Land.«

Wieder war sie gekränkt. »Dann ist Chandos wahrscheinlich auch nicht Ihr richtiger Name.«

»Nein.« Sie nahm an, daß sie sich, wie gewöhnlich, mit dieser Antwort begnügen mußte. Doch er überraschte sie, indem er fortfuhr: »Meine Schwester hat mich so genannt, als sie meinen Namen noch nicht aussprechen konnte.«

Courtney hätte gern gewußt, welcher Name ähnlich wie Chandos klang, war aber froh, daß sie mehr über ihn erfahren hatte. Er hatte also eine Schwester.

Er sprach weiter, aber mehr zu sich selbst als zu ihr.

»Ich werde diesen Namen verwenden, bis ich getan habe, was ich mir vorgenommen habe, damit meine Schwester aufhört zu weinen und endlich in Frieden schlafen kann.«

Courtney fröstelte. »Das klingt rätselhaft. Sie wollen mir wohl nicht erklären, was es bedeutet?«

Es schien, als bemerkte er erst jetzt ihre Anwesenheit. Seine leuchtend blauen Augen fixierten sie einen Augenblick, dann erwiderte er: »Es ist besser, wenn Sie es nicht wissen.«

Sie wollte ihm widersprechen, denn sie wollte alles über ihn erfahren. Aber sie beherrschte sich und hielt den Mund.

Während er seinen Kaffee trank, sattelte sie ihr Pferd, weil sie wußte, daß sie dazu doppelt so lange brauchte wie Chandos.

Als sie ihre Bettrolle holte, um sie hinter dem Sattel zu befestigen, fragte sie: »Hat die Stute einen Namen, Chandos?«

»Nein.«

»Könnte ich –«

»Nennen Sie sie, wie Sie wollen, Kätzchen.«

Courtney war sich der Ironie seiner Bemerkung bewußt. Sie konnte ihr Pferd nennen, wie sie wollte – genauso wie Chandos sie nannte, wie er wollte. Er wußte, daß sie es nicht mochte, wenn er sie Lady nannte. Aber Kätzchen? Es war jedenfalls besser als Lady, denn es klang irgendwie vertrauter.

Sie kehrte zum Feuer zurück, um das Geschirr zusammenzuräumen. Dabei betrachtete sie immer wieder verstohlen den sich rasierenden Chandos. Er wandte ihr den Rücken zu, und ihr Blick wanderte langsam und zärtlich über seine Gestalt.

Für einen männlichen Körper war der seine gar nicht so übel. *Hör mit dem Unsinn auf, Courtney. Prachtvoll ist der einzig richtige Ausdruck.* Sie war davon überzeugt, daß ein Bildhauer sich glücklich schätzen würde, wenn ihm Chandos Modell stand.

Während Courtney mit dem Kochgeschirr zum Fluß ging, seufzte sie tief. Sie hatte sich endlich eingestanden, daß sie Chandos' Körper bewunderte.

»›Verlangen‹ würde besser passen als ›Bewunderung‹«, murmelte sie vor sich hin. Dann wurde sie rot. Stimmte das? Hatte sie deshalb dieses komische Gefühl, wenn sie ihn ansah, oder er sie berührte oder gar küßte? Dank Mattie, die sehr offen über ihr Verhältnis zu ihrem Mann sprach, wußte Courtney über körperliches Verlangen besser Bescheid als andere Mädchen.

»Ich kann mich nicht von ihm fernhalten«, hatte Mattie einmal gesagt, und Courtneys Gefühle für Chandos waren ungefähr die gleichen. Sie empfand immer wieder den Drang, ihn zu berühren, mit den Fingern über die glatte Haut und die straffen Muskeln zu streichen.

Sie mußte diese Gefühle unter Kontrolle bekommen, denn Chandos hatte überhaupt kein Interesse für sie gezeigt. Als Frau war sie ihm offensichtlich vollkommen gleichgültig, er mochte sie ja nicht einmal.

Dann fiel ihr der Kuß der vergangenen Nacht wieder ein. Sie war schon von anderen Männern geküßt worden, doch sie hatte keinen dieser Küsse so genossen wie den gestrigen. Wie mußte es erst sein, wenn Chandos jemanden küßte, den er liebte? Zu ihrem Entsetzen ertappte sie sich dabei, daß sie darüber nachdachte, wie dieser Mann in der Liebe war. Primitiv? Wild wie sein Leben? Oder vielleicht sanft? Vielleicht war er alles zugleich.

»Wie lange muß man eine Pfanne eigentlich spülen?«

Courtney zuckte zusammen, ließ die Pfanne ins Wasser fallen und mußte hinterherspringen, als die Strömung sie mitriß. Sie drehte sich mit der Pfanne in der Hand wütend um, um Chandos zu sagen, was sie davon hielt, daß er sich so an sie anschlich. Doch ihr Blick fiel auf seine unglaublich sinnlichen Lippen, und sie blickte rasch wieder weg. »Ich habe mit offenen Augen geträumt«, erklärte sie schuldbewußt und hoffte, daß er nicht erraten würde, wovon sie geträumt hatte.

»Warten Sie damit lieber, bis Sie im Sattel sitzen. Wir sollten längst unterwegs sein.«

Er ging zu den Pferden zurück, und sie blickte ihm erbost nach. So sah also die Wirklichkeit aus. Er war ein rücksichtsloser, harter, wilder Revolverheld. Er war widerwärtig. Und auf keinen Fall der Mann, von dem ein Mädchen träumte.

18. KAPITEL

Als ihr Weg sie am nächsten Tag vom Arkansas fortführte, wurde vieles anders. Keine kühle Brise mehr, die lästige Insekten vertrieb. Keine schattenspendenden Bäume mehr. Der Fluß hatte sich nach Südosten gewandt, und Chandos ritt nach Südwesten. Er erklärte Courtney, daß sie im Lauf des Tages jedoch wieder auf den Arkansas stoßen würden, der ein Stück weiter scharf nach Westen abbog. Sie würden gegen Abend eine Gabelung des Flusses überqueren.

Courtney litt unter der Hitze. Es war die erste Septemberwoche, aber die Temperatur war sommerlich und die Luft sehr feucht. Sie schwitzte am ganzen Körper, und ihr Reitrock war zwischen den Beinen völlig durchgeweicht. Sie verlor so viel Flüssigkeit, daß Chandos ihr Trinkwasser mit Salz versetzte, sehr zu ihrem Verdruß.

Am späten Nachmittag erreichten sie das Gebiet der niedrigen, flachen Sandsteinhügel, die sich über den östlichen Teil des Indianerterritoriums erstreckten. Die Hügel waren dicht mit Eichen bestanden, und es gab viel Wild.

Während Courtney nach der zweiten Flußüberquerung ihren Rock auswrang, erklärte ihr Chandos, daß er etwas zum Abendessen besorgen würde. Bis zu seiner Rückkehr sollte das Lager aufgeschlagen sein. Bevor Courtney protestieren konnte, war er fort. Sie setzte sich und sah ihm zornig nach.

Sie wußte, daß er sie damit prüfen wollte, und nahm es ihm übel. Aber sie tat, was er verlangte, versorgte ihre Stute und die alte Nelly und sammelte Holz. Einige Stücke waren nicht ganz trocken, und das Feuer qualmte entsetzlich. Sie stellte Bohnen zum Kochen auf – sie hatten unzählige Konservendosen mit Bohnen mit – und beschloß, nach diesem Ritt nie wieder eine einzige Bohne zu essen. Schließlich backte sie sogar ein Brot.

Als sie fertig war, war sie sehr stolz auf sich. Sie hatte nur etwas mehr als eine Stunde gebraucht und dabei den größten Teil der Zeit den Pferden gewidmet. Erst als sie sich hinsetzen wollte, um auf Chandos' Rückkehr zu warten, fiel ihr ein, daß es eine gute Gelegenheit war, ihren Rock und die Unterwäsche zu waschen. Und sie konnte sogar im Fluß baden.

Bei dem Gedanken daran erwachten ihre Lebensgeister und so holte sie rasch Seife, Handtuch und Wäsche zum Wechseln und ging zum Ufer. Es bestand aus Steinen, Felsen und Geröllblöcken, von denen einer in den Fluß gefallen war und einen Damm in der Strömung bildete, so daß sie in beinahe stehendem Wasser baden konnte.

Zuerst wusch sie ihre Kleidung und warf sie dann auf die Felsen. Dann wusch sie ihr verfilztes Haar und zuletzt ihre Unterwäsche, allerdings ohne sie auszuziehen. Und schließlich reinigte sie gründlich ihren Körper von Staub und Schweiß. Das Wasser war erfrischend kalt, und sie fühlte sich so wohl wie schon lange nicht.

Am Himmel tauchten die ersten roten und violetten Streifen auf, als sie aus dem Fluß stieg, um ihre nassen Sachen einzusammeln. Sie kam jedoch nur bis zum Rand des Wassers. Vier Reiter auf ihren Pferden versperrten ihr den Weg zum Lager.

Es waren keine Indianer. Doch diese Feststellung beruhigte Courtney keinesfalls. Die vier starrten sie auf eine Art an, die ihr einen Schauer über den Rücken jagte. Die

Beine der Männer waren naß, was bedeutete, daß sie den Fluß erst kürzlich überquert hatten.

»Wo ist dein Mann?«

Der, der die Frage gestellt hatte, war von Kopf bis Fuß braun gekleidet. Er war jung, etwa Ende zwanzig. Alle vier waren jung, und sie erinnerte sich an das Sprichwort, daß Revolvermänner jung sterben. Es waren Revolverhelden. Sie hatte gelernt, diese Art von Männern zu erkennen.

»Ich habe dir eine Frage gestellt.« Die Stimme des Mannes war rauh.

Courtney war vor Angst erstarrt. Aber sie mußte sich zusammenreißen.

»Mein Begleiter wird jeden Augenblick da sein.«

Zwei von ihnen lachten. Warum? Der Mann in Braun lachte nicht. »Damit hast du meine Frage nicht beantwortet. Wo ist er?«

»Er ist auf die Jagd gegangen.«

»Wann?«

»Vor über einer Stunde.«

»Ich habe keine Schüsse gehört, Dare«, sagte ein rothaariger Jüngling. »Es sieht so aus, als müßten wir länger warten.«

»Das würde mir passen«, meinte ein großer, schwarzhaariger Kerl mit struppigem Bart. »Ich wüßte schon, wie ich mir die Zeit vertreiben würde.«

Die anderen lachten. »Das kommt nicht in Frage, jedenfalls vorläufig nicht«, erklärte der Mann in Braun. »Bring sie in ihr Lager hinauf, Romero.«

Der Mann der absaß und auf Courtney zukam, sah genauso mexikanisch aus, wie sein Name klang, nur hatte er leuchtend grüne Augen. Er war ein wenig größer als sie, drahtig und ganz in Schwarz gekleidet. Sein Gesichtsausdruck war genauso düster und ernst wie der von Chandos; er wirkte äußerst gefährlich.

Als er Courtney erreichte und sie am Arm packte,

brachte sie den Mut auf, seine Hand abzuschütteln. »Warten Sie mal –«

»Tu das nicht, bella«, warnte er sie scharf. »Mach mir keine Schwierigkeiten, por favor.«

»Aber ich –«

»Cállate!« zischte er.

Courtney wußte instinktiv, daß er ihr befahl, leise zu sprechen. Sie hatte beinahe den Eindruck, daß er sie beschützen wollte. Die anderen stiegen bereits den Hügel hinauf. Sie begann zu zittern, sowohl weil ihr kalt war als auch aus Angst vor dem Mann neben ihr.

Er faßte sie wieder am Arm, und sie schüttelte ihn wieder ab.

»Sie könnten wenigstens warten, bis ich mich angezogen habe.«

»Du willst die nassen Sachen wieder anziehen?«

»Nein, die dort drüben.« Sie zeigte auf den Busch, bei dem sie ihre trockenen Sachen gelassen hatte.

»Sí, aber schnell, por favor.« Courtney war so aufgeregt, als sie nach dem Handtuch griff, unter dem sie den Revolver versteckt hatte, daß die Waffe laut klappernd auf den Boden fiel. Der Mann gab einen verärgerten Laut von sich, hob den Revolver auf und steckte ihn in seinen Gürtel. Sie schämte sich, als sie daran dachte, was Chandos zu ihrer Ungeschicklichkeit sagen würde, und lief den Hügel hinauf.

Romero folgte ihr und wich ihr nicht von der Seite, als sie stehenblieb. Es kam also nicht in Frage, daß sie die nasse Unterwäsche aus- und die trockene anzog, deshalb streifte sie einfach das Kleid über die nassen Sachen. Es war sofort naß.

»Du wirst dich erkälten, bella«, bemerkte Romero.

»Mir bleibt ja keine Wahl«, fuhr sie ihn an.

Er zuckte die Schultern. »Wie du meinst. Komm.«

Er versuchte nicht wieder, sie am Arm zu packen, sondern bedeutete ihr nur, voranzugehen. Sie sammelte schnell ihre Habseligkeiten ein, und ein paar Minuten später betraten sie die Lichtung, auf der sie das Lager aufgeschlagen hatte.

Die anderen drei Männer saßen an ihrem Lagerfeuer, aßen ihre Bohnen und ihr Brot und tranken ihren Kaffee. Courtney war empört, bekam aber immer mehr Angst.

»Er hat nicht lang gebraucht«, grinste der Schwarzhaarige. »Hab ich dir nicht erzählt, Johnny Red, wie schnell er zieht?«

Courtney störte die Beleidigung nicht, aber der Mexikaner zischte: »Imbécil! Sie ist eine Lady.«

»Ich will rosa scheißen, wenn sie eine Lady ist«, spottete der Riese. »Bring sie herüber und setz sie hierher.«

Courtney wurde krebsrot, als er auf seinen Schoß klopfte. Sie sah den Mexikaner flehend an, aber dieser zuckte nur die Achseln.

»Das ist deine Sache, bella.«

»Nein!«

Romero zuckte wieder die Schultern, aber diesmal galt es dem Riesen. »Siehst du, Hanchett? Sie will dich nicht näher kennenlernen.«

»Ich pfeif drauf, was sie will, Romero!« Hanchett sprang auf.

Der Mexikaner stellte sich vor Courtney und wandte sich an Dare. »Willst du deinem Amigo nicht erklären, daß die Frau für dich die einzige Möglichkeit ist, Chandos aus seinem Versteck zu locken? Chandos hat sein Pferd, also hat er keinen Grund, ins Lager zurückzukehren – außer ihretwegen. Wenn meine Frau benützt würde, auch gegen ihren Willen, würde ich sie allerdings nicht zurückhaben wollen, sondern einfach weiterreiten.«

Courtney war über seine Gefühllosigkeit entsetzt. Wie konnte er nur?

Dare überlegte eine Weile und meinte schließlich: »Romero hat recht, Hanchett. Warte, bis ich den Kerl habe und weiß, worauf er aus ist.«

»Kennen Sie Chandos?« erkundigte sich Courtney flüsternd beim Mexikaner.

»Nein.«

»Aber die anderen kennen ihn?«

»Nein. Chandos hat Dare gesucht, ist aber weitergeritten, ohne auf ihn zu warten. Das gefällt Dare nicht.«

»Soll das heißen, daß Sie uns gefolgt sind?«

»Sí. Ihr hattet zwar über einen Tag Vorsprung, und wir haben nicht geglaubt, daß wir euch so bald einholen würden. Aber dann waren wir überrascht, daß ihr so langsam geritten seid.«

Courtney wußte, daß es ihre Schuld war, wenn die Männer Chandos eingeholt hatten.

»Und wenn Ihr Freund seine Antworten bekommt, was geschieht dann?«

»Dann wird Dare ihn töten.«

»Warum denn?«

»Dare will nicht mehr seine Zeit damit vergeuden, ihn aufzuspüren. Chandos' Suche nach Dare war eine Kampfansage. Wir waren damals in Abilene und sind erst zurückgekommen, als dein Mann schon einen Tag weg war.«

»Er ist nicht mein Mann, er bringt mich nur nach Texas«, sagte Courtney.

Er schob ihre Erklärung mit einer Handbewegung beiseite. »Es spielt überhaupt keine Rolle, warum du mit ihm reitest, bella.«

»Man tötet doch einen Menschen nicht aus einem so unsinnigen Grund.«

»Dare schon.«

»Und Sie hindern ihn nicht daran?«

»Mir ist es gleichgültig. Aber du mußt dir deinetwegen keine Sorgen machen. Wir kehren von hier nach Kansas zurück und werden dich mitnehmen.«

»Das ist nicht gerade ein Trost.«

»Es sollte aber einer sein, bella. Die Alternative wäre,

daß auch du stirbst. Du hast Zeit, dir zu überlegen, ob du kämpfen willst. Überlege es dir genau, denn wir bekommen dich auf jeden Fall. Und was spielt es für eine Rolle, ob du einen Mann hast oder vier.«

Courtney schüttelte ungläubig den Kopf. »Aber Sie haben doch Hanchett daran gehindert —«

»Weil er dumm ist. Er hätte uns abgelenkt und Chandos dadurch einen Vorteil verschafft.«

Sie versuchte, sein Selbstvertrauen zu erschüttern. »Chandos befindet sich jetzt schon im Vorteil. Sie stehen im Licht, und ihm bietet die Dunkelheit Deckung.«

»Das stimmt, aber wir haben dich.«

Da kam ihr eine Idee. »Ich bin Chandos so auf die Nerven gegangen, daß er bestimmt froh ist, wenn er mich los wird. Sie vergeuden also nur Ihre Zeit.«

»Kein schlechter Versuch, Miß, aber darauf falle ich nicht herein«, sagte Dare vom Feuer her. Er hatte zugehört.

Courtney starrte ins Feuer. Chandos würde die Gefahr bestimmt rechtzeitig erkennen. Warum sollte er sich ihretwegen vier Männern stellen und sein Leben aufs Spiel setzen?

»Wir haben gehört, daß er ein Halbblut ist, stimmt das?«

Courtney begriff erst nach einer Weile, daß Hanchett zu ihr gesprochen hatte. Sie wußten anscheinend wirklich nichts über Chandos. Daß sie selbst genausowenig wußte, mußte sie ihnen nicht auf die Nase binden.

»Wenn Sie damit meinen, daß er zur Hälfte Indianer ist, dann irren Sie sich. Er ist zu drei Vierteln Komantsche. Gibt es ein eigenes Wort dafür?«

Courtney wunderte sich darüber, daß ihre Antwort den großen Mann offensichtlich aus der Fassung brachte. Er starrte in die Dunkelheit jenseits des Lagerfeuers und zuckte zusammen, als eines der Pferde auf einen Ast trat.

»Sie haben vielleicht Nerven, Lady, mit einem Halbblut zu schlafen«, meinte Johnny Red.

Courtneys Augen blitzten. »Ich sage es zum letzten Mal. Chandos ist nicht mein – Geliebter. Aber ich habe gesehen, wie er Jim Ward getötet hat und habe von diesem Augenblick an gewußt, daß er der richtige Mann ist, um mich nach Texas zu bringen.«

»Verdammte Scheiße! Der alte Jim ist tot?« fragte Hanchett. Courtney seufzte. Es überraschte sie nicht, daß die vier Jim Ward kannten. Sie waren genau solche Banditen wie er einer gewesen war.

»Ja, Chandos hat ihn getötet«, wiederholte sie. »Er ist ein Kopfgeldjäger. Ist er vielleicht deshalb hinter Ihnen her?«

Dare schüttelte unbeeindruckt den Kopf. »Ich werde nicht vom Gesetz gesucht, Miß. Ich achte schon darauf, daß bei meinen Verbrechen keine Zeugen dabei sind.«

Hanchett und Johnny lachten. Courtney versuchte, wieder die Oberhand zu bekommen. »Ich bin davon überzeugt, daß Sie genauso gewissenlos und niederträchtig sind wie Chandos. Er hat mir erzählt, wie viele Skalps er genommen hat. Er behauptet sogar, daß er mit Satanta geritten ist und bis jetzt das Kopfgeld für siebzehn Gesetzlose kassiert hat. Aber das glaube ich ihm nicht. Dazu ist er zu jung. Ich habe ihm gesagt –«

»Halt den Mund«, fuhr Dare sie wütend an.

»Warum? Haben Sie etwas gehört?« fragte Courtney unschuldig. »Das ist wahrscheinlich Chandos. Er müßte längst zurück sein. Aber warum sollte er seine Deckung aufgeben –«

»Stopf ihr etwas ins Maul, Johnny«, befahl Dare.

Der Schuß fiel, als Johnny nach ihr griff. Er traf ihn in die linke Schulter, und der Junge taumelte zurück. Die anderen sprangen auf, auch Courtney.

Johnny wand sich auf dem Boden und schrie, daß sein Knochen zerschmettert sei. Courtney wußte nur eines: Sie mußte Chandos warnen.

»Sie wollen Sie töten, Chandos!«

Dare holte aus, um sie zu schlagen, doch in diesem Augenblick zerschmetterte ihm eine Kugel den Ellbogen. Er ließ den Revolver fallen. Daraufhin richtete Hanchett seine Waffe auf Courtney, doch der Revolver wurde ihm im nächsten Augenblick aus der Hand geschossen.

»Er beschützt die Frau, ihr Idioten«, rief Romero. »Laßt sie in Ruhe.« Dann rief er Chandos zu: »Schießen Sie nicht mehr, Señor, por favor. Ich werfe meinen Revolver weg.« Er tat es und breitete dann die Arme aus. Er ging damit ein beträchtliches Risiko ein, hatte aber offenbar Erfolg, denn Chandos feuerte keinen weiteren Schuß ab. Außerhalb des Lichtscheins des Feuers herrschte tiefe Stille. Neben dem Feuer stöhnte Johnny Red, und Hanchett umklammerte keuchend seine blutende Hand.

Courtneys Angst war beinahe vollkommen verflogen, trotzdem zitterte sie noch. Chandos hatte es geschafft – er hatte die Männer in der Hand.

Warum befahl er den vier Banditen nicht zu verschwinden? Warum sagte er nichts?

Romero ging langsam zu Dare und half ihm, seinen Arm zu verbinden. »Sei vernünftig, Amigo«, flüsterte er. »Er hätte uns alle töten können, hat uns aber nur verwundet. Stell ihm deine Fragen, und dann machen wir uns aus dem Staub.«

»Ich habe immer noch das Mädchen«, zischte Dare.

»Das stimmt nicht, Mister«, widersprach Courtney. »Er hat Sie alle in seinem Schußfeld. Ich könnte jederzeit das Lager verlassen.«

Als wolle Dare nicht wahrhaben, daß er geschlagen war, trat er einen Schritt auf Courtney zu. Wieder knallte ein Schuß; die Kugel bohrte sich in Dares Schenkel, und er fiel mit einem Aufschrei zu Boden.

Romero packte Dare an den Schultern und hielt ihn fest. »Schluß jetzt! Wenn du nicht aufhörst, macht er Siebe aus uns.«

»Sehr richtig.«

»Chandos!« rief Courtney glücklich und wandte sich in die Richtung, aus der seine Stimme kam.

Allmählich gewöhnten sich ihre Augen an die Dunkelheit, und sie entdeckte ihn am Rand der Lichtung. Am liebsten wäre sie zu ihm gelaufen und ihm um den Hals gefallen, aber sie durfte ihn nicht ablenken. Er hatte den Revolver auf die Banditen gerichtet und den Hut in die Stirn gezogen, so daß seine Augen im Schatten lagen und niemand wußte, wen er beobachtete.

»Sie sind also Chandos.« Romero stand auf, hielt dabei aber die Arme deutlich vom Körper weg. »Sie dürften etwas mißverstanden haben, Señor. Sie haben meinen Freund gesucht, und er tut Ihnen den Gefallen, zu Ihnen zu kommen. Er möchte nur wissen, warum Sie hinter ihm her sind.«

»Das ist eine Lüge«, widersprach Courtney heftig. »Er hat vor, Sie zu töten, sobald Sie seine Fragen beantwortet haben. Und dann wollten sie – sie wollten –«

»Das Wort macht dir immer noch Schwierigkeiten, nicht wahr?« fragte Chandos. Sie verstand nicht, daß er in einem solchen Augenblick scherzen konnte.

»Sie hätten es jedenfalls getan«, fuhr sie ihn an.

»Das bezweifle ich ja nicht, Liebling«, erwiderte Chandos. »Vielleicht könntest du jetzt deine Empörung soweit beherrschen, daß du die Revolver der vier Helden einsammelst.«

Das Wort ›Liebling‹ überraschte sie so sehr, daß sie sich einen Augenblick nicht rührte. Doch dann wurde ihr klar, daß Chandos bei den Männern den Eindruck erwecken wollte, sie wäre seine Frau.

Sie ging von einem Mann zum anderen, achtete dabei darauf, daß sie Chandos nicht die Sicht verstellte, und sammelte die Revolver ein. Ihr eigener Revolver steckte noch in Romeros Gürtel, und als Courtney ihn herauszog, sah sie den Mexikaner triumphierend an.

»Sei nicht rachsüchtig, bella«, sagte er leise. »Denk daran, daß ich dir geholfen habe.«

»Natürlich. Genau wie ich daran denken werde, was Sie nach Chandos' Tod mit mir vorhatten.« Romero war ihr besonders widerwärtig, weil er ihr immer wieder Hoffnung gemacht und diese Hoffnung dann zerstört hatte. Er war der grausamste von allen.

Sie ging am Rand der Lichtung entlang zu Chandos und ließ die Revolver hinter ihm auf den Boden fallen. Ihren eigenen behielt sie. »Ich weiß, daß Sie im Augenblick keinen großen Wert auf Dankbarkeitsbezeugungen legen«, meinte sie und umarmte ihn rasch. »Aber ich muß Ihnen sagen, wie froh ich darüber bin, daß Sie zurückgekommen sind.«

»Sie sind ja ganz naß«, murmelte er.

»Ich habe gerade gebadet, als die vier aufgetaucht sind.«

»Und dabei das Kleid anbehalten?«

»Ich habe natürlich die Unterwäsche anbehalten.«

»Natürlich.« Er lachte.

Und dann sagte er zur Verblüffung aller: »Verschwindet – solange ihr es noch könnt.«

Er ließ sie laufen!

19. KAPITEL

Es war kein Vollmond, aber doch so hell, daß Courtney die Männer sehen konnte, wie sie den Nebenfluß des Arkansas überquerten. Chandos stand neben ihr, und sie beobachteten sie, bis sie alle das andere Ufer erreicht hatten, die Richtung nach Norden, Kansas, einschlugen und langsam außer Sicht verschwanden.

Als wäre damit alles in Ordnung, als baumle Dare Trask nicht neben dem Feuer an einem Baum, begann

Chandos, die beiden Erdhörnchen abzuhäuten, die er offenbar mit bloßen Händen gefangen hatte, da sie keine Wunden aufwiesen. Dann ließ er sie über dem Feuer braten, öffnete eine Dose Bohnen und kochte Kaffee. Courtney, die den Blick nicht von Dare Trask abwenden konnte, war beinahe übel.

Chandos hatte den Männern erklärt, daß Trask zurückbleiben müsse. Dann hatte er Romero gezwungen, Trask mit seinem eigenen Hemd und seiner Hose an Händen und Füßen zu fesseln, und hatte sich von Courtney den Strick aus seiner Satteltasche bringen lassen.

Sobald Chandos das Seil hatte, befahl er Romero, es Trask um die Handgelenke zu binden und dafür zu sorgen, daß es fest genug saß, weil sich Trask sonst bei einem Sturz beide Beine brechen würde. Dann schleppte er Trask zum nächsten Baum, warf das Seil über einen Ast, zog Trask etwa einen Meter in die Höhe und band den Strick am Baumstamm fest.

»Werden Sie ihn töten?« fragte Romero.

»Nein, aber er wird für alles, was er hier getan hat, ein wenig leiden.«

»Er hat Ihnen nichts getan, Señor.«

»Das stimmt, aber er wollte der Lady etwas antun. Außer mir darf sie keiner anrühren, ist das klar?«

»Ich glaube, daß diese Strafe nicht nur mit der Frau, sondern auch mit dem Grund zu tun hat, aus dem Sie meinen Amigo gesucht haben, stimmt's?« fragte Romero.

Chandos antwortete nicht. Er holte die Pferde der Männer, nahm die an den Sätteln befestigten Gewehre an sich und übergab dann die Tiere ihren Reitern. Die Waffen warf er später in den Fluß.

Jetzt waren die Männer fort, und Dare Trask hing noch immer am Baum. Chandos hatte ihm ein Tuch in den Mund gestopft, weil Trask begonnen hatte, nach seinen Männern zu rufen, damit sie ihn befreiten. Seine Wunden bluteten noch, und er litt bestimmt schreckliche Schmerzen.

Courtney wußte, daß Trask diese Strafe verdiente, aber sie konnte das nicht mit ansehen und schon gar nicht, sich an seinen Qualen weiden.

Chandos' Gesichtsausdruck war wie immer undurchdringlich. Er bereitete das Essen zu und verzehrte es schweigend und scheinbar gleichgültig. Aber er ließ Trask nicht aus den Augen.

Als Courtney ihn etwas fragen wollte, befahl er ihr, still zu sein, weil er hören wollte, ob die anderen vielleicht zurückkamen. Sie gehorchte.

Dann befahl er ihr, alles zu verstauen und ihre Pferde zu satteln. Sie war froh darüber, daß sie aufbrachen, und beeilte sich. Doch als sie die Pferde auf die Lichtung führte, traf Chandos keine Anstalten aufzusitzen. Statt dessen sah er sie so ernst an, daß es ihr den Hals zuschnürte.

»Sie – Sie wollen doch nicht – Sie wollen, daß ich ohne Sie aufbreche. Habe ich recht?«

Er ergriff ihre Hand und zog sie auf die andere Seite der Lichtung. »Regen Sie sich nicht auf, Lady. Ich möchte nur, daß Sie ein Stück vorausreiten. Schlagen Sie die Richtung nach Süden ein und lassen Sie die Pferde im Schritt gehen.

Ich werde Sie in wenigen Minuten einholen.«

Er nannte sie wieder Lady. Und er meinte es todernst. Sie konnte es nicht fassen.

»Sie werden ihn töten, nicht wahr?« fragte sie.

»Nein.«

»Dann werden Sie ihn foltern.«

»Wo bleibt die Ruhe, Lady, mit der Sie die vier Desperados an der Nase herumgeführt haben?«

»Sie schicken mich in die Nacht hinaus und erwarten, daß ich ruhig bleibe? Wahrscheinlich haben die Indianer Ihre Schüsse gehört, und draußen in der Finsternis treiben sich jetzt ein Dutzend – nein, Hunderte von Wilden herum.«

»Glauben Sie wirklich, daß ich Sie einer Gefahr aussetzen würde?«

Er sprach so sanft, daß sie verstummte.

»Entschuldigen Sie«, bat sie beschämt. »Ich bin ein fürchterlicher Feigling.«

»Sie sind tapferer, als Sie glauben, Lady. Machen Sie sich jetzt auf den Weg. Es ist besser, wenn Sie nicht hören, was ich Trask zu sagen habe.«

20. KAPITEL

Der fehlende Finger war der Beweis dafür, daß Chandos tatsächlich vor Dare Trask stand. Er versuchte, sich zu beherrschen. Der Bandit hatte Chandos' Mutter vergewaltigt, sie jedoch nicht getötet. Alle anderen Männer, die sie mißbraucht hatten, waren bereits tot.

Dare Trask war auch einer der drei Männer, die die Frau von Springender Wolf vergewaltigt hatten. Als Trask mit ihr fertig war, hatte er ihr sein Messer in den Bauch gestoßen und dabei dafür gesorgt, daß sie nicht sofort, sondern erst nach langen Qualen starb.

Trask hatte den Tod verdient – einen langsamen Tod. Er würde sterben – heute oder morgen, vielleicht sogar erst übermorgen. Doch Chandos würde nicht dabei sein. Nach vier Jahren hatte er kaum noch das Bedürfnis, sich zu rächen – außer an Wade Smith. Smith würde von Chandos' Hand sterben. Bei Trask mußte Chandos nur noch dafür sorgen, daß er erfuhr, warum er starb.

Chandos zog Trask den Knebel aus dem Mund und trat zurück. Trask spuckte verächtlich aus: In seinen Augen lag keine Angst. »Ich weiß, daß du mich nicht töten wirst, Halbblut«, krächzte er. »Ich habe gehört, wie du das zu deiner Frau gesagt hast.«

»Bist du sicher, daß du das gehört hast?«

Trasks Stimme klang jetzt weniger aggressiv. »Was zum Teufel willst du von mir? Ich habe deine verdammte Frau nicht angerührt. Du hast keinen Grund –«

»Es hat nichts mit der Frau zu tun, Trask. Ich wollte nicht, daß deine Freunde erfahren, worum es zwischen dir und mir geht. Sie werden sich wundern, wenn sie dich nicht wiedersehen, aber sie werden nie herausbekommen, was hier wirklich geschehen ist.«

»Das glaubst du doch selbst nicht. Sie werden jeden Augenblick zurückkommen – sie lassen mich ganz sicher nicht im Stich.«

Chandos schüttelte den Kopf. »Deine Freunde haben inzwischen bestimmt gemerkt, daß sich in dem Gebiet Indianer befinden, und reiten wie die Wilden, um die Grenze hinter sich zu bringen.«

»Du lügst. Wir haben keine Anzeichen – oder hast du welche gesehen?«

»Das war nicht nötig, ich weiß, daß sie in der Nähe sind. Für gewöhnlich reiten wir zusammen, aber diesmal halten sie wegen der Frau Distanz. Sie hat Angst vor Indianern.«

»Wieso, sie reitet doch mit dir?«

Chandos nickte unbeeindruckt.

»Ich weiß, daß du mir nur Angst einjagen willst, Halbblut«, fuhr Trask fort. »Aber das wird dir nicht gelingen. Wir befinden uns so nahe bei der Grenze, daß sich hier bestimmt keine Indianer herumtreiben.«

»Du wirst merken, daß du dich geirrt hast, sobald sie dich finden. Ich lasse dich sozusagen als Geschenk für die Indianer zurück.«

Jetzt konnte Trask seine Angst nicht mehr verbergen. »Wenn du ohnehin vorhast, mich zu töten, warum tust du es dann nicht? Oder bist du nicht Manns genug dafür?«

Chandos ließ sich nicht reizen. »Ich hätte genügend Grund, dich zu töten. Sieh mir doch in die Augen. Du hast diese Augen schon einmal gesehen, allerdings an einer anderen Person. Oder hast du so viele Frauen vergewaltigt, daß du dich nicht an die Frau erinnern kannst, die ich meine?« Als Trask keuchend Luft holte, fuhr Chandos kalt fort: »Du erinnerst dich also.«

»Das war vor vier Jahren!«

»Hast du vielleicht geglaubt, daß die Zeit dich vor der Rache der Komantschen schützt? Weißt du denn nicht, was aus deinen Gefährten geworden ist, die bei dem Massaker dabei waren?«

Trask erblaßte, denn er wußte es. Er hatte geglaubt, daß die Wilden ihren Rachedurst befriedigt hatten, aber das war ein Irrtum gewesen. In seinem Blick lag jetzt nackte Angst.

Chandos wandte sich befriedigt ab und ergriff die Zügel von Trasks Pferd. »Jetzt weißt du, warum ich will, daß du stirbst, Trask. Aber erinnere dich auch an die junge Komantschen-Frau, die du vergewaltigt und dann zu einem langsamen, qualvollen Tod verurteilt hast.«

»Sie war ja nur eine verdammte Indianerin.«

Angesichts dieser Feststellung vergaß Chandos seine letzten Bedenken. »Sie war eine schöne, sanfte Frau, die in ihrem ganzen Leben keinem Menschen etwas zuleide getan hatte. Du hast sie und ihr Kind getötet, und deshalb schenke ich dich ihrem Mann, der heute noch um sie trauert. Er ist derjenige, der dich haben will, nicht ich.«

Als Chandos fortritt, hörte er statt Trasks Gebrüll die Schreie von Frauen und Kindern, die vergewaltigt, gefoltert, getötet wurden. Er wußte, daß ihre Geister ihm nahe und daß sie mit ihm zufrieden waren.

Nach einer Weile erblickte er Courtney, und die Gespenster verschwanden. Diese süße, unschuldige Frau inmitten der grausamen Welt war Balsam für seine Seele.

Sie hatte mitten auf der baumlosen Ebene angehalten, und der Mond hüllte sie in einen Mantel aus silbernem Licht. Chandos ritt schneller.

Als er sie erreichte, brach sie in Tränen aus. Chandos lächelte. Es war nicht ihre Art, ihre Gefühle zu beherrschen, aber an diesem Abend war es ihr ausgezeichnet gelungen. Sie hatte sich ruhig und mutig verhalten, solange es notwendig gewesen war. Jetzt befand sie sich in Sicherheit und konnte endlich weinen.

Er zog sie von ihrem Pferd auf das seine und drückte sie an seine Brust. Sie schmiegte sich an ihn, hörte aber nicht auf zu weinen, und er wartete geduldig, bis ihre Angst abgeklungen war. Als ihre Tränen endlich versiegten, hob er ihr Gesicht sanft empor und küßte sie.

Courtney begriff sehr rasch, daß der Kuß nicht zufällig war. Ihr schwindelte, sie bekam Angst und stieß Chandos von sich. Dann ging ihr Temperament mit ihr durch.

»Diesmal können Sie aber nicht behaupten, daß Sie mich geküßt haben, um mich zum Schweigen zu bringen.«

»Wollen Sie wirklich wissen, warum ich Sie geküßt habe, kleine Katze? Fragen Sie lieber nicht, sonst gehen wir an Ort und Stelle zu Bett, und dann sind Sie morgen früh nicht mehr so unschuldig wie jetzt.«

Courtney war verblüfft. »Ich habe geglaubt, daß ich Ihnen nicht gefalle.«

Er widersprach nicht, sagte gar nichts, sondern brummte nur. Wie sollte sie bloß schlau werden aus ihm? »Sie sollten mich jetzt lieber wieder auf mein Pferd setzen, Chandos«, meinte sie schließlich.

»Sie finden also, daß es sich jetzt ›gehören‹ würde?«

Sie sehnte sich mit allen Fasern ihres Körpers danach zu bleiben, wo sie war, aber sein Sarkasmus verletzte sie. »Ja«, bestätigte sie.

Sie landete mit einem Ruck in ihrem Sattel und hatte gerade noch Zeit, die Zügel zu ergreifen, bevor ihr Pferd Chandos' Pinto folgte.

Sie ritt wie auf Wolken. Chandos begehrte sie!

21. KAPITEL

Chandos begehrt mich. Das war ihr erster Gedanke, als sie am nächsten Morgen erwachte. Doch etwas später wußte sie: Die Wahrheit war eine andere. Sie war eine Idiotin. Natürlich begehrte er sie – sie war die einzige Frau weit und breit, und er war ein Mann. Männer nahmen, was gerade greifbar war. Er hatte sie nie begehrt, sondern von Anfang an deutlich gezeigt, daß sie ihm gleichgültig war. Er hatte einfach das Bedürfnis nach einer Frau – irgendeiner.

»Wollen Sie die Decke umbringen, oder was?«

Courtney fuhr herum. »Was?«

»Sie starren sie an, als wollten Sie sie ermorden.«

»Ach – ich habe schlecht geträumt.«

»Was nicht verwunderlich ist.«

Er hockte mit einem Becher Kaffee in der Hand am Feuer. Er war frisch rasiert und vollständig angekleidet und hatte sogar schon seinen breitkrempigen Reithut aufgesetzt. Offenbar hatte er sie schlafen lassen, bis sie von selbst aufwachte.

»Würden Sie mir Kaffee einschenken, wenn Sie es nicht zu eilig haben?« fragte sie, stand auf und faltete ihre Decke zusammen. Erst jetzt merkte sie, daß sie immer noch die gleichen Sachen anhatte wie am vergangenen Abend. »Ich muß den Verstand verloren haben«, murmelte sie, während sie mit der Hand über das stellenweise noch feuchte Kleid strich.

»Vermutlich eine Spätfolge des Schocks«, meinte Chandos.

Sie funkelte ihn an. »Aber Sie haben nicht unter Schock gestanden. Warum haben Sie mich nicht darauf aufmerksam gemacht?«

»Ich habe es getan. Sie haben sich höflich bedankt und sind sofort eingeschlafen.«

Courtney wandte beschämt den Blick ab. »Ich muß mich umziehen«, stellte sie fest und verschwand.

Doch das war nicht so einfach. Sie hatte am vergangenen Abend, ohne zu überlegen, ihre nassen Sachen zu den anderen in die Reisetasche gesteckt, und jetzt war alles feucht.

Sie blickte verzweifelt von der Tasche zu Chandos und wieder zurück.

»Chandos, ich –«

»So schlimm kann es doch nicht sein, Kätzchen.«

»Ich habe nichts zum Anziehen«, platzte sie heraus.

»Nichts?«

»Nichts. Ich habe die nassen Sachen eingepackt und vergessen, sie zum Trocknen herauszunehmen.«

»Das Trocknen muß bis heute abend warten. Was ist mit der Hose? Ist sie auch naß?«

»Nein, die habe ich in die Satteltasche gesteckt.«

»Dann müssen Sie sich damit begnügen.«

»Aber ich habe geglaubt –«

»Ihnen bleibt nichts anderes übrig. Warten Sie, ich bringe Ihnen eins meiner Hemden.«

Courtney war verblüfft. Er war überhaupt nicht zornig. Einen Augenblick später warf er ihr ein wunderbar weiches, helles Hemd aus Hirschleder zu. Das einzige Problem bestand darin, daß es keine Knöpfe hatte. Es wurde vorne zugeschnürt, und sie hatte nichts Trockenes, was sie darunter hätte anziehen können.

»Machen Sie kein finsteres Gesicht, Kätzchen. Alle meine übrigen Kleidungsstücke müssen erst gewaschen werden.«

»Ich habe nicht ... Ich würde gern Ihre Sachen waschen.«

»Nein«, antwortete er kurz. »Um meine Sachen kümmere ich mich selbst.«

Aber jetzt war er zornig! Courtney holte ihre Hose und verschwand ins Gebüsch. Ein schrecklicher Mensch! Sie hatte ihm ja nur ihre Hilfe angeboten, und er hatte darauf reagiert, als wäre sie darauf aus, seine Frau zu werden.

Fünf Minuten später kehrte Courtney an den Lagerplatz zurück, um ihre Bettrolle zusammenzupacken. Sie war krebsrot, teils aus Ärger, teils aus Verlegenheit. Chandos' Hemd reichte ihr bis weit über die Hüften, deshalb konnte sie es nicht in die Hose stecken. Und der V-förmige Ausschnitt ging ihr bis zum Nabel. Am schlimmsten war aber die Tatsache, daß das Hemd mit Lederriemen zugebunden wurde, die zu steif waren, als daß sie sie hätte straff anziehen können. Das Ergebnis war, daß immer noch ein unzüchtiger, zwei Zentimeter breiter Spalt klaffte.

Sie wandte Chandos so lange wie möglich den Rücken zu, und als sie zum Feuer kam, um sich Kaffee zu holen, hielt sie sich den Hut vor die Brust; ihr wütender Blick sprach Bände. Chandos sagte kein Wort und war sichtlich bemüht, sie nicht anzusehen.

Courtney wollte von sich ablenken und suchte verzweifelt ein Gesprächsthema, als ihr Blick auf das vierte Pferd fiel.

»Waren Sie Trask gegenüber nicht etwas zu hart, als Sie ihn gezwungen haben, zu Fuß nach Kansas zurückzukehren?«

Der sanfte Vorwurf zeigte eine größere Wirkung als vorgesehen. Chandos' Blick wurde eisig, und sie hatte den Eindruck, daß er sie am liebsten geschlagen hätte.

»Da Sie nicht wissen, Lady, was er getan hat, können Sie kaum beurteilen, was für eine Strafe er verdient.«

»Und Sie wissen, was er getan hat?«

»Ja.«

»Was denn?«

»Vergewaltigung, Mord, das Abschlachten von Männern, Frauen und Kindern.«

Courtney wurde blaß. »Warum haben Sie ihn nicht sofort getötet, wenn Sie all das wissen?«

Er stand wortlos auf und ging zu den Pferden.

»Es tut mir leid«, rief sie ihm nach. Hatte er sie überhaupt gehört?

Sie beschloß, Dare Trask einfach zu vergessen. In einem zivilisierten Land wäre er für solche Verbrechen geviertelt worden. Sie würde einfach nicht weiter an ihn denken.

Sie löschte das kleine Feuer mit dem Rest des Kaffees und ging zu ihrem Pferd, das Chandos inzwischen gesattelt hatte. Sie fuhr sich rasch mit der Bürste durch die Haare, die zwar sauber, aber hoffnungslos zerstrubbelt waren.

Während sie noch mit einem besonders hartnäckigen Knoten kämpfte, trat Chandos hinter sie. »Da Sie finden, daß ich auf diesem Gebiet eine besondere Begabung besitze, könnte ich Ihnen die Haare schneiden.« Seine Stimme klang scherzhaft, vor allem als er hinzufügte: »Wie viele Skalps habe ich angeblich genommen? Ich habe es mir nicht gemerkt.«

Courtney drehte sich um, und er lächelte sie an. Wie schnell es ihm gelang, eine Mißstimmung zu überwinden!

Dann fiel ihr all das ein, was sie am vergangenen Abend über ihn gesagt hatte, und sie wurde wieder rot. »Wie lange hatten Sie uns schon belauscht?«

»Lang genug.«

»Ich glaube natürlich kein Wort von dem, was ich gesagt habe. Ich wollte die vier nur verunsichern und habe deshalb behauptet, daß Sie zum Teil Indianer sind. Die vier Kerle hatten Sie ja noch nie zu Gesicht bekommen, wie sollten sie da wissen, daß Sie überhaupt nicht wie ein Indianer aussehen?«

»Finden Sie? Haben Sie schon so viele Indianer gesehen, daß Sie das beurteilen können?«

Courtney kam allmählich zum Bewußtsein, daß er sie nicht mehr neckte, sondern es vollkommen ernst meinte. »Sie haben überhaupt kein indianisches Blut, nicht wahr?« Im nächsten Augenblick bedauerte sie die Frage. Aber er antwortete ihr nicht, sondern sah sie nur an.

Sie senkte den Blick. »Vergessen Sie, was ich gesagt habe. Können wir jetzt aufbrechen?«

Er drückte ihr das vom Abendessen übriggebliebene Fleisch in die Hand. »Das müßte bis Mittag genügen.«

»Danke.« Dann stellte sie doch noch eine Frage: »Wissen Sie vielleicht, was ›bella‹ heißt?«

»Es heißt ›schön‹.«

Courtney wurde wieder einmal rot.

22. KAPITEL

»Wenn Sie noch etwas waschen wollen, sollten Sie es heute abend tun«, erklärte ihr Chandos, sobald sie ihr Nachtlager aufgeschlagen hatten. »Morgen verlassen wir den Arkansas und stoßen frühestens in drei Tagen wieder auf Wasser.«

Courtney hatte nicht mehr sehr viel zu waschen, vielmehr mußte sie alle ihre Kleidungsstücke trocknen lassen.

Chandos versorgte rasch sein und Trasks Pferd und marschierte dann mit seiner Wäsche zum Fluß. Er war damit fertig, bevor Courtney überhaupt begonnen hatte. Als sie ebenfalls fertig war, sah der Lagerplatz wie der Hinterhof einer Pension aus. Auf jedem Busch, Baum und Felsbrocken hingen oder lagen Kleidungsstücke.

Courtney fand es lustig, daß ein Lagerplatz mitten im Indianerterritorium so gemütlich sein konnte. Sie fühlte sich richtig wohl. Zum Teil rührte das auch daher, daß sie mit Chandos zusammen war und sich in seiner Gegenwart vollkommen sicher fühlte. Er war an diesem Abend nicht auf die Jagd gegangen, und sie war davon überzeugt, daß er es getan hatte, um sie nicht allein zu lassen.

Um ihm zu zeigen, wie dankbar sie ihm dafür war, bemühte sie sich, aus dem getrockneten Fleisch und Gemüse ein schmackhaftes Stew zuzubreiten. Sie verwendete die wenigen Gewürze, die sie mitgenommen hatte, und machte sogar ein paar Klöße. Außerdem befand sich keine einzige Bohne in dem Stew. Wenigstens einmal ein Essen ohne diese ewigen Bohnen.

Während Courtney kochte, lehnte Chandos mit geschlossenen Augen an seinem Sattel. Als sie begann, ein Lied vor sich hinzusummen, genügte das, um ihn zu erregen. Offenbar war er Courtney Harte wehrlos verfallen. Wie lange würde er es noch ertragen, daß er sie ständig begehrte, aber nie Erfüllung fand? Es war für Chandos eine ganz neue Erfahrung; er hatte noch nie eine Frau so leidenschaftlich begehrt, daß er kaum an etwas anderes denken konnte, und er hatte noch nie seine Gefühle so eisern im Zaum halten müssen. Courtneys Zauber war für ihn unwiderstehlich.

Aber er würde sie nicht berühren, selbst wenn sie sich ihm anbot ... Nein, das war dann doch übertrieben. So edelmütig war er auch wieder nicht.

Aber dann fiel ihm ein, daß sie sich ihm bereits angeboten und daß er keinen Gebrauch davon gemacht hatte. Er mußte endlich die lächerliche Vorstellung loswerden, daß er sie beschützen mußte – sogar vor ihm selbst. Er dachte an ihre leidenschaftlichen Blicke, ihre zärtlichen Küsse. Sie begehrte ihn, und das stachelte seine Leidenschaft noch mehr auf.

Wußte sie überhaupt, wie sehr sie ihn in Versuchung führte? Wahrscheinlich nicht, denn er hatte darauf geachtet, es sie nicht merken zu lassen. Falls sie es dennoch gemerkt haben sollte, war es ihr offensichtlich gleichgültig, denn sie bemühte sich keineswegs, ihn nicht herauszufordern.

»Wie bringen die Leute es eigentlich fertig, das Vieh über diese Hügel zu treiben, Chandos?«

»Das Vieh wird nicht durch diese Gegend getrieben; der Trail befindet sich etwa fünfzig Meilen westlich von hier.«

»Ich habe geglaubt, daß der Viehtrail der kürzeste Weg nach Waco ist.«

»Das stimmt.«

»Warum folgen wir ihm dann nicht?« fragte sie verwundert.

»Ich muß in Paris, einer Stadt im Nordwesten von Texas, etwas erledigen. Es kostet uns etwa fünf Tage, aber es geht nicht anders. Ich war ursprünglich dorthin unterwegs und will nicht eine ganze Woche verlieren, indem ich Sie erst nach Waco bringe und dann zurückreite. Irgendwelche Einwände?«

»Nein. Sie müssen meinetwegen Ihre Pläne nicht ändern. Ein paar Tage spielen keine Rolle.« Sie rührte das Stew noch einmal um. »Das Essen ist fertig.«

Während sie aß, stellte Courtney fest, daß sie einerseits glücklich war, weil sie einige Tage länger mit Chandos zusammen sein würde, daß sie sich aber andererseits über ihn ärgerte, weil er es nicht der Mühe wert gefunden hatte, sie über seine Pläne zu unterrichten.

Nach dem Abendessen sah sie zuerst nach ihren Kleidern. Ein Großteil war bereits trocken, so daß sie sich endlich umziehen konnte. Sie ging zum Fluß hinunter. Als sie aus Hose und Hemd schlüpfte, zögerte sie einen Augenblick, sprang dann aber doch ins Wasser. Die Sonne war bereits untergegangen, und Chandos aß noch. Sie würde erst in einigen Tagen wieder Gelegenheit haben, ein Bad zu nehmen.

Das Wasser schimmerte im Mondlicht. Courtney ließ sich im Schatten eines überhängenden Baumes von der Strömung umspülen und kam sich schrecklich verdorben vor, weil sie vollkommen nackt war. Es war einfach herrlich.

Schließlich mußte sie, wenn auch widerstrebend, den Fluß verlassen. Weil sie kein Handtuch hatte, streifte sie das Wasser mit den bloßen Händen von ihrem Körper, und dabei fiel ihr ein, daß sie vor nicht allzu langer Zeit in Versuchung gewesen war, das gleiche mit Chandos' Rücken zu tun. *Hör auf, daran zu denken, Courtney.* Sie kleidete sich rasch an und kehrte zum Lager zurück.

Überrascht stellte sie fest, daß Chandos bereits das Geschirr gereinigt und seine Bettrolle ausgebreitet hatte und jetzt das Feuer mit Asche abdeckte. Sie seufzte. Nach dem erfrischenden Bad war sie im Gegensatz zu ihm überhaupt nicht schläfrig.

Als sie zum Feuer trat, stand er auf. Sein Blick glitt über ihr hellgrünes Seidenkleid, und ihr fiel plötzlich ein, daß sie sich nicht vollständig abgetrocknet hatte, und daß die Seide an ihrem Körper klebte.

»Wenn ich gewußt hätte, daß ich das Geschirr nicht spülen muß, hätte ich mir nicht die Mühe gemacht, mich anzuziehen«, platzte sie heraus. Dann wurde sie rot. Das hatte sie nicht sagen wollen. »Ich meine ... ach, vergessen Sie es. Hier.« Courtney reichte ihm sein Hemd. »Nochmals danke.«

Sie wandte sich ab und erschrak, als Chandos sie am Handgelenk packte. »Das nächste Mal lassen Sie mich vorher wissen, was Sie vorhaben. Sie hätten von einer Wasserschlange gebissen, von einem treibenden Baumstamm getroffen oder von Indianern entführt werden können – oder es hätte noch Schlimmeres passieren können.«

»Aber Sie waren doch nicht weit weg«, setzte sie sich zur Wehr. »Sie hätten es gehört, wenn ich um Hilfe gerufen hätte.«

»Wenn Sie noch die Möglichkeit dazu gehabt hätten.«

»Wollen Sie damit sagen, daß ich mich nicht waschen soll –«

»Nein.«

Ihre Augen wurden groß. »Soll das dann heißen –«

»Verdammt noch mal, natürlich nicht. Ich muß Ihnen nicht zuschauen, ich muß nur in der Nähe sein, um Sie beschützen zu können.« Ihm wurde klar, daß es keinen

Ausweg aus diesem peinlichen Gespräch gab. »Vergessen Sie es.«

»Was soll ich vergessen? Ihnen Bescheid zu sagen, wenn ich –«

»Vergessen Sie, sich zu waschen.«

»Chandos!«

»Es gehört sich einfach nicht, daß eine Lady auf dem Trail badet.«

»Das ist Unsinn, und das wissen Sie. Ich habe mich nie ganz ausgezogen. Heute abend war es eine Ausnahme, aber –«

Weiter kam sie nicht. Das Bild, das ihre Worte in Chandos' Geist heraufbeschwor, gab ihm den Rest, und er riß sie knurrend an sich.

Als sein Mund den ihren berührte, hatte Courtney das Gefühl, daß ihre gesamte Kraft sie verließ. Ihre Beine gaben unter ihr nach und sie schlang Chandos die Arme um den Hals und klammerte sich an ihn.

Chandos drückte sie mit einem Arm so heftig an sich, daß ihre Brust hart an die seine gepreßt wurde. Mit dem zweiten hielt er ihren Hinterkopf umklammert, so daß sie sich seinem Mund nicht entziehen konnte. Es lag etwas sehr Wildes in der Art, wie er seine Lippen brutal auf die ihren drückte und sie auseinanderzwang. Und dann berührte seine Zunge die ihre wie ein glühendes Eisen.

Courtney begriff nicht, was die Heftigkeit seines Angriffs sollte, und nahm an, daß er ihr wieder eine Lehre erteilen wollte. Sie bekam Angst und versuchte, sich von ihm zu lösen, aber er hielt sie fest. Sie stieß seine Schultern weg, aber sein Griff wurde nur noch fester.

Soviel sie sich auch wand – sie kam nicht frei.

Chandos bemerkte zuerst nur undeutlich, daß Courtney sich gegen ihn zur Wehr setzte. Er wußte, daß er seine Vorsätze über den Haufen geworfen hatte, aber er war nicht auf die Idee gekommen, daß sein unbeherrschtes

Verlangen ihr Angst einjagen könnte. Erst als ihre Abwehr heftiger wurde, kam er wieder zu sich.

Er gab ihren Mund frei, und sie schnappte nach Luft. Er lockerte auch seinen Griff allmählich, so daß sie etwas Abstand zwischen ihn und sich legen konnte.

»War das wieder eine Ihrer Lektionen?« fragte sie.

»Nein.«

»Aber Sie haben mir wehgetan.«

Chandos streichelte ihre Wange. »Das war das Letzte, was ich tun wollte, kleine Katze.«

Seine Stimme und seine Hand auf ihrem Gesicht waren nun sehr sanft, aber Courtney hatte immer noch Angst vor ihm.

»Warum haben Sie mich angegriffen, Chandos?«

Er sah sie verblüfft an. »Angegriffen?«

»Wie würden Sie es denn bezeichnen?«

»Der Sturm auf die Festung«, schlug er trocken vor.

»Wagen Sie nicht zu lachen! Sie sind widerlich und –«

»Schsch, Kätzchen, sei still und hör mir zu. Es tut mir leid, wenn ich dich erschreckt habe. Aber wenn ein Mann eine Frau so sehr begehrt wie ich dich, dann fällt es ihm schwer, sich zu beherrschen. Verstehst du das?«

Sie schwieg einen Augenblick, dann fragte sie erstaunt: »Du – du begehrst mich?«

»Kannst du daran zweifeln?«

Courtney blickte zu Boden, um ihre Freude und ihre Verwirrung zu verbergen.

»Du hast mich zu Beginn nicht begehrt. Tu mir das nicht an, Chandos, nur weil du eine Frau brauchst, und ich hier draußen die einzig verfügbare bin.«

Er hob ihr Kinn und zwang sie, ihn anzusehen. »Das habe ich mir mit meinem dummen Versuch eingebrockt, dir zu widerstehen.« Er seufzte. »Du kannst daran zweifeln, daß es klug von mir ist, dich zu begehren, aber zweifle nicht daran, daß mein Verlangen nach dir in dem Augenblick erwacht ist, in dem du den Laden in Rockley betreten hast. Glaubst du, daß ich sonst dieses Nichts Jim Ward zur Rede gestellt hätte?«

»Nein, sag das nicht.«

»Weißt du, daß ich nahe daran war, deinen Freund Reed zu töten, weil du zugelassen hast, daß er dich küßt?«

»Bitte, Chandos.«

Er zog sie an sich, diesmal sehr sanft, ohne sich um ihren ohnehin nur angedeuteten Widerstand zu kümmern. »Ich kann gegen meine Gefühle genauso wenig etwas tun wie du, Kätzchen. Ich habe versucht, dich in Rockley zurückzulassen und dich zu vergessen, aber ich konnte es nicht. Ich habe versucht, dich nicht anzurühren. Aber auch dagegen kann ich nicht mehr ankämpfen, schon gar nicht, nachdem ich weiß, daß du mich ebenfalls begehrst.«

»Nein, ich —«

Er ließ nicht zu, daß sie es leugnete. Mit einem zweiten Kuß, der genauso zärtlich war wie der erste brutal, lähmte er ihren Willen und ihren Verstand. Doch der größte Zauber ging von seinem Geständnis aus. Er begehrte sie – hatte sie immer begehrt! Diese Vorstellung machte sie glücklich.

Courtney erwiderte seinen Kuß hingebungsvoll. Was sie sich bisher nur in ihrer Phantasie ausgemalt hatte, wurde nun Wirklichkeit, und es wäre ihr am liebsten gewesen, wenn es nie aufgehört hätte. Es schien auch nie aufzuhören, denn er überschüttete sie mit Küssen.

Sie dachte nicht darüber nach, wohin die Küsse führen würden, auch dann nicht, als Chandos sie auf seine Bettrolle trug.

Seine Küsse wurden leidenschaftlicher, und er begann, sie auszuziehen. Sie wollte ihn daran hindern, aber er schob ihre Hände weg und küßte sie auf den Hals. Es durchschauerte sie.

Sie mußte einen Entschluß fassen, sagte sie sich. Würde er böse sein, daß sie es soweit hatte kommen lassen und ihn dann zwang aufzuhören? Konnte sie ihn überhaupt dazu zwingen?

Etwas wie Angst regte sich in ihr, und sie flüsterte: »Chandos, ich bin nicht –«

»Sprich nicht, kleine Katze«, flüsterte er ihr ins Ohr. »Ich kann nicht mehr anders.«

Seine Hand glitt in ihr offenes Kleid und suchte erst die eine Brust und dann die andere. Ihr dünnes Hemdchen war kein Schutz vor seiner Hitze. Und als die Lust unerträglich wurde, begann er, an ihrem Ohr zu knabbern.

Seine Leidenschaft überwältigte sie, und sie konnte nicht mehr klar denken. So protestierte sie auch nicht, als er ihr rasch das Kleid auszog. Und sie so leidenschaftlich küßte, daß ihr schwindelte. Schließlich streifte er ihr das Hemdchen über den Kopf. Ihr Oberkörper war jetzt nackt.

Als sein Mund ihr Brust bedeckte, zuckte sie vor Wonne zusammen. Ihre Hände erfaßten seinen Kopf und hielten ihn fest. Sie vergrub die Finger in seinen Haaren und stöhnte vor Lust, als ihre Brustwarze unter seiner Zunge hart wurde. Dann begann er zu saugen, und sie schnurrte wie eine Katze. Chandos stöhnte.

Courtney hatte sich nie träumen lassen, daß es etwas so Wunderbares, so zutiefst Befriedigendes gab. Aber das war noch nicht alles, und Chandos war ungeduldig dabei, ihr alles zu zeigen.

Sie hatte nicht gespürt, daß er ihren Unterrock aufband, doch als seine Hand abwärts glitt, erzitterten ihre Bauchmuskeln. Plötzlich wurde ihr klar, wie weit er gegangen war. Konnte sie ihn aufhalten? Sie zog an seinem Arm, aber es war kein ernst gemeinter Versuch.

Dann drang sein Finger in sie ein, und sie schrie auf.

»Nein!«

Seine Lippen brachten sie rasch zum Schweigen, aber er ließ seinen Finger, wo er war. Sie hatte gegen die Vorstellung protestiert, nicht gegen das Gefühl, das er in ihr weckte. Das ganz bestimmt nicht. Dann wurde sie von einem heftigen, heißen Ausbruch erschüttert, der ihren letzten Widerstand brach.

Als sie wieder ruhig war, als ihre Hand nicht mehr an seinem Arm zog, sondern sich um seinen Hals legte, sah Chandos sie an. Die Glut in seinen Augen hypnotisierte sie, und sie ahnte undeutlich, was es ihn gekostet hatte, seine Leidenschaft bis jetzt im Zaum zu halten. Diese Erkenntnis war beinahe unerträglich.

Er wandte den Blick nicht von ihr ab, während er den harten Knoten in der Spalte zwischen ihren Schenkeln liebkoste. Sie wurde rot, als sie merkte, daß er sie beobachtete.

»Du sollst nicht –«

»Schsch, Kätzchen«, flüsterte er. »Stell dir vor, daß ich in dir bin. Du ahnst nicht, was es für mich bedeutet, daß du so bereit für mich bist.«

Er küßte sie immer wieder, und seine Augen glühten. »Laß zu, daß ich dich liebe, Kätzchen. Ich will dich schnurren hören, wenn ich in dir bin.«

Er ließ sie nicht antworten, sondern küßte sie wieder. Dann löste er sich von ihr, und im nächsten Augenblick glitt der Rest ihrer Kleidung über ihre Beine hinunter und wurde zur Seite geschoben.

»Bleib so, wie du bist«, sagte er, als sie nach der Decke griff. »Du bist schöner als alle Frauen, die ich bis jetzt gekannt habe. Verbirg deine Schönheit nicht vor mir.«

Courtney versuchte ihre Scham zu unterdrücken, weil er sie darum gebeten hatte. Und als er sich dann neben sie hinkniete, und sie ihn dabei beobachtete, wie er sich sein Hemd auszog, vergaß sie ihre Scheu.

Er überraschte sie wieder.

»Berühre mich, Kätzchen. Deine Augen haben mir unzählige Male verraten, daß du es tun möchtest.«

»Das ist nicht wahr.«

»Lügnerin.«

Doch sie hatte keine Zeit, empört zu sein, denn er streifte seine Hose ab. Als die dann das erste Mal alles von ihm sah, zog sie scharf die Luft ein. Sie konnte ihn bestimmt nicht zur Gänze in sich aufnehmen – oder?

Die Angst kam wieder, aber es war eine erregende Angst.

Chandos wußte, daß sie sich fürchtete. Sobald er nackt war, schob er sich zwischen ihre Beine und streckte seinen langen Körper über den ihren, bis sie die Spitze seines Glieds an ihrer Scheide spürte. Er stöhnte auf, seine Lippen preßten sich auf die ihren, und er drang in sie ein. Er fing ihren Schrei mit seinem Mund auf und die Zuckungen ihres Körpers mit dem seinigen.

Nun drang er voll und tief in sie ein, aber der Schmerz hielt nicht an. Die ganze Zeit über küßte er sie so leidenschaftlich, daß ihre Zunge der seinen schließlich antwortete. Seine Hände hielten ihr Gesicht zärtlich umschlossen, und seine Brust streifte ihre Brüste.

Lange Zeit bewegten sich nur Chandos' Mund und seine Hände; als auch seine Hüften begannen, sich zu bewegen, stöhnte Courtney vor Enttäuschung. Es tat so gut, ihn in ihrem Körper zu spüren, und sie glaubte, daß es nun vorbei war. Doch sie merkte bald, daß sie sich geirrt hatte. Er glitt unermüdlich hinein und heraus, mit unendlicher Vorsicht.

»Ja, Kätzchen, sag es mir«, stöhnte er, als sie wieder vor Wonne schnurrte.

Sie tat es. Sie konnte nicht anders. Ihre Arme schlossen sich eng um ihn, und sie hob ihm ihre Hüften entgegen. Sie entdeckte, daß er tiefer in sie eindringen konnte, wenn sie die Beine hob, und sie hob sie immer höher und höher, bis sie in einen pulsierenden, unglaublichen Orgasmus ausbrach und, ohne es zu wollen, seinen Namen schrie.

Sie wußte nicht, daß er sie die ganze Zeit über beobachtet hatte und sich erst jetzt der Leidenschaft hingab, die ihn so lange beherrscht hatte.

23. KAPITEL

Den ganzen nächsten Tag über war Courtney verliebt. Nichts störte sie. Weder die Hitze, noch die Insekten, und auch nicht der eintönige Ritt. Nichts konnte den Panzer ihres Glücks durchdringen.

Zwei Tage später war sie ihrer Sache nicht mehr so sicher. Und nach drei Tagen war sie ganz anderer Ansicht. Sie konnte unmöglich einen Mann wie Chandos lieben, der sie so in Wut brachte. Sie begehrte ihn immer noch – und verachtete sich deshalb –, aber sie konnte ihn nicht lieben.

Was Courtney in Wut brachte, war die Tatsache, daß er wieder so undurchdringlich und rätselhaft geworden war wie vorher. Er hatte sie zu seiner Frau gemacht, hatte sie zur höchsten Ekstase geführt, und jetzt behandelte er sie genauso gleichgültig wie früher. Sie verstand die Welt nicht mehr.

Doch sie mußte sich der Wahrheit stellen. Sie war benützt worden. Alles, was Chandos ihr in dieser Nacht gesagt hatte, war eine Lüge gewesen. Er hatte seine Begierde befriedigt, und jetzt brauchte er sie nicht mehr.

Wie Chandos vorausgesagt hatte, überquerten sie am Abend des siebten Tages einen Fluß. Da Courtney dabei naß wurde, beschloß sie, nach dem Abendessen ein Bad zu nehmen, ohne es Chandos zu sagen. Sie wollte sich an Chandos rächen, indem sie seine Befehle nicht befolgte.

Ihre Unterwäsche klebte an ihrem Körper und ihre Haare waren tropfnaß, als sie dem Fluß entstieg; in diesem Augenblick spürte sie, daß sie nicht allein war. Ihr Herz blieb beinahe stehen, aber dann erblickte sie ihn. Es war Chandos. Diese Erkenntnis war jedoch auch kein Trost. Er kauerte im Schatten eines Baumes und hatte sie wer weiß wie lange schon beobachtet.

Er erhob sich und ging auf sie zu.

»Komm her, Kätzchen.«

Er hatte sie in den letzten drei Tagen kein einziges Mal so genannt, und seine Stimme hatte auch nie so heiser geklungen. Er hatte wieder Lady zu ihr gesagt – wenn er überhaupt mit ihr sprach.

Courtneys Nasenflügel bebten, und ihre Augen funkelten.

»Geh zum Teufel!« rief sie. »Du wirst mich nicht noch einmal benützen!«

Er ging weiter auf sie zu, und sie wich ins Wasser zurück. Sie wäre noch tiefer in den Fluß gegangen, aber er blieb stehen. Sie starrte ihn trotzig an. Dann fluchte er in der Sprache, die er manchmal benützte, drehte sich um und ging zum Lager zurück.

Sie hatte es geschafft. Sie hatte ihm kühn und mutig standgehalten und war stolz auf sich.

Courtney beschloß, nicht sofort aus dem Wasser zu steigen, obwohl sie fröstelte. Sie hatte nicht gerade Angst vor Chandos, aber sie wollte warten, bis sein Zorn abgeklungen war. Auch als sie aus der Richtung des Lagers einen Schuß vernahm, rührte sie sich nicht. Sie war ja nicht dumm. Wenn er auf so eine List verfiel, um sie zu sich zu locken, dann war sein Zorn noch nicht verraucht.

Weitere zehn Minuten vergingen, dann fing Courtney doch an, sich Sorgen zu machen. Vielleicht hatte sie sich geirrt. Vielleicht hatte er ein wildes Tier getötet. Oder vielleicht hatte jemand auf Chandos geschossen. Vielleicht war er tot!

Courtney lief aus dem Wasser, rannte aber nicht so, wie sie war, die Böschung hinauf. Sie zog erst trockene Unterwäsche, ihren gestreiften Rock und die weiße Seidenbluse an, die sie erst kürzlich geflickt hatte. Alles übrige, auch ihre Stiefel, die von der Flußüberquerung noch naß waren, trug sie in der Hand. Sie betete darum, daß sie auf nichts Kriechendes oder gar Giftiges treten würde, und rannte dann zum Lager. Als sie den Schein des Feuers erblickte, ging sie langsamer und sehr vorsichtig weiter.

Trotzdem stolperte sie beinahe über die Schlange, die auf dem Weg lag. Sie war lang und gelbrot, eine Mokassinschlange, deren Biß tödlich war. Die Schlange war tot, aber Courtney schrie trotzdem auf.

»Was?« rief Chandos scharf, und ihre Erleichterung war grenzenlos.

Sie rannte, bis sie ihn sah. Er war am Leben und allein. Er saß am Feuer und ... Courtney blieb stehen und wurde leichenblaß. Chandos hatte einen Stiefel ausgezogen und das Hosenbein bis zum Knie aufgeschnitten. Über seine Wade, an der er einen Schnitt ausquetschte, lief Blut. Er war von der Schlange gebissen worden!

»Warum hast du mich nicht gerufen?« Sie war entsetzt, daß er versucht hatte, sich selbst zu behandeln.

»Du hast sehr lange gebraucht, um nach dem Schuß heraufzukommen. Wärst du gekommen, wenn ich dich gerufen hätte?«

»Wenn du mir gesagt hättest, was geschehen ist, wäre ich gekommen.«

»Hättest du mir geglaubt?«

Er wußte es. Er wußte, was sie gedacht hatte. Wie konnte er so ruhig hier sitzen – nein, er mußte ruhig bleiben, denn sonst verbreitete sich das Gift noch rascher in seinem Körper.

Courtney ließ ihre Sachen fallen, stürzte vor, holte Chandos' Bettrolle und breitete sie neben ihm aus. Ihr Herz klopfte wild.

»Leg dich auf den Bauch.«

»Sag mir nicht, was ich zu tun habe, Frau.«

Sie war empört über seinen Ton, dann aber begriff sie, daß er Schmerzen litt. Auf seiner Wade breitete sich ein großer, grellroter Fleck aus. Er hatte seinen Gürtel wenige Zentimeter oberhalb des Bisses eng um das Bein gebunden. Zwei Zentimeter tiefer, und die Schlange hätte in Chandos' Stiefel gebissen. Was für ein unglaubliches Pech! »Hast du das Gift ausgesaugt?«

Chandos' Blick sprach Bände. »Sieh doch einmal hin, Frau. Wenn du glaubst, daß ich mit dem Mund dorthin komme, dann bist du verrückt.«

Courtney wurde noch blasser. »Das heißt, daß du nicht einmal ... warum hast du mich nicht gerufen? Was du jetzt tust, ist ein letztes Hilfsmittel!«

»Du weißt wohl genau Bescheid«, fuhr er sie an.

»Ja. Ich habe meinem Vater zugesehen, wenn er Schlangenbisse behandelt hat. Er ist Arzt und –. Hast du den Gürtel schon einmal gelockert? Du solltest es ungefähr alle zehn Minuten tun. Bitte Chandos, leg dich hin. Ich muß das Gift aussaugen, bevor es zu spät ist.«

Er starrte sie so lange an, daß sie schon annahm, er würde sich weigern. Doch dann zuckte er die Schultern und legte sich auf die Bettrolle.

»Der Schnitt ist in Ordnung«, erklärte er ihr mit deutlich schwächerer Stimme. »Ich konnte die Stelle sehen und mit den Händen erreichen, aber nicht mit dem Mund.«

»Spürst du außer den Schmerzen ein Schwächegefühl oder Übelkeit? Kannst du klar sehen?«

»Wer, sagtest du, ist der Arzt – du oder dein Vater?«

Es war eine Erleichterung, daß er noch Witze machen konnte. »Es würde mir helfen, wenn du meine Fragen beantwortest, Chandos. Ich muß wissen, ob das Gift schon in deinen Kreislauf gelangt ist oder nicht.«

»Ich leide unter keiner der erwähnten Beschwerden, Lady«, seufzte er.

»Das ist wenigstens etwas, wenn man bedenkt, wieviel Zeit vergangen ist.«

Aber Courtney war nicht davon überzeugt, daß er die Wahrheit sagte. Es würde ihm ähnlich sehen, nicht zuzugeben, daß er sich schwach fühlte.

Sie kniete neben seiner Wade nieder und machte sich an die Arbeit – es war ihr nicht widerwärtig, sondern einfach etwas, das getan werden mußte. Aber sie hatte Angst, weil soviel Zeit vergangen war.

Chandos rührte sich nicht, während sie sich mit ihm befaßte; er erklärte ihr nur einmal, daß sie die Hand von seinem verdammten Bein nehmen solle. Courtney hörte nicht auf, gleichmäßig zu saugen und zu spucken, bis sie plötzlich krebsrot wurde. Fortan achtete sie darauf, die Hand nicht mehr so hoch oben auf seinen Oberschenkel zu legen. Sie nahm sich vor, ihm später einmal deshalb die Meinung zu sagen. Der Mann konnte seine Begierde nicht einmal beherrschen, wenn er Schmerzen litt!

Sie arbeitete eine Stunde lang, dann konnte sie nicht mehr. Ihre Lippen waren taub, und ihre Wangen schmerzten. Die Wunde blutete nicht mehr, aber sie war gerötet und schrecklich geschwollen. Courtney bedauerte, daß sie keine Zugsalbe mithatte. Noch mehr bedauerte sie es, daß sie nichts von Heilkräutern verstand, denn es gab vielleicht am Flußufer oder im Wald etwas, das das Gift herausziehen oder die Schwellung zum Abklingen bringen konnte.

Statt dessen holte sie Wasser vom Fluß, tauchte einen Lappen hinein und legte ihn auf die Wunde. Alle zehn Minuten lockerte sie den Gürtel, der den Blutstrom unterband, und zog ihn nach einer Minute wieder an.

Sie war unermüdlich. Und als sie endlich dazu kam, ihn zu fragen, wie er sich fühlte, erhielt sie keine Antwort. Chandos war ohnmächtig geworden. Courtney wurde allmählich von Panik erfaßt.

24. KAPITEL

»Wenn du mir die Haare abschneidest, Alter, bringe ich dich um.« Chandos hatte diesen und andere Sätze immer wieder gemurmelt, und Courtney hatte sich daraus ein bedrückendes Bild von Chandos' Leben machen können. Er sprach im Schlaf und fieberte hoch.

Irgendwann in der Nacht war sie eingeschlafen, aber nicht für lange Zeit. Sie hatte den Kopf an Chandos' Beine gelehnt, und dann hatte er plötzlich geschrien, daß er erst sterben könne, bis alle tot waren. Sie versuchte, ihn aufzuwecken, aber er stieß sie von sich.

»Verdammt, Calida, laß mich in Ruhe«, knurrte er. »Kriech in Marios Bett. Ich bin müde.«

Danach versuchte sie nicht mehr, ihn zu wecken. Sie wechselte den kalten Umschlag und hörte zu, wie er im Fieberwahn Schießereien, Prügeleien und Auseinandersetzungen mit jemandem erlebte, den er nur ›Alter‹ nannte. Er sprach auch mit Frauen – mit Meara ehrfurchtsvoll, mit Weißer Flügel sanft und mahnend. Seine Stimme klang ganz anders, wenn er mit diesen Frauen sprach, und Courtney schloß daraus, daß er sie sehr gern hatte.

Weißer Flügel war nicht der einzige indianische Name, den er erwähnte, sondern er nannte auch Männernamen, und es gab jemanden, den er nur als ›Freund‹ bezeichnete. Er verteidigte den Komantschen sogar dem ›Alten‹ gegenüber leidenschaftlich, und Courtney fiel ein, daß Chandos nie ihre Frage beantwortet hatte, ob er Indianerblut in den Adern habe.

Sie hatte nie darüber nachgedacht, aber es war möglich. Die seltsame, fremde Sprache, die er manchmal verwendete, konnte ein indianischer Dialekt sein.

Überraschenderweise störte es sie nicht. Für sie war und blieb er Chandos.

Als der Morgen graute, begann Courtney, ernsthaft daran zu zweifeln, daß Chandos überleben würde. Sie war erschöpft und wußte nicht, was sie noch für ihn tun konnte. Die Wunde sah genauso gefährlich aus wie am vergangenen Abend, und die Schwellung war kaum zurückgegangen. Er fieberte immer noch, und seine Schmerzen waren anscheinend stärker geworden, aber er stöhnte und schlug so schwach um sich, als hätte er überhaupt keine Kraft mehr.

»Er hat ihr die Arme gebrochen, damit sie sich nicht wehren kann ... das verdammte Schwein ... nur ein Kind. Tot, alle sind tot.« Er flüsterte nur noch, als hätte er nicht mehr genügend Kraft, um zu sprechen. »Zerreiß die Verbindung ... Kätzchen.«

Sie starrte ihn an. Es war das erste Mal, daß er sie erwähnte.

»Chandos?«

»Kann nicht vergessen ... nicht meine Frau.«

Sein rasselnder Atem machte Courtney mehr Angst als alles andere. Und als sie ihn schüttelte und er nicht aufwachte, begann sie zu weinen.

»Bitte, Chandos!«

»Verdammte Jungfrau ... nicht gut.«

Courtney wollte nicht hören, was er von ihr hielt. Sie konnte es nicht ertragen. Doch seine bisherigen Äußerungen hatten sie verletzt, und sie suchte Zuflucht bei ihrem Zorn.

»Wach auf, verdammt noch mal, damit du mich hören kannst. Ich hasse dich! Du bist grausam und herzlos, und ich weiß nicht, warum ich eine ganze Nacht damit vergeudet habe, dich zu retten. Wach auf!«

Sie schlug mit den Fäusten auf seinen Rücken ein und richtete sich dann erschrocken auf. Sie hatte einen Bewußtlosen geschlagen.

»Verzeih mir, Chandos«, rief sie und rieb seinen Rücken. »Bitte stirb nicht. Ich werde nie wieder auf dich böse sein, ganz gleich, wie unausstehlich du bist. Und wenn du wieder gesund bist, verspreche ich dir, daß ich dich nie mehr begehren werde.«

»Lügnerin.«

Courtney verschluckte sich beinahe. Seine Augen waren noch immer geschlossen.

»Du bist unausstehlich«, zischte sie und stand auf.

Chandos rollte sich auf die Seite und blickte zu ihr auf.

»Warum?«

»Warum? Du weißt, warum!« Dann fügte sie zusammenhangslos hinzu: »Und ich bin keine verdammte Jungfrau, das weißt du am besten.«

»Habe ich das behauptet?«

»Vor nicht einmal fünf Minuten.«

»Habe ich womöglich im Schlaf gesprochen?«

»Und wie«, grinste sie, drehte sich um und stolzierte davon.

»Was jemand im Schlaf sagt«, rief er ihr nach, »kann man nicht ernst nehmen. Und um etwas klarzustellen: Ich halte dich schon seit einer ganzen Weile für keine Jungfrau mehr.«

»Geh zum Teufel!« rief sie zurück und ging weiter.

Doch sie kam nur bis zu der toten Schlange, neben der auf einmal ein lederner Schnürbeutel lag, der am vergangenen Abend bestimmt noch nicht dagewesen war.

Ein Schauder lief ihr über den Rücken, und sie sah sich rasch um, aber das Unterholz war so dicht, daß es ein ideales Versteck bot.

Sie starrte den Beutel an und hatte Angst, ihn zu berühren. Er war aus Hirschleder, schön gearbeitet und ungefähr doppelt so groß wie ihre Faust. Er war mit irgend etwas gefüllt.

Wenn in der Nacht jemand vorbeigekommen war, während sie Chandos pflegte, warum hatte sie ihn dann nicht gesehen? Und warum hatte sich dieser Unbekannte nicht gezeigt? War es möglich, daß jemand den Beutel zufällig fallengelassen hatte?

Es war Courtney unheimlich, daß im Lauf der Nacht jemand dagewesen war und beobachtet hatte, wie sie Chandos pflegte. Wer konnte das sein? Und warum hatte der den Lederbeutel hiergelassen?

Sie hob ihn vorsichtig an der Schnur auf und hielt ihn von ihrem Körper weg, während sie zum Lager zurückkehrte. Chandos lag noch da, wie sie ihn verlassen hatte, und sie rief sich ins Gedächtnis, daß es ihm nicht besser ging, sondern daß er nur wach war. Es war gemein von ihr gewesen, ihm all diese Dinge zu sagen, wenn er so schwach war und sichtlich litt.

»Er sieht nicht aus, als würde er beißen, Kätzchen.«

»Was?« fragte sie verständnislos.

»Der Beutel. Du hältst ihn von deinem Körper weg, aber ich glaube nicht, daß das notwendig ist.«

»Hier.« Courtney ließ den Beutel neben ihm fallen. »Ich möchte ihn lieber nicht selbst aufmachen. Ich habe ihn neben der toten Schlange gefunden.«

»Das verdammte Biest! Am liebsten würde ich sie noch einmal umbringen.«

»Das kann ich dir nachfühlen.« Dann blickte sie zu Boden. »Es tut mir leid, daß ich so wütend geworden bin, Chandos. Einiges, das ich dir gesagt habe, ist unverzeihlich.«

»Vergiß es.« Er war damit beschäftigt, den Beutel zu öffnen. »Gott sei Dank«, rief er, als er eine Pflanze herauszog, an der noch die Wurzeln hingen.

»Was ist das?«

»Schlangenkraut. Das hätte ich letzte Nacht dringend gebraucht. Aber besser spät als gar nicht.«

»Schlangenkraut?« fragte sie mißtrauisch.

»Man zerquetscht es, vermischt den Saft mit Salz und trägt ihn auf die Bißwunde auf. Es ist eines der besten Mittel gegen Schlangengift.« Er hielt ihr die Pflanze hin. »Würdest du es bitte tun?«

Courtney griff nach der Pflanze. »Du weißt, wer sie dagelassen hat, nicht wahr?«

»Ja.«

»Na und?«

Er erwiderte ihren Blick so lange, daß sie bereits annahm, er würde ihr überhaupt nicht antworten. Aber dann sagte er doch: »Ein Freund von mir.«

Sie sah ihn groß an. »Warum hat sich dieser Freund nicht gezeigt und mir die Pflanze gegeben? Er hätte mir erklären können, was ich damit tun soll.«

Chandos seufzte. »Das hätte er nicht können, weil er nicht Englisch spricht. Und wenn er sich gezeigt hätte, wärst du wahrscheinlich davongerannt.«

»Ein Indianer! Womöglich Springender Wolf?«

Chandos runzelte die Stirn. »Ich habe anscheinend ziemlich viel gesprochen.«

»Du hast dich mit den unterschiedlichsten Leuten unterhalten. Sprichst du immer im Schlaf?«

»Woher soll ich das wissen?«

Die Antwort erfolgte so scharf, daß sie sich abwandte. Sie bereitete die Mixtur zu und kam dann zu Chandos zurück. »Würdest du dich bitte wieder auf den Bauch legen?«

»Nein. Gib mir das Zeug.«

»Das besorge ich.« Sie wich seiner Hand aus und trat hinter ihn. »Du hast schon genug Schaden angerichtet, indem du gestern abend versucht hast, dich selbst zu behandeln – unnötigerweise.«

»Ich habe dich nicht um deine verdammte Hilfe gebeten.«

»Du wärst wohl lieber gestorben, als dir von mir helfen zu lassen.«

Er antwortete nicht und sagte auch sonst nichts mehr.

Courtney war beleidigt. Nach allem, was sie für ihn getan hatte, hätte er wenigstens ein bißchen Dankbarkeit zeigen können. Aber das war ihm offenbar gleichgültig, und es störte ihn anscheinend, daß er auf ihre Hilfe angewiesen war.

»Ist dein Freund immer noch in der Nähe, Chandos?« fragte sie schließlich.

»Willst du ihn kennenlernen?«

»Nein.«

Er seufzte müde. »Im Augenblick befindet er sich bestimmt nicht in der Nähe, falls dir das Sorgen bereitet, Kätzchen. Aber er wird wahrscheinlich nachsehen, ob es mir besser geht. Du wirst ihn jedoch nicht zu Gesicht bekommen, weil er weiß, daß du dich vor ihm fürchtest.«

»Das tue ich nicht. Woher will er das wissen?«
»Ich habe es ihm erzählt.«
»Wann?«
»Was spielt das wieder für eine Rolle.«
»Überhaupt keine.« Sie war mit der Behandlung des Beins fertig und trat wieder vor ihn. »Ich möchte nur wissen, warum er uns folgt. Der Indianer, den ich damals am Fluß gesehen habe, war auch er, nicht wahr? Wie oft hat er sich noch an unser Lager –« Ihre Augen wurden immer größer, während ihr alles Mögliche einfiel.

»In dieser Nacht war er nicht in der Nähe«, beruhigte sie Chandos. »Und er folgt uns nicht. Wir sind zufällig in die gleiche Richtung unterwegs.«

»Wenn ich nicht wäre, würdest du mit ihm reiten, nicht wahr? Kein Wunder, daß du mich nicht mitnehmen wolltest.«

Er runzelte die Brauen. »Ich habe dir gesagt, warum ich dich nicht mitnehmen wollte.«

»Allerdings. Aber du mußt schon entschuldigen, wenn ich nicht einmal mehr die Hälfte von dem glaube, was du mir erzählst.«

Statt sie zu beruhigen – was sie erhofft hatte –, sagte Chandos kein Wort. Sie wußte nicht, ob sie ihn anschreien oder weinen sollte. Schließlich tat sie keines von beiden, sondern richtete sich hoch auf.

»Ich gehe zum Fluß und spüle das Geschirr. Wenn ich nicht in ein paar Minuten zurück bin, dann bin ich auf deinen Freund gestoßen und in Ohnmacht gefallen.«

25. KAPITEL

Chandos beobachtete Courtney, während sie die Suppe wärmte, die sie ihm den ganzen Tag über aufgedrängt hatte. Die Nachmittagssonne zauberte einen goldenen

Schimmer auf ihre dichten, braunen Haare. Er konnte sich nicht sattsehen an ihr.

Er hatte seinem Kätzchen einen bösen Streich gespielt, und sie würde ihm das heimzahlen. Aber es war das einzig Richtige gewesen. Sie war nicht für ihn geschaffen. Wenn sie ihn besser gekannt hätte, wäre ihr das selbst klar geworden. Und wenn sie alles über ihn erfuhr, würde sie sich sogar vor ihm fürchten.

Im Augenblick war sie jedoch von dem leidenschaftlichen Zorn einer verschmähten Frau erfüllt. Leider tat dieser Zorn Chandos' männlichem Stolz gut. Er konnte nicht leugnen, daß er sich über ihre Reaktion freute und wäre entsetzlich enttäuscht gewesen, wenn sie sich mit seiner gespielten Gleichgültigkeit abgefunden hätte.

Er hatte ihr nicht die Unschuld rauben wollen und hatte sich verdammt bemüht, sich zu beherrschen. Doch nachdem er den Kampf gegen sich selbst verloren hatte, nachdem sie für diese eine, unglaubliche Nacht die seine geworden war, hatte er geglaubt, daß sein brennendes Verlangen befriedigt war. Das war ein Irrtum gewesen. Kaum hatte er sie bei ihrem Bad im Fluß beobachtet, waren alle guten Vorsätze vergessen.

Er war der Schlange beinahe dankbar, denn wenn sie nicht gewesen wäre, hätte er bestimmt wieder eine Liebesnacht mit Courtney verbracht, und das wäre schlecht gewesen. Es würde ihm schon so schwer genug fallen, sich von ihr zu trennen. Wenn sie einander wieder nahekamen, würde es nur schlimmer werden.

Das war ihr natürlich nicht klar. Sie war ganz von ihrer ersten großen Leidenschaft erfüllt und wütend auf ihn, weil sie glaubte, daß er sie benützt hatte. Er seufzte. Doch es war besser so. Noch besser wäre es allerdings gewesen, wenn sie ihn gehaßt hätte.

Natürlich hätte er nie auf sie verzichtet, wenn er nur einen Augenblick hätte glauben können, daß er sie glücklich machen könnte. Doch was für ein Leben konnte er ihr bieten? Vor vier Jahren hatte er beschlossen, die Welt der Weißen zu vergessen und das Leben eines Komantschen zu führen. Dann hatten fünfzehn schlechte Menschen sein Leben zerstört. Was blieb ihm denn, wenn alles vorbei war? Er war so lange umhergestreift, daß er wahrscheinlich nirgends seßhaft werden konnte, nicht einmal bei den Komantschen. Wie konnte sich dann eine weiße Frau mit einem solchen Leben abfinden? Das könnte er seinem Kätzchen nie antun.

Courtney schreckte ihn aus seiner Träumerei auf, indem sie mit einem Teller Brühe neben ihm niederkniete. »Wie fühlst du dich?«

»Genauso beschissen wie das letzte Mal, als du gefragt hast.«

Sie runzelte die Stirn. »Mußt du wirklich so vulgär sein, Chandos?«

»Vulgär? Wenn du wissen willst, was vulgär ist, kann ich dir den Gefallen tun –«

»Nein, danke«, unterbrach sie ihn. »Ich habe vergangene Nacht gehört, wozu du fähig bist.«

»Ich habe also versäumt, wie du errötet bist, Kätzchen?« neckte er sie. »Das tut mir wirklich leid. Dann gefällst du mir nämlich besonders gut. Wenn ein paar vulgäre Ausdrücke genügen –«

»Chandos!«

»Na also. Deine Wangen bekommen sehr leicht Farbe, nicht wahr?«

»Wenn du so unausstehlich sein kannst, liegst du vermutlich nicht im Sterben«, meinte sie bissig. Dann überrumpelte sie ihn. »Sag mir – bist du zum Teil Indianer?«

Er schwieg einen kurzen Augenblick. »Deine Behandlung war in Ordnung, bis du dir in den Kopf gesetzt hast, mir diese dünne Brühe einzuflößen.«

Courtney seufzte tief. »Ein einfaches Ja oder Nein würde mir genügen. Aber wenn du nicht antworten willst, dann laß es bleiben. Es ist mir gleichgültig, ob du Indianer bist oder nicht.«

»Wie tolerant von dir.«

»Und wie höhnisch von dir.«

»Ich weiß doch, daß dir Indianer Todesangst einjagen.«

Sie hob den Kopf. »Ich kann nichts dafür, daß die einzige Erfahrung, die ich mit Indianern gemacht habe, schlecht war. Aber du bist anders als sie.«

Chandos mußte sich zwingen, nicht zu lachen.

»Ich habe dich schon davor gewarnt, in bezug auf mich voreilige Schlüsse zu ziehen. Wenn du aus mir einen Indianer machen willst, dann werde ich die Rolle gern spielen.«

»Dann bist du gar kein –«

»Nein, aber man muß ja nicht Indianer sein, um ein Wilder zu sein. Soll ich es dir beweisen?«

Courtney sprang auf und lief an die andere Seite des Feuers. Dort stemmte sie die Hände in die Hüften und funkelte Chandos wütend an. »Es bereitet dir offenbar perverse Freude, mir Angst einzujagen.«

»Habe ich dir Angst eingejagt?« fragte er unschuldig.

»Natürlich nicht. Aber du hast es versucht, nicht wahr?«

»Natürlich nicht«, ahmte er sie nach.

Er genoß ihren Wutausbruch, er konnte nicht anders. Sie war so verdammt schön, wenn ihre honigbraunen Augen wütend blitzten, sie den Kopf zurückwarf, daß die Haare flogen, und sich würdevoll zu ihrer vollen Größe aufrichtete.

Sein Kosename paßte zu ihr, denn sein Kätzchen konnte eine Tigerin sein. Diese Reise war gut für sie. Sie hatte sich selbst gefunden. Wer weiß, wieviel sie noch über sich herausfinden würde, bis sie Texas erreichten. Noch vor einer Woche war sie so schüchtern gewesen, daß sie in seiner Gegenwart gestottert hatte. Jetzt würde sie nicht einmal dann in Ohnmacht fallen, wenn Springender Wolf vor ihr auftauchte.

»Glaubst du wirklich, daß du mir etwas antun kannst, Chandos, wenn du kaum imstande bist, den Kopf so weit zu heben, daß du deine Suppe trinken kannst?«

Das saß. »Sei vorsichtig, Lady. Du wärst erstaunt darüber, was ein Mann alles fertig bringt, wenn man ihn reizt.«

Courtney zuckte die Schultern. »Ich war nur neugierig.«

»Dann komm zu mir herüber, und ich werde deine Neugierde befriedigen.« Ihre Augen blitzten auf.

»Du machst dir vielleicht wegen deines Zustands keine Sorgen, aber ich tue es. Du sollst deine Kräfte schonen, nicht kämpfen. Und jetzt trink bitte deine Suppe. Dann kannst du dich ausruhen, während ich ein nahrhaftes Abendessen zubereite.«

Er nickte. Warum sollte er sie noch mehr reizen?

26. KAPITEL

Es würde regnen. Die dunklen, drohenden Wolken konnten sogar ein Hinweis auf ein Gewitter sein.

Das war das erste, was Courtney bemerkte, als sie aufwachte. Als nächstes bemerkte sie, daß Chandos noch schlief, deshalb benützte sie die Gelegenheit, um die Feldflaschen am Fluß zu füllen, weil sie den Kaffee aufsetzen wollte, bevor er erwachte.

Der Pfad zum Fluß war dunkler als sonst, weil die Sonne nicht schien. Die Düsternis bedrückte sie; außerdem hatte sie keine Lust, den ganzen Tag im Regen zu reiten, selbst wenn Chandos dazu imstande war. Doch es war andererseits auch nicht sehr verlockend, einen Tag lang im Regen zu sitzen, wenn der einzige Schutz, den man besaß, ein Regenmantel war. Aber sie wollte sich nicht beklagen. Das gehörte dazu, wenn man auf einem Trail unterwegs war.

Courtney warf einen vorwurfsvollen Blick zum Himmel, bevor sie sich bückte, um die Feldflaschen zu füllen.

Regen war gar nicht so schlimm, sagte sie sich. Sie sollte dankbar sein, daß es Chandos besser ging. Es gab so vieles, wofür sie dankbar sein mußte, also sollte sie wegen ein wenig Regen nicht gleich Trübsinn blasen.

»Bist du Courtney Harte?«

Sie erstarrte und vergaß, die gefüllte Flasche aus dem Wasser zu heben. Sie vergaß auch, Luft zu holen.

»Bist du taub, Süße?«

»Er hat gesagt, daß Sie nicht Englisch sprechen«, jammerte sie.

»Wer? Von wem sprichst du, zum Teufel?«

Sie drehte sich um, sah den Mann und wurde vor Erleichterung fast ohnmächtig. »Ich habe geglaubt, daß sie ein Komantsche sind. Hier treibt sich nämlich einer rum.«

»Woher willst du das wissen? Hast du ihn gesehen?«

»Nein, eigentlich nicht.«

»Na also, ich auch nicht. Wahrscheinlich ist er gar nicht mehr hier. Wirst du mir jetzt verraten, wer du bist?«

Was war hier los? Der Mann sah nicht furchteinflößend aus. Er hatte ein fröhliches Gesicht, mit Lachfalten um Mund und Augen. Es war ein angenehmes Gesicht, mit leicht geröteten Wangen und hellen grauen Augen. Er war mittelgroß, etwas rundlich und etwa fünfunddreißig Jahre alt.

»Wer sind Sie denn?« fragte sie.

»Jim Evans. Kopfgeldjäger.«

»Aber Sie sehen nicht so aus – ich meine –«

»Ja, ich weiß.« Er grinste breit. »Das ist ein Vorteil für mich, ich passe nicht in die allgemeine Vorstellung. Bist du nun Courtney Harte oder nicht?«

Wenn er ihr nicht verraten hätte, daß er Kopfgeldjäger war, dann hätte sie es vielleicht zugegeben. So konnte sie nur annehmen, daß er auf der Suche nach Chandos war.

»Ich bin nicht Courtney Harte.«

Er grinste wieder. »Du wirst mich doch nicht anlügen? Die Wahrscheinlichkeit, daß es hier draußen zwei Frauen gibt, auf die die Beschreibung paßt, ist sehr gering. Ich bin davon überzeugt, daß ich die echte Courtney Harte gefunden habe.«

»Warum haben Sie sich dann noch die Mühe gemacht zu fragen?«

»Ich mußte es tun. Fehler kann ich mir nicht leisten. Man bezahlt mich nicht dafür, daß ich Fehler mache. Und was ich für dich bekomme, ist nicht gerade ein Pappenstiel. Das kannst du mir glauben.«

»Für mich? Dann sind Sie also nicht hinter – was soll das heißen, was Sie für mich bekommen? Ich werde nicht steckbrieflich gesucht, Mister Evans.«

»Das habe ich auch nicht behauptet.«

»Aber Sie sind doch Kopfgeldjäger.«

»Ich kassiere Belohnungen, und zwar nicht nur für Leute, die steckbrieflich gesucht werden. Ich spüre jeden beliebigen Burschen aus jedem beliebigen Grund auf, wenn der Zaster stimmt. Bei dir hat er gestimmt. Dein Mann kann es nicht erwarten, dich zurückzubekommen, Süße.«

»Mein Mann?« Ihre Verblüffung verwandelte sich rasch in Zorn, als ihr die Sache dämmerte. »Wie kann er es wagen! Sie sind von Reed Taylor angeheuert, nicht wahr?«

»Er bezahlt, was ich verlangt habe.«

»Aber er ist nicht mein Mann! Er hat überhaupt nichts mit mir zu tun.«

Jim Evans zuckte die Schultern. »Mir ist es vollkommen gleichgültig, was er ist. Er will dich wieder in Kansas haben, also bekommt er dich nach Kansas, denn ich bekomme mein Geld erst, wenn ich die Ware liefere.«

»Ich muß Sie leider enttäuschen, Mister, aber ich kehre nicht nach Kansas zurück, auf gar keinen Fall. Schon gar nicht, weil Reed Taylor mich zurückhaben will. Sie haben leider Ihre Zeit vergeudet. Ausgerechnet –«

»Du hast mich leider noch immer nicht verstanden, Süße.« Seine Stimme klang noch immer freundlich, aber auf seinem Gesicht lag jetzt ein harter Zug. »Ich vergeude meine Zeit nie. Du reitest nach Kansas zurück. Wenn du etwas dagegen einzuwenden hast, mußt du es mit Mr. Taylor austragen, nicht mit mir.«

»Aber ich weigere mich –«

Er zog den Revolver und richtete ihn auf sie. Courtneys Herz schlug plötzlich dreimal so schnell, und als ihr endlich einfiel, daß sie selbst einen Revolver in ihrem Rock stecken hatte, hatte er ihn bereits gefunden und ihr weggenommen.

»Sei nicht so erstaunt, Süße«, grinste er. »Ich verstehe mein Handwerk.«

»Das sehe ich. Aber würden Sie mich wirklich erschießen? Ich glaube nicht, daß Reed auch für meine Leiche bezahlen würde.«

»Das stimmt, aber er hat nicht gesagt, in was für einem Zustand ich dich abliefern muß.«

Courtney überlegte, ob sie das Risiko eingehen und davonlaufen sollte. Aber er kam ihr zuvor.

»Denk gar nicht erst daran, davonzulaufen oder zu schreien. Wenn der Mann, mit dem du zusammen bist, den Weg heruntergerannt kommt, bleibt mir nichts anderes übrig, als ihn umzulegen.« Er deutete flußaufwärts. »Gehen wir.«

»Aber meine Sachen. Sie erwarten doch nicht, daß ich ohne –«

»Kein schlechter Versuch, aber vergiß es. Wenn ich daran denke, was uns der Mexikaner über das Halbblut erzählt hat, mit dem du reitest, ist es mir lieber, wenn ich ihn überhaupt nicht zu Gesicht bekomme. Und wenn wir uns jetzt auf den Weg machen, hat er keine Ahnung, was aus dir geworden ist.«

Sie geriet in Panik. Er hatte recht. Wenn Chandos endlich soweit war, daß er nach ihr suchte, würde es bereits regnen, und ihre Spuren würden vermischt sein.

Sie versuchte, Zeit zu gewinnen, weil sie hoffte, daß Chandos inzwischen aufgewacht und darüber beunruhigt war, daß sie so lange fortblieb. »Heißt der Mexikaner, den Sie erwähnt haben, zufällig Romero?«

»Allerdings. Wir haben ihn und zwei weitere Männer vor nicht allzu langer Zeit getroffen. Die Geschichte, die er uns über dich und deinen Freund erzählt hat, hat es in sich. Es klang, als wäre das Halbblut eine Ein-Mann-Armee. Natürlich kann man einem Fremden nicht alles glauben. Es wäre genauso gut möglich gewesen, daß die drei dich umgebracht hatten und die Schuld auf jemand anderen abwälzen wollten. Pretty Boy war dafür, daß wir sie erschießen und nach Kansas zurückreiten, aber der Mexikaner hat uns zu der Stelle geführt, an der er euch zum letzten Mal gesehen hat, und von dort aus war es nicht schwierig, eure Spur aufzunehmen.«

»Wer ist Pretty Boy?«

»Du glaubst doch nicht, daß ich so wahnsinnig bin, allein durch das Indianerterritorium zu reiten? Die anderen warten mit den Pferden flußaufwärts. Wir haben uns gedacht, daß dein Freund weniger mißtrauisch sein würde, wenn ich allein aufkreuze, und daß ich dann diesen Vorteil ausnützen kann.«

»Und dann haben Sie gesehen, daß ich allein zum Fluß heruntergekommen bin.«

»Richtig. Ich habe eben Glück gehabt. Du kannst mir glauben, Süße, daß ich nicht scharf darauf war, das Halbblut kennenzulernen.«

Er zog sie mit sich, und ihr wurde klar, daß es ihre letzte Gelegenheit war zu schreien. Doch sie brachte es nicht fertig. Wenn Chandos gesund gewesen wäre, hätte sie nicht gezögert. Aber der Schlangenbiß hatte ihn geschwächt, und er könnte getötet werden. Außerdem befand sie sich nicht in Gefahr. Man zwang sie einfach, nach Kansas zurückzukehren, das war alles.

Bald danach bedauerte sie allerdings ihren Entschluß, widerstandslos mitzugehen und nicht nach Chandos zu schreien.

27. KAPITEL

Pretty Boy Reavis trug seinen Namen zu Recht; er hatte dichtes, silberblondes, gewelltes Haar und dunkelviolette Augen. Er sah unglaublich gut, sogar schön aus. Er war zweiundzwanzig Jahre alt, schlank, ungefähr einen Meter achtzig groß – ein Mann, von dem jede Frau träumt.

Courtney war von seinem Anblick so beeindruckt, daß sie seine beiden Begleiter zunächst nicht bemerkte. Und Pretty Boy fand sie genauso interessant.

»Taylor hat gesagt, daß du schön bist, Liebling, aber das war eine Untertreibung.«

Courtney nahm an, daß er schon längere Zeit keine Frau gesehen hatte, denn sie trug ihren zerknitterten, schmutzigen Reitrock, sowie die weiße Seidenbluse, die nur noch aus Falten bestand, weil Courtney sie gewaschen, aber nicht gebügelt hatte. Ihre ungekämmten Haare hingen ihr bis auf die Taille herab. Und sie hatte sich seit dem Abend, an dem Chandos von der Schlange gebissen worden war, nicht mehr gewaschen.

»Du reitest mit mir.« Pretty Boy trat vor, um sie von dem Kopfgeldjäger wegzuziehen.

»Pretty Boy –«

»Sie reitet mit mir, Evans«, erklärte er scharf.

Pretty Boy verfügte eindeutig nicht nur über ein schönes Gesicht.

Jim Evans nahm sich die unmißverständliche Warnung zu Herzen und ließ Courtneys Arm los.

Sie fragte sich, wer hier eigentlich das Sagen hatte, aber in diesem Augenblick befahl Evans den Männern aufzusitzen, und sie gehorchten. Evans hatte offenbar den Oberbefehl, Pretty Boy aber hatte dennoch widerspruchslos bekommen, was er wollte.

Pretty Boy wurde gefürchtet. Anscheinend wagte niemand, ihn herauszufordern. Er war vermutlich ein Revolvermann, dem es Spaß machte zu töten.

Sie wurde auf Pretty Boys Pferd gehoben, dann saß er hinter ihr auf. Erst jetzt bemerkte sie den Mexikaner. Er sah sie genauso gleichgültig an wie bei ihrem ersten Zusammentreffen, und das brachte sie sofort in Wut.

»Sie lernen wohl nichts aus ihren Fehlern, Romero?« fragte sie spöttisch.

Er lächelte. »Du bist noch immer voll Feuer, bella, aber du irrst dich, ich lerne.« Er sah zu Jim hinüber, der gerade aufsaß. »Wir haben keine Schüsse gehört, Señor. Was haben Sie mit Chandos getan?«

»Überhaupt nichts«, erwiderte Jim. »Ich mußte nicht in seine Nähe kommen. Sie war unten am Fluß.«

»Soll das heißen, daß er nicht einmal weiß, daß wir sie haben?« Die Frage kam von einem Mann mit langem Gesicht und noch längerem Schnauzbart. »Das gefällt mir! Er wird darauf warten, daß sie zurückkommt, und wird vergeblich warten.« Er lachte. »Ein Halbblut ist nie schlau. Es wird eine ganze Weile dauern, bis ihm dämmert, daß sie fort ist.«

»Sie irren sich«, widersprach Romero. »Meine Amigos und ich haben den Fehler begangen, dieses Halbblut zu unterschätzen. Ich kann erst wieder ruhig schlafen, wenn er tot ist. Und wenn Sie nicht dafür sorgen, dann werde ich es tun.«

Courtney hätte beinahe aufgeschrien, beherrschte sich aber noch rechtzeitig. Auf diese Weise konnte sie den Mexikaner bestimmt nicht zurückhalten.

Sie überlegte rasch. »Danke, Romero. Ich habe schon

befürchtet, daß Chandos glauben wird, daß ich ertrunken bin, und mich überhaupt nicht suchen wird.«

»Meint sie es ernst?« fragte Langes Gesicht. Dann wandte er sich direkt an Courtney. »Du willst, daß das Halbblut stirbt?«

»Machen Sie sich nicht lächerlich«, erwiderte sie hochmütig. »Chandos ist viel zu schlau, um sich überrumpeln zu lassen. Aber er kann nur erfahren, was aus mir geworden ist, indem er einen von Ihnen sieht.«

»Du magst Romero nicht sehr, Liebling, nicht wahr?« grinste Pretty Boy. Dann erklärte er den Männern: »Vergeßt ihn. Wenn er uns folgt, kümmere ich mich um ihn.« Offenbar bezweifelte niemand, daß er dazu imstande war, denn sie setzten sich in Bewegung. Courtney atmete erleichtert auf. Chandos befand sich in Sicherheit.

Doch das traf nicht auf sie zu. Pretty Boys Hände begaben sich bald auf Wanderschaft. Sie kamen ihren Brüsten immer näher, und Courtney schnappte empört nach Luft, als er eine Hand auf eine ihrer Brüste legte. Sie riß die Hand weg, doch im selben Augenblick faßte er ihre Hände und drehte ihr die Arme auf den Rücken, so daß ihr vor Schmerz die Tränen in die Augen traten.

»Spiel nicht mit mir, Liebling«, flüstere er zornig. »Wir wissen beide, daß du mit dem Komantschen geschlafen hast. Gleiches Recht für alle.«

Die Hand, mit der er die Zügel hielt, glitt über ihren Bauch und ihre Brüste. Das Pferd schüttelte den Kopf und wich zu Seite.

»Du hast Glück, weil du mir gefällst, Liebling«, fuhr er fort. »Ich werde dir die anderen vom Leib halten – aber nur so lange, wie du dich dafür erkenntlich zeigst. Taylor will dich wiederhaben, aber ich habe mir bestimmt eine Belohnung für meine Mühe verdient. Es liegt an dir, wie ich sie mir nehme.«

Er ließ ihren Arm los. Courtney schwieg. Was sollte sie schon sagen? Sie war ihm wehrlos ausgeliefert.

Doch sie hatte keineswegs resigniert. Obwohl er so unglaublich gut aussah, stieß seine Grausamkeit sie ab. Sobald der Schmerz in ihrer Schulter nachließ, zeigte sie ihm unmißverständlich, was sie von seiner rohen Behandlung hielt. Die Folgen waren ihr gleichgültig. Sie rammte ihm den Ellbogen in den Magen, worauf ein Handgemenge folgte, weil sie versuchte, vom Pferd zu springen. Er versetzte ihr einen Schlag auf den Kopf, aber sie kämpfte weiter, bis sich seine Arme wie stählerne Klammern um sie schlossen, und sie sich überhaupt nicht mehr rühren konnte. »Also gut«, knurrte er wütend. »Du hast dich klar ausgedrückt. Ich werde dich vorläufig in Ruhe lassen. Aber du solltest darum beten, daß mein Zorn verraucht ist, wenn wir am Abend das Lager aufschlagen.«

Als wolle er die Warnung unterstreichen, zuckte ein Blitz über den Himmel, und sofort danach dröhnte der Donner. Im nächsten Augenblick prasselte der Regen herab und beendete das Gespräch. Pretty Boy zog einen Regenmantel aus der Satteltasche, breitete ihn über sie beide und trieb sein Pferd an.

28. KAPITEL

»Was ist aus Dare Trask geworden?«

Courtney antwortete Romero nicht, weil sie es nicht wußte. Sie saß am Feuer und aß ab und zu ein wenig von ihren Bohnen. Ihr Magen brannte vor Angst.

Der Regen hatte am späten Nachmittag aufgehört, und sie hatten das Lager in einem Wald in den Sandsteinhügeln aufgeschlagen. Sie hatte beinahe erwartet, daß Pretty Boy sie schlagen würde, denn er hatte sie sehr grob vom Pferd gestoßen. Doch dann hatte er nur sein Reittier versorgt und würfelte jetzt mit Langes Gesicht. Die beiden Männer blickten immer wieder zu ihr hinüber.

»Was ist los, bella?«

»Der Killer mit dem Engelsgesicht will mich vergewaltigen, und Sie fragen, was los ist?«

Sie blickte Romero wütend an, ihre Augen blitzten, und ihre Haare leuchteten im Feuerschein golden. Sie hatte keine Ahnung, wie verführerisch sie aussah und wie sehr Romero sie in diesem Augenblick begehrte.

»Da kann ich dir leider nicht helfen, bella, denn ich möchte dich ebenfalls haben. Meine Amigos hätten dich mit allen geteilt, aber dazu ist Pretty Boy nicht bereit.«

»Können Sie ihn nicht daran hindern?«

»Du machst Witze, bella. Den Mann fordert keiner heraus, er ist verrückt. Es ist ihm gleichgültig, wen er tötet und warum.«

»Chandos würde ihn herausfordern.«

»Aber er ist nicht hier.«

»Er wird kommen, Romero, ganz bestimmt.«

»Als wir uns das letzte Mal sahen, hast du geschworen, daß du ihm gleichgültig bist.«

»Seither hat sich vieles geändert. Ich bin jetzt seine Frau.«

Romero fluchte. »Es wäre offenbar klüger, wenn ich nicht mit dir und den Hombres reite. Die Sache wird gefährlich.«

»Das stimmt. Aber wenn Sie fortwollen, müssen Sie sofort aufbrechen.«

Courtney überlegte kurz, ob sie womöglich alle dazu bringen konnte, sie zu verlassen. Bei Pretty Boy würde es ihr bestimmt nicht glücken; aber je weniger Männer im Lager blieben, desto eher konnte ihr die Flucht gelingen.

»Chandos hat wahrscheinlich unsere Spur entdeckt, bevor der Regen eingesetzt hat«, erklärte sie Romero. »Er wird mich finden.«

»Heute früh warst du deiner Sache nicht so sicher.«

»Ich wollte nicht, daß Sie sterben. Aber jetzt werde ich es kaum verhindern können.«

Nach einer langen Pause wiederholte Romero seine erste Frage: »Was ist aus Dare Trask geworden?«

»Ich weiß es nicht. Chandos hat mich vorausgeschickt, weil er Trask Dinge sagen wollte, die ich nicht hören sollte.«

»Er hat dich vorausgeschickt, obwohl Indianer in der Nähe waren?« fragte Romero ungläubig.

»Ich war nicht in Gefahr. Sie sind seine Freunde, und sie reiten für gewöhnlich zusammen. Sie haben sich in unserer Nähe befunden, seit wir Kansas verlassen haben, aber sie haben sich außer meiner Sichtweite gehalten, weil Chandos weiß, daß ich Angst vor Indianern habe.«

»Das stimmt. Wenn wir nicht drei Indianer gesehen hätten, wäre ich in der gleichen Nacht zurückgekehrt, um Trask zu retten.«

Courtney war verblüfft, denn sie hatte nur von einem Indianer gewußt. »Ich habe nie ... ich habe geglaubt ... jetzt ist mir klar, daß Trask unmöglich mit dem Leben davongekommen sein kann. Chandos hat Trasks Pferd mitgenommen und mir gesagt, daß er ihn nicht getötet hat. Er hat mir aber auch erzählt, daß Trask etwas Schreckliches getan hat und alles verdient, was ihm deshalb geschehen wird. Chandos hat Trask offenbar zurückgelassen, damit ihn die Komantschen ...«

Sie schluckte krampfhaft. Wahrscheinlich war ihre Vermutung richtig, und sie erkannte zum ersten Mal, wie kaltblütig Chandos sein konnte.

»Treiben sich diese Komantschen immer noch hier herum?« Romero sah sich besorgt um.

»Ja. Als sich Jim Evans heute morgen an mich anschlich, habe ich im ersten Augenblick geglaubt, daß es ein Indianer ist.«

»Wäre es möglich, daß sie Chandos helfen, dich hier rauszuholen?«

Daran hatte sie noch gar nicht gedacht, und in ihr regte sich Hoffnung. Trotzdem antwortete sie: »Nein, sie würden nicht mit Chandos reiten. Warum sollten sie auch? Wenn er es nur mit vier Männern zu tun hat, braucht er keine Hilfe, das hat er schon bewiesen.«

Romero nickte.

»Ich werde mich von dir verabschieden, bella. Deine Nähe ist ungesund.«

»Sie verlassen uns doch nicht?« rief sie ihm nach.

Die anderen hatten Sie gehört und Pretty Boy stand auf, um Romero den Weg zu verstellen. »Was ist los?«

»Ich habe Ihnen geholfen, die Frau zu finden; das war ein Fehler. Sie hätten sie bei ihrem Mann lassen sollen.«

»Bei Taylor?« fragte Jim verständnislos.

»Nein, Señor, sie ist Chandos' Frau, und deshalb wird er sie holen. Ich möchte lieber nicht dabei sein, wenn er es tut.«

»Lieber reiten Sie nachts alleine fort?« fragte Jim ungläubig. »Sie sind wahnsinnig.«

Pretty Boy mischte sich ein. »Was hat sie Ihnen erzählt, das Sie so erschreckt hat?«

»Sie hat zugegeben, daß sie Chandos' Frau ist.«

»Sollen wir Ihnen tatsächlich glauben, daß sich ein Halbblut darum schert, was aus einer weißen Frau wird?« rief Frank vom Feuer herüber.

Romero musterte die Männer verächtlich. »Ich habe gesehen, was dieses Halbblut meinen Amigos angetan hat, und da war sie noch nicht seine Frau, sondern er war nur ihr Führer. Jetzt gehört sie ihm. Wissen Sie denn nicht, was ein Komantsche mit einem Mann tut, der ihm seine Frau stiehlt?«

»Er ist nur zur Hälfte Komantsche«, bemerkte Jim.

»Dadurch ist er doppelt gefährlich, denn er kann als Weißer und als Komantsche töten. Wir befinden uns tief im Territorium der Indianer, und ich befürchte, daß er nicht allein kommen wird, wenn er sich die Frau zurückholt.«

»Deshalb werden Sie bei uns bleiben, Romero«, erklärte Jim entschieden. »Wir brauchen jeden Revolver —«

»Lassen Sie ihn gehen«, unterbrach ihn Pretty Boy höhnisch. »Ich brauche keinen Feigling zu meiner Unterstützung. Ich brauche überhaupt keine Unterstützung. Ich bin der beste Mann, den es gibt, Evans. Deshalb wollten Sie ja, daß ich Sie begleite, oder etwa nicht?«

Bei dem Wort Feigling spannte sich Romeros Körper. Courtney rief: »Nein!« und hielt sich die Ohren zu.

Er hatte nach seinem Revolver gegriffen, aber Pretty Boy machte seinem Ruf alle Ehre. Courtney sah entsetzt, wie sich ein Blutfleck auf Romeros Brust ausbreitete. Er brach langsam zusammen und rührte sich nicht mehr.

Pretty Boy lächelte, und bei diesem Lächeln wurde Courtney übel.

»Du sorgst jedenfalls für Unruhe, Liebling.«

Courtney erbrach würgend. Als es vorüber war, trat Pretty Boy neben sie. »Ich habe nicht gewußt, daß du so zart besaitet bis, Liebling, sonst hätte ich dich davor gewarnt, hinzusehen.«

»Sie haben ihn bewußt gereizt«, warf sie ihm vor.

»Ich würde mich an deiner Stelle nicht so aufspielen«, wies er sie zurecht. »Du hast ihn ja dazu gebracht, Farbe zu bekennen. Ich mag Feiglinge nicht, das ist alles.«

Courtney stöhnte – nun war sie daran schuld. Nein! Das stimmte nicht. Sie hatte Romero nicht zu der Kraftprobe aufgestachelt – das war Pretty Boys Werk gewesen.

»Ich habe geglaubt, daß die Komantschen Wilde sind, aber Sie sind der Wilde«, zischte sie.

Sie war davon überzeugt, daß er sie schlagen würde, aber er zog sie nur auf die Füße. »Ich glaube, das Problem besteht darin, daß ich mich zu lange nicht um dich gekümmert habe, Liebling.« Er hielt ihren Arm so fest, daß es schmerzte; sie wollte sich losreißen, aber er lockerte den Griff nicht, während er seine Aufmerksamkeit den anderen zuwandte. »Schaff die Leiche fort, Frank – aber laß dir dabei Zeit. Und wenn Sie sich solche Sorgen wegen der Indianer machen, Jim, warum sehen Sie sich dann nicht ein wenig um?«

Courtney wurde blaß.

»Nein!« rief sie. »Wagen Sie nicht, mich mit diesem Ungeheuer allein zu lassen, Evans!«

Evans sah sie nicht einmal an, sondern griff nach seinem Gewehr und verließ das Lager. Frank kümmerte sich genausowenig um sie, als er die Leiche außer Sicht zog. Pretty Boy wandte seine Aufmerksamkeit jetzt Courtney zu, und die Wut in seinen violetten Augen erschreckte sie.

»Sie müssen nicht alles wörtlich nehmen, was ich gesagt habe«, meinte sie ängstlich.

»Natürlich nicht, Liebling.«

Natürlich glaubte er ihr nicht, und Courtney spürte instinktiv, daß dieser Mann kein Mitgefühl kannte. Courtney hatte vor langer Zeit einmal um den Mut gebetet, nicht betteln zu müssen. Damals war es um ihr Leben gegangen. Diesmal war die Situation genauso entsetzlich, und sie befahl sich, weder zu Kreuz zu kriechen noch zu bitten.

Sie flüchtete sich in Zorn.

»Also schön, ich habe es so gemeint. Sie sind ein gemeiner —«

Ihre Wange brannte wie Feuer. Kaum hatte er sie geschlagen, warf er sie zu Boden, und sein Gewicht hinderte sie daran, sich zu bewegen. Sein Mund preßte sich auf den ihren und schnitt ihr die Luft ab.

Seine Zähne glitten über ihre Wange und gruben sich dann in ihren Hals. Courtney schrie auf, packte ihn an den Haaren und riß seinen Kopf zurück. Er war nicht im geringsten beeindruckt, sondern grinste sie an.

»Wenn Sie noch einen Schritt weiter gehen«, keuchte sie, »legt Chandos Sie um.«

»Hast du noch immer nicht begriffen? Ich habe keine Angst vor deinem Halbblut.«

»Wenn Sie keine Angst vor ihm haben, dann sind Sie ein Idiot!«

Seine Hand schloß sich um ihren Hals und drückte brutal zu, so daß sie keine Luft bekam. Er ließ sie beinahe eine Minute kämpfen, bis er sie endlich losließ. Im nächsten Augenblick zerriß er ihr Bluse und Hemd mit einer einzigen Bewegung, und auf ihrer Brust, wo sein Nagel ihre Haut geritzt hatte, bildete sich ein langer, roter Streifen.

»Du solltest lieber den Mund halten«, erklärte er ihr kalt. »Ich habe mir von dir mehr gefallen lassen als je von einem anderen Menschen.«

»Dann hat Ihnen wohl noch niemand die Wahrheit gesagt?«

Die Ohrfeige trieb Courtney die Tränen in die Augen, aber es war, als ritte sie der Teufel; sie konnte einfach nicht den Mund halten.

»Sie haben etwas übersehen, Pretty Boy. Romero war der letzte Mann, den Sie auf diese Art töten konnten. Komantschen kämpfen anders. Fünf oder sechs werden Sie gleichzeitig überfallen. Was nützt Ihnen dann Ihr schneller Revolver?«

»Hast du das dem Mexikaner erzählt, um ihm Angst einzujagen?«

»Nein, ich habe ihm erzählt, daß Chandos wahrscheinlich allein kommen wird, weil er keine Hilfe braucht, um mit Geschmeiß wie —«

Sie schrie auf, als sich seine Finger in ihre Brust gruben. Er drückte ihr die andere Hand auf den Mund, aber sie biß ihn, und er riß die Hand zurück.

»Chandos!« schrie Courtney; sie wußte, daß es keinen Sinn hatte, aber sie brauchte wenigstens ein bißchen Hoffnung.

»Miststück!« knurrte Pretty Boy. »Ich sollte —«

Er unterbrach sich, als ein fürchterlicher Schrei ertönte. Sie erstarrten beide. Es war ein Todesschrei, ein qualvoller Schrei, der Schrei eines Mannes. Dann folgte ein zweiter Schrei, der noch entsetzlicher war als der erste. Im nächsten Augenblick brach jemand durch das Gebüsch, und Frank tauchte im Lager auf.

»Verdammt noch mal!« keuchte Frank atemlos. »Sie haben Evans.«

Pretty Boy war mit dem Revolver in der Hand aufgesprungen. »Es kann ein Bär gewesen sein, oder eine Wildkatze.«

»Klar«, antwortete Frank, »aber du glaubst das genauso wenig wie ich. Es ist ein alter Trick. Sie werden ihn die ganze Nacht foltern, damit wir hören, wie er schreit. Es wird uns wahnsinnig machen, und am Morgen werden sie leichtes Spiel mit uns haben.«

Pretty Boy richtete den Revolver auf Courtney.

»Steh auf. Wir hauen ab.«

Sie erhob sich langsam. »Ich habe geglaubt, daß Sie sich ihnen stellen wollen«, bemerkte sie mit Unschuldsmiene.

Das trug ihr einen weiteren Schlag ein; sie taumelte zurück und landete hart auf dem Boden. Dort blieb sie sitzen, drückte eine Hand auf die Wange und hielt sich mit der anderen die Bluse zu. Sie sah Pretty Boy haßerfüllt in die Augen, und dieser wich wider Willen zurück.

»Sei vorsichtig«, ermahnte ihn Frank. »Sie ist das einzige Druckmittel, das wir besitzen.«

»Wir brechen auf«, erwiderte Pretty Boy selbstsicher. »Wir brauchen kein Druckmittel, wenn wir nicht hier sind.«

»Das geht nicht. Da draußen steht mindestens einer, der uns beobachtet. Wenn wir jetzt versuchen fortzureiten, erledigen sie uns auf der Stelle. Wir müssen überlegen, wie wir aus der Falle rauskommen – leider sind sie im Vorteil.«

Pretty Boy, der wußte, daß Frank recht hatte, drehte sich im Kreis und versuchte, ein Ziel auszumachen.

Courtney bereitete seine Furcht perverses Vergnügen, obwohl sie selbst Angst hatte; allerdings aus einem anderen Grund.

In bezug auf Evans hatte sich Frank allerdings geirrt. Zehn Minuten vergingen, ohne daß ein weiterer Schrei ertönte, und sie nahmen an, daß Evans tot war. Die beiden Männer nahmen auch an, daß die Indianer da draußen wegen Courtney gekommen waren, aber Courtney hielt es für genauso wahrscheinlich, daß die Angreifer zufällig auf das Lager gestoßen waren, und dann würde sie binnen kurzem genauso tot sein wie Pretty Boy und Frank.

»Ich brauche einen Revolver«, erklärte sie daher, während sie aufstand.

»Das kannst du vergessen«, fauchte Pretty Boy.

»Wollen Sie wirklich bis zum bitteren Ende ein Idiot bleiben?« fuhr sie ihn an. »Ich habe vielleicht nicht viel Erfahrung mit Revolvern, aber jemanden, der vor mit steht kann ich bestimmt treffen.«

»Ja, zum Beispiel mich.«

Frank grinste, und Courtney verzog verzweifelt das Gesicht.

»Kommt denn keiner von Ihnen auf die Idee, daß da draußen alles Mögliche warten kann? Es kann sogar ein wildes Tier sein – Evans hat nicht mehr geschrien. Oder er hat einen Unfall gehabt.«

»Bei einem Unfall schreit kein Mensch so«, wandte Frank ein.

»Also schön.« Courtney zögerte einen Augenblick, dann fuhr sie fort. »Ich muß Ihnen etwas gestehen. Es ist nicht sehr wahrscheinlich, daß Chandos der Angreifer ist. Er ist von einer Schlange gebissen worden und war noch nicht gesund, als ·Evans mich entdeckt hat. Das ist der wahre Grund, warum ich eine Auseinandersetzung zwischen ihm und Romero vermeiden wollte. Soweit war Chandos noch nicht. Und obwohl es tatsächlich Indianer in diesem Gebiet gibt, nehme ich kaum an, daß sie ausgerechnet mich retten würden. Können Sie sich vorstellen, daß ein echter Komantsche auf die Idee kommt, eine weiße Frau zu retten?«

»Ich kann mir vorstellen, daß eine weiße Frau alles Mögliche erzählt, um einen Revolver in die Hand zu bekommen«, antwortete Pretty Boy. »Und du allemal, Liebling. Deshalb kannst du reden, bis du heiser bist – es bleibt bei meinem Nein.«

»Sie –«

Pretty Boy verlor die Geduld. »Halt den Mund, damit ich hören kann, was draußen los ist.«

Courtney gehorchte. In diesem Augenblick sagte Frank: »Ich kann es nicht glauben. Der Kerl ist verrückt. Er kommt alleine!«

Pretty Boy und Courtney drehten sich um. Chandos kam langsam durch die Bäume geritten, bis er nur noch drei Meter entfernt war. Courtneys Herz klopfte ihr bis zum Hals. Er war ihretwegen gekommen! Er war gekommen, um sie zu retten, obwohl er krank war!

Er sah entsetzlich aus. Der zwei Tage alte Stoppelbart und die zerknautschte Kleidung ließen ihn noch abgezehrter aussehen. Er hatte sich nicht einmal umgezogen.

Pretty Boy grinste. Frank hielt seinen Revolver auf Chandos gerichtet. Chandos hielt die Zügel mit beiden Händen, sein Revolver steckte im Halfter. Er musterte Courtney, und als er ihre zerrissene Kleidung bemerkte, biß er die Zähne zusammen und richtete sich auf.

»Sind Sie allein, Mister?«

Chandos beantwortete Franks Frage nicht. Er stieg ab und trat langsam vor sein Pferd. Courtney hielt die Luft an, denn er hatte seinen Revolver immer noch nicht gezogen, und es war daher für Frank ein Leichtes, den seinen ein wenig zu heben und zu schießen. Doch weder Frank noch Pretty Boy rührten sich. Sie nahmen offenbar an, daß Pfeile auf sie gerichtet waren. Sie konnten nicht glauben, daß Chandos ohne Deckung durch befreundete Komantschen allein in ihr Lager reiten würde.

»Sie sind Chandos?« erkundigte sich Frank.

Chandos nickte. »Aus Ihren Spuren sehe ich, daß Sie zu viert sind. Wo ist der vierte?«

Pretty Boy lächelte. »Das würden Sie wohl gern wissen.«

»Der Mexikaner ist tot, Chandos«, warf Courtney ein.

»Ich habe dir gesagt, daß du den Mund halten sollst.« Pretty Boy holte zum Schlag aus.

»Das würde ich nicht tun.«

Bei Chandos' Worten ließ Pretty Boy die Hand sinken und wandte sich ihm zu. Courtney hatte den Eindruck, daß er im nächsten Augenblick ziehen würde. Frank hinderte ihn daran, indem er bemerkte: »Sie fragen nicht nach Evans. Heißt das, daß Sie ihn getötet haben?«

»Er ist nicht tot.«

»Was zum Teufel haben Sie dann mit ihm gemacht, daß er so geschrien hat?«

»Mir hat einiges von dem, was er gesagt hat, nicht gefallen, und —«

»Das will ich nicht hören, Chandos!« schrie Courtney. »Vergessen wir es«, stimmte Frank zu. »Aber er ist nicht tot?«

»Ich habe sein Gewehr neben ihm liegen lassen.«

Courtney wußte nicht, was das bedeutete, aber die beiden Männer begriffen sofort. Es war das Stichwort dafür, Schluß mit dem Palaver zu machen, denn Chandos' Absichten waren jetzt klar. Die Luft schien mit Elektrizität geladen zu sein, als die drei Männer auf die erste Bewegung warteten. Sie kam von Frank, der den Revolver hochriß und feuerte.

Courtney schrie. Frank zuckte zusammen, und die Kugel verfehlte ihr Ziel. Chandos zog im selben Augenblick wie Pretty Boy, ließ sich aber zu Boden fallen und schoß dabei zweimal. Der erste Schuß traf Frank mitten in die Brust; er war sofort tot. Der zweite Schuß traf Pretty Boy, der ungläubig die Augen aufriß. Er hatte keinen einzigen

Schuß abgefeuert. Nun drückte er auf den Abzug, aber der Revolver flog ihm bei Chandos' drittem Schuß aus der Hand. Die Wucht des Aufpralls ließ ihn um sich selbst drehen, so daß er Courtney vor Augen hatte, als er auf die Knie sank.

»Ich hätte dir doch glauben sollen, Liebling ... das Schwein ... hat mich getötet.«

Er war noch nicht tot und würde noch einige Zeit am Leben bleiben. Aber er würde sterben. Bei einem Bauchschuß gab es keine Rettung, und er wußte es. Seine schönen, violetten Augen waren von Entsetzen gefüllt.

Chandos erhob sich und ging mit steinernem Gesicht zu Pretty Boy hinüber. Er holte dessen Revolver in seinen Gürtel, ohne den Liegenden aus den Augen zu lassen. Trotz seiner Schmerzen begriff Pretty Boy.

»Du hast Evans sein Gewehr gelassen. Laß mir meinen Revolver.«

»Nein.«

»Du kannst ihn nicht so liegen lassen, Chandos«, rief Courtney.

Chandos sah sie nicht einmal an, sondern hielt den Blick unverwandt auf Pretty Boy gerichtet. »Er hat dir Schmerzen zugefügt, er bezahlt dafür.«

»Das sollte meine Entscheidung sein.«

»Ist es aber nicht.« Chandos warf ihr einen raschen Blick zu und schaute dann wieder zu Pretty Boy herab. »Steig auf mein Pferd, Lady. Wir brechen auf.«

Sie lief zu seinem Pferd, aber er erriet, was sie vorhatte. Sie wollte nicht auf ihn warten, sie wollte vor ihm und seiner erbarmungslosen Gerechtigkeit fliehen. Er lief hinter ihr her und bekam sie zu fassen.

»Er hat dir doch Schmerzen zugefügt, nicht wahr?« Seine Stimme klang stahlhart.

»Ja, aber er hat nicht getan, was du annimmst. Evans Schrei hat ihn daran gehindert.«

»Trotzdem hat er dich verletzt, stell also die Strafe nicht

in Frage. Ich hätte seinen Tod viel schlimmer machen können. Ich hätte dafür sorgen können, daß er viel länger dauert.«

Er ließ sie los, und sie rief: »Warum bist du so rachsüchtig? Du bist nicht derjenige, den er verletzt hat.«

»Tut es dir leid, daß ich dich gerettet habe, Kätzchen?« Courtney blickte zu Boden. »Nein.«

»Dann steig auf mein Pferd und denk nicht einmal im Traum daran, ohne mich fortzureiten. Du hast mich ohnehin genug geärgert. Heute früh hast du mich nicht wissen lassen, daß du dich in Gefahr befindest. Zwing mich nicht wieder, hinter dir herzujagen, Lady; du kannst mich auf keinen Fall loswerden.«

Courtney nickte und trat dann zu Surefoot. Sie war so böse auf Chandos, daß sie beinahe vergaß, wie dankbar sie ihm sein mußte. Er hatte sie vor Pretty Boy gerettet ... aber im Geist sah sie immer noch sein steinernes, eiskaltes Gesicht vor sich.

29. KAPITEL

Es war das zweite Mal, daß Courtney den Schauplatz eines Kampfes in der Nacht verließ. Sie saß vor Chandos, wärmend von ihm geschützt. Er hatte erneut für sie getötet. Männer, die hinter ihm her waren, verwundete er nur. Männer, die hinter ihr her waren, tötete er.

Aber er war böse auf sie, und wenige Augenblicke, nachdem sie endgültig anhielten, explodierte seine Leidenschaft. Er hob sie vom Pferd, und ihre Bluse klaffte auseinander. Vielleicht war dies das auslösende Moment. Oder vielleicht war es das Töten. Er hatte nicht nur getötet, sondern war selbst dem Tod nahe gewesen. Es war, als brauche er die Bestätigung, daß er am Leben war, und als fände er sie in ihrem weichen, nachgiebigen Körper.

Courtney war überwältigt. Sie konnte Chandos nicht abwehren, und sie wollte es auch gar nicht. Sie war von zitternder Erregung erfüllt, und die Intensität seiner Leidenschaft riß sie mit. Wenn Chandos seine männliche Überlegenheit auf diese Art beweisen mußte, war es ihr nur zu recht. Sie mußte selbst mit dem Erlebten fertig werden, und das war der beste Weg dazu.

Irgendwo im Hintergrund regte sich der tröstliche Gedanke, daß er gar nicht so böse auf sie sein konnte, wenn er sie lieben wollte.

Er legte sie auf den Boden, und sie klammerte sich an ihn und zog ihn zu sich herunter. Sie spürte das Gras und die Steine trotz ihrer Kleidung, aber das war ihr gleichgültig, denn seine Lippen umschlossen ihre Brustwarze, und er saugte gierig.

Sie stieß kleine, entzückte, kehlige Schreie aus. Chandos verlagerte sein Gewicht zwischen ihre Beine, umschlang sie mit den Armen und drückte sie noch fester an sich. Er preßte seinen Bauch an ihre Lenden und rieb sich an ihr; die heißen Funken der Leidenschaft entflammten ihr tiefstes Inneres und stachelten ihr Verlangen an.

Sie war wild nach ihm, man konnte es nicht anders ausdrücken. Sie biß, kratzte, zog ihn zu sich. Er riß ihr Rock und Unterrock vom Leib und schob die Kleidungsstücke unter ihre Hüften. Sie lag deshalb nicht weicher, aber das störte sie nicht. In ihrer Erregung wirkten ihre Augen noch schräger als sonst, und sein glühender Blick senkte sich in den ihren, während er zwischen ihren Beinen kniete und die Schnallen beider Gürtel öffnete. Selbst in der Dunkelheit nahm ihr sein Blick den Atem. Sie konnte es nicht ertragen, daß er sich entfernte, und zog ihn in dem Augenblick wieder an sich, in dem er nackt war.

Er drang sofort in sie ein, knurrte hungrig, als er leidenschaftlich in sie stieß, und sie seufzte verzückt. Als er sich zurückzog, um erneut in sie einzudringen, fing sie an zu keuchen. Er stieß tief in sie, und sie kam ihm mit gleicher Leidenschaft entgegen, bis sie zu einem überwältigenden, explosionsartigen Orgasmus gelangte. Ihre Exstase hielt sich, bis er sich tief in sie hineingrub und -preßte und die Wärme seines Ergusses sie erfüllte.

Courtney lag unter ihm und begann, sein Gewicht zu spüren. Aber sie hätte sich um nichts in der Welt gerührt. Ihr Herz hämmerte, und ihr Atem ging noch immer stoßweise. Alle möglichen Gedanken schossen ihr durch den Kopf, und plötzlich wurde ihr bewußt, wie sie sich gerade verhalten hatte – beinahe genauso wild wie Chandos.

Er rührte sich, seine Lippen glitten über ihren Hals, und dann setzte er sich auf, so daß der Druck auf ihrer Brust nachließ. Er blickte auf sie hinunter.

»Du hast geschrien.«

»Tatsächlich?« Sie war erstaunt darüber, wie unbekümmert sie sprach.

Er küßte sie lächelnd, und seine Lippen glitten liebkosend über die ihren.

Courtney seufzte. »Jetzt bist du zärtlich.«

»Du wolltest keine Zärtlichkeit, Kätzchen«, erklärte er, und sie errötete. »Aber jetzt möchtest du sie, nicht wahr?«

Sie war zu verlegen, um ihm zu antworten. Er drehte sich auf die Seite, zog sie an sich und empfand den Druck ihrer Brüste auf seine Haut als angenehm. Ein Windhauch streifte sie, und sie erschauerte.

»Kalt?«

»Nur ein bißchen – nein, steh nicht auf.«

Sie legte ihren Arm über ihn. Um einen Mann wie ihn zurückzuhalten, hätte es einer größeren Anstrengung bedurft, aber die Geste genügte. Seine Arme schlossen sich schützend um sie.

»Chandos?«

»Ja, Kätzchen?«

Eine kurze Pause trat ein, weil sie versuchte, Ordnung in ihre Gedanken zu bringen.

»Könntest du mich vielleicht Courtney nennen?« meinte sie schließlich.

»Wolltest du nicht etwas anderes sagen?«

Das stimmte. »Glaubst du, daß er schon tot ist?«

»Ja«, log er.

Ihre Finger glitten durch die Haare auf seiner Brust. Wieder trat eine Pause ein, weil sie nun darüber nachdachte, ob sie ihn fragen durfte, warum Pretty Boy so scheußlich hatte sterben müssen. Andererseits erfüllte sie primitiver Stolz darauf, daß ihr Mann sie gerächt hatte.

»Chandos?«

»Ja?«

»Du bist mir wirklich ganz allein zu Hilfe gekommen, nicht wahr?«

»Hast du vielleicht erwartet, daß ich hier draußen ein Polizeiaufgebot zusammentrommle?«

»Nein, natürlich nicht. Aber dein Freund Springender Wolf hat sich doch in der Nähe befunden. Und ich hatte geglaubt, daß du noch nicht imstande sein würdest, mich zu suchen.«

Die Muskeln auf seiner Brust verkrampften sich, und ihr wurde klar, daß sie seine Männlichkeit in Frage gestellt hatte – und dabei hatte er einen solchen heroischen Beweis dafür geliefert!

»Du hast also geglaubt, daß ich dich nicht beschützen kann. Hast du dir deshalb am Morgen, als sie dich gefaßt haben, nicht die Mühe gemacht, nach mir zu rufen?«

Courtney seufzte.

»Du mußt schon entschuldigen, aber dein Gesundheitszustand war nicht gerade der beste«, verteidigte sie sich. »Ich habe befürchtet, daß sie dich töten werden.«

»Du wärst erstaunt, was ein Mann leisten kann, wenn er einen Grund dafür hat. Das habe ich dir doch gestern abend erklärt.«

»Und was für einen Grund hattest du, Chandos?« Sie wußte, daß es eine unverschämte Frage war.

»Du bezahlst mich dafür, daß ich dich beschütze, oder hast du auch das vergessen?«

Die Enttäuschung war bitter. Sie bezahlte ihn. War das der einzige Grund? Sie wollte aufstehen, aber er hielt sie fest.

»Unterschätze mich nie wieder, Kätzchen.«

Seine Hand strich über ihre Wange und glitt zu den seidigen Haaren an ihren Schläfen. Er drückte ihr Gesicht wieder an seine Brust. Seine Stimme hatte warm geklungen, und ihre Enttäuschung ließ etwas nach.

Er hatte wenigstens nicht gewollt, daß sie aufstand. Aber sie wollte mehr, viel mehr. Sie wollte, daß er sich wirklich etwas aus ihr machte.

»Sei mir nicht böse, Chandos. Du hast mich ja gefunden. In Wirklichkeit habe ich nie daran gezweifelt, daß du es schaffen wirst.«

Nach einer Weile fragte sie: »Du hast also die Folgen des Schlangenbisses vollkommen überwunden?«

»Das kannst du jetzt noch fragen?«

Sie drückte das Gesicht fester an seine Brust, weil sie errötet war. »Ich meine ... hast du noch Schmerzen?«

»Es tut noch höllisch weh.«

Und er hatte sie trotzdem gerettet. Sie lächelte, ohne zu bedenken, daß er die Bewegung an seiner Haut spüren konnte. Geistesabwesend beschrieb sie mit dem Finger Kreise um seine Brustwarze.

»Chandos?«

»Was ist jetzt schon wieder?«

»Was ist, wenn ich schwanger werde?«

Er stieß einen langen Seufzer aus.

»Bist du schwanger?«

»Ich weiß es nicht. Es ist viel zu früh, um es festzustellen. Aber was geschieht, falls ich es bin?«

»Wenn du nicht schwanger bist, dann wirst du es auch nicht werden.« Nach einer langen Pause fügte er hinzu: »Und wenn du schwanger bist, dann bist du es eben.«

Eine äußerst unbefriedigende Antwort. »Würdest du mich dann heiraten?«

»Könntest du so leben wie ich? Immer unterwegs, nie länger als einige Tage an einem Ort?«

»Auf diese Art kann man keine Familie gründen«, meinte sie verärgert.

»Eben«, erklärte er, schob sie von sich und erhob sich.

In ihr kämpften Zorn und Enttäuschung, während sie zusah, wie er sich ankleidete und dann Surefoot absattelte. Dabei warf er seine Bettrolle auf den Boden. Sie starrte den Packen an. Wie kalt und gefühllos Chandos doch sein konnte!

30. KAPITEL

Obwohl sie durchschnittlich fünfundzwanzig bis dreißig Meilen am Tag zurückgelegt hatten, war es Courtney gelungen, die Blasen zu vermeiden, die ihr Mattie prophezeit hatte. Heute war sie jedoch davon überzeugt, daß sie ihnen nicht entgehen würde. Chandos ritt schnell und legte keine Pause ein; er wollte die verlorene Zeit aufholen, und Courtney fragte sich schon, ob er ihr vielleicht wieder eine Lektion erteilen wollte.

Sie hatte den Eindruck, daß er sich seit diesem Morgen besonders anstrengte, um ihr das Leben unangenehm zu machen. Er hatte sie geweckt und sofort zum Aufbruch gezwungen. Und diesmal mußte sie hinter ihm sitzen, was äußerst unbequem war.

Sie erreichten ihr Lager am späten Nachmittag und stellten fest, daß die anderen Pferde versorgt waren, und daß das Feuer immer noch brannte, obwohl es seit gestern früh nicht vorgehalten haben konnte. Chandos stieß einen schrillen Pfiff aus, und zehn Minuten später tauchte der Indianer auf.

Springender Wolf war nicht besonders groß, aber die Komantschen waren schließlich wegen ihrer Reitkünste und nicht wegen ihrer Körpergröße berühmt. Er trug ein altes Militärhemd und hatte einen Karabinergurt umgeschnallt. Seine Mokassins reichten bis zu den Waden; ansonsten waren seine Beine bis auf einen breiten Lendenschurz, der bis zu den Knien ging, nackt. Seine langen Haare waren pechschwarz und hingen offen herab. Die Augen in dem breiten Gesicht waren tiefschwarz, und seine Haut hatte die Farbe von altem Leder. Er war jung und bis auf seine breiten Schultern eher schmächtig. Sein Gewehr hielt er wie einen Säugling in seinen Armen.

Courtney hatte den Atem angehalten, als er das Lager betreten hatte. Jetzt sah sie zu, wie sich die beiden Männer nach der Begrüßung an das Feuer hockten und miteinander redeten – natürlich in der Sprache der Komantschen.

Sie scherten sich überhaupt nicht um sie, aber sie konnte das Abendessen ohnehin nicht zubereiten, solange die beiden am Feuer saßen. Deshalb begann sie, ihr Gepäck durchzugehen, um zu sehen, ob etwas fehlte. Es war alles vorhanden.

Nach kurzer Zeit brach Springender Wolf wieder auf. Doch während zuerst Mißtrauen in seinem Blick gelegen hatte, wirkte er jetzt entspannt, und sie hätte schwören können, daß er unmerklich lächelte.

Er sagte etwas zu ihr, wartete aber nicht, bis Chandos es übersetzt hatte. Sobald er gegangen war, hockte sich Chandos ans Feuer, kaute an einem Grashalm und beobachtete die Stelle, an der sein Freund zwischen den Bäumen verschwunden war.

Da er offenbar nicht die Absicht hatte, Courtney zu verraten, was Springender Wolf gesagt hatte, sah sie nach, was sie von ihren Vorräten für ein Abendessen verwenden konnte.

Als sie die üblichen Bohnen, das Trockenfleisch und

die Zutaten für Pfannkuchen zum Feuer gebracht hatte, wandte sich Chandos ihr zu.

»Ich möchte, daß du diese Bluse verbrennst.«

Courtney nahm die Bemerkung nicht ernst. »Möchtest du Pfannkuchen oder Klöße?«

»Verbrenn sie, Kätzchen.«

Er blickte auf das tiefe V, das bis dorthin reichte, wo sie die Bluse zusammengebunden hatte. Das zerrissene Hemd darunter hatte sie verkehrt herum angezogen, so daß sich der Riß jetzt auf ihrem Rücken befand; das Hemd bedeckte ihre Brüste allerdings nur knapp.

»Hat dein Freund eine Bemerkung über meine Bluse gemacht?«

»Schweif nicht vom Thema ab.«

»Das tue ich nicht. Aber wenn es dich glücklich macht, zieh ich eine andere Bluse an.«

»Nun mach schon. Und bring die alte –«

»Das werde ich nicht tun.« Was war bloß mit ihm los? »Ich kann diese Bluse ohne weiteres flicken. Ich habe ja auch die andere ...« Sie unterbrach sich und kniff die Augen zusammen. »Jetzt verstehe ich. Du findest nichts dabei, wenn du meine Bluse zerreißt, aber wenn es jemand anders tut, muß ich sie verbrennen. Das ist der wahre Grund, nicht wahr?«

Er sah sie wütend an, und ihr Zorn schmolz dahin. Eifersucht, Besitzdenken – ganz gleich, worum es sich handelte, es bedeutete, daß er etwas für sie empfand. Daraufhin beschloß sie, seinen Wunsch zu erfüllen.

Sie holte eine korallenrote Bluse und zog sich hinter einem Baum um. Als sie zurückkehrte, ließ sie die zerrissene weiße Bluse wortlos ins Feuer fallen. Die zarte, weiße Seide verbrannte im Nu. Ascheflöckchen wirbelten in die Höhe und wurden vom Wind fortgetragen.

Chandos starrte weiterhin mürrisch in die Flammen.

»Was hat dein Freund zu mir gesagt?« fragte Courtney.

»Er hat nicht zu dir gesprochen.«

»Aber er hat mich angesehen.«
»Er hat *von* dir gesprochen.«
»Und?«

Das nur vom Knistern des Feuers unterbrochene Schweigen hielt an.

»Er hat deinen Mut gelobt«, antwortete Chandos schließlich.

Courtney sah ihn mit großen Augen an, doch er bemerkte es nicht, denn er stand auf und ging zum Fluß hinunter. Sie seufzte und hätte gern gewußt, ob er ihr die Wahrheit gesagt hatte.

In der Tat hatte er ihr nur die halbe Wahrheit gesagt, denn er wollte ihr nicht gestehen, was Springender Wolf wirklich bemerkt hatte: »Deine Frau hat jetzt mehr Mut. Das ist gut, wenn du beschließt, sie zu behalten.«

Natürlich wußte Chandos, daß sie jetzt mutiger war, aber das fiel nicht ins Gewicht. Sie stellte immer noch Ansprüche, die er nie würde befriedigen können. Deshalb konnte er sie nicht bei sich halten. Doch als Springender Wolf Courtney als ›deine Frau‹ bezeichnete, hatte es gut geklungen. Diese verdammte Frau mit ihren verdammten Katzenaugen!

Er würde froh sein, wenn die Reise zu Ende war, denn er bedauerte, daß er sie überhaupt angetreten hatte. Zwei weitere Wochen mit ihr würden die Hölle sein. Das einzig Gute war, daß sie von einer Schwangerschaft gesprochen und ihm damit einen Grund geliefert hatte, sie nicht mehr anzurühren. Das bedeutete natürlich nicht, daß er aufhören würde, sie zu begehren ...

Er hatte Angst. Er hatte seit Jahren keine solche Angst mehr empfunden wie in dem Augenblick, in dem er entdeckte, daß sie verschwunden war. Man mußte schon sehr an etwas hängen, wenn man solche Angst bekommen konnte, es zu verlieren. Während er darüber nachdachte, verstärkte sich seine Niedergeschlagenheit, deshalb überlegte er, was er Wade Smith antun würde, wenn er ihn fand. An diese Enttäuschungen war er wenigstens gewöhnt, denn der Mann war ihm zu oft durch die Lappen gegangen. Würde Paris in Texas endlich das Ende der Jagd bedeuten?

Chandos verbrachte eine schlaflose Nacht.

31. KAPITEL

Zwei Tagesritte vor Paris in Texas verstauchte sich Courtney den Knöchel. Es war ein dummer Unfall. Sie trat unvorsichtig auf einen großen Stein, und ihr Fuß knickte um. Wenn sie keine Stiefel getragen hätte, wäre es wahrscheinlich noch schlimmer ausgegangen.

Ihr Fuß schwoll so schnell an, daß sie den Stiefel nur mit Mühe herunterbekam. Und als sie ihn endlich ausgezogen hatte, kam sie nicht mehr hinein. Solange sie den Fuß nicht bewegte, hielt sich der Schmerz in Grenzen. Aber daß sie sich schonte und die Reise dadurch verzögerte, kam nicht in Frage. Sie hätte es nicht einmal dann getan, wenn Chandos es vorgeschlagen hätte.

Nach ihrem Unfall änderte sich Chandos' Haltung ihr gegenüber schlagartig. Er war nicht mehr gleichgültig, sondern eifrig um sie bemüht. Sie hatte den Eindruck, daß er gern die Gelegenheit benützte, um sich für ihre Pflege nach dem Schlangenbiß zu revanchieren.

Er hing so sehr an seiner Unabhängigkeit, daß er ihr ihre Hilfe womöglich übelgenommen hatte. Die Schuld beglich er jedenfalls rasch, indem er sie aufmerksam betreute, das Essen kochte und alle vier Pferde versorgte. Er schnitzte ihr sogar eine Krücke aus einem kräftigen Ast und half ihr beim Auf- und Absitzen. Schließlich ritt er so langsam, daß sie täglich ein Drittel weniger als die vorgesehene Strecke schafften.

Bevor sich Courtney verletzt hatte, waren sie in südöstlicher Richtung an einem Bach entlanggeritten; nun bog Chandos scharf nach Südwesten ab. Courtney wußte nicht, daß die Richtungsänderung wegen ihrer Verletzung erfolgte. Sie überquerten den Red River und umgingen dann eine Stadt – zu Courtneys großer Enttäuschung, denn sie lebte seit Wochen fern von jeder Zivilisation.

Einige Stunden später erreichten sie eine andere Stadt, in die Chandos einritt. Er hielt vor einem Restaurant, das ›Mamas Nest‹ hieß. Courtney sehnte sich nach einer Mahlzeit ohne Bohnen und war selig, als Chandos sie in das Lokal führte, obwohl sie staubbedeckt und damit nicht gerade präsentabel war.

Im großen, hellen Speisesaal stand ein Dutzend Tische mit karierten Tischtüchern. Da es Nachmittag war, saßen nur an einem Tisch Gäste. Dieses Paar musterte die beiden Neuankömmlinge von oben bis unten, und die Frau war sichtlich beunruhigt, als sie Chandos näher in Augenschein nahm. Er war ebenfalls staubig und durch den Ritt erschöpft, und sah mit seiner schwarzen Hose, dem grauen, halb offenstehenden Hemd und dem lose um seinen Hals geschlungenen schwarzen Halstuch wie der typische Revolvermann aus.

Chandos warf den beiden nur einen kurzen Blick zu und kümmerte sich dann nicht weiter um sie. Er führte Courtney zu einem Stuhl, erklärte ihr, daß er sofort wieder da sein würde, und verschwand in die Küche. Courtney war nun allein den Blicken des Paares ausgesetzt und wurde immer verlegener, weil sie wußte, wie schmuddelig und schmutzig sie aussah.

Kurz danach ging die Eingangstür auf, und zwei Männer, die beobachtet hatten, wie die Fremden die Straße entlanggeritten waren, betraten das Lokal, um die Neuankömmlinge zu begutachten. Courtneys Nervosität nahm zu. Sie hatte es schon immer gehaßt, im Mittelpunkt der Aufmerksamkeit zu stehen, und es war unmöglich, in

Chandos' Begleitung nicht aufzufallen. Er mußte einfach Neugierde erregen.

Als sie sich vorstellte, was diese Leute von ihr hielten, wurde ihr plötzlich klar, was ihr Vater denken würde. Schließlich hatte er seine Haushälterin nur deshalb geheiratet, weil es sich gehörte. Und Courtney reiste allein mit Chandos! Ihr Vater mußte ja das Schlimmste annehmen – was noch dazu zutraf.

Als Chandos zurückkehrte, fielen ihm sofort ihre geröteten Wangen und ihre verkrampfte Haltung auf. Sie hielt den Blick hartnäckig gesenkt. Was war los? Hatten die zwei Kerle, die inzwischen hereingekommen waren, sie vielleicht belästigt? Er musterte die beiden so scharf, daß sie das Restaurant sofort wieder verließen. Kurz darauf verschwand auch das ältliche Paar.

»Das Essen steht in einer Minute auf dem Tisch, Kätzchen«, verkündete Chandos.

Die Küchentür ging auf, und eine dicke Frau kam auf sie zu. »Das ist Mama. Sie wird sich ein paar Tage lang um dich kümmern«, erklärte Chandos beiläufig.

Courtney musterte die rundliche Mexikanerin, die in schnellem Spanisch auf Chandos einsprach. Sie war klein, hatte graumeliertes Haar, das sie in einem straffen Knoten aufgesteckt hatte, und machte einen sympathischen Eindruck.

Zu einem bunten Baumwollrock trug sie eine weiße Bluse und darüber eine Schürze; ihre Füße steckten in geflochtenen Ledersandalen.

»Was soll das heißen, daß sie sich um mich kümmern wird?« wandte sich Courtney an Chandos. »Wo wirst du denn sein?«

»Ich habe dir ja gesagt, daß ich in Paris etwas zu erledigen habe.«

»Wir befinden uns in Paris!«

Er setzte sich ihr gegenüber an den Tisch und bedeutete Mama, sie allein zu lassen. Courtney sah der davonwatschelnden Frau nach und wandte sich dann wieder Chandos zu.

»Was hast du schon wieder ausgeheckt? Wenn du glaubst, du kannst –«

»Beruhige dich, Frau.« Er beugte sich über den Tisch und ergriff ihre Hand. »Wir befinden uns nicht in Paris, sondern in Alameda. Während ich meine Angelegenheiten erledige, werden einige Ruhetage deinem Knöchel guttun. Ich wollte dich nicht alleinlassen, deshalb habe ich dich hierher gebracht.«

»Warum solltest du mich allein lassen? Was hast du in Paris zu erledigen?«

»Das geht dich nichts an, Lady.«

Wie sie es haßte, wenn er ihr gegenüber diesen Ton anschlug! »Du kommst nicht zurück, nicht wahr? Du läßt mich einfach hier sitzen.«

»Du solltest mich besser kennen. Ich habe dich bis hierher gebracht und werde dich nicht einfach ein paar Meilen vor deinem Ziel im Stich lassen.«

Das milderte ihre Enttäuschung nicht. Sie wollte nicht bei Fremden bleiben, und sie wollte nicht, daß Chandos sie verließ.

»Ich habe geglaubt, daß du mich nach Paris mitnimmst, und daß wir von dort weiterreiten.«

»Ich habe es mir anders überlegt.«

»Wegen meines Knöchels?«

Er fand, daß er diese Frage bereits beantwortet hatte. »Hör mal, ich bleibe nur ungefähr vier Tage weg. Es wird dir guttun, wenn du deinem Fuß so lange Ruhe gönnst.«

»Aber warum hier? Warum nicht in Paris?«

Er seufzte. »In Paris kenne ich keinen Menschen. Durch Alameda komme ich dagegen oft, wenn ich das Indianerterritorium durchquere. Ich kenne Mama. Ich kann mich darauf verlassen, daß sie sich während meiner Abwesenheit um dich kümmert. Du befindest dich hier in guten

Händen, Kätzchen. Ich würde dich nicht allein lassen, wenn —«

»Aber Chandos —«

»Verdammt noch mal!« explodierte er. »Fang nicht an —« Er unterbrach sich, weil Mama auf einem großen Tablett das Essen hereintrug. Als sie an den Tisch trat, erhob sich Chandos.

»Ich gehe jetzt, Mama. Sorge dafür, daß sie nach dem Essen badet, und dann steck sie ins Bett.«

Er ging zur Tür, machte dann aber auf halbem Weg kehrt und kam zurück. Er beugte sich zu Courtney hinunter und hob sie aus dem Stuhl. Seine Arme schlossen sich wie Schraubstöcke um sie, und sein Kuß nahm ihr den Atem.

»Ich komme wieder, Kätzchen«, murmelte er heiser. »Kratze niemanden, während ich fort bin.«

Dann ging er. Mama starrte Courtney an, aber Courtney starrte die Tür an und versuchte, ihre Tränen zu unterdrücken. Wenn sie jetzt schon so verzweifelt darüber war, daß er sie nur für vier Tage verließ, wie würde ihr dann erst zumute sein, wenn er sich in Waco für immer von ihr verabschiedete?

32. KAPITEL

Zwei Tage lang saß Courtney nur am Fenster ihres Zimmers über dem Restaurant und blickte auf die Straße hinunter. Wenn Mama Alvarez mit ihr schimpfte, weil sie eigentlich im Bett liegen sollte, lächelte Courtney nur und widersprach nicht. Mama meinte es gut. Courtney wußte, daß es dumm von ihr war, am Fenster Ausschau zu halten, da Chandos wahrscheinlich noch nicht einmal in Paris angelangt war. Aber sie rührte sich nicht vom Fleck.

Sie hatte den Fuß auf einen gepolsterten Schemel gelegt

und beobachtete das Leben und Treiben in der kleinen Stadt, die nur etwas größer war als Rockley. Sie dachte sehr viel nach, während sie in diesem Zimmer saß, und obwohl sie sich Vernunft predigte, konnte sie eine Tatsache nicht leugnen: Sie liebte Chandos. Sie liebte ihn mehr, als sie es je für möglich gehalten hatte.

Es ging nicht nur darum, daß sie sich bei ihm sicher fühlte. Das war wichtig, aber sie begehrte ihn auch. Und wie sehr sie ihn begehrte! Dazu kam, daß er zärtlich war, wenn sie Zärtlichkeit brauchte, und liebevoll, wenn sie Liebe brauchte. Und selbst seine einsame Unabhängigkeit berührte sie. Wie auch seine abwehrende Haltung, mit der er niemanden an sich heranließ. Dadurch wirkte er so unendlich verwundbar.

Doch trotz all dieser Tatsachen machte sich Courtney nichts vor. Sie wußte, daß sie Chandos nicht haben konnte, auch wenn sie sich noch so sehr nach ihm sehnte. Er hatte ihr klar zu verstehen gegeben, daß eine Beziehung auf Dauer für ihn nicht in Frage kam. Sie mußte realistisch denken. Sie würde Chandos nie heiraten können.

Immer schon hatte sie daran gezweifelt, daß sie die wahre Liebe erleben und daß der Partner ihre Gefühle erwidern würde. Aber es war kein Trost, daß sie damit rechtbehalten hatte.

Am zweiten Tag ihres Aufenthaltes bei Mama lernte Courtney Mamas Tochter kennen. Das Mädchen stürzte ohne anzuklopfen in Courtneys Zimmer und stellte sich vor. Es war auf beiden Seiten Haß auf den ersten Blick, denn Courtney kannte den Namen des Mädchens aus Chandos' Fieberträumen, und Calida Alvarez wußte, daß Chandos Courtney hierhergebracht hatte.

Calida war schön, lebhaft, hatte glänzend schwarze Haare und boshaft funkelnde, braune Augen. Sie war nur vier Jahre älter als Courtney, aber diese vier Jahre machten sehr viel aus. Das von Natur aus leidenschaftliche

Mädchen verfügte über die Selbstsicherheit, die Courtney immer gefehlt hatte.

So sah Courtney Calida. Calida hingegen sah in Courtney ihre erste ernsthafte Rivalin: eine junge Dame, die kühl und höflich, ruhig und beherrscht war, und deren leicht sonnengebräuntes Gesicht überwältigend schön war. Goldene Haut, braunes, golden glänzendes Haar, schräge Katzenaugen, die wie alter Whisky schimmerten. Courtneys gesamte Erscheinung war goldbraun, und Calida hätte ihr am liebsten die Augen ausgekratzt. Statt dessen griff sie mit Worten an.

»Ich hoffe, daß Sie einen guten Grund dafür haben, mit meinem Chandos zu reisen.«

»Mit *Ihrem* Chandos?«

»Sí, meinem.«

»Er lebt also hier?«

Die Ältere war nicht auf einen Gegenangriff gefaßt und stammelte etwas, riß sich aber wieder zusammen.

»Er hält sich hier mehr auf als an jedem anderen Ort.«

»Dadurch wird er kaum zu Ihrem Chandos. Wenn Sie allerdings gesagt hätten, daß er Ihr Mann ist ...« Sie lächelte freundlich und ließ die Andeutung in der Luft hängen.

»Ich bin diejenige, die sich geweigert hat, ihn zu heiraten. Wenn ich ihn heiraten will, muß ich nur mit den Fingern schnappen.« Sie tat es.

Courtney spürte, wie Zorn in ihr aufstieg. Wußte Chandos, wie sicher Calida Alvarez seiner war? War sie mit gutem Grund ihrer Sache so sicher?

»Das ist alles schön und gut, Miß Alvarez, aber solange Sie keinen Ring am Finger tragen, geht es Sie nichts an, warum ich mit Chandos reise.«

»Und ob es mich etwas angeht!« schrie Calida so laut, daß man es auf der Straße hören konnte.

Jetzt reichte es Courtney endgültig. »Da irren Sie sich«, antwortete sie langsam, mit wütendem Unterton. »Falls

Sie noch Fragen haben, würde ich vorschlagen, daß Sie sie für Chandos aufheben. Und jetzt verschwinden Sie.«

»Puta!« fauchte Calida. »Ich werde mit Chandos sprechen, darauf können Sie sich verlassen. Ich werde dafür sorgen, daß er Sie hierläßt, aber nicht im Haus meiner Mama.«

Courtney schlug die Tür hinter dem Mädchen zu und bemerkte dabei, daß ihre Hände zitterten. Konnte Calida ihre Drohung wahrmachen? Konnte sie Chandos wirklich dazu bringen, Courtney hier sitzenzulassen? Courtney begann, sich Sorgen zu machen. Chandos kannte Calida seit langem, und zwar intim. Letzteres traf zwar auch auf Courtney zu, aber Chandos suchte Calida oft auf, während er sich von Courtney fernzuhalten versuchte.

Calida stürmte wutentbrannt in Marios Saloon, in dem sie abends arbeitete. Sie wohnte zwar bei ihrer Mutter, aber ihr Leben gehörte ihr, und sie tat, was sie wollte, arbeitete, wo sie wollte, und hatte für die Zureden ihrer Mama taube Ohren.

Calida arbeitete im Saloon, weil das Leben dort aufregend war. Es kam gelegentlich zu Schießereien und Prügeleien – oft ihretwegen. Aufregung war für Calida lebensnotwendig, und sie fühlte sich am wohlsten, wenn es richtig rund ging; sie sorgte für Wirbel, indem sie zwei Männer gegeneinander ausspielte oder einer Frau den Mann abspenstig machte und dann zusah, wie sich das Drama entwickelte. Noch nie hatte jemand versucht, Calida an ihrem Treiben zu hindern; sie hatte immer bekommen, was sie wollte.

Doch jetzt kochte sie vor Wut. Sie hatte von der Gringa nicht die Antworten bekommen, die sie hören wollte. Und diese Gringa war auch nicht aus der Fassung geraten, als sie erfuhr, daß Chandos eine zweite Frau hatte.

Vielleicht war zwischen Chandos und der Gringa wirklich nichts vorgefallen. War das möglich? Vielleicht bedeutete der Kuß, den ihre Mama beobachtet hatte, nichts. Im

Grunde war Calida jedoch davon überzeugt, daß zwischen Chandos und Courtney etwas lief. Er war noch nie zuvor mit einer Frau geritten. Chandos war ein Einzelgänger, und das war eine der Eigenschaften, die Calida an ihm liebte; das, und die Aura von Gefahr, die ihn umgab.

Sie wußte, daß Chandos ein Revolvermann war, aber sie glaubte, daß er auch ein Gesetzloser war. Sie hatte ihn zwar nie danach gefragt, aber sie war ihrer Sache sicher. Gesetzlose erregten Calida mehr als alle anderen Männer. Sie standen außerhalb des Gesetzes, man wußte nie, wie sie reagieren würden, sie lebten gefährlich. Sie kamen oft auf der Flucht durch Alameda, meist, um im Indianerterritorium unterzutauchen. Calida kannte viele Gesetzlose und war mit etlichen von ihnen ins Bett gegangen. Aber Chandos war etwas Besonderes.

Er hatte nie gesagt, daß er sie liebte. Er hatte nie versucht, sie mit schönen Worten herumzukriegen. Es war auch zwecklos, ihm etwas vorzumachen. Wenn er sagte, daß er sie wolle, dann wollte er sie. Und wenn sie versuchte, ihn zappeln zu lassen oder ihn eifersüchtig zu machen, ließ er sie einfach stehen. Seine Gleichgültigkeit reizte sie und war der Grund dafür, daß sie ihm jedesmal zur Verfügung stand, wenn er in die Stadt kam, ganz gleich, mit wem sie gerade beisammen war. Chandos kam immer zu ihr. Er stieg auch immer bei ihrer Mama ab, was ganz bequem war.

Chandos mochte nämlich keine Hotels, und als er das erste Mal nach Alameda kam, überredete er Mama dazu, ihm ein Zimmer zu vermieten. Im Haus standen immer Zimmer leer, denn Calidas erwachsene Brüder hatten sich schon selbständig gemacht. Mama mochte Chandos und wußte, was Calida und er nachts trieben. Calida nahm auch andere Männer auf ihr Zimmer mit, sogar Mario. Und obwohl ihre Mutter diese anderen Männer ganz und gar nicht schätzte, hatte sie längst den Versuch aufgegeben, Calida zu bessern.

Und jetzt hatte der Mann, den Calida als ihr ausschließliches Eigentum betrachtete, eine andere Frau in die Stadt gebracht und Calidas Mama gebeten, sich um sie zu kümmern. Das war eine Unverschämtheit.

»Warum funkeln deine Augen so, Chica?«

»Diese – diese –« Sie unterbrach sich, sah Mario nachdenklich an und lächelte. »Nichts von Bedeutung. Gib mir einen Whisky, bevor ich anfange zu bedienen, aber laß das Wasser weg.«

Sie sah ihm genau zu, während er ihren Drink einschenkte. Mario, ein Vetter zweiten Grades, war vor neun Jahren mit ihrer Familie nach Alameda gekommen. Die Familie war vorher von einer Stadt in die andere gezogen, weil es an vielen Orten nicht geduldet wurde, daß Mexikaner Geschäfte betrieben. Im weiter nördlich gelegenen Alameda war man toleranter, weil sich dorthin noch nie Mexikaner verirrt hatten. Alle schätzten Mamas Küche, und so erhob niemand Einspruch, als Mario gegenüber von ihrem Restaurant einen Saloon aufmachte. Der Saloon lief gut, weil Marios Schnaps gut und billiger als der seiner Konkurrenten war.

Wenn Calida in großzügiger Stimmung war, ging sie mit Mario ins Bett. So wie viele andere Männer hätte auch er sie jederzeit geheiratet, aber Calida wollte keinen Ehemann, und schon gar nicht Mario. Er sah zwar gut aus, und mit den samtbraunen Augen und dem dünnen Schnurrbart wirkte er wie ein spanischer Grande. Auch seine Muskeln waren beachtlich. Aber im Grunde seines Herzens war Mario ein Feigling. Er würde nie um sie kämpfen.

Als Mario Calida das Glas mit dem Whisky reichte, schenkte sie ihm wieder ein Lächeln. Ein vielversprechender Plan nahm in ihrem Geist allmählich Gestalt an.

»Mama hat einen Gast, eine schöne Gringa«, erwähnte sie beiläufig. »Aber Mama weiß nicht, daß sie eine Puta ist.«

»Und woher weißt du es?«

»Sie hat mir anvertraut, daß sie nur so lange in unserem Haus bleiben will, bis es ihrem verletzten Fuß besser geht. Dann will sie in Berthas Haus übersiedeln.«

Marios Neugierde war geweckt. Er war ein häufiger Gast in Berthas Bordell, obwohl ihn nur einige der Mädchen akzeptierten. Eine neue Hure, noch dazu eine schöne, würde in Berthas Haus sehr begehrt sein. Mario war allerdings klar, daß er der letzte wäre, der sie bekäme.

»Wirst du es Mama verraten?« erkundigte er sich.

Calida schob die Lippen vor. »Ich wüßte nicht, warum. Sie war sehr freundlich und sehr gesprächig – und eigentlich tut sie mir leid. Ich kann mir gut vorstellen, wie es ist, wenn man einen Mann nötig hat und keiner zur Verfügung steht. Aber das ist schließlich ihr Problem.«

»*Das* hat sie dir erzählt?«

Calida nickte, beugte sich über die Theke und flüsterte: »Sie hat mich sogar gefragt, ob ich jemanden kenne, der – interessiert wäre. Hättest du Lust?«

Er runzelte die Stirn, und sie lachte. »Komm schon, Mario. Ich weiß doch, daß du irgendwann bei ihr landen wirst. Es macht mir nichts aus, weil ich weiß, daß sie dir nichts bedeuten wird. Aber willst du warten, bis sie verbraucht ist, oder ist es dir lieber, du bekommst sie, wenn sie nach einem Mann ausgehungert ist?«

Sie hatte ihn so weit, sie kannte diesen Gesichtsausdruck. Schon die Vorstellung, daß er der erste sein würde, der an die neue Frau herankam, erregte Mario.

»Und was ist mit deiner Mama?« fragte er.

»Warte bis morgen abend. Mama ist zu Anne Harwells Geburtstagsparty eingeladen, und sie will hingehen, sobald der letzte Gast das Restaurant verlassen hat. Natürlich wird sie nicht sehr lang bleiben, sie will ja am nächsten Tag zur Kirche gehen. Aber wenn du keinen Lärm machst, wird dich die Gringa bestimmt die ganze Nacht behalten, und du kannst das Haus am Morgen verlassen, während Mama in der Kirche ist.«

»Wirst du ihr sagen, daß ich zu ihr komme?«

»O nein, Mario, es soll eine Überraschung für sie sein. Ich will auf keinen Fall, daß sie sich mir verpflichtet fühlt. Sorge nur dafür, daß sie keine Gelegenheit hat zu schreien, bevor du ihr erklären kannst, warum du gekommen bist.«

Wenn alles glatt ging, dachte Calida, würde Chandos gerade im richtigen Augenblick zurückkommen. Sie bedauerte jetzt schon, daß sie bei der Szene nicht dabei sein konnte. Aber allein der Gedanke daran machte sie glücklich.

33. KAPITEL

Ein gelber Lichtfleck fiel auf die Lehmstraße hinter dem kleinen Haus. An diesem Abend war es in der Nebenstraße still, weil sich der Samstagabendwirbel auf die Hauptstraße beschränkte.

Chandos hatte erfahren, daß in dieser Straße hauptsächlich die Mädchen aus den Tanzhallen wohnten. Eines dieser Mädchen war Wade Smiths Freundin. Sie hieß Loretta.

Chandos hatte viel Zeit mit der Suche nach ihr vergeudet, weil Smith unter falschem Namen in Paris lebte. Außerdem führte er ein sehr zurückgezogenes Dasein, weil er steckbrieflich gesucht wurde. Nur wenige Leute kannten ihn unter seinem Decknamen Will Green, aber kein einziger Mensch kannte seinen richtigen Namen.

Chandos wußte, daß dieser Will Green vielleicht der falsche Mann war, aber genausogut konnte es der richtige sein. Er stand im Schatten auf der gegenüberliegenden Straßenseite und beobachtete lange Zeit das kleine Haus, bevor er sich ihm mit dem Revolver in der Hand näherte. Sein Herz schlug schnell, und er war von Erregung erfüllt. Das war die Auseinandersetzung, die er herbeigesehnt hatte. Er würde dem Mann, der seine Schwester auf dem Gewissen hatte, Aug in Aug gegenüberstehen.

Chandos schlich vorsichtig zur Tür und drehte behutsam am Knauf. Die Tür war nicht versperrt. Er drückte das Ohr an das Holz und horchte. Außer dem Blut, das in seinen Schläfen hämmerte, vernahm er kein Geräusch.

Ganz langsam drehte er den Türknauf ein zweites Mal und stieß dann die Tür mit einem Fußtritt auf. Die gesamte Vorderfront des Hauses erzitterte. Auf einem Regal kamen Teller ins Rutschen, und eine Tasse rollte über den Lehmboden. Im Bett wandte sich ein blonder Kopf Chandos zu und blickte in die Mündung seines Revolvers.

Die Brüste, die sich unter dem dünnen Laken abzeichneten, waren winzig und kaum entwickelt. Das Mädchen konnte höchstens dreizehn oder vierzehn Jahre alt sein. Befand er sich im falschen Haus?

»Loretta?«

»Ja.«

Das Mädchen duckte sich.

Chandos stieß langsam die Luft aus. Es war das richtige Haus. Er hätte daran denken müssen, daß Smith junge Mädchen bevorzugte.

Sie war brutal verprügelt worden. Eine Gesichtshälfte war blau und geschwollen. Das Auge in der anderen Hälfte war ebenfalls blau geschlagen. Ein häßlicher, dunkler Bluterguß reichte vom Schlüsselbein bis zur linken Schulter, und auch die Oberarme waren mit blauen Flecken bedeckt, als hätte man sie grob festgehalten. Chandos wollte nicht daran denken, wie ihr Körper unter dem Laken aussah.

»Wo ist er?«

»Wer?«

Sie klang rührend jung und sehr verängstigt, und ihm wurde bewußt, wie er aussah. Seit seiner Trennung von Courtney hatte er sich nicht mehr rasiert, und sein Revolver war immer noch auf das Mädchen gerichtet. Er steckte ihn ein.

»Ich will dir nichts tun. Ich suche Smith.«

Sie erstarrte. Die Angst in ihrem Gesicht schwand, und ihr gesundes Auge blitzte zornig auf.

»Sie kommen zu spät, Mister. Ich habe das Schwein angezeigt. Als er mich das letzte Mal zusammengeschlagen hat, war es das allerletzte Mal.«

»Er sitzt im Gefängnis?«

»Darauf können Sie Gift nehmen! Ich habe gewußt, daß ein Ranger in der Stadt ist, sonst hätte ich es nicht getan. Ich hatte Angst, daß unser Gefängnis nicht sicher genug ist, deshalb habe ich meinen Freund Pepper gebeten, den Ranger zu mir zu schicken, und dem habe ich verraten, wer Wade wirklich ist. Wade hat mir nämlich von dem Mädchen erzählt, das er in San Antonio umgebracht hat. Dann hat er mir einmal damit gedroht, daß er mich genauso kalt machen würde, und das habe ich ihm geglaubt.«

»Hat der Ranger ihn mitgenommen?« Chandos versuchte, seine Ungeduld im Zaum zu halten.

»Ja. Der Ranger ist später mit dem Marshal wiedergekommen und hat Wade erwischt, als er mit mir im Bett lag. Ich habe dem Schwein am besten gefallen, wenn ich so aussah wie jetzt.«

»Wann war das?«

»Vor drei Tagen.«

Chandos stöhnte. Drei gottverdammte Tage. Wenn der Schlangenbiß und Courtneys Entführung nicht dazwischengekommen wären, hätte er Smith noch angetroffen.

»Wenn Sie mit ihm sprechen wollen, Mister«, fuhr Loretta fort, »müssen Sie sich beeilen. Der Ranger hat über Wade Bescheid gewußt. Er hat gesagt, daß sie in San Antonio genügend Beweismaterial gegen ihn besitzen, um ihn nach einer kurzen Verhandlung rasch zu hängen.«

Das glaubte ihr Chandos aufs Wort. Er war kurz nach

der Ermordung des Mädchens nach San Antonio gekommen und hatte dort alle grausigen Einzelheiten erfahren, und dort hatte er auch Smiths Spur verloren.

»Danke, Kind«, nickte Chandos.

»Ich bin kein Kind. Ich sehe jedenfalls nicht wie eins aus, wenn ich mich schminke. Ich arbeite seit einem Jahr in der Tanzhalle.«

»Das sollte gesetzlich verboten werden.«

»Was Sie nicht sagen. Ein Revolvermann, der Predigten hält, ist etwas ganz Neues.« Als er nicht reagierte, sondern sich nur zum Gehen wandte, rief sie: »He, Mister, Sie haben mir nicht erzählt, warum Sie Wade suchen.«

Chandos drehte sich um. Das Mädchen hatte keine Ahnung, was für ein Glück es gehabt hatte, denn sie hätte ohne weiteres Smiths nächstes Opfer sein können.

»Ich habe ihn wegen Mordes gesucht. Das Mädchen in San Antonio war nicht die einzige, die er getötet hat.«

Sie bekam eine Gänsehaut.

»Sie glauben doch nicht, daß er dem Ranger entkommen wird?«

»Nein.«

»Vielleicht werde ich in eine andere Stadt übersiedeln, sobald meine Rippen geheilt sind.« Sie sprach mehr zu sich selbst als zu ihm.

Chandos schloß die Tür hinter sich, blieb dann stehen und dachte darüber nach, wie er den Ranger einholen konnte. Wahrscheinlich würde er es schaffen, aber der Polizist konnte ihm Smith nicht einfach ausliefern. Es würde zu einem Kampf kommen, und einen Ranger, der nur seine Pflicht tat, konnte er doch nicht umlegen.

Er mußte auch an sein Kätzchen denken. Wenn er nicht innerhalb von vier Tagen nach Alameda zurückkehrte, würde sie annehmen, daß er sie belogen hatte. Womöglich kam sie dann auf die Idee, allein nach Waco zu reiten.

Damit war klar, was er zu tun hatte. Aber ihm gefiel

diese Entscheidung ganz und gar nicht. Wann war sie eigentlich zu dem Wichtigsten in seinem Leben geworden?

Während Chandos zum Stall ging, überwand er seine Enttäuschung. Nur weil er Smith neuerlich verfehlt hatte, gab er ihn noch lange nicht auf. Es war ja nicht das erste Mal. Er würde Courtney nach Waco bringen und dann nach San Antonio weiterreiten. Er war auf keinen Fall bereit, Smith dem Henker zu überlassen. Der Kerl gehörte ihm allein.

34. KAPITEL

Samstag nachmittag schrieb Courtney Mattie einen Brief. Sie hatte Rockley vor drei Wochen verlassen – waren wirklich erst drei Wochen vergangen? Es kam ihr vor, daß Monate dazwischen lagen. Mattie würde sich freuen, zu erfahren, daß Courtney ihren Entschluß nicht bereute.

Mama Alvarez hatte ihr versichert, daß immer wieder Leute durch Alameda kamen, die nach Kansas unterwegs waren, und daß einer von ihnen bestimmt bereit sein würde, Courtneys Brief zu befördern. So berichtete Courtney ausführlich über ihre Abenteuer, erwähnte aber nicht, daß sie sich in ihren Begleiter verliebt hatte. Am Ende des Briefes versicherte sie ihrer Freundin noch einmal, daß sie ihren Vater bestimmt finden würde.

Laut Mama Alvarez brauchte sie nicht einmal mehr eine Woche bis Waco, und das hieß, daß sie bald erfahren würde, ob ihre Eingebung richtig gewesen war. Sie wagte nicht, an die Möglichkeit zu denken, daß sie sich geirrt hatte, denn dann saß sie in Waco fest, allein und ohne Geld. Sie hatte keine Ahnung, was sie dann beginnen sollte.

Der Tag verging ereignislos. Courtney saß nicht mehr am Fenster, um nach Chandos Ausschau zu halten. Sie hatte zum Essen ins Restaurant hinuntergehen wollen, aber Mama hatte es ihr untersagt, weil Chandos angeordnet hatte, daß sie im Bett bleiben und den Knöchel schonen sollte. Es ging ihr auch schon besser; sie konnte sogar ohne Krücke herumgehen. Trotzdem fügte sie sich. Mama Alvarez meinte es gut mit ihr – sie war überhaupt das genaue Gegenteil ihrer Tochter.

Courtney hatte mit ihr geplaudert und erfahren, daß Calida nachts in einem Saloon arbeitete, in dem sie die Gäste bediente – das war aber schon alles, was sie tat, hatte Mama hastig versichert. Courtney spürte, daß Mama mit der Tätigkeit ihrer Tochter nicht einverstanden war, denn sie betonte immer wieder, daß Calida nur arbeitete, weil es ihr Spaß machte, und nicht, weil sie das Geld brauchte.

»Meine Tochter ist eigensinnig. Aber sie ist erwachsen – was kann ich da tun?«

Courtney war froh darüber, daß ein weiterer Tag vergangen war, ohne daß sie mit der unleidigen Calida zusammengetroffen war, und dachte nicht mehr an sie.

An diesem Abend ging sie zeitig zu Bett. Mama war zu einer Party eingeladen, und Calida arbeitete im Saloon, so daß es still im Haus war. Auf der Straße ging es allerdings um so lauter zu, weil Samstag war. Die Männer durchzechten die Nacht, denn sie wußten, daß sie am Sonntag ausschlafen konnten. Die meisten hatten ja keine Frauen, die sie in die Kirche schleppten.

Courtney konnte lange nicht einschlafen. Als ihr schließlich doch die Augen zufielen, träumte sie, und der Traum wurde sehr bald unangenehm. Etwas bereitete ihr Schmerzen. Auf ihrer Brust lastete ein Gewicht und erdrückte sie, so daß sie nicht atmen konnte. Sie weinte. Und dann war Chandos da und tröstete sie, wie nur er es verstand.

Er küßte sie, und als sie langsam aufwachte, stellte sie fest, daß sie tatsächlich geküßt wurde. Sein Gewicht lag auf ihr, und davon hatte sie geträumt. Sie wunderte sich nicht darüber, daß er sie nicht geweckt hatte, sondern war einfach glücklich darüber, daß er zu ihr gekommen war.

Sie schlang ihm die Arme um den Hals und zog ihn an sich. Sein Schnurrbart kitzelte sie. Courtney erstarrte.

»Sie sind nicht Chandos«, schrie sie und begann, sich zu wehren.

Infolge ihres Entsetzens überschlug sich ihre Stimme, und eine Hand preßte sich auf ihren Mund. Dann stieß sein Hüftknochen an den ihren, und sie spürte sein hartes Glied am Bauch. Er war nackt. Bei dieser Erkenntnis wollte sie aufschreien, aber seine Hand erstickte den Schrei.

»Schsch ... Dios!« Sie hatte ihn in die Hand gebissen. Er riß die Hand zurück, drückte sie ihr aber sofort wieder auf den Mund. »Was ist los mit dir, Frau?« zischte er verzweifelt.

Courtney versuchte zu sprechen, aber seine Hand verschloß ihr immer noch den Mund.

»Nein, ich bin nicht Chandos«, bestätigte er gereizt. »Was willst du überhaupt von ihm? Er ist ein sehr gewalttätiger Mensch und außerdem gar nicht hier. Du wirst dich statt dessen mit mir zufrieden geben, ja?«

Sie schüttelte so heftig den Kopf, daß sie beinahe seine Hand abschüttelte.

»Hast du vielleicht etwas gegen Mexikaner?« fragte er scharf, und der Zorn in seiner Stimme veranlaßte sie, sich nicht mehr zu rühren.

»Calida hat mir gesagt, daß du dringend einen Mann brauchst«, fuhr er fort, »und daß du keine großen Ansprüche stellst. Ich bin zu dir gekommen, um dir einen Gefallen zu tun – nicht, um mich dir aufzuzwingen. Möchtest du mich zuerst sehen? Geht es darum?«

Die verblüffte Courtney nickte langsam.

»Und du wirst nicht schreien, wenn ich die Hand wegnehme?« Sie schüttelte den Kopf. Er zog die Hand weg, und sie blieb still.

Er löste sich von ihr, ließ sie aber nicht aus den Augen, während er aus dem Bett stieg. Sie schrie noch immer nicht, und er entspannte sich.

Courtney wußte, daß es sinnlos war zu schreien. Im Haus befand sich außer ihnen beiden kein Mensch, und bei dem Lärm auf der Straße würde sie niemand hören. Statt dessen tastete sie vorsichtig und langsam unter dem Kissen nach ihrem Revolver. Sie war froh, daß sie es sich auf dem Trail angewöhnt hatte, ihn griffbereit zu haben, obwohl sie nicht glaubte, daß sie gezwungen sein würde, auf den Fremden zu schießen.

In dem Augenblick, als er ein Streichholz entzündete und sich nach einer Lampe umsah, gelang es Courtney, das Laken über sich zu ziehen und den Revolver auf ihn zu richten. Als er die Waffe erblickte, erstarrte er und hörte sogar auf zu atmen.

»Lassen Sie das Streichholz nicht fallen, Mister«, warnte ihn Courtney. »Wenn es ausgeht, schieße ich.«

Sie entspannte sich allmählich. Die Macht, die ihr der Revolver verlieh, war berauschend. Der Fremde wußte zum Glück nicht, daß sie nie imstande wäre zu feuern. Aber ihre Hand zitterte nicht, und sie hatte keine Angst mehr. Dafür zitterte er.

»Zünden Sie die Lampe an, aber machen Sie keine rasche Bewegung ... schön langsam, so ist es recht. Jetzt können Sie das Streichholz ausblasen.« Er befolgte ihre Anweisung. »Gut so. Wer zum Teufel sind Sie eigentlich?«

»Mario.«

»Mario?« Sie runzelte nachdenklich die Stirn. »Wo habe ich ...?«

Dann fiel es ihr ein. Chandos hatte den Namen in seinen Fieberträumen erwähnt. Was hatte er noch gesagt? Daß Calida in Marios Bett steigen solle.

»Sie sind also ein Freund von Calida?«

»Wir sind verwandt.«

»Verwandt? Wie schön für Sie.«

Bei ihrem Ton wurde er noch nervöser. »Darf ich meine Sachen anziehen, Señorita? Ich glaube, ich habe einen Fehler begangen.«

»Nein, nicht Sie haben den Fehler begangen, Mario, sondern Ihre reizende Cousine. Ja, ziehen Sie sich nur an. Und beeilen Sie sich.«

Er gehorchte, und als er soweit war, daß sie ihm nicht krampfhaft ins Gesicht schauen mußte, um nicht zu erröten, sah sie sich ihn genauer an. Er war groß und kräftig, vor allem sein Oberkörper war sehr muskulös. Er hätte ihr wahrscheinlich mit bloßen Händen das Genick brechen können. Wenn er bereit gewesen wäre, Gewalt anzuwenden, hätte ihr ihr Widerstand nichts genützt. Aber zum Glück war er kein wirklich schlechter Mensch.

»Ich werde jetzt gehen«, schlug er hoffnungsvoll vor. »Natürlich nur, wenn Sie es gestatten.«

Er wollte damit erreichen, daß sie den Revolver sinken ließ, aber sie tat ihm nicht den Gefallen.

»Noch einen Augenblick, Mario. Was hat Ihnen Calida genau gesagt?«

»Vermutlich Lügen.«

»Das bezweifle ich nicht, aber was für Lügen genau?« Er beschloß, es hinter sich zu bringen. »Sie hat gesagt, daß Sie eine Hure sind, Señorita, und daß Sie nach Alameda gekommen sind, um in Berthas Haus zu arbeiten.«

Courtneys Wangen glühten. »Berthas Haus ist ein Bordell, nicht wahr?«

»Ja, ein sehr elegantes Bordell.«

»Und warum bin ich dann hier, wenn ich eigentlich zu Bertha wollte?«

»Calida hat gesagt, daß Sie sich den Fuß verletzt haben.«

»Das stimmt.«

»Sie hat gesagt, daß Sie bei ihrer Mama wohnen, bis Ihr Fuß geheilt ist.«

»Das ist doch nicht alles, was sie Ihnen gesagt hat, Mario. Sprechen Sie weiter.«

»Ich fürchte, es wird Ihnen nicht gefallen.«

»Ich will es trotzdem hören.«

»Sie hat gesagt, daß Sie einen Mann haben wollen, daß Sie nicht warten können ... bis Sie zu Bertha übersiedeln. Sie hat gesagt, daß Sie sie gebeten haben, einen Mann für Sie aufzutreiben, daß Sie es ohne Mann nicht mehr aushalten.«

»Diese verlogene ...« explodierte Courtney. »Hat sie wirklich gesagt, daß ich es nicht mehr aushalte?«

Er nickte heftig, ohne sie aus den Augen zu lassen. Ihre Wut war unübersehbar, und ihr Revolver war immer noch auf sein Herz gerichtet.

Dann überraschte Sie ihn, indem sie nur meinte: »Sie können gehen. Nein, ziehen Sie Ihre Stiefel nicht an, Sie können Sie in der Hand tragen. Und wenn Sie sich jemals wieder in meinem Zimmer blicken lassen, Mario, schieße ich Ihnen ein Loch in den Schädel.«

Er glaubte ihr aufs Wort.

35. KAPITEL

Calida wartete die ganze Nacht darauf, daß Mario in den Saloon zurückkehrte. Als der Saloon schloß, wartete sie in seinem Zimmer auf ihn. Gegen vier Uhr früh schlief sie schließlich ein.

Courtney wartete ebenfalls, und zwar darauf, daß Calida nach Hause kam. Sie ging wütend im Zimmer auf und ab und hörte gegen zehn Uhr, wie Mama von der Party heimkehrte. Danach blieb das Haus jedoch still. Schließlich gab sie auf, ging zu Bett und schlief ein.

Trotz der kurzen Nachtruhe erwachten Calida und Courtney am Sonntagmorgen zeitig. Bei Calida grenzte das an ein Wunder, denn sie schlief immer in den Tag hinein. Aber sie konnte es nicht erwarten zu erfahren, wie das von ihr inszenierte Drama geendet hatte.

Mario war noch immer nicht zu Hause, deshalb nahm sie an, daß er die Gringa tatsächlich herumgekriegt und die Nacht mit ihr verbracht hatte. Sie verließ lächelnd den Saloon und überlegte dabei, wie sie Chandos diese Neuigkeit beibringen würde.

Unterdessen beobachtete Mario, wie sie die Straße hinuntertänzelte. Er liebte diese Puta, doch gleichzeitig haßte er sie auch. Sie hatte ihn zum letzten Mal hereingelegt! Er wußte, was sie jetzt dachte, denn er war absichtlich nicht nach Hause gegangen, damit sie auf diesen Gedanken kommen sollte. Ihm war klargeworden, daß sie im Saloon auf ihn warten würde, und er war deshalb zu Bertha gegangen und hatte sich vollaufen lassen. Er hatte überhaupt nicht geschlafen.

Jetzt konnte er kaum noch die Augen offenhalten. Seit es hell geworden war, hatte er an Berthas Fenster gestanden und darauf gewartet, daß Calida auftauchte. Von Berthas Haus aus konnte man gut die gesamte Hauptstraße überblicken. Vor fünfzehn Minuten hatte die Gringa das Fenster ihres Zimmers geöffnet. Und vor fünf Minuten war Mama in die Kirche gegangen.

Mario hätte gern miterlebt, was sich jetzt abspielte, doch schon das Bewußtsein, daß Calidas Plan zur Abwechslung einmal schiefgegangen war, befriedigte ihn. Jetzt würde sie am eigenen Leib erfahren, wie es war, wenn man in die Mündung eines Revolvers blickte, den eine wütende Frau auf einen richtete. Jedenfalls konnte er endlich seiner Müdigkeit nachgeben; er schlief neben der Hure ein, die im Bett hinter ihm schnarchte.

Courtney stand am Küchenherd und schenkte sich eine Tasse Kaffee ein, den Mama gekocht hatte, bevor sie zur Kirche ging. Sie geriet immer noch in Wut, wenn sie daran dachte, was in der vergangenen Nacht hätte geschehen können.

Als Calida die Küche betrat, stand sie Courtney gegenüber. Sie war darüber erstaunt, daß Courtney schon auf war und daß sie allein war.

Calida schlenderte mit wiegenden Hüften an ihr vorbei und grinste, als sie Courtneys übernächtigtes Gesicht bemerkte.

»Wie war deine Nacht, Puta?« kicherte sie. »Ist Mario noch da?«

»Mario ist nicht bei mir geblieben«, antwortete Courtney ruhig. »Er hatte Angst, daß ich ihn erschießen würde.«

Calidas Lächeln schwand. »Lügnerin. Wo ist er denn, wenn er nicht hier ist? Er ist heute nacht nicht nach Hause gekommen.«

»Wahrscheinlich liegt er bei einer anderen Frau im Bett, weil er hier nicht bekommen hat, worauf er aus war.«

»Das behauptest du, aber ich bezweifle, daß Chandos es glauben wird.«

Jetzt begriff Courtney. Die Intrige hatte also Chandos gegolten; sie hätte es sich denken können.

Sie ließ die Kaffeetasse fallen und versetzte der überraschten Calida eine schallende Ohrfeige. Calida knurrte, und im nächsten Augenblick wälzten sich die beiden Frauen auf dem Boden. Calida hatte reichliche Erfahrungen in Raufereien und benützte jeden gemeinen Trick den sie kannte. Courtney hatte sich zwar noch nie in dieser Lage befunden, aber sie war auch noch nie so wütend gewesen, und der Kampf war ein Ventil für ihren Zorn. Sie setzte sich wild zur Wehr.

Courtney brachte zwei weitere Ohrfeigen an, und bei der zweiten begann Calidas Nase zu bluten. Doch dann rammte Calida Courtney das Knie wuchtig in den Magen, und als diese daraufhin ihren Griff lockerte, sprang Calida auf und rannte zum Küchenschrank. Courtney kam ebenfalls auf die Füße; in diesem Augenblick drehte sich Calida triumphierend mit einem Messer in der Hand um.

Courtney erstarrte.

»Worauf wartest du?« spottete Calida. »Du wolltest mein Blut, also komm und hol es dir.«

Courtney beobachtete das Messer, mit dem Calida spielerisch nach ihr stieß. Sie dachte einen Augenblick daran, aufzugeben, überlegte es sich aber sofort wieder. Damit würde sie Calida den Sieg überlassen, und das kam nicht in Frage. Courtneys Ehre verlangte, daß sie diesen Kampf für sich entschied.

Calida hielt Courtneys Zögern für eine Kapitulation und war davon überzeugt, daß sie gesiegt hatte. Auf keinen Fall jedoch hatte sie erwartet, daß Courtney vorspringen, sie am Handgelenk packen und versuchen würde, ihr das Messer zu entreißen.

Calidas Gedanken rasten. Sie wagte nicht, eine Gringa zu töten, auch wenn diese sie angegriffen hatte. Man würde sie hängen, denn sie war Mexikanerin. Die Gringa hingegen könnte eine Mexikanerin töten, und ihr Gesichtsausdruck ließ keinen Zweifel daran, daß sie das Messer benützen würde, wenn sie es nur in die Finger bekäme.

Calida bekam es mit der Angst zu tun. Das Mädchen war verrückt.

Courtney umklammerte Calidas Handgelenk fester und trat einen Schritt vor.

»Laß es fallen!«

Die Mädchen wichen erschrocken zurück. Im Türrahmen stand Chandos; sein Gesichtsausdruck verhieß nichts Gutes.

»Ich habe gesagt, du sollst das verdammte Messer fallen lassen!«

Das Messer schlug klirrend auf dem Boden auf, und die Mädchen wichen noch weiter zurück. Calida begann, ihre Kleidung in Ordnung zu bringen und sich das Blut vom Gesicht zu wischen. Courtney fiel nichts Besseres ein, als die Kaffeetasse aufzuheben, die sie hatte fallenlassen. Sie konnte Chandos nicht in die Augen sehen, denn sie schämte sich zu Tode darüber, daß er sie bei einer Rauferei überrascht hatte.

»Ich warte«, sagte Chandos.

Courtney starrte Calida an, die den Kopf zurückwarf und den Blick erwiderte. Sie hatte sich bis jetzt immer noch aus jeder Situation herauslügen können.

»Die Gringa, die du hierher gebracht hast, hat mich angegriffen.«

»Ist das wahr, Courtney?«

Courtney drehte sich mit ungläubig geweiteten Augen zu ihm um. »Auf einmal nennst du mich Courtney? Warum? Warum ausgerechnet jetzt?«

Er ließ seufzend seine Satteltaschen auf den Boden fallen, dann ging er langsam auf sie zu. »Was zum Teufel hat dich in solche Wut versetzt?«

»Sie ist eifersüchtig, Liebster«, schnurrte Calida.

Courtney schnappte nach Luft. »Das ist eine Lüge! Wenn du anfängst zu lügen, du Miststück, dann muß ich ihm die Wahrheit erzählen!«

»Dann erzähl ihm doch, wie du mich aus deinem Zimmer hinausgeworfen hast, als du mich zum ersten Mal gesehen hast. Sie war gräßlich zu mir, Chandos. Ich habe sie nur gefragt, warum sie hierher gekommen ist, und sie hat mich angeschrien, daß es mich einen Dreck angeht.«

»Wenn ich mich richtig erinnere, hast an dem Tag du das Schreien besorgt«, stellte Courtney fest.

»Ich?« fragte Calida mit großen, erstaunten Kinderaugen. »Ich wollte dich begrüßen, und du –«

»Halt den Mund, Calida.« Chandos' Geduld war am Ende. Er packte Courtney an den Armen und zog sie zu sich. »Es wäre besser, wenn du es mir rasch erklärst. Ich bin die ganze Nacht geritten, bin todmüde und habe keine Lust herauszubekommen, was Lüge und was Wahrheit ist. Erzähl mir jetzt, was sich abgespielt hat.«

Courtney kam sich wie ein in die Enge getriebenes Tier vor und ging zum Angriff über. »Du willst wissen, was geschehen ist? Also gut. Ich bin heute nacht aufgewacht, weil ein Mann in meinem Bett lag – er war genauso nackt wie ich. Deine Geliebte hatte ihn zu mir geschickt!«

Sein Griff wurde fester, aber seine Stimme klang jetzt ganz sanft.

»Hat er dir etwas getan?«

Ihre Wut ließ nach. Er war von maßlosem Zorn erfüllt, und daß dies seine erste Sorge war, schmeichelte ihr.

»Nein.«

»Wie weit ist er –?«

»Chandos!« Sie brachte es nicht fertig, vor Calida darüber zu sprechen, aber Chandos verlor allmählich die Beherrschung.

»Du mußt wie eine Tote geschlafen haben, wenn er dich ausziehen konnte, ohne daß du aufgewacht bist. Wie weit ist er –?«

»Ich habe meine Kleider abgelegt, bevor ich schlafen gegangen bin. Ich hatte wegen des Straßenlärms das Fenster geschlossen, und es war heiß im Zimmer. Ich habe geschlafen, als er sich ins Zimmer schlich. Wahrscheinlich hat er sich ausgezogen, bevor er ins Bett gekrochen ist.«

»Wie weit ist er –?«

»Er hat mich nur geküßt. Sobald ich seinen Schnurrbart spürte, habe ich gewußt, daß er nicht –« Sie unterbrach sich, und als sie weitersprach, flüsterte sie nur noch: – »du bist.«

»Und dann?«

»Ich habe ihm natürlich klargemacht, daß ich nicht damit einverstanden bin. Darauf war er nicht gefaßt. Er ist aufgestanden, um die Lampe anzuzünden, und sobald er aus dem Bett war, habe ich meinen Revolver unter dem Kissen hervorgeholt. Er hatte solche Angst, daß er mir die Wahrheit gestand.«

Beide sahen gleichzeitig Calida an.

»Eine reizende Geschichte, Gringa«, höhnte Calida, »aber Mario ist heute nacht nicht nach Hause gekommen.

Wo war er denn, wenn er die Nacht nicht mit dir verbracht hat?«

Chandos schob Courtney zur Seite und wandte sich Calida zu. Sie hatte Chandos noch nie so erlebt. Zum ersten Mal kam ihr der Gedanke, daß er ihr vielleicht nicht so ohne weiteres glauben würde, und sie ballte die Fäuste.

»Mario?« fragte er wütend. »Du hast Mario zu ihr geschickt?«

Calida wich zurück. »Geschickt? Nein. Ich habe nur erwähnt, daß sie hier ist, und ihm vorgeschlagen, herzukommen und sie kennenzulernen. Er sollte sie ein wenig aufheitern, weil sie so allein war. Wenn die Gringa ihn in ihr Bett genommen hat, kann ich nichts dafür.«

»Du verlogenes Miststück!« stieß Courtney hervor.

Chandos nahm Calida ihr Märchen nicht ab. Seine Hand schloß sich um ihren Hals.

»Ich sollte dir das Genick brechen, du gemeines Luder! Die Frau, der du eins auswischen wolltest, steht unter meinem Schutz. Ich habe geglaubt, daß sie sich hier in Sicherheit befindet, wenn ich sie schon allein lassen muß. Aber du mußtest dein hinterhältiges Spiel treiben, und jetzt muß ich einen Mann töten, gegen den ich nichts habe, nur weil er sich von dir hat hereinlegen lassen.«

Calida wurde blaß. »Ihn töten? Weshalb denn? Er hat nichts getan. Sie hat bestätigt, daß er ihr nichts getan hat!«

Chandos stieß sie von sich. »Er ist in ihr Zimmer eingedrungen und hat ihr Angst eingejagt. Seine Hände haben sie betastet. Das ist Grund genug.«

Er ging zur Tür, aber Courtney lief hinter ihm her, packte ihn am Arm und hielt ihn zurück. Sie hatte Angst, war zornig und gleichzeitig erregt.

»Du nimmst deine Beschützerrolle manchmal zu ernst, Chandos. Natürlich schätze ich diese Eigenschaft an dir, aber wenn ich Marios Tod gewollt hätte, hätte ich ihn selbst erschießen können.«

»Das bringst du nicht fertig, Kätzchen«, murmelte er beinahe belustigt.

»Da wäre ich nicht so sicher«, widersprach sie. »Du darfst Mario nicht töten, er kann nichts dafür. Sie hat ihm vorgelogen, daß ich hierher gekommen bin, um bei Bertha zu arbeiten. Sie hat ihm eingeredet, daß ich eine Hure bin und einen Mann brauche, daß ich –« Courtneys Wut brach wieder durch, »es nicht mehr ohne Mann aushalte!« Chandos schnappte nach Luft. »Wage nicht zu lachen!« fuhr sie ihn an.

»Daran würde ich nicht einmal im Traum denken.« Sie musterte ihn mißtrauisch. Die Mordlust war jedenfalls aus seinen Augen verschwunden.

»Das ist die Geschichte, die sie ihm erzählt hat. Er ist also eigentlich gekommen, um mir einen Gefallen zu erweisen.«

»Ich habe ja gewußt, daß du es so sehen wirst!«

»Sei nicht sarkastisch, Chandos. Es hätte viel schlimmer kommen können. Er hätte mir seinen Willen aufzwingen können, auch nachdem ich ihm erklärt hatte, daß ich ihn nicht will. Aber das hat er nicht getan.«

»Also schön«, seufzte Chandos. »Ich werde ihn nicht töten. Aber ich muß trotzdem noch etwas erledigen. Warte in deinem Zimmer auf mich, Kätzchen.«

Sie zögerte unsicher, und er strich ihr sanft über die Wange. »Es handelt sich um nichts, wogegen du etwas einzuwenden hättest, Kätzchen. Geh jetzt. Sorg dafür, daß du wieder präsentabel aussiehst oder schlafe ein bißchen. Du kannst den Schlaf bestimmt brauchen. Ich bleibe nicht lange fort.«

Seine Stimme beruhigte sie, und sie wußte, daß sie keinen Grund mehr hatte, sich Sorgen zu machen. Also ließ sie ihn mit Calida in der Küche allein und kehrte in ihr Zimmer zurück.

36. KAPITEL

In dem Augenblick, in dem Courtney ihr Zimmer betrat, meldeten sich sehr schmerzhaft die Verletzungen und blauen Flecken, die sie beim Kampf mit Calida davongetragen hatte. Auch ihr Knöchel schmerzte ärger denn je. Sie humpelte zu dem kleinen Spiegel und stöhnte, als sie sich betrachtete. Du meine Güte! Chandos hatte sie in diesem Zustand gesehen!

Ihr Haar war verfilzt. Dunkle Kaffeeflecken bedeckten ihren Rock. Ihr Kleid war an mehreren Stellen zerrissen. An der Schulter entdeckte sie Bißspuren, die von getrocknetem Blut umgeben waren. Auch auf ihrem Hals klebte getrocknetes Blut, und am Augenwinkel sowie hinter dem Ohr hatte sie Kratzspuren, genau wie auf ihren Handrücken.

Sie wußte, daß die Blutergüsse erst später zum Vorschein kommen würden. Diese verdammte Calida. Aber Chandos hatte ihr geglaubt und erkannt, wie Calida in Wirklichkeit war. Courtney bezweifelte, daß er mit diesem Luder jemals wieder ins Bett gehen würde, und konnte einen Anflug von Schadenfreude nicht unterdrücken.

Sie hatte das Bedürfnis nach einem Bad und ging deshalb wieder hinunter. Chandos und Calida waren fort. Während das Badewasser warm wurde, wischte sie den verschütteten Kaffee auf. Mama kam gerade rechtzeitig aus der Kirche nach Hause, um ihr beim Hinauftragen des Wassers zu helfen. Courtney erzählte nicht, was sich hier abgespielt hatte, sondern erwähnte nur, daß Chandos wieder da war.

Als sie fertig war und gerade das Badewasser wieder hinuntertragen wollte, kam Chandos herein. Er dachte nicht daran, vorher anzuklopfen. Es störte sie auch nicht, denn sie hatte sich daran gewöhnt, daß er sich über solche Kleinigkeiten hinwegsetzte.

Sein Zustand erschreckte sie. Er sah beinahe genauso mitgenommen aus wie sie und drückte sich die Hand auf den Brustkorb.

»Genau das brauche ich«, erklärte er, als er das Badewasser bemerkte.

»Bilde dir nicht ein, daß du es mir verschweigen kannst«, stellte sie entschieden fest.

»Es gibt nichts zu erzählen.« Er seufzte. »Ich habe ihn nicht getötet. Aber ich konnte es nicht einfach dabei bewenden lassen. Calida hat in dem Augenblick die Flucht ergriffen, in dem du die Küche verlassen hast, sonst hätte ich sie erwürgt.«

»Mario hat sich doch überhaupt nichts zuschulden kommen lassen, Chandos.«

»Er hat dich berührt.«

Sie war überrascht, weil die Antwort äußerst besitzergreifend klang, hütete sich aber, es auszusprechen. »Wer hat gewonnen?«

»Man könnte es als unentschieden bezeichnen.« Er setzte sich stöhnend auf das Bett. »Aber ich glaube, daß mir der verdammte Kerl eine Rippe gebrochen hat.«

Sie lief zu ihm hin und griff nach seinen Hemdknöpfen.

»Laß mich nachsehen.«

Er faßte ihre Hände, bevor sie ihn berühren konnte, und sie blickte ihn fragend an. Seine leuchtend blauen Augen wollten ihr offenbar etwas erklären, aber sie verstand es nicht. Sie ahnte ja nicht, wie sein Körper reagierte, wenn sie ihn berührte.

Sie verzichtete also darauf, ihm zu helfen, und meinte: »Du wolltest baden. Ich gehe solange aus dem Zimmer.«

»Du kannst bleiben. Ich bin davon überzeugt, daß du mir den Rücken zukehren wirst.«

»Aber es gehört sich nicht –

»Du bleibst, verdammt nochmal!«

»Von mir aus.«

Courtney marschierte zum Fenster, zog sich einen Stuhl heran und setzte sich steif aufgerichtet hin.

»Wie geht es deinem Knöchel?« erkundigte er sich.

»Besser.«

Er runzelte die Stirn. »Schmolle nicht, Kätzchen. Ich möchte nur vermeiden, daß du Calida über den Weg läufst, wenn ich nicht dabei bin!«

Sie hörte, wie seine Kleidungsstücke nacheinander auf den Fußboden fielen, und bemühte sich verzweifelt, sich auf die Vorgänge auf der Straße zu konzentrieren. Die Kirchgänger standen in Gruppen beisammen, und zwei kleine Jungen spielten Ball. Ein kleines Mädchen lief hinter einem Hund her, der mit ihrem Häubchen davonrannte. Courtney sah dies alles und sah es doch nicht. Chandos' Stiefel polterten auf den Boden, und sie zuckte zusammen.

Es war ja schön und gut, daß er sie in Sichtweite behalten wollte, um sie zu beschützen, aber in diesem Augenblick schätzte Courtney seine Einstellung gar nicht. Begriff er denn nicht, daß sie im Geist jede seiner Bewegungen vor sich sah? Wie oft hatte er mit nacktem Oberkörper vor ihr gestanden. Sie wußte, wie sein Körper aussah, und gerade jetzt stellte sie sich vor, wie er nackt in die Wanne stieg. Ihr Herz schlug schneller.

Das Wasser spritzte, und er schnappte nach Luft, denn es mußte inzwischen kalt geworden sein. Sie sah im Geist, wie er eine Gänsehaut bekam. Dann stellte sie sich vor, daß sie ihn trockenrieb.

Courtney sprang auf. Wie konnte er es wagen, sie diesen Vorstellungen auszusetzen? Sie hatte das Gefühl, daß sie dahinschmolz, und er badete fröhlich, ohne einen einzigen Gedanken daran zu verschwenden, wie ihr zumute war. Dieses gefühllose Biest.

»Setz dich, Kätzchen. Oder noch besser, leg dich hin und ruh dich aus.«

Seine Stimme klang heiser, und sie empfand sie wie eine Liebkosung. Sie setzte sich.

Denk an etwas anderes, Courtney, ganz gleich, woran.
»Hast du in Paris alles erledigen können?«
»Ich muß nach San Antonio.«
»Bevor oder nachdem du mich nach Waco bringst?«
»Nachher. Und ich muß mich beeilen, deshalb werden wir scharf reiten. Glaubst du, daß du es schaffen wirst?«
»Mir bleibt ja keine andere Wahl.«
Sie war darüber entsetzt, wie vorwurfsvoll ihre Stimme klang. Aber sie konnte nicht anders. Sie war davon überzeugt, daß die Angelegenheit, die er in San Antonio erledigen mußte, nur ein Vorwand war, um sie so rasch wie möglich loszuwerden.
»Stimmt etwas nicht, Kätzchen?«
»Nein, nein. Reiten wir noch heute?«
»Nein, ich brauche etwas Ruhe. Und du hast vergangene Nacht bestimmt auch nicht viel geschlafen.«
»Das ist richtig.«
Eine Weile herrschte Stille, dann fragte er: »Kannst du vielleicht etwas auftreiben, womit ich meine Rippe bandagieren kann?«
»Was zum Beispiel?«
»Vielleicht einen Unterrock.«
»Von mir kannst du keinen bekommen, weil ich nur zwei besitze. Aber ich werde nachsehen –«
»Vergiß es«, unterbrach er sie. »Sie ist wahrscheinlich ohnehin nicht gebrochen, sondern nur geprellt.«
Durfte sie das Zimmer nicht einmal für einen Augenblick verlassen? »Bedroht mich jemand, Chandos? Gibt es einen bestimmten Grund, warum ich hier bleiben soll?«
»Eigentlich solltest du daran gewöhnt sein, mit mir allein zu sein, Kätzchen. Warum bist du plötzlich so ängstlich?«
»Weil es sich nicht gehört, daß ich im Zimmer bin, während du badest.«
»Wenn dich sonst nichts stört – ich bin fertig.«
Courtney sah sich um. Chandos saß auf dem Bettrand;

bis auf das Handtuch, das er sich um die Hüften geschlungen hatte, war er nackt. Sie wandte sich wieder ab.

»Könntest du vielleicht etwas anziehen?«

»Ich habe meine Sachen dummerweise unten in der Küche gelassen.«

»Ich habe deine Satteltaschen heraufgebracht. Sie liegen neben dem Tisch.«

»Dann hab ein Herz für mich und bring sie mir, bitte. Ich kann mich nicht mehr rühren.«

Sie hatte plötzlich das Gefühl, daß er mit ihr spielte, verdrängte aber den Gedanken. Ohne ihn anzusehen, holte sie die Satteltaschen und legte sie auf das Bett.

»Wenn du so müde bist, kannst du mein Bett haben. Ich kann heute nacht bestimmt in einem anderen Zimmer schlafen.«

»Das Bett ist groß genug für zwei.« Sein Ton duldete keinen Widerspruch.

»Ich finde das gar nicht komisch.«

»Das weiß ich.«

Jetzt sah sie ihn an. »Warum tust du das? Wenn du glaubst, daß ich schlafen kann, wenn du neben mir liegst, dann irrst du dich.«

»Du bist noch nie in einem Bett geliebt worden, Kätzchen.« Er lächelte sie träge an, und ihr stockte der Atem. Ihre Knie gaben nach, und sie griff nach einem Halt.

Er stand auf. Sein Handtuch fiel zu Boden, und sie konnte nicht mehr daran zweifeln, daß er es ernst meinte. Sein Körper war schlank, glatt und feucht, und sie sehnte sich danach, ihm in die Arme zu sinken.

Aber sie tat es nicht. Auch wenn sie danach fieberte, ihn zu lieben, hätte sie seine Gleichgültigkeit nachher nicht noch einmal ertragen.

»Komm her, Kätzchen.« Er faßte Courtney unter's Kinn und zog ihr Gesicht zu sich heran. »Du hast den ganzen Vormittag gefaucht. Jetzt sollst du wieder schnurren.«

»Nicht«, flüsterte sie, doch dann berührten seine Lippen die ihren.

Er lehnte sich zurück, ohne sie loszulassen. Seine Daumen strichen über ihre Lippen, und ihr Körper neigte sich ihm zu.

»Entschuldige, Kätzchen. Ich wollte nicht, daß es soweit kommt. Das weißt du.«

»Warum tust du es dann?«

»Ich kann nicht anders. Wenn du deine Gefühle so deutlich zeigst und ich weiß, daß du mich begehrst, verliere ich den Verstand.«

»Das ist unfair.«

»Glaubst du, ich mag es, wenn ich die Beherrschung verliere?«

»Bitte, Chandos –«

»Ich brauche dich, aber das ist nicht alles.« Er zog sie an sich, und seine Lippen glitten über ihre Wangen. »Er hat dich berührt. Ich muß seine Berührung aus deinem Gedächtnis löschen, ich kann nicht anders.«

Wie konnte sie ihm da noch widerstehen? Auch wenn er es nie zugeben würde, verrieten ihr diese Worte, wie sehr sie ihm am Herzen lag.

37. KAPITEL

Der nächtliche Himmel war wie schwarzer Samt, auf dem glitzernde Diamanten verstreut waren. In der Ferne brüllten Rinder, und noch weiter entfernt heulte ein Luchs. Die Nacht war kühl, aber nicht kalt. Eine sanfte Brise bewegte die Blätter eines Baumes auf der Spitze des Hügels.

Die Pferde stapften den Hügel hinauf und hielten unter dem Baum. Auf der Ebene unter ihnen flackerten Dutzende von Lichtern.

»Was für eine Stadt ist das?« fragte Courtney.

»Das ist keine Stadt, sondern die Bar M-Ranch.«

»Sie sieht so groß aus.«

»Das ist sie auch. Was immer Fletcher Straton anfängt, führt er im großen Stil durch.«

Courtney kannte den Namen. Sie hatte ihn in dem Zeitungsartikel gelesen, zu dem das Bild gehörte, auf dem sie ihren Vater entdeckt hatte. Fletcher Straton war der Rancher, dessen Leute den Viehdieb gefangen hatten.

»Warum halten wir hier?« fragte Courtney, als sie abstieg und zu ihrem Pferd trat. »Du willst doch nicht hier lagern, wenn Waco nicht mehr weit ist.«

»Bis zur Stadt sind es noch gut vier Meilen.«

Seine Hände legten sich um ihre Taille, und er hob sie vom Pferd. Es war das erste Mal seit ihrem Aufbruch von Alameda, daß er es tat. Es war das erste Mal seit Alameda, daß er ihr so nahe kam.

Sobald ihre Füße den Boden berührten, nahm sie die Hände von seinen Schultern, doch er ließ sie nicht los. »Können wir nicht doch bis Waco reiten?« fragte sie schüchtern.

»Ich will hier nicht lagern, Kätzchen. Ich sage dir Lebewohl.«

Courtney erstarrte. »Du reitest nicht mit mir nach Waco?«

»Ich hatte es nie vor. Es gibt Leute in der Stadt, mit denen ich nicht zusammentreffen will. Und ich hätte dich ohnehin in Waco nie dir selbst überlassen. Ich muß sicher sein, daß du bei jemandem untergebracht ist, dem ich vertrauen kann. Auf der Bar M gibt es eine Dame, mit der ich befreundet bin. Das ist die beste Lösung.«

»Du läßt mich wieder einmal bei einer deiner Geliebten?« rief sie empört.

»Verdammt nochmal, Margaret Rowley ist Stratons Haushälterin. Sie ist eine englische Lady und sehr mütterlich.«

»Vermutlich eine kleine, alte Dame«, höhnte sie.

Er überhörte ihren Ton. »Du darfst sie auf keinen Fall so nennen. Als ich es einmal getan habe, hat es mir eine Ohrfeige eingetragen.«

Courtneys Hals war wie zugeschnürt. Er wollte sie tatsächlich verlassen, einfach aus ihrem Leben verschwinden. Sie hatte geglaubt, daß sie ihm mehr bedeutete.

»Sieh mich nicht so an, Kätzchen.«

Er wandte sich ab. Sie sah benommen zu, wie er zornig einige Äste zerbrach und ein Feuer entfachte. Als es brannte, drehte er sich wieder zu ihr um.

»Ich muß San Antonio erreichen bevor es zu spät ist. Ich kann keine Zeit damit verlieren, dich in der Stadt unterzubringen.«

»Du mußt mich nicht unterbringen. Mein Vater ist Arzt. Wenn er dort lebt, wird es nicht schwierig sein, ihn zu finden.«

»*Wenn* er dort lebt.« Funken stoben. »Wenn er nicht dort lebt, hast du wenigstens jemanden, mit dem du besprechen kannst, was du als nächstes unternehmen sollst. Margaret Rowley ist eine gute Frau und kennt in Waco praktisch jeden. Sie wird auch wissen, ob dein Vater da ist, und du erfährst es dadurch noch heute abend.«

»*Ich* erfahre es? Du wirst nicht einmal so lange bei mir bleiben, bis ich es weiß?«

»Nein.«

Ihr Mißtrauen erwachte. »Du wirst mich also nicht einmal bis auf die Ranch begleiten?«

»Ich kann es nicht. Es gibt auf der Bar M Leute, mit denen ich nicht zusammentreffen will. Aber ich werde hier warten, bis ich sehe, daß du sicher dort angelangt bist.«

Jetzt blickte Chandos sie endlich an, und es brach ihm beinahe das Herz. Auf ihrem Gesicht kämpften Kummer, Verständnislosigkeit, Verwirrung. Ihre Augen waren glasig, weil sie verzweifelt versuchte, die Tränen zurückzuhalten.

»Verdammt nochmal«, explodierte er. »Glaubst du, daß

es mir Spaß macht, dich hierzulassen? Ich habe geschworen, daß ich diesem Ort nie wieder in die Nähe kommen werde.«

Courtney wandte sich ab, damit er nicht die Tränen sah, die ihr nun doch über die Wangen rollten. »Warum, Chandos?« fragte sie mit erstickter Stimme. »Warum läßt du mich hier zurück, wenn du selbst nicht einmal in die Nähe der Farm kommen willst?«

Er trat hinter sie und legte ihr die Hände auf die Schultern. Seine Berührung war für Courtney zuviel, und ihre Tränen flossen jetzt hemmungslos.

»Ich mag die Menschen auf Bar M nicht – mit Ausnahme der alten Dame. Es ist mir unbegreiflich, aber Margaret Rowley arbeitet gern dort. Wenn ich jemand anders wüßte, der vertrauenswürdig ist, würde ich dich nicht hierher bringen. Aber sie ist der einzige Mensch, bei dem ich dich lassen kann, ohne daß ich mir deinetwegen Sorgen machen muß.«

»Dir meinetwegen Sorgen machen?« Das war zuviel. »Du hast deine Arbeit getan und wirst mich nie wiedersehen. Weshalb solltest du dir also Sorgen machen?«

Er riß sie herum, so daß sie ihn ansehen mußte. »Sprich nicht so mit mir.«

»Und was ist mit mir?« rief sie. »Ist es dir vollkommen gleichgültig, was ich empfinde?« Er schüttelte sie. »Was willst du überhaupt von mir?«

»Ich – ich –«

Nein, sie würde es nicht sagen. Sie würde nicht betteln. Sie würde ihn nicht bitten, sie nicht zu verlassen, auch wenn dieser Abschied ihr das Herz brach. Sie würde auch nicht sagen, daß sie ihn liebte. Wenn er sie so einfach verlassen konnte, dann würde sie damit ohnehin nichts erreichen.

Sie stieß ihn von sich. »Ich will nichts von dir. Hör auf, mich wie ein Kind zu behandeln. Ich habe dich gebraucht, um hierher zu kommen, und nicht, damit du mich irgendwo unterbringst. Das schaffe ich auch allein. Ich bin ja schließlich nicht hilflos. Und ich mag es nicht, wenn man mich Fremden aufdrängt. Und –«

»Bist du fertig?«

»Nein. Ich bin dir Geld schuldig. Ich werde es holen.« Sie wollte an ihm vorbeigehen, aber er ergriff sie am Arm. »Ich brauche dein verdammtes Geld nicht.«

»Mach dich nicht lächerlich. Deshalb hast du mich ja –«

»Das Geld hat überhaupt nichts damit zu tun. Ich habe dir schon oft gesagt, Kätzchen, daß du in bezug auf mich keine voreiligen Schlüsse ziehen sollst. Du kennst mich nicht. Du weißt überhaupt nichts von mir – stimmt's?«

Damit konnte er ihr keine Angst mehr einjagen. »Ich kenne dich besser, als du glaubst.«

»Wirklich?« Er verstärkte seinen Griff. »Soll ich dir verraten, warum ich nach San Antonio muß?«

»Mir wäre es lieber, du tust es nicht.«

»Ich muß dort einen Mann töten. Es ist ein vollkommen ungesetzlicher Mord. Ich bin zu Gericht über ihn gesessen, habe ihn für schuldig befunden und richte ihn jetzt hin. Es gibt dabei nur eine Schwierigkeit. Er befindet sich in Gewahrsam der Obrigkeit und soll gehenkt werden.«

»Was stört dich daran?«

»Er muß von meiner Hand sterben.«

»Aber wenn er schon im Gefängnis sitzt – du willst dich doch nicht gegen das Gesetz stellen?«

»O doch. Ich weiß allerdings noch nicht, wie ich ihn herausbekomme. Das Wichtigste ist, daß ich in San Antonio eintreffe, bevor sie ihn hängen.«

»Du hast bestimmt gute Gründe dafür, aber –«

»Verdammt, hör endlich auf.« Er wollte nicht, daß sie Verständnis für ihn hatte, er wollte, daß sie sich jetzt und hier gegen ihn wandte, so daß er nicht in Versuchung geriet, später zu ihr zurückzukehren. »Was muß ich dir noch erzählen, um dir die Augen über mich zu öffnen? Ich bin nicht der Mensch, für den du mich hältst.«

»Warum tust du das, Chandos? Genügt es nicht, daß du mich verläßt, daß ich dich nie wiedersehen werde? Willst du, daß ich dich auch noch hasse?«

»Du haßt mich schon, du weißt es nur noch nicht.« Eine dunkle Vorahnung ließ sie erschauern, als er das Messer aus dem Gürtel zog. »Wirst du mich töten?« fragte sie ungläubig.

»Ich habe es vor vier Jahren nicht fertiggebracht, Kätzchen. Wie kommst du auf die Idee, daß ich jetzt dazu fähig wäre?«

»Was meinst du mit ›vor vier Jahren‹?« Sie ließ das Messer nicht aus den Augen, während er damit über den Zeigefinger seiner rechten Hand fuhr. »Was tust du?«

»Wenn du mich immer noch begehrst, dann besteht die Verbindung zwischen uns noch, und ich muß sie zerreißen.«

»Was für eine Verbindung?«

»Die Verbindung, die sich vor vier Jahren zwischen uns gebildet hat.«

»Ich verstehe immer noch nicht.« Das Messer schnitt jetzt in seinen linken Zeigefinger. »Chandos!«

Er ließ das Messer fallen, hob die Hände zum Gesicht, legte beide Zeigefinger auf die Mitte seiner Stirn und bewegte sie nach außen zu den Schläfen hin, so daß sie oberhalb seiner Augenbrauen leuchtendrote Blutspuren hinterließen. Dann führte er die Finger zur Nasenwurzel zurück und von dort über die Wangen hinunter zum Kinn, so daß weitere blutige Streifen zurückblieben.

Einen Augenblick lang sah Courtney nur die blutigen Streifen, die Courtneys Gesicht in vier Teile zerschnitten. Doch dann fiel ihr auf, wie kraß sich seine blauen Augen von der bronzefarbenen Haut abhoben.

»Du! Das warst du! O Gott!«

Sie war kaum fähig, klar zu denken, weil die alte Angst in ihr aufstieg, und rannte blindlings davon. Auf halber

Höhe des Hügels holte er sie ein. Sie stürzten beide zu Boden, doch er fing die Wucht des Aufpralls ab und legte die Arme schützend um sie, als sie bis zum Fuß des Hügels hinunterkollerten.

Als sie zum Stillstand kamen, versuchte Courtney aufzustehen, doch er drückte sie auf den Boden. Ihre Angst versetzte sie zurück in Elroy Browers Scheune.

»Warum hast du es mir gezeigt? Warum? Wisch dir das Blut ab! Das bist nicht du.«

»O doch, ich bin es«, erwiderte er erbarmungslos. »Das bin ich, so bin ich immer gewesen.«

»Nein!« Sie schüttelte abwehrend den Kopf und konnte nicht mehr damit aufhören. »Nein, nein.«

»Sieh mich an!«

»Nein! Du hast meinen Vater getötet. *Du* hast meinen Vater getötet!«

»Genau das habe ich bestimmt nicht getan. Lieg doch endlich still, verdammt!« Er packte ihre Hände, die auf ihn einschlugen, und drückte sie auf ihr aufgelöstes Haar, das über den Boden gebreitet war. »Wir haben nur den Farmer mitgenommen. Die übrigen ließen wir liegen, weil wir annahmen, daß sie tot waren.«

»Der Farmer.« Sie stöhnte, als die Erinnerung wiederkehrte. »Ich weiß, was ihm die Indianer angetan haben. Mattie hat einmal gehört, wie die Leute darüber gesprochen haben, und hat es mir erzählt. Wie konntest du dich daran beteiligen? Wie konntest du zulassen, daß sie ihn so verstümmelten?«

»Zulassen?« Er schüttelte den Kopf. »Täusche dich nicht. Der Farmer hat mir gehört. Er ist von meiner Hand gestorben.«

Er hätte ihr erklären können, warum er es getan hatte, aber er schwieg. Er wartete, bis sie sich von ihm losriß und auf die Bar M zulief. Als sie aus seinem Blickfeld verschwand, erhob er sich langsam.

Er hatte getan, was er sich vorgenommen hatte. Was

immer sie für ihn empfand – er hatte es getötet. Jetzt würde er nie erfahren, ob sie mit dem Leben zufrieden gewesen wäre, das er ihr hätte bieten können. Er hatte ihr die Freiheit gegeben. Wenn es für ihn nur genauso einfach gewesen wäre, sich von ihr zu befreien ...

Chandos wischte sich das Blut vom Gesicht und stieg den Hügel hinauf. Als er näherkam, wurden die Pferde unruhig. Wahrscheinlich waren sie genauso unruhig geworden, als sich der Cowboy genähert hatte, aber Chandos war mit Courtney so beschäftigt gewesen, daß er ihn nicht bemerkt hatte. Sogar jetzt war er noch so geistesabwesend, daß er den am Feuer hockenden Mann erst bemerkte, als er bis auf einen Meter an ihn herangekommen war. Er hatte nicht geglaubt, daß er diesen Menschen jemals wiedersehen würde.

»Immer mit der Ruhe, Kane«, sagte der Mann, als Chandos' Haltung drohend wurde. »Du willst doch einen Menschen nicht nur deshalb erschießen, weil er spät von der Weide nach Hause kommt? Ich wollte nur nachsehen, wieso hier ein Feuer brennt.«

»Du hättest es bleiben lassen sollen, Sägezahn.« Es klang drohend. »Diesmal hättest du es bleiben lassen sollen.«

»Ich habe es jedenfalls nicht bleiben lassen. Und du vergißt, wer dich gelehrt hat, deinen Revolver zu benützen.«

»Ich habe es nicht vergessen, aber ich habe seither auch sehr oft Gelegenheit gehabt zu üben.«

Der Mann grinste und zeigte dabei die vollkommen gerade Zahnreihe, die ihm seinen Spitznamen eingetragen hatte. Er behauptete, daß seine Zähne früher kreuz und quer gestanden und ihn beim Essen gestört hätten; deshalb hatte er sie mit einer Säge bearbeitet, um zu sehen, ob er dann besser kauen konnte.

Er war Ende vierzig, hager, aber kräftig, und durch das braune Haar zogen sich graue Strähnen. Für Sägezahn waren Rinder, Pferde und Revolver wichtig; in dieser Reihenfolge. Er war Vorarbeiter auf der Bar M und, soweit das möglich war, Fletcher Stratons bester Freund.

»Scheiße, du hast dich wohl überhaupt nicht verändert?« brummte Sägezahn, als er merkte, daß Chandos sich nicht entspannte. »Ich habe meinen Augen nicht getraut, als ich deinen Pinto gesehen habe. Ich vergesse ein Pferd nie.«

»Ich würde vorschlagen, du vergißt, daß du ihn und mich gesehen hast.« Chandos bückte sich und hob das Messer auf, das er vorher hatte fallen gelassen.

»Ich habe auch deine Stimme wiedererkannt.« Sägezahn grinste. »Ich kann nichts dafür, daß ich euch gehört habe, ihr habt ja laut genug geschrien. Es war eine äußerst seltsame Methode, ihr Angst einzujagen. Würdest du die Neugierde eines alten Mannes befriedigen?«

»Nein.«

»Das habe ich nicht anders erwartet.«

»Ich könnte dich töten, Sägezahn, und Meilen von hier entfernt sein, bevor man deine Leiche findet. Kann ich wirklich nur auf diese Weise sicher sein, daß du dem Alten nicht erzählen wirst, daß du mich gesehen hast?«

»Wenn du hier nur vorbeigekommen bist, spielt es doch keine Rolle, ob er davon erfährt.«

»Ich möchte nicht, daß er auf die Idee kommt, er könnte mit Hilfe der Frau an mich herankommen.«

»Wäre das möglich?«

»Nein.«

»Du hast zu schnell geantwortet, Kane. Bist du sicher, daß es die Wahrheit ist?«

»Verdammt, Sägezahn! Ich *will* dich nicht töten.«

»Schon gut, schon gut.« Sägezahn stand langsam auf und streckte seine leeren Hände deutlich von sich. »Wenn es dir so wichtig ist, dann werde ich vergessen können, daß ich dich gesehen habe.«

»Und halte dich von der Frau fern.«

»Das wird schwierig sein. Schließlich hast du sie ja hiergelassen.«

»Bei Margaret Rowley. Sie wird nicht lang bleiben.«

»Fletcher wird wissen wollen, wer sie ist.« Sägezahn beobachtete Chandos gespannt.

»Er wird den Zusammenhang nicht herausfinden, solange du den Mund hältst.«

»Hast du sie deshalb erschreckt, damit sie nichts ausplaudert?«

»Du fragst zuviel, Sägezahn. Aber du hast immer schon deine Nase in Dinge gesteckt, die dich nichts angehen. Die Frau bedeutet mir nichts. Und sie kann Fletcher nichts erzählen, weil sie nicht weiß, wer ich bin. Falls du diese Situation veränderst, zündest du nur ein Feuer an, für das du kein Löschwasser hast, weil ich auf dem Rückweg nicht hier vorbeikommen werde.«

»Wohin bist du unterwegs?«

»Verdammter Bluthund.«

»Es war nur eine freundschaftliche Frage«, grinste Sägezahn.

»Erzähl das deiner Großmutter.« Chandos saß auf Surefoot auf, ergriff die Zügel von Trasks Pferd und erklärte: »Die anderen beiden Pferde gehören ihr. Du kannst sie mitnehmen oder warten, bis sie jemand holt. Sie wird wahrscheinlich behaupten, daß sie abgeworfen wurde, also wird sich einer der Landarbeiter auf die Suche nach den Pferden machen – es sei denn, du holst sie ein, bevor sie die Ranch erreicht. Aber falls es dir gelingt, behalte deine verdammten freundschaftlichen Fragen für dich, ja? Sie ist heute abend nicht in der Verfassung, ein Verhör durchzustehen.«

Damit ritt Chandos fort, und Sägezahn trat das Feuer aus. »Die Frau bedeutet ihm nichts?« Er grinste. »Das kann er seiner Großmutter erzählen.«

38. KAPITEL

In der Ferne hoben sich flackernde Lichter vom Nachthimmel ab. Die Rinder brüllten immer noch leise. Die Welt um Courtney hatte sich nicht verändert, obwohl in ihr eine Welt zusammengebrochen war. Die Erkenntnis, daß sie einen Wilden, einen wilden Indianer liebte, schmerzte unerträglich.

In diesem Augenblick bedeutete Indianer für sie etwas Böses, Schreckliches. Ein wilder Schlachter. Nein, nicht er, nicht ihr Chandos! Doch es war wahr.

Auf halbem Weg zur Ranch blendeten sie die Tränen so sehr, daß sie auf die Knie sank und in lautes, herzzerreißendes Schluchzen ausbrach. Kein Geräusch verriet ihr, daß er ihr folgte. Diesmal würden sie keine starken Arme umschlingen, keine tröstende Stimme würde ihr erklären, daß es eine Lüge war, oder es ihr wenigstens begreiflich machen. Mein Gott, *warum* nur?

Sie versuchte, sich an den Überfall auf Browers Farm zu erinnern. Es fiel ihr nicht leicht, denn sie hatte sich aus Leibeskräften bemüht, die Erinnerung daran zu verdrängen. Aber jetzt brach alles wieder hervor, die Angst, das Entsetzen, als die Futterkiste geöffnet wurde. Als sie glaubte, daß ihre letzte Stunde geschlagen hatte, und um die Kraft betete, nicht zu betteln. Und dann hatte sie den Indianer gesehen – nein, keinen Indianer, sondern Chandos. Sie hatte Chandos gesehen. Aber an diesem Tag war er wirklich ein Indianer gewesen, mit langem, zu Zöpfen geflochtenem Haar, mit Kriegsbemalung, mit Messer. Und er hatte sie töten wollen. Sie erinnerte sich an seine Hand, die an ihren Haaren gerissen hatte, an ihre Angst und an seine Augen, die nicht die Augen eines Indianers waren. Sie hatte nur gewußt, daß die Augen nicht zu dem furchteinflößenden Gesicht paßten, daß sie nichts Entsetzliches an sich hatten.

Jetzt wußte sie, warum sie, als sie den Revolverhelden

zum ersten Mal sah, das Gefühl gehabt hatte, sie könnte ihm ihr Leben anvertrauen.

Chandos hatte gesagt, daß damals eine Verbindung zwischen ihnen entstanden war. Was bedeutete das? Was für eine Verbindung? Und warum hatte er damals gemeinsam mit den Indianern angegriffen und gemordet?

Courtneys Tränen versiegten allmählich, als sie sich genauer an diesen Tag erinnerte. Was hatte Berny Bixler Sarah über Rache erklärt? Die Indianer wollten sich für den Überfall auf ihr Lager rächen. Lars Handleys Sohn John, der so rasch aus Rockley verschwunden war, hatte anscheinend damit geprahlt, daß er gemeinsam mit einer Gruppe von Männern eine Bande Kiowas einschließlich der Frauen und Kinder ausgerottet hatte. Sie waren vermutlich Chandos' Freunde gewesen. Bixler hatte behauptet, daß die Indianer erst Ruhe geben würden, wenn sie alle daran beteiligten Männer getötet hatten. Wahrscheinlich waren jetzt alle tot, es sei denn ... Trask! War er einer von ihnen? Chandos hatte gesagt, daß er Vergewaltigungen und Morde auf dem Gewissen hatte. Und der Mann in San Antonio? Gehörte er auch dazu?

Wen hatte Chandos bei diesem Massaker verloren, daß er Elroy Bower auf so schreckliche Weise tötete? Daß er nach all dieser Zeit noch nach Rache dürstete?

»Gehören die beiden Gäule Ihnen, Miß?«

Courtney zog erschrocken die Luft ein und stand auf.

Der Mann kam näher, und sie erblickte die alte Nelly sowie den Pinto, dem sie nie einen Namen gegeben hatte, weil sie annahm, daß sie ihn nicht behalten würde. Jetzt hatte ihn Chandos doch nicht mitgenommen.

»Wo haben Sie sie gefunden?« fragte sie unsicher.

»Er ist fort, falls Sie das wissen möchten.«

»Sie haben gesehen, daß er fortgeritten ist?«

»Ja, Madam.«

Warum bekam sie Angst? War es nur deshalb, weil Chandos gesagt hatte, er wolle hier niemanden sehen? Sie hatte keinen Grund mehr, sich seinetwegen Sorgen zu machen.

»Sie kennen ihn vermutlich nicht?« fragte sie trotz allem.

»O doch.«

Sie saß auf den Pinto auf, und ihre Stimmung sank auf den Nullpunkt. Das war einfach großartig – es war genau das, was Chandos vermeiden wollte. Wenn sich daraus Schwierigkeiten ergaben, würde er wahrscheinlich sie dafür verantwortlich machen.

»Arbeiten Sie auf der Bar M?«

»Ja, Madam. Ich heiße Sägezahn – so nennt man mich jedenfalls.«

»Ich bin Courtney Harte. Ich wollte gar nicht zur Farm, sondern würde viel lieber weiter nach Waco reiten und mir dort ein Zimmer nehmen. Es gibt doch Hotels in der Stadt?«

»Ja, Madam, aber es sind noch gut vier Meilen.«

»Ich weiß, ich weiß«, erwiderte sie ungeduldig. »Aber ich wäre Ihnen sehr dankbar, wenn Sie mich hinbringen könnten.«

Sägezahn schwieg. Er war der letzte, der sich weigerte, einer in Schwierigkeiten geratenen Lady zu helfen. Im Gegenteil, er bemühte sich für gewöhnlich sehr, dem schwächeren Geschlecht hilfreich zur Seite zu stehen. Aber in diesem Fall gab es einfach zu viele offene Fragen. Fletcher würde ihm die Haut bei lebendigem Leib abziehen, wenn er herausbekam, wer die Dame hierher gebracht hatte, und daß Sägezahn sie hatte entwischen lassen.

»Hören Sie, Madam«, redete er ihr zu, »ich komme gerade von der Weide herein. Ich habe seit dem Morgen nichts mehr zwischen den Zähnen gehabt, und Ihnen geht es wahrscheinlich ähnlich. Es ist heute einfach zu spät, um noch in die Stadt zu reiten. Außerdem muß es ja einen Grund geben, warum Sie zur Bar M gekommen sind.«

»Allerdings«, erwiderte Courtney enttäuscht. »Ich soll mich an Margaret Rowley wenden, eine Frau, die ich überhaupt nicht kenne, nur weil er es so haben will. Ich bin doch wirklich kein Kind mehr. Ich brauche keinen Hüter.« Ein Streichholz flammte auf, und die beiden musterten einander zum ersten Mal. Sägezahn verbrannte sich beinahe die Finger. Er grinste.

»Kommen Sie, ich bringe Sie zu Maggie.«

»Maggie?«

»Margaret. Sie hat ein eigenes Häuschen weiter hinten, obwohl sie sich um diese Zeit noch im großen Haus aufhält. Und machen Sie sich keine Sorgen, Sie werden Maggie auf den ersten Blick mögen. Ich bin außerdem sicher, daß Sie ihr ebenfalls gefallen werden.«

»Das ist sehr freundlich von Ihnen, aber ... na schön.« Sie trieb den Pinto an, weil sie wußte, daß ihr nichts anderes übrigblieb. Nach einer kurzen Pause fragte sie: »Würde es Ihnen etwas ausmachen, nicht zu erwähnen, wer mich hierher gebracht hat, oder daß Sie ihn überhaupt gesehen haben?«

»Würde es Ihnen etwas ausmachen, mir zu sagen, warum Sie das wünschen?"

»Warum?« Courtney war sofort auf der Hut. »Woher soll ich wissen, warum? Chandos gibt keine Erklärungen ab. Er hat mir gesagt, daß er nicht mit den Leuten von der Farm zusammentreffen will, und mehr weiß ich nicht.«

»Er nennt sich jetzt also Chandos?«

Sie warf ihm einen Blick zu. »Sie haben doch behauptet, daß Sie ihn kennen.«

»Als er das letzte Mal hier war, hatte er sich einen endlosen indianischen Namen zugelegt, den sich niemand merken und schon gar nicht aussprechen konnte.«

»Das sieht ihm ähnlich.«

»Kennen Sie ihn schon lange?«

»Nein ... na ja, wenn man bedenkt ... nein, eigentlich nicht ... Du meine Güte, ich drücke mich wohl nicht sehr klar aus? Ich kenne ihn seit ungefähr einem Monat. Er hat mich von Kansas hierhergebracht.«

»Kansas!« Sägezahn stieß einen Pfiff aus. »Das ist verdammt weit weg, Madam.«

»Das stimmt.«

»Auf einem so langen Ritt lernt man sich wahrscheinlich recht gut kennen.«

»Das sollte man annehmen. Aber ich habe heute abend festgestellt, daß ich ihn überhaupt nicht kenne.«

»Haben Sie eine Ahnung, wohin er geritten ist, Miß Harte?«

»Ja, nach –« Sie unterbrach sich und sah zu der dunklen Gestalt hinüber, die neben ihr ritt. Womöglich wurde Chandos hier steckbrieflich gesucht. »Es tut mir leid, aber mir ist der Name der Stadt entfallen.«

Sie war überrascht, als Sägezahn lachte. »Er bedeutet Ihnen sehr viel, nicht wahr?«

»Er bedeutet mir überhaupt nichts«, versicherte sie hochmütig, und er lachte wieder.

39. KAPITEL

Noch bevor sie den vorderen Hof erreichten, drangen die Klänge einer Gitarre durch die stille Nacht zu Courtney. Dann kam das große Haus in Sicht, dessen Zimmer und vordere Veranda hell beleuchtet waren. Auf der Veranda saßen Männer auf Stühlen, dem Geländer und sogar auf der breiten Treppe, die zur Eingangstür führte. Gelächter und leise Gespräche begleiteten die Gitarrenmusik. Es war eine angenehme, kameradschaftliche Atmosphäre, die die Bar M in freundlichem Lichte erscheinen ließ. Hier lebte es sich offensichtlich gut.

Doch Courtney fühlte sich unbehaglich, als sie sah, daß sich auf der Veranda nur Männer, viele Männer befanden. In dem Augenblick, in dem die Männer sie erblickten, brach die Musik abrupt ab.

Als Sägezahn ihre Pferde zur Veranda führte, herrschte tiefe Stille. Kein Laut war zu hören.

Sägezahns Lachen durchbrach das Schweigen. »Habt ihr Hinterwäldler noch nie eine Dame gesehen? Verdammt – ich bitte um Entschuldigung, Madam –, sie ist doch kein Gespenst. Dru, hiev deinen Hintern hoch und sag Maggie, daß sie Besuch bekommt – in ihrem Haus.« Ein junger Mann mit Lockenkopf sprang auf und verschwand rücklings durch die Eingangstür, um Courtney möglichst lang im Auge zu behalten.

»Und jetzt hört mal zu, ihr Viehtreiber. Das ist Miß Harte«, fuhr Sägezahn fort. »Ich weiß nicht, wie lange sie hierbleibt. Ich weiß nicht, ob ihr sie überhaupt noch einmal zu Gesicht bekommt, deshalb greift an eure Hüte, solange ihr Gelegenheit dazu habt.« Ein paar Männer folgten seiner Aufforderung, während die meisten Courtney weiterhin nur stumm anstarrten. »Ich habe noch nie so viele Schwachsinnige auf einem Haufen gesehen«, lachte Sägezahn. »Kommen Sie mit, Madam.«

Courtney rang sich ein Lächeln ab, dann trieb sie ihren Pinto an und folgte Sägezahn um das Haus herum. Im gleichen Augenblick trampelten Stiefel über die Veranda, und sie wußte, daß sämtliche Cowboys über das Geländer hingen und hinter ihr herstarrten.

»Das hat Ihnen Spaß gemacht, was?« fragte sie zornig den vor ihr reitenden Sägezahn.

»Die Jungs brauchen von Zeit zu Zeit etwas, das sie in Schwung bringt. Aber ich habe nicht geglaubt, daß sie nicht nur den Verstand, sondern auch die Sprache verlieren würden. Sie sind eine mächtig hübsche Frau, Madam. Die Jungs werden jetzt einen Monat lang Witze darüber reißen, daß es keinem von ihnen eingefallen ist, ›Guten Tag‹ zu sagen, solange sie die Möglichkeit dazu hatten.« Sie erreichten die Rückseite des Hauses. »Da sind wir. Maggie wird bestimmt jeden Augenblick da sein.«

Sägezahn saß ab. Sie standen vor einem Häuschen, das eher nach Neuengland als nach Texas gepaßt hätte. Das kleine, weißgetünchte Haus bezauberte Courtney sofort. Es hatte einen Holzzaun, einen blumengesäumten Fußweg, Fensterläden und sogar Blumentöpfe auf den Fenstersimsen. Es war anheimelnd und hübsch und wirkte neben dem texanischen Ranch-Haus vollkommen fehl am Platz. Im Vorgarten gab es Rasen, und an seinem linken Rand einen großen, alten Baum. Die Eingangstür war sogar von einem Spalier umgeben, an dem sich tapfer ein Weinstock rankte.

»Miß Harte?«

»Was? Oh.«

Courtney wandte widerstrebend den Blick vom Häuschen ab und ließ sich von Sägezahn aus dem Sattel helfen, der sie freundlich ansah. Jetzt erst bemerkte sie, daß er nicht besonders groß und eher feingliedrig war.

An der Rückseite des Farmhauses fiel eine Tür ins Schloß. »Das wird Maggie sein.«

Eine kleine Frau eilte über den Hof zwischen den beiden Gebäuden und legte sich im Gehen einen Schal über die Schultern. Im Lichtschein des großen Hauses konnte Courtney ihr graumeliertes Haar erkennen, einen rundlichen Körper, und als sie dann näherkam, auch ihre lebhaften, grünen Augen.

»Und wer ist meine Besucherin, Sägezahn?«

»Das soll sie dir selbst erzählen. Ein Freund von dir hat sie hergebracht.«

»Tatsächlich? Wer?«

Courtney warf Sägezahn einen schnellen Blick zu, entspannte sich aber, als er Maggie nicht antwortete. »Chandos«, sagte sie an seiner Stelle. »Jedenfalls nennt er sich jetzt so.«

Maggie wiederholte den Namen nachdenklich und

schüttelte den Kopf. »Nein, ich erinnere mich nicht an den Namen. Aber auf der Farm kommen und gehen sehr viele junge Männer, und ich freue mich, wenn wenigstens einige sich meiner erinnern und mich als ihre Freundin betrachten.«

»Also hör dir das an«, neckte sie Sägezahn. »Als würde dich nicht jeder Mensch lieben, Maggie.«

Courtney hatte zur Abwechslung einmal das Vergnügen zu sehen, wie jemand anders errötete. Das machte ihr Maggie sofort sympathisch. Aber Stolz war Stolz, sagte sie sich.

»Wenn Sie sich nicht an Chandos erinnern, dann kann ich wirklich nicht verlangen –«

»Das ist reiner Unsinn, Kind. Sobald Sie mir ein wenig von ihm erzählt haben, um mein Gedächtnis aufzufrischen, erinnere ich mich bestimmt an ihn. Ich vergesse nie jemanden, nicht wahr, Sägezahn?«

»Das stimmt. Aber jetzt hole ich Ihre Tasche herein.« Courtney folgte ihm zu den Pferden und flüsterte: »Kann ich ihr von ihm erzählen? Er hat nicht gesagt ... Ich weiß ja nicht, warum er nicht hierher kommen wollte. Aber Sie wissen es, nicht wahr?«

»Ja, ich weiß es, und ja, Sie können es Maggie erzählen. Sie hat immer auf seiner Seite gestanden.«

Das weckte natürlich Courtneys Neugierde, doch bevor sie eine Frage stellen konnte, erklärte Sägezahn: »Ich werde mich jetzt um Ihre Pferde kümmern Madam. Und ich hoffe, daß Sie eine Weile bei uns bleiben.«

Sie verstand ihn sofort. »Chandos wird meinetwegen nicht zurückkommen.«

»Sind Sie sicher?«

Damit führte er die Pferde weg. Courtney blieb mit der Tasche in der Hand stehen, bis Maggie sie ins Häuschen holte.

»Sie sehen gar nicht glücklich aus, Kind«, bemerkte sie sanft. »Ist Ihnen der Mann, der Sie hierher gebracht hat, so wichtig?«

Courtney brachte es nicht fertig, die Wahrheit zu sagen. »Er – er war mein Begleiter. Ich habe ihn dafür bezahlt, daß er mich nach Waco bringt, aber er hat dann mein Geld doch nicht angenommen. Er hat mich auch nicht nach Waco gebracht. Er hat mich hierher gebracht und behauptet, daß Sie seine Freundin sind, daß Sie der einzige Mensch sind, dem er in dieser Gegend trauen kann, und daß er sich keine Sorgen machen will, weil ich auf mich allein gestellt bin. Das ist doch ein Witz! Er will sich keine Sorgen um mich machen, nachdem er mich endlich losgeworden ist.« Ihr Hals war schon wieder wie zugeschnürt. »Er hat mich einfach sitzenlassen. Ich war so –«

Die Tränen ließen sich nicht mehr zurückhalten, und als Maggie sie an ihre Schulter zog, war Courtney ihr dankbar. Es war zwar fürchterlich peinlich, aber der Kummer war so groß, daß sie nicht anders konnte.

Courtney war klar, daß sie keinen Anspruch auf Chandos hatte, und sie wußte auch, daß er nicht der Mensch war, für den sie ihn gehalten hatte. Sie konnte immer noch nicht begreifen, wie er so schrecklich rachsüchtig sein konnte. Doch obwohl ihr das alles bekannt war, und obwohl sie eigentlich froh darüber sein sollte, daß sie ihn nie wiedersehen würde, kam sie sich verraten und verlassen vor, und das tat schrecklich weh.

Maggie setzte Courtney auf ein Sofa, ein wertvolles Chippendale-Möbel, das Courtney später bewunderte, und reichte ihr ein spitzenbesetztes Taschentuch. Sie verließ ihren jungen Gast kurz, um die Lampen im Wohnzimmer anzuzünden, kehrte dann zurück und schloß Courtney in die Arme, bis diese sich allmählich beruhigte.

»Na also.« Maggie ersetzte das nasse Taschentuch durch ein trockenes. »Ich habe immer schon gesagt, daß es nichts Besseres für den Organismus gibt, als sich einmal richtig auszuweinen. Aber das kann man Männern natürlich nicht erklären, und auf der Farm gibt es leider nur Männer. Es tut so gut, zur Abwechslung einmal bei einer Frau Mutterstelle zu vertreten.«

»Entschuldigen Sie, daß ich mich so gehen ließ«, schnüffelte Courtney.

»Dafür müssen Sie sich nicht entschuldigen. Wenn man das Bedürfnis hat zu weinen, dann soll man es tun. Fühlen Sie sich jetzt besser?«

»Eigentlich nicht.«

Maggie lächelte und streichelte Courtneys Hand. »Lieben Sie ihn so sehr?«

»Nein«, antwortete Courtney entschieden, dann stöhnte sie: »Ich weiß es nicht. Ich habe ihn geliebt, aber wie kann ich ihn nach allem, was ich heute abend von ihm erfahren habe, weiterhin lieben? Er ist zu Grausamkeiten fähig —«

»Um Himmels willen, was hat er Ihnen angetan, Liebste?«

»Nicht mir. Er hat einen Mann aus Rache verstümmelt und getötet.«

»Und er hat es Ihnen erzählt?« Maggie war entsetzt.

»Mir war die Tatsache bereits bekannt. Chandos hat nur zugegeben, daß er derjenige war, der es getan hat. Und jetzt ist er unterwegs, um einen weiteren Mann zu töten, wahrscheinlich auf die gleiche entsetzliche Art. Vielleicht verdienen diese Männer dieses Schicksal, das kann ich nicht beurteilen, aber daß er fähig ist, so grausam zu sein —«

»Männer tun manchmal entsetzliche Dinge. Gott allein weiß, warum. Doch die meisten von ihnen haben wenigstens einen Grund für ihre Handlungen. Das wird ja auch auf Ihren jungen Mann zutreffen.«

»Ich bin mir dessen nicht sicher.« Courtney schilderte Maggie in kurzen Worten den Komantschenüberfall. »Ich weiß, daß er Freunde unter den Komantschen hat«, schloß sie. »Vielleicht hat er sogar bei ihnen gelebt. Doch ist das ein ausreichender Grund für seine Gewalttätigkeit?«

»Vielleicht hatte er eine Frau bei den Komantschen. Es gibt viele Weiße, die Indianerinnen heiraten. Und wenn sie vergewaltigt wurde, bevor man sie getötet hat, wäre dies eine Erklärung für die Verstümmelungen.«

Courtney seufzte. Sie hatte den Gedanken an eine indianische Frau von sich gewiesen, aber Maggie konnte damit recht haben. Es wäre jedenfalls eine Erklärung dafür, warum Chandos die Indianer so gut kannte.

»Was ich denke, spielt ohnedies keine Rolle, weil ich Chandos nie wiedersehen werde.«

»Und darüber sind Sie sehr unglücklich, leugnen Sie es nicht. Jetzt muß ich allerdings zugeben, daß ich sehr gern wissen möchte, wer dieser junge Mann eigentlich ist. Könnten Sie ihn mir beschreiben?«

Courtney sah Maggie nicht an, als sie antwortete: »Chandos ist ein Revolvermann, und zwar ein sehr guter. Das war einer der Gründe, warum ich mich bei ihm sicher gefühlt habe. Er ist groß und dunkel und sieht sehr gut aus. Er hat schwarze Haare und blaue Augen.« Als Maggie schwieg, fuhr Courtney fort: »Er ist schweigsam und macht ungern große Worte. Es ist genauso leicht, einen Zahn zu ziehen, wie Chandos eine Information zu entlocken.«

Maggie seufzte. »Ihre Beschreibung paßt auf mindestens ein Dutzend Männer, die sich kürzere oder längere Zeit auf dieser Ranch aufgehalten haben.«

»Ich wüßte nicht, was ich Ihnen sonst noch erzählen könnte. Ach ja, Sägezahn hat erwähnt, daß Chandos einen indianischen Namen benützt hat, als er hier war.«

»Wir haben nur zwei junge Männer mit indianischen Namen hier gehabt. Einer von ihnen war ein Halbblut, und er hat auch blaue Augen gehabt«, erinnerte sich Maggie.

»Man könnte Chandos für ein Halbblut halten, obwohl er behauptet, daß er keines ist.«

»Wenn er keines ist, dann –« Maggie unterbrach sich. »Warum hat er Sie nicht hierher begleitet?«

»Er wollte nicht. Er hat gesagt, daß es auf der Ranch Menschen gibt, mit denen er nicht zusammentreffen möchte. Vielleicht hat er etwas Verbotenes getan. Vielleicht wird er steckbrieflich gesucht oder so.«

»Können Sie sich an noch etwas erinnern?« In Maggies Stimme lag jetzt etwas Drängendes.

»Er hat mich davor gewarnt, Sie als alte Dame zu bezeichnen«, lächelte Courtney verlegen. »Angeblich haben Sie ihm eine Ohrfeige gegeben, als er es einmal getan hat.«

Maggie schnappte nach Luft. »Großer Gott!«

»Wissen Sie jetzt, wen ich meine?«

»Natürlich. Durch diese Ohrfeige sind wir Freunde geworden. Es war nicht einfach, an ihn heranzukommen.«

»*Wird* er steckbrieflich gesucht?« Courtney mußte es wissen.

»Nein, außer man hält Fletchers Worte für ein Gesetz. Er hat die Farm nicht gerade in gutem Einvernehmen verlassen, und Fletcher hat im Zorn einige sehr böse Drohungen ausgestoßen. Sie sind einander übrigens nichts schuldig geblieben. Aber das ist vier Jahre her, und Fletcher bereut es –«

»Vier Jahre?« unterbrach sie Courtney. »Damals ist er doch mit den Komantschen geritten.«

»Ja, er ist damals zu den Komantschen zurückgekehrt ... mein Gott, dieser Überfall muß zu dieser Zeit erfolgt sein. Seine Mutter hat bei den Komantschen gelebt. Und er hat eine kleine Halbschwester gehabt, die er anbetete. Dann sind also beide tot ... der arme Junge.«

Courtney war blaß geworden. Seine *Mutter?* Eine *Schwester?* Warum hatte er ihr davon nichts erzählt? Er hatte einmal eine Schwester erwähnt, die ihn Chandos genannt hat. Er hatte auch erklärt, daß er diesen Namen so lange tragen würde, bis er seine Aufgabe erfüllt hätte und seine Schwester in Frieden schlafen könne.

Courtney starrte blicklos zum Fenster hinaus. Sie hatte überhaupt nichts begriffen. Diese Männer hatten seine Mutter und seine Schwester getötet. Sie konnte nur ahnen, wie sehr er gelitten haben mußte. Sie selbst hatte nie daran geglaubt, daß ihr Vater tot war, hatte aber doch allein unter der Trennung schon sehr gelitten. Und Chandos hatte wahrscheinlich sogar die Leichen gesehen....

»Könnten wir uns über etwas anderes unterhalten, Madam?« Courtney war wieder den Tränen nahe.

»Natürlich. Vielleicht möchten Sie mir erzählen, weshalb Sie hierher gekommen sind.«

»Ja«, stimme Courtney erleichtert zu. »Ich suche meinen Vater. Chandos hat gemeint, daß Sie bestimmt wissen, ob er in Waco lebt. Er behauptet, daß Sie hier jedermann kennen. – Dabei fällt mir ein, daß ich mich noch gar nicht vorgestellt habe. Ich heiße Courtney Harte.«

»Harte? Es gibt einen Doktor Harte in Waco, aber –«

»Das ist er!« Courtney sprang vor Erregung auf. »Ich habe recht gehabt. Er lebt. Er lebt hier. Ich habe es gewußt!«

Maggie schüttelte verwundert den Kopf. »Das verstehe ich nicht. Ella Harte hat erwähnt, daß Doktor Hartes einzige Tochter bei einem Indianerüberfall ums Leben gekommen ist.«

Courtney starrte Maggie mit großen Augen an. »Er hat geglaubt, daß ich tot bin?«

»Sie sind angeblich beim Brand des Farmhauses, in das Sie sich mit Ihrer Stiefmutter geflüchtet hatten, gestorben. Das hat er jedenfalls Ella erzählt.«

»Aber wir waren doch in der Scheune, in der Futterkiste! Wer ist Ella?«

»Doktor Hartes Frau. Sie haben vor zwei Monaten geheiratet.«

Courtney ließ sich ernüchtert ins Sofa zurückfallen. Eine Frau. Nein, noch eine Frau! Das war entsetzlich ungerecht. Würde sie ihn nie für sich allein haben? Nicht einmal für kurze Zeit? Sie war nur um zwei Monate zu spät gekommen!

In ihrer Verzweiflung verwendete sie einen von Chandos' Lieblingsausdrücken. »Verdammt nochmal!«

40. KAPITEL

In der hell erleuchteten Küche saß nur Sägezahn am Tisch; er hatte ein Glas Milch und ein Stück Kirschkuchen vor sich. Als Maggie zur Hintertür hereinkam, rührte er sich nicht. Er erkannte sie an ihrem Schritt. Als sie zu ihm trat, lehnte er sich zurück und blickte sie an. »Wirst du es ihm sagen?«

Maggie erwiderte den Blick. »Du hast es also gewußt. Wirst du es ihm vielleicht erzählen?«

»Ganz sicher nicht. Ich war nur neugierig, was du tun wirst. Außerdem hat der Junge mich schwören lassen, daß ich unser Zusammentreffen vergessen werde. Er hat es mir sehr nachdrücklich ans Herz gelegt. Du weißt ja, wie er sein kann.«

Maggie verschränkte die Arme und sah zur Tür, die von der Küche ins Haus führte. »Ist er noch oben?«

»Vermutlich. Es ist noch früh. Wie geht es der kleinen Dame?«

»Ich habe sie zu Bett gebracht. Hast du gewußt, daß sie Doktor Hartes Tochter ist?«

»Tatsächlich? Das ist eine Erleichterung für mich. Dann wird sie ja noch eine Weile hierbleiben; wenn nicht auf der Farm, dann in der Stadt.«

»Da bin ich nicht so sicher«, seufzte Maggie. »Es hat die Kleine schwer erschüttert, daß ihr Vater wieder verheiratet ist. Sie ist eine sehr unglückliche junge Dame.«

»Das wird sich ändern, sobald Kane zurückkommt.«

»Glaubst du, daß er das tun wird?«

Sägezahn nickte. »Ich habe nie erlebt, daß ihm etwas nahegangen ist, aber heute abend war es der Fall. Das Mädchen ist ihm überaus wichtig. Du bist anscheinend der gleichen Meinung, sonst würdest du nicht daran denken, es Fletcher zu erzählen.«

»Das ist nicht der eigentliche Grund. Wenn es nur darum ginge, würde ich alte Wunden nicht wieder aufreißen, noch dazu, wenn er neuerlich enttäuscht werden könnte. Aber Miß Harte hat mir erzählt, daß vor vier Jahren eine Reihe von Komantschen von Weißen abgeschlachtet wurde, und daß der Junge seither die Mörder sucht, um sich zu rächen.«

»Verdammt«, flüsterte Sägezahn. »Dann ist Meara tot.«

»Anscheinend. Ermordet. Fletcher hat das Recht, es zu erfahren.«

Courtney wurde durch laute Stimmen geweckt, die immer lauter wurden, je mehr sie sich dem Häuschen näherten. Dann flog die Tür auf, und Courtney zog erschrocken das Laken über ihr Hemd hinauf. Im Türrahmen stand ein Riese von einem Mann. Hinter ihm kam Maggie, die ihn jetzt zur Seite schob und ins Zimmer trat. Sie musterte Courtney, dann wandte sie sich dem Mann zu. »Sehen Sie, was Sie angerichtet haben?« fragte sie laut und verärgert. »Sie haben das arme Mädchen erschreckt. Es hätte doch wirklich bis zum Morgen Zeit gehabt!«

Der Mann trat nun ebenfalls ins Zimmer und drängte Maggie sanft aber bestimmt aus dem Weg. Er ließ Courtney nicht aus den Augen und wirkte äußerst entschlossen.

Er war groß und kräftig, hatte breite Schultern, einen mächtigen Brustkasten und muskulöse Arme. Seine braunen Augen waren ausdrucksvoll, und in seinem dichten, braunen Haar befand sich genau über der Stirn eine graue Strähne. Der dichte Schnurrbart war graumeliert. Hätte er nicht so bedrohlich gewirkt, so hätte man ihn als attraktiv bezeichnen können.

Courtney richtete sich auf. Sie lag auf dem Sofa, denn sie hatte sich geweigert, Maggie aus ihrem Bett zu vertreiben.

»Wer sind Sie, Mister?« fragte sie.

Ihre Direktheit verblüffte ihn. Er warf Maggie einen Blick zu, als wolle er fragen, ob das wirklich das arme, verängstigte Mädchen sei. Offenbar war er daran gewöhnt, daß ihm die Menschen aufs Wort gehorchten.

War das vielleicht der Besitzer der Bar M?

»Ich bin Fletcher Straton, Miß Harte«, stellte er sich mürrisch vor. »Wie ich gehört habe, kennen Sie meinen Sohn Kane recht gut.«

»Das stimmt nicht. Und wenn Sie hier hereingestürzt sind, um –«

»Sie kennen ihn als Chandos.«

Ihre Augen wurden schmal. »Ich glaube Ihnen nicht. Chandos hätte Ihren Namen benutzt, wenn er von Ihnen gesprochen hätte. Wenn Sie sein Vater wären, hätte er es mir gesagt, und das hat er nicht getan.«

»Seit Meara ihn mir weggenommen hat, hat Kane mich nicht mehr Vater genannt. Meara ist seine Mutter – eine schwarzhaarige, blauäugige, dickschädlige Irin, die niemals verzeihen kann. Er hat ihre Augen geerbt. Daran habe ich ihn erkannt, als er hier auftauchte – zehn Jahre, nachdem ich die Hoffnung aufgegeben hatte, die beiden lebend wiederzusehen.«

Die verblüffte Courtney sah Maggie fragend an.

»Es ist wahr«, bestätigte Maggie. »Und ich hätte Ihr Vertrauen nicht mißbraucht, wenn er nicht das Recht hätte, alles zu erfahren.« Sie blickte auf ihre Hände hinunter. »Sie haben mir keine Möglichkeit gelassen, Ihnen alles zu erzählen, Fletcher, sondern sind sofort zu Miß Harte gestürzt. Es fällt mir nicht leicht, weiterzusprechen. Meara ist tot, genau wie die Komantschen, bei denen sie gelebt hat. Aus Miß Hartes Erzählung schließe ich, daß Kane zu den Komantschen zurückgekehrt ist, als er die Farm verließ. Er fand nur noch Tote vor und jagt seither die weißen Mörder.«

Einen Augenblick lang verlor Fletcher seine Selbstbeherrschung. Sein Gesicht verzog sich schmerzverzerrt, und er wirkte plötzlich um Jahre älter. Doch dann bekam er sich wieder in die Gewalt, und sein Gesicht wurde hart.

»Hat Kane Ihnen erzählt, daß seine Mutter tot ist?« fragte er Courtney.

Sie hätte ihm gern etwas Hoffnung gelassen, obwohl sie nicht erklären konnte, warum sie dieses Bedürfnis empfand. Er machte den Eindruck eines harten Mannes. Allem Anschein nach mochte ihn nicht einmal sein eigener Sohn.

Trotzdem ...

»Chandos hat seine Mutter mir gegenüber nie erwähnt«, erwiderte sie wahrheitsgemäß. »Ich weiß, daß es ein Massaker gegeben hat. Chandos hat gemeinsam mit den überlebenden Komantschen die Farm überfallen, auf der meine Familie und ich übernachteten. Obwohl beinahe alle anderen damals getötet wurden, schonte Chandos mein Leben. Was er dem Farmer angetan hat, der sich am Massaker beteiligt hatte, war entsetzlich. Aber wenn seine Mutter ver ... – getötet wurde, kann ich verstehen, was ihn dazu getrieben hat. Einen Beweis dafür, daß seine Mutter tot ist, muß ich Ihnen allerdings schuldig bleiben. Da müssen Sie schon Chandos fragen.«

»Wo befindet er sich?«

»Das kann ich Ihnen nicht sagen.«

»Können oder wollen Sie nicht?«

Angesichts seines scharfen Tons schwand Courtney Mitleid. »Ich will es nicht. Ich kenne Sie nicht, Mister Streton, aber ich weiß, daß Chandos Sie nicht sehen wollte. Warum soll ich Ihnen dann erzählen, wo Sie ihn finden können?«

»Sie halten wohl zu ihm, was?« knurrte er. Er war es

nicht gewohnt, daß man ihm einen Strich durch die Rechnung machte. »Vielleicht darf ich Sie aber daran erinnern, junge Dame, unter wessen Dach Sie schlafen.«

»Wenn das so ist, verlasse ich Ihr Haus!« fuhr Courtney ihn an. Sie schlang sich die Decke um und erhob sich.

»Setzen Sie sich, verdammt nochmal!«

»Ich denke nicht daran.«

Maggies leises Lachen unterbrach die spannungsgeladene Stille. »Sie müssen Ihre Taktik ändern, Fletcher. Das Mädchen hat sich einen Monat lang in der Gesellschaft Ihres Sohnes befunden. Sein Trotz hat auf sie abgefärbt – jedenfalls wenn es sich um Ihre Person handelt.«

Fletcher sah Maggie finster an, Courtney sah Maggie finster an. Maggie erhob sich mit einem dramatischen Seufzer.

»Ich hätte angenommen, Fletcher Straton, daß ein alter Kerl wie Sie aus seinen Fehlern lernt«, sagte sie streng. »Haben Sie nicht schon einmal diesen Weg eingeschlagen? Haben Sie nicht schon hundertmal gesagt, daß Sie es beim nächsten Mal besser machen würden? Jetzt hätten Sie die Möglichkeit dazu, aber ich habe den Eindruck, daß Sie immer wieder dieselben Fehler machen. Den ersten haben Sie schon begangen. Statt dem Mädchen zu erklären, was es für Sie bedeutet, wenn Sie etwas über Kane erfahren, wollen Sie sie einschüchtern. Warum soll sie überhaupt mit Ihnen sprechen? Sie verbringt nur diese eine Nacht hier – unter meinem Dach, möchte ich noch hinzufügen. Sie ist nicht auf Sie angewiesen, warum sollte sie sich dann überhaupt mit Ihnen befassen? Wenn ich Miß Harte wäre, würde ich es nicht tun.«

Damit verließ Maggie das Häuschen. Die Stille, die daraufhin in dem kleinen Wohnzimmer eintrat, war unbehaglich, um es milde auszudrücken. Courtney setzte sich wieder auf das Sofa, denn sie bedauerte allmählich, daß sie die Beherrschung verloren hatte. Schließlich war dieser Mann Chandos' Vater, und jeder von ihnen wollte vom anderen etwas über Chandos erfahren.

»Entschuldigen Sie«, begann sie, mußte aber lächeln, weil Fletcher im gleichen Augenblick das gleiche sagte.

»Vielleicht können wir noch einmal von vorn beginnen, Mister Straton. Würden Sie mir erzählen, warum Chandos nicht einmal in die Nähe der Farm kommen wollte?«

»Chandos!« knurrte er verächtlich. »Verdammt nochmal! Entschuldigen Sie, aber der Junge verwendet jeden beliebigen Namen, nur nicht den, den ich ihm gegeben habe. Solange er hier war, hat er nie auf Kane gehört. Man konnte ihn rufen, wie man wollte, sogar mit ›he, du‹, dann sah er einen wenigstens an. Aber bei Kane stellte er sich taub.«

»Verlangen Sie nicht von mir, daß ich ihn Kane nenne«, meinte Courtney entschieden. »Für mich ist und bleibt er Chandos.«

»Schon gut, schon gut«, brummte Fletcher. »Aber verlangen *Sie* nicht, daß ich ihn Chandos nenne.«

»Abgemacht«, lachte Courtney.

Fletcher zog sich einen Stuhl heran und setzte sich. »Zu Ihrer Frage: Es ist nicht weiter verwunderlich, daß Kane seine Anwesenheit vor mir geheimhalten wollte. Als er vor vier Jahren davonlief, schickte ich meine Leute hinter ihm her. Natürlich holten sie ihn nie ein. Er führte sie drei Wochen lang vergnügt an der Nase herum, bis er genug davon hatte und spurlos verschwand.

Er muß natürlich annehmen, daß ich wieder versuchen werde, ihn hierzubehalten. Deshalb wollte er sich nicht zeigen.«

»Würden Sie denn versuchen, ihn hierzubehalten?«

»Verdammt nochmal, Entschuldigung, natürlich würde ich es tun«, gab Fletcher unbeirrt zu. »Aber auf andere Art. Diesmal würde ich ihn bitten zu bleiben. Ich würde mich bemühen, ihm zu zeigen, daß es diesmal anders sein würde und nicht so wie früher.«

»Und wie war es früher?«

»Ich habe einen Fehler nach dem anderen begangen«, gestand Fletcher schuldbewußt. »Das habe ich inzwischen eingesehen. Ich habe ihn zum Beispiel wie einen kleinen Jungen behandelt, während bei den Komantschen ein Achtzehnjähriger bereits als erwachsener Mann gilt. Er war nämlich achtzehn, als er zurückkam. Dann habe ich versucht, ihm alles abzugewöhnen, was er bei den Komantschen gelernt hatte; lauter Dinge, die für ihn selbstverständlich waren, da er ja lange bei ihnen gelebt hatte. Es brachte mich immer wieder in Wut, daß er alles zurückwies, was ich ihm geben wollte.«

»Sie haben gesagt, daß Sie ihn zehn Jahre lang für tot gehalten haben. Hat er während dieser ganzen Zeit bei den Komantschen gelebt?«

»Ja, zusammen mit seiner Mutter. Sie ist mir nämlich davongelaufen. Ich kann ihr keinen Vorwurf daraus machen, denn ich war absolut kein Muster an ehelicher Treue. Aber sie hätte den Jungen nicht mitnehmen dürfen. Sie hat gewußt, wieviel er mir bedeutete.«

»Sie können nicht erwarten, daß eine Mutter auf ihr Kind verzichtet.«

»Das nicht, aber wenn zwei Menschen nicht miteinander auskommen, gibt es andere Möglichkeiten, auseinanderzugehen. Ich hätte ihr alles gegeben, was sie verlangte. Sie hätte sich niederlassen können, wo sie wollte. Ich hätte dafür nur gefordert, daß Kane abwechselnd je ein halbes Jahr bei ihr und bei mir lebte. Statt dessen verschwand sie. Ich hatte keine Ahnung, was aus ihr geworden war, bis Kane hier auftauchte. Erst dann erfuhr ich, wo sie sich all die Jahre versteckt gehalten hatte.

Zunächst versteckten sie sich gar nicht, sondern wurden von Kiowas gefangengenommen und an die Komantschen verkauft. Ein junger Komantsche kaufte beide. Er nahm Meara zur Frau und adoptierte Kane.« Fletcher schüttelte den Kopf.

»Sie hätten sehen sollen, wie Kane in Hirschlederkleidung auf die Farm geritten kam, jeder Zoll ein Komantsche. Er trug lange, verdammte – Entschuldigung – Zöpfe und weigerte sich, sie abzuschneiden. Es ist ein wahres Wunder, daß keiner meiner Männer ihn erschossen hat.«
Courtney konnte sich sehr gut vorstellen, wie der junge Chandos in den Hof der Bar M einritt und den fremden Weißen gegenübertrat. Im Gegensatz zu ihr hatte er keine Angst gehabt, sondern hatte ihnen sogar die Stirn geboten. Und was mußte sein Vater dabei empfunden haben, als sein Sohn als Wilder zurückkehrte? Courtney sah die Schwierigkeiten förmlich vor Augen.

Plötzlich fiel ihr Chandos' Traum ein.

»Hat er Sie ›Alter‹ genannt, Mister Straton?«

»Er nannte mich nie anders. Hat er es Ihnen erzählt?«

»Nein. Er wurde von einer Giftschlange gebissen, während wir auf dem Trail waren. Der eigensinnige Dummkopf hat mich nicht einmal gerufen, damit ich ihm hätte helfen können. Es hatte nämlich vorher eine Meinungsverschiedenheit zwischen uns gegeben ... Jedenfalls bekam er Fieber und sprach im Schlaf. Er erwähnte auch –«

Sie wollte Chandos' Worte nicht wiederholen. »Er war jedenfalls dagegen, daß Sie ihm die Haare abschnitten. Haben Sie es tatsächlich versucht?«

Fletcher rutschte unruhig auf seinem Stuhl herum. »Das war mein größter Fehler, und damit habe ich ihn endgültig vertrieben! Wir hatten wieder einmal gestritten, und ich habe meinen Männern befohlen, ihn einzufangen und ihm die verdammten Zöpfe abzuschneiden. Es kam zu einer riesigen Rauferei. Kane verwundete drei meiner Männer mit seinem Messer, bis Sägezahn es ihm aus der Hand schoß. Sägezahn hat ihm übrigens das Schießen beigebracht. Aber solange Chandos hier war, trug er nie einen Revolver, sondern immer nur das Messer. Es hat mich verrückt gemacht, daß er sich verdammt nochmal geweigert hat, Entschuldigung, sich wie ein Weißer zu benehmen. Er wollte immer nur die Hirschlederhose tragen, und manchmal höchstens noch eine Weste. Wenn es kalt wurde, zog er vielleicht einmal eine Jacke an. Aber das war schon alles. Er wollte um keinen Preis ein Hemd tragen, obwohl ich ihm Dutzende davon kaufte. Ich habe heute noch das Gefühl, daß er es nur getan hat, um mich zu reizen.«

»Aber warum? Wollte er nicht auf der Farm leben?«

»Das ist es ja.« Fletcher stieß einen tiefen, bedauernden Seufzer aus. »Als Kane herkam, nahm ich an, daß er für immer bleiben wollte. Ich glaubte, daß er aus eigenem Antrieb gekommen war. Deshalb verstand ich nicht, warum er sich mir gegenüber von Anfang an so feindselig benahm. Er hielt sich immer abseits und nahm sogar seine Mahlzeiten alleine ein, außer wenn er draußen auf der Weide arbeitete. Es gab auch keinen einzigen Tag, an dem er nicht etwas für die Mahlzeiten mit nach Hause brachte, selbst wenn er vor Sonnenaufgang aufstehen mußte, um auf die Jagd zu gehen. Er wollte nur dann Essen von mir annehmen, wenn er es ersetzte, verdammt nochmal. Entschuldigung!«

»Bitte, Mister Straton«, unterbrach ihn Courtney, »Sie müssen sich nicht jedes Mal für ein Wort entschuldigen, das ich mir dank Ihres Sohnes selbst angewöhnt habe.«

»Tatsächlich?« Er lächelte zum ersten Mal. »Als er hier auftauchte, fluchte er nur in der Komantschensprache. Es freut mich, daß er bei mir wenigstens etwas gelernt hat.« Courtney verdrehte die Augen. *Darauf* war der Mann stolz?

»Was sagten Sie gerade?«

»Ja, wie gesagt, er hielt sich abseits. Er sprach nicht mit den Männern, und schon gar nicht mit mir. Wenn man sich mit ihm unterhalten wollte, mußte man die Unterhaltung allein bestreiten. Ich kann mich nicht erinnern, daß er jemals von sich aus ein Gespräch begonnen hätte. Dabei merkte man an seinen Augen, daß er voller Fragen steckte. Aber er verfügte über eine unglaubliche Geduld. Er wartete einfach, bis seine Fragen beantwortet wurden, ohne daß er sie hatte stellen müssen. Er wollte nämlich alles und jedes lernen, das wir ihm beibringen konnten, und es ist ihm gelungen. Nach einem Jahr gab es auf dieser Ranch nichts, was er nicht tun konnte. Das war ein weiterer Grund, warum ich annahm, daß er aus freien Stücken hier war.«

»Und das traf nicht zu?«

»Nein. Aber das erfuhr ich nicht von ihm, sondern von Maggie, zwei Jahre nach seinem Eintreffen. Ihr gegenüber war er offener. Sie war und blieb der einzige Mensch, der ihn näher kennenlernte.«

»Und warum ist er gekommen?«

»Seiner Mutter zuliebe. Man könnte sagen, daß sie ihn dazu gezwungen hat, in Wirklichkeit aber hätte er alles für sie getan. Er hatte das Alter erreicht, in dem er ein vollwertiges Mitglied dieser Komantschenschar gewesen wäre, und er hätte alle Privilegien besessen, die ein Mann bei ihnen hat, also er hätte auch eine Frau nehmen können. Seine Mutter aber wollte wahrscheinlich, daß er auch das Leben der Weißen kennenlernte, bevor er sich endgültig für ein Leben als Komantsche entschied, so daß er später diese Entscheidung nicht bereute. Das rechne ich Meara hoch an. Sie hat an den Jungen gedacht, nicht an sich.

Sie hatte ihn gebeten, es fünf Jahre hier zu versuchen. Nach drei Jahren riß er aus. Sie wollte, daß er alle Vorteile des Reichtums genoß, denn ich bin ein reicher Mann. Aber er verachtete mein Geld. Sie hatte wahrscheinlich gehofft, daß er vorurteilslos hierherkommen und es ernstlich versuchen würde, bevor er einen Entschluß faßte. Aber der Junge hatte sich schon entschieden, bevor er bei uns eintraf.

Nach zehn Jahren bei den Indianern war Kane in jedem Sinne des Wortes – bis auf seine Abstammung – ein Komantsche. Er hat nie versucht, sich hier einzufügen. Er diente einfach seine Zeit ab und lernte dabei soviel wie möglich von uns Weißen, wie er uns bestimmt im Geist nannte. Er war also wenigstens bereit, sich Wissen anzueignen. Er wäre vielleicht sogar die vollen fünf Jahre geblieben, wenn ich nicht die Sache mit seinen verdammten Zöpfen dramatisiert hätte.«

»Chandos trägt keine Zöpfe mehr«, warf Courtney leise ein.

»Nein? Wirklich nicht? Das ist wenigstens etwas. Aber er lebt ja auch nicht mehr bei den Komantschen.«

»Das stimmt nicht ganz«, widersprach Courtney. »Er hat die Männer, die das Lager der Komantschen angegriffen haben, nicht allein zur Strecke gebracht. Während unseres Ritts durch das Indianerterritorium befanden sich seine indianischen Freunde ständig in unserer Nähe. Er hätte mit ihnen reiten können, wenn er sich nicht bereit erklärt hätte, mich nach Waco zu begleiten.«

»Warum hat er sich eigentlich dazu bereit erklärt, Miß Harte?« Fletcher war sichtlich neugierig. »Das sieht Kane doch überhaupt nicht ähnlich.«

»Zuerst wollte er auch gar nicht. Er versuchte mich unbedingt davon zu überzeugen, daß es für mich am besten wäre, die Reise gar nicht erst anzutreten. Ich hatte schon alle Hoffnung aufgegeben, als er es sich plötzlich anders überlegte. Damals nahm ich an, daß er es tat, weil er ohnehin nach Texas wollte. Ich hatte ihm mein gesamtes Geld angeboten, falls er mich mitnahm, und er war damit einverstanden gewesen. Als ich ihn aber heute abend bezahlen wollte, wurde er zornig und sagte, er habe es nicht des Geldes wegen getan.« Sie zuckte hilflos die Schultern. »Er erklärte mir auch, daß ich in bezug auf seine Person nichts voraussetzen und auch nicht versuchen solle, seine Motive zu begreifen. Damit hat er sicherlich recht. Ich habe keine Ahnung, warum er etwas tut. Er ist der sanfteste Mensch, den ich kenne, und gleichzeitig der wildeste.

Er kann zärtlich sein und mich beschützen, und dann wendet er sich gegen mich und will mich dazu bringen, daß ich ihn hasse.«

»Zärtlich? Beschützer? Ich hätte nie geglaubt, daß man diese Begriffe auf Kane anwenden kann.«

»Vier Jahre sind eine lange Zeit, Mister Straton. Sind Sie noch der gleiche Mensch, der Sie vor vier Jahren waren?«

»Leider ja. Alte Esel lernen nichts dazu.«

»Sie wollen also immer noch aus Chandos einen anderen Menschen machen?«

»Nein, wenigstens in dieser Beziehung bin ich klüger geworden. Er ist zwar mein Sohn, aber nicht mein Eigentum. Aber verdammt – haben Sie ›zärtlich‹ gesagt?«

Courtney wurde rot. Sie hatte ja praktisch zugegeben, wie es zwischen ihr und Chandos stand, denn warum wäre sonst ein Mann wie Chandos zärtlich?

»Chandos ist der zärtlichste Mann, den ich kenne, Mister Straton, aber er ist es nur sehr selten. Die meiste Zeit über ist er kalt, kurz angebunden, reizt einen bis zur Weißglut, ist eigensinnig, natürlich auch gefährlich, tödlich und erbarmungslos. Ach ja, auch herzlos. Und unberechenbar –«

»Ich habe schon begriffen«, unterbrach Fletcher sie lächelnd. »Er hat sich also doch nicht allzusehr verändert. Aber wieso haben Sie sich eigentlich in ihn verliebt, kleine Dame, wenn diese Beschreibung auf ihn zutrifft?«

Sie überlegte, ob sie es leugnen sollte, aber das hatte keinen Sinn. Außerdem wußte Fletcher wahrscheinlich von Maggie, daß Courtney Chandos liebte.

»Ich kann es auch nicht erklären. Sie, Maggie und Sägezahn haben jedoch offenbar einen falschen Eindruck bekommen und glauben, daß Chandos meinetwegen hierher zurückkommen wird. Das wird er nicht tun. Ich habe gesagt, daß er zärtlich war, aber nicht, daß er mich liebt. Falls er jemals hierher zurückkommt, dann bestimmt nicht meinetwegen.«

»Ich würde mich trotzdem freuen, wenn Sie auf meine Kosten eine Zeitlang hierblieben, Miß Harte.«

»Ich habe ohnehin die Absicht, in Waco zu bleiben.«

»Ich meine hier auf der Ranch.«

Sie schüttelte den Kopf.

»Hat Maggie Ihnen nicht erzählt, daß mein Vater in Waco lebt? Er ist der Grund, warum ich nach Texas gekommen bin; ich habe ihn gesucht.«

»Ich weiß, Doktor Edward Harte. Aber das bedeutet nicht, daß Sie bei ihm leben müssen. Er ist frisch verheiratet. Sind Sie sicher, daß Sie bei ihm und seiner jungen Frau wohnen wollen?«

Es wäre ihr lieber gewesen, wenn er diese Frage nicht gestellt hätte. »Ich kann überhaupt erst dann etwas sagen, wenn ich mit meinem Vater gesprochen habe. Aber ich könnte auf keinen Fall hierbleiben.«

»Das sehe ich ganz anders. Wir sind einander nicht mehr fremd, und es gibt etwas, das wir gemeinsam haben. Wir lieben beide meinen Sohn.«

41. KAPITEL

»Es ist jetzt eine nette, ansehnliche Stadt«, erklärte Sägezahn, während sie im Wagen die Hauptstraße hinunterfuhren. »Sie war vor dem Krieg kleiner, aber nachher sind zahlreiche Südstaatler hierher übersiedelt und haben sich eine neue Existenz aufgebaut. Auch die Viehtreiber haben auf dem Weg nach Norden hier Station gemacht, und auch das war für die Entwicklung der Stadt günstig.«

»Aber es ist kein Viehverladeplatz, nicht wahr?« fragte Courtney besorgt.

»Wie die Viehverladeplätze in Kansas? Nein, Madam. Wenn die Cowboys hier durchkommen, haben sie es noch nicht nötig, Dampf abzulassen; das kommt erst, wenn sie den langen Ritt durch das Indianerterritorium hinter sich haben.«

Courtney lächelte. Natürlich war Texas ganz anders als Kansas. Sie erinnerte sich daran, wie froh sie gewesen war, nach dem Zweihundertmeilenritt durch unbesiedeltes Gebiet endlich in eine Stadt zu kommen, ein Bad zu nehmen, etwas Ordentliches zu essen und in einem Bett zu schlafen. Jetzt verstand sie, warum die Viehtreiber das Bedürfnis hatten, auf den Putz zu hauen. Sie hoffte nur, daß sie es nicht ausgerechnet hier tun würden.

Sie bemerkte etliche Männer, die einen Revolver trugen, doch nur wenige von ihnen sahen wie Revolverhelden aus. Aber es gab in Waco wenigstens einen Marshal, der auf die Einhaltung der Gesetze achtete, was in Rockley nicht der Fall gewesen war.

Courtney sah aber auch viele Männer, die keinen Revolver trugen sowie sehr elegant gekleidete Damen, die in Begleitung von Gentlemen über die Plankenwege schlenderten. Und es gab Mexikaner, einige Indianer und sogar einen Chinesen. Waco schien tatsächlich eine Stadt zu sein.

»Das ist das Haus Ihres Vaters«, sagte Sägezahn. »Hier hat er auch seine Praxis.«

Es war nicht mit ihrem Heim in Chicago zu vergleichen, aber es war ein hübsches, einstöckiges, gut instand gehaltenes Haus; frisch angelegte Blumenrabatten verliefen rings um das Gebäude und am Zaun entlang. Auf der Veranda standen Stühle; eine gepolsterte Bank war mit Ketten am überhängenden Dach befestigt, so daß sie als Schaukel verwendet werden konnte. Courtney konnte sich sehr gut vorstellen, wie angenehm es war, an einem lauen Sommerabend hier zu sitzen. Man konnte die Hauptstraße von einem Ende bis zum anderen überblikken, während man selbst im Hintergrund blieb.

»Wie sieht seine Frau aus, Sägezahn?« fragte Courtney nervös, als sie vor dem Haus hielten.

»Miß Ella?« erwiderte Sägezahn. »Sie ist eine wirklich reizende Dame, das sagen alle. Sie ist Lehrerin und nach dem Krieg mit ihrem Bruder hierhergekommen. Er ist Anwalt und hat im Krieg einen Arm verloren. Miß Ella hat in seiner Anwaltskanzlei gearbeitet, bis die Lehrerin, die wir damals hatten, in den Osten zurückkehrte. Miß Ella hat der Stadt angeboten, den Posten zu übernehmen, und seither unterrichtet sie.«

Courtneys Unruhe wurde immer größer. Schon wieder eine Stiefmutter, mit der sie fertigwerden mußte. Ihr stand sehr deutlich vor Augen, wie unerträglich ihre erste gewesen war. Aber diesmal hatte ihr Vater nicht aus Schicklichkeitsgründen, sondern wahrscheinlich aus Liebe geheiratet, und das war hoffentlich ein großer Unterschied.

»Also, Madam?«

Sie hatte gar nicht bemerkt, daß Sägezahn darauf wartete, ihr aus dem Wagen zu helfen. »Entschuldigen Sie.« Sie ergriff seine Hand und sprang auf den Boden. »Ich bin etwas aufgeregt, denn es ist so lange her, seit ich zum letzten Mal mit meinem Vater beisammen war. Und in diesen vier Jahren habe ich mich sehr verändert. Sehe ich wenigstens halbwegs präsentabel aus?«

»Sie sehen so hübsch aus, daß sogar ein eingefleischter Junggeselle wie ich Sie vom Fleck weg heiraten würde.«

»Heißt das jetzt ja?« lachte sie.

Er holte ihre Reisetasche hinter dem Kutschbock hervor und zeigte dann auf die Pferde, die hinten am Wagen angebunden waren.

»Ich werde Ihre Pferde in den Mietstall bringen. Ihr Vater hat dort seinen Buggy eingestellt.«

»Danke.« Courtney hauchte ihm einen Kuß auf die Wange. »Und danke dafür, daß Sie mich in die Stadt gebracht haben. Werde ich Sie bald wiedersehen?«

»Das ist anzunehmen. Fletcher wird wahrscheinlich mich oder einen der Männer täglich in die Stadt schicken, damit wir Sie aufsuchen.«

»Um zu sehen, ob Chandos aufgetaucht ist?«

»Richtig. Es ist auch möglich, daß er jemanden anstellt, der das Haus Ihres Vaters ständig beobachtet. Ich traue es ihm zu.«

Courtney schüttelte bedauernd den Kopf. »Dabei wird nichts herauskommen. Es ist schade, daß er das nicht einsehen will.«

»Er sieht nur, daß sich ihm eine Chance bietet, seinen Sohn wiederzubekommen. Und er hofft, daß Kane jetzt bereit sein wird, sich Ihretwegen irgendwo niederzulassen. Er wäre schon damit zufrieden, daß Chandos in der Nähe der Ranch lebt, so daß er ihn von Zeit zu Zeit sehen kann. Wenn Sie erlebt hätten, wie die beiden aufeinander losgegangen sind, würden Sie es nicht für möglich halten, aber Fletcher liebt seinen Sohn.«

»Chandos hat mich einmal gefragt, ob ich so leben könnte wie er, immer unterwegs sein, nie länger als ein paar Tage an einem Ort bleiben. Ich glaube nicht, daß er sich jemals irgendwo niederlassen wird, Sägezahn.«

»Wenn Sie mir die Frage gestatten – wie sind Sie auf dieses Thema zu sprechen gekommen?«

Courtney wurde rot. »Ich habe ihn gefragt, ob er mich heiraten würde. Er hat nein gesagt!«

Sägezahn war sowohl darüber erstaunt, daß sie so eine Frage gestellt hatte, als auch darüber, daß Kane nein gesagt hatte. »Soll das heißen, daß er Ihnen einfach einen Korb gegeben hat?«

»Nein. Er hat mich nur gefragt, ob ich so leben könnte wie er.«

»Und dann haben Sie ihm einen Korb gegeben.«

»Nein. Ich habe ihm erklärt, daß man auf diese Weise keine Familie gründen kann, und er hat mir zugestimmt. Damit war die Diskussion zu Ende.«

»Könnten Sie denn so leben wie er?«

Courtney runzelte nachdenklich die Stirn. »Das weiß ich nicht. Ich war der Ansicht, daß die Sicherheit und Geborgenheit eines eigenen Heims wichtiger sind als alles andere. Aber ich habe in den letzten Jahren gelernt, daß die Geborgenheit eines eigenen Heims von den Menschen abhängt, die in ihm leben.«

Sie wußte, daß sie einem Fremden gegenüber praktisch eine Lebensbeichte ablegte, aber sie fuhr trotzdem fort. »Ich habe mich bei Chandos immer sicher gefühlt, sogar mitten im Indianerterritorium. Aber ich möchte einmal Kinder haben, und Kinder können nicht ständig auf der Wanderschaft sein. Deshalb weiß ich es nicht.« Sie seufzte.

»Auch Männer geben manchmal ihren Standpunkt auf.«

Manche Männer vielleicht, dachte Courtney, aber Chandos bestimmt nicht.

Sägezahn fand inzwischen, daß er sie lange genug aufgehalten hatte, und wandte sich den Pferden zu.

Courtney sah ihm kurz nach, marschierte dann entschlossen zur Eingangstür und klopfte. Die Tür wurde beinahe sofort geöffnet, und Courtney stand einer großen, spindeldürren Frau gegenüber.

»Ella?«

»Um Himmels willen, nein. Ich bin Mrs. Manning, die Haushälterin. Wenn Sie mit Mrs. Harte sprechen wollen, finden Sie sie um diese Zeit in der Schule.«

»Nein, ich bin eigentlich gekommen, um mit Mr. Edward Harte zu sprechen.«

»Kommen Sie herein. Sie werden eine Weile warten müssen. Er macht gerade einen Krankenbesuch.«

Mrs. Manning führte Courtney in das Wartezimmer und ließ sie allein. Das war Courtney nur recht, denn sie wollte dieser Frau keine Erklärungen abgeben, und sie brauchte Zeit um sich zu fassen, bevor sie ihrem Vater gegenübertrat. Zum Glück waren keine Patienten anwesend.

Es waren die längsten zwanzig Minuten ihres Lebens.

Sie wetzte herum, zupfte an Haaren und Kleid, stand auf, ging auf und ab, setzte sich in den nächsten Stuhl. Endlich ging die Vordertür auf, und ihr Vater rief Mrs. Manning zu, daß er wieder zurück sei. Er ging in seine Praxis und kam dabei an der offenen Tür des Wartezimmers vorbei.

Zu ihrer eigenen Verblüffung versagte Courtney die Stimme. Sie wollte ihn rufen, brachte aber keinen Ton heraus.

Im nächsten Augenblick kam er zurück und blieb in der Tür stehen. Sie erhob sich und sah ihn sprachlos und mit offenem Mund an. Der Kloß in ihrem Hals wurde immer größer.

Zunächst erkannte er sie nicht, doch etwas hinderte auch ihn am Sprechen. Er sah sie einfach an. Vielleicht brachten ihn ihre Augen, oder vielmehr der flehende Ausdruck in ihnen, auf die richtige Spur.

»Mein Gott – Courtney!«

»Daddy!«

Er lief zu ihr hin, und sie warf sich in seine Arme. Als er sie an sich drückte, erfüllte sie eine unglaubliche Freude. Ihr Vater hielt sie in den Armen, wie sie es so oft erträumt hatte!

Erst nach einer sehr langen Weile schob Edward sie von sich und betrachtete sie. Seine Hände glitten über ihr Gesicht und wischten ihr die Tränen ab. Auch sein Gesicht war tränennaß. In diesem Augenblick erkannte Courtney, daß ihr Vater sie liebte und immer geliebt hatte. Sie hatte in ihrem Unverstand grundlos an ihm gezweifelt; sie hatte sich in ihrem Unglück vergraben und die Wahrheit nicht sehen wollen.

»Ich habe geglaubt, daß du tot bist, Courtney«, flüsterte er.

»Ich weiß, Daddy.«

»Ich habe gesehen, wie die Indianer davonritten. Sie nahmen nur den Farmer mit, du warst nicht dabei.«

»Ich war in der Scheune.«

»Ich habe dich in der Scheune gesucht. Ich habe nach dir gerufen, bis ich heiser war.«

»Du hast nicht in der Futterkiste nachgesehen.« In ihrer Stimme lag kein Vorwurf, es war einfach eine Feststellung.

»Natürlich nicht. Sie war ja nicht groß genug. Wieso konntest du ...«

»Mr. Bower hatte unterhalb der Futterkiste ein Loch gegraben, damit sich seine inzwischen verstorbene Frau dort verstecken konnte. Als der Überfall begann, befand er sich in der Scheune und erklärte Sarah und mir, wir sollten in die Futterkiste kriechen. Wir haben beide das Bewußtsein verloren und dich wahrscheinlich deshalb nicht gehört.«

Er brauchte einen Augenblick, um die volle Tragweite ihrer Worte zu erfassen.

»Sarah ist ebenfalls am Leben?«

Courtney nickte. »Und ebenfalls wieder verheiratet.«

Sie erzählte ihm, daß alle geglaubt hatten, die Komantschen hätten ihn als Gefangenen mitgenommen; und daß es praktisch auszuschließen war, daß er die Gefangenschaft überlebte, denn er war ja verwundet. Dann schilderte sie kurz, wie es ihr in den letzten vier Jahren ergangen war, und berichtete von dem Foto in der alten Zeitung.

»Sarah hat gemeint, daß ich verrückt bin, aber vermutlich wollte sie einfach nicht glauben, daß du am Leben bist. Sie ist gerne mit Harry verheiratet.«

»Ich habe ebenfalls wieder geheiratet, Courtney.«

»Das weiß ich. Ich habe die letzte Nacht auf der Bar M bei Margaret Rowley verbracht. Sie hat mir von Ella erzählt.«

Courtneys Vater schaute geistesabwesend zum Fenster hinaus. »Großer Gott, jetzt habe ich doch tatsächlich zwei Frauen! Da muß ich etwas unternehmen.«

»Und Sarah hat zwei Männer«, grinste Courtney. »Aber sie wird sicherlich ebenfalls der Meinung sein, daß eine Annulierung einfacher ist als zwei Scheidungen.«

»Das hoffe ich sehr.«

»Warum hast du eigentlich die Farm verlassen, Daddy?« fragte Courtney. »Du warst verwundet. Warum hast du nicht gewartet, bis Hilfe eintraf?«

»Ich konnte es nicht ertragen, dortzubleiben, weil ich geglaubt habe, daß du in dem Haus verbrannt bist. Ich wollte nur eines: fort. Jetzt weiß ich, daß es die falsche Entscheidung war, aber damals konnte ich nicht klar denken. Daran, daß ich mir nicht einmal ein Pferd genommen habe, sondern zu Fuß gegangen bin, merkst du, in welchem Geisteszustand ich mich befunden habe. Ich bin bis zum Fluß gelangt und dort zusammengebrochen. Ein Prediger und seine Familie haben mich gefunden. Wir befanden uns bereits tief im Indianerterritorium als mir klar wurde, daß sie mich nach Texas brachten.«

»Und so bist du nach Waco gelangt.«

»Ja. Ich habe versucht zu vergessen. Ich habe mir ein neues Leben aufgebaut. Es gibt hier viele gute Menschen.« Plötzlich hielt er inne und fragte: »Wieso hast du auf der Bar M übernachtet, statt in die Stadt zu reiten?«

»Chandos hat mich nur bis dorthin gebracht.«

»Chandos? Was ist das für ein Name?«

Der Name, den ich verwenden werde, bis ich durchgeführt habe, was ich mir vorgenommen habe. »So hat ihn seine Schwester genannt. Eigentlich ist er Fletcher Stratons Sohn, oder besser dessen entfremdeter Sohn. Es ist schwierig, die komplizierten Lebensumstände von Chandos zu erklären.«

»Erzähl mir, wie du von Kansas hierher gelangt bist.«

»Chandos hat mich hierher gebracht.«

»Er allein?« Sie nickte. »Du bist allein mit ihm gereist?« Sein entsetzter Gesichtsausdruck verriet ihr, daß er noch immer an den moralischen Grundsätzen festhielt, die ihn gezwungen hatten, seine Haushälterin zu heiraten. Zu ihrer Überraschung merkte Courtney, daß sie sich über ihren Vater ärgerte.

»Sieh mich doch an, Daddy. Ich bin kein Kind mehr. Ich bin alt genug, um selbst Entscheidungen zu treffen. Und wenn ich mich entschlossen habe, mit einem Mann allein zu reisen, weil es die einzige Möglichkeit für mich war, hierher zu gelangen, dann mußt du dich damit abfinden. Außerdem ist es bereits geschehen, und ich bin hier.«

»Aber war alles – in Ordnung?«

»Chandos hat mich beschützt und dafür gesorgt, daß mir nichts zustößt.«

»Das habe ich nicht gemeint.«

»Ach Daddy«, seufzte Courtney.

»Daddy –?« fragte jemand erstaunt aus dem Vorzimmer. »Ich habe geglaubt, daß du nur eine Tochter hattest, Edward.«

Courtney war froh, weil die Unterbrechung genau im richtigen Augenblick erfolgte. Sie befürchtete, daß ihr Vater Chandos gegenüber die für Eltern typische Haltung einnehmen würde. Aber sie war nicht mehr so verschüchtert wie früher. Sie hatte nicht die Absicht, sich für etwas zu entschuldigen, das sie nicht im geringsten bedauerte. Allerdings war es nicht gerade der richtige Anfang für eine neue Beziehung zu ihrem Vater.

Obwohl sie eigentlich entschlossen war, die Dame, die in der Tür stand, nicht zu mögen, ging sie jetzt erleichtert um ihren Vater herum und streckte der anderen lächelnd die Hand entgegen.

»Sie müssen Ella sein. Ja, er hat nur eine Tochter – mich –, und wie Sie sehen, bin ich gesund und munter. Doch ich überlasse es Vater, Ihnen alles zu erzählen. Ich habe meine Reisetasche auf der Veranda stehen lassen, und wenn Mrs. Manning mir mein Zimmer zurechtmachen könnte …«

Sie war im Begriff, an der überraschten Ella vorbei in den Vorraum zu gehen, als ihr Vater sagte: »Wir werden dieses Gespräch später fortsetzen.« Der warnende Unterton in seiner Stimme war nicht zu überhören.

»Wenn es sein muß.« Sie versuchte, fröhlich zu klingen. »Aber ich möchte mich jetzt wirklich frischmachen. Und ich bin davon überzeugt, daß Ella im Augenblick kaum Zeit hat – oder ist die Schule für heute bereits zu Ende?«

»Nein, nein, ich muß gleich wieder zurück.«

Courtney lächelte die leicht verwirrte Dame an, bevor sie den Raum verließ, zog die Tür hinter sich zu und lehnte sich mit geschlossenen Augen an die Wand. Sie vernahm die Stimmen im Zimmer – ihr Vater erklärte, und Ella freute sich offensichtlich mit ihm.

Ella war hübsch und unerwartet jung, ungefähr fünfundzwanzig. Sie hatte leuchtend rote Haare und grüne Augen und sah gar nicht wie eine Lehrerin aus.

Natürlich liebte ihr Vater Ella, und Courtney würde nur Unruhe in ihr Leben bringen.

Sie seufzte, stieß sich von der Wand ab und holte ihre Tasche.

42. KAPITEL

Mit einer Geschicklichkeit, die sie sich nicht zugetraut hätte, schaffte es Courtney, die Diskussion über Chandos hinauszuzögern. Sie lenkte ihren Vater ab, indem sie sich nach seinem Leben in Waco erkundigte, wissen wollte, wie er Ella kennengelernt hatte, und so weiter. Auch nahmen ihn seine Patienten sehr in Anspruch – wie vertraut ihr das von Chicago her war –, deshalb bekam sie ihn nur am späten Nachmittag und am Abend zu Gesicht, und sogar da mußte er oft fort.

Sie lernte Ella näher kennen und mochte sie. Sie war

ganz anders als Sarah. Aber Ella mußte jeden Tag in ihrer Schule unterrichten, und Courtney war sehr oft für längere Zeit allein.

Es dauerte nicht lang, bis sie sich langweilte. Sie zog in Erwägung, Mrs. Mannings Aufgaben zu übernehmen. Schließlich war sie durchaus imstande, einen Haushalt zu führen. Aber dann erfuhr sie eines Tages Mrs. Mannings Lebensgeschichte und erkannte, wie glücklich es diese machte, bei den Hartes zu arbeiten. Damit war auch dieser Plan ins Wasser gefallen. Doch Courtney hatte so viele Jahre gearbeitet, daß sie jetzt nicht fähig war, ihre Tage zu vertrödeln. Sie brauchte eine Beschäftigung.

Einige Tage lang half sie ihrem Vater in seiner Praxis, worüber er sich sehr freute. Sie hatte sich immer schon gewünscht, ihn bei seiner Arbeit zu unterstützen, hatte aber nicht gewußt, wie sehr diese Arbeit sie belasten würde. Sie war zu mitfühlend und nahm an den Kranken zuviel Anteil. Als sie einmal beim Anblick eines verkrüppelten Kindes zusammenbrach, gab sie diese Tätigkeit auf.

Zehn Tage, nachdem Courtney im Haus ihres Vater eingetroffen war, beschloß sie, es wieder zu verlassen. Es ging nicht nur darum, daß sie sich hier so nutzlos fühlte. Fletcher Straton hatte recht gehabt: Sie war eine Belastung für die junge Ehe. Edward und Ella hatten wenig Zeit füreinander, und jetzt waren sie gezwungen, einen Großteil dieser Zeit mit ihr zu verbringen. Die beiden fingen gerade erst an, miteinander vertraut zu werden, und Courtneys Anwesenheit wirkte oft störend.

Am schlimmsten waren die Nächte. Courtney hörte, wie ihr Vater und Ella sich im Zimmer neben ihr unterhielten, und sie hörte auch, wie sie sich liebten. Wenn sie sie dann am Morgen sah, errötete sie. Es war mehr, als sie ertragen konnte. Es nützte auch nichts, daß sie ihren Kopf unter dem Kissen vergrub. Und dieser Zustand ließ sich nicht ändern, denn es gab im Haus nur drei Schlafzimmer, und im dritten schlief Mrs. Manning.

Courtney redete sich ein, daß dies die Gründe waren, warum sie das Haus ihres Vaters verließ. In Wirklichkeit fehlte ihr jedoch Chandos so sehr, daß sie zutiefst unglücklich war, und es fiel ihr immer schwerer, Fröhlichkeit vorzutäuschen.

Sie erzählte ihrem Vater, daß sie Maggie für ein paar Tage besuchen wollte, war jedoch fest entschlossen, Fletcher Straton dazu zu überreden, daß er ihr Arbeit gab. Auf einer so großen Ranch mußte sich eine Beschäftigung für sie finden lassen.

Als sie auf der Ranch eintraf und Fletcher sagte, was sie vorhatte, war er entzückt. Jetzt mußte er nicht mehr jeden Tag einen Mann in die Stadt schicken, der das Haus ihres Vaters zu beobachten hatte.

Irgendwann brachte sie den Mut auf, ihrem Vater mitzuteilen, daß sie nicht in sein Haus zurückkehren würde. Er war sichtlich enttäuscht und wies darauf hin, daß sie es nicht nötig hätte zu arbeiten. Er erinnerte sie daran, daß sie einander gerade erst wiedergefunden hatten. Doch sie erklärte ihm, daß sie einander sehen konnten, so oft sie wollten; von der Bar M in die Stadt waren es ja nur vier Meilen.

Doch diese Argumente hatte sie sich nur für ihren Vater zurechtgelegt. In Wirklichkeit wollte sie auf der Ranch leben und sich an Fletcher Stratons Zuversicht klammern, daß Chandos zurückkommen würde. Sie brauchte diese Hoffnung wie die Luft zum Atmen.

Am ersten Abend auf der Ranch genoß sie die gemeinsame Mahlzeit mit Fletcher, weil er alles tat, damit sie sich bei ihm zu Hause fühlte. Maggie und Sägezahn aßen mit ihnen, und jedem fiel etwas anderes ein, was Courtney auf der Ranch tun könnte. Die Vorschläge reichten von einer Katalogisierung von Fletchers Bibliothek über eine neue Innenausstattung für das große Haus bis zur Namensgebung für die neugeborenen Kälber. Sägezahn erstickte beinahe vor Lachen, als er hörte, daß Fletcher persönlich jedem neugeborenen Kalb einen Namen gab.

Nach dem Abendessen saßen sie noch eine Weile beisammen und tauschten Erinnerungen aus. Maggie erzählte, wie Fletcher sie in Galvestone gefunden hatte. Er befand sich seit langem auf der Suche nach einer Haushälterin und erkannte auf den ersten Blick, daß sie die Richtige war. Doch sie war nach New Hampshire zu ihrer Schwester unterwegs und hatte nicht die Absicht, in Texas zu bleiben.

Fletcher versprach ihr, daß er sie in seinem Haus nach Gutdünken schalten und walten lassen würde; und weil Maggie wußte, daß ihre Schwester die Zügel ihres Haushaltes nicht aus der Hand geben würde, nahm sie Fletchers Angebot an. Allerdings hatte sie erst ja gesagt – das behauptete jedenfalls Fletcher –, als er ihr ein eigenes kleines Haus zusicherte, das genauso aussehen würde wie ihr Häuschen in England. Er hielt Wort; sie bekam das Häuschen, das sie zurückgelassen hatte, denn Fletcher ließ es mit dem gesamten Mobiliar und Zubehör per Schiff nach Amerika befördern.

Dann erzählte Sägezahn, wie Fletcher und er einander kennengelernt hatten. Es war in einer mondlosen Nacht in der Prärie gewesen, und jeder von ihnen hatte ein Geräusch gehört. Keiner wußte, ob es sich um ein Tier oder einen Indianer handelte, und beide waren deshalb die ganze Nacht wachgeblieben. Im Morgengrauen stellten sie fest, daß ganze zehn Meter sie voneinander trennten, und schlossen lachend Freundschaft.

Als Courtney sich schlafen legte, war ihr so leicht ums Herz wie schon lange nicht. Es tat gut, mit Menschen zusammen zu sein, die Chandos nahestanden und ihn mochten. Und niemand hier würde jemals behaupten, daß Chandos nicht der Richtige für sie war – was ihr Vater ganz bestimmt tun würde, wenn er erfuhr, daß sie einen Revolvermann liebte.

Eine sanfte Brise bewegte die Vorhänge am offenen Fenster. Courtney drehte sich auf die andere Seite, dehnte und streckte sich schlaftrunken, als sich plötzlich eine Hand auf ihren Mund preßte. Sie schnappte nach Luft. Ein Körper legte sich auf den ihren, lastete schwer auf ihr und hinderte sie daran, sich zu bewegen. Diesmal hatte sie keinen Revolver unter dem Kissen, denn auf der Bar M hatte sie sich bisher sicher gefühlt.

»Was zum Teufel suchst du hier?«

Seine Stimme klang rauh und zornig, für Courtney war sie jedoch das Lieblichste, das sie je gehört hatte. Sie versuchte zu sprechen, aber er nahm die Hand nicht weg.

»Ich habe auf dem Weg hierher beinahe mein Pferd zuschanden geritten, und dann finde ich dich ausgerechnet dort, wo du auf keinen Fall zu sein hast. Noch dazu habe ich vor ein paar Minuten die alte Frau zu Tode erschreckt, weil ich geglaubt habe, daß du bei ihr Unterschlupf gefunden hast. Aber nein, du mußt in dem verdammten Haupthaus schlafen, und ich habe geschworen, daß ich es nie wieder betreten werde. Ich muß den Verstand verloren haben. Was zum Teufel suchst du hier?«

Courtney schüttelte den Kopf und versuchte, seine Hand abzuschütteln. Warum gab er ihren Mund nicht frei? Er wußte doch, daß sie überglücklich war und ganz bestimmt nicht schreien würde. Nein, das konnte er ja nicht wissen. Sie hatte ihn auf dem Hügel stehengelassen und war davongelaufen. Er hatte versucht, sie gegen ihn aufzubringen, und mußte jetzt annehmen, daß es ihm gelungen war. Doch was suchte er in diesem Fall hier?

Er lehnte seufzend seine Stirn an die ihre. Er hatte seinen Zorn abreagiert. Aber was tat er wirklich hier, fragte sie sich nochmals.

Als hätte er ihre Gedanken gelesen, fuhr er fort: »Ich konnte es nicht dabei bewenden lassen. Ich mußte mich vergewissern, ob es dir gut geht, ob sich alles so entwickelt hat, wie du es dir vorgestellt hast. War es so? Nein, natürlich nicht, sonst wärst du in der Stadt bei deinem Vater und nicht hier auf der Bar M. Ich weiß, daß dein Vater in Waco lebt, denn ich habe ihn und seine Frau gesehen. Was ist geschehen, Kätzchen? Hat es dich aus der Fassung gebracht, daß er wieder geheiratet hat? Du kannst als Antwort den Kopf schütteln oder nicken.«

Sie tat keines von beiden, denn sie hatte nicht vor, auf dieses einseitige Gespräch einzugehen. Statt dessen biß sie ihn in die Hand.

»Autsch!« Er riß die Hand weg.

»Geschieht dir recht, Chandos! Was denkst du dir eigentlich, wenn du mich festhältst und mir keine Möglichkeit gibst, deine Fragen zu beantworten?« Sie setzte sich auf. »Wenn du nur hergekommen bist, weil du sehen wolltest, ob es mir gut geht, dann kannst du wieder verschwinden.« Er stand auf. »Wage nicht, das Zimmer zu verlassen!« fuhr sie ihn an und klammerte sich an seinen Arm.

Er hatte es ohnehin nicht vorgehabt. Er riß ein Streichholz an und entdeckte die Lampe neben ihrem Bett. Während er die Lampe anzündete, ließ sie ihn nicht aus den Augen. Er sah schrecklich aus, seine dunkle Kleidung war staubbedeckt, und die Müdigkeit in seinem Gesicht war nicht zu übersehen. Er hatte sich wer weiß wie lange nicht mehr rasiert und war jeder Zoll ein harter, gefährlicher Revolvermann. Für sie war er jedoch der wunderbarste Mann auf der Welt.

Er blickte auf sie hinunter, und als seine hellblauen Augen sie musterten, empfand Courtney die wohlbekannte Spannung in ihrem Bauch. Sie trug ein züchtiges weißes Baumwollnachthemd, das sie in Waco gekauft hatte. Das Weiß hob die goldene Bräune ihrer Haut hervor, und ihre Augen waren nur wenig dunkler als ihr Teint. Die Sonne hatte goldene Strähnen in ihr Haar gezaubert.

»Wie kommt es, daß du noch hübscher aussiehst?«

Sie versuchte, bei seiner Frage nicht rot zu werden.

»Vielleicht kommt es daher, daß du mich so lange nicht gesehen hast.«

»Vielleicht.«

Keinem von ihnen fiel auf, daß zehn Tage kein langer Zeitraum waren, denn für beide waren diese zehn Tage eine Ewigkeit in der Hölle gewesen.

»Ich habe geglaubt, daß ich dich nie mehr wiedersehen werde, Chandos«, flüsterte sie.

»Das habe ich auch gedacht.« Er setzte sich auf den Bettrand, so daß sie ihm Platz machen mußte. »Als ich San Antonio verließ, war ich fest entschlossen, nach Mexiko zu reiten. Ich habe es genau einen Tag geschafft, die Richtung beizubehalten, dann bin ich umgekehrt.«

Sie hatte auf eine Liebeserklärung gehofft, aber er war zornig, weil er gegen seinen Willen zurückgekommen war. Infolge der Enttäuschung wurde auch sie zornig.

»Warum?« fragte sie. »Und wenn du mir wieder erzählst, daß du nur nachsehen wolltest, ob es mir gutgeht, dann verprügle ich dich.«

Er lächelte beinahe. »Nach der Art, wie wir uns trennten, habe ich nicht angenommen, daß du eine andere Erklärung akzeptieren würdest.«

»Versuch es mal.«

»Ich konnte es einfach nicht dabei bewenden lassen, Kätzchen. Ich hatte geglaubt, daß es mir leichter fallen würde, mich von dir fernzuhalten, wenn du mich haßt. Aber das war ein Irrtum. Es gibt anscheinend nichts, was mich von dir fernhalten kann.«

Sie schöpfte wieder Hoffnung. »Ist das so schlimm?«

»Ich glaube schon. Du kannst unmöglich das Bedürfnis gehabt haben, mich wiederzusehen.«

Er hoffte sichtlich, daß sie ihm widersprechen würde, aber es fiel ihr nicht ein, ihn nach allem, was er ihr angetan hatte, so billig davonkommen zu lassen.

»Wenn du das geglaubt hast, dann frage ich mich, wo du die Frechheit hernimmst, in mein Zimmer einzusteigen.«

»Das frage ich mich auch. Aber ich habe ja schon gesagt, daß ich wahrscheinlich den Verstand verloren habe. Vor allem deshalb, weil ich *hierher* zu dir gekommen bin.« Seine Handbewegung umfaßte die gesamte Bar M.

»Du tust ja, als wäre die Ranch ein einziges Gefängnis. Kein Mensch wird dich zwingen hierzubleiben, am allerwenigsten dein Vater.«

Er erstarrte und runzelte die Stirn. »Du weißt Bescheid?«

»Ja. Und ich begreife nicht, warum du es mir nicht erzählt hast. Du mußt doch gewußt haben, daß ich vom aufrührerischen Kane Straton hören würde.«

»Versuch nicht schon wieder, danach zu urteilen, was du gehört hast, Kätzchen. Du kennst nur die Version des Alten.«

»Dann erzähl mir die deine.«

Er zuckte die Schultern. »Er hat geglaubt, daß er meiner sicher ist, daß ich scharf darauf sein würde, die Farm zu bekommen, und alles schlucken würde, was er mir zumutete, nur um hierbleiben zu können. Deshalb bestrafte er mich für die Sünden meiner Mutter, bestrafte mich, weil sie lieber mit dem Komantschen als mit ihm gelebt hatte. Er ließ seinen Haß und seine Verbitterung an mir aus und wunderte sich, als er dafür nur Verachtung erntete.« Er schüttelte den Kopf über so viel Unverstand.

»Bist du sicher, daß es so war, Chandos? Warst du nicht schon voreingenommen, als du hierher kamst? Deine Mutter muß es Fletcher übelgenommen haben, daß er ihr keine andere Wahl ließ, als davonzulaufen, und das muß dich beeinflußt haben. Du warst ja noch ein Kind. Vielleicht war das Verhalten deines Vaters nur die Reaktion auf dein Verhalten ihm gegenüber.«

»Du weißt nicht, wovon du sprichst.«

»Ich weiß, daß er dich liebt und daß er die Fehler bereut, die er in bezug auf dich begangen hat. Und ich weiß, daß er alles dafür geben würde, wenn du es noch einmal mit ihm versuchst.«

»Du meinst, daß er alles dafür geben würde, wenn er mich endgültig in den Menschen verwandeln kann, den er immer aus mir machen wollte.«

»Nein. Es war ihm eine Lehre. Das hier ist doch dein Zuhause, Chandos. Bedeutet dir das gar nichts? Mir bedeutet es etwas, und das ist der Grund, weshalb ich hier bin.«

»Weil du geglaubt hast, daß das der beste Ort ist, um dich vor mir zu verstecken? Daß ich es nie wagen würde, hierher zu kommen?«

Das tat weh. »Nein! Weil du mich hiergelassen hast, und ich mich dir hier einfach näher fühle.«

Diese Antwort hatte er nicht erwartet. Sein Zorn verpuffte wie die Luft aus einem Ballon, den man mit einer Nadel ansticht. Doch merkwürdigerweise strahlte er gleichzeitig.

»Kätzchen.« Seine Stimme klang heiser.

Seine Hand glitt über ihre Wange. Er beugte sich vor, seine Lippen berührten die ihren, und es war, als breche ein Damm. Die Leidenschaft überwältigte beide und brachte alle Wenn und Aber zum Verstummen.

Augenblicke später waren sie nackt, klammerten sich aneinander und küßten einander gierig. Chandos liebte sie wild und besitzergreifend wie noch nie zuvor, und sie erwiderte seine Liebe so leidenschaftlich und intensiv wie nie zuvor.

Sie sprachen mit ihren Körpern, drückten mit ihnen alles aus, was sie nicht in Worte fassen konnten, und jeder schenkte dem anderen die Liebe, das Begehren und die Sehnsucht, die beide von Anfang an beherrscht hatten. Morgen würde der Liebesakt vielleicht nur noch eine weitere Erinnerung sein, aber heute war Courtney Chandos' Frau.

43. KAPITEL

Courtney öffnete die Tür zu ihrem Zimmer vorsichtig einen Spaltbreit und lugte hinein. Chandos schlief immer noch, was kein Wunder war. Seit der Trennung von ihr hatte er insgesamt dreißig Stunden geschlafen – für zehn Tage entschieden zu wenig.

Sie trat ins Zimmer, schloß die Tür hinter sich und musterte ihn. Sie würde ihn so lang schlafen lassen, wie er wollte, und würde auch niemandem verraten, daß er hier war. Maggie wußte es zwar, hatte aber nicht vor, es Fletcher zu erzählen. Sie gönnte dem alten Hornochsen die Überraschung. Außerdem war sie davon überzeugt, daß Chandos nicht sofort wieder verschwinden würde.

Courtney hoffte, daß Maggie recht behielt, teilte aber ihre Zuversicht nicht ganz. Es stand zwar fest, daß Chandos sie noch immer begehrte, denn er hatte es ihr vergangene Nacht auf jede nur erdenkliche Art bewiesen. Doch das bedeutete noch lange nicht, daß er sie für immer haben wollte. Und es bedeutete auch nicht, daß er sie nicht wieder verlassen würde.

Doch noch hatte sie Grund zu hoffen. Er war zurückgekommen und hatte ihr gestanden, daß er sich nicht von ihr fernhalten konnte. Dieses Wissen versetzte Courtney in Hochstimmung.

Maggie hatte Courtney Chandos' Satteltaschen gegeben, und diese stellte sie jetzt in eine Ecke. Dann trat sie wieder vor den Spiegel, denn sie konnte es immer noch nicht fassen, wie strahlend sie an diesem Morgen aussah. War die Liebe daran schuld? Nein, es war das Glück, das aus ihren Augen leuchtete, das sie dazu trieb, zu lachen, zu singen, sogar zu schreien. Es fiel ihr schwer, diesen Drang zu unterdrücken.

Eine Zeitlang saß sie am Fenster und betrachtete den schlafenden Chandos. Sie wußte zwar, daß sie das Zimmer verlassen und sich eine Beschäftigung suchen sollte, aber sie wurde die Befürchtung nicht los, daß Chandos nicht mehr im Zimmer sein würde, wenn sie später zurückkam. Das war natürlich absurd, denn wenn er sie diesmal verließ, würde er ihr zumindest sagen, wann sie ihn wiedersehen würde. Das war er ihr schuldig. Trotzdem ließ sie ihn lieber nicht aus den Augen.

Sie trat langsam ans Bett. Sie wollte ihn nicht wecken, sondern ihm nur näher sein. Doch das genügte ihr nicht, und nach einigen Minuten legte sie sich vorsichtig neben ihn. Er regte sich nicht, denn er schlief fest und schnarchte sogar ein bißchen. Das war ein Hinweis darauf, wie erschöpft er war. Er war so müde, daß er nicht einmal aufwachen würde, wenn ...

Ihre Finger glitten leicht über die harten Muskeln auf seiner Brust. Er hatte sich nur mit einem dünnen Laken zugedeckt, und Courtney weidete sich an seinem Anblick. Als er sich noch immer nicht rührte, wurde sie kühner und fuhr mit den Fingern über seinen Körper und seine muskulösen Schenkel.

Plötzlich schnappte sie nach Luft. Ein bestimmter Körperteil hatte sich erregt und Chandos raunte: »Hör nicht auf, Kätzchen.«

Sie wurde krebsrot. »Du warst die ganze Zeit über wach«, meinte sie vorwurfsvoll.

»Eine der Schattenseiten des Wanderlebens.«

Er sah sie aus schlaftrunkenen Augen an und wirkte in diesem Zustand unglaublich sexy. Doch Courtney war so verlegen, daß sie schleunigst das Bett räumte. »Deine Sachen sind im Zimmer, falls du dich rasieren möchtest. Du kannst aber auch weiterschlafen. – Ich wollte dich nicht wecken. Und du kannst es ruhig tun, denn niemand weiß, daß du hier bist.«

Er setzte sich auf. »Vorläufig weiß es noch niemand. Aber es wird nicht lang dauern, bis jemand Surefoot hinter Maggies Haus entdeckt.«

»Darum hat sich Maggie gekümmert. Sie hat Surefoot in ihr Wohnzimmer geschleppt.«

»Was?«

Courtney kicherte. »Ich habe meinen Augen nicht getraut, als ich ihn dort erblickte, aber er trägt es mit Würde. Maggie will damit wiedergutmachen, daß sie Fletcher erzählt hat, daß du mich hierher gebracht hast. Diesmal bleibt es dir überlassen, ob er es erfährt.«

Chandos brummte und fuhr sich mit der Hand über das Gesicht. »Ich muß mich rasieren.«

Courtney zeigte auf die Satteltasche in der Ecke, setzte sich dann aufs Bett und sah ihm zu. »Wirst du mit deinem Vater sprechen?«

»Nein.« Er fuhr in seine schwarze Hose und blickte sie dabei streng an. »Und versuch ja nicht, den Friedensengel zu spielen. Ich will mit diesem Mann nichts zu tun haben.«

»Er ist mürrisch, hart und brüllt viel herum, aber er ist gar nicht so übel.«

Chandos sah sie an, und sie schaute seufzend zu Boden.

Als sie nach einer Weile wieder aufblickte, stand er vor dem Waschtisch und seifte sich das Gesicht ein. »Hast du den Mann in San Antonio gefunden?«

Die Muskeln auf seinem Rücken verkrampften sich. »Ich habe ihn gefunden. Man hatte ihm den Prozeß gemacht, und er sollte hängen.«

»Dann hast du ihn also nicht getötet?«

»Ich habe ihn aus dem Gefängnis geholt«, antwortete er gleichgültig. »Es war nicht schwierig, denn Smith hatte in San Antonio keine Freunde, deshalb haben sie auch keine besonderen Vorsichtsmaßnahmen ergriffen.«

Chandos war jetzt mit dem Rasieren fertig und wandte sich ihr zu. Seine Augen waren noch nie so eisig gewesen, und in seiner Stimme hatte noch nie ein solcher Haß gelegen. »Ich habe ihm unter anderem beide Arme gebrochen und ihn dann gehenkt, aber da war er schon tot. Das Schwein muß Verdacht geschöpft haben; vielleicht hat er Trasks Pferd wiedererkannt, das ich für ihn mitgebracht hatte. Vielleicht fragte er sich auch, warum ich ihn da herausholte. Er griff mich jedenfalls in dem Augenblick an, in dem wir anhielten, bekam ein Messer zu fassen, und wir kämpften darum. Dabei fiel er in das Messer und starb innerhalb von Sekunden. Es war nicht genug, es war zu wenig für das, was er Weißer Flügel angetan hat.«

Courtney ging durch das Zimmer zu ihm hin und legte ihm die Arme um den Hals. Es dauerte eine Weile, bis er darauf reagierte, doch dann zog er sie an sich.

»War Weißer Flügel deine Schwester?«

»Ja.«

Er erzählte ihr von dem Tag, an dem er zurückgekommen war und vor den Leichen seiner Mutter und seiner Schwester gestanden hatte, die vergewaltigt und ermordet worden war. Noch während er sprach, begann Courtney zu schluchzen, und schließlich tröstete er sie.

»Weine nicht, Kätzchen. Ich habe es nie ertragen, daß du weinst. Es ist vorbei. Sie müssen jetzt auch nicht mehr weinen und können in Frieden schlafen.«

Er küßte sie zärtlich, und dann küßte er sie noch einmal. Auch das war eine Möglichkeit, Trost zu finden – und zu vergessen.

44. KAPITEL

Es war früher Nachmittag, als Courtney aus dem Bett kletterte. Chandos war wieder eingeschlafen, und diesmal war sie entschlossen, ihn nicht zu stören. Das Schicksal seiner Schwester und seiner Mutter hatte sie tief erschüttert, und sie mußte sich zwingen, die Gedanken daran zu verdrängen. Schließlich lag das alles vier Jahre zurück, und sogar Chandos hatte gelernt, damit zu leben, obwohl er es nie ganz vergessen konnte.

Sie hatte gerade den letzten Knopf an ihrem Kleid geschlossen, als jemand an die Tür klopfte. Sie blickte rasch zum Bett hinüber. Chandos war durch das Klopfen aufgewacht und hatte die Augen geöffnet. Er warf Courtney einen warnenden Blick zu, aber seine Besorgnis war unnötig. Sie würde niemandem verraten, daß er sich in ihrem Zimmer befand.

Sie ging rasch zur Tür und öffnete sie einen Spaltbreit. »Ja?«

»Sie haben Besuch, Señorita«, meldete eine der Mexikanerinnen, die Maggie im Haushalt halfen. »Ein Señor Taylor. Er wartet mit Señor Straton auf der Veranda, und –«

»Taylor?« unterbrach Courtney sie scharf. »Hast du Taylor gesagt?«

»Sí.«

»Danke.« Courtney schlug die Tür zu, denn sie war von einem Zorn erfüllt, wie sie ihn noch nie empfunden hatte. »Reed Taylor! Ich kann es nicht glauben! Wie kann er es nach allem, was er mir angetan hat, wagen, hier aufzutauchen? Er hat mich entführen lassen! Das – das ist – oh!«

»Courtney! Verdammt, komm zurück!« rief Chandos ihr nach, als sie aus dem Zimmer stürmte. Er fluchte wild, weil sie einfach weiterrannte, und er ihr kaum splitterfasernackt nachlaufen konnte.

Kochend vor Wut erreichte Courtney die Vordertür und riß sie auf. Vor ihr stand Reed: dunkler Anzug, Rüschenhemd, Hut in der Hand. Wie immer der vollendete Gentleman. Und er lächelte!

»Du bist verrückt!« zischte sie ihn an, während sie auf die Veranda trat. Sie ließ ihn nicht aus den Augen. »Ist dir nicht klar, daß ich dich verhaften lassen könnte?«

»Courtney, mein Liebling, ist das die richtige Art, einen Mann zu begrüßen, der den ganzen weiten Weg zurückgelegt hat, um dich wiederzusehen?«

Sie schloß die Augen. Sie hätte daran denken müssen, wie stur er war. Schließlich war alles, was sie ihm je gesagt hatte, von seinem Dickschädel abgeprallt.

»Nenn mich nicht Liebling«, fuhr sie ihn an. »Du dürftest mich nicht einmal Courtney nennen. Als deine Männer nicht zurückkamen, hättest du doch begreifen müssen, was los ist. Ich wollte nicht gefunden werden, Reed. Du hattest nicht das Recht, diese – diese Galgenvögel hinter mir herzuschicken!«

Er packte sie am Arm und zog sie von den Männern weg, die um sie herumstanden und sie beobachteten. Aber er dachte nicht daran, leiser zu sprechen, und kam schon gar nicht auf die Idee, daß außer ihr noch andere Leute wütend werden könnten.

»Einer dieser Männer ist zurückgekommen, Courtney – er war halbtot. Der Revolvermann, mit dem du durchgebrannt bist, hat ihm die Zunge herausgeschnitten und ihm die Hand abgehackt. Sobald ich erfuhr, wozu dieser Verrückte fähig ist, konnte ich dich einfach nicht weiterhin bei ihm lassen, das siehst du doch ein?«

»Ich bin davon überzeugt, daß die Geschichte eine maßlose Übertreibung ist«, widersprach Courtney.

Chandos war gerade rechtzeitig eingetroffen, um die letzten beiden Äußerungen zu hören.

»Damit hat sie recht«, meinte er lässig. »Ich habe dem Kerl nur die Zunge aufgeschlitzt, nachdem er mir erzählt hat, daß er Courtney im Lager zurückgelassen hat, damit einer von seinen Freunden sie vergewaltigen kann. Und ich habe ihm obendrein die ersten beiden Finger seiner Schußhand gebrochen, bevor ich ihn an einen Baum gebunden habe. Seine Schmerzschwelle ist eben extrem niedrig, das ist alles. Wie steht es mit Ihrer Schmerzschwelle, Taylor?«

Reed überhörte die Frage und wandte sich an Courtney. »Was sucht der Kerl hier?«

Courtney antwortete nicht, sondern starrte Chandos an, der in der Tür stand und nur die Hose und darüber den Revolvergurt trug. Sie wußte, daß er sich sichtlich beherrschen mußte, um nicht nach dem Revolver zu greifen. Dann bemerkte sie zum ersten Mal die anderen – die Cowboys schauten gespannt zu, Fletcher grinste von einem Ohr bis zum anderen und ließ Chandos nicht aus den Augen, Sägezahn starrte Taylor finster an, und hinter Sägezahn stand ... ihr Vater. Ausgerechnet ihr Vater! Er hatte das Ganze miterlebt.

»Warum reitest du nicht wieder zurück, Reed?« schlug sie ihm vor. Er hielt sie noch immer fest, und auf seinem Gesicht lag der eigensinnige Ausdruck, den sie so gut kannte. Sie wußte, daß es keinen Sinn hatte, versuchte es aber trotzdem. »Daß du hierher gekommen bist, war vollkommen zwecklos. Ich werde dich bestimmt nicht heiraten, und ich werde ganz bestimmt nicht mit dir nach Kansas zurückkehren. Und falls du versuchen solltest, es zu erzwingen, wie du es schon einmal getan hast, bekommst du es mit dem Gericht zu tun.«

»Du bist aufgeregt«, erwiderte Reed knapp. »Du mußt mir nur die Möglichkeit geben –«

»Sie hat Ihnen schon die Möglichkeit gegeben, Taylor – die Möglichkeit zu verschwinden.« Chandos trat vor. »Jetzt haben Sie es mit mir zu tun. Nehmen Sie Ihre drekkigen Pfoten von meiner Frau.«

Reed sah ihn an, ließ Courtney aber noch immer nicht los. »Wollen Sie auf mich feuern, Schnellschießer?« höhnte er. »Wollen Sie mich vor allen diesen Zeugen erschießen?« Er deutete mit einer Kopfbewegung auf die Zuschauer.

»Aber nicht doch.« Chandos zog lächelnd den Revolver, wirbelte ihn um den Finger und reichte ihn Courtney. »Ich werde nicht lang brauchen, Kätzchen«, murmelte er, und im gleichen Augenblick knallte seine Faust auf Taylors Kinn.

Reed flog nach hinten und riß Courtney beinahe mit, aber Chandos faßte sie um die Taille und verhinderte dadurch, daß sie gemeinsam mit Reed die Verandatreppe hinunterkullerte. Dann lächelte er sie um Entschuldigung bittend an, schob sie zur Seite und hechtete hinter dem Gestürzten her.

Courtney blieb auf der Veranda stehen und sah zu, wie zwei erwachsene Männer sich bemühten, einander mit bloßen Fäusten umzubringen. Sie versuchte nicht einmal, sie zurückzuhalten, denn sie war immer noch verwirrt, weil Chandos sie als ›meine Frau‹ bezeichnet hatte. Noch dazu in Anwesenheit seines Vaters – und ihres Vaters. Meinte er es tatsächlich ernst?

Jemand legte ihr den Arm um die Schultern, und sie blickte auf. Aber ihr Vater sah nicht sie an, sondern beobachtete den Kampf.

»Du hast vermutlich keine Einwände gegen die Feststellungen des jungen Mannes?« erkundigte er sich beiläufig.

»Nein.«

Sie vernahm einen besonders mörderischen Schlag, und als sie sich umdrehte, landete Chandos gerade der Länge nach im Staub. Sie trat unwillkürlich einen Schritt vor, aber er war schon wieder auf den Beinen und versetzte Reed einen kräftigen Schwinger in die Magengrube. Dennoch begann sie, sich Sorgen zu machen. Chandos war zwar größer, aber Reed war kräftig wie ein Stier.

»Gehe ich recht in der Annahme, daß dies der Mann ist, der dich nach Texas gebracht hat?« Edwards Ton war immer noch beiläufig.

»Ja, ja.« Sie konzentrierte sich ganz auf den Kampf.

»Courtney, mein Liebling, sieh mich an.«

Sie wandte ihre Aufmerksamkeit von Chandos ab. »Ja, Daddy?«

»Liebst du ihn?«

»O ja! Mehr, als ich für möglich gehalten hätte.« Dann fügte sie zögernd hinzu: »Du hast doch nichts dagegen, Daddy?«

»Das weiß ich noch nicht genau. Ist er immer so ... stürmisch?«

»Nein, aber beschützen tut er mich immer.«

»Dann spricht wenigstens das für ihn«, seufzte ihr Vater.

»Bitte, Daddy, bilde dir erst ein Urteil über ihn, wenn du ihn näher kennst. Nur weil er ein Revolvermann ist –«

»Es gibt eine Menge anständige Männer, die Revolvermänner sind, das weiß ich!«

»Und er ist so lange allein gewesen, daß er nicht daran gewöhnt ist, gesellschaftlich oder freundschaftlich mit jemandem zu verkehren, also verfalle nicht in den Fehler –«

»Es gibt auch eine Menge anständiger schweigsamer Männer, mein Liebling.«

Sie lächelte verlegen. »Du bemühst dich wirklich, die Sache vorurteilslos zu sehen.«

»Kann ich es denn riskieren, mich anders zu verhalten? Ich möchte nicht unbedingt mit seinen Fäusten Bekanntschaft machen.«

»Er würde bestimmt nicht –« begann sie, merkte dann aber, daß er sie nur neckte.

Die zuschauenden Cowboys brachen in Jubel aus. Sie hatten sehr rasch erkannt, auf wessen Seite sie zu stehen hatten, denn Fletcher beugte sich über das Verandageländer und feuerte seinen Sohn lautstark an. Als Courtney hinüberblickte, schlugen Fletcher und Sägezahn einander gerade auf die Schultern, als hätten sie den Kampf gewonnen.

Courtney trat zu der Schar von Gratulanten, die sich um Chandos drängte. Er bückte sich leicht und preßte eine Hand auf den Magen. Sein Gesicht hatte auch einiges abbekommen.

»Es sieht so aus, als würden meine Dienste benötigt«, rief ihr Edward zu.

»Ja«, antwortete Courtney, ohne Chandos aus den Augen zu lasen.

»Ich habe den anderen gemeint«, lachte Edward.

»Was? Ach, vergeude nicht deine Zeit«, meinte Courtney ohne einen Funken Mitgefühl. Reed lag k. o. auf dem Boden. »Wenn jemand eine Tracht Prügel verdient hat, dann war er es. Du würdest nicht glauben, wie sehr dieser Mann von sich eingenommen ist. Er hat einfach kein Nein akzeptiert.«

»Hoffen wir, daß er diesmal begriffen hat, Kätzchen.« Chandos stolperte auf sie zu. »Ich möchte den Kerl nicht deshalb erschießen müssen, weil er ein verbohrter, blödsinniger Dickschädel ist.«

»Bitte setz dich, Chandos.« Sie führte ihn zu der Veranda.

»Fang nicht an, mir vorzuschreiben, was ich tun oder lassen soll, Frau.«

Sie versetzte ihm einen Stoß, so daß er auf der Treppe landete. »Sieh dich doch einmal an.« Sie strich ihm das Haar aus der Stirn und musterte sein Gesicht. »Hol deine Tasche, Daddy.«

»Daddy?« Chandos sah sich um und verzog das Gesicht. »Du hättest mich warnen können.«

Sie grinste. »Er hat den Kampf genossen.«

Chandos brummte etwas Unverständliches.

»Dein Vater übrigens auch.«

Er fluchte und blickte jetzt zu Fletcher hinüber, der seinen Männern gerade befahl, Taylor auf sein Pferd zu heben und ihn in Richtung Kansas in Bewegung zu setzen. »Was ist das hier eigentlich? Ein verdammtes Familientreffen?«

Sie wußte, daß er nur deshalb so böse war, weil er das Gefühl hatte, in der Falle zu sitzen. »Es könnte eines werden, wenn du damit einverstanden wärst«, meinte sie.

»Ich bin deinetwegen hierher gekommen und aus keinem anderen Grund.«

»Tatsächlich?«

»Das weißt du am besten.«

Sie schlug plötzlich den gleichen Ton an wie er. »Dann sag es, Chandos. Ich habe es von dir noch nie gehört.«

Er runzelte die Stirn. Sein Vater lehnte nur wenige Schritte von ihm entfernt am Verandageländer. Neben ihm saß Sägezahn auf dem Geländer und versuchte vergeblich, nicht zu grinsen. Keiner von ihnen bemühte sich im geringsten, sein Interesse an den Vorgängen zu verbergen. Was noch schlimmer war: Ihr Vater hörte genauso interessiert zu.

Chandos spürte, daß alle Augen auf ihm ruhten, aber vor allem spürte er Courtneys entschlossenen, fordernden Blick. Und plötzlich war nur sie wichtig.

»Du bist meine Frau, Kätzchen. Du bist es von dem Augenblick an gewesen, als ich dich zum ersten Mal erblickte.«

Sie war noch immer nicht zufrieden. »Sag es!«

Er grinste und zog sie auf seinen Schoß, wo sie steif aufgerichtet wartete, bis er schließlich erklärte: »Ich liebe dich. Das wolltest du doch hören. Ich liebe dich so sehr, daß ich mich ohne dich ganz verloren fühle.«

»O Chandos!« Sie schmiegte sich an ihn und schlang ihm die Arme um den Hals. »Ich liebe –«

Er unterbrach sie. »Überlege genau, bevor du etwas sagst, Kätzchen. Denn wenn du mir deine Liebe schenkst, werde ich nie zulassen, daß du sie mir wieder entziehst. Ich kann mir nicht weiterhin den Kopf darüber zerbrechen, ob ich imstande bin, dich glücklich zu machen oder nicht. Ich werde mein Möglichstes tun, aber du kannst es dir später nicht mehr anders überlegen. Verstehst du mich? Wenn du bereit bist, meine Frau zu werden, lasse ich dich niemals mehr gehen.«

»Gilt das für beide Teile?« fragte sie leicht verstimmt, und Chandos lachte. »Worauf du dich verlassen kannst.«

»Dann werde ich jetzt meine Bedingungen klarlegen. Du hast gerade gesagt, daß du mich liebst, und ich werde ebenfalls nicht zulassen, daß du es zurücknimmst. Genau wie du werde ich mein Möglichstes tun, um dich glücklich zu machen. Aber falls du es dir später einmal anders überlegen solltest, dann kann ich dir heute schon versprechen, daß du in dem ganzen verdammten Land keinen Ort finden wirst, an dem du dich vor mir verstecken kannst. Das erste, was du mir beibringen mußt, wird nämlich Spuren lesen sein, und das zweite schießen. Hast du mich verstanden, Chandos?«

»Ja, Madam.«

»Gut.« Jetzt lächelte sie, und ihre Wangen waren rosig angehaucht, weil ihr bewußt wurde, wie kühn und dreist sie gesprochen hatte. Sie beugte sich ganz nahe zu seinem Gesicht. »Ich liebe dich nämlich. Ich liebe dich so sehr, daß ich sterben wollte, als du mich verlassen hast. Ich möchte nie wieder so unglücklich sein, Chandos.«

»Ich auch nicht«, erklärte er leidenschaftlich, beugte sich ebenfalls vor und küßte sie innig. »Du hast das Schnurren noch nicht verlernt, Kätzchen.«

»Chandos!«

Er grinste. Jetzt hatte auch sie gemerkt, daß sie nicht allein waren. Er mochte es, wenn sie errötete. »Bist du deiner Sache sicher, Kätzchen?« fragte er leise.

»Ja.«

»Und du kannst so leben wie ich?«

»Ich werde das Leben führen, das du willst, selbst wenn ich unsere Kinder auf dem Rücken herumschleppen muß.«

»Kinder!«

»Noch nicht«, flüsterte sie empört und tödlich verlegen und warf schnell einen Blick zu ihrem Vater hinüber.

Chandos drückte sie lachend an sich. Sie hatte ihn noch nie so sorglos und glücklich erlebt. Wie sehr sie ihn liebte!

»Aber wir werden Kinder haben, nicht wahr?« fragte er

nachdenklich. »Vielleicht wäre ein Haus gar keine so schlechte Idee.«

Courtney sah ihn verblüfft an. »Ist das dein Ernst?«

»Ich könnte es mit einer Ranch versuchen. Der Alte hat dafür gesorgt, daß ich die Viehzucht aus dem FF lerne. Er hat auch in einer Bank in Waco auf meinen Namen ein Vermögen hinterlegt, das ich bis jetzt noch nicht angerührt habe. Damit könnten wir ein schönes Stück Land kaufen. Dem Alten würde etwas Konkurrenz nicht schaden.«

Courtney war die einzige, die Chandos grinsen sah als der ›Alte‹ zu stottern begann. Sägezahn erstickte beinahe, weil er versuchte, das Lachen zu unterdrücken. Sogar Edward, der die Treppe herunterkam und zu ihnen trat, grinste.

»Meine Arzttasche werde ich wohl nicht brauchen. Jemand, der so viel Sinn für Humor beweist, kann nicht schwer verletzt sein.«

»Damit haben Sie recht, Doc. Stört es Sie, wenn ich Sie Doc nenne?«

»Überhaupt nicht, obwohl Edward auch in Ordnung wäre, denn Sie werden ja demnächst mein Schwiegersohn sein.«

»Im Augenblick brauche ich nur ein Bad und – habe ich eigentlich vom Heiraten gesprochen, Kätzchen?«

»Hast du nicht.« Sie mußte über den Gesichtsausdruck ihres Vaters lachen. »Er neckt uns immer noch, Daddy. Sag es ihm, Chandos. Chandos?«

»Autsch!« Er zog ihre Hand aus seinen Haaren. »Willst du mir wirklich eine Zeremonie des weißen Mannes zumuten, die mit meinen Gefühlen überhaupt nichts zu tun hat? Ich habe mich vor Zeugen erklärt. Du hast dich erklärt. Du bist bereits meine Frau, Kätzchen.«

»Es würde meinen Vater glücklich machen.«

»Dich auch?«

»Ja.«

»Dann habe ich mir eben nur einen Spaß gemacht.«

Sie schloß ihn in die Arme und war so glücklich, daß sie es beinahe nicht mehr aushielt. Er war in mancher Hinsicht erbarmungslos und wild, aber er war auch ihr Chandos, der zärtlich sein konnte, wenn es darauf ankam. Und er liebte sie! Daß er ihr zuliebe seßhaft werden wollte, bewies es zweifelsfrei.

Courtney wollte, daß alle Leute in ihrer Umgebung genauso glücklich waren wie sie, auch Fletcher. »Warum gibst du nicht zu, daß du deinen Vater auch nur auf den Arm genommen hast?«

»Weil das nicht stimmt.« Chandos drehte sich zu Fletcher um. »Kannst du die Konkurrenz verkraften, Alter?«

»Verdammt nochmal, und ob ich das kann!« brüllte Fletcher.

»Das habe ich mir gedacht«, grinste Chandos.

Es dauerte einen Augenblick, dann bildeten sich Lachfältchen um Fletchers Augen. Er gestattete sich allerdings nicht zu lächeln, denn das hätte nicht zu seinem Image gepaßt. Aber er platzte beinahe vor Vergnügen. Er hatte seinen Sohn noch nie so erlebt, so herzlich, offen und zugänglich.

Es war ein Anfang. Es war ein verdammt guter Anfang.

WENN DIE LIEBE ERWACHT

1. KAPITEL

England, 1176

Sir Guibert Fitzalan lehnte sich an den dicken Baumstamm zurück und sah den beiden Dienstmädchen zu, die die Überreste des mitgebrachten Mittagessens einpackten. Da sich sein Aussehen in Maßen hielt, war er ein bescheidener Mann, und Frauen, sogar die Mädchen seiner Lehnsherrin, brachten ihn aus der Fassung. Wilda, das jüngere der beiden Dienstmädchen, sah ihm einen Moment ins Auge. Ihr kühner Blick brachte ihn dazu, sich eilig abzuwenden, und sein Gesicht war glühend heiß.

Der Frühling stand in voller Blüte, und Wilda war nicht die einzige Frau, die Sir Guibert anerkennende Blicke zuwarf. Er war aber auch nicht der einzige Mann, dem sie ihre glühenden Blicke zuwandte. Wilda war entschieden hübsch. Sie hatte eine schmale, kleine Nase und rosige Wangen. Ihr Haar hatte ein schimmerndes Kastanienbraun, und sie war mit einem prachtvollen Körper gesegnet.

Dennoch war Sir Guibert ein überzeugter Junggeselle. Davon abgesehen war Wilda für einen Mann von fünfundvierzig Jahren zu jung. Schließlich war sie genauso alt wie Lady Leonie, der sie beide dienten, und diese junge Dame war ganze neunzehn Jahre alt.

Sir Guibert sah Leonie von Montwyn als eine Art Tochter an. In dem Moment, in dem er beobachtete, daß sie das Weideland verließ, auf dem sie begonnen hatte, Frühlingskräuter zu pflücken, und in den Wald verschwand, schickte er vier seiner Krieger hinter ihr her, die ihr in einem unauffälligen Abstand folgen sollten. Er hatte zehn Männer zu ihrem Schutz mitgebracht, und die Soldaten wußten, daß es wenig Sinn hatte, über diesen Auftrag zu murren, obwohl es nicht gerade eine ihrer Lieblingsaufgaben war. Leonie bat sie oft, Pflanzen, die sie ihnen zeigte, zu pflücken. Das Sammeln von Kräutern war kein Zeitvertreib für einen Mann.

Bis zu diesem Frühjahr hatten drei Wochen ausgereicht, um Lady Leonie zu begleiten, doch jetzt hatte Crewel einen neuen Bewohner, in dessen Wälder Leonie eindrang, um Kräuter zu suchen. Der neue Herr aller Ländereien von Kempston bereitete Sir Guibert große Sorgen.

Guibert hatte den früheren Lehnsherrn von Kempston, Sir Edmond Montigny, nie gemocht, aber zumindest hatte der alte Baron keinen Ärger gemacht. Der neue Lehnsherr von Kempston brachte endlose Klagen gegen die Leibeigenen von Pershwick vor, und das von dem Moment an, als er sich des Bergfrieds Crewel bemächtigt hatte. Es nutzte nichts, daß die Klagen stichhaltig waren. Das Schlimmste war, das Lady Leonie sich persönlich für die Missetaten ihrer Leibeigenen verantwortlich fühlte.

»Lassen Sie mich das in die Hand nehmen, Sir Guibert«, hatte sie ihn gebeten, als ihr die Klagen erstmals zu Ohren gekommen waren. »Ich fürchte, die Leibeigenen glauben, sie täten mir einen Gefallen, wenn sie in Crewel Unheil stiften.«

Um es ihm zu erklären, gestand sie: »Ich war an dem Tag, an dem Alain Montigny kam, um mir zu erzählen, was seinem Vater und ihm zugestoßen ist, im Dorf. Zu viele der Leibeigenen haben gesehen, wie erzürnt ich war, und ich fürchte, sie haben gehört, daß ich dem Schwarzen Wolf, der jetzt in Crewel herrscht, die Blattern gewünscht habe.«

Guibert fiel es schwer zu glauben, Leonie könne jemanden verfluchen. Sie war zu gütig, zu freundlich und zu schnell bei der Hand, wenn es darum ging, ein Übel zu beheben oder eine Last zu lindern. Aber in Sir Guiberts Augen konnte sie überhaupt nichts Böses tun. Er war in sie vernarrt und verhätschelte sie. Und er fragte sich, wer sie verwöhnt hätte, wenn nicht er? Gewiß nicht ihr Vater, der sie vor sechs Jahren, als ihre Mutter gestorben war, gemeinsam mit Beatrix, der Schwester ihrer Mutter, nach Pershwick verbannt hatte, weil ihm der Anblick eines jeden Menschen unerträglich war, der ihn an seine geliebte Frau erinnerte.

Guibert konnte das Vorgehen dieses Mannes nicht begreifen, aber schließlich hatte er Sir William von Montwyn nicht allzu gut gekannt, obwohl er als ein Teil der Mitgift von Lady Elisabeth in seinen Haushalt eingezogen war, als sie Sir William geheiratet hatte. Lady Elisabeth, der Tochter eines Earl und dem fünften und jüngsten der Kinder ihres Vaters, war eine Liebesheirat zugestanden worden. Der Mann war ihr keineswegs ebenbürtig, doch Sir William liebte sie – vielleicht sogar zu sehr. Ihr Tod war für ihn vernichtend gewesen, und allem Anschein nach konnte er die Gegenwart seines einzigen Kindes nicht ertragen. Leonie war so klein und zart und hellhäutig wie Elisabeth und mit deren außergewöhnlichem silberblondem Haar und silbergrauen Augen gesegnet. »Schön« war keine angemessene Beschreibung für Leonie.

Er seufzte, als er an die beiden Frauen dachte, an Mutter und Tochter, von denen die eine nicht mehr am Leben und die andere ihm ebenso teuer war wie früher die Mutter. Dann erstarrte er, und ein Schlachtruf riß ihn aus seiner angenehmen Träumerei, ein Wutgeheul, das aus den Wäldern kam.

Guibert verharrte nicht länger als eine Sekunde in seiner Erstarrung und rannte dann mit gezogenem Schwert in den Wald. Vier Krieger, die mit den Pferden in der Nähe gestanden hatten, setzten ihm eilig nach, und alle hofften, daß die Männer, die bei Leonie waren, sich in ihrer Nähe aufgehalten hatten.

Im tiefen Walde hatte der gespenstische Schrei auch Leonie von Montwyn einen Moment lang erschreckt. Es war ihr wie sonst gelungen, eine größere Distanz zwischen sich und ihre vier Beschützer zu legen. Jetzt malte sie sich aus, daß eine riesige, dämonische Bestie in ihrer Nähe war. Dennoch trieb ihre angeborene, gar nicht damenhafte Neugier sie weiter, und sie lief in die Richtung, aus der das Geräusch gekommen war, statt zu den Männern zurückzukehren.

Sie roch Rauch und lief durch Bäume und Sträucher, bis sie die Quelle des Rauches fand. Die Hütte eines Holzfällers war heruntergebrannt. Der Mann starrte die glimmenden Überreste seines Hauses an, während fünf Ritter zu Pferde und fünfzehn Soldaten, die ebenfalls beritten waren, schweigend dasaßen und die abgebrannte Hütte ansahen. Ein Ritter in voller Rüstung ließ sein Streitroß zwischen der Hütte und den Männern hin- und hertraben. Während Leonie zusah, stieß er einen derben Fluch aus, und da wußte sie, woher der erste entsetzliche Laut gekommen war. Sie wußte auch, wer der Ritter war. Sie wich in das Gebüsch zurück, um nicht gesehen zu werden, und war froh um ihren schützenden dunkelgrünen Umhang.

Ihre Tarnung war gefährdet, als ihre Männer herbeieilten. Leonie kehrte eilig um, lief auf sie zu und bedeutete ihnen, sich leise zurückzuziehen. Sie bezogen ihre Stellung im Halbkreis um sie herum und ritten dann zurück zu ihrem Land. Sir Guibert und die übrigen Männer stießen im nächsten Moment auf Leonie.

»Es besteht keine Gefahr«, versicherte sie Sir Guibert. »Aber wir sollten diese Gegend verlassen. Der Lehnsherr von Kempston hat eine Holzfällerhütte gefunden, die niedergebrannt ist, und ich glaube, er ist nicht allzu gut aufgelegt.«

»Sie haben ihn gesehen?«

»Ja. Er ist ganz schön wütend.«

Sir Guibert trieb Leonie ungehalten weiter. Es ging nicht an, daß sie mit ihren Kriegern in der Nähe der niedergebrannten Hütte gefunden wurde. Wie sollte sie sich aus dieser Lage herausreden?

Später, wenn die Gefahr vorüber war, konnten die Leibeigenen in den Wald zurückkehren und Leonies Pflanzen einsammeln. Für den Augenblick mußten sie und die bewaffneten Männer den Schauplatz des Geschehens verlassen.

Als Sir Guibert sie auf ihren Sattel hob, fragte er: »Woher wissen Sie, daß Sie den Schwarzen Wolf gesehen haben?«

»Er hat den silbernen Wolf auf einem schwarzen Hintergrund getragen.«

Leonie sagte ihm nicht, daß sie den Mann schon einmal gesehen hatte. Das konnte sie Sir Guibert niemals erzählen, denn sie hatte sich verkleidet und sich ohne sein Wissen aus der Burg geschlichen, um das Turnier in Crewel zu besuchen. Hinterher hatte sie gewünscht, sie hätte es nicht getan.

»Dann war er es höchstwahrscheinlich, obwohl seine Männer auch seine Farben tragen«, stimmte Sir Guibert ihr zu und dachte wieder an das gräßliche Gebrüll. »Haben Sie sein Gesicht gesehen?«

»Nein.« Sie konnte die Enttäuschung, die in ihrer Stimme mitschwang, nicht ganz verbergen. »Er hatte seinen Helm auf. Aber er ist riesengroß, das war nicht zu übersehen.«

»Vielleicht kommt er diesmal selbst zu uns und sorgt dafür, daß die Streitigkeiten aufhören, statt wieder einen seiner Männer zu schicken.«

»Vielleicht kommt er auch mit seinem Heer.«

»Er hat keine Beweise, Mylady. Das Wort eines Leibeigenen steht gegen das eines anderen. Aber jetzt bringt euch im Bergfried in Sicherheit. Ich werde mit den anderen losreiten und dafür sorgen, daß die Ortschaft bewacht wird.«

Leonie ritt mit vier Kriegern und zwei ihrer Mädchen nach Hause. Sie erkannte, daß sie ihre Leute nicht streng genug ermahnt hatte, keinen Ärger mit den Leibeigenen von Crewel anzufangen. In Wahrheit hatte sie die Warnung nur aus halbem Herzen ausgesprochen, denn es verschaffte ihr Genugtuung, daß der neue Herrscher von Kempston durch die Probleme seiner Dienstboten gestört wurde.

Sie hatte mit dem Gedanken gespielt, ihre Leute zu besänftigen, indem sie am nächsten Festtag Spiele für sie in Pershwick veranstaltete, doch in ihrer Beunruhigung über den Schwarzen Wolf und das, was er als nächstes unternehmen würde, entschied sie sich gegen jede Geselligkeit in ihrer Burg.

Nein, sie war besser beraten, wenn sie das Vorgehen ihrer Nachbarn genau im Auge behielt und ihren Leuten keine Gelegenheit bot, sich zu einem Anlaß zu versammeln, bei dem zwangsläufig getrunken wurde. Sie wußte, daß sie beschließen könnten, einen Plan auszuhecken, der allzu leicht auf sie zurückfallen konnte. Nein, wenn die Bewohner ihrer Ortschaft ein Komplott gegen den Schwarzen Wolf schmiedeten, war sie besser beraten, wenn sie es weit von ihr entfernt taten.

Sie wußte, was sie zu tun hatte. Sie würde noch einmal mit ihren Leuten reden müssen, und zwar entschieden. Aber als sie an den guten Alain dachte, der aus seinem Heim verbannt worden war, und an den armen Sir Edmond, der gestorben war und König Heinrich damit die Gelegenheit gegeben hatte, einem seiner Söldner die Gunst eines schönen Besitztums zu erweisen, fiel es ihr schwer, dem Schwarzen Wolf ein friedliches Dasein zu wünschen, sehr schwer sogar.

2. KAPITEL

Leonie reichte ihrer Zofe die Seife und beugte sich vor, damit Wilda ihr den Rücken waschen konnte. Sie wies den Eimer mit dem klaren Wasser zum Nachspülen zurück und lehnte sich in der Wanne zurück, um das beruhigende, nach Kräutern duftende Bad auszukosten, solange das Wasser noch so schön heiß war.

Im Kamin brannte ein Feuer, das dem Raum die Kälte nahm. Draußen herrschte ein milder Frühlingsabend, doch die kahlen Steinmauern der Burg von Pershwick brachten eine Kälte hervor, die nie nachzulassen schien. Da sich ihr Zimmer dem großen Saal angliederte und keine eigene Decke hatte, konnte jeder Windstoß dorthin vordringen.

Pershwick war eine alte Burg, die weder auf Behaglichkeit, noch auf die Unterbringung von Gästen eingerichtet war. Der Saal war groß, aber er war nicht verändert worden, seit er vor hundert Jahren gebaut worden war. Leonies Gemach war mit Holzbrettern am erhöhten Ende des Saales abgeteilt worden. Sie bewohnte mit ihrer Tante Beatrix dieses Zimmer, und weitere Holzbretter unterteilten den Raum in zwei Hälften, um jeder der Damen eine gewisse Privatsphäre einzuräumen. Es gab keine Kemenaten für die Frauen und auch keine anderen Gemächer, die von dem Saal abgingen oder über ihm lagen, wie es in manchen der neuen Burgen der Fall war. Die Dienstboten schliefen im Saal und die Soldaten im Turm, dort schlief auch Sir Guibert.

Auch wenn es ein unwirtlicher Ort war, Pershwick war Leonies Zuhause, in dem sie die letzten sechs Jahre verbracht hatte. Seit sie hierhergekommen war, war sie kein einziges Mal nach Montwyn zurückgekehrt, ihrem Geburtsort. Auch hatte sie ihren Vater seit damals nicht mehr gesehen. Und doch lag die Burg Montwyn nur fünf Meilen entfernt. Dort lebten ihr Vater, Sir William, und seine neue Frau, Lady Judith, die er im Jahr nach dem Tode von Leonies Mutter geheiratet hatte.

Wenn Leonie heute keine freundliche Erinnerung an ihren Vater hatte, konnte ihr das niemand vorwerfen. Nach einer glücklichen Kindheit beide Eltern auf einen Schlag zu verlieren, war ein grausames Schicksal, das sie nicht verdient hatte.

Früher hatte sie ihren Vater von ganzem Herzen geliebt. Jetzt empfand sie für ihn kaum noch etwas. Manchmal verfluchte sie ihn sogar. Dazu kam es, wenn er seine Diener ausschickte, um ihre Vorräte für seine ausschweifenden Feste zu plündern – und davon war nicht nur Pershwick betroffen, sondern auch Rethel Marhill. Auch diese beiden Ortschaften gehörten ihr. Er hatte nie eine Verbindung zu seiner Tochter aufgenommen, aber er erntete die Früchte ihrer harten Arbeit und raubte ihr die Einnahmen.

In den letzten Jahren hatte er jedoch immer weniger Erfolg gehabt, da Leonie gelernt hatte, wie sie den Kämmerer von Montwyn überlisten konnte. Wenn er mit seinen neuen Forderungen erschien, waren ihre Lagerräume nahezu leer, und ihre Vorräte waren über die ganze Burg verstreut an den unwahrscheinlichsten Plätzen versteckt. Ebenso verbarg sie ihre Gewürze und die Stoffe, die sie von den Kaufleuten in Rethel erwarb, denn manchmal kam auch Lady Judith, die glaubte, frei über alles verfügen zu können, was sie in Pershwick fand.

Leonies List richtete sich manchmal gegen sie selbst, wenn sie sich nicht an alle ihre Verstecke erinnern konnte. Statt aber dem Geistlichen von Pershwick ihre Winkelzüge zu gestehen und ihn um seine Hilfe zu bitten, zog sie es vor, Vater Bennett zu überreden, ihr das Lesen und Schreiben beizubringen. So konnte sie ihr Labyrinth an Verstecken schriftlich festhalten. Ihre Leibeigenen waren jetzt nicht mehr vom Hungertod bedroht, und ihr eigener Tisch war gedeckt. Nichts von alledem hatte sie ihrem Vater zu verdanken.

Leonie stand auf, um sich mit frischem Wasser die Seife abspülen und von Wilda in ein warmes Nachtgewand hüllen zu lassen, da sie ihr Zimmer an jenem Abend nicht mehr verlassen würde. Tante Beatrix saß mit ihrer Stickerei vor dem Feuer und war wie gewöhnlich in ihre eigene Welt versunken. Elisabeths ältere Schwester war schon seit langem verwitwet. Beim Tod ihres Mannes hatte sie ihre Wittumsländer an dessen Verwandte verloren, und sich nicht wieder verheiratet. Sie beharrte darauf, so sei es ihr recht. Sie hatte bis zu Elisabeths Tod bei ihrem Bruder, dem Earl von Shefford, gewohnt. Wenig später war Leonie ihrem Vasallen Guibert Fitzalan aufgebürdet worden, und Beatrix hatte es als ihre Pflicht angesehen, dortzubleiben und sich um ihre Nichte zu kümmern.

Im Grunde war es jedoch so, daß Leonie sich um ihre Tante kümmerte, denn Beatrix war eine furchtsame Frau. Sogar die Abgeschiedenheit der Burg von Pershwick hatte sie nicht mutiger werden lassen. Da sie eines der ersten Kinder des verstorbenen Earl von Shefford war, hatte sie den Vater in seiner aufbrausendsten Zeit erlebt, wogegen Elisabeth, das jüngste Kind, ihn als einen nachgiebigen Mann und hingebungsvollen Vater gekannt hatte.

Leonie kannte den derzeitigen Earl nicht, dessen Besitz im Norden lag, weit entfernt von Mittelengland. Als sie in das heiratsfähige Alter gekommen war und angefangen hatte, sich Hoffnungen auf einen Ehemann zu machen, hatte sie den Kontakt zu ihrem Onkel aufnehmen wollen. Tante Beatrix hatte ihr freundlich auseinandergesetzt, daß der Earl mit seinen acht Geschwistern und Dutzenden von Nichten und Neffen neben seinen eigenen sechs Kindern und den Enkeln sich gewiß nicht mit der Tochter einer Schwester befassen wollte, die sich unglücklich verheiratet hatte und tot war.

Leonie, die damals fünfzehn war und von der Welt abgeschieden lebte, fing an zu glauben, sie würde niemals heiraten. Doch schon bald setzte sich ihr Stolz durch, der es ihr verbot, die Hilfe von Verwandten zu erbitten, die sie weder kannten, noch sich je nach ihr erkundigt hatten.

Nach einer Weile schien ihr, daß sie ohne einen Ehemann möglicherweise besser dastand. Über ihr schwebte nicht die übliche Drohung, in ein Kloster geschickt zu werden, und sie war die Herrin ihrer eigenen Burg, unabhängig und nur einem Vater gegenüber verantwortlich, der nie an sie herantrat und von dem allem Anschein nach nicht zu erwarten war, daß er je Interesse an ihr bekunden würde.

Das war eine einzigartige und beneidenswerte Lage, sagte sie sich, nachdem sie ihre ersten Sehnsüchte nach romantischen Liebesabenteuern erstickt hatte. Die meisten Bräute kannten ihre Gatten vor der Hochzeit überhaupt nicht, und es war nicht unwahrscheinlich, daß sie sich dann als Besitz eines alten, eines grausamen oder eines gleichgültigen Mannes wiederfanden. Nur Leibeigene heirateten aus Liebe.

So kam Leonie zu dem Glauben, in einer glücklichen Lage zu sein. Das einzige, woran sie etwas ändern wollte, war ihre Abgeschiedenheit, und das hatte sie veranlaßt, sich allein nach Crewel zu wagen, um sich das Turnier anzusehen.

Sie hatte noch nie ein Turnier erlebt. König Heinrichs Taktik bestand darin, sämtliche Turniere bis auf wenige zu verbieten, die unter besonderen Umständen und mit seiner Genehmigung veranstaltet wurden. In vergangenen Zeiten hatten zu viele Turniere als blutiges Gemetzel geendet. In Frankreich konnte man jederzeit und fast überall auf ein Turnier stoßen, und viele Ritter wurden reich, indem sie von einem zum nächsten reisten. In England verhielt sich das anders.

Das Turnier in Crewel fing spannend an. Der Schwarze Wolf ritt in voller Rüstung und von sechs Rittern flankiert, die alle Schwarz und Silber trugen, seine Farben, und ausnahmslos großgewachsene und attraktive Männer waren, auf das Feld hinaus. Die sieben Gegner steckten auch in ihren Rüstungen. Leonie erkannte einige von ihnen an ihren Bannern als die Vasallen von Sir Edmond Montigny. Der Schwarze Wolf war jetzt ihr neuer Herrscher.

Sie hatte sich nicht gefragt, warum er seine neuen Vasallen zum Kampf herausforderte. Es gab viele Erklärungen dafür, doch es war keine darunter, die sie interessierte. Ihre Aufmerksamkeit war ganz auf den Schwarzen Wolf und die Dame gerichtet, die auf den Turnierplatz eilte, um ihm ein Zeichen ihrer Gunst zu überreichen. Es folgte ein dreister Kuß, als er die Dame in seine Arme riß. Ob sie wohl seine Gemahlin war? Die Menge bejubelte die Szene, und dann begann plötzlich das Handgemenge, ein Scheingefecht, in das sich alle Teilnehmer brutal einmischten. Es gab strenge Vorschriften für ein Scheingefecht, Regeln, die es von einem echten Gefecht unterschieden, doch an jenem Vormittag wurden sie durchbrochen. Von Anfang an war deutlich zu erkennen, daß alle sieben gegnerischen Ritter vorhatten, den Schwarzen Wolf vom Pferd zu stürzen. Das gelang ihnen auch schnell, und nur die flinke Gegenwehr seiner eigenen Ritter verhinderte seine Niederlage. Er mußte sie sogar zurückrufen, als seine Gegner vom Felde flohen und sie Jagd auf sie machten.

Es war viel zu schnell vorbei und Leonie ging enttäuscht nach Hause. Nur das Wissen, daß einige der neuen Vasallen des Schwarzen Wolfes ihn offensichtlich als ihren Herrn ablehnten, befriedigte sie. Warum bloß? Sie konnte nicht erraten, was er getan haben könnte. Ihr reichte die Tatsache, daß er Kempston nicht mühelos in seinen Besitz hatte bringen können.

Leonie schickte Wilda fort und setzte sich mit ihrer Tante vor das Feuer, starrte versonnen in die Flammen, dachte wieder an das Feuer im Wald und fragte sich, was die Zukunft an neuen Schwierigkeiten mit sich bringen würde.

»Du machst dir Sorgen wegen unseres neuen Nachbarn?«

Leonie warf einen erstaunten Seitenblick auf Beatrix. Sie wollte ihre Tante nicht damit belasten.

»Weshalb sollte ich mir Sorgen machen?« fragte Leonie ausweichend.

»Mein gutes Kind, du brauchst doch nichts vor mir zu verbergen. Glaubst du, ich merke nicht, was sich um mich herum abspielt?«

Genau das glaubte Leonie. »Es ist nicht von Bedeutung, Tante Beatrix.«

»Dann werden keine groben jungen Ritter mehr kommen, die uns mit bösen Worten drohen?«

Leonie zuckte die Achseln. »Es sind nur Worte, sonst nichts. Männer spielen sich gern auf.«

»Oho, als ob ich das nicht wüßte.«

Sie lachten beide, denn natürlich wußte Beatrix mehr über Männer als Leonie, die seit ihrem dreizehnten Lebensjahr in dieser Abgeschiedenheit hauste.

»Ich dachte schon, wir bekämen heute Besuch, aber es ist niemand gekommen«, gestand Leonie. »Vielleicht geben sie uns an dem heutigen Vorfall nicht die Schuld.«

Beatrix legte ihre Stirn in nachdenkliche Falten, und ihre Nichte fragte: »Hältst du es für möglich, daß der Schwarze Wolf diesmal andere Pläne mit uns hat?«

»Das ist durchaus möglich. Es ist ein Wunder, daß er unser Dorf nicht schon längst angezündet hat.«

»Das würde er nicht wagen!« rief Leonie aus. »Er hat keine Beweise dafür, daß meine Leibeigenen ihm diese Schwierigkeiten machen. Dafür sprechen nur die Anschuldigungen seiner eigenen Leibeigenen.«

»Ja, aber das genügt den meisten Männern. Der Verdacht allein reicht aus.« Beatrix seufzte.

Leonies Wut war verraucht. »Ich weiß, was ich tue. Morgen werde ich ins Dorf gehen und anordnen, daß fortan niemand mehr den Boden von Pershwick verläßt. Dann gibt es keinen Ärger mehr. Dafür müssen wir jetzt sorgen.«

3. KAPITEL

Rolfe d'Ambert warf seinen Helm in dem Moment, in dem er das Haus betrat, unwirsch durch den Saal. Sein Knappe, den er gerade erst von König Heinrich bekommen hatte, eilte, um ihn aufzuheben. Der Helm würde einen Abstecher zum Waffenschmied nötig haben, ehe er ihn wieder tragen konnte, doch daran dachte Rolfe nicht. Gerade jetzt, in diesem Augenblick, war es ihm ein Bedürfnis, Dinge zu zerschlagen.

Vor dem Kamin am anderen Ende des Saales verbarg Thorpe de la Mare seine Belustigung über den Wutausbruch seines jungen Gebieters. Das sah dem Jungen ähnlich, der er gewesen war, nicht dem Mann, der er jetzt war. Thorpe hatte in den Jahren, in denen er Rolfes Vater gedient hatte, viele solcher Darbietungen erlebt. Er war seit neun Jahren tot, und Rolfes älterer Bruder hatte den Titel und den Großteil der Ländereien in der Gascogne geerbt. Das Gut, das der Vater Rolfe hinterlassen hatte, war klein, doch der habgierige Bruder hatte selbst das noch für sich beansprucht und Rolfe aus seiner Heimat vertrieben.

Thorpe war mit Rolfe gegangen und hatte seine gute Stellung aufgegeben, um lieber dem jungen Ritter zu folgen, als dessen Bruder zu dienen. Von da an hatten sie gute Jahre erlebt, in denen sie sich als Söldner hatten anwerben lassen, gekämpft hatten und an den Prämien, die sie auf Turnieren gewannen, reich geworden waren. Rolfe war jetzt neunundzwanzig, Thorpe siebenundvierzig, und doch hatte er es nie bereut, sich von dem Jüngeren anführen zu lassen. Anderen Männern erging es genauso, und Rolfe hatte inzwischen ein Gefolge von neun Rittern und fast zweihundert Söldnern, die sich ausnahmslos dafür entschieden hatten. Jetzt, da er sich niedergelassen hatte, bei ihm zu bleiben.

Aber war Rolfe seßhaft geworden? Thorpe wußte, wie Rolfe die Großzügigkeit Heinrichs empfand. Das Land brachte für ihn mehr Beschwerden mit sich, als er in Jahren erlebt hatte. Es fehlte nicht mehr viel, und Rolfe würde soweit sein, alles zu verlassen und nach Frankreich zurückzukehren. Die Ländereien waren nur ein Ehrungspreis, denn sie gaben ihm nichts Greifbares und zehrten täglich von neuem an seinem Geldbeutel.

»Hast du es gehört, Thorpe?«

»Die Dienstboten sprechen von nichts anderem, seit der Holzfäller in die Burg gekommen ist, um heute hier zu übernachten«, erwiderte Thorpe, als Rolfe sich schwerfällig auf den Stuhl neben ihm setzte.

»Verdammt noch mal, mir reicht es!«

Rolfe schlug mit der Faust auf den kleinen Tisch, der neben ihm stand und durch den sich jetzt ein Riß zog. Thorpe achtete sorgsam darauf, eine ausdruckslose Miene zu bewahren.

»Jetzt reicht es mir!« brüllte Rolfe. »Der Brunnen ist verseucht, die Herden sind auseinandergetrieben und laufen durch die Wälder, die wenigen Tiere der Leibeigenen sind gestohlen worden, und das war jetzt der dritte Brand. Wie lange dauert es, diese Hütte wiederaufzubauen?«

»Zwei Tage, wenn mehrere Männer daran arbeiten.«

»Das heißt, daß die Felder vernachlässigt werden. Wie kann ich Krieg führen, wenn man mir ständig in die Flanken fällt? Soll ich Crewel verlassen, damit ich bei meiner Rückkehr nichts mehr vorfinde, die Leibeigenen fortgelaufen und die Felder kahl sind?«

Thorpe wußte, daß es zwecklos war, diese Frage zu beantworten.

»Willst du wieder Männer nach Pershwick schicken?« tastete er sich behutsam vor. »Wirst du die Leibeigenen bestrafen?«

Rolfe schüttelte den Kopf. »Ein Leibeigener handelt nicht von sich aus. Sie befolgen nur Befehle, und ich will den haben, der diese Befehle erteilt, und niemand anderen.«

»Dann wirst du dich nicht in Pershwick, sondern anderswo umsehen müssen, da ich nämlich Sir Guibert Fitzalan getroffen habe, und ich schwöre, daß sein Erstaunen über den Grund meines Kommens zu echt war, um geheuchelt zu sein. Er ist kein Mann, der sich zu Schurkenstreichen herablassen würde.«

»Und doch stiftet jemand dort die Leibeigenen zu Unheil an.«

»Das stimmt. Aber du kannst die Burg nicht einnehmen. Pershwick gehört zu Montwyn, und Sir William Montwyn hat so viele Burgen, daß er mehr Männer gegen dich aufbieten kann, als dir lieb wäre, wenn du versuchst, Pershwick einzunehmen.«

»Verlieren würde ich nicht«, sagte Rolfe finster.

»Aber du würdest hier deinen Vorteil einbüßen. Überleg doch nur, wie lange es gedauert hat, auch nur zwei der anderen Burgen einzunehmen, die zu Kempston gehören.«

»Drei.«

Thorpe zog fragend eine Augenbraue hoch. »Drei? Wie das?«

»Ich vermute, das habe ich Pershwick zu verdanken, denn als ich heute zur Burg Kenil gekommen bin, war ich so wütend über das, was hier passiert ist, daß ich angeordnet habe, die Mauern zu schleifen. Die Belagerung ist jetzt beendet.«

»Und Kenil ist unbrauchbar, bis die Mauern wieder aufgebaut sind?« Es war ein logischer Schluß.

»Ich ... also gut, ja.«

Thorpe sagte nichts dazu. Er wußte, daß Rolfe vorgehabt hatte, bei der Einnahme der sieben Burgen Schleudern nur als letzte Maßnahme einzusetzen. Das war ein Teil des verwegenen Planes, den sie ersonnen hatten, nachdem das Turnier die aufständischen Vasallen nicht zur Räson gebracht hatte. Es war für diese Vasallen veranstaltet worden, um ihnen eine Gelegenheit zu geben, ihren neuen Herrn kennenzulernen und sich ein Bild von seinen Fähigkeiten zu machen. Statt sein Können an dem ihren zu erproben, hatten sie jedoch versucht, ihn zu töten. Rolfe befand sich daher in der gar nicht beneidenswerten Lage, acht Burgen zu besitzen, von denen sieben ihre Tore nicht für ihn öffnen wollten.

Es war nie gewinnbringend, Krieg gegen den eigenen Besitz zu führen, und noch weniger einträglich war es, diese Besitztümer zu zerstören. Daher rekrutierte Rolfe fünfhundert Soldaten von König Heinrichs Streitmächten. Die Burgen Harwick und Axeford erklärten sich zur Kapitulation bereit, ohne Schaden erlitten zu haben, als sie Rolfes gewaltiges Heer vor ihren Toren sahen. Dann war es nach Kenil weitergezogen, und jetzt, nach eineinhalb Monaten, war es eingenommen worden.

Rolfe saß grübelnd da, und Thorpe fragte sich einen Moment lang, warum Lady Amelia nicht heruntergekommen war. Sie hatte wahrscheinlich gehört, daß Rolfe seine Stimme zornig erhob, und sich entschlossen, ihm nicht unter die Augen zu kommen. Rolfes Mätresse kannte ihn noch nicht gut genug, um zu wissen, daß er seinen Zorn nicht an ihr ausgelassen hätte.

Zögernd fragte Thorpe: »Du siehst doch ein, daß jetzt nicht der rechte Zeitpunkt ist, im Osten anzugreifen? Du mußt deine eigenen Angelegenheiten regeln, ehe du dich um die eines anderen kümmerst.«

»Ja, das sehe ich ein«, sagte Rolfe verdrossen. »Aber sag mir, was ich tun soll. Ich habe mich erboten, Pershwick zu kaufen, aber Sir William hat abgelehnt, weil Pershwick ein Teil der Wittumsländereien seiner Tochter ist, die ihre Mutter ihr hinterlassen hat. Eine verdammte Spitzfindigkeit. Er könnte sie zwingen, Pershwick zu verkaufen, und ihr eine andere Burg geben.«

»Vielleicht ist das Testament der Mutter so formuliert, daß er es nicht kann.«

Rolfe sah ihn finster an. »Ich sage dir eins, Thorpe. Ich lasse mir keinen weiteren Angriff mehr gefallen.«

»Du könntest die Tochter heiraten. Dann bekämst du die Burg ohne dafür zu zahlen.«

Rolfes Augen, die seit dem Betreten des Saales schwarz waren, nahmen allmählich wieder ihr gewohntes Dunkelbraun an. Thorpe blieben die Worte fast im Hals stecken. »Das war doch nur Spaß!«

»Ich weiß«, sagte Rolfe versonnen, und für Thorpes Geschmack etwas zu nachdenklich.

»Rolfe, um Gottes willen, nimm dir diesen Vorschlag bloß nicht zu Herzen. Niemand heiratet nur, um ein paar Leibeigene zu beherrschen und sich den Ärger mit ihnen zu ersparen. Geh hin, und schlag ein paar Schädel zusammen, wenn es sein muß. Jag ihnen Angst ein.«

»Das ist nicht meine Art. Nicht nur die Schuldigen, sondern auch die Unschuldigen hätten darunter zu leiden. Wenn ich einen dieser Missetäter erwischen könnte, würde ich an ihm ein Exempel statuieren, aber immer, wenn ich an den Ort des Geschehens komme, sind sie längst fort.«

»Es gibt viele Gründe für eine Heirat, aber es ist kein guter Grund, die Leibeigenen einer Nachbarin bezwingen zu wollen.«

»Nein, aber Frieden zu schaffen, wo Frieden erwünscht ist, ist ein guter Grund«, entgegnete Rolfe.

»Rolfe!«

»Weißt du irgend etwas über diese Tochter von Sir William?«

Thorpe seufzte matt. »Wie könnte ich etwas über die wissen? Ich bin in England genauso fremd wie du.«

Rolfe wandte sich an seine Männer, die sich am anderen Ende des Saals versammelt hatten. Drei seiner Ritter und ein kleiner Trupp von Kriegern waren mit ihm aus Kenil zurückgekehrt. Zwei der Ritter kamen aus der Bretagne, doch Sir Evarard stammte aus dem Süden Englands.«

»Kennst du meinen Nachbarn Sir William von Montwyn, Evarard?«

Evarard trat näher. »Ja, Mylord. Es gab eine Zeit, in der er häufig am Hof verkehrt hat wie auch ich, ehe ich mündig wurde.«

»Hat er viele Kinder?«

»Ich kann nicht sagen, wie viele es heute sind, aber als ich das letzte Mal am Hof war, hatte er nur eine Tochter. Das ist jetzt fünf oder sechs Jahre her, vor dem Tod seiner Frau. Ich habe gehört, daß er jetzt eine junge Frau hat, aber von Kindern aus dieser Ehe weiß ich nichts.«

»Kennst du diese Tochter?«

»Ich habe sie einmal mit ihrer Mutter, Lady Elisabeth, gesehen. Ich erinnere mich, daß ich mich damals gefragt habe, wie eine so schöne Frau ein so unansehnliches Kind haben kann.«

»Da hast du es!« warf Thorpe ein. »Wirst du dich jetzt von dieser Idee lösen, Rolfe?«

Rolfe schenkte seinem alten Freund keine Beachtung. »Unansehnlich, Evarard? Wie meinst du das?«

»Sie hatte auf jedem Zentimeter Haut, der zu sehen war, große rote Pusteln. Es war ein Jammer, denn die Form ihres Gesichtes hätte sonst für die Zukunft eine Schönheit wie die ihrer Mutter ahnen lassen.«

»Was kannst du mir sonst noch von ihr erzählen?«

»Ich habe sie nur einmal gesehen, und sie hat sich in den Röcken ihrer Mutter versteckt.«

»Wie heißt sie?«

Sir Evarard legte seine Stirn in nachdenkliche Falten. »Es tut mir leid, Mylord, ich kann mich nicht erinnern.«

»Sie heißt Lady Leonie, Mylord.«

Alle drei Männer wandten sich dem Dienstmädchen zu, das gesprochen hatte. Rolfe mochte es nicht, wenn sich die Dienstboten in seine Gespräche einmischten. Er sah das Mädchen finster an. – »Und wie heißt du?«

»Mildred«, antwortete sie mit der gebotenen Unterwürfigkeit. Als jetzt die Blicke ihres Herrn auf sie gerichtet waren, hätte sie sich die Zunge dafür abbeißen können, daß sie den Mund aufgemacht hatte. Sir Rolfes Zorn war gefürchtet.

»Woher kennst du die Lady Leonie?«

Mildred faßte sich auf diese ruhige Frage hin ein Herz. »Sie ... sie ist oft aus Pershwick gekommen, als ...«

»Pershwick!« brüllte Rolfe. »Sie lebt dort? Und nicht in Montwyn?«

Mildred erbleichte, Sie war Lady Leonie zu Dank verpflichtet und wäre lieber gestorben, als ihr zu schaden. Sie wußte, daß ihr Gebieter Pershwick die Schuld an dem Schaden gab, den Crewel erlitten hatte, seit er die Burg beherrsche.

»Mylord, bitte«, sagte Mildred eilig. »Die Dame ist die Güte in Person. Als der Doktor von Crewel meine Mutter aufgegeben hat, die an einer Krankheit litt, die er nicht heilen konnte, hat Lady Leonie sie gerettet. Sie weiß viel über Heilmittel, Mylord. Sie würde niemals jemandem schaden, das schwöre ich.«

»Sie lebt also in Pershwick?« Auf Mildreds zögerndes Nicken hin fragte Rolfe: »Warum lebt sie dort und nicht bei ihrem Vater?«

Mildred wich einige Schritte zurück, und ihre Augen waren vor Furcht weit aufgerissen. Sie durfte nichts Schlechtes über einen Lord sagen, selbst dann nicht, wenn es jemand war, den ihr neuer Gebieter nicht mochte. Sie würde mit Gewißheit Schläge bekommen, wenn sie Höherstehende kritisierte.

Rolfe verstand ihre Angst und bemühte sich, in einem freundlicheren Ton mit ihr zu reden. »Komm schon, Mildred, sag mir, was du weißt. Du brauchst dich nicht vor mir zu fürchten.«

»Es ... es ist nur, daß mein früherer Herr, Sir Edmond, behauptet hat, Sir William hätte ... zu gern getrunken, nachdem seine erste Frau gestorben ist. Sir Edmond wollte nicht zulassen, daß sein Sohn Lady Leonie heiratet, weil Sir William schwört, er hätte keine Tochter. Er hat gesagt, eine Verbindung mit ihr würde nichts einbringen. Sie ist nach Pershwick geschickt worden, als ihre Mutter gestorben ist, und seit damals ist sie von ihrem Vater getrennt, soviel ich weiß.«

»Dann haben sich Lady Leonie und Sir Edmonds Sohn ... nahegestanden?«

»Sie und Sir Alain waren altersmäßig nur ein Jahr auseinander, Mylord. Ja, sie haben sich sehr nahegestanden.«

»Da soll mich doch der Teufel holen!« brauste Rolfe auf. »Dann hat sie also doch ihre Leibeignen gegen mich aufgehetzt, damit sie mich schikanieren! Sie tut es aus Liebe zu den Montignys!«

»Nein, Mylord«, wagte sich Mildred noch einmal vor. »Das täte sie nie.«

Rolfe schenkte dieser Äußerung keine Beachtung, da er das Mädchen bereits aus seinen Überlegungen ausgeschaltet hatte. »Kein Wunder, daß unsere Klagen unerwidert geblieben sind, wenn die Dame selbst etwas gegen mich hat. Aber wenn ich Krieg gegen Pershwick führe, führe ich Krieg gegen eine Frau. Wie denkst du jetzt über deinen Scherz, Thorpe?«

»Ich denke, daß du tust, was du tun mußt.« Thorpe seufzte. »Aber überleg dir, ob du ein entstelltes Geschöpf zur Frau haben willst, ehe du etwas überstürzt.«

Rolfe wehrte diesen Einwand ab. »Welches Gesetz schreibt mir vor, daß ich mit ihr zusammenleben muß?«

»Warum willst du sie dann zur Frau nehmen? Sei vernünftig, Rolfe. In all diesen Jahren hast du die Ehe gemieden, obwohl viele große Schönheiten gewillt waren, dich zu heiraten.«

»Damals hatte ich kein Land, Thorpe, und ich konnte nicht heiraten, da ich meiner Frau kein Heim bieten konnte.«

Thorpe wollte noch etwas dazu sagen, doch Rolfe kam

ihm zuvor und sagte schlicht: »Was ich mehr als alles andere will, ist Frieden.«

»Frieden? Oder Rache?«

Rolfe zuckte die Achseln. »Ich werde der Dame nichts Böses tun, aber sie wird es bedauern, mir Ärger zu machen, falls es das ist, was sie vorhat. Sehen wir doch mal, wie es ihr gefällt, für den Rest ihrer Tage in Pershwick eingesperrt zu sein und zuzusehen, wie ihre Leute für das kleinste Vergehen aufgehängt werden. Ich werde diesem Ärger ein Ende bereiten.«

»Und was ist mit Lady Amelia?« murmelte Thorpe.

Rolfe sah ihn finster an. »Sie ist aus freier Entscheidung hergekommen. Wenn sie fortzugehen wünscht, dann sei dem so. Aber wenn sie bleiben will, ist sie mir willkommen. Wenn ich mir eine Frau nehme, wird das nichts an meinen sonstigen Gefühlen ändern. Zumindest nicht, wenn ich Lady Leonie heirate. Nichts verpflichtet mich, ihr zu Gefallen zu sein, nicht nach allem, was sie getan hat. Sie wird mir in das, was ich tue, nichts dreinzureden haben.«

Thorpe schüttelte den Kopf. Er konnte nur hoffen, daß Rolfe, wenn er darüber schlief, am nächsten Morgen wieder bei Sinnen sein würde.

4. KAPITEL

Rolfe lief im Vorzimmer des Königs auf und ab. Es war gnädig von Heinrich, ihn gleich zu empfangen, aber Rolfe haßte es, jemanden um einen Gefallen zu bitten, selbst dann, wenn das, was er erbat, Heinrich nicht mehr als Worte auf Pergament kosten würde. Und er liebte es, sich gefällig zu erweisen. Rolfes neuer Status als einer der Pairs Heinrichs war eine solche Gefälligkeit gewesen, die er Rolfe bei seinem letzten Aufenthalt in London im Rahmen einer freundschaftlichen Unterhaltung ohne jede Vorwarnung erwiesen hatte. Ihr Gespräch war ganz unerwartet auf die Ländereien von Kempston gekommen, und Heinrich hatte Rolfe gefragt, ob er sie haben wolle.

Heinrich hatte Rolfe schon längst dafür belohnen wollen, daß er seinem unehelichen Sohn Geoffrey das Leben gerettet hatte. Bis dahin hatte Rolfe alle seine Angebote abgelehnt und beharrlich daran festgehalten, es sei nur seine Pflicht gewesen, für die Sicherheit von Heinrichs Sohn zu sorgen. Es war wahrhaftig nicht das erste Mal gewesen, daß Rolfe Henry geholfen hatte. Dennoch war Heinrich überrascht, als Rolfe sein Angebot annahm, denn Kempston war in Wirklichkeit keine Belohnung und mußte unter großen Mühen eingenommen werden. Als Rolfe endlich Interesse daran zeigte, sich seßhaft zu machen, bot er ihm augenblicklich etwas Besseres an. »Vielleicht ein Besitz, der deiner Heimat näher liegt? Das ließe sich machen ...«

Rolfe hob eine Hand, um ihn zu unterbrechen, ehe der König ihn noch mehr in Versuchung führen konnte. »Was mir an Kempston gefällt, ist die Herausforderung, Mylord. Ich könnte mir so viele Ländereien in der Gascogne kaufen, wie ich will, aber ich sehe sie nicht mehr als meine Heimat an, und ich will auch kein Land, das ich mir nicht selbst verdienen kann. Ich werde Kempston einnehmen und Ihnen dafür danken.«

»Mir danken?« Heinrich wirkte verlegen. »Ich bin es, der dir danken muß, denn ich hätte nur sehr ungern ein Heer bezahlt um Kempston einzunehmen. Jetzt kostet es mich nichts, und ich habe einen Mann, auf den Verlaß ist und von dem ich weiß, daß er die Gesetzlosigkeit in dieser Gegend eindämmen wird. Du erweist mir einen Dienst, Rolfe, und so wollte ich dich nicht für all deine Dienste entlohnen. Was kann ich dir sonst noch geben? Eine Frau, die große Ländereien in die Ehe mitbringt?«

»Nein, Mylord.« Rolfe lachte. »Lassen Sie mich Kempston einnehmen, ehe ich mir Gedanken über eine Eheschließung mache.«

Ironischerweise war der Grund, aus dem Rolfe jetzt hier war und im Vorzimmer unruhig auf und ab lief, ausgerechnet eine Frau. Seine Werbung um Leonie von Montwyn war rundheraus abgewiesen worden.

Es gab andere Möglichkeiten als eine Eheschließung, um die Schwierigkeiten zu beenden, das wußte er sehr gut. Er konnte jederzeit mehr Männer einstellen, die an den Grenzen seines Landes patrouillierten und Leonies Leibeigene fernhielten, bis Kempston eingenommen und befestigt war. Aber die Kosten würden verflucht hoch sein, wenn er genügend Männer einstellte, um das gesamte Gebiet abzuschreiten.

»Der Teufel soll mich holen, sie wird mir kein noch größeres Loch in den Geldbeutel reißen, als sie es ohnehin schon getan hat!« explodierte Rolfe lautstark und stellte dann verlegen fest, daß Heinrich den Raum betreten hatte.

»Wer wird dir kein Loch in deinen Geldbeutel reißen?« fragte der König lachend, als er auf ihn zukam. »Lady Amelia? Hast du sie mitgebracht?«

»Nein, Mylord. Sie ist auf dem Lande«, erwiderte Rolfe, dem diese Fragen ungelegen kamen.

Er fühlte sich in Gegenwart des Königs nie unbefangen. Rolfe war der bei weitem Größere und Kräftigere, aber Heinrich war König von England und nicht geneigt, jemandem zu gestatten, diesen Umstand zu mißachten. Er war außerdem von stämmiger Statur und hatte breite Schultern, einen dicken Hals und die kräftigen Arme eines Kämpfers. Heinrich hatte rotes Haar, das er nach der derzeitigen Mode kurz geschnitten trug und das seine blühende Gesichtsfarbe noch betonte. Er kleidete sich nicht so prächtig wie Königin Eleonore, die sich herausputzte, obwohl sie kaum gesehen wurde, da Heinrich sie nach Winchester geschickt hatte, weil sie Streitigkeiten zwischen ihm und seinen Söhnen angestiftet hatte.

Heinrich war für einen Mann von vierzig Jahren ausgezeichnet in Form. Er konnte seine Höflinge im Laufen und Reiten schlagen und brachte im allgemeinen jeden außer Atem, der versuchte, mit ihm schrittzuhalten. Er war so energiegeladen, daß er sich nur selten hinsetzte. Seine Mahlzeiten nahm er gewöhnlich im Stehen ein oder lief dabei im Saal herum. Die höfische Etikette hinderte auch alle anderen am Sitzen, worüber viel geklagt wurde, wenn auch nie in Hörweite des Königs.

Nachdem sie den Konventionen genügt hatten und jeder mit einem silbernen Weinkelch dasaß, fragte Heinrich, dessen graue Augen verschmitzt blinzelten: »Ich habe nicht damit gerechnet, dich so schnell wiederzusehen. Bist du nur so früh zurückgekehrt, um mich für Kempston zu verfluchen?«

»Dort steht alles bestens, Mylord«, versicherte ihm Rolfe schnell. »Vier der acht Burgen sind in meinem Besitz, und die anderen sind dicht umzingelt und werden demnächst eingenommen.«

»Der Schwarze Wolf ist seinem Ruf wohl gerecht geworden!« rief Heinrich erfreut aus.

Rolfe errötete. Er haßte den Namen, weil er sicher war, daß dieser Namen eher durch sein finsteres Aussehen als die Tapferkeit eines Wolfes entstanden war.

»Mein Kommen hat weniger mit Kempston zu tun, als mit Crewel, Eure Majestät. Ich habe dort eine Nachbarin, die ihre Leute gegen meine aufgebracht hat. Ich bin kein Mann, der sich mit Bediensteten abgibt.«

»Welchem Krieger liegt das schon?« fragte Heinrich lachend. »Aber du sprichst von einer Nachbarin? Dreht es sich um eine Frau? Ich wüßte nicht, welche Witwe in dieser Gegend lebt.«

»Es ist keine Witwe und auch nicht die Frau eines Lords, der abwesend ist. Es ist die Tochter von Sir William von Montwyn und sie residiert auf ihrem Wittumsland, das bei Crewel liegt.«

»Sir William.« Heinrich dachte nach. »Ach, jetzt habe ich es. Ein Peer, der die Tochter eines meiner Earls geheiratet hat, Lady Elisabeth, glaube ich, ja, Sheffords Tochter. Aber er hat sich vor sechs Jahren, als Elisabeth gestorben ist, ganz in seine Burg zurückgezogen. Eine tragische Angelegenheit. Es war eine Liebesheirat, und er hat sehr unter ihrem Tod gelitten.«

»Seine Tochter hat er in Pershwick eingesperrt und sie dort vergessen, soviel ich gehört habe.«

»Was soll das heißen?«

»Es scheint, als wolle dieser Mann nicht daran erinnert werden, daß er eine Tochter hat.«

Heinrich schüttelte den Kopf. »Ich kann mich an sie erinnern. Kein hübsches Mädchen, aber lebhaft. Sie hatte nervöse Störungen, hat mir ihre Mutter, glaube ich, erzählt. Die arme Frau mußte ständig mit Medizin hinter dem Kind herlaufen. Du sagst, daß Sir William sie vernachlässigt? Das ist unentschuldbar. Das Mädchen muß jetzt schließlich um die zwanzig Jahre sein. Sie hätte längst verheiratet werden sollen. Selbst dann, wenn es sich als schwierig erweisen sollte, einen Gatten für sie zu finden, gibt es doch immer irgendeinen Mann, der sich kaufen läßt, oder etwa nicht? Wenn sie nicht für die Kirche bestimmt ist, dann braucht sie einen Ehemann.«

»Ich bin Ihrer Meinung, Mylord.« Rolfe stürzte sich auf diese ideale Gelegenheit. »Und ich wäre gern dieser Mann.«

Ein schockiertes Schweigen trat ein, dann fing Heinrich an zu lachen. »Du scherzt, Rolfe. Dein Gesicht läßt meine hübschesten Hofdamen ins Schwärmen geraten, und du würdest dich mit einem reizlosen Mädchen begnügen?«

Rolfe zuckte zusammen. Er durfte kaum hoffen, daß sich das häßliche Entlein zu einem Schwan ausgewachsen hatte.

»Wenige Ehen werden aufgrund von Verliebtheit geschlossen«, erwiderte Rolfe stoisch.

»Aber ... du bist schließlich dein eigener Herr. Niemand schreibt dir vor, daß du dieses Mädchen heiraten mußt, weshalb solltest du also diesen Wunsch haben?«

»Abgesehen von der Häuslichkeit, die sie mir bereiten wird, sind sie und ich Nachbarn. Sie lebt schon lange dort und kann mir im Umgang mit meinen anderen Nachbarn helfen. Dazu kommt, daß sie auch ein Gefolge hat. Ich habe eine Gefolgschaft von neun Rittern, aber einigen liegt, das Befehlen nicht, und ich brauche Männer, die die anderen sieben Festungen halten.«

»Ich kann deinen Argumenten folgen, Rolfe, aber ich möchte eine Frau für dich finden, die mindestens die Hälfte deiner Zwecke erfüllt und gleichzeitig ein erfreulicher Anblick ist.«

Rolfe zuckte die Achseln. »Frauen wie Amelia gibt es immer.«

Das konnte Heinrich gut verstehen. Er lebte in aller Offenheit mit Prinzessin Alice von Frankreich zusammen. Solange ein Mann seine Mätresse hatte, was für eine Rolle spielte dann das Aussehen seiner Frau? Das stimmte schon.

»Nun gut«, räumte Heinrich ein. »Willst du lediglich meine Genehmigung einholen?«

»Mehr als das, Eure Majestät. Ich habe um das Mädchen angehalten und bin abgewiesen worden. Ohne jede nähere Erklärung.«

»Er will seiner einzigen Tochter einen Ehemann versagen?« brummte Heinrich. »Bei Gott, in drei Wochen ist sie dein. Ich werde auf der Stelle das Aufgebot aushängen lassen, und meine Boten werden Sir William morgen aufsuchen.« Dann fragte er in einem weniger bekümmerten Tonfall: »Aber bist du dir auch sicher, daß du es so haben willst, Rolfe? Du hast keine Bedenken gegen diese Ehe?«

Natürlich hatte er Bedenken, aber das war der falsche Ort, um sie zu äußern. »Ich bin mir sicher«, erklärte er, und Heinrich grinste. »Dann wird es dich freuen, zu hören, daß die Dame die Alleinerbin von Sir William ist, und Montwyn ist, soweit ich mich erinnere, fünf Rittergüter wert. Außerdem war sie die Alleinerbin ihrer Mutter, die ihr drei Burgen hinterlassen hat.« Jetzt kicherte Heinrich. »Der Vasall von Rethel hat sechs Söhne, die dir noch nützlich sein könnten. Zudem ist Lady Leonie die Nichte des Earl von Shefford, und es gibt noch andere Onkel und Tanten, von denen die meisten gut dastehen. Es kann einem Mann nicht schaden, gute Beziehungen zu haben, was?«

Rolfe war schockiert. Sie war die Erbin einer weit größeren Mitgift, als er gewußt hatte, und zudem hatte sie hochgeborene Verwandte. Er vermutete, all das hätte ihn freuen sollen, aber er hatte sie für eine einsame Frau gehalten und fing jetzt an, sich zu fragen, ob sein Zorn ihn dazu gebracht hatte, sich auf mehr einzulassen, als er gewollt hat.

5. KAPITEL

Lady Judith wußte nicht, warum Rolfe d'Ambert Leonie heiraten wollte. Sonst wäre sie wütend gewesen. So, wie die Dinge standen, war Judith in einem Zustand, der an Hysterie grenzte.

Sie hatte es vor sich hergeschoben, William über den Befehl des Königs zu informieren, weil sie gehofft hatte, etwas würde dazwischenkommen und die Heirat verhindern. Aber heute war der Tag vor der Hochzeit, und sie war in Panik.

Sie saß auf dem erhöhten Podium des Saales am Tisch und wartete darauf, daß William sich zu ihr gesellen würde, denn sie hatte einen Dienstboten geschickt, um ihn wecken zu lassen. Es war früh am Morgen und weit vor der Zeit, um die William gewöhnlich aufwachte. Sie betete, sein abgestumpftes Gehirn würde sich gerade so lange ermuntern, daß er bei klarem Verstand war und begriff, was sie ihm sagte, aber kein bißchen länger. Wenn er über einen längeren Zeitraum nüchtern war, würde er alles gefährden, was sie im Lauf der Jahre erreicht hatte. Wenn William je erkannte, was sie getan hatte, würde er sie umbringen.

Judith verweilte nicht lange bei diesem Gedanken. Sie wußte, daß sie, wenn sich ihr die Chance geboten hätte, die Zeit zurückzudrehen, nichts anders gemacht hätte.

William hatte alle ihre Träume zerstört. Er war aus Kummer über den Verlust Elisabeths sinnlos betrunken gewesen, und als er aus seiner Benommenheit erwacht war, hatte er festgestellt, daß Judith das ausgenutzt und ihn zu einer Eheschließung überlistet hatte. Dafür hatte er sie fast totgeschlagen, eine kleine Narbe auf ihrer linken Wange war zurückgeblieben. Das würde sie ihm nie verzeihen.

Die Eitelkeit war ihre Sünde und ihr Verderben. Sie war so sicher gewesen, daß William sie als seine Ehefrau akzeptieren und glücklich mit ihr sein würde. Schließlich war sie vor sechs Jahren eine schöne junge Frau gewesen, der es lediglich an einer Aussteuer gemangelt hatte. Ihre hohen Backenknochen, ihre grünen Augen, die wie Edelsteine schimmerten, und ihr dichtes dunkelblondes Haar unterschieden sie von den meisten Frauen. Viele Männer hatten sie allein um ihrer Schönheit willen heiraten wollen, aber keiner von ihnen hatte soviel Land besessen wie William von Montwyn.

Es hatte sich jedoch herausgestellt, daß William gar nicht alles besaß, wovon Judith geglaubt hatte, es gehöre ihm. Drei seiner Burgen gehörten seiner Tochter. Wenn sie das gewußt hätte, hätte Judith William nie geheiratet.

Er hatte derart über diese Eheschließung getobt, daß Judith sagen mußte, sie bekäme ein Kind. Hätte sie das nicht getan, hätte er sie augenblicklich aus dem Haus geworfen. Judith konnte keine Kinder bekommen. Eine Abtreibung im Vorjahr hatte das für immer unmöglich gemacht, aber davon wußte William nichts.

Um sich vor dem Zeitpunkt zu schützen, zu dem William sie nach ihrer angeblichen Schwangerschaft fragen würde, ermutigte sie ihn in seiner Neigung, sich zu betrinken. Von da an hatte sie ihn in berauschtem Vergessen verharren lassen. Ihr machte es nichts aus, daß sie dazu beigetragen hatte, diesen Mann zu ruinieren, denn sie haßte ihn seit dem Tag, an dem er sie geschlagen hatte. Sie haßte ihn immer noch. Jetzt war er nur noch ein Trinker. Sie ertrug seine Nähe nicht.

Judith kümmerte sich um Montwyn und gestattete sich jede Laune, sei es, kostbare Gewänder und Juwelen zu besitzen oder gutaussehende Liebhaber um sich zu scharen. Alles lag in ihrer Hand, und sie hatte sofort nach der Heirat dafür gesorgt, daß Williams Tochter nicht in Montwyn war und sich einmischen konnte.

Anfangs war es leicht gewesen, William zu erzählen, Leonie besuche Verwandte. Später stellte sie fest, daß sie ihm einreden konnte, er sähe Leonie regelmäßig, denn er war durch das Trinken und seine Trauer in einer so schlechten Verfassung, daß sie ihm alles einreden konnte. Nach kürzester Zeit war er ständig verwirrt.

Die Verwandten und Nachbarn hörten auf, sich nach Leonie zu erkundigen, da sie glaubten, sie sei auf ihren eigenen Wunsch hin nach Pershwick gegangen, weil es ihr lieber war, als bei einem ständig betrunkenen Vater zu bleiben. Leonie wurde gesagt, ihr Vater wolle nichts mit ihr zu tun haben, und habe ihr verboten, Montwyn zu besuchen. Auf die eine oder andere Weise gelang es Judith, die Wahrheit zu verschleiern.

In der Zwischenzeit blieb Leonies Aussteuer ein Teil von Montwyn, und Judith gab alle Gewinne aus. Sie wies auch alle Heiratsanträge in Williams Namen ab, da sie nicht die Absicht hatte, auf die Nutzung von Leonies Ländereien zu verzichten. Wenn sie durch Leonies Tod an Montwyn gefallen wären, hätte sie Leonie vielleicht sogar umgebracht, doch Elisabeths Testament vermachte die Ländereien ausschließlich Leonie. Sollte sie ohne Nachkommen sterben, würde das Land wieder an Shefford fallen.

Durch königlichen Befehl war sie jetzt gezwungen, die Ländereien aufzugeben. Wer war dieser Rolfe d'Ambert, daß er so hoch in der Gunst seiner Majestät stand? Judith hatte seine beiden Anfragen beantwortet, erst sein Ansinnen, Pershwick zu kaufen, dann seinen Heiratsantrag, und daher wußte sie, daß Pershwick das war, was der Freier eigentlich haben wollte. Aber warum hatte er die Burg dann nicht gewaltsam erobert? Es ist einfach zu ärgerlich, dachte sie immer wieder, während sie in ihrem Zimmer auf und ab ging. Sie hatte alles so geschickt gehandhabt, und jetzt das!

»Judith.«

Sie zuckte zusammen. Sie hatte nicht gehört, daß William eingetreten war. Als sie ihn ansah, war sie schockiert. Er sah schrecklich aus, viel schlimmer als sonst. William ging es jeden Morgen schlecht, bis er das erste Glas getrunken hatte, aber heute schien er kaum in der Lage zu sein, den Kelch an den Mund zu heben. Sie würde ihm mitteilen müssen, was sie zu sagen hatte, ehe er dieses erste Glas ausgetrunken hatte.

»Ich habe alle Vorkehrungen getroffen, William. Ganz nach deinen Wünschen«, begann Judith mit ruhiger Stimme. »Wir können nach Pershwick aufbrechen, sobald du fertig bist.«

»Nach Pershwick?«

»Zu Leonie, William. Wir werden über Nacht dort bleiben und dann in Crewel die Hochzeit feiern.«

»Die Hochzeit?« Er sah ihr starr in die Augen. Das Weiß seiner Augäpfel war von so vielen roten Adern durchzogen, daß es wie ein häßliches Rosa aussah. »Ich kann mich nicht erinnern ...«

»William, du kannst doch nicht die Hochzeit deiner eigenen Tochter vergessen haben«, sagte Judith mit geheuchelter Entrüstung.

Natürlich hatte sie ihm kein Wort davon erzählt, und er hatte somit nichts vergessen.

»Unsinn, Frau«, sagte er. »Leonie ist ein Kind. Was für eine Hochzeit?«

»Sie ist fast zwanzig, William. Du wolltest nicht zulassen, daß sie heiratet. Du hast jeden Antrag abgelehnt. Daher hat der König diese Angelegenheit in die Hand genommen. Du hast seinen Befehl doch gesehen. Soll ich ihn holen, damit du ihn noch einmal lesen kannst? König Heinrich hat das Aufgebot persönlich veröffentlicht. Leonie wird Sir Rolfe d'Ambert in Crewel heiraten.«

William schüttelte matt den Kopf. Soviel konnte er nicht auf einmal fassen. Leonie sollte fast zwanzig sein? Welche Anträge hatte er abgelehnt? Heinrich befahl die Ehe seines Kindes? Beim heiligen Blute Christi, er konnte sich seine Tochter nicht als erwachsene Frau vorstellen. Er sah sie immer noch als Kind vor sich, mit diesen großen, grauen Augen, die denen ihrer Mutter so ähnlich waren. Verheiratet?

»Ich kann mich nicht erinnern, einen Ehevertrag unterzeichnet zu haben, Judith. Sind Elisabeths Bedingungen eingehalten worden?«

Judith runzelte die Stirn. »Was für Bedingungen?«

»Leonis Mitgift soll in ihrem Besitz bleiben, damit sie tun und lassen kann, was sie will. Es war der Wunsch ihrer Mutter, sie auf diese Weise abzusichern. Elisabeth war es auch in unserer Ehe, und sie war fest entschlossen, Leonie dieselben Vorteile genießen zu lassen.«

Judith schnappte nach Luft. »Würde es für d'Ambert etwas ändern, wenn er das erfuhr? Wahrscheinlich nicht, weil ihm klar sein mußte, daß er Leonie, wenn sie erst seine Frau war, zwingen konnte, alles zu tun, was er wollte. Er konnte sie sogar zwingen, das Land zu verkaufen, falls das sein Wunsch sein sollte.

»Du brauchst dir wegen dieser Klauseln keine Sorgen zu machen.« Judith sagte ausnahmsweise etwas, was der Wahrheit entsprach. »Die Verträge werden morgen unterzeichnet, ehe die Gelübde abgelegt werden, und das heißt, daß du dann die Bedingungen festlegen kannst. Du kannst den Vertrag sogar jetzt schon aufsetzen, wenn du willst.«

»Ja, das wäre wohl das Beste. Wer ist Rolfe d'Ambert?« Es war ihm peinlich, diese Frage zu stellen, denn er hätte es sicher wissen müssen.

»Der neue Lord von Kempston.«

»Aber Sir Edmond ...«

»Er ist schon seit vielen Monaten tot, William. Sein Sohn ist geflohen, ehe er verbannt werden konnte. Du erinnerst dich doch sicher daran. Du konntest ihn nie leiden. Du hast ihn schon für einen Schurken gehalten, bevor sich andere bei dem König über ihn beklagt haben.« William seufzte. Was half es, wenn er immer wieder sagte, daß er sich nicht erinnern konnte? Es kam ihm vor, als hätte er jahrelang geschlafen. Er stellte den Weinkelch ab, doch seine Hand begann, unkontrolliert zu zittern. Noch ein wenig Wein, und seine Hand würde wieder ruhig sein. Er mußte sich um den Ehevertrag kümmern. Und er wollte nicht, daß Leonie ihn in dieser Verfassung sah.

6. KAPITEL

Leonie hörte, daß eine große Gruppe von Reisenden von Montwyn nach Pershwick kam. Das gab ihr zu denken, aber sie nahm an, daß Lady Judith ihr wieder einmal einen Besuch abstattete und diesmal mit einem größeren Gefolge als sonst reiste.

Sie traf die üblichen Vorkehrungen und schickte alle ihre kräftigen, gesunden Männer in den Turm der Burg, um sie als einen Teil ihrer Garnison auszugeben. Sie konnte nicht viel dagegen einwenden, wenn Dienstboten von Pershwick nach Montwyn abgezogen wurden, aber sie erhob lautstarke Einwände, wenn es darum ging, ihr Krieger zu entziehen.

Sie schickte einen Diener ins Dorf, um diejenigen zu warnen, die es nötig hatten, sich in den Wäldern zu verstecken, bis die Luft wieder rein war. Wilda und zwei andere junge Zofen schickte sie in ihr Gemach, damit sie in Sicherheit waren und niemandem unter die Augen kamen. Wilda besaß die Dreistigkeit, Einwände zu erheben. Sie wollte sich das seltene Ereignis nicht entgehen lassen, Gäste zu haben. Leonie fauchte: »Willst du etwa vielleicht im Garten vergewaltigt werden wie Ethelinda? Hast du gesehen, wie sie aussah, als Richer mit ihr fertig war?«

Wilda ließ sich von Leonies Zorn einschüchtern. Richer Calveley behandelte Lady Judith mit der größten Höflichkeit und Ehrerbietung, wenn er sie nach Pershwick begleitete, und Leonie fragte sich, in welcher Beziehung sie wohl wirklich zueinander standen. Wenn er ohne Lady Judith nach Pershwick kam, zeigte er sich von einer ganz anderen Seite; der übelste Charakter, dem Leonie je begegnet war, kam dann zutage. Nach Ethelindas Berichten hatte er Vergnügen daran gehabt, ihr wehzutun, aber der Vorfall hatte trotz der Beschwerde, die Leonie nach Montwyn geschickt hatte, keine Folgen gehabt.

Tante Beatrix und Leonie schlossen sich im Saal Sir Guibert an, um ihre Gäste zu begrüßen. Leonie wappnete sich gegen weitere unerfreuliche Auseinandersetzungen mit Judith, aber nichts hatte sie auf den erschreckenden Anblick vorbereitet, der sich ihr bot, als ein alter Mann auf sie zutrat. Sie erkannte ihn kaum. Ihr Vater – hier? Ein plötzlicher Strudel heftiger Gefühle machte sie benommen. Bitterkeit, Haß und Kummer über seinen erbärmlichen Zustand und die Ausschweifungen, die auf seinem ausgemergelten Gesicht zu lesen waren, das deutlich bewies, daß er ein Trinker geworden war. Aber in diesen Zügen spiegelte sich auch Gefühl.

»Leonie?«

Williams Stimme klang so überrascht, als sei er nicht sicher, ob sie seine Tochter war. Das ließ Leonies Bitterkeit wieder aufwallen und alle anderen Gefühle in den Hintergrund treten. Wie hätte er sie auch erkennen sollen? Sie war jetzt eine Frau, kein Kind mehr. Er hatte sie seit sechs Jahren nicht mehr gesehen.

»Sie erweisen uns eine Ehre, Mylord«, sagte Leonie kühl. »Setzen Sie sich ans Feuer, ich werde mich um Erfrischungen kümmern.«

Ihr eisiges Auftreten bestürzte William. »Was fehlt dir, mein Herzchen? Ist dir dein Ehemann nicht recht?«

Die zärtliche Anrede versetzte Leonies Herz einen Stich, doch gleich darauf war sie schockiert. »Mein Ehemann?«

»Du machst uns etwas vor, Leonie«, warf Judith ein. »Du weißt genau, daß dein Vater von dem Mann sprichst, den du morgen heiraten wirst!«

»Was?«

»Spiel nicht die Unschuldige, Leonie«, erwiderte Judith unwillig. »Das Aufgebot ist angeschlagen worden. Der König hat diese Heirat befohlen. Du weißt, daß dein Vater dich benachrichtigt hat, nachdem der Bote des Königs gekommen war.« Sie wandte sich an ihren Mann. »Das stimmt doch, William?« William spielte ihr indirekt in die Hand, indem er bestürzt dreinsah. »Sag nur nicht, du hast vergessen, Leonie Bescheid zu geben! Das arme Mädchen hat nur noch diesen einen Tag zur Vorbereitung! O William, wie konntest du so etwas bloß vergessen!«

Sir Guibert war genauso schockiert wie Leonie, aber er durfte es sich nicht anmerken lassen. Guiberts Leben würde sich jetzt ändern, wie sich Leonies Leben änderte. Ihr Ehemann würde ihr Herr und Gebieter sein. Die Vasallen würden anläßlich der Hochzeit aufgefordert werden, ihr Gelübde zu erneuern, ein Akt, der ausdrückte, daß sie Leonies Gemahl akzeptierten. Es stand außer Frage, daß Guibert seinen Schwur erneuern würde, Leonie zu dienen. Ganz gleich, ob er ihren Gatten billigte oder nicht – er würde sie niemals im Stich lassen. Aber ihre anderen Vasallen würden sich vielleicht entschließen, sie zu verlassen.

»Wer ist der Gemahl meiner Herrin?« fragte Guibert, und Judith lächelte aus dem Gefühl heraus, das Schlimmste sei vorüber. »Es wird Sie sicher freuen, zu erfahren, daß es sich um Ihren Nachbarn handelt, den neuen Lord von Kempston.«

Ein betroffenes Schweigen trat ein, und Guibert, der Leonie ansah, stellte fest, daß die Farbe aus ihrem Gesicht wich. Sie sagte kein Wort. Er wußte, warum. Sie konnte sich nicht gegen den Willen des Königs auflehnen, ganz gleich, was sie empfand. Außerdem war es an der Zeit, daß sie heiratete, fand Guibert. Sie würde sich an die Ehe gewöhnen. Es blieb ihr ja auch nichts anderes übrig.

Leonie drehte sich wortlos um und floh aus dem Saal. Sie schloß sich in ihrem Zimmer ein, warf sich auf ihr Bett und schluchzte in ihrem Selbstmitleid. Ihr Vater fühlte so wenig für sie, daß er es fertigbrachte, bis zum Tag vor ihrer Hochzeit zu warten, ehe er ihr mitteilte, was ihr bevorstand. Machte er sich denn gar nichts aus ihr? Was war aus dem liebevollen Mann geworden, der er einst gewesen war?

Endlich fiel ihr wieder ein, daß sie nicht allein war, und sie sah sich um. Ihre Zofen standen mit weit aufgerissenen Augen da, denn sie hatten sie noch nie weinen gesehen. Unwirsch wischte sie sich die Tränen ab und war wütend auf sich selbst, weil sie ihren Gefühlen auf so kindliche Weise nachgegeben hatte. Ihre Wut war heilsam, denn sie ließ sie wieder aufleben.

Sie schickte die Mädchen mit Anweisungen, die das

Abendessen betrafen, in die Küche und setzte sich dann vor ihren Kamin. Sie war froh, allein zu sein und nachdenken zu können. Sie wußte, warum sich der König in ihr Leben einmischte. Es störte ihn nicht, daß sie unverheiratet war. Der Schwarze Wolf hatte sie gebeten, sich einzuschalten. Dessen war sie sich sicher, aber sie hatte keine Ahnung, was dieser Mann von ihr wollte.

Es war fast ein Monat vergangen, seit die Hütte des Holzfällers angezündet worden war, und Leonie hatte den Befehl erteilt, daß ihre Leute die Crewel-Länder meiden sollten. Der Mann hatte somit keine Schwierigkeiten mehr, oder? Sonst hätte sie glauben können, er wolle sie heiraten, um allem Ärger ein Ende zu bereiten. Aber da seit einem Monat Frieden herrschte, konnte das nicht der Grund sein. Es stimmte, daß sie eine recht ansehnliche Aussteuer mitbrachte, aber die meisten Verbindungen wurden nicht nur wegen des Geldes eingegangen, sondern auch wegen des Beistands, den sie nach sich zogen, und auf die Hilfe ihres Vaters konnte wahrhaftig niemand zählen. Außerdem hatte der neue Herrscher über Kempston sie nie gesehen, und daher ließ sich auch hier kein Grund finden. Warum sollte er sie bloß ...?

Leonie schnappte nach Luft, als ihr die Worte Alain Montignys wieder einfielen. »Ich muß fortgehen. Ich habe genug über den Schwarzen Wolf gehört, um zu wissen, daß ich nicht hierbleiben und mich dagegen wehren kann, ihm mein Land zu überlassen. Er würde mich töten. Es würde nichts ändern, daß ich an den Verbrechen unschuldig bin, derer er mich für schuldig hält.«

»Von welchen Verbrechen redest du?« hatte Leonie ihn gefragt. Sie war außer sich gewesen.

»Was spielt das jetzt noch für eine Rolle?« hatte Alain ausgerufen. »Der König hat meinen Vater getötet und mich enteignet, um Kempston diesem französischen Söldner übereignen zu können, Rolfe d'Ambert, diesem schwarzen Wolf des Teufels. Kein Wunder, daß er so genannt wird! Er ist eine grausame Bestie. Mir ist nicht einmal eine Verhandlung zugebilligt worden!«

Alains Wut hatte Leonie angefeuert. Sie kannte ihn ihr Leben lang. Sie hatten als Kinder zusammen gespielt, und sie hatte sogar in Erwägung gezogen, ihn zu heiraten. Doch als er älter wurde, hatten sich die Schwächen seines Charakters gezeigt, und sie wußte, daß er keinen guten Ehemann abgeben würde. Dennoch waren sie Freunde, und die Ungerechtigkeit des Königs war erschreckend. Alles wurde dadurch noch schlimmer, daß Alain nicht den Mut hatte, um sein Recht zu kämpfen, und daß es niemanden gab, der ihm half.

»Wenn du dich ihm entgegenstellen willst, Alain, dann rufe ich meine Männer zusammen, das weißt du doch.«

»Nein«, hatte er sie nervös unterbrochen, »ich weiß, daß du mir helfen würdest, Leonie, aber das kann ich nicht von dir verlangen. Der Schwarze Wolf ist zu mächtig. Sogar unter den jetzigen Umständen bringt er sein Heer mit, um Kempston einzunehmen. Wenn der König nicht hinter ihm stünde ...« Er ließ die Worte in der Luft hängen, als sei der König das einzige, was ihn von einem Kampf abhielt.

»Wohin wirst du gehen, Alain?«

»Ich habe einen Cousin in Irland.«

»So weit weg?«

»Es muß sein. Wenn ich in England bleibe, wird der Wolf mich finden und töten. Es ist wahr, Leonie«, beharrte er. »Es genügt ihm nicht, daß Heinrich ihm mein Land gegeben hat. Dieser Schurke will mich tot sehen, damit ich Kempston nie mehr für mich beanspruchen kann. Ich kann dir die Geschichten nicht erzählen, die ich über ihn gehört habe, denn sonst würdest du dich vor deinem neuen Nachbarn fürchten. Aber du solltest wissen, daß er mit Heinrich gemeinsam hat, niemals einen Mißerfolg zu verzeihen und sich in seinem Haß niemals erweichen zu lassen. Geh behutsam mit ihm um, Leonie. Sei gewarnt.«

Sie hätte sich an Alains Warnung halten und versuchen sollen, eine friedfertige Nachbarin zu sein. Jetzt war es zu spät.

Ein Gefühl des Grauens beschlich Leonie. Sie hatte Rolfe d'Ambert Schwierigkeiten gemacht, und er hatte Grund, sie zu hassen.

»Du hast nichts zu tun, Leonie?«

Leonie wirbelte herum und sah Judith in ihrem Zimmer. »Es gibt nichts, was meine persönliche Anwesenheit erfordert, Madame.«

»Es freut mich, das zu hören. Ich habe gefürchtet, du würdest dich sträuben.«

Leonie lächelte gequält. »Was das angeht, Madame, kann ich nur sagen, daß die Wahl des Königs indiskutabel ist.«

»Das kann ich dir nicht vorwerfen, meine Liebe. Wenn ich wüßte, daß mein zukünftiger Gemahl lediglich daran interessiert ist, meine Ländereien an sich zu bringen, würde mir das auch nicht gefallen.«

Das war es also! »Sind Sie sicher?«

»D'Ambert hat versucht, Pershwick zu kaufen. Natürlich mußte William ihm mitteilen, daß er es nicht verkaufen kann, weil es zu deiner Mitgift gehört. Dann hat er um dich angehalten, aber dein lieber Vater wollte dich keinem Mann zur Frau geben, der nur an deinem Besitz interessiert ist.«

»Mein Vater hat seinen Antrag also abgelehnt?«

»Natürlich hat er das getan. Aber du siehst ja selbst, was dabei herausgekommen ist. Dieser Mann hat sich schnurstracks zum König begeben, und jetzt wird d'Ambert dich bekommen, ob du willst oder nicht.«

»Nein, das wird er nicht. Ich sagte doch, daß er indiskutabel ist. Das ist mein Ernst. Ich werde Rolfe d'Ambert nicht heiraten.«

In Judiths Augen blitzte es einen Moment lang auf. »Doch, das wirst du tun. Ich wünschte wirklich, du hättest die Wahl, Leonie, aber wenn sich der König persönlich in diese Angelegenheit einmischt, mußt du einsehen, daß dir keine Wahl bleibt. Es würde deinem Vater das Herz brechen, wenn er dich dazu zwingen müßte, aber er kann sich dem Befehl des Königs nicht widersetzen.«

»Ich kann es.«

»Sei kein albernes Kind!« fauchte Judith, die sich eine Szene zwischen Vater und Tochter ausmalte, bei der ans Licht kommen könnte, was ihre gesamten Pläne zunichte machte. »Heinrich interessiert sich nicht dafür, was andere wollen, und sein Wunsch ist es, daß du d'Ambert heiratest. Dein Vater wird dem König nicht trotzen, und ebensowenig wirst du es tun.«

Leonie sprang auf. Sie loderte vor Wut. »Laß mich in Ruhe, Judith. Geh! Wir haben einander nichts mehr zu sagen.«

»O doch«, erwiderte Judith grimmig. »Du wirst mir bei allem, was dir heilig ist, schwören, daß du den derzeitigen Lord von Kempston heiraten wirst.«

»Ich schwöre, daß ich ihn nicht heirate.«

»Du Närrin!« zischte Judith. »Das hast du dir selber zuzuschreiben. Richer!« rief sie, und der Mann, den Leonie fürchtete, betrat ihr Zimmer. »Du weißt, was zu tun ist«, sagte sie zu ihm. »Hör' nicht auf, ehe sie geschworen hat.«

Mit diesen Worten verließ Judith den Raum. Sie ging fort, um dafür zu sorgen, daß sich kein Mensch im Saal aufhielt und auch so schnell niemand kommen würde. Keiner durfte etwas hören.

Leonie bemühte sich, gegen ihr rasendes Herzklopfen anzukämpfen, und bereitete sich darauf vor, das Schlimmste über sich ergehen zu lassen. Finstere blaue Augen durchbohrten sie mit einem seltsam leuchtenden Blick und brachten sie aus der Fassung. Doch das, was ihr vor Entsetzen Übelkeit verursachte, war Richers breites Grinsen, das sich langsam auf seinem Gesicht ausbreitete.

7. KAPITEL

In jener Nacht forderte eine andere Form von Furcht ihren Tribut von Lady Amelia. Sie wollte nicht an den Hof zurückgeschickt werden, denn dort war sie nichts weiter als eine der vielen Hofdamen Prinzessin Alices, ein hübsches Gesicht unter vielen anderen. Dort hatte sie keine Macht und keinen Einfluß auf ihr eigenes Leben. Sie mußte ständig um die Prinzessin herumscharwenzeln, tun, was ihr geheißen wurde, und unter ihren Launen leiden.

Eine Witwe, die kein Land besaß und keine Verwandten hatte, hatte schlechte Aussichten. Entscheidender war noch, daß Amelia festgestellt hatte, es sei weit weniger erstrebenswert, eine Ehefrau zu sein, als das Dasein einer Mätresse zu führen. Sie war die Mätresse ihres Ehemannes gewesen, ehe sie geheiratet hatten, und ihre Lebensumstände hatten sich nach der Eheschließung so drastisch geändert, daß sie ganz und gar nicht traurig gewesen war, als er starb. Ein Mann ist bestrebt, seiner Mätresse zu gefallen, seiner Frau jedoch nicht, denn sie kann ihn nicht verlassen, eine Mätresse aber kann fortgehen.

Sie wußte auch, daß sich das, was ein Ehemann im Bett tat, nicht mit dem Verhalten eines Liebhabers vergleichen ließ. Vielleicht hatte das mit der Kirche zu tun, die predigte, geschlechtliche Beziehungen seien ausschließlich zur Fortpflanzung da und nicht, damit man Freude daran hatte. Amelias Gemahl war bis zu ihrer Heirat ein aufmerksamer Liebhaber gewesen und hatte dann nur noch eine Pflicht erfüllt, die man am besten schnell hinter sich brachte.

Nein, Amelia war nicht dumm genug, wieder heiraten zu wollen, nicht einmal ihren derzeitigen Liebhaber, der der bestaussehendste unter allen Männern war, die sie in ihrem Bett gehabt hatte. Aber sie wollte ihn auch nicht verlieren. Er konnte barsch sein, sogar zu Wutausbrüchen neigen, aber ihre Stellung als Rolfe d'Amberts Mätresse hatte sich als weit besser als alles erwiesen, worauf sie je hätte hoffen können. Sie wurde mit Respekt behandelt, fast so, als sei sie in der Burg Crewel die Dame des Hauses. Hier hatte sie soviel Macht, wie sie eine verheiratete Frau nur irgend haben konnte, und das liebte sie. Es gab hier keine andere Frau von Rang, vor der sie sich verantworten mußte, nur Dienstmädchen. Hier war sie nur Rolfe verantwortlich, der nichts von ihr forderte, was sie nicht gern getan hätte.

Dennoch machte sich Amelia nichts vor, was ihre Situation betraf. Sie hatte hier alles, was sie sich wünschte, aber nur, solange Rolfe es wollte. Wenn er ihrer überdrüssig war und sie wieder an den Hof zurückschickte, hatte sie keine Möglichkeit, etwas daran zu ändern. Das einzige, was sie tun konnte, war, diesen Zeitpunkt hinauszuzögern und ihm möglichst viele Geschenke abzuschwatzen, damit sie, wenn die Trennung kam, ein Haus in London erwerben und dort weiterhin ihre Gunst verkaufen konnte.

Wenn Rolfe sie jetzt abschob, mußte sie zur Prinzessin zurückkehren oder sich einen neuen Liebhaber suchen. Sie wußte, daß sie nie mehr jemanden wie Rolfe finden würde, der bereit war, sie in seinem Haus aufzunehmen. Das war ihr auch nur gelungen, weil er unverheiratet war.

Es war schon spät, als Rolfe seine Gemächer betrat und Amelia vorfand, die es sich in seinem breiten Bett bequem gemacht hatte. Sie beobachtete ihn, als er vor das Feuer trat, das nur noch glimmte. Er hatte nicht in ihre Richtung gesehen, und seine gerunzelte Stirn warnte sie davor, etwas zu sagen. Dachte er über ihre Trennung nach?

»Komm, hilf mir aus der Rüstung, Amelia. Ich habe meinen Knappen schon fortgeschickt.«

Er wußte also, daß sie wach war. Die schlichte Bitte

sagte ihr so vieles, daß sie am liebsten laut gelacht hätte. Er hatte sie nicht vergessen! Er wollte zu ihr ins Bett kommen. Daß er das in der Nacht vor seiner Hochzeit vorhatte, sagte ihr, was er für seine zukünftige Frau empfand.

Amelia schlüpfte unter der Bettdecke hervor. Sie griff nicht nach ihrem Morgenmantel. Sie war eine hochgewachsene Frau von dreiundzwanzig Jahren mit einem schlanken Körper, auf den sie stolz war. Sie brauchte keine Zuflucht zu tarnenden Korsetts zu nehmen, um eine verblüffende Wirkung zu erzielen, selbst dann nicht, wenn sie enganliegende, figurbetonende Kleider trug. Wenn sie nackt war, bewegte sie sich mit einer stolzen Haltung, ihr kastanienbraunes Haar fiel bis zu den Hüften herunter, und ihre grünen Augen blickten verführerisch.

Rolfe sah sie an, als sie langsam auf ihn zukam. Sie bemerkte, daß ihr Anblick eine sofortige Wirkung auf ihn hatte.

»Setz dich, mein Gebieter«, gurrte sie. »Ich bin nicht groß genug, um dein schweres Kettenhemd zu heben.«

Rolfe setzte sich gedankenverloren auf einen Schemel vor dem Feuer. Amelia faßte den unteren Rand seines Kettenhemdes und zog es über seinen Kopf. Manche Männer behielten tagelang ihre Rüstungen an, wenn sie kämpften, und sie stanken schlimmer als ein Stall voll Mist. Aber das hatte sie bei Rolfe nie erlebt. Er roch angenehm.

»Du warst tagelang fort, Rolfe«, sagte sie und verzog ihre Lippen zu einem Schmollmund, als sie sich bückte, um seine Beinschienen abzunehmen. »Ich habe mich schon gefragt, ob ich dich vor deiner Hochzeit noch sehe.«

Er brummte, und Amelia lächelte. Wieviel durfte sie zu der Heirat sagen? »Sir Evarard war damit beschäftigt, für den Festschmaus zu jagen«, fuhr Amelia fort. »Ich habe selbst dafür gesorgt, daß der Saal geputzt wird, weil dein Haushofmeister zu beschäftigt war.«

Das war eine Lüge. Sie gab sich nie damit ab, Dienstboten zu überwachen, aber das wußte Rolfe nicht. Sie wollte ihm das Gefühl geben, daß sie nichts gegen seine Heirat hatte, ihm sogar behilflich sein wollte.

Als nächstes zog ihm Amelia den Rock und das Unterhemd aus, doch sie tat es so langsam, daß Rolfe sie auf seinen Schoß nahm, ehe sie die Kleidungsstücke zur Seite legen konnte. Sie stieß einen Schrei aus, um Protest zu heucheln, und er verschloß ihren Mund mit einem heißen Kuß.

Sie spürte, wie eilig er es hatte, doch sie ließ sich davon nicht rühren, sondern stellte nur befriedigt fest, wie sehr er sie begehrte. Sie lehnte sich zurück, stemmte ihre Hände gegen seine Brust und ließ nicht zu, daß sein Mund sich wieder auf ihre Lippen legte. »Du willst mich also noch?« fragte sie.

»Was ist das für eine dumme Frage?« Er runzelte die Stirn. »Sieht es so aus, als begehrte ich dich nicht mehr?«

»Ich war dessen nicht sicher, mein Gebieter, als ich von deiner Heirat hörte.« Sie sprach so ruhig und leise, als hätte er sie verletzt.

»Das braucht dir keine Sorgen zu bereiten«, erwiderte Rolfe mürrisch.

»O doch, mein Gebieter. Ich hatte solche Angst, du würdest mich fortschicken.« Tränen traten in ihre Augen, wie sie es beabsichtigt hatte.

»Warum sollte ich das tun?«

Amelia hätte ihr Spiel verloren, wenn sie Erstaunen gezeigt hätte, doch sie faßte sich schnell wieder.

»Ich habe den Wunsch, hierzubleiben, Rolfe, aber ... deine Gemahlin könnte etwas dagegen einzuwenden haben.«

»Nein, das wird sie nicht.«

»Wenn du das sagst, kennst du die Eifersucht der Frauen nicht. Wenn sie weiß, daß du mich in irgendeiner Hinsicht begünstigst, wird sie fordern, daß ich die Burg verlasse.«

»Sie hat hier nichts zu fordern«, sagte er gepreßt. »Mein Wille wird ihr Wille sein.«

»Aber du bist nicht immer hier, Rolfe«, sagte Amelia schmollend. »Was ist, wenn sie mich schlecht behandelt? Wenn sie mich schlägt?«

Er sah sie finster an. »Dann wird sie bestraft werden. Ich lasse nicht zu, daß meine Leute in Angst vor ihrer Herrin leben.«

Das war nicht die Antwort, die sie hören wollte.

»Aber wie kann ich mich vor ihrem Zorn schützen, wenn du nicht hier bist?« beharrte Amelia.

»Du machst dir grundlose Sorgen. Sie wird nicht hier leben. Ich heirate sie lediglich wegen ihres Landes.«

»Wirklich?« Sie konnte ihr Erstaunen nicht verbergen, und er lachte. »Meine Liebe, wenn ich sie begehren würde, hätte ich keine Verwendung für dich.«

Amelia strahlte und fühlte sich vor Erleichterung ein wenig benommen. »Morgen werden viele Hochzeitsgäste kommen. Was wirst du ihnen sagen ...«

»Daß du mein Mündel bist.«

Sie schlang ihre Arme um seinen Hals und rieb ihren festen Busen an seiner Brust. »Dann wird sich an meiner Stellung hier nichts ändern, Rolfe? Die Dienstboten müssen nach wie vor meinen Befehlen Folge leisten und ...«

»Du redest zuviel, Frau.«

Rolfe schloß ihr wieder den Mund mit seinen Lippen. Er durchschaute ihr Spiel, und es belustigte ihn. Aber er war kein Mann, der sich manipulieren ließ. Wenn er ihr nicht ohnehin das, worum sie bat, hätte gewähren wollen, wäre der Zeitpunkt unwichtig gewesen. Er weigerte sich, sich von seinen Gelüsten versklaven zu lassen.

Was Rolfe anging, waren die Frauen alberne Geschöpfe, die nur dazu taugten, zu nähen, zu klatschen und Ärger zu machen. Das hatte er bei seiner Mutter und ihren Gesellschafterinnen gelernt. Alle Frauen benutzten den Sex, um das zu bekommen, was sie wollten. Er hatte beobachtet, wie seine Mutter jahrelang ihre Listen seinem Vater gegenüber eingesetzt hatte. Dasselbe hatte er an jedem Hof gesehen, den er kannte. Er hatte es sich zur Regel gemacht, einer Frau nie etwas zu gewähren, wenn sie ihn im Schlafzimmer darum bat.

Als Rolfe mit dem Liebesspiel fertig war, hatte er Amelia auch schon vergessen. Seine Gedanken kehrten sofort wieder zu dem Punkt zurück, der ihm so große Sorgen bereitete. In einem Anfall von Wut hatte er sich entschlossen, Leonie von Montwyn besitzen zu wollen. Ein weiterer Wutanfall hatte ihn zum König geführt, um dafür zu sorgen, daß er sie auch bekam. Jetzt war seine Wut verflogen, und Trostlosigkeit erfüllte ihn.

Er wollte keine Gattin haben, auf die er nicht stolz sein konnte und die er nie lieben würde. Er hatte vor, sie nach Pershwick zurückzuschicken, und zwar wegen der Bosheiten, die sie ihm angetan hatte, aber in Wirklichkeit war das, was ihm Sorgen machte, ihre berüchtigte Häßlichkeit. In diesem Punkt fühlte er sich bereits jetzt schuldbewußt. Es war nicht ihre Schuld, daß sie häßlich war. Vielleicht war es gerade ihr Aussehen, das sie so gehässig hatte werden lassen.

Rolfe machte es innerlich ganz krank, in was ihn seine blinde Wut hineingezogen hatte. Sein Ehrgefühl ließ nicht zu, daß er sich aus der Situation hinauswand, und sein Schuldbewußtsein nahm täglich zu, wenn er an das Mädchen und daran dachte, was sie erwarten mochte. Das arme Geschöpf war höchstwahrscheinlich überglücklich, endlich einen Freier zu haben, auch wenn es jemand war, gegen den sie gekämpft hatte. Welche Aussichten konnte sie bisher schon gehabt haben?

Sein Schuldbewußtsein wurde so stark, daß es ihn zu ersticken drohte. Vielleicht würde er sie doch nicht fortschicken. Es gab auf Crewel einen alten Turm. Den konnte sie ganz für sich haben. Dann brauchte er sie nicht zu sehen, und sie mußte die Schande nicht ertragen, von ihrem Gatten aus dem Haus gewiesen worden zu sein. Trotzdem würde er ihre Erwartungen, Kinder zu bekommen und ein normales Eheleben zu führen, vernichten. Wieder kreisten seine Gedanken um die Frage, ob er mit ihr schlafen konnte oder ob ihr Anblick ihn abstoßen würde. Jeder Mann wollte einen Erben, und in dieser Hinsicht unterschied er sich nicht von anderen Männern. Aber wenn ihr Äußeres es ihm unmöglich machte ...

Für einen Mann, der gewöhnlich Nerven wie Drahtseile hatte, waren das sehr unangenehme Gefühle. Am morgigen Tag würde er mit ihr schlafen müssen, zumindest dieses eine Mal, denn ihre Eltern und die übrigen Hochzeitsgäste würden das Bettzeug der Hochzeitsnacht inspizieren, wie es der Brauch war. Es war ihm anheimgestellt, auf einige der Bräuche zu verzichten, zum Beispiel darauf, daß sie feierlich zu Bett geleitet wurden, aber es gab keine Möglichkeit, die Begutachtung der Laken zu verhindern, die dazu diente, die Jungfräulichkeit des Mädchens zu bestätigen. Er würde mit ihr schlafen müssen oder sich mehr Hohn und Spott aussetzen müssen, als sein hitziges Naturell verkraftete.

8. KAPITEL

Leonie kam zu sich, weil Wilda bestürzt aufschrie. Sie hätte das Mädchen dafür verfluchen können, daß sie sie geweckt und dadurch ihre Schmerzen wieder wachgerufen hatte.

»Was hat man Ihnen angetan, Mylady!« klagte Wilda. »Ihr Gesicht ist ganz dunkel und geschwollen. Mögen sie in den Feuern der Hölle rösten! Möge die Hand, die es gewagt hat, Sie zu berühren, verfaulen und abfallen! Möge ...«

»Sei doch still, Wilda!« fauchte Leonie, die versuchte,

ihren Kiefer so wenig wie möglich zu bewegen. »Du weißt doch, wie leicht ich blaue Flecken kriege. Ich bin sicher, daß ich schlimmer aussehe, als ich mich fühle.«
»Ist das wahr, Mylady?«
»Bring mir den Spiegel.«
Leonie versuchte zu lächeln, um die Ängste des Mädchens zu zerstreuen, aber ihr Kiefer und ihre gesprungenen, blutigen Lippen taten so weh, daß sie es nicht fertigbrachte. Der Spiegel aus poliertem Stahl, der ihr gereicht wurde, bestätigte ihr, daß sie wie jemand aussah, der von den Hufen eines Streitrosses getroffen worden war.

Eines ihrer Augen war ganz zugeschwollen, das andere nur noch ein Schlitz. Das Blut war auf ihren Lippen, auf ihrem Kinn und unter ihrer Nase getrocknet, aber es setzte sich kaum gegen die blauschwarzen Quetschungen ihres geschwollenen Gesichtes ab, das vollkommen verfärbt war. Ihr graute davor, sich auszumalen, wie ihre Brust und ihre Arme aussehen mochten, denn Richer hatte seine Schläge nicht auf ihren Kopf beschränkt.

Sie war vollständig angekleidet und trug noch dasselbe, was sie angehabt hatte, als Richer fortgegangen war. Außerdem mußte jemand dafür gesorgt haben, daß Wilda am letzten Abend nicht zu ihr gekommen war, um sie auszukleiden. Sie vermutete, daß sie bewußtlos geworden und von da an nicht mehr zu sich gekommen war.

»Ich finde, ich habe schon besser ausgesehen«, sagte Leonie und legte den Spiegel hin. »Ich dachte, er hätte mir die Nase gebrochen, aber jetzt glaube ich, daß sie wieder heil wird – wie der Rest von mir auch.«
»Wie könnt ihr darüber scherzen, Mylady?«
»Weil es besser ist, als zu weinen, und genau das täte ich, wenn ich mir vorstelle, was diese Schläge erreicht haben.«
»Sie werden ihn also doch heiraten?«
»Du weißt es?«
»Mylady, die Pferde sind gesattelt und warten schon. Alles ist bereit zur Abreise ... bis auf Sie.«

Leonie hätte alles darum gegeben, die Geschehnisse aufzuhalten, aber jetzt, nachdem sie ihr Wort gegeben hatte, bei allem, was ihr heilig und beim Grab ihrer Mutter geschworen hatte, würde sie Rolfe d'Ambert heiraten müssen. Es änderte nichts, daß das Gelübde aus ihr herausgeprügelt worden war – sie hatte die Worte nachgesprochen, und jetzt würde sie sich daran halten müssen.

Wie gern hätte sie geweint! Sie war so sicher gewesen, Richer standhalten zu können, aber sie hatte sich geirrt. Er hatte sie wieder und immer wieder geschlagen, und als sie nicht gebettelt und nachgegeben hatte, begann er, seine Fäuste einzusetzen. Sie hatte alles hingenommen, was sie ertragen konnte, weil sie glaubte, die Prügel könnten nicht schlimmer sein als das, was der Schwarze Wolf mit ihr plante, ganz gleich, was es sein mochte. Aber als ihr klar wurde, daß Richer sie umbringen würde, wenn ihn niemand zurückhielt, und keiner da war, um ihm zu wehren, hatte sie aufgegeben. Wenn ihr Vater das geschehen ließ, konnte er sie auch nicht mehr retten.

Niemand kam, auch dann nicht, als sie schrie. Da wußte sie, daß keine Hilfe kommen würde, und tat, was von ihr verlangt wurde.

Sir Guibert hätte Richer getötet, wenn sie es wollte, aber wozu sollte das nutzen? Dieser widerliche Kerl befolgte nur die Befehle ihres Vaters. Sie erstickte zwar an ihrem Kummer und an ihrem Haß auf ihn, aber sie wollte nicht noch mehr Gewalttätigkeit. Daher würde sie vertuschen müssen, was ihr angetan worden war.

»Bring mir meine Medizin, Wilda, und dann such mir ein passendes Kleid aus. Mir macht es nichts aus, wenn mein Mann erfährt, daß ich zu der Heirat mit ihm gezwungen worden bin, aber sonst soll es niemand erfahren. Hast du verstanden? Such einen dunklen Schleier und Handschuhe heraus. Die Hautausschläge meiner Kindheit sind wieder ausgebrochen, und ich habe keine

Zeit mehr, eine Salbe herzustellen, um sie zu lindern. Hast du gehört? Genau das wirst du jetzt meiner Tante und Sir Guibert sagen.«

»Aber Sie haben doch längst keine Ausschläge mehr!«

»Aber es ist doch nicht ausgeschlossen, daß ich so nervös bin, meinen zukünftigen Mann kennenzulernen, daß der Ausschlag wiedergekehrt ist. Und es ist auch verständlich, daß ich ihn verbergen will. Sorg bloß dafür, daß Sir Guibert die Geschichte glaubt. Tu das jetzt, und dann komm wieder, und hilf mir beim Ankleiden. Und nimm meine Medizin nach Crewel mit. Später habe ich eher Verwendung dafür.«

Als sie allein war, legte Leonie den Kopf in ihre Hände und schluchzte. Dieser Tag würde einen Schrecken nach dem anderen mit sich bringen.

Gegen die Schwellungen und blauen Flecken trug sie eine Mixtur aus Eibischwurzel und Rosenöl auf. Für ihre Nerven und die Schmerzen am ganzen Körper trank sie einen Beruhigungstrank, den sie aus Kamillenblüten hergestellt hatte. Sie hätte lieber weißen Mohn genommen, aber sie wollte nicht riskieren, während der Trauung einzuschlafen.

Als Wilda zurückkam, spürte Leonie bereits die Wirkung des Beruhigungsmittels.

»Du hast Sir Guibert das gesagt, worum ich dich gebeten habe?«

»Ja, er war sehr mitfühlend und hat gesagt, er würde Ihrem Gatten persönlich erklären, warum Sie verschleiert sind. Und Ihre Tante hat angefangen zu weinen. Sie wollte gleich zu Ihnen kommen, aber Lady Judith hat sie die ganze Nacht und den Vormittag über beschäftigt. Ich glaube nicht, daß sie auch nur ein Auge zugetan hat.«

»Mir ist es nur recht, wenn sie nicht kommt. Ich will nicht, daß sie mich so sieht.« Sie sah ihrer jungen Zofe direkt in die Augen und sagte: »Hast du je einen Mann gehabt?«

»Mylady! Ich ...«

»Ich werde dich nicht ausschelten, Wilda«, versicherte ihr Leonie eilig. »Meine Mutter ist gestorben, ohne mich auf die Ehe vorzubereiten, weil sie glaubte, später noch genügend Zeit dazu zu haben. Und Tante Beatrix könnte ich nicht nach diesen Dingen fragen. Ich will wissen, was heute auf mich zukommt. Sag es mir.«

Wilda senkte die Lider und sagte: »Beim ersten Mal ist es schmerzhaft, Mylady. Das Zerreißen der Jungfräulichkeit ist das, was die Schmerzen bereitet und das Blut auf dem Laken zurückläßt, das am nächsten Morgen vorgezeigt wird. Aber es ist kein schlimmer Schmerz, und er geht schnell vorüber. Hinterher ... ist es sehr angenehm.«

»Wirklich? Die anderen Mädchen am Hof haben gesagt, es sei schrecklich.«

»Sie haben gelogen. Oder wiederholt, was ihre Mütter ihnen erzählt haben.« Sie zuckte die Achseln. »Für manche Frauen ist es immer schmerzhaft, weil sie glauben, es sei Sünde, Spaß daran zu haben. Aber solange Sie etwas für Ihren Mann empfinden ...« Wilda schnappte nach Luft, weil ihr klar wurde, welcher Schnitzer ihr unterlaufen war. »O Mylady, es tut mir leid. Ich weiß, daß Sie nichts für diesen Mann übrig haben.«

»Dann bin ich also dazu verdammt, immer Schmerzen zu haben? Aber er hat auch nichts für mich übrig, und daher kann es sein, daß er mich nicht oft belästigen wird. Ich danke dir dafür, daß du es mir gesagt hast, Wilda.«

Leonie sagte sich, daß sie ruhig bleiben mußte. Sie konnte nicht nach Crewel gehen und vor Angst beben. Wenn er hoffte, sie in Furcht und Schrecken zu sehen, mußte er noch viel über Leonie von Montwyn lernen.

9. KAPITEL

Leonie erkannte die Frau, die in dem großen Saal von Crewel wartete, um die Hochzeitsgäste zu begrüßen, augenblicklich. Sie stellte sich ihr als Lady Amelia vor, das Mündel Rolfe d'Amberts, doch Leonie wußte, daß sie die Frau war, die dem Schwarzen Wolf auf dem Turnierplatz ihre Gunst bezeugt und seinen leidenschaftlichen Kuß geduldet hatte. Ein Mündel? Zweifellos war sie eine Mätresse. Aber das störte Leonie nicht. Der Schwarze Wolf konnte von ihr aus hundert Mätressen haben, solange er sie in Ruhe ließ.

»Sir William und Lady Judith, machen Sie es sich bequem. Mein Gebieter Rolfe wird Sie sogleich begrüßen«, sagte Amelia in ihrem liebenswürdigsten Tonfall. Dann wandte sie sich an Leonie. »Mylady, wenn Sie mit mir kommen, führe ich Sie in ein Gemach, in dem Sie warten können, bis das Zeremoniell beginnt.«

Leonie sagte kein Wort. Sie folgte der älteren Frau, denn sie war froh, sich der Gesellschaft ihres Vaters und Judiths entziehen zu können. Sie hatte auf dem Weg nach Crewel mit keinem von beiden auch nur ein Wort gesprochen. Ihr Vater hatte versucht, mit ihr zu reden, aber sie hatte sich von ihm abgewandt.

Leonie kannte Crewel gut. Sie wußte, daß Amelia sie in den kleinen Raum neben der Kapelle im Vorbau führte. Crewel hatte keinerlei Ähnlichkeit mit Pershwick. Sir Edmond hatte sich in jeder Hinsicht um sein persönliches Wohlbehagen bemüht, und Leonie erinnerte sich daran, daß einer der Gründe, aus denen sie als Kind gern nach Crewel gekommen war, in der Faszination lag, daß sich jedesmal etwas verändert hatte. Einmal war über dem erhöhten Podest am herrschaftlichen Ende des Saales ein neuer Raum angebaut worden. Später war dieser Raum abgetrennt worden und wurde zum Gemach des Burgherrn. Als Alain zum Ritter geschlagen worden war, war am anderen Ende des Saales über dem kleineren Herdfeuer der Dienstboten noch ein Raum angebaut worden. Bald darauf war der freie Raum zwischen den beiden großen Gemächern ausgebaut worden, und jetzt gab es eine ganze zweite Etage, zu der vom Saal aus Wendeltreppen führten. Die ursprüngliche Dekke war so hoch gewesen, daß die Räume selbst jetzt noch hoch waren.

Es war ein behaglicher Ort, der einem die Möglichkeit gab, sich zurückzuziehen, ganz anders als Pershwick, und doch steigerte sich Leonies Nervosität. Plötzlich ging ihr auf, daß die Mätresse des Schwarzen Wolfes sie unten im Saal empfangen hatte. Was für ein seltsames Verhalten. Er behandelte sie schon vor der Hochzeit mit Verachtung.

Das kleine Zimmer, in das Amelia sie brachte, war mit zwei Schemeln und einem Tisch eingerichtet, auf dem eine Flasche Wein und Gläser standen. »Es kann eine Zeitlang dauern, bis es soweit ist, Lady Leonie. Es muß noch eine Einigung über den Ehevertrag erzielt werden.«

»Ich habe es nicht eilig«, erwiderte Leonie teilnahmslos, und Amelia fragte sich, was sie von ihr halten sollte. Sie war davon ausgegangen, daß sie ihre Rivalin hassen würde, und sie hatte sich darauf gefreut, ihr in jeder erdenklichen Weise eins auszuwischen, aber das Mädchen, das vor ihr stand, war kaum größer als ein Kind. Sie sprach sogar kindlich. Da sie in ihren Umhang gehüllt war und ein langer Schleier ihren Kopf und ihr Gesicht verbarg, konnte man unmöglich sagen, wie sie aussah. Mädchen wurden mit dreizehn oder vierzehn Jahren und manchmal sogar noch früher verheiratet, und daher konnte sie sehr jung sein. Das würde für Amelia allerdings einiges ändern, denn sie konnte in einem halben Kind wohl kaum eine Rivalin sehen.

»Kann ich noch etwas für Sie tun?« fragte Amelia. »Möchten Sie vielleicht Ihren Schleier abnehmen oder ...?«

Leonie schüttelte den Kopf. »Wenn Sie mir meine Zofe Wilda schicken könnten, wäre ich Ihnen sehr dankbar.«

»Wie Sie wünschen«, erwiderte Amelia mit einem tiefen Seufzer. In diesem Moment entschied sie, daß sie in Kürze wiederkommen und Leonie überraschen würde. Wenn sie erst eine Zeitlang in dem winzigen Zimmer saß, würde sie mit Sicherheit ihren Schleier abnehmen. Es war heiß hier.

Sie suchte das Mädchen und schickte es zu Lady Leonie. Dann hörte sie Rolfes zornige Stimme im Saal und eilte in die entgegengesetzte Richtung, um in der Küche nachzusehen, ob die Vorbereitungen glatt abliefen.

Das gehörte nicht zu den Dingen, mit denen sich Amelia gewöhnlich befaßte, da sie die Führung von Rolfes Haushalt dem Kämmerer von Crewel überlassen hatte, aber sie verspürte ganz und gar nicht den Wunsch, in das Zimmer zurückzukehren, in das sie an diesem Morgen ihre Habe geräumt hatte. Dieses Zimmer war ein Beweis dafür, daß sie zumindest vorläufig in der Burg Crewel nicht die Dame des Hauses war.

In der Kammer neben der Kapelle hörte Leonie eine Stimme, die sich im Zorn erhob. Sie kannte sie seit dem Tag in den Wäldern. Der Schwarze Wolf! Wilda hörte seine Stimme jedoch zum ersten Mal, und obwohl sie die Worte nicht verstehen konnte, riß das arme Mädchen vor Furcht die Augen auf. Leonie konnte sie nicht beruhigen, ohne zu lügen, und daher blieb sie stumm und goß noch etwas mehr von dem Beruhigungstrunk in ihren Wein.

Sie konnte die Gründe für den Zorn des Schwarzen Wolfs beim besten Willen nicht erraten. Schließlich war er derjenige gewesen, der auf dieser Heirat bestanden hatte. Sie glaubte nicht, daß es etwas mit dem Ehevertrag zu tun hatte. Ihre Ländereien sollten in ihrem Besitz verbleiben, damit sie darüber verfügen konnte, wie es ihr beliebte. Das war der Wunsch ihrer Mutter gewesen, doch sie glaubte nicht, daß ihr Vater, der sich so wenig um sie kümmerte, darauf beharren würde, diesen Punkt in den Ehevertrag aufzunehmen. Und selbst, wenn er es tat – was würde das für den Schwarzen Wolf bedeuten? Er hatte längst bewiesen, daß er jeden anderen enteignete, wenn er sein Land haben wollte.

Selbst in dem stickigen kleinen Raum ließ dieser Gedanke sie frösteln. Mit der Heirat würde sie in seinen Besitz übergehen. Er konnte mit ihr tun und lassen, was er wollte. Er konnte sie für den Rest ihres Lebens gefangenhalten und sogar töten.

Einem Impuls folgend, nahm Leonie eine kleine Klinge, die sie in ihrem Medizinkorb aufbewahrte, um Verbände zu schneiden, und steckte sie in ihren Ledergürtel. Der Schleier würde sie verbergen. Sie wollte verflucht sein, wenn sie sich jemals wieder einem Mann auf Gedeih und Verderb auslieferte, wie es ihr mit Richer ergangen war.

»Lady Leonie, die kommen gerade ganz frisch aus der Küche.«

Amelia hatte das Zimmer betreten, ohne anzuklopfen. Sie brachte ein Tablett mit kleinen Kuchen. Als ihr Blick auf Leonies unverschleiertes Gesicht fiel, erstarrte sie und riß ihre grünen Augen schockiert auf.

»Treten Sie immer unaufgefordert ein?« fragte Leonie zornig. Sie stellte überrascht fest, daß sie noch die Kraft besaß, wütend zu werden.

»Ich ... es tut mir leid, Mylady, ich dachte nur, Sie wollten vielleicht ...« Der Zustand ihrer Rivalin überraschte sie so sehr, daß sie plötzlich die Dreistigkeit besaß, zu fragen: »Sie ... Sie wollten Rolfe gar nicht heiraten?«

Leonie fiel die Selbstverständlichkeit auf, mit der Amelia seinen Vornamen aussprach.

»Ich wollte ihn nicht zum Gemahl haben, nein, aber wie Sie sehen, hat man mir keine Wahl gelassen.« Warum sollte sie ihr nicht die Wahrheit sagen.

»Dann kann ich Ihnen vielleicht eine Last von der Seele nehmen, Mylady«, erbot sich Amelia. »Wenn Sie etwas

Zeit für mich hätten und wir uns allein unterhalten könnten.«

Leonie nickte Wilda zu, und das Mädchen schlüpfte aus dem Zimmer und schloß die Tür hinter sich. Amelia stellte das Tablett auf den Tisch, aber sie setzte sich nicht.

»Sie haben Rolfe d'Ambert noch nicht gesehen?« begann sie.

»Nein.«

»Haben Sie gehört, daß er sehr gut aussieht?«

Leonie hätte fast gelacht. »Ein Mann kann ein Adonis sein und doch das Herz eines Teufels haben.«

»Sie möchten ihn nicht haben?« drang Amelia weiter in sie.

»Ich sagte doch schon, daß ich ihn nicht will«, erwiderte Leonie unwillig.

»Dann wird es Sie beruhigen, wenn Sie wissen, daß er Sie nicht belästigen wird. Er ... er heiratet Sie nur wegen ihres Landes. Verstehen Sie, er hat mich für seine ... seine sonstigen Bedürfnisse.«

»Ach?«

Amelia runzelte die Stirn, als sie den sarkastischen Tonfall hörte. »Wir brauchen keine Feinde zu sein, Sie und ich. Wenn Sie ihn nicht wollen, dann können Sie kaum etwas dagegen einzuwenden haben, wenn ich ihn habe.«

»Ich habe nichts dagegen. Sie können ihn von mir aus gern behalten. Aber Sie haben mir keine Last von der Seele genommen. Warum will er gerade mich heiraten, wenn es unzählige Frauen gibt, die mehr Land besitzen als ich?«

»Er will Pershwick haben, weil es dort Schwierigkeiten gibt, über die Sie mehr wissen müßten als ich. Ich kann Ihnen nur sagen, was sein Freund Thorpe mir erst heute morgen erzählt hat. Rolfe ist aufbrausend, und er handelt spontan. Wenn er größere Ländereien gewollt hätte, hätte er sich darum bemüht. Wenn er sie in Zukunft haben will, wird er dafür sorgen, daß er sie bekommt. Er bekommt immer alles, was er will, und er wollte, daß der Ärger mit Pershwick endet, deshalb hat er um Sie angehalten. Als sein Antrag zurückgewiesen wurde, hat er den König aufgesucht. Jetzt hat er, was er will.«

»Ja, allerdings.« Leonies Stimme war gedämpft, da alle ihre Befürchtungen bestätigt worden waren. »Sagen Sie mir nur eins«, fragte sie hastig. »Wissen Sie, welche Pläne er mit mir hat?«

»Er hat gesagt, daß er Sie nach der Hochzeit fortschickt.«

»Fort? Wohin?«

»Das weiß ich nicht, aber ...«

Sie wurden von einem Klopfen an der Tür unterbrochen, und Judith trat ein. Sogar sie war schockiert, als sie sah, was Richer angerichtet hatte. Sie zuckte zusammen und dachte wieder daran, wie William sie geschlagen hatte.

Die große Schönheit des Mädchens war ihrem geschwollenen Gesicht nicht anzusehen. Das silberblonde Haar fiel wellig auf ihre Schultern. Die wohlgeformte kleine Gestalt war mit einem langärmeligen dunkelgrauen Spitzenhemd und einem hellgrauen Überwurf bekleidet, der mit Silberfäden bestickt war. Der Überwurf hatte weite Ärmel bis zu den Ellbogen und war an den Seiten geschlitzt, um mehr von dem Spitzenhemd zu zeigen. Ein geflochtener Silbergürtel betonte die schmale Taille, doch der reizvolle Körper lenkte nicht von ihrem entstellten Gesicht ab.

»Hat dein Erscheinen einen Grund, Judith?« fragte Leonie kühl, als Judith ihr Gesicht unverwandt anstarrte.

»So kannst du dich nicht zeigen«, sagte Judith.

»Und warum nicht? Bin ich für eine Hochzeit unangemessen gekleidet?«

»Es ist Zeit.« Bei diesen Worten verließ Amelia das Zimmer. Judith bemerkte angewidert: »Es überrascht mich, daß du mit dieser Frau sprichst, Leonie. Weißt du denn nicht, daß sie seine Mätresse ist?«

»Wenn ich es nicht wüßte, müßte ich dir danken, daß du es mir gesagt hast.«

Judith zog es vor, nicht auf diesen Sarkasmus zu reagieren. »Komm. Dein Vater wartet schon, um dich an den Altar zu führen. Und dein Gemahl steht bereits vor dem Altar. Er weiß, daß du gezwungen werden mußtest, und wenn du so zu erscheinen wünschst, beschämst du nur dich selbst. Ich fand diese Geschichte mit dem Ausschlag recht geschickt, um deine Tante zu beruhigen.«

»Ich habe sie für Sir Guibert erfunden, damit er nicht einen der Männer meines Vaters tötet. Und aus diesem Grund werde ich nicht so erscheinen.«

Bewußt langsam zog Leonie ihren Schleier wieder vor ihr Gesicht und glättete seine Falten. Durch das dichte Material war ihre Sicht eingeschränkt, doch Leonie konnte ohnehin nur mit einem Auge sehen. Sie mußte ihren Kopf nach hinten beugen, wenn sie überhaupt etwas sehen wollte, und das erweckte den trügerischen Eindruck, daß sie andere verächtlich von oben herab ansah. Unter den gegebenen Umständen paßte ihr das sehr gut.

»Ich bin bereit«, sagte sie tapfer, und Judith schreckte ein wenig vor ihrer Courage zurück.

Am Eingang der kleinen Kapelle nahm Sir William die Hand seiner Tochter und legte sie auf seinen Arm, obwohl sie sich weigerte, ihn auch nur anzusehen. Im Innern der Kapelle erblickte sie die mit Gästen gefüllten Bänke und vor dem Altar verschwommen die große Gestalt eines Mannes. Das Grauen überwältigte sie, als ihr Vater mit ihr durch den Mittelgang schritt.

»Leonie, wenn du mich je brauchen solltest ...«

»Du hast mir gezeigt, wie sehr ich mich auf dich verlassen kann, Vater«, zischte sie. »Du gibst mich diesem Schurken zur Frau. Verschone mich mit den Bezeugungen deiner Liebe und Sorge, ich bitte dich.«

»Leonie!«

Dieser Ausruf klang so schmerzlich, daß es Leonie einen Stich gab. Aber wie konnte er es wagen, ihr jetzt seine Liebe zu zeigen? Sie an den Vater zu erinnern, der er einst gewesen war? Er hatte den Alkohol, der ihn die glücklichen Zeiten vergessen ließ, die sie gemeinsam verbracht hatten, aber was hatte sie? Für sie gab es kein Vergessen.

Genau das wollte sie sagen, aber ihre Kehle war wie zugeschnürt. Im nächsten Moment war es zu spät, und sie stand allein neben dem Schwarzen Wolf. Später sollte sie sich fragen, wie es ihr gelungen war, die Worte auszusprechen, die sie an ihn banden. War es nur die Furcht, die sie von dem Augenblick an verspürte, als sie die tiefe, knurrende Stimme neben sich hörte, die sie ihre Stimme wiederfinden ließ?

Auch Rolfe schenkte den Worten des Geistlichen keine allzu große Aufmerksamkeit. Er kämpfte gegen die bittere Galle an, die in ihm aufgestiegen war, als er seine Braut gesehen hatte. Sie war nicht größer als ein Kind und reichte ihm nur bis an die Brust. Hatte dieses kleine Mädchen ihm soviel Ärger bereitet? Und was ihn krankmachte, war, daß sie wie eine Aussätzige von Kopf bis Fuß vermummt war. Ihr Vasall behauptete, sie wolle einen Ausschlag verbergen. Konnte er das glauben und hoffen, daß es sich um etwas handelte, was vorüberging, wie Sir Guibert angedeutet hatte?

Um die ganze Lage noch schlimmer zu machen, hatte die Stiefmutter des Mädchens ihn zur Seite genommen und ihm gestanden, daß sie Leonie hatte zwingen müssen, sich dem Befehl des Königs zu beugen. Höchstwahrscheinlich hatten sie ihr einige Mahlzeiten versagt. Das war für ihn nicht von Interesse. Wohl aber ihr Widerstreben. Er hatte sich mit Schuldgefühlen herumgeschlagen, weil er die Erwartungen seiner Braut enttäuschen würde, und jetzt schien es, als wolle sie ihn gar nicht haben! Ihn, der sich unter allen Schönheiten am Hof eine Frau hätte aussuchen können, und jetzt saß er mit einer unwilligen Braut da!

Er hätte sie alle davonjagen wollen. Er hatte einen perfekten Vorwand, denn er war entrüstet gewesen, als der Ehevertrag vorgelesen worden war. Wer hatte je von einer Mitgift gehört, die nach der Eheschließung Eigentum der Frau blieb? Aber Sir William war unerbittlich gewesen. Den Wünschen seiner verstorbenen Frau mußte Rechnung getragen werden, und sie hatte die Ländereien dem Mädchen hinterlassen. Er hatte diesen absurden Vertrag unterschrieben, der für ihn so verpflichtend wie die Eheschließung selbst war, und jetzt mußte man sich einmal ansehen, was es ihm eingebracht hatte – ein Mädchen, das nicht größer als ein Kind war und ihn heiratete, weil es dazu gezwungen worden war! Beim heiligen Blute Christi, er fing wahrhaft an, sich zu fragen, ob ein Fluch auf ihm lastete.

Leonie spürte den Ring, der nicht gerade sanft auf ihre Finger in dem weißen Handschuh gesteckt wurde. Als nächstes forderte der Geistliche ihren Gatten auf, ihr den Friedenskuß zu geben, mit dem das Zeremoniell endete. Rolfe versuchte nicht, ihren Schleier hochzuheben, sondern streifte mit seinen Lippen nur ihre Stirn. Es folgte eine kurze Messe, und dann wurde sie von ihrem Mann aus der Kapelle geführt.

Leonie hätte am liebsten den Saal verlassen und sich seiner Nähe entzogen, aber der Hochzeitsschmaus begann augenblicklich, und sie war gezwungen, neben ihm am Tisch des Burgherrn zu sitzen. Ihr Vater war da und ertränkte sich schweigend im Alkohol. Ihr Mann tat es ihm nach, und sie wünschte, sie hätte seinem Beispiel folgen können. Es herrschte eine mehr als gedrückte Stimmung. Judith war die einzige, die ihre Freude an dem Geschehen zu haben schien. Sie sorgte dafür, daß am herrschaftlichen Tisch kein vollkommenes Schweigen herrschte, unterhielt sich mit zwei Rittern des Schwarzen Wolfes und flirtete heimlich mit ihnen.

Leonies Gemahl sagte kein einziges Wort zu ihr. Fragen seiner Männer beantwortete er nur mit einem Knurren. Eine Schale war vor die Neuvermählten hingestellt worden, damit sie gemeinsam daraus aßen, aber keiner von beiden rührte das Essen an. Leonie aß nichts, weil sie ihren Schleier nicht hochheben wollte, und Rolfe aß nichts, weil er den Wein vorzog.

Es hielten sich noch andere Ritter im Saal auf, manche mit ihren Damen, und auch einige Kinder liefen herum. Doch keiner der Anwesenden benahm sich so, wie es bei einem solchen Anlaß gewöhnlich der Fall war. Leonie wußte, daß ihre Gegenwart der Stimmung aller einen Dämpfer aufsetzte, und sie konnte den Leuten nicht vorwerfen, daß sie sich in ihrer Gesellschaft unwohl fühlten. Sie mußten sich wundern, daß sie verhüllt und schweigsam dasaß.

Einmal versuchte sie, sich zurückzuziehen, doch die schwere Hand ihres Mannes, die sich auf ihren Arm legte, hielt sie zurück. Sie versuchte es kein zweites Mal. Es wurde getanzt, aber sie nahm es nur am Rande zur Kenntnis. Sie wagte es nicht, Rolfe direkt ins Gesicht zu sehen, aber sie beobachtete seine breiten Hände, die den Weinkelch umklammerten.

Nie in ihrem jungen Leben hätte Leonie geglaubt, sie würde ihr eigenes Hochzeitsfest nicht genießen, aber genau das war der Fall, als sie jetzt starr dasaß, sich bemühte, nicht zu weinen, und hoffte, niemand würde sie ansprechen.

Sie sah keine der festlichen Speisen, die Rolfes Dienstboten und ihre eigenen Köche aus Pershwick zubereitet hatten. Es gab Suppe mit Speck und zwei gebratene Schweine mit Trüffeln, drei Schwäne, die in ihrem Gefieder serviert wurden, einen großen, in Honig gebackenen Schinken, Kapaune und Enten und mehr Senfsaucen und Tunken, als sie je auf einem Tisch gesehen hatte. Das gebratene Fleisch war von Rolfes Küchenpersonal zubereitet worden, das sich nicht auf Feinheiten verstand. Da sich jedoch die Dienstboten aus Pershwick darum bemüht hatten, mit ihnen zu wetteifern und die Hausangestellten von Crewel zu übertrumpfen, gab es eine große Auswahl an Rüben und Bohnengerichten und Erbsen, die auf ein halbes Dutzend verschiedene Arten zubereitet waren.

Kirschen und Äpfel waren gedämpft und zu Gebäck verarbeitet worden, das frisch serviert wurde und mit Blumen aus dem Garten von Pershwick, den seine Herrin so liebevoll gepflegt hatte, verziert war. Es gab ein Dutzend Käse und Weinsorten und eine riesige Hochzeitstorte, die mit Mandeln und Figuren aus Zucker geschmückt war.

Leonie aß nichts von alledem.

Zu später Stunde erhob sich Judith endlich, um ihre Pflicht zu erfüllen und Leonie zu ihrem Gemach zu begleiten. Zu dem Zeitpunkt war Rolfe so betrunken, daß er ihr Fortgehen nicht zur Kenntnis nahm. Leonie sprach ein Stoßgebet, er möge nicht in der Verfassung sein, sie aufzusuchen. Es war Brauch, daß die Hochzeitsgäste beim Entkleiden halfen, wenn das Paar zeremoniell zu Bett gebracht wurde, und etliche Frauen, die Leonie nicht kannte, kamen mit Judith und Amelia in ihr Zimmer. Doch genug war genug, und sie schickte sie wieder fort.

Als sie allein war, versteckte Leonie ihr Messer eilig unter ihrem Kissen und hoffte, sie würde es nicht brauchen. Aber sie wußte, daß die Gäste, wenn Rolfe nicht von sich aus zu ihr kam, dafür sorgen würden, daß er es tat. Daher kleidete sie sich eilig aus und kletterte in das breite Bett. Sie mußte sich jetzt von ihrem Schleier trennen, aber da die Bettvorhänge zugezogen waren, konnte sie sich trotzdem vor den Gästen verbergen, die mit Rolfe gemeinsam das Zimmer betreten würden. Da sie ihr langes Haar gelöst hatte, konnte sie ihr Gesicht vielleicht sogar vor ihm verbergen.

Sie wartete und bebte vor Anspannung, bis endlich die

Tür aufgerissen wurde und eine Gruppe von Männern in das Zimmer taumelte, die Rolfe d'Ambert zu seinem Ehebett trugen. Sie waren ausnahmslos betrunken, und es kam zu zotigen Scherzen, bis Rolfes tiefe, zornige Stimme allen befahl, das Zimmer zu verlassen. Sie vergrub sich unter den Decken, stellte sich darauf ein, das leiseste Geräusch wahrzunehmen und wappnete sich dagegen, den Laut zu hören, mit dem die Bettvorhänge aufgezogen wurden. Nach ein paar qualvollen Augenblicken hörte sie, daß die Vorhänge geöffnet wurden, und sie stieß einen gedämpften Angstschrei aus, als seine schwere Gestalt auf das Bett fiel.

Leonie hielt den Atem an, bis ihre Brust schmerzte. Sie malte sich jedes erdenkliche Grauen aus, bis seine Stimme direkt neben ihr grummelte: »Schlaf ein. Ich vergewaltige keine Kinder.«

Leonie versuchte gar nicht erst, zu verstehen, was er damit meinte. Irgend etwas hatte sie gerettet. Sie war so erleichtert, daß sie wenige Minuten, nachdem sie das Schnarchen ihres Mannes hörte, eingeschlafen war.

10. KAPITEL

Durch den dichten Nebel, der seine Sinne trübte, spürte Rolfe eine zarte Gestalt, die sich an seine Brust und seine Schenkel schmiegte. Amelia war keine Frau, die sich im Bett an einen Mann kuschelte, auch nicht, um sich zu wärmen, und er war lange genug mit ihr zusammen, um das zu wissen.

Und doch wärmte ihn eine zarte Gestalt, und er schlag seinen Arm um sie und schob seine Hand zwischen ihre Brüste, um sie dort liegen zu lassen. Sie wimmerte, und dieser Laut weckte ihn. Seufzend zog Rolfe seinen Arm zurück und wollte sich abwenden. Doch ihr warmer Körper schmiegte sich noch dichter an ihn. Er fragte sich für einen Sekundenbruchteil, was diesen Wandel hervorgerufen haben mochte, und wieder schlang er seinen Arm um sie. Als sie nicht widerstrebte, begann er, sie zu streicheln, und er ging so zart vor, daß sie nicht wach wurde. Er war selbst noch im Halbschlaf.

Seine Hand entdeckte Dinge, die ihn verwirrten. Amelias Haut erschien ihm zarter als kostbare Seide, und er ertastete keine herausstehenden Knochen. Ihre Rundungen waren fest und doch üppig, ihre Brüste voll.

Rolfe wurde augenblicklich wach. Das Wesen, das er liebkoste, war seine Ehefrau, und sie war es auch, die ihn erregt hatte. Er hatte sie als Kind betrachtet, aber diese Rundungen gehörten einer Frau.

Das Mädchen regte sich und rieb ihre Rückseite auffordernd an ihm, fast so, als suchte sie ... wirklich? Schlief sie noch, oder hatte er sie geweckt, und sie deutete an, daß er weitermachen sollte? Es schockierte ihn, daß eine Jungfrau so direkt sein konnte, doch sein Körper reagierte willig, das Blut strömte in seine Männlichkeit und ließ ihn trotz seiner Bestürzung und seines Zauderns Linderung ersehnen.

Sie hatte es geschafft und ihn dazu gebracht, sie zu begehren, obwohl er noch nicht einmal wußte, wie sie aussah, obwohl er das Schlimmste argwöhnte. Das war die Gelegenheit, um die er gebetet hatte. Solange es dunkel war und er sie nicht anzusehen brauchte, konnte er seine eheliche Pflicht erfüllen.

Leonie hatte einen außergewöhnlich erotischen Traum, Sie hatte nicht gewußt, daß solche Empfindungen möglich waren. Sie klammerte sich an den Traum, weil sie wollte, daß er nie aufhören würde, doch allmählich erwachte sie. Ihr war vage bewußt, daß sie dalag und sich an einen Mann preßte und daß seine Hand sie berührte, wie noch nie zuvor eine Hand. Sie konnte den Mann, den sie geheiratet hatte, nicht mit dem Mann in Einklang bringen, der neben ihr lag, weil er ihr solches Vergnügen bereitete. Sie war darauf gefaßt gewesen, Schmerz und nicht diese köstlichen Gefühle zu erfahren.

Als ihr Gesicht schmerzte, wurde sie augenblicklich wach. Furchtsam griff sie nach dem Messer unter ihrem Kissen.

Rolfe war nicht klar, daß er seiner Frau wehgetan hatte, als seine Knöchel ihre geschwollene Wange gestreift hatten, er wollte lediglich die üppige Haarpracht aus ihrem Gesicht streichen, ehe er sie auf den Rücken drehte, weil er bereit für sie war und durch ihr Stöhnen wußte, daß auch sie es war. Er spürte einen Schmerz in seiner Seite und es dauerte einen Moment, bis er reagierte, seine Hand auf die Stelle legte und sie mit nassen und klebrigen Fingern wieder fortzog. Er brüllte vor Wut.

Leonie, die im ersten Augenblick vor Furcht vor dem, was sie getan hatte, wie gelähmt war, sprang aus dem Bett, als er aufheulte.

Rolfe wußte nicht, daß sie das Bett verlassen hatte, da er sofort zur Tür des Vorzimmers lief, in dem sein junger Knappe schlief. Er riß die Tür auf und schrie: »Sorg' für Licht, Damian! Und dann weck einen der Dienstboten. Ich brauche frisches Bettzeug, und das Feuer muß wieder aufgeschichtet werden.«

Leonie stürzte dorthin, wo ihre Truhen standen. Bei ihrer hastigen Suche fand sie den Morgenmantel. Als vor der Tür ein Lichtschein zu sehen war, drehte sie sich eilig um und band den Gürtel zu.

Das war der Anblick, den sie Rolfe bot, als Damian mit einer Kerze das Zimmer betrat. Er hielt den Atem an, denn das war der erste Blick, den er auf seine Frau warf. Sie war nicht größer als eins fünfundfünfzig, vielleicht sogar nur eins zweiundfünfzig, doch vollkommen gebaut. Ihre Rundungen waren prächtig. Der schmale Rücken verengte sich zu einer zierlichen Taille und rundete sich dann zu sanft geschwungenen Hüften. Sie hob ihre Haarmassen aus dem Bademantel und warf sie wie eine silberne Wolke zurück. Aus diesem Blickwinkel war sie prachtvoll.

Sie ging zum Bett und bückte sich, um das Messer aufzuheben, das sie fallen gelassen hatte, doch er kam näher, sah, wonach sie griff, und schrie: »Laß das liegen!«

Leonie zuckte erschrocken zurück und floh eilig in den Teil des Zimmers, der im Dunkeln lag. Es war ja so dumm von ihr gewesen, daß sie ihn verletzt hatte, denn jetzt würde er ihr nur um so mehr antun. Sie hatte nur alles verschlimmert.

Rolfe starrte ihre zusammengekauerte Gestalt wütend an und fragte sich, was sie mit der winzigen Klinge zu erreichen gehofft hatte. Der Schnitt in seiner Seite war nicht mehr als ein Nadelstich, wenn man ihn mit den Wunden verglich, die er in all seinen Schlachten davongetragen hatte. Vielleicht hatte sie ihm nicht wehtun wollen. Vielleicht war der Stich ein Mißgeschick gewesen. Und doch hatte sie das Messer im Bett bei sich gehabt. Wozu?

Rolfe erstarrte, als ihm ein Gedanke kam. Hatte sie vorgehabt, sich selbst zu verletzen, um Blut auf das Laken zu bringen, weil sie kein anderes zu verlieren hatte? Wie dumm, diesen alten Trick probieren zu wollen. Ihn störte es nicht, wenn sie nicht jungfräulich zu ihm gekommen war, aber es paßte ihm überhaupt nicht, daß sie vorgehabt hatte, ihn zu täuschen.

Noch weniger gefiel ihm, daß die beiden Mädchen, die hereinkamen, um das Bett frisch zu beziehen, erst ihn und dann seine Frau überrascht ansahen. Er konnte an ihrem Gesichtsausdruck erkennen, daß sie zu demselben Schluß gekommen waren wie er. Die Geschichte würde zweifellos innerhalb eines Tages die Runde machen und viel Gelächter auslösen.

»Damian«, sagte Rolfe, während sich die Mädchen um das Feuer kümmerten, »hol mir den dicksten Verband, den du findest, und verbinde mich. Ich will kein anderes Blut als das meiner Frau auf dem Laken haben.«

Er hörte das Keuchen, das aus dem Teil des Zimmers kam, der im Dunkeln lag, aber er sah Leonie nicht an. Sollte sie ruhig schon die Schande empfinden, die sie verdiente. Wenn am Morgen kein Blut auf dem Laken war, das ihre Reinheit bewies, würde sie mit diesem Makel leben müssen.

Leonie erstarrte, als sie ihn sprechen hörte. Sie überlegte, was er ihr wohl antun wollte. Es wunderte sie, daß er vor anderen zugab, daß er ihr wehtun wollte. Plötzlich verspürte sie Lust, sich diesen Mann, der so abscheulich war, einmal genauer anzusehen. Sie hob den Kopf gerade so weit, daß ihr unverletztes Auge sich auf ihn richten konnte. Er sah nicht in ihre Richtung, aber der Schein des Kaminfeuers beleuchtete ihn, und daher erlaubte sie sich, ihn keck anzusehen, zum allerersten Mal.

Er hatte sich auf einen Schemel vor dem Feuer gesetzt und ein Bettuch über seine Blöße gelegt. Die hellen Flammen gaben soviel Licht, daß sie ihn deutlich sehen konnte. Das sollte ihr Mann sein? Nein, nur das nicht! Es wäre zu grausam gewesen, mit diesem wunderschönen, jungen Mann verheiratet zu sein und zu wissen, daß er in ihr nichts anderes als Haß auslösen konnte.

Sie wußte jetzt, warum er der Schwarze Wolf genannt wurde, obwohl ein silberner Wolf auf einem schwarzen Hintergrund auf sein Banner genäht war. Der Name kam von seiner gebräunten Haut, dem schwarzen Haar und seinen dunklen Augen. Das Haar, das den Rest seines Körpers bedeckte, war genauso schwarz, vor allem die dichte Matte auf seiner Brust.

Sie fand es nicht abstoßend, daß er so dunkel war, überhaupt nicht. Gott möge ihr beistehen, aber sein Anblick reichte aus, um ihr den Atem zu verschlagen. Sein Körper war überwältigend männlich, muskulös, groß und furchteinflößend. Aber das, was sie fesselte, war sein kantiges Gesicht, das von dem schwarzen Haar umrahmt war, das in Locken auf seinen Nacken, die Schläfen und die Stirn fiel. Seine Lippen waren im Moment zusammengepreßt, aber das lenkte nicht von ihrer sinnlichen Fülle ab. Seine Stirn war breit, die Nase gerade und kühn geschnitten, sein eckiges Kinn glatt, klar geformt und aggressiv.

Es war ein sehr schönes Gesicht. Wie schade, daß der Mann, der dahintersteckte, ein Ungeheuer war, kalt, herzlos und rachsüchtig. Es wäre es wert gewesen, darüber zu weinen, daß ein Mann das Gesicht eines Engels und das Herz eines Teufels haben konnte.

Während sich Damian um seine Wunde kümmerte, spürte Rolfe, daß die Blicke des Mädchens auf ihm ruhten. Als er in ihre Richtung sah, konnte er nichts anderes erkennen als eine kleine, zusammengekauerte Gestalt, deren silberblonde Mähne wie ein Mantel um sie fiel. Er erinnerte sich wieder daran, wie sie im Bett auf ihn reagiert hatte, an die zarten Laute der Lust, die sie ausgestoßen hatte. Sie hatte ihn begehrt, und dieses Wissen hatte ihn erregt. Daß sie ihn jetzt ansah, übte dieselbe Wirkung auf ihn aus. Seine Begierde, sie zu besitzen, wurde zur Qual.

Rolfe fauchte Damian an, er solle sich beeilen und verschwinden, und Leonie zitterte stärker, als sich die Tür schloß und sie wieder allein miteinander waren.

»Kommt wieder ins Bett, Lady Leonie.«

Es herrschte eine so vollkommene Stille im Raum, daß es schien, als hätte er sie angeschrien. In Wirklichkeit hatte er mit heiserer, gedämpfter Stimme gesprochen.

Rolfe grinste, als sie zum Bett eilte und ihm dabei den Rücken zuwandte.

»Zieht euren Morgenmantel aus.«

Leonie erstarrte, und die Demütigung ließ ihren Körper erstarren. »Mylord, ich ...«

»Hinter den Vorhängen, wenn ihr es wünscht«, sagte er ungeduldig. »Ich wollte damit nicht sagen, daß ich euch von Kopf bis Fuß inspizieren möchte.«

Leonie stieg in das Bett und zog die Vorhänge dicht zusammen. Im nächsten Moment grinste Rolfe wieder, als ihr Morgenmantel auf den Fußboden fiel. Er vergeudete keine Zeit damit, die Kerzen zu löschen, und kurz darauf lag er neben ihr.

Er mußte die Arme ausstrecken, um sie zu berühren, denn sie lag an der äußersten Bettkante und hatte ihm den Rücken zugekehrt. Er zog sie näher heran und spürte, daß sie zitterte.

»Friert ihr?«

Sie wäre lieber gestorben, als ihre Furcht einzugestehen. »Ja, Mylord.«

Seine Finger glitten sachte über ihre Brüste, ihren Bauch und zwischen ihre Beine. »Dir wird nicht mehr lange kalt sein«, flüsterte er.

Leonie konnte nichts gegen ihr Zittern tun. Sie verstand einfach nicht, warum er so zart mit ihr umging. Wann würde ihre Strafe beginnen? Er spielte weiter mit ihr, um sie zu locken, aber ihre Angst ließ keinen Raum für andere Gefühle. Sie war sicher, daß er ihr den Messerstich vergelten würde, aber was um Himmels willen hatte er vor?

Für Leonie kam es völlig überraschend, als er sich auf sie legte und in sie eindrang, ehe ihr klar war, was hier geschah. Sie stieß einen Schrei aus, aber es war ein kurzer Schmerz, der sich bald zu einem dumpfen Pochen abschwächte. Sie lag benommen da, verwundert darüber, daß sie nicht geschlagen wurde, sondern daß er sie zu seiner Frau machte.

Rolfe war ebenfalls erstaunt. Sie war also doch noch Jungfrau. Das hieß, daß seine Schlußfolgerungen falsch waren. Sie hatte ihn absichtlich mit dem Messer verletzt, hatte ihm den Stich versetzen wollen. Diese Erkenntnis brachte ihn dazu, schnell zum Ende zu kommen. Anschließend schlief er sofort ein.

Diesmal schnarchte er nicht, aber Leonie merkte, daß ihr Mann eingeschlafen war. Jetzt war sie also keine Jungfrau mehr. Da sie kein Verlangen nach ihm verspürte, hatte sie Schmerzen gehabt, als er sie genommen hatte. Aber das waren Schmerzen, mit denen sie leben konnte, wenn es sein mußte und er sie nicht fortschickte. Sie klammerte sich an diese Hoffnung und schlief mit dem Wunsch ein, so möge es kommen.

11. KAPITEL

Leonie wurde brutal geweckt, als am nächsten Morgen eine Schar Frauen zu früher Stunde in ihr Zimmer stürmte. Sie war gerade erst aufgewacht, als auch schon die Bettvorhänge zur Seite gezogen wurden und man sie aus dem Bett riß.

Die Laken wurden abgezogen und aus dem Zimmer gebracht, um vorgezeigt zu werden, wie es Sitte war. Doch dieses Zeremoniell geriet in Vergessenheit, als eine der Damen Leonies Gesicht sah und einen entsetzten Aufschrei von sich gab.

Leonie drehte sich um und verbarg ihr Gesicht in den Händen, was den ungünstigen Eindruck vermittelte, daß sie weinte. Laute Fragen wurden gestellt. Die Frauen wollten wissen, was ihr fehlte, aber Leonie wollte nicht reden und sich auch nicht umdrehen.

Amelia scheuchte die Frauen aus dem Zimmer, hing Leonie ihren Morgenmantel über die Schultern, und erst das machte ihr bewußt, daß sie nackt dagestanden hatte, nur unter ihrem langen Haar verborgen. Sie zog den Morgenmantel an, und dann wurde ihr der Schleier gereicht.

Leonie blickte auf, um Judith zuzunicken, ehe sie den Kopfschmuck aufsetzte. Nur ihre Stiefmutter und Lady Amelia waren noch im Raum. Von ihrem Mann war nichts zu sehen.

»Wer waren diese Frauen?« fragte Leonie.

»Dein Mann hat es versäumt, dich auf dem Fest mit ihnen bekanntzumachen«, erwiderte Judith, »aber du wirst sie zweifellos noch früh genug kennenlernen. Es sind die Frauen und Töchter der Ritter, die in den Diensten deines Mannes stehen. Soweit ich gehört habe, war es ihnen sogar gestattet, sich dem Heer anzuschließen, als Sir Rolfe noch ein Söldner war. Das waren höchst ungewöhnliche Umstände. Es kann nicht einfach gewesen sein, in jeder Stadt ein Quartier für sie zu finden. Ist es nicht so, Lady Amelia?«

»Von diesen Dingen weiß ich nichts.«

»Nein, natürlich nicht«, gurrte Judith. »Ich hatte vergessen, daß Sie noch nicht allzulange bei Sir Rolfe sind.« Diese kleine Bosheit war nicht das einzige, was Amelia mißfiel. Das jungfräuliche Blut auf dem Laken hatte sie ziemlich aus der Fassung gebracht, da sie sicher gewesen war, Rolfe würde seine Frau nicht anrühren.

»Du hast die Morgenmesse verpaßt, Leonie«, bemerkte Judith mißbilligend. »Aber du warst nicht die einzige. Dein Vater schläft noch tief und fest. Und da dein Mann seinen Geschäften nachgeht, ohne ein Wort an seine Gäste gerichtet zu haben, muß ich davon ausgehen, daß das Hochzeitsfest vorbei ist. Es hat keinen Zweck, daß wir noch länger hierbleiben.«

»Ihr habt meine Erlaubnis, abzureisen, wenn es das ist, was du willst«, erwiderte Leonie steif.

»Du brauchst uns nicht mehr?« fragte Judith, weil diese Frage von ihr erwartet wurde.

Leonie schüttelte den Kopf.

»Dann werden wir gehen, sowie es mir gelingt, deinen Vater wachzurütteln. Möchtest du dich von ihm verabschieden? Ich kann dir zwar nicht garantieren, daß er sich daran erinnern wird, aber ...«

»Nein.«

»Dann wünschen wir dir alles Gute, meine Liebe.«

»Natürlich tut ihr das«, antwortete Leonie tonlos, ehe sie Judith den Rücken zukehrte, die das Zimmer verließ.

»Ich kann Ihnen nicht vorwerfen, daß Sie Ihre Stiefmutter nicht leiden können«, bemerkte Amelia. »Sie ist eine unangenehme Person.«

Leonie war nicht dazu aufgelegt, sich mit Amelia zu unterhalten. »Wenn Sie wohl so gütig wären, meine Zofe zu mir zu schicken, dann müßte ich Ihnen nicht mehr zur Last fallen, Lady Amelia. Ich möchte ein Bad nehmen und eine Mahlzeit bekommen, da ich nicht die Absicht habe, dieses Zimmer heute zu verlassen.«

Amelia kniff die Lippen zusammen. »Wie Sie wünschen, Mylady«, sagte sie barsch und hoffte, dies arrogante Mädchen bald los zu sein.

Leonie war gerade erst aus dem Bad gestiegen, als Lady Amelia wiederkam, um zu berichten, daß ihre Eskorte bereitstand, um sie nach Pershwick zurückzubringen. Das kam so unerwartet, daß Leonie sich zu der Frage gezwungen sah:

»Sind Sie sicher, daß ich nach Pershwick gehen soll? So schnell schon?«

»Das ist die Burg, von der mein Gebieter gesprochen hat, da Sie mit deren Umgebung vertraut sind. Er wird Sie zweifellos mit dem Geld versorgen, das Sie brauchen, und vielleicht wird er einen eigenen Kämmerer ernennen, aber dort sollten Sie nicht mehr von ihm belästigt werden, solange Sie seine Aufmerksamkeit nicht auf sich lenken. Ich vermute, das entspricht Ihren Wünschen?«

»Allerdings! O ja, das kann man wohl sagen!«

Diese glückliche Wendung der Dinge verblüffte Leonie, und sie traf so schnell wie möglich ihre Vorbereitungen.

Sir Guibert und Leonies Krieger sollten ihre Eskorte sein. Guibert war bestürzt, als er hörte, worin sein erster Auftrag bestand, den er für die neu vermählte Leonie ausführen sollte. Als er jedoch sah, wie eilig sie es hatte, Crewel zu verlassen, behielt er seine Bedenken für sich. Außerdem hatte auch er gehört, daß Rolfe d'Ambert sich selten in Crewel aufhielt, und daher nahm er an, der

Mann wolle es seiner Frau ersparen, dort allein zu sein. In Pershwick konnte sie mit Leuten zusammensein, die sie kannte.

Guibert hatte auch erfahren, was Rolfe vorhatte – eine einmalige Heldentat: Er wollte mit einem kleinen Heer sieben feindliche Burgen einnehmen. Er wünschte ihm Glück, aber er wußte auch, daß diese Vorhaben sich nicht allzu schnell ausführen ließen. Er zweifelte daran, daß seine Lehnsherrin für den Rest des Jahres viel von ihrem Mann zu sehen bekäme.

Mit einem gewissen Abscheu vor sich selbst ritt Rolfe bei Sonnenuntergang durch das Tor von Crewel. Ein törichtes Verlangen, Leonie wiederzusehen, spornte ihn an.

Vieles, was sich in der letzten Nacht zugetragen hatte, war ihm unklar geblieben. Seine Verletzung war nicht schlimm, aber es war wenig schmeichelhaft, wie er sie sich zugezogen hatte. Er wußte, daß es lange her war, seit eine Frau ihn derart fasziniert hatte. Zweifellos hatte die ungewöhnliche Situation viel damit zu tun, aber es konnte nicht schaden, genauer herauszufinden, woran es lag.

Der Widerstand gegen seinen eigenen kindischen Eifer hatte viel mit seiner Reaktion zu tun, als er feststellte, daß seine Frau nicht da war und ihn erwartete. Er kehrte augenblicklich wieder um und beteiligte sich an der Belagerung der Burg Wroth. In gewisser Weise war er erleichtert. Er schalt Amelia nicht, weil sie die Grenzen ihrer Befugnisse überschritten hatte. Er hatte ihr lediglich gesagt, er würde seine Frau fortschicken, und ihr keinen Auftrag erteilt, die Sache für ihn in die Hand zu nehmen. Doch Leonies Abwesenheit hatte auch etwas Gutes, denn irgendwann hätte er sich selbst verabscheut, weil er dieses unsinnige Verlangen verspürte, mit ihr zusammenzusein. Er wollte nicht, daß diese Frau erfuhr, wie sehr er sie begehrte. Er hatte nicht vergessen, wie boshaft sie war.

Einige Meilen entfernt, in der Burg Axeford, war Sir

Warren vorübergehend von Rolfe als Burgvogt eingesetzt worden, und seine Frau, Lady Roese, erzählte ihm, wie schockiert sie an jenem Morgen gewesen war, als sie Leonie d'Amberts Gesicht gesehen hatte. Warren, der wußte, welchen Ärger sein Herr mit Pershwick gehabt hatte, ging zu Recht davon aus, daß das Mädchen sich der Heirat widersetzt hatte. Wenn sie geschlagen worden war, lag die Schlußfolgerung nahe, daß es ihr Vater war, der das getan hatte.

Warrens Frau, die einige Monate lang fort gewesen war, um ihre Familie zu besuchen, wußte nichts von dem Ärger mit Pershwick. Sie wußte auch wenig über Rolfe d'Ambert. Ihr Mann mochte ihn, aber das hieß nur, daß Sir Rolfe ein guter Lehnsherr war. Es sagte nichts über seinen Charakter aus. Sie wußte nur, daß Sir Rolfe hitzköpfig und aufbrausend war, und sie kam zu dem Schluß, daß er seine neuvermählte Frau geschlagen hatte. Ihrer Meinung nach war Lady Leonie mit einem grausamen Mann verheiratet worden.

Unglücklicherweise klärte Sir Warren dieses Mißverständnis nicht auf. Er brummte nur, als er hörte, in welchem Zustand Lady Leonie gewesen war. In Wirklichkeit hatte er überhaupt nicht zugehört. Am nächsten Tag erzählte seine Frau Lady Bertha, die sich in der Ortschaft Axeford aufhielt, die Geschichte, und daraufhin verbreitete sie sich schnell weiter.

Es dauerte nicht lange, bis sich eine handfeste Diskussion entsponnen hatte, und viele Ehepaare, aber auch die Dienstboten von Axeford, Kenil, Blythe und Crewel, stritten sich in den folgenden Wochen über diesen Punkt. Die Männer kannten ihren Herrn und stellten sich auf seine Seite. Die Frauen kannten ihn nicht, und da sie außerdem das Gefühl hatten, daß Männer einander immer blindlings und gegen jegliche Beweise verteidigten, hielten sie an ihrer Meinung fest und bedauerten die Frau, um die es ging, von ganzem Herzen.

Die Dienstboten, die Klatsch liebten, teilten sich in zwei Lager, die Männer bezogen Stellung für den Mann, die Frauen für die Frau. Niemand war sich dessen bewußt, doch dieses Thema brachte die neuen Herren von Kempston in der Treue ihrer Untergebenen ein gutes Stück weiter.

Lady Amelia war wütend, als sie den Klatsch hörte, und zwar nicht, weil ihr Liebhaber schlechtgemacht wurde, sondern weil die Frau, die bedauert wurde, Lady Leonie war, denn das würde nicht gerade dazu beitragen, daß Rolfe sie vergaß. Es konnte sogar dahin kommen, daß er sie wieder nach Crewel holte, um das Gerede zum Verstummen zu bringen.

Rolfe ahnte tatsächlich nichts von dem, was in den Wochen nach der Hochzeit über ihn gemunkelt wurde. Die Männer wollten nicht, daß ihm der Klatsch zu Ohren kam. Sogar Thorpe bemühte sich, ihn davor zu bewahren, weil er nur zu gut wußte, wie aufbrausend Rolfe war.

Rolfe fragte sich manchmal, warum seine Männer sich so seltsam benahmen und Unterhaltungen abbrachen, wenn er sich ihnen näherte, und warum sie ihre Frauen in seiner Gegenwart beschimpften. Und er hatte, verdammt noch mal, noch nie so viele schlecht gelaunte Frauen auf einem Haufen gesehen. Jedes weibliche Wesen, mit dem er zusammentraf, war gereizt.

Rolfe hatte zuviel anderes im Kopf, um sich Gedanken über das seltsame Verhalten der Frauen und Dienstmädchen zu machen. Er blieb einige Wochen lang in dem Lager außerhalb der Burg Wroth und überlegte die Bedingungen der Kapitulation.

Ja, er hatte wirklich viel im Kopf. Und doch mischten sich mit beunruhigender Häufigkeit Bilder von einer zierlichen Gestalt mit weichen Rundungen und geflüsterten Seufzern in seine Gedankengänge. Lady Leonie war, ob er es wünschte oder nicht, keineswegs in Vergessenheit geraten.

12. KAPITEL

Leonies Gebete waren erhört worden. Sie hatte ihren Mann vergessen. Ihr Leben gehörte wieder ihr allein. Kein Verwalter war nach Pershwick geschickt worden, um ihr zu zeigen, daß jetzt ein Mann ihr Leben bestimmte. Sie hatte große Mühen auf sich genommen, um sich auf das Eintreffen eines Verwalters vorzubereiten, und alle ihre Verstecke aufgegeben, damit er sie nicht bezichtigen konnte, ihrem Gebieter etwas vorzuenthalten. Alles war geregelt. Aber niemand kam, und sie hörte auf, mit dem Kommen eines Verwalters zu rechnen.

Sie brauchte sich auch keine Sorgen mehr zu machen, daß Judiths Proviantmeister kommen und ihre Vorräte plündern könnte. Sie hatte ihre Freiheit, Unabhängigkeit und ihren Frieden.

Aber nichts Gutes währt ewig. Eines Nachmittags hörte sie, als sie gerade im Garten arbeitete, daß jemand am Tor angehalten wurde, aber sie machte sich deshalb wenig Gedanken. Sir Guibert war fort und hatte den Kriegern die Verteidigung der Burg überlassen. Der Krieger, der den anderen vorstand, nahm seine Verantwortung sehr ernst und hatte dem Torhüter befohlen, jeden anzuhalten, der die Burg betreten wollte, ob er das Gesicht kannte oder nicht.

Leonie füllte ihren Korb weiterhin mit bestimmten Teilen des Holunderbaums. Das, was sie einsammelte, sollte zu Farbe für die Webstücke verarbeitet werden. Aus der Rinde und den Wurzeln ließ sich schwarze Farbe gewinnen, aus den Blättern ein Grün. Die Farbschattierungen von hellem Fliederviolett bis zu einem kräftigen Purpur mußten warten, bis die Beeren im Herbst heranreiften.

Ein zweiter Korb, den sie bereits gefüllt hatte, enthielt Kräuter und Blüten zur Herstellung von Heilmitteln und für die Küche: Zichorie und Endivien, Liebstöckel, Majoran, grüne Minze und echte Katzenminze, weißer Mohn,

Rosmarin und die Blütenblätter von Ringelblumen und Veilchen. Leonie vertraute es niemand anderem an, diese Kräuter zu pflücken, denn es konnte zu leicht vorkommen, daß ein Dienstmädchen eine Pflanze mit der anderen verwechselte und ein giftiges Kraut für einen Salat nahm.

Als sie Pferde im Burghof hörte, fragte sie sich, wer Pershwick besuchen könnte, denn Sir Guibert wurde nicht vor dem Abend zurückerwartet. Pferde kündigten entweder Gäste oder einen reichen Kaufmann an, und in einer so kleinen Burg wie ihrer war beides eine Seltenheit.

Sie beugte sich über die niedrige Gartenmauer, um nachzusehen, und ihr Blick fiel auf einen Mann, der über einer vollständigen Rüstung die Farben des Schwarzen Wolfes trug. Er stieg von seinem riesigen schwarzen Streitroß. Zwei Krieger begleiteten ihn.

Leonie sprang mit einem Satz von der Mauer zurück, ehe er sie sehen konnte. In ihrer Panik fragte sie sich, warum ihr Mann gekommen war. Sie saß im Garten in der Falle, denn wenn sie ihn verlassen hätte, wäre sie für die Ankömmlinge deutlich zu sehen gewesen.

So beschloß sie, sich im Garten zu verstecken, bis er die Burg verließ, notfalls für den Rest des Tages, und daher lief sie ans hintere Ende des Gartens, kniete sich hinter die Lorbeersträucher und betete, Rolfe möge die Burg wieder verlassen und ihr ein Treffen mit ihm erspart bleiben. Aber anscheinend war der Himmel nicht geneigt, ihr diese kleine Bitte zu gewähren, denn wenige Minuten später hörte sie jemanden in den Garten kommen. Da sie sich nicht der Peinlichkeit aussetzen wollte, in ihrem Versteck ertappt zu werden, raffte sie ihren Mut zusammen und stand auf.

Sie hatte Glück. Sie sah ihn, ehe er sie entdeckt hatte. Ihr alter grüner Kittel fügte sich unauffällig in die Umgebung ein, und er sah ohnehin in die andere Richtung. Sie hatte sogar einen Moment Zeit, um ihre Fassung wiederzufinden, ehe er sich umdrehte.

Sie zuckte zusammen. Abgesehen davon, daß sie sich fürchtete, wußte sie, daß sie ungünstig aussah. Sie trug Arbeitskleidung, und ihre langen Zöpfe waren um ihren Kopf geschlungen, damit sie nicht auf die Erde hingen, wenn sie sich bückte. Selbst das Band, das ihr Haarnetz auf ihrer Stirn festhielt, war nur ein Streifen alten Leders. Schlechter konnte sie nicht aussehen, und so stand sie dem Mann gegenüber, vor dem ihr graute.

Als Rolfe seine Frau nicht sofort entdeckte, sagte er sich, es sei das beste, umzukehren und wieder fortzureiten. Er hatte keinen vernünftigen Grund für sein Kommen. Ein Impuls hatte ihn hergeführt, und er konnte es nur auf seine psychische und körperliche Ermattung schieben, daß er derart unbedacht handelte. Er hatte in der letzten Woche kaum geschlafen. Aber konnte er seiner Frau sagen, daß er sich nach ihrer Gesellschaft sehnte? Daß er sie vermißte? Daß er wissen wollte, wie es ihr ging? Es war besser, wenn sie glaubte, daß es ihm gleichgültig war. Und doch stand er jetzt hier, strafte alle diese Überlegungen Lügen und suchte sie.

Das beste, was ihnen beiden zustoßen konnte, wäre gewesen, daß er sie endlich unverhüllt sah. Es war nicht unsinnig, darauf zu hoffen. Hier war sie unter ihren Leuten und würde sich vermutlich nicht vor ihnen verstecken. Das würde dem Geheimnis und seinem Verlangen nach ihr ein Ende machen.

In dieser Hoffnung drehte er sich um und versuchte ein letztes Mal, seine Frau hier zu finden, wo sie nach den Angaben ihres Dieners war. Er sah ein Mädchen, das er vorher übersehen haben mußte, weil ihre Kleidung der Farbe des Laubes zu ähnlich war. Es war nicht seine Frau. Gütiger Gott, wäre sie es doch gewesen! Als er ihr nahe genug gekommen war, stellte er verblüfft fest, daß sie außergewöhnlich hübsch war.

Nie hatte er eine so helle Haut gesehen, so zarte, rosige Lippen, eine so gerade kleine Nase und ein so bezaubernd ovales Kinn. Sie hatte nicht die roten Wangen der englischen Mädchen und auch nicht die dunkle Schönheit der Französinnen, sondern die reinste Elfenbeinhaut, die wie Perlen schimmerte und deren glatte Oberfläche nicht von dem geringsten Makel getrübt wurde. Lange silbrige Wimpern verbargen ihre niedergeschlagenen Augen, und er verzehrte sich danach, die Farbe dieser Augen zu sehen.

Er schien nicht in der Lage zu sein, sie anzusprechen, etwas zu sagen, was sie dazu gebracht hätte, ihn anzusehen. Er konnte nur dastehen und sie anstarren wie ein Tölpel.

Wer war sie, dieses außergewöhnliche Geschöpf? Sie hatte nicht die Haltung eines Dienstmädchens. Sicher war sie alt genug, um verheiratet zu sein. War sie eine Gesellschafterin seiner Frau? Wie schmerzlich für seine häßliche Frau, täglich eine solche Schönheit in ihrer Nähe zu haben!

Das Mädchen fing an, ihre Hände nervös zu bewegen, und Rolfe wurde klar, daß er sie unsicher machte. Wußte sie, wer er war? Wenn ja, dann war ihr klar, daß sie seinem Willen zu gehorchen hatte, da seine Gattin ihre Lehnsherrin war. Bei dieser Überlegung wurde ihm klar, was er empfand, und wie sehr er sie begehrte. Himmel, dieses Mädchen ließ ihn alle Skrupel vergessen!

»Beunruhige dich nicht, kleine Blume«, sagte Rolfe freundlich. »Ich will dir nichts zuleide tun.«

»Wirklich nicht?«

Der Klang ihrer Stimme, ein zartes Flüstern, gefiel ihm. »Habe ich dir einen Grund gegeben, mich zu fürchten?«

Sie blickte endlich zu ihm auf und senkte dann eilig wieder die Lider. Leonie hatte vergessen, wie gut er aussah. Er hielt seinen Helm in der Hand, und die zerzausten schwarzen Locken gaben ihm etwas Knabenhaftes, das im Widerspruch zu seinem kräftigen Körper stand. Sein Schweigen hatte sie mit Furcht erfüllt, aber seine sanfte Stimme war auf ihre Weise genauso erschreckend.

»Ihr langes Schweigen hat mich beunruhigt.«

»Verzeiht mir, Mylady. Ich habe mir so lange Zeit gelassen, weil ich mich gefragt habe, mit welchem Namen ich euch ansprechen soll.«

»Wenn ihr mir lieber einen anderen Namen gebt, so ist das euer Recht.«

»Ihr mißversteht mich, Mylady. Ich möchte Sie bei Ihrem Namen nennen – wenn Sie ihn mir sagen.«

Leonie riß die Augen weit auf und blickte zu ihm auf. »Sie wollen, daß ich Ihnen meinen Namen nenne?«

Geduldig sagte er: »Das wäre hilfreich, ja.«

Sie runzelte die Stirn. War das ein Spiel? Nein, sie glaubte nicht, daß er sich auf diese Weise lustig machte. Aber das ließ nur noch eine Möglichkeit offen. Sie war für ihn so bedeutungslos, daß er ihren Namen wahrhaftig vergessen hatte!

Sie richtete sich trotz ihrer kleinen Statur zu voller Größe auf. »Was ist schon ein Name?«

Rolfe stellte erstaunt fest, daß diese schönen silbergrauen Augen zornig blickten. Er mußte sie irgendwie aufgebracht haben. Nun gut, wenn sie ein Geheimnis aus ihrer Identität machen wollte, dann war das ihre Angelegenheit.

»Das stimmt«, sagte er liebenswürdig und kam einen Schritt näher. »Dann bleiben wir doch bei ›kleine Blume‹. Ich möchte an einem abgeschiedeneren Ort etwas mit dir besprechen.«

»Abgeschieden?« Sie trat zurück und sah sich um und fragte sich, wieviel mehr an Abgeschiedenheit er sich noch wünschte. »Wohin ... wohin möchten Sie denn gehen?«

»Dahin, wo du schläfst, kleine Blume.«

Es war nicht nötig, deutlicher zu werden. Die verräterische Röte, die sich auf ihrem Gesicht ausbreitete, ließ sie erstarren. Sie hätte nie damit gerechnet, daß er sie aus diesem Grund aufsuchen könnte. Amelia hatte gesagt, er würde sie in dieser Hinsicht nicht belästigen, und sie hatte ihr geglaubt. Das Schlimme war, daß sie sich ihrem Mann nicht verweigern durfte.

»Wenn ... wenn Sie mir folgen wollen, Mylord.«

Es bereitete ihr Mühe, die Worte auszusprechen, und das Gehen fiel ihr noch schwerer. Ihre Beine wurden bleischwer, und ihre Tränen drohten zu rinnen. Trotz seines sanften Auftretens vermutete sie nichts Gutes dahinter, daß er mit ihr ins Bett gehen wollte. In ihrer Hochzeitsnacht war er betrunken gewesen, vielleicht zu betrunken, um sich an die Rache zu erinnern, mit der er sie hatte strafen wollen. War er jetzt gekommen, um sie büßen zu lassen? Sie würde nicht um Gnade flehen. Nein, ganz bestimmt nicht.

Rolfe war so überrascht, daß er ihr im ersten Moment nicht folgte. Sie hatte ihre stillschweigende Einwilligung zu schnell gegeben. Hieß das, daß sie so etwas oft tat. Wer war ihr Mann, wenn sie sich so wenig aus ihm machte? Ein älterer Mann, oder vielleicht einer, den sie verabscheute? Trotzdem wollte Rolfe sie haben, und daher folgte er ihr.

Als sie den Burghof überquerten und auf den Vorbau zugingen, der in den großen Saal führte, fiel Rolfe plötzlich wieder ein, wo er war. Irgendwo hier hielt sich seine Frau auf. Wußte sie, daß er da war? Aber selbst, wenn sie es wußte – wie konnte er sich diese Gelegenheit entgehen lassen? Das Mädchen, das ihn in ihr Schlafzimmer führte, war einfach zu schön.

Er nahm den Raum kaum wahr, denn seine Blicke waren nur auf das Mädchen gerichtet, als sie die Tür schloß und sich langsam zu ihm umdrehte.

»Ich vermute nicht, daß Sie wirklich etwas mit mir besprechen wollten?« fragte sie ihn.

Rolfe legte den hoffnungsvollen Klang ihrer Stimme irrtümlich als Neckerei aus und schüttelte lächelnd den Kopf. »Komm her, kleine Blume.«

Leonie verabscheute diesen albernen Namen, den er sich für sie ausgedacht hatte, und sie wünschte, sie hätte es ihm sagen können. Die Tatsache, daß sie sich vor ihm fürchtete, war ihr genauso zuwider.

Sie kam kläglich und mit niedergeschlagenen Augen näher und blieb vor ihm stehen. Sie wußte nicht, was sie erwartete – eine Ohrfeige, die Ankündigung, in welchem Elend sie den Rest ihres Lebens verbringen würde, eine Tracht Prügel?

Was sie nicht erwartete, war, daß er sie sanft in seine Arme zog und sie an sich drückte. Sie blieben lange umschlungen stehen, dann hob er sie auf seine Arme und trug sie zu ihrem Bett. Er setzte sie behutsam ab, setzte sich dann neben sie und ließ seine Finger über ihre zarte Wange gleiten.

Seine Augen, die wie dunkelbrauner Samt waren, streiften beunruhigend über ihren Körper. In diesen Augen stand ein Blick, der sie erstarren ließ, und als er seinen Kopf zu ihr neigte, schnappte sie nach Luft. Sein Mund berührte ihre Lippen, und sie fühlte, daß sich in ihrem Leib plötzlich die seltsamsten Empfindungen regten.

Der Druck seiner Lippen nahm ständig zu, und dann war ihr Mund offen, ihre Zungen verschlangen sich miteinander, und Leonie wurde schmerzlich klar, wer ihr diesen ersten Kuß gab.

Rolfe hätte ihre Unerfahrenheit ahnen können, wenn sie seinem Beispiel nicht so gut gefolgt wäre, aber tief in ihrem Innern lebte das Wissen, daß dies der Mann war, dem sie sich nicht zu widersetzen wagte, und daher ging sie auf alles ein, was er tat. Das veranlaßte ihn, zu glauben, daß sie ihn ebensosehr begehrte wie er sie.

Er setzte sich auf. Sein Atem ging unregelmäßig, und er öffnete ihren Ledergürtel. Die Bänder, mit denen ihr Kittel seitlich geschnürt war, ließen sich nicht so leicht öffnen, und in seiner Ungeduld zog Rolfe sein Schwert und schlitzte sie auf.

Ihr kurzer Aufschrei ließ ihn wieder in ihre Augen sehen. »Du darfst mir meine Ungeduld nicht übelnehmen, Herzchen, denn du hast sie hervorgerufen. Ich werde dir die Bänder ersetzen, das verspreche ich dir.«

Leonie biß sich auf die Lippen. Sie störten nicht die zerschnittenen Bänder, sondern seine Methoden, die sie ablehnte. Es erinnerte sie an Ethelindas Vergewaltigung, denn auch sie war aus ihren Kleidern herausgeschnitten worden. Und jetzt wollte ihr Gemahl nichts anderes als eine Vergewaltigung, denn er schnitt auch die Bänder ihres Hemdes mit seinem Messer auf.

Sie weinte stumme Tränen der Scham und des Elends, und dafür haßte sie ihn. Sie hatte sich geschworen, nie in seiner Gegenwart zu weinen, und jetzt ...

»Haben dir die Bänder und Spitzen soviel bedeutet, kleine Blume?« flüsterte er mit einem Gesicht, das gespielte Zerknirschung ausdrückte. Er glaubte wirklich, daß sie um ihr Spitzenhemd trauerte, und es tat ihm leid. Was sollte sie davon halten?

»Ich ... ich habe hundert andere Bänder, um meine Kleider zuzuschnüren, aber mir sind noch nie die Kleider vom Leib geschnitten worden.«

»O, dann trage ich wirklich die Schuld. Kann es dich beschwichtigen, wenn du mit mir dasselbe tust?«

Leonie starrte mit weit aufgerissenen Augen die scharfe Klinge an, die er ihr hinhielt. »Ihr scherzt, Mylord. Ich könnte euer Kettenhemd nicht durchschneiden.«

»Du wirst mir helfen müssen, es auszuziehen, aber den Rest kannst du in Fetzen schneiden, wenn das deine Tränen zum Versiegen bringt.«

Die Vorstellung, mit seiner Erlaubnis seine Kleider mit der Klinge zu zerfetzen, war so lächerlich, daß Leonies Mund sich zu einem schwachen Lächeln verzog.

»Wenn ich Kleider hätte, die du statt dessen anziehen könntest, täte ich es, aber hier gibt es niemanden, der so groß ist wie du, und ich möchte dich ungern nur in deinem Kettenhemd fortschicken. Obwohl mich wirklich interessieren würde, wie du es deinen Männern erklärst«, sagte sie lachend.

Rolfe fiel in ihr Lachen ein. Tränen im Bett waren etwas, was er nicht gewohnt war, aber auch Humor kannte er in diesem Zusammenhang nicht, und er fand es köstlich, vor allem aus dem Mund dieses schüchternen Mädchens.

»Was das angeht«, sagte Rolfe mit einem breiten Grinsen, »hätte ich ihnen die Wahrheit gesagt – daß ein schönes Weib so scharf auf mich war, daß sie ...«

»Lügen!« keuchte Leonie, doch sofort darauf entfuhr ihr ein Kichern. »Würdest du wirklich so etwas Schreckliches sagen?«

»Meine Männer würden mir glauben, wenn sie erst meine spitzen Knie unter dieser schwarzen Rüstung herausschauen sehen«, sagte er.

»Dann kann ich den Gebrauch deines Schwertes ebensogut ablehnen.«

»Ja, allerdings. Und würdest du mir jetzt helfen, dieses sperrige Drum und Dran zu entfernen?«

Leonie nickte und war dankbar für die Gelegenheit, sich hinter ihn zu stellen, um nicht mehr von ihm angesehen zu werden. Er hatte sie fast vergessen lassen, daß sie nackt war, aber ihr hilfloser Zustand wurde ihr noch peinlicher, als ihr klar wurde, daß auch er bald nackt sein würde.

Was Leonie verwirrte, war ein seltsames Gefühl der Einwilligung. Ihre Angst vor ihm war verflogen, durch freundliche Worte und unbeschwertes Geplänkel zerstreut. Sie hielt einen Moment inne, um Gott stumm anzuflehen, es möge kein grausamer Trick sein.

»Wäre es nicht leichter, wenn du dich vor mich stellst, Herzchen?« fragte Rolfe, als er den Gürtel und sein Schwert abnahm und auf den Boden legte. Er hob das schwere Kettenhemd bis an die Hüften.

»Nein, Mylord.« Leonie griff nach der Rüstung. »Ich bin selbst dann nicht groß genug, um es zu schaffen, wenn du sitzt.«

Das stimmte, denn sie hatte Sir Guibert oft genug geholfen, und er war jedesmal gezwungen, hinzuknien, während sie sich auf einen Schemel stellte, um ihm die Rüstung über den Kopf zu ziehen. Aber selbst so hatte sie Schwierigkeiten und mußte sich schließlich auf das Bett stellen, um die Aufgabe zu bewältigen.

Schließlich war er nackt, und Leonie trat langsam vor ihn hin. Sie fragte sich, ob sie ihr Haar lösen konnte, um sich dahinter zu verbergen, doch sie bezweifelte, daß er die Geduld hatte, so lange zu warten. Er kostete ihre Scheu genüßlich aus und griff nach ihr, legte seine Hände auf ihre Hüften und ließ sie dann langsam über ihre vollen Brüste gleiten.

Sie biß sich auf bezaubernde Weise auf die Unterlippe, und ein leichtes Runzeln kräuselte ihre Stirn. Sie versuchte, den Kopf gesenkt zu halten, weil sie sich fürchtete, ihm in die Augen zu sehen. Sein Kopf senkte sich auf eine ihrer aufgerichteten Brustwarzen, und seine Zunge kostete Haut, die zart wie Seide war. Er hörte, daß sie nach Luft rang, und im selben Moment wurde kurz angeklopft.

Die Tür ging auf, und Beatrix trat in das Zimmer. »Leonie, ich ... oh! O mein Gott, verzeih mir!« Beatrix wurde dunkelrot. »Leonie, ich ... ich wußte nicht ... oh, das kann warten ...« Beatrix eilte so schnell sie konnte aus dem Zimmer.

Leonies erster Impuls war, laut zu lachen, und das hätte sie auch getan, hätte nicht dieser Ausdruck auf dem Gesicht ihres Mannes gestanden. Er sah sie völlig verblüfft an.

»Du brauchst dich nicht an meiner Tante zu stören«, sagte sie. »Sie teilt sich mit mir in dieses Zimmer, und ...«

Er ließ sie nicht aus den Augen und sah sie mit unverändertem Ausdruck an.

»Lady Leonie?« Es war eine Frage.

Sie riß sich von ihm los.

»Jetzt ist dir mein Name wohl wieder eingefallen«, sagte sie erbittert. »Es ist nicht gerade ermutigend, daß du daran erinnert werden mußtest, ehe du ...«

Sein Gesicht verzog sich, aber ob seine Miene Zorn ausdrückte oder nicht, hätte sie nicht sagen können.

»Du bist meine Frau?« Auch das war eine Frage.

»Natürlich bin ich das. Wer sonst ...«

Der Schwarze Wolf ließ sich auf das Bett zurückfallen und lachte. Er krümmte sich regelrecht vor Lachen. Leonie starrte ihn ungläubig an, bis sich in ihrem Kopf ein Bild zusammengesetzt hatte. Für wen sonst hatte er sie gehalten? Es war ihm gleichgültig gewesen, wer sie war. Oh, diese Schande! Er hatte nicht mit seiner Frau ins Bett gehen wollen, sondern mit einer Fremden, die er zufällig im Garten getroffen hatte. Kein Wunder, daß er ihren Namen nicht gekannt und daß er geglaubt hatte, sie nie zuvor gesehen zu haben. Aber daß er so etwas in ihrer Burg tun konnte, wo seine Frau es erfahren würde, hier, wo ihre Leute sehen konnten, wie wenig Respekt er ihr entgegenbrachte!

Leonie lief zu ihrer Kleidertruhe, öffnete sie und zog das erste Kleidungsstück heraus, das ihr in die Finger kam, ein kurzes Leinengewand. Als sie es übergezogen hatte, kehrte sie zu ihrem Bett zurück, in dem ihr Mann immer noch schallend lachte. Sie griff in aller Ruhe nach einem Kissen und fing an, damit auf ihn einzuschlagen, bis sie endlich seine Aufmerksamkeit auf sich gelenkt hatte.

»Hör jetzt auf. Du hast dich klar genug ausgedrückt«, sagte er kichernd.

»Wärst du so freundlich, dich woanders zu amüsieren? Und zwar schnell, ehe ich den letzten Rest Geduld verliere.«

Rolfe setzte sich auf und streckte die Arme nach ihr aus, doch als sie zurückwich, ernüchterte es ihn.

»Komm her, Leonie, du kannst mir keinen Vorwurf daraus machen, daß es mich freut, festzustellen, daß ich eine wunderschöne Frau habe.«

»Mutter Maria, steh mir bei«, dachte Leonie. Augen wie aus blankem Silber blitzten ihn an. »Mylord, ich sehe, daß ich mich noch nicht klar genug ausgedrückt habe. Ich will, daß Sie gehen – und zwar sofort!«

Rolfe rührte sich nicht von der Stelle. »Du bist wütend.«

»Ja.«

»Das kann ich dir nicht vorwerfen.«

»Wie großmütig von dir.«

Er grinste sie an. »Vergeude deine Wut nicht, Herzchen. Es ist nichts Böses geschehen. Dank deiner Tante ist nur ein Mißverständnis ausgeräumt worden.«

»Ich will wissen, ob ich Sie richtig verstanden habe, Sir Rolfe«, sagte Leonie aufgebracht. »Wollt ihr damit sagen, daß es lediglich ein Mißverständnis gewesen wäre, wenn ihr in dem Glauben, ich sei eine Fremde, mit mir geschlafen hättet?«

»Aber du bist doch meine Frau und keine Fremde. Verstehst du nicht, worauf ich hinaus will?«

»Was ich verstehe, Mylord, ist, daß ihr ein Lüstling der übelsten Sorte seid!« Seine Augen zogen sich zusammen, aber Leonie war zu wütend, um den Mund zu halten. »Mir wird alles berichtet, was sich hier zuträgt. Ich hätte von deiner Missetat schon vernommen, ehe du mit dem Mädchen fertig gewesen wärest. Täusche dich nicht in mir. Mir ist gleich, wie viele Frauen du hast, aber wenn du dir eine aus Pershwick nimmst, dann werde ich es erfahren, und alle anderen hier auch. Ich lasse nicht zu, daß meine Leute mich bemitleiden, weil ich einen Wüstling zum Mann habe!«

»War das alles?«

Leonie schluckte, denn sie wußte, daß sie zu weit gegangen war.

»Ja«, murmelte sie und blickte zu Boden.

»Das einzige, was zählt, ist, daß du meine Frau bist. Das heißt, daß du mir gehörst und ich mit dir tun kann, was ich will. Streitest du ab, daß es so ist?«

»Nein«, sagte sie kläglich.

»Dann vergiß nicht noch einmal, daß du dich vor mir zu verantworten hast, nicht ich mich vor dir.«

Er hob seine Kleider auf und ging. Als sich die Tür schloß, stieß sie den Atem aus, den sie angehalten hatte. Keine Strafe für ihre Dreistigkeit, nur eine Warnung. Aber eine verabscheuungswürdige Warnung ... aus dem Mund eines ebensolchen Mannes.

13. KAPITEL

Wilda zögerte vor der Tür ihrer Herrin, denn sie zitterte vor den Nachrichten, die sie ihr überbringen mußte. Sie wußte, daß Sir Rolfe gestern hier gewesen war und die Burg äußerst übellaunig verlassen hatte. Ihre Herrin war für den Rest des Tages niedergeschlagen gewesen, und jetzt war auch wirklich das Schlimmste bei dieser Begegnung herausgekommen.

Der Himmel hatte noch das diesige Violett der einsetzenden Dämmerung, als eine Schar von Männern vor das Tor ritt und Einlaß forderte. Selbst das Küchenpersonal war noch nicht auf den Beinen gewesen, weil es so früh am Tag war. Der Aufruhr hatte dazu geführt, daß die Krieger zu den Waffen gerufen worden waren, doch dann hatte sich herausgestellt, daß das überflüssig war. Das Kriegsgeschrei beruhte auf einem Mißverständnis. Der Nachtwächter war ein Mann aus Pershwick, der zur Dorfbevölkerung gehörte und ausschließlich Englisch sprach. Die Krieger vor den Toren waren eben erst aus Frankreich gekommen und verstanden kein Englisch. Die

Ritter warteten so weit entfernt, daß sie den Wortwechsel nicht hörten. Alles war ein einziges Chaos, bis Sir Guibert eintraf und die Situation entwirrte.

Die berittenen Krieger warteten jetzt auf dem Burghof, und die vier Ritter, die mit ihnen gekommen waren, hatte man in den Saal geführt. Wilda wurde zu Leonie geschickt, um ihre Herrin zu wecken. Sir Guibert sah sie finster an, weil sie zögernd vor der Tür stehenblieb, aber, du meine Güte, sie wollte wirklich nicht diejenige sein, die schlimme Nachrichten überbrachte.

»Wilda!«

Sie warf Sir Guibert einen bekümmerten Blick zu, ehe sie die Tür öffnete und in das dunkle Zimmer trat. Sie zündete eine Kerze an und versuchte, Zeit zu gewinnen.

»Ich will noch nicht aufstehen, Wilda«, murmelte Leonie schläfrig, als das Licht sie weckte.

»Sir Guibert hat mich geschickt, Mylady, um Ihnen zu sagen, daß Männer da sind, die Ihr Mann geschickt hat. Sie ... sie sagen, Sie müßten mit ihnen nach Crewel kommen.«

Kein Laut antwortete. Dann war ein leises Flüstern zu vernehmen: »Warum?«

»Das haben sie nicht gesagt«, gestand Wilda.

»Gib mir einen Morgenmantel. Eil dich.«

Wilda kam der Aufforderung nach, ohne sich darüber klar zu werden, daß Leonie vorhatte, in diesem Kleidungsstück aus dem Zimmer zu stürzen.

»Mylady!«

Leonie blieb erst stehen, als sie die vier Ritter sah, die mit Sir Guibert vor dem Feuer saßen. Nun wäre sie am liebsten umgekehrt, ehe sie sie sahen. Sie hatte Krieger erwartet, Bedienstete, von denen sie Rechenschaft verlangen konnte. Aber die Ritter des Schwarzen Wolfes würden sich nicht einschüchtern lassen. Warum waren sie zu viert gekommen? Rechneten sie mit Widerstand von ihrer Seite?

Es fiel ihr nicht leicht, näherzutreten, aber sie zwang sich dazu.

»Sind Sie auf Rolfe d'Amberts Befehl hier?«

Ihre Frage wurde mit Schweigen beantwortet. Drei der Ritter wandten sich sogar ab. Der vierte, der Mann, von dem sie wußte, daß es Sir Thorpe war, sah sie finster an. Leonie blickte Sir Guibert verängstigt an, und er explodierte.

»Sie werden meiner Herrin Rede und Antwort stehen, oder sie wird Pershwick nicht verlassen!«

»Ihrer Herrin?« wiederholte Sir Thorpe, und die vier Ritter sahen sie mit einer Mischung aus Erstaunen und Verlegenheit an. Leonie war jedoch noch verlegener, weil ihr klar wurde, daß sie nicht wußten, wer sie war. Es war ihre eigene Schuld, wenn sie in diesem Aufzug erschien und ihr offenes Haar noch nicht einmal bedeckt hatte.

»Ich bitte um Verzeihung, Lady Leonie«, setzte einer der jüngeren Männer an, »aber uns war nicht klar ...«

Sie winkte ab. »Ich weiß. Sie müssen mir verzeihen, wenn ich Sie empfangen habe, ohne entsprechend angekleidet zu sein. Sie sind ...«

»Richard Amyas.«

Er stellte ihr eilig die anderen vor. Amyas war ein recht gutaussehender junger Mann mit dunkelbraunem Haar und grünen Augen, die sie unverhohlen bewunderten. Sir Reinald war noch jünger, hatte ein bezauberndes Lächeln und goldenes Haar und braune Augen. Seine Haut stach dunkel von seinem Haar ab, und er sah so gut aus, daß er fast etwas von einem engelsgleichen Wesen an sich hatte.

Sir Piers war das absolute Gegenteil. Sein Gesicht war von den Narben so vieler Schlachten übersät, daß er fast Mitleid erregen konnte, aber er hatte sehr schöne violette Augen. Er musterte Leonie kühl, und sie fragte sich, warum.

Thorpe de la Mare war unter den vieren der älteste, fast so alt wie Guibert. Er war ein ähnlich dunkler Typ wie

Rolfe, und irgend etwas schien ihn zu belustigen. In seinen dunkelbraunen Augen tanzte geradezu ein Lachen, und Leonie konnte sich nur mühsam zurückhalten, ihn zu fragen, was ihn derart amüsierte.

Sir Richard teilte ihr mit, ihr Gemahl habe sie beauftragt, sie sicher nach Crewel zu geleiten. Sie wartete atemlos darauf, daß er weiterreden würde, aber er schwieg.

»Hat er sonst nichts gesagt?« fragte sie verblüfft und furchtsam.

»Nur, daß Sie alles mitbringen sollen, was Sie an Kleidern und persönlichen Dingen besitzen, und daher ist anzunehmen, daß Sie in Crewel bleiben werden.«

Leonie kämpfte mit einer Ohnmacht. Sie hatte sich schon einmal damit abgefunden, in Crewel zu leben und zu leiden, aber dann war sie nach Pershwick geschickt worden, und alles war wieder gut gewesen. Jetzt schien ihr, als sei alles verloren.

»Es wird eine Weile dauern, alles zusammenzupakken«, hörte sich Leonie mit tonloser Stimme sagen.

»Deshalb sind wir so früh gekommen«, warf Sir Thorpe heiter ein. »Aber eilen Sie sich nach Kräften, Mylady.«

Sie sollte dem entgegeneilen, was sie erwartete?

Sie sagte zu Guibert: »Sorgen Sie dafür, daß die Herren sich wohlfühlen, und dann schicken Sie mir alle Dienstboten, die Sie finden können.« Leonie nickte den vier Rittern zu und kehrte in ihr Zimmer zurück. Für den Rest des Morgens konnte sie klare Anweisungen erteilen und das Packen überwachen, wenn sie es sich nicht gestattete, nachzudenken. Wenn sie auch nur einen Moment lang ihren Gedanken freien Lauf ließ, wurde sie zu einem zitternden Nervenbündel, das die Tränen nicht unterdrücken konnte.

Eine tiefe Verwirrung ergriff sie. Sie war Rolfe gegenüber unwillkürlich lockerer geworden und hatte angefangen, ihre Freude an ihm zu haben. Daher war sie so erschüttert, als seine Hartherzigkeit sie traf. Er hatte es nicht nötig, charmant zu sein, das wußte er, und er brauchte nicht um seine Frau zu werben, um sie in sein Bett zu bekommen. Er konnte ihr befehlen, sich zu ihm ins Bett zu legen. Sie hatte geglaubt, das ertragen zu können, wenn es sein mußte, aber konnte sie es wirklich, wenn sie diesen Mann verabscheute? Mehr als alles andere haßte sie seine Schönheit, die sie wie ein Irrlicht gegen ihren Willen anzog.

Welche Hoffnung bestand für sie, nicht von den widerstreitenden Gefühlen zerrissen zu werden, die er in ihr weckte?

14. KAPITEL

Rolfe kam an jenem Tag erst spät abends von der Belagerung von Worth zurück. Er war am Tag vorher kurz in Crewel gewesen, nachdem er Pershwick verlassen hatte, aber nur lange genug geblieben, um mit Lady Amelia zu reden.

Jetzt wollte Rolfe nicht mehr an diese Begegnung denken, die alles nur noch verschlimmert hatte und gar nicht in seinem Sinne abgelaufen war. Er hatte Amelia mitgeteilt, sie müsse an den Hof zurückkehren, und ihr die Gründe genannt, doch sie war in Tränen ausgebrochen und hatte ihn angefleht, sie nicht fortzuschicken.

Ihre Tränen ärgerten ihn nur. Schließlich hatten sie nie von Liebe gesprochen. Doch er verstand ihre Gemütsverfassung nur zu gut, als sie ihm gestand, daß sie schwanger war. Das war keine erfreuliche Nachricht, doch Rolfe mußte ihr wenigstens erlauben, zu bleiben, bis das Kind geboren war. Sie hatte eingewilligt, es ihm zu überlassen und ihrer eigenen Wege zu gehen. Sie hatte ihre Einwilligung sogar gern gegeben und außerdem versprochen, ihm aus dem Weg zu gehen und seiner Frau keine Schwierigkeiten zu machen.

Sein Wunsch war es gewesen, daß während ihrer Schwangerschaft in einer seiner anderen Burgen für sie gesorgt wurde.

»Aber warum, mein Gebieter? Deine Frau hält mich für dein Mündel.«

»Dennoch ...«

»Bitte, schick mich nicht fort.« Amelia fing wieder an zu weinen. »Ich könnte es nicht ertragen, wenn man mich jetzt Fremden überläßt. Außerdem wird deine Frau froh sein, daß ich hier bin, das schwöre ich dir. Sir Evarard hat keine Frau, und es gibt hier keine andere Dame, die Lady Leonie Gesellschaft leisten könnte. Bitte, mein Gebieter.«

Er hätte es ihr abschlagen sollen, aber er tat es nicht. Er war es dieser Frau schuldig, bis zu ihrer Niederkunft für ihr Wohlergehen zu sorgen, und da er mit nichts Bösem rechnete, willigte er ein.

Als er jetzt die Burg betrat, fühlte er eine unbestimmte Sorge, für die er keine Erklärung hatte. Er vergaß sie jedoch gleich wieder, als er Thorpe allein vor dem großen Feuer am hinteren Ende des Saales sitzen sah. Er hatte gewußt, daß Thorpe aufbleiben und ihn erwarten würde.

Die wenigsten anderen waren noch wach. Die männlichen Dienstboten hatten ihre Strohsäcke an den Wänden ausgebreitet, und die meisten schliefen tief und fest. Einige der Krieger saßen vor dem kleineren Feuer und unterhielten sich leise. Die einzigen Leuchter, die noch brannten, waren die neben der Treppe, die zum oberen Geschoß führte, und der Saal war so groß, daß sie ihn nur schwach beleuchteten. Auch der Feuerschein machte den Saal nicht heller. In warmen Nächten wurde nicht oft Holz nachgelegt.

Thorpe begrüßte Rolfe mit keinem Wort, als er sich auf dem hochlehnigen Stuhl neben ihm niederließ. Die Augen des älteren Mannes, die starr auf Rolfe gerichtet waren, zeigten so wenig Interesse, daß sie ebensogut ein Staubkorn hätten fixieren können. So stand es also? Thorpe war nie so unausstehlich wie dann, wenn er einen Triumph auskostete. Er prahlte nicht und spielte sich nicht auf, sondern erzwang mit seinem Schweigen Rechenschaft.

»Ich nehme an, daß ihr keine Schwierigkeiten hattet, meine Anweisungen zu befolgen. Sie ist hier?«

»Ja, sie ist hier.«

Rolfe war bis zu diesem Moment nicht klar gewesen, wie angespannt er war. »Ihr hattet keinerlei Ärger?«

»Es hat einen Moment lang so ausgesehen, als würde ihr Vasall sein Schwert ziehen, aber ...« Thorpe lachte, als er Rolfes Gesicht sah.

»Hat sie ...«

»Ganz und gar nicht«, sagte Thorpe eilig. »Der Mann hat Anstoß daran genommen, daß wir seiner Herrin keinen Respekt erwiesen haben. Es war ein verständlicher Irrtum. Wir wußten nicht, wer sie ist, als sie zu uns kam – und ich bin sicher, daß du das verstehen kannst.«

Diese Worte drückten unverhohlenen Tadel aus, weil Rolfe sie nicht darauf vorbereitet hatte, was sie zu erwarten hatten. Er konnte sich Thorpes Erstaunen vorstellen, als er Lady Leonie zum ersten Mal sah. Zweifellos war Thorpe nicht weniger überrascht gewesen als er selbst.

»Wie hat sie reagiert?«

»Sie hat nicht gelächelt und schien auch nicht erfreut, uns zu sehen, wenn du das meinst. Sie wollte nur bestätigt haben, daß sie auf deinen Befehl herkommen soll. Danach hat sie sich sofort reisefertig gemacht.«

»Und hier?«

»Drück dich deutlicher aus«, erwiderte Thorpe unschuldig.

»Warum? Du kennst jeden meiner Gedanken, manchmal sogar eher als ich selbst«, entgegnete Rolfe. »Laß dir das, was ich wissen will, nicht aus der Nase ziehen.«

Thorpe kicherte. »Es gibt nicht viel zu erzählen. Ich glaube, sie hat damit gerechnet, daß du hier bist, wenn sie ankommt. Als sie sah, daß du nicht da bist, hat sie sich in ihr Zimmer zurückgezogen und sich von da an nicht mehr sehen lassen. Die beiden Mädchen, die sie mitgebracht hat, sind ebenfalls dort. Was ist mit Damian? Soll er gemeinsam mit ihren beiden Zofen im Vorzimmer schlafen?«

»Ich habe ihn in Wroth zurückgelassen. Nein«, antwortete Rolfe nachdenklich, »ich glaube, ich will in Zukunft nicht mehr, daß jemand so nah bei meinem Zimmer schläft. Es gibt genügend Schlafplätze in dieser Burg.«

Thorpe grinste. »Ja, natürlich.«

Nachdem sie noch eine halbe Stunde geplänkelt hatten, stieg Rolfe die schmale Wendeltreppe zu seinem Zimmer im Obergeschoß hinauf. Er fand die beiden Zofen tatsächlich im Vorzimmer vor. Eine von ihnen hatte ihren Strohsack sogar direkt vor die Tür gezogen, und als er sie öffnete, wachte sie mit einem Aufschrei auf. Davon wurde auch die andere Zofe wach, und im nächsten Moment wurde die Tür zu seinem Zimmer von seiner Frau aufgerissen, die dastand und einen hastig übergeworfenen Morgenmantel um sich zog.

Der matte Lichtschein einer einzigen Kerze spielte auf Leonies Zügen, und Rolfe ließ sich einen Moment lang in ihren Bann ziehen, ehe er sich wieder faßte und den beiden Zofen barsch befahl, das Zimmer zu verlassen.

»Wenn ich fort bin, könnt ihr hier schlafen, falls eure Herrin es wünschen sollte, aber nicht, wenn ich mich hier aufhalte. Ihr könnt morgens wiederkommen, um ihr behilflich zu sein, aber ihr werdet nicht unaufgefordert eintreten. Ich brauche niemanden, der mich weckt. Ich wünsche keine Störungen, ganz gleich, wie spät es ist. Ist das klar?«

Wilda und die ältere Mary sahen beide als erstes Leonie an. Erst auf ihr Nicken hin, nickten sie ihrem Herrn zu. Das hätte seine Wut zum Aufflackern bringen können, doch statt dessen belustigte es ihn, wenn er auch darauf achtete, es sich nicht anmerken zu lassen.

»Geht nach unten. Sir Thorpe wird euch zeigen, wo die Frauen untergebracht sind.«

Als er sein Zimmer betreten hatte, sagte er: »Es ist gut, daß du so schnell nach Crewel zurückgekommen bist.«

»Hatte ich eine andere Wahl, Mylord?«

»Nein, aber du hättest dir hundert Ausreden einfallen lassen können, um deine Abreise hinauszuzögern. Es freut mich, daß du das nicht getan hast.« Sie hatte sich nicht von der Stelle gerührt und stand immer noch neben der Tür. »Mach die Tür zu, Leonie, und komm rein.«

Ihr behagte es nicht, mit welcher Selbstverständlichkeit er sie mit ihrem Namen ansprach, und auch seiner Ruhe traute sie nicht. Sie schloß langsam die Tür und kam widerstrebend ins Zimmer, ging direkt auf die Truhe zu, die neben dem Bett stand, und holte einen Gürtel für ihr Gewand heraus.

Rolfe seufzte, als sie ihn zugebunden hatte, aber nicht einen Schritt auf ihn zukam. »Soll es so weitergehen?« fragte er, während er den Gurt löste, an dem sein Schwert hing, und ihn zur Seite legte. »Muß ich dich denn immer um Hilfe bitten?«

Leonie errötete. Er hatte natürlich recht. Er brauchte sie um nichts zu bitten. Die Pflicht einer Frau bestand darin, ihrem Mann jeden Wunsch von den Augen abzulesen und ihm zuvorzukommen.

Dennoch näherte sie sich ihm nicht, denn die Situation erinnerte sie daran, daß sie keine normale Ehefrau war. »Ich bin nicht euer Knappe, Mylord.«

Er erstarrte und musterte sie aufmerksam. »Du weigerst dich, mir zu helfen?«

Leonie erschauerte. Sie wagte es nicht, sich ihm wirklich zu widersetzen, aber ...

»Es gibt genug Bedienstete im Haus.«

»Und du würdest dir lieber die Mühe machen, einen

von ihnen zu wecken, als in meine Nähe zu kommen? Es ist spät, Frau. Außer dir und mir sind alle im Bett.«

»Ich ... wie ihr wünscht, Mylord.«

Sie zwang ihre Füße, sich in Bewegung zu setzen, und sagte sich, daß sie ihm ihren Widerwillen zumindest bekundet hatte, ob es ihn erzürnte oder nicht.

Rolfe ließ sich auf einen Schemel sinken, aber sie sagte: »Den brauche ich, um draufzusteigen.«

Der Schemel war nur fünfzig Zentimeter hoch. Rolfe sah ihn skeptisch an. »Er ist nicht dazu gedacht, sich draufzustellen.«

»Ich kenne das von Sir Guibert«, beharrte sie und kletterte auf den Schemel.

»Du wirst runterfallen«, warnte er sie, und sie gab zurück: »Nein, ich falle nicht.«

»Ich vergesse immer wieder, wie winzig du bist«, sagte er, als er sich hinkniete.

Wie heiser seine Stimme war, geradezu eine Liebkosung. Er blickte zu ihr auf, und Leonie weigerte sich, ihm in die Augen zu sehen. Sie bückte sich eilig, um sein Kettenhemd hochzuheben. Je eher sie es geschafft hatte ...

Sie hatte das Hemd gerade über seinen Kopf gezogen, aber sie hatte vergessen, wieviel schwerer als das von Sir Guibert es war. Als sie ein letztes Mal kräftig daran zog, taumelte sie nach hinten. Sie hielt das Kettenhemd fest, und es war so schwer, daß sie das Gleichgewicht verlor.

»Laß es fallen.« – Sie ließ es fallen, und er fing sie auf.

»Ich glaube, du eignest dich nicht für diese Aufgabe«, sagte er.

»Laß mich herunter.«

Das Unbehagen, das sie empfand, als er sie in seinen Armen hielt, ließ ihre Stimme übermäßig rauh klingen. Er stellte sie auf den Boden und ließ sie los. Sie lief eilig zum Bett und zog die Vorhänge zu.

Rolfe hob den Hocker auf und setzte sich darauf. Er sah das Bett nachdenklich an. Seine kleine Frau wollte nicht auftauen. Er hatte geglaubt, die Warnung des Vortages hätte sie angespornt, aber anscheinend hatte er die Dinge nur verschlimmert. Er fuhr sich mit den Händen unschlüssig durch sein dichtes Haar. Er hatte gestern nicht gewußt, was er anderes hätte tun können, als ihr zu demonstrieren, wie aufbrausend er sein konnte, aber das hatte die Lage auch nicht gerade entspannt. Nein, mit Zorn war bei ihr nichts zu erreichen. Das Ärgerliche war nur, daß er nicht sicher war, ob er sich zusammenreißen konnte.

Es hatte ihm einen größeren Stich versetzt, als er sich eingestehen wollte, daß sie ihm beteuert hatte, ihr sei gleich, wie viele Frauen er hatte, solange es keine aus Pershwick waren. Eifersucht war etwas, was er verstehen konnte, aber diese Gleichgültigkeit?

Wie konnte er zu diesem bezaubernden Mädchen durchdringen, ihr zeigen, daß er noch einmal von vorn anfangen wollte? Hatte sie seine Absicht denn nicht daraus ersehen können, daß er sie zu sich geholt hatte?

Rolfe entledigte sich eilig seiner restlichen Kleidungsstücke. Er blies die Kerze nicht aus, und er zog auch die schweren Vorhänge auf seiner Bettseite nicht zu, denn sonst hätte tiefe Dunkelheit geherrscht.

Leonie hatte ihm den Rücken zugekehrt. Sie hatte sich nicht ausgezogen und ganz unter den Decken vergraben. Er zog sie zur Seite, hob Leonie hoch und setzte sie auf seinen Schoß. Sie gab keinen Laut von sich. Er hielt sie wie ein Kind im Arm, und sie blieb steif und unnachgiebig, aber sie widersetzte sich nicht.

Er hielt sie lange fest und dachte nach. Schließlich fragte er: »Wie alt bist du, Leonie?«

Die Stimme war sanft und drang doch überraschend klar durch die Stille des Raumes. Leonie mußte erst nachdenken, ehe sie antworten konnte.

»Ich bin neunzehn Jahre alt.«

»Und ich bin zehn Jahre älter. Findest du, ich bin zu alt für dich?«

»Ich ... ich glaube nicht.«

Rolfe hätte über diese mürrische Antwort fast gelacht. »Schreckt dich vielleicht ab, daß ich so dunkel bin?«

»Dunkel? Du bist nicht so behaart, daß man deine goldene Haut ...«

Leonie preßte erschreckt die Lippen zusammen. Als nächstes würde sie ihm wohl erzählen, wie gut er aussah!

»Würdest du mir dann vielleicht sagen, was dir an meinem Äußeren so mißfällt?«

Jetzt war es soweit. Er wollte es wahrhaftig hören. Lieber hätte sie sich die Zunge abgebissen, als seiner Eitelkeit zu schmeicheln. Wenn er Komplimente hören wollte, konnte er woanders danach suchen – was er zweifellos ohnehin oft tat.

»Die Liste ist so lang, daß dich das Zuhören langweilen würde.«

Leonie stellte erfreut fest, daß er über ihre höhnische Bemerkung lachte.

»An dir gibt es nichts, was mir mißfällt, Herzchen. Du bist ein Zwerg, aber ich glaube, sogar das gefällt mir.«

»Nichts als Lügen! Man schickt nicht fort, was einem gefällt.«

»Warum sagst du das?«

»Ist das ein glücklicher Bräutigam, der trinkt, um alles zu vergessen?«

»Die Wahrheit ist«, sagte er verlegen, »daß es mir widerstrebt hat, mich dir aufzudrängen, nachdem ich gehört habe, warum du dich unter deinem Schleier versteckt hast.«

Leonie war erstaunt, nicht etwa deshalb, weil er wußte, daß sie geschlagen worden war – ihr Vater war wohl gezwungen gewesen, das zuzugeben –, sondern erstaunt darüber, daß er mit Rücksicht auf sie gehandelt hatte. Rolfe gelang es jedoch schon im nächsten Augenblick, diese Illusion zu zerstören. »Und das wenige, was ich vor der Hochzeit von dir erfuhr, war nicht gerade schmeichelhaft.«

»Ich verstehe«, sagte sie kühl. »Dann nehme ich an, daß dein Interesse nicht meiner Person gegolten hat.«

»Wenige Ehen beginnen anders.«

»Das stimmt. Aber es gehen auch wenige so weiter wie unsere. Du wolltest keine Frau.«

»Was ich verächtlich finde, Leonie«, sagte er in einem Ausbruch von Aufrichtigkeit, »waren meine Gründe, dich zu heiraten. Ich habe aus Zorn um deine Hand angehalten, und darauf konnte ich nicht mehr zurück. Aber es war an der Zeit, daß ich mir eine Frau suchte.«

Sie antwortete nicht, und Rolfe war verblüfft. Er hatte ihr die ganze Wahrheit bekannt. Was hätte er jetzt noch sagen können?

Er hob ihr Kinn sacht nach oben, weil er wollte, daß sie ihn ansah. »Aus welchen Gründen wir auch geheiratet haben, ist es denn nicht genug, daß ich jetzt sehr zufrieden bin?«

»Du hast mich fortgeschickt«, sagte sie schließlich mit einer schüchternen Stimme, die sie selbst überraschte.

»Das war ein Irrtum«, sagte er heiser und beugte langsam seinen Kopf zu ihr herunter.

»Aber ...« Sie war ja so verwirrt! »Sag mir eins – hast du mich deshalb zurückgeholt? Um noch einmal neu anzufangen?«

»Ja. O ja, Herzchen.«

Seine Lippen hauchten diese Antwort auf ihren Mund, und dann küßte er sie. Er war noch nie mit einer Frau so im Einklang gewesen, und er hatte sich auch noch nie so erleichtert gefühlt wie in dem Moment, in dem sie nachgab. Als er spürte, daß sie sich aus ihrer Verkrampfung löste, setzte er zu seinem ersten Ansturm an. Aber er vergaß nicht, wie unerfahren sie war, und daß er langsam vorgehen mußte.

In den langen Minuten, die folgten, wurde Leonie auf

ein Dutzend verschiedene Arten geküßt, von einem zarten Knabbern bis zu einem tiefen Erkunden, bei dem ihr Inneres in Aufruhr geriet. Im einen Moment war ihr ganz taumelig zumute, im nächsten spürte sie nur eine süße Schwere, und dann loderte sie wieder auf, bis ihr schwindlig wurde.

Sie wußte nicht, wann sich ihr Morgenmantel gelöst hatte, aber sie nahm deutlich wahr, daß Rolfes Hand ihre entblößten Brüste zum ersten Mal berührte. Es erschien ihr richtig, daß seine Hand fast schwerelos auf ihr ruhte. Als seine Finger sanft über sie zu gleiten begannen, schien die Hand heißer zu werden. Ihre Brustwarzen, die er zart knetete, richteten sich auf.

Sie drehte sich um, ließ eine Hand hinter Rolfes Rücken gleiten und streichelte mit der anderen seine Schulter. Ihre Finger spreizten sich, wollten berühren, nahmen gebannt das Muskelspiel unter der Haut wahr, seinen festen Körper. Sie erwiderte seine Küsse jetzt, drängte von sich aus, forderte ihn heraus.

Er legte sie sanft neben sich auf das Bett, und ehe ihr Kopf das Kissen auch nur berührt hatte, schloß sich sein Mund um die rosige Spitze einer Brust, und seine Zunge tat, was zuvor seine Finger getan hatten.

Er begann, ihren flachen Bauch und ihre zarten Schenkel gründlich zu erkunden, und kam dem Kern ihrer Weiblichkeit näher und immer näher, bis sich ein so unwiderstehliches Verlangen in ihr aufgebaut hatte, daß sie sich seiner forschenden Hand entgegenbog. Als er seine langen Finger in ihre Wärme gleiten ließ, stöhnte sie auf und warf den Kopf zurück. Ihre Hände krallten sich in sein Haar und zogen ihn dichter an sich.

Selten hatte ein Mann eine Frau mit solcher Ehrerbietung behandelt. Die Hände, die sie berührten, waren anbetend, besänftigend und erregend zugleich.

Rolfes Zunge glitt durch das Tal zwischen ihren Brüsten und über ihren Bauch zu ihrem Schamhügel. Seine

Hände zogen ihre Beine sanft auseinander, und dann glitten seine Arme unter sie, um sie zu sich hochzuziehen.

Ihr Kopf fiel noch weiter zurück, und ein Keuchen blieb in ihrer Kehle stecken, als sich seine Lippen tief in ihren Leib preßten. Dann stützte er sein Kinn für einige atemberaubende Momente auf ihre Schenkel. Sie war fast von Sinnen und soweit, ihn anzuflehen, er solle sie nehmen.

Rolfe spürte, wie sehr sich ihre Lust gesteigert hatte, ließ seinen Körper langsam über ihren gleiten, das Haar auf seiner Brust spielte mit ihren empfindsamen Brüsten und ließ sie zittern. Seine Zunge glitt wieder in ihren Mund, und im selben Moment glitt seine samtene Härte mit fast unerträglicher Langsamkeit in ihre Wärme, so tief, daß er ganz von ihr umgeben war.

Eine Ewigkeit lang bewegte sich nur sein Mund, der ganz nach ihrer Süße schmeckte. Aber nichts konnte sie von dieser anderen Wärme ablenken, die sie ausfüllte, und als sie langsam aus ihr herauszugleiten begann, konnte sie das Wimmern nicht zurückhalten, das über ihre Lippen kam. Es wurde ein Ächzen der Lust daraus, als die Wärme zurückkehrte. Sein Geschenk an sie bestand darin, jede Bewegung köstlich in die Länge zu ziehen.

Als ihre Erregung fieberhaft anstieg, zog sich Rolfe zurück, bis sie nur noch die pochende Spitze in sich spürte. Sie schrie auf und schwebte über einem Abgrund, und dann tauchte er ein letztes Mal tief in sie ein, und sie verging in einer bebenden Ekstase, die durch ihren ganzen Körper pulsierte, und jeder Schauer, der sie durchdrang, war stärker als der vorangegangene, bis sie fast das Bewußtsein verlor. Sie spürte kaum noch den letzten zarten Kuß, den er auf ihre Lippen drückte.

15. KAPITEL

»Mylady?«

Leonie schlug die Augen auf und stellte fest, daß sie auf dem Bauch lag und ihr Kissen an sich preßte, eine ungewöhnliche Stellung, in der sie sonst nie schlief. Dann fiel ihr die letzte Nacht wieder ein, und eine wohlige Wärme durchströmte sie.

»Mylady?«

Wilda stand neben dem Bett und hielt ihr den Morgenmantel hin. Leonie seufzte. Sie wäre am liebsten liegengeblieben und hätte ihre Erinnerungen ausgekostet oder statt Wilda ihren Mann vorgefunden. Aber ein schneller Blick sagte ihr, daß er fort war.

»Habe ich verschlafen?« fragte Leonie.

»Nein. Aber jetzt ist er unten, und daher dachte ich, ich könnte Sie zur Messe wecken«, sagte Wilda bissig.

Leonie lächelte. Sie wußte, warum Wilda erbost war. »Wenn ich im selben Zimmer schlafe, muß ich mich auch nach seinen Gewohnheiten richten.« Sie wechselte das Thema. »Hast du gut geschlafen?«

»Nein, ich fürchte, nicht. Diese Flöhe!« sagte Wilda mit erhobener Stimme. »Sie wollten mich lebendigen Leibes auffressen.«

Leonie konnte es ihr nachfühlen, denn sie hatte selbst ein paar Stiche abgekriegt. »Hier ist es ...« Sie erinnerte sich wieder an den Schock, den sie gestern empfunden hatte, als sie sich den Saal zum ersten Mal näher angesehen hatte. – »Gräßlich«, beendete Wilda den Satz für sie. »In der Küche und in den Quartieren der Dienstboten ist es noch schlimmer als im Saal, und ich fürchte mich vor den Überraschungen, die noch auf uns zukommen. Nur dieses Zimmer hier ist halbwegs sauber.«

Leonie runzelte die Stirn, als Wilda anfing, ihr das Haar zu kämmen. »Was meinst du, wie das kommt? Sicher, Crewel hat keine Hausherrin mehr gehabt, die das

Personal überwacht, seit Alains Mutter gestorben ist, aber dafür war der Verwalter der Montignys zuständig. Und jetzt ist Lady Amelia hier.« Ihr graute, als sie an das Ungeziefer dachte, das sie in dem großen Saal gesehen hatte, dazu Knochen, verdorbenes Essen und sogar die Exkremente von Hunden!

»Die kümmert sich bestimmt um nichts«, sagte Wilda. »Und wenn ich davon ausgehe, was ich bisher gesehen habe, dann tun die Dienstboten nichts, was man ihnen nicht ausdrücklich befiehlt. Sie wollen noch nicht einmal ihre eigenen Unterkünfte sauberhalten.«

»Wie kann mein Gatte ... ich hätte ihn nicht für einen Mann gehalten, der so lebt.«

»Aber er ist nur selten hier, Mylady.«

»Was?«

»Das habe ich von Mildred gehört«, vertraute ihr Wilda an. »Ein kriegerischer Mann, der meistens in Heerlagern haust – dort dürfte es nicht allzu anders aussehen.«

»Aber was soll das heißen, daß er selten hier ist, Wilda?«

»Seit er Crewel eingenommen hat, sagt Mildred, ist er meist fort gewesen.«

»Was hat dir Mildred sonst noch erzählt?« fragte Leonie, die wußte, daß Wilda nur sehr wenig für sich behalten konnte. – »Es scheint, Mylady«, berichtete Wilda eifrig, »daß der König ihm zwar ganz Kempston gegeben hat, sich ihm aber nur die Tore von Crewel kampflos geöffnet haben, und das auch nur, weil Lord Alain geflohen ist und hier sowieso ein Durcheinander geherrscht hat. Erinnern Sie sich an das Turnier, von dem wir gehört haben?«

»Ja, vage«, erwiderte Leonie verlegen.

»Also, das war nur ein Vorwand, um die Vasallen und Burgvögte von Kempston gleichzeitig an einem Ort zu versammeln, damit sie ihrem neuen Herrscher den Untertanengehorsam schwören.«

»Ich verstehe«, sagte Leonie, »statt einen nach dem anderen zu sich zu bestellen. Ein einzelner Mann könnte sich weigern und in seiner Burg verschanzen.«

»Genau das hat Mildred auch gemeint«, sagte Wilda, die stolz auf die Klugheit ihrer Herrin war. »Und sie sind alle gekommen, aber nicht, um den Schwur abzulegen! Alle sieben haben Sir Rolfe angegriffen und sind dann geflohen.«

Jetzt verstand Leonie, was sie an jenem Tag miterlebt hatte. Sie fand es abscheulich, daß Sir Edmonds Vasallen sich so schäbig verhalten hatten, selbst dann, wenn sie aus Furcht gehandelt hatten. Sie hatten Rolfe nicht einmal eine Chance gegeben, sich zu beweisen.

»Was hat mein Gemahl nach diesem Angriff getan?«

»Er hat alle sieben Burgen belagert.«

»Wie denn ... alle sieben? Hat er genügend Männer dafür?«

Wilda zuckte die Achseln. »Wie viele Männer braucht man, um eine Burg zu belagern? Pershwick hat nie ...«

»Ich weiß, ich weiß«, fiel ihr Leonie, die ganz in Gedanken versunken war, ungeduldig ins Wort. Sie war überrascht. Es war eine unmögliche Aufgabe, denn man mußte alle sieben Burgen gleichzeitig umzingeln, damit sie sich nicht gegenseitig helfen konnten. Dazu waren gewiß Tausende von Männern erforderlich. Aber wenn ein so großes Heer in der Nähe von Pershwick gelegen hätte, wäre ihr das berichtet worden.

»Bist du sicher, daß du dich nicht verhört hast, Wilda? Könnte es nicht sein, daß mein Mann nur gegen eine der Burgen von Kempston Krieg führt?«

»Nein, Mylady. Vier der Burgen hat er bereits eingenommen. Wroth wird jetzt belagert, die anderen Burgen sind umzingelt, und die Männer erwarten seine Befehle.«

Leonie wurde klar, was diese Schlachten bedeuteten. »Ich werde in den nächsten Monaten wohl nicht viel von meinem Mann zu sehen bekommen, oder?«

»Das sollte Ihnen eine Beruhigung sein.«

Leonie lächelte, als Wilda sich abwandte, um ihr einen Kittel zu holen. Das Mädchen glaubte, daß sie diese Ehe nach wie vor verabscheute.

»Wilda«, rief sie, »ich will heute mein bestes Kleid anziehen, das Blauseidene, das wir von dem französischen Händler bekommen haben.«

»Aber das tragen Sie doch nur zu besonderen Anlässen. Sie haben sich sogar geweigert ...«

»Ich weiß. Ich fand auch nicht, daß meine Hochzeit ein rechter Anlaß war, aber jetzt will ich es tragen.«

Leonie war ungewohnt stumm, als das Mädchen das langärmelige dunkelblaue Kleid zuschnürte. Darüber zog sie den weinfarbenen Überwurf aus spanischer Wolle. Er war an den Seiten geschlitzt, damit man das dunkelblaue Hemd darunter sehen konnte, und die Glockenärmel waren reich bestickt. Es war ein hübscher Überwurf, der sich der Mode entsprechend an ihren Körper schmiegte und dessen Halsausschnitt mit Silberfäden bestickt war. Der Gurt, der lose um die Taille getragen wurde, war aus Silberschnüren geflochten und reichte bis an die Knie.

Leonie flocht ihr Haar nicht, und dichte Locken fielen über ihre Brüste, über denen gewöhnlich Zöpfe hingen. Ein Silberband um ihren Kopf hielt ein kleines Tuch aus weißem Leinen zusammen. Sie vervollständigte ihre Kleidung mit weichen Lederschuhen über blauen Wollstrümpfen.

»Sehe ich aus wie eine Dame, die des Ranges ihres Herrn würdig ist?« fragte Leonie mit einem schelmischen Lächeln.

»Allerdings.« Wilda freute sich, daß sie ihren Teil dazu beigetragen hatte, ihre Herrin so hübsch zurechtzumachen.

»Dann wollen wir uns hier nicht länger verstecken. Wir werden in den nächsten Wochen viel zu tun haben, und daher sollten wir gleich ans Werk gehen.«

Wilda strahlte, als sie verstanden hatte. »Mit eurer Erlaubnis, Mylady, werde ich diesen faulen Schlampen ...«

»Alles zu seiner Zeit«, fiel ihr Leonie ins Wort. »Erst muß ich die Erlaubnis meines Gebieters einholen.«

Das gefiel Wilda ganz und gar nicht. Ihre Herrin hatte nicht mehr das letzte Wort, und sie versuchte gar nicht erst, ihr Mißvergnügen zu verbergen, als sie und Leonie das Zimmer verließen.

16. KAPITEL

Leonie stand jedoch eine Überraschung bevor. Nachdem sie die kleine Kapelle verlassen hatte, in der der Geistliche von Crewel jeden Morgen den Gottesdienst abhielt, vertrat ihr Amelia den Weg.

Leonie ließ sich ihr Erstaunen nicht anmerken, doch Amelia gelang es nicht, ihre Überraschung zu verbergen. Sie hatte damit gerechnet, daß Leonie jetzt, nachdem ihr Gesicht verheilt war, recht nett aussah. Warum sonst hätte Rolfe sie zurückholen sollen, wenn nicht, weil sie ihm gefiel? Aber diese strahlende Schönheit mit den feingeschnittenen aristokratischen Zügen und der schimmernden Haut war bei weitem zu schön. Welcher Mann hätte eine Mätresse haben wollen, wenn er dieses Mädchen zur Frau hatte?

Amelia geriet in Panik. Ihre Lüge, sie bekäme ein Baby, hatte Rolfe überzeugt, und sie hatte vorgehabt, in ein oder zwei Monaten, wenn Leonie wieder fort war, zu sagen, sie hätte das Kind verloren. Dann wäre alles wieder so gewesen wie vorher.

Aber diese Gemahlin würde nicht in so kurzer Zeit wieder verschwinden. Es war sogar denkbar, daß er sie niemals fortschickte. Und solange sie hier war, konnte Amelia nicht sagen, sie hätte das Kind verloren, denn dann müßte sie auf der Stelle ihre Sachen packen. Ihre einzige Chance bestand jetzt darin, sich schleunigst schwängern zu lassen. Aber was war, wenn Rolfe jetzt nicht mehr zu verführen war? Ach was, ihr war mit jedem anderen, der vom Typ her dunkel war, auch gedient; Sir Evarard oder vielleicht sogar dieser schöne junge Ritter, wie hieß er gleich? Es spielte keine Rolle, wer der Vater des Kindes war. Wenn sie erst schwanger war, konnte sie Zeit gewinnen und Rolfe vielleicht sogar dazu bringen, sie und ›sein‹ Kind lebenslänglich zu unterstützen.

»Lady Leonie, ich muß gestehen, daß ich Sie nicht erkannt habe.«

»Das ist in der letzten Zeit öfter passiert«, sagte Leonie gewandt.

Amelia freute sich. Der Hausherrin gefiel es nicht, daß die Mätresse noch hier wohnte. Wenn sie ein wenig nachhalf, würde es ihr bald noch weniger gefallen.

»Ich muß mich entschuldigen, daß ich Sie gestern bei Ihrer Ankunft nicht begrüßt habe«, improvisierte Amelia schnell. »Aber ich hatte soviel damit zu tun, mit meiner Habe umzuziehen. Rolfe hat mich nicht vorgewarnt, und ich mußte in aller Eile ausziehen. Aber Ihnen hat er wohl dieselben Ungelegenheiten bereitet.«

Diese Frau verblüffte Leonie. Ihr mit dieser Kühnheit mitzuteilen, daß sie gerade erst aus Rolfes Schlafgemach ausgezogen war, es nach seiner Heirat weiterhin mit ihm geteilt hatte! Und natürlich wußten es sämtliche Dienstboten. Als ob das noch nicht genug wäre, schien Amelia anzudeuten, daß sie Burg Crewel nicht verlassen würde, obwohl Leonie jetzt hier ihren Wohnsitz hatte. Eine eisige Kälte erfaßte sie.

»Werden Sie weiterhin hier leben?« fragte Leonie.

»Aber, Mylady, wo sonst sollte ich leben?« fragte Amelia unschuldig. »Ich bin Rolfes Mündel ...«

»Ich weiß, was Sie sind.«

»Oh.« Amelia zuckte die Achseln. »Ich habe versucht,

Rolfe klarzumachen, daß Sie etwas dagegen haben könnten, aber er hat darauf beharrt, dagegen sei nichts einzuwenden. Vielleicht ist es das beste, wenn Sie ... wenn Sie ihm gegenüber nicht erwähnen, daß sie etwas über unsere ... äh, Sie verstehen schon, wissen. Rolfe mag keine Eifersüchteleien.«

»Eifersüchteleien!« würgte Leonie heraus.

»Haben Sie schon erlebt, wie aufbrausend Rolfe ist? Damit ist schwer auszukommen.« Amelias Schaudern war echt. »Ich bemühe mich immer, ihm aus dem Weg zu gehen, wenn er wütend ist. Sie werden es auch noch lernen. Aber das tut nichts zur Sache. Ich weiß, daß Sie nicht eifersüchtig sein werden. Haben Sie mir nicht gesagt, Sie wollten Rolfe gar nicht haben?«

»Und haben Sie mir nicht gesagt, er würde mich nicht belästigen?« entgegnete Leonie.

Amelia seufzte. »Da sehen Sie, wie wankelmütig er ist. Aber fassen Sie Mut, er wird es sich zweifellos wieder anders überlegen.«

Leonie biß nicht auf diesen Köder an. »Sagen Sie, wer kümmert sich hier um den Haushalt?«

»Rolfe hat mir die Verantwortung übertragen, aber es ist eine Aufgabe, die ich liebend gern abgeben würde.«

Amelia senkte den Blick. »Ich habe Rolfe gesagt, ich wäre froh über Ihre Hilfe, aber er hat mir befohlen, Ihnen damit nicht zur Last zu fallen. Er will nicht, daß es hier so gemacht wird wie in Pershwick. Ihm hat nicht gefallen, wie Sie Pershwick geführt haben. Er muß immer noch wütend sein, weil ...«

»Wissen Sie, wo sich mein Mann jetzt aufhält?« schnitt ihr Leonie das Wort ab.

»Natürlich. Er sagt mir immer, wohin er geht. Er ist in den Stall gerufen worden. Irgendein Dummkopf hat sein Streitroß neben Ihre Mähre gestellt, und ...«

Leonie wandte Amelia den Rücken zu, ehe sie ausgeredet hatte, und trat auf den Burghof hinaus. Dort blieb sie minutenlang stehen, ließ sich von der warmen Sonne überfluten und versuchte, sich einzureden, das ganze Gespräch hätte nicht stattgefunden.

17. KAPITEL

Es war ein schöner Tag. Die Sonne küßte bunte Blumen, und ein Chor von Vögel zwitscherte. Dazu wehte eine laue, duftende Brise.

Leonie wartete im Burghof, nachdem sie Amelia stehengelassen hatte, und versteckte sich, bis sie ihren Mann in den Saal zurückkehren sah. Sowie er verschwunden war, lief sie zum Stall und sah, daß ihrer sanftmütigen Stute durch Rolfes Pferd kein Leid geschehen war. Erleichtert lief sie weiter, bis sie in den Wäldern war. Dort verweilte sie, weil sie hoffte, im Wald Frieden zu finden.

Doch dann stellte sich heraus, daß ihr die Einsamkeit gar nicht willkommen war. Sie weinte, was wiederum dazu führte, daß sie sich selbst verachtete. Sie entschloß sich, in die Ortschaft zu gehen, weil sie Zerstreuung suchte, doch das erwies sich als ebenso unerfreulich, denn sie hatte vergessen, was ihre Leute hier angerichtet hatten, doch die Leibeigenen von Crewel keineswegs. Die Frauen hatten nicht mehr als ein paar schüchterne Worte für sie übrig, und die Männer wichen ihr aus.

Als der Nachmittag voranschritt, war sie wieder in den Burgmauern von Crewel, aber sie konnte sich immer noch nicht entschließen, ihrem Mann gegenüberzutreten. Sie ging in den Küchengarten, um sich abzulenken. Der Garten überraschte sie, denn Gemüse und Kräuter waren so sehr von Unkraut überwuchert, daß man sie nicht mehr sehen konnte.

Es war schlimm genug, daß es in Crewel so schmutzig war, aber ein Garten war ein Ort, der Nahrung spendete.

Er lieferte Kräuter, die fade Kost gegen Ende des Winters genießbar machten und außerdem die nötigen Heilkräuter. Der Garten war in einem untragbaren Zustand.

»Sie werden gesucht, Mylady.«

Leonie wirbelte beim Laut des dünnen Stimmchens herum. Ein Mädchen von sieben oder acht Jahren kniete auf dem Boden und rupfte Unkraut aus. Wenigstens ein Kind gab sich Mühe.

»Wie heißt du, Kleine?«

»Idelle.«

Leonie lächelte aufmunternd, denn sie sah, daß das kleine Mädchen nervös war. »Hier wächst soviel Unkraut, daß du Hilfe beim Jäten bräuchtest.«

»O nein, Mylady. Der Koch wäre böse, wenn ich meine Aufgabe nicht allein bewältigen könnte. Ich pflücke nur ein bißchen Grünzeug für den Salat.«

»Grünzeug? Und hat der Koch dir auch gesagt, welches Grünzeug du nehmen sollst?«

Das kleine Gesicht verzog sich. »Ich habe ihn gefragt, aber ... aber er hat gesagt, irgendwelches Grünzeug. Habe ich etwas falsch gemacht? Das wollte ich nicht, Mylady.«

Leonie sagte freundlich: »Nein, du hast getan, was man dir befohlen hat. Wie lange hilfst du schon in der Küche, Idelle?«

»Noch nicht lange. Ich sollte weben lernen, aber Lady Amelia mag es nicht, wenn Kinder in der Burg sind, und daher hat meine Schwester mich in die Küche geschickt.«

»Dann hätte dir jemand zeigen sollen, was du in diesem Durcheinander pflücken und was du wegwerfen sollst. Was du da hast, nenne ich die ›Taugenichtse‹.«

Idelle kicherte. »Wirklich?«

Leonie lächelte sie an. »Jetzt laß mich mal sehen.« Sie bückte sich und teilte mit den Händen das dichte Laub. »Ah! Da haben wir ja doch noch etwas Eßbares gefunden. Das hier eignet sich für einen Salat.« Sie begann, den

Korb des Mädchens mit allen Löwenzahnblättern zu füllen, die sie finden konnte.

»Wieder einmal finde ich dich in einem Garten.«

Leonies Hände erstarrten in der Bewegung. Sogar ihr Atem setzte aus.

»Ich habe dir doch gesagt, daß du gesucht wirst«, flüsterte Idelle.

Leonie versuchte zu lächeln, doch es gelang ihr nicht. »Ja, das hast du mir gesagt. Und jetzt lauf in die Küche, Idelle. Der Koch muß mit dem auskommen, was du ihm bringst.«

Sie erhoben sich beide gleichzeitig. Idelle lief eilig an dem ehrfurchtgebietenden Herrscher von Kempston vorbei, und Leonie trat vor ihn hin.

Wieder einmal war sie von der Schönheit dieses Mannes überwältigt, und alles andere war für einen flüchtigen Moment vergessen, als sie ihn musterte. Von den muskulösen Beinen in den dünnen Strümpfen und der Bundhose bis zu seinem braunen Überwurf, der mit Goldfäden durchwirkt war, betonte alles, was er trug, seine körperliche Kraft.

Als sie in diese samtigen braunen Augen sah, fielen ihr Amelias Worte wieder ein. Sie entschied, sich nicht soweit zu erniedrigen, ihm Fragen über Amelia zu stellen oder ihn zu fragen, warum er sie hierhergebracht hatte. Seine Behauptung, er wolle noch einmal von vorn anfangen, war offensichtlich eine Lüge. Weitere Lügen hätten sie nur noch mehr verwirrt. Außerdem wollte sie ihm nicht das Gefühl geben, daß sie sich über Amelia aufregte.

»Das nennt ihr einen Garten, Mylord?« Das Thema war unverfänglich genug.

Rolfe warf nur einen kurzen Blick auf die Wildnis, ehe er sich wieder dem bezaubernden Anblick widmete, den sie ihm bot. »Woher sollte ich etwas über Gärten wissen?«

»Ihr habt meinen Garten in Pershwick gesehen.«

»So, habe ich den gesehen?« Er kam näher und grinste. »Nein, kleine Blume, ich habe nur dich gesehen.«

Sie spürte ein Flattern in der Magengrube, und ihr Gesicht glühte wie Feuer. So ging es nicht weiter. Wie konnte er nur derart widersprüchliche und verwirrende Gefühle in ihr erwecken? Sie mußte dieser Wirkung einen Riegel vorschieben.

»Nennst du mich ›kleine Blume‹ um mich daran zu erinnern, wie du mich vor meinen eigenen Leuten beschämt hast?«

Rolfes Stimmung verfinsterte sich. Sie war wütend. Ihre Augen funkelten wie poliertes Silber, die dunklen Augenbrauen waren gerunzelt, und ihre Lippen waren zu einem Strich zusammengekniffen. Wieder einmal brachte ihr Zorn auch ihn in Wut. – »Verdammt noch mal, ich dachte, das hätten wir längst geklärt!«

Leonie zuckte zusammen, aber sie rührte sich nicht von der Stelle. Von diesem Körper, der so dicht vor ihr stand, ging Kraft aus. Männlichkeit strömte aus jeder Pore, doch sie wich nicht zurück.

»Ich habe lediglich nach dem Motiv gefragt, das dich veranlaßt, mich an diesen Vorfall zu erinnern.«

Rolfe runzelte die Stirn. Wie geschickt sie es anstellte, ihn als einen lästigen Tölpel dastehen zu lassen, der ihr übel wollte. Der Umgang mit dieser ungewöhnlichen Frau würde nicht einfach werden.

Er fuhr mit dem Finger über ihre zusammengepreßten Lippen. »Ist dir klar, welche Wirkung du auf mich hast, Herzchen?« fragte er. »Ich sehe dich und kann keinen klaren Gedanken mehr fassen. Wenn ich dich an etwas Unerfreuliches erinnert habe, dann war das unbeabsichtigt, und ich entschuldige mich.«

Leonie war verblüfft. Konnte sie ihm glauben? Oder spielte er mit ihr, versuchte, sie zu versöhnen? Wenn ja, dann gelang es ihm, denn ihr Zorn wich schnell der Nervosität.

Sie senkte den Blick und fühlte sich zutiefst verwirrt und hilflos. »Ihr ... ihr habt mich aufgesucht, Mylord. Wolltet ihr etwas Bestimmtes von mir?«

Er kicherte leise in sich hinein. Es klang gehässig, und sie wich zurück.

»Mylord ...«

»Rolfe.«

»Ich ...«

»Rolfe«, beharrte er. »Du bist meine Frau, und Förmlichkeit ist unangebracht, wenn wir miteinander allein sind.«

Diese Gedächtnishilfe war unangebracht! Als ob sie vergessen könnte, daß sie seine Frau war! Und jetzt wartete er darauf, daß sie ihn bei seinem Namen nennen und somit seine Herrschaft über sie eingestehen würde.

»Leonie?« Seine Stimme war heiser. »Bist du immer noch so scheu?«

Dieser Vorwand kam ihr gelegen ... aber sie entschloß sich, ihre Gefühle nicht vor ihm zu verbergen, wenn es lediglich dazu diente, ihn bei guter Laune zu halten.

»Es ist mehr als Scheu, Mylord«, sagte sie offen. »Vielleicht mit der Zeit ...«

Rolfe seufzte, und Leonie empfand es als einen gewissen Triumph, daß sie nicht nachgegeben hatte.

»Zeit habe ich nicht«, sagte er zu ihr. »Ich werde morgen wieder fortgehen. Ich weiß nicht, wann ich zurückkomme, aber wenn ich komme, erwarte ich von dir, daß du mir gegenüber freier bist. Wir sind seit mehr als einem Monat verheiratet.«

»Aber wir sind nicht so lange zusammen«, erinnerte sie ihn kühl.

»Trotzdem hast du Zeit gehabt, dich an diesen Gedanken zu gewöhnen«, erklärte er.

»Ich bitte um eine Erklärung«, sagte sie steif. »Du hast mich fortgeschickt, und ich dachte, ich würde dich nie wiedersehen. Das ist es, woran ich mich in dieser Zeit gewöhnt habe, Mylord.«

»So!« sagte er, als hätte er etwas Entscheidendes erfahren. Leonie wurde unbehaglich zumute, als er nicht weiter sprach.

»Mylord, ihr habt mir immer noch nicht gesagt, warum ihr mich aufgesucht habt.«

»Ich hatte die absurde Idee, es könnte nett sein, den Tag mit dir zu verbringen. Wo wart ihr, Mylady?«

Sie begann zu verzweifeln. Alles wurde nur noch schlimmer. Dieser stille Zorn war schlimmer als Gebrüll.

»Ich ... ich habe einen Spaziergang ins Dorf gemacht.«
»Wer hat dich begleitet?«

Mutter Maria, sogar das machte er zum Thema!

»Du mußt wissen, daß ich allein war.«

»Wenn ich es wüßte, würde ich nicht fragen. Das hier ist nicht Pershwick, wo du tun und lassen kannst, was du willst.«

»Diese Tatsache ist mir durchaus bewußt, Mylord«, sagte sie erbittert.

Er kniff die Augen zusammen. »Vielleicht ist es dir gleich, ob du in Sicherheit bist, aber du gehörst jetzt mir, und ich beschütze, was mein ist. Muß ich dich ständig bewachen lassen?«

»Tu das nicht!« stieß sie hervor. »Ich ... ich weiß, daß es falsch von mir war, die Burg ohne Begleitung zu verlassen, aber ich habe mir nichts dabei gedacht. Ich brauchte ... etwas Zeit für mich. Es wird nicht wieder vorkommen, Mylord«, beendete sie eilig ihre Verteidigung, denn ihr eigenes Stammeln war ihr peinlich.

Sie wandte ihren Blick von seinen durchdringenden Augen ab, und er griff nach ihrem Kinn. »Ich fordere nicht mehr, als ratsam ist, Leonie. Nimm mir nicht übel, wenn ich mir Sorgen mache.«

Sie haßte sich dafür, daß sie in seiner Gegenwart so nervös war und sie haßte seinen ruhigen Tonfall. Aber mehr als alles andere haßte sie das, was er mit ihr tat, dieses Auf und Ab ihrer aufgewühlten Empfindungen. Im einen Moment war sie wütend, im nächsten eingeschüchtert – und am schlimmsten war dieses seltsame Gefühl, das sie durchzuckte, wenn er sie berührte.

Seine Finger glitten von ihrem Kinn hinauf über ihre Wange. Leonie hielt den Atem an und wartete darauf, daß er sie küssen würde, doch er sah ihr nur in die Augen. Sein Blick war dunkel und unergründlich.

»Zeitweise ist der Zorn ein Segen«, sagte Rolfe. »Er reinigt die Luft und regt das Blut an. Verbirg deine Wut nicht vor mir, Leonie. Es mag sein, daß es mir nicht gefällt, aber es gefällt mir noch weniger, wenn du deinen Zorn nicht herausläßt und er an dir nagt. Und bring ihn niemals mit in mein Bett.«

Seine Lippen streiften ihren Mund kurz und zart wie eine Feder, dann ließ er sie los und ging.

Leonie starrte ihm versonnen nach und legte ihre Fingerspitzen dort auf ihr Gesicht, wo er sie berührt hatte. Ihr Herz schlug stürmisch.

18. KAPITEL

Der Saal hatte sich schnell gefüllt, und Dienstboten brachten große Platten mit Speisen. Ein Mädchen verlor das Gleichgewicht, und ihre große Suppenschale schwappte leicht über. Suppe spritzte auf die Binsen, die am Boden lagen. Fünf Hunde versammelten sich auf der Stelle, doch die heiße Flüssigkeit war nicht verführerisch genug. Sie rochen kurz daran und folgten dann lieber den Fleischplatten, weil sie auf einen weiteren Zwischenfall hofften.

Erneis, der Verwalter von Crewel, hatte den Vorfall bemerkt, doch er füllte unbeirrt seinen Teller und verschwendete keinen weiteren Gedanken an das Geschehen. Das Mädchen würde auch nicht mehr daran denken.

Sie würde auch nicht wiederkommen, um aufzuwischen, denn niemand würde ihr die Anweisung geben.

Das waren in der Burg Crewel gewöhnliche Vorkommnisse, die schon so lange eingerissen waren, daß man sie als gegeben ansah. Die Krieger störten sich vielleicht an dem Schmutz, aber es war nicht ihre Angelegenheit, die Dienstboten herumzukommandieren. Sir Evarard hatte schon unter schlimmeren Begleitumständen gelebt und nahm sie nicht weiter zur Kenntnis. Die Dienstboten taten nie etwas aus eigenem Antrieb und waren immer fauler geworden.

Sir Thorpe hatte schon vor langer Zeit seine Versuche aufgegeben, für Ordnung zu sorgen. Er blieb nie lange genug in Crewel, um einen gründlichen Hausputz zu überwachen. Und Rolfe hatte zu viel anderes im Kopf. Amelia schien es nicht zu liegen, sich mit Dienstboten abzugeben. Es reichte schon, daß sie Rolfes Zimmer halbwegs sauberhielt.

Rolfe hatte lange darüber nachgedacht, wie es wohl sein mochte, eine Frau im Haus zu haben, und er hatte gehofft, das Problem würde sich damit lösen. Doch Amelia sagte ihm, sie habe sich mit seiner Frau unterhalten und Leonie hätte gesagt, man könne ihr die Haushaltsführung nicht aufbürden. Rolfe war wütend, vor allem nach der Szene im Garten. Sie konnte in Pershwick alles in die Hand nehmen, weil es ihr gehörte, aber um Crewel wollte sie sich nicht kümmern?

Amelia hatte jedoch hervorgehoben, daß Damen wie Leonie es gewohnt waren, ihre Tage mit Handarbeiten und Klatsch zu verbringen. Rolfe wußte, daß das stimmte, denn seine eigene Mutter hatte nie einen Finger gerührt, um ihren Haushalt zu führen. Zweifellos hatte Leonie in Pershwick einen fähigen Verwalter. Nun gut, dachte Rolfe, was sollte das, mochten die Dinge doch so bleiben, wie sie waren.

Leider hatte sein Zorn über diese neue Schwierigkeit

keine Gelegenheit, abzuflauen, ehe Leonie den Saal betrat. Ihr Gesicht hatte denselben unglücklichen Ausdruck, den es im Garten gehabt hatte, und er hätte sie fast fortgeschickt, aber zu viele Blicke waren auf sie gerichtet.

Keiner von beiden sagte ein Wort, und er geriet immer mehr in Wut. Sie wollte ihren Zorn hegen und pflegen, und das brachte ihn auf. Er wünschte, daß sie wieder so war wie in der vergangenen Nacht, als sie mit ihm geredet und ihn akzeptiert hatte. Er hatte geglaubt, sie hätten einen neuen Anfang gemacht.

Damian war am Nachmittag mit Rolfes frisch polierter Rüstung nach Crewel zurückgekehrt. Das Putzen der Rüstung war das einzige, worin der Junge ein gewisses Geschick besaß. Rolfe war es nicht gewohnt, einen so jungen Knappen zu haben, und er hatte auch nicht genug Zeit, dem Jungen etwas beizubringen. Es war Damians Aufgabe, ihm aufzuwarten, morgens die Kleider zurechtzulegen, beim Ankleiden zu helfen und ihn bei Tisch zu bedienen. Strenge Regeln legten alles fest, was ein Knappe zu tun hatte, selbst das Schneiden des Fleisches und das Reichen des Weinkelchs seines Herrn. Damian wußte, was von ihm gefordert wurde, aber nichts von allem tat er geschickt.

Heute hatte Rolfe, der seine gesamte Geduld für seine Frau aufgebracht hatte, keine Geduld mehr für den Jungen übrig. Als sein Wein zum zweiten Mal verschüttet wurde, schickte er den Knappen mit barschen Worten, die trotz der Geräusche im Saal zu hören waren, fort. Daraufhin trat Schweigen ein, und schließlich wandten sich alle wieder ihrem Essen zu. Es war kein ungewöhnliches Vorkommnis, daß Rolfe aufbrauste.

Leonie war schon gereizt, seit sie beobachtet hatte, daß Lady Amelia das Servieren der Speisen anscheinend mit Rolfes Billigung anordnete.

»Gehst du immer so grob mit dem Jungen um?«

Rolfes dunkle Augen durchbohrten sie. »So. Du hast also doch eine Stimme.«

Leonie blickte vor sich auf den Tisch. »Ich wußte nicht, daß von mir Gespräche erwartet werden. Es gibt nichts, was ich zu sagen hätte.«
»Die üblichen Höflichkeitsformen sind dir fremd?«
»Nein, Mylord«, erwiderte sie leise. »Ich erwidere Höflichkeiten, wenn man sie mir entgegenbringt.«
Er knurrte und ging nicht auf den Umstand ein, daß er auch kein Wort zu ihr gesagt hatte. »Jetzt hast du also etwas gefunden, wozu du dich äußern willst – und schon stellt sich heraus, daß es eine Kritik ist. Du hättest lieber schweigen sollen.«
»Ich weiß, daß meine Meinung dir nichts bedeutet, aber würdest du nicht besser von deinem Knappen bedient, wenn du etwas geduldiger mit ihm umgingest? Der Junge ist doch nur nervös.«
»Du hast schon viele Knappen herangezogen, stimmt's?«
»Nein.«
»Aber doch sicher zumindest einen? Wie sonst willst du wissen, wie ich meinen Knappen behandeln soll?«
Leonie hielt seinem Angriff stand. »Gesunder Menschenverstand, Mylord.«
»Geduld heilt Ungeschicklichkeit?«
»Er wäre nicht so ungeschickt, wenn du ihn weniger schelten würdest«, erwiderte sie.
»Ich verstehe. Das heißt, wenn Damian auf dem Schlachtfeld dem Feind begegnet, wird er sich gut halten, wenn der Gegner ihn anlächelt? Aber wenn er ihn finster ansieht, was ist dann? Dann verschütten nervöse Finger keinen Wein, sondern lassen ein Schwert fallen. Dein gesunder Menschenverstand wäre Damians Tod.«
Leonie errötete heftig. Alles, was er gesagt hatte, entsprach der Wahrheit. Wenn Damian es jetzt nicht lernte, seine Nervosität zu beherrschen, würde er es nicht erleben, zum Ritter geschlagen zu werden. Leibeigene und Frauen durften ungeschickt sein, kriegerische Männer nicht.

»Ich gebe zu, daß du recht hast«, kam sie ihm entgegen. »Dennoch finde ich, daß du übermäßig grob zu dem Jungen warst. Ein wenig Geduld ab und zu wäre euch beiden von Nutzen.«

»Du empfiehlst mir Geduld mit Damian – was empfiehlst du mir bei dir?«

Leonie hob langsam ihren Blick, sah ihm ins Gesicht und fragte in einem einschmeichelnd unschuldigen Tonfall: »Habe auch ich euch Mißvergnügen bereitet, Mylord?«

Rolfe fand das gar nicht lustig. Ihr Versuch, seinen Zorn leichthin abzutun, erboste ihn.

»Was empfiehlst du mir?« wiederholte er finster.

»Den Rückzug.«

»Das ist indiskutabel.«

»Dann ebenfalls ein gewisses Maß an Geduld, Mylord.«

»Geduld, die nicht belohnt wird, ist die Mühe nicht wert«, gab er zurück.

Das war eine Warnung. Er erwartete zuviel. Wenn er nicht bereit war, nachzugeben, war sie es auch nicht.

»Nur die, die es verdienen, werden belohnt.«

»Soll das heißen, daß ich keine Belohnung verdient habe?«

»Das müßt ihr mit eurem eigenen Gewissen aushandeln, Mylord.«

»Verdammt noch mal, was hat mein Gewissen damit zu tun?« fragte er ärgerlich. »Mein Gewissen ist rein.«

»Zweifellos«, erwiderte sie.

Jedes weitere Wort wäre gefährlich gewesen. Rolfe leerte seinen Weinkelch auf einen Zug und ließ ihn sofort wieder füllen.

Leonie stieß einen Seufzer aus. Sie hätte gar nicht erst darüber reden sollen. Es war sinnlos, mit einem solchen Mann zu argumentieren.

Die meisten Männer lebten nach einer doppelten Moral, und ihr Mann war keine Ausnahme. Man konnte ihm nicht klarmachen, daß er sich irrte. und seine Integrität konnte man so, wie er sie sah, nicht in Frage stellen. Für ihn war nichts Unrechtes daran, wenn er sich in demselben Haushalt, in dem er mit seiner Ehefrau lebte, eine Mätresse hielt. Oder wenn er seiner Mätresse die Führung des Haushalts überließ. Die Ehebrüche eines Mannes wurden immer mit einem Augenzwinkern abgetan, aber wehe der Frau, die einen Hang zu Seitensprüngen hatte. Scheinheilige, sie alle! Sie würde wohl damit leben müssen, denn sie konnte nichts daran ändern, aber sie brauchte die Heuchelei nicht mitzumachen.

Das Essen war mißlungen, aber Leonie hatte ohnehin keinen Appetit. Es war schon schlimm genug, essen zu müssen, wenn man vor Anspannung einen Kloß im Magen hatte, aber das Essen war zudem noch schlecht, schmeckte nach nichts, und jede Würze fehlte ihm. Selbst die Hackfleischpastete, die mit Milch und Brotkrumen zubereitet war und als Brotaufstrich diente, war ohne Kräuter zubereitet. Es gab Schafskäse, doch die Butter, die den Gemüsen gut getan hätte, war ranzig. Ihr Gestank konnte es mit der Spreu auf dem Fußboden aufnehmen.

»Darf ich mich mit eurer Erlaubnis zurückziehen, Mylord?«

Rolfe sah sie lange an, ehe er unfreundlich nickte. Doch in dem Moment, in dem sie sich abwandte, rief er sie zurück.

»Laß ab von deinem Groll, Leonie. Ich komme bald zu dir.«

Es war noch früh, und Leonie wollte ihren Mann überall sonst lieber erwarten als im Bett. Die Erinnerungen, die dieses Bett wachrief, lagen im Widerstreit mit ihrer Erbitterung und riefen eine Ausweglosigkeit hervor, die sie im Zimmer auf und ab laufen ließ. Es war nicht gerecht, daß er sie derart im Ungewissen ließ. Sie konnte

Rolfe d'Ambert nicht wirklich als Ehemann besitzen, er ließ sie andererseits nicht in Ruhe. Ihr blieb nur die Enttäuschung und Hoffnungslosigkeit, und beides würde sie ertragen müssen, bis er seinen neuesten Besitz nicht mehr amüsant fand.

Als Rolfe nach einer Weile immer noch nicht gekommen war, suchte Leonie aus ihren Truhen im Vorraum die Rechnungsbücher von Pershwick heraus. Sie nahm sie mit zu einem der Stühle vor dem kalten Kamin und ließ sich dort nieder. Sie hatte die Rechnungsbücher mitgenommen, um sie aufs laufende zu bringen, ehe sie sie Sir Guibert übergab.

Die vielen langen Stunden, die sie damit verbracht hatte, Lesen und Schreiben zu lernen, waren jetzt umsonst, und ihr Können war verschwendet – zumindest für die nächste Zeit. Wie lange er sie wohl hier behalten würde? Wenn sie das nur gewußt hätte.

Stunden später fand Rolfe Leonie zusammengesunken auf dem Stuhl. Die Pergamente waren auf ihrem Schoß ausgebreitet, und auf dem niedrigen Tisch neben ihr stand ein Tintenfaß. Damit hatte er nicht gerechnet. Die Kirche, in deren Händen die Lehre lag, hielt nichts davon, Frauen etwas beizubringen. Sehr wenige Männer, die nicht der Kirche angehörten, konnten lesen und schreiben. Rolfe konnte schreiben, aber er machte keinen Gebrauch davon, sondern verließ sich darauf, daß seine Sekretäre sich um diese Dinge kümmerten.

Rolfe nahm eines der Pergamente in die Hand und sah es sich näher an, doch als Leonie die Augen aufschlug, ließ er es wieder auf ihren Schoß fallen.

»Kannst du mit diesem Gekrakel etwas anfangen?«

Leonie richtete sich verblüfft auf. »Natürlich. Das ist meine Buchführung.«

»Wer hat dir das Schreiben beigebracht?«

»Ein junger Geistlicher in Pershwick.«

»Warum sollte er das tun?«

Leonie war auf der Hut, aber sein Tonfall war freundlich. Er schien lediglich neugierig zu sein.

»Ich habe damit gedroht, ihn sonst zu entlassen.«

Rolfe mußte sich zusammenreißen, um nicht laut zu lachen. »Wirklich? Dann hat er sich deinen Drohungen wohl gebeugt. Aber warum wolltest du schreiben lernen? Hat er deine Bücher nicht ordentlich geführt?«

»Doch, das schon, aber er hat sich gegen gewisse Veränderungen gesträubt, die ich einführen wollte. Das ist eine lange Geschichte, Mylord. Jedenfalls habe ich mich entschlossen, es selbst zu tun.«

»Das freut mich, denn es ist doch etwas, was du für mich tun kannst, ohne Einwände zu erheben«, sagte Rolfe. »Du wirst meine Sekretärin.«

»Ich?« rief sie aus. »Soll das heißen, daß du nicht schreiben kannst?«

»Ich habe meine Jugend mit meiner militärischen Ausbildung verbracht und nicht abgeschieden von der Welt mit einem Lehrer.«

Das stimmte zwar nicht ganz, aber es war ihm nicht peinlich. Er hatte die Ausbildung an den Waffen vorgezogen und dem Lernen keine Zeit zu opfern gehabt, und er war auch nie mit einem Lehrer in der Abgeschiedenheit eines Klosters gewesen. Sein Lehrer hatte ihm zu den Ausbildungsstätten folgen müssen, eine Unannehmlichkeit, die dem alten Geistlichen gar nicht behagte.

»Aber du hast doch gewiß einen Sekretär?«

»Ich erwarte nicht von dir, daß du die Buchhaltung von Crewel übernimmst«, sagte er. »Aber du kannst dich mit einfacher Korrespondenz befassen.«

Sie schnaubte vor Wut. »Das müßte ich wohl können, wenn du nicht glaubst, daß es meine Intelligenz überfordert.«

Ihr Sarkasmus belustigte ihn. »Das glaube ich ganz und gar nicht.«

Leonie erhob sich steif. »Gut, Mylord.«

Sie legte ihre Aufzeichnungen zur Seite, und als sie sie weggeräumt hatte und wieder ins Zimmer kam, saß Rolfe auf dem Stuhl, den sie gerade freigemacht hatte. Seine Augen richteten sich auf sie, doch sie waren zusammengekniffen, und nichts war in ihnen zu lesen. Sie hob eine Hand, um ihren Morgenmantel aus Leinen dichter um sich zu ziehen; ihr wurde plötzlich bewußt, wie dünn das eierschalenfarbene Gewand war.

»Komm her, Leonie.«

Es war ein freundlicher Befehl, aber immerhin ein Befehl. Sie warf einen nervösen Blick auf das breite Bett. Es bot ihr, so zuwider es ihr auch war, eine Ausflucht.

»Es ist schon spät, und ...«

»Du hast schon geschlafen. Erzähl mir also nicht, daß du übermüdet bist.«

Sie sah ihm fest in die Augen, aber es dauerte einen Moment, bis sie vermochte, sich von der Stelle zu rühren.

»Komm näher.«

Sie trat noch einen Schritt näher, dann streckte Rolfe seine Arme aus und zog sie auf seinen Schoß. Seine Hände legten sich auf ihre Hüften. Zögernd sah sie ihm in die Augen.

»Ich bin froh, daß du meine Worte ernstgenommen hast, Herzchen, denn ich erteile nicht öfter als einmal eine Warnung.«

Leonie schloß die Augen. Er nahm an, sie sei fügsam, weil er es ihr befohlen hatte. Er sollte jedoch feststellen, daß sie sich nichts befehlen ließ.

»Was passiert, mein Gebieter, wenn eure Warnungen nicht beachtet werden?« fragte sie.

Seine Lippen kosten ihren Hals. »Das willst du doch gewiß nicht wissen.«

»O doch, ich will es wissen, Mylord.«

»Rolfe«, verbesserte er sie, und seine Lippen wanderten zu ihrer Kehle.

Leonie stöhnte. »Es tut mir leid, aber das kann ich nicht.«
»Was kannst du nicht?«
»Dich bei deinem Namen nennen.«
Er lehnte sich zurück. Seine Hände legten sich fest um ihr Gesicht. »Sprich ihn aus. Es ist ein kurzer Name, der sich leicht sagen läßt.«
Er lächelte, und sein Tonfall war gedämpft, einschmeichelnd und heiser. Aber als sie ihm in die Augen sah, dachte sie an Lady Amelia. Sie stand zu deutlich zwischen ihnen.
»Ich kann nicht.«
»Du meinst, du willst nicht.«
»Nun gut, ich will nicht.«
Rolfe sprang augenblicklich auf, ohne Leonie loszulassen. Er trug sie zum Bett, ließ sie in die Kissen fallen und sah finster auf sie herab.
»Frau, wenn ich nicht glaubte, du besäßest mehr Verstand, dann würde ich schwören, daß du es mit Absicht tust, nur um mich zu ärgern. Wenn du schmollen willst, dann tu es allein. Und wenn du klug bist, hast du aufgehört zu schmollen, wenn ich wieder zu dir komme.«
Er verließ zornig mit großen Schritten das Zimmer und schlug die Tür hinter sich zu.
Leonie streckte sich aus und spürte, daß ihre Anspannung langsam nachließ. Sie seufzte. Sie vermutete, daß sie ihn nicht mehr sehen würde, ehe er morgen früh die Burg verließ. Das war ihr nur recht so. Aber dann wurde ihr klar, wo er die Nacht verbringen würde, und sie zuckte zusammen.
Gewiß würde ihn jemand beobachten, wenn er zu seiner Mätresse ging, und zweifellos würden es bis morgen alle wissen, denn solche Dinge wurden lediglich vor der betroffenen Ehefrau geheimgehalten. Diesmal wußte sie aber schon Bescheid, und ihrem Mann machte das nichts aus. Das war die größte Beleidigung für sie, denn er versuchte gar nicht erst, die Gefühle seiner Frau zu schonen.

19. KAPITEL

Rolfe hatte Crewel wirklich schon verlassen, als Leonie am nächsten Morgen zögernd den Saal betrat. Thorpe de la Mare war mit ihm geritten, und Sir Evarard war als verantwortlicher Burgvogt in Crewel zurückgeblieben.

Leonie war übellaunig, denn es hatte sie den Schlaf gekostet, sich einzureden, für sie persönlich spiele es keine Rolle, was ihr Mann tat, sondern nur die Schande, die es ihr machte, kränkte sie. Ihre Stimmung hob sich keineswegs, als sie Lady Amelia mit Sir Evarard gemeinsam beim Frühstück an der Rittertafel vorfand. Die beiden lachten miteinander.

Dieses Bild zeigte anschaulich, daß die Mätresse hier akzeptiert wurde und die Ehefrau nicht. Außerdem war deutlich zu erkennen, daß Amelia blendend gelaunt war.

Die beiden verstummten, als sie Leonie sahen. Sie begrüßte sie nicht und warf auch keinen Blick in ihre Richtung, sondern ging auf die Kapelle zu, als sei das von Anfang an ihr Ziel gewesen. Sie wußte, daß sie viel zu spät zur Messe kam, daher verließ sie den Vorbau und trat in die helle Morgensonne hinaus.

Sie mußte eine Entscheidung treffen, die ihr noch viel mehr Ärger mit ihrem Mann verursachen konnte, die es aber doch wert war, in Betracht gezogen zu werden.

Es lag ihr nicht, müßig dazusitzen. Das förderte nur die trübe Stimmung. Sie mußte sich beschäftigen.

Amelia war es mit Sicherheit ein Vergnügen, in diesem Haushalt eine höhere Stellung als Rolfes Frau einzunehmen, aber wenn Amelia die Kunst der Haushaltsführung je erlernt hatte, dann behielt sie dieses Wissen für sich.

Das Problem bestand darin, daß sich niemand in Crewel an den Bedingungen zu stören schien, unter denen die Burgbewohner lebten. Wenn Rolfe seine eigene Bequemlichkeit opferte, um seiner Mätresse die Ehre der Haushaltsführung zu erweisen, dann zeigte das die Tiefe seiner Gefühle. Leonie konnte nichts an Rolfes Empfindungen ändern, aber deshalb brauchte sie noch lange nicht in einem Schweinestall zu leben.

Wenn sie anordnete, daß bestimmte Arbeiten ausgeführt wurden, wer sollte sie daran hindern? Rolfe konnte es nach seiner Rückkehr tun, aber bis dahin würde sie schon viel erreicht haben, und diese Veränderungen konnten seinen Zorn vielleicht besänftigen. Ob Lady Amelia es wagen würde, sich zu beklagen? Leonie war bereit, es auf einen Streit mit ihr ankommen zu lassen.

Sowie sie diese Entscheidung getroffen hatte, machte sie sich auf den Weg, um Wilda und Mary zu suchen. Sie fand die Treppe, die zum Dienstbotenquartier im oberen Stockwerk führte. Über dieser Treppe lag ein schmaler Korridor. Die Dienstboten waren auf der linken Seite untergebracht, und auf der rechten Seite gingen viele kleine Zimmer von dem Gang ab.

Wilda kam in den Flur, als Leonie leise ihren Namen rief. »Mylady?«

Leonies Neugier war geweckt. »Werden hier Vorräte aufbewahrt?« fragte sie mit einem Blick auf die Reihe der Türen.

Wilda verstand, was sie meinte, und schüttelte den Kopf. »Mylady, soweit ich weiß, nicht. Es war Sir Edmonds Idee, seinen Gästen die Möglichkeit zu bieten, sich zurückzuziehen, und daher hat er befohlen, daß diese kleinen Zimmer gebaut werden, die alle mit einem Bett und anderen Bequemlichkeiten ausgestattet sind.«

»Jeder dieser Räume ist ein Schlafzimmer?« – Wilda nickte. »Mildred sagte, hier hätte es immer viele Gäste gegeben. Sir Edmond hat es Spaß gemacht, seine Gäste zu beeindrucken.« – Leonie überraschte es nicht, daß das Mädchen soviel wußte. Dienstboten schwätzten. »Privatzimmer anstelle von Strohsäcken im Saal, das ist wirklich beeindruckend. Mir war gar nicht klar, daß die Montignys so reich waren.« – Wilda runzelte die Stirn. »Es heißt ...«

»Schäm dich, Wilda. Du weißt doch, daß ich Gerüchte nicht hören will«, sagte Leonie automatisch, und da Wilda wußte, daß ihre Herrin Klatsch nicht leiden konnte, verstummte sie. Ihr konnte es nur recht sein, denn sie wollte nicht diejenige sein, die ihrer Herrin mitteilte, welche Gerüchte über sie und ihren Mann im Umlauf waren.

Wilda paßte es nur zu gut, daß die Dienstmädchen in Crewel glaubten, Rolfe d'Ambert habe seine Frau in ihrer Hochzeitsnacht geschlagen. Sie konnte ihn nicht leiden, weil er Leonie beleidigte, indem er seine Mätresse weiterhin in der Burg leben ließ. Wilda hatte gar keine Lust, die Dienstmädchen eines Besseren zu belehren oder mit den Männern zu streiten, die sich auf die Seite ihres Herrn stellten. Sie würde sich aus diesem Streit heraushalten und hatte Mary geraten, sich ebenfalls nicht einzumischen. Rolfe d'Ambert war nicht der Mann, der Dienstboten gegenüber geduldig war.

Sie sagte nur: »Sir Edmond hat seinen Gästen jedenfalls die besten Speisen und Weine vorgesetzt.«

»Dann muß er einen anderen Koch gehabt haben«, sagte Leonie trocken, und Wilda kicherte.

»Soweit ich gehört habe, ist der Koch geflohen, als der neue Herr gekommen ist. Jetzt wird die Küche von einem Mann geführt, der früher für die Ställe zuständig war.«

Leonie war entsetzt. »Es muß doch noch Gehilfen des früheren Kochs geben, die hiergeblieben sind?«

»Ja. Sie könnten für bessere Kost sorgen, aber sie haben keine Lust.« Wilda senkte ihre Stimme. »Dem Herrn ist hier viel Abneigung entgegengebracht worden, und er wird immer noch von vielen abgelehnt.«

»War Sir Edmond beliebt?«

»Nein. Er war sehr streng, aber bei ihm hat es keine Aufregungen gegeben, und die Dienstboten haben immer von dem Überfluß der Tafel profitiert. Aber Sir Rolfe ist so selten hier, daß niemand Gelegenheit hatte, ihn kennenzulernen, und daher traut man ihm nicht. Und seine aufbrausende Art erschreckt alle. Keiner will seine Aufmerksamkeit auf sich lenken.«

Leonie nickte. Sie hatte sich schon so etwas gedacht. Sie warf noch einen letzten Blick auf die Reihe der geschlossenen Türen. »Stehen diese Zimmer alle leer?«

Wilda erriet die Gedanken ihrer Herrin. »Sie schläft in dem großen Zimmer, das früher Sir Alain gehört hat«, flüsterte sie.

»Aber wo schläft Sir Evarard ...«

»Der ist durch und durch Soldat. Er schläft bei den anderen Kriegern. Mildred sagt, am glücklichsten sei er, wenn er sich unter freiem Himmel in eine Decke rollen kann.«

»Und woher weiß Mildred das?«

Wilda grinste. »Das, was Sir Evarard daran gefällt, jetzt seßhaft zu sein statt von einem Feldzug in den nächsten zu ziehen, sind die Frauen hier. Er ist ein gutaussehender junger Mann, Mylady.«

Leonie unterdrückte ein Lächeln. »Und du spielst mit dem Gedanken, ihn selbst auszuprobieren?«

Vor Leonies Heirat hätte Wilda etwas Derartiges nie zugegeben, aber jetzt antwortete sie leichthin. »Ich habe daran gedacht.«

Leonie schüttelte den Kopf. Wie konnte sie Wilda ausschelten, weil sie ihr Vergnügen suchte? Es führte nie zu etwas, darauf hinzuweisen, wie sündhaft eine Verbindung ohne das Sakrament der Ehe war.

»In den nächsten Tagen«, sagte Leonie, die das Thema wechselte, »wirst du wenig Zeit haben, an solche Dinge zu denken. Du wolltest die Dienstboten von Crewel zur Arbeit antreiben, jetzt bekommst du die Gelegenheit.«

Wilda war hocherfreut. »Sie haben also seine Genehmigung bekommen? Wir könnten anfangen ...«

»Nicht mit seiner Genehmigung, doch wir fangen trotzdem an.«

»Aber ...«

Leonie schnitt ihr das Wort ab. »Ich kann so nicht leben. Und er ist nicht hier und kann mich nicht davon abhalten.«

»Sind Sie sicher, Mylady?«

»Ganz sicher.«

Amelia war schockiert, als sämtliche weiblichen Dienstboten sich mit Besen, Seife und Wasser über den Saal hermachten. Sie nahm Leonie zur Seite.

»Das wird Rolfe nicht gefallen.«

Leonie lächelte kühl. »Dann müssen Sie die Schuld auf mich schieben. Der Zustand der Burg stößt mich ab, und ich werde keinen Tag länger unter diesen Bedingungen leben. Falls mein Mann dagegen zufrieden ist, müssen Sie den Ruhm selbstverständlich für sich beanspruchen. Ich bin sicher, daß Sie die Absicht hatten, das Haus zu reinigen, aber einfach nicht die Zeit dafür gefunden haben.«

Der Sarkasmus, der aus ihren Worten sprach, war an Amelia vergeudet. »Wenn man hier etwas tun will, muß man ständig die Aufsicht führen. Die Leibeigenen sind zu dumm, um eine Arbeit selbständig durchzuführen. Glauben Sie etwa, ich hätte es nicht versucht?«

Leonie behielt ihre Zweifel für sich. Es kostete sie Überwindung, auch nur mit dieser Frau zu reden.

»Ich habe meine eigene Methode, die Dinge anzupakken.«

»Wenn es Rolfe recht ist ...«, murrte Amelia.

»Aber mir ist es nicht recht, Lady Amelia. Ich habe Sie allerdings nicht um Ihre Hilfe gebeten.«

Sie war jedoch auch nicht bereit, sie um Erlaubnis zu bitten. Sie würde ja sehen, ob diese Frau es wagte, ihr entgegenzutreten.

Amelia war so klug, nachzugeben. Sie hatte zuviel erreicht, um wegen derartiger Belanglosigkeiten eine Auseinandersetzung mit Rolfes Frau zu riskieren.

»Tun Sie doch, was Ihnen beliebt«, sagte Amelia, ehe sie fortging.

Leonie nickte Wilda zu, deren Augen glänzten, als sie anfing, den Frauen, die sich um sie versammelt hatten, Befehle zu erteilen. Als erklärt wurde, was von den Dienstboten erwartet wurde, kam es zu einem anfänglichen Murren, doch Wildas scharfe Zunge hatte die Widerworte schnell erstickt.

Leonie wäre eingesprungen, um ihr zu helfen, wie sie es in Pershwick immer getan hatte, aber hier hätte sie damit ihrer Stellung geschadet.

Als Wilda im Saal alles unter Kontrolle hatte, versammelte Leonie einige der Diener um sich und bedeutete ihnen, sie sollten ihr ins Freie folgen. Sie schickte vier Männer aus, um frische Binsen zu schneiden, die auf den Boden gestreut wurden, und einem anderen befahl sie, Sir Evarard zu ihr zu rufen. Dann ging sie mit drei Männern in die Küche.

Das Personal, das so lange getan hatte, was es wollte, war verärgert, als Leonie die Küche betrat. Außer dem Koch, einem hageren Mann in mittleren Jahren, gab es noch fünf Gehilfen und drei Kinder, denen die einfachsten Dienstleistungen zugeteilt worden waren. Eines der Kinder war die kleine Idelle, und Leonie nahm sich zusammen, um das Kind nicht anzulächeln, ehe sie mit dem Rest der Dienerschaft fertig war.

Der Zustand des länglichen Schuppens, der als Küche diente, war erschreckend. Alles war mit einer so dicken Schicht aus Fett und Ruß überzogen, daß es ein Wunder war, daß das Gebäude nicht längst abgebrannt war. Die Speisekammer, die Anrichte und die Vorratskammern waren in keinem besseren Zustand.

Sie hatte kein Erbarmen mit dem Koch, denn er war der Alleinverantwortliche. »Du kannst wieder in den Stall gehen, denn dort bist du wahrhaft besser zu gebrauchen«, sagte sie streng.

Er schien erleichtert zu sein. Nachdem er gegangen war, befahl sie den drei Männern, alles aus der Küche zu entfernen. Den fünf Gehilfen und Idelle befahl sie, ihr in den Garten zu folgen. Dort sah sie die Männer der Reihe nach an, um ihre Haltung einzuschätzen, denn sie wußte, daß sie, wenn sich ihr Plan nicht durchführen ließ, selbst als Köchin enden würde.

Sie wandte ihre Aufmerksamkeit dem kleinen Mädchen zu und gestattete sich, ihr strenges Auftreten einen Moment lang aufzugeben. »Idelle, erinnerst du dich noch an die ›Taugenichtse‹, die du im Garten gepflückt hast?«

Idelle riß die Augen auf. »Ich habe sie nicht mehr gepflückt, Mylady, das schwöre ich.«

»Ich weiß, aber jetzt möchte ich, daß du sie sammelst, und zwar alle.«

»Aber es sind so viele!«

»Stimmt genau. Und da sie für nichts gut sind, gehören sie nicht in den Garten. Verstehst du das?«

Idelle sah nur, daß es eine Ewigkeit dauern würde, das zu tun, was ihre Herrin von ihr forderte, und doch wollte sie Leonie unbedingt gefällig sein. »Ich schaffe es schon.«

Leonie lachte das hilflose Gesichtchen an. »Ich habe damit nicht gemeint, daß du sie selbst pflücken sollst. Nein, diese Männer hier werden sie mit Stumpf und Stiel entfernen – die Wurzeln sind dabei das Wichtigste. Du wirst aufpassen, daß sie auch nichts übersehen, und dich darum kümmern, daß sie nicht ausruhen, ehe sie ihre Aufgabe erledigt haben.«

»Heißt das, sie müssen tun, was ich sage?« fragte Idelle atemlos.

»Ja, das stimmt genau.«

»Mylady, ich protestiere!« meldete sich einer der Männer zu Wort. »Es ist nicht ...«

»Du widersetzt dich meinem Willen?«

»Nein, Mylady, aber ...«

»Du hast etwas gegen diese Arbeit einzuwenden? Oder

dagegen, daß du den Anweisungen eines Kindes folgen sollst? Ich habe mit meinen eigenen Augen gesehen, daß ihr keine Ahnung habt, wie man eine Küche sauberhält, und habe das Essen gekostet, das aus dieser Küche kommt, und daher weiß ich, daß ihr vom Kochen nichts versteht. Wozu taugt ihr dann, wenn nicht zum Unkrautjäten?«

Einer der anderen Männer trat vor. »Ich kann Mahlzeiten zubereiten, die jeden Gaumen in Versuchung führen, Mylady.«

Leonie zog eine Augenbraue hoch. »So, kannst du das? Ich werde dich jetzt nicht fragen, warum du dieses Wissen bis zum heutigen Tage für dich behalten hast, aber ich gebe dir Gelegenheit, deine Worte unter Beweis zu stellen. Wenn du nicht gelogen hast, wirst du fortan der Koch sein und die Küche als deinen Bereich haben. Aber wenn du nicht die Wahrheit sagst ...«

Sie ließ die Drohung unausgesprochen. Es war das beste, wenn die Leute sich selbst ausmalten, wie streng sie sein konnte. Wenn sie mit Schlägen drohte, konnte es sein, daß manche glaubten, sie leicht hinnehmen zu können, und andere würden annehmen, daß sie ihre Drohung nicht wahrmachte. Mit einer Verbannung war es dasselbe. Aber solange sie nicht wußten, was sie tun würde, war es unwahrscheinlich, daß sie es wagten, ihren Zorn auf sich zu ziehen.

»Ich ... ich werde Hilfe brauchen, Mylady.« Der neue Koch wies auf seine Gefährten.

»Wie heißt du?«

»John.«

Leonie lächelte ihn an, und das überraschte und ermutigte ihn. »Du bekommst alle Hilfe, die du brauchst, John, und Lebensmittel. Ich verlange nur, daß du nicht mehr bestellst, als nötig ist, daß dir aber nichts ausgeht. Melde Meister Erneis täglich die Ausgaben für alle Einkäufe. Kannst du dir denken, was ich sonst noch verlange?«

Er konnte ihr nicht in die Augen sehen, aber er antwortete: »Ein gründliches Reinemachen.«

»Ja. Für den Schmutz, der sich in der Küche angesammelt hat, gibt es keine Entschuldigung, und ich werde das nicht mehr dulden. Sorge dafür, daß alles geputzt ist, ehe die nächste Mahlzeit zubereitet wird. Du kannst die Männer behalten, die schon mit der Arbeit begonnen haben. Acht Männer sollten genügen.«

»Danke, Mylady.«

Idelle wirkte wieder sehr kläglich, als die fünf Männer ihrer neuen Herrin in die Küche folgten. »Heißt das, daß ich jetzt alle ›Taugenichtse‹ selbst ausreißen muß?«

»Nein, ganz bestimmt nicht«, sagte Leonie lächelnd. »Aber es ist eine wichtige Aufgabe, etwas, was mir persönlich wichtig ist. Fällt dir jemand ein, der das gut könnte?«

»Meine Freunde in der Küche«, schlug Idelle eifrig vor.

»Die beiden anderen Kinder?«

»Ja.«

»Dann kannst du sie als Helfer haben. Und es hat keine Eile, Idelle. Es geht darum, daß ihr eure Sache beim ersten Mal gut macht. Wenn ihr damit fertig seid, wird hier viel angepflanzt, und dabei kannst du mir helfen.«

»Das möchte ich gern tun, Mylady.«

»Gut. Und jetzt lauf, und hol deine Freunde. Sir Evarard kommt, um mit mir zu reden.«

Leonie überquerte den Burghof, um ihm entgegenzugehen. Er machte keinen freundlichen Eindruck.

»Sir Evarard ...«

Er schnitt ihr barsch das Wort ab. »Glauben Sie nicht, Mylady, daß das Sir Rolfe gefallen wird. Sie warten, bis er fort ist, und dann stellen sie das ganze Haus auf den Kopf. Er wird früh genug sehen, daß Sie entschlossen sind, ihm Ärger zu machen.«

»Sie wagen es, in diesem Ton mit mir zu sprechen?« sagte Leonie eisig. Sie blickte finster zu dem Mann auf.

»Wenn Sie mir nicht den gebührenden Respekt entgegenbringen, der mir als der Gemahlin Ihres Herrn zusteht, dann werde ich nicht in einer Burg mit Ihnen leben. Das können Sie meinem Mann sagen, wenn Sie ihm erzählen, was ich Ihrer Meinung nach getan habe.«

Sir Evarard hob stur sein Kinn. »Sie glauben, Sie können mich einschüchtern, Mylady, aber niemand kann den Saal betreten, weil Sie dieses Durcheinander angerichtet haben. Welche Entschuldigung haben Sie dafür, alles auf den Kopf zu stellen?«

»Sie Idiot! Erkennen Sie einen Hausputz nicht, wenn Sie ihn mit Ihren eigenen Augen sehen? Aber wie könnten Sie das auch? Schließlich ist hier nicht mehr geputzt worden, seit Sie eingezogen sind.«

Sie fügte eisig hinzu: »Bis heute abend ist der Saal wieder in Ordnung und benutzbar. Und das Essen, das Sie heute abend vorgesetzt bekommen, wird frisch sein. Was ich getan habe, Sir Evarard, ist ganz einfach – ich habe es mir erspart, Sie von einer Lebensmittelvergiftung heilen zu müssen, die Sie und alle anderen hier früh genug niedergestreckt hätte, wenn die Zustände in der Küche nicht behoben worden wären. Und jetzt sagen Sie mir eins – wem bereitet das, was ich tue, Ungelegenheiten, außer den Dienstboten, die jetzt dafür büßen, was sie während all der Zeit vernachlässigt haben?«

Sir Evarard war nicht mehr kampflustig. »Vielleicht habe ich es falsch verstanden.«

»Ist das alles?« fragte sie steif, und er errötete.

»Verzeihen Sie, Mylady. Ich habe nur den Tumult gesehen. Ich dachte, Sie wollten meinem Herrn Schaden zufügen. Es ... es ist bekannt, daß Sie gezwungen wurden, ihn zu heiraten, und daher dachte ich, daß Sie ...«

Leonies Spannung fiel völlig von ihr ab, und ihr Zorn verflog. »Sie sind meinem Mann treu ergeben.«

»Es gibt keinen anderen Herrn, dem ich dienen würde«, erklärte er fest.

»Dann kann ich Sie beruhigen, Sir Evarard. Ich werde Ihnen etwas sagen, wenn Sie mir schwören, es niemandem gegenüber zu wiederholen.« Sie wartete sein Nicken ab und sagte dann: »Ich bitte Sie, es für sich zu behalten, weil es um etwas geht, was ich Sir Rolfe selbst noch nicht gesagt habe. Ich möchte, daß er glaubt, daß ich die Schuld für das, was meine Leute getan haben, auf mich nehme. Aber die Wahrheit ist die: Die Leute haben nicht auf meinen Befehl gehandelt. Sie sind mir treu ergeben und daher manchmal übereifrig. Sie haben von sich aus gehandelt, nachdem sie gehört haben, daß ich Sir Rolfe verflucht habe.«

»Sie haben nichts weiter getan, als ihn zu verfluchen?«

Jetzt war sie an der Reihe, zu erröten. »Es war ... es war ein sehr heftiger Fluch. Aber wenn ich gewußt hätte, welche Folgen er nach sich zieht, wäre ich an diesem Tag nicht so aufgebraust.«

In seine Augen trat ein unerwartetes Lächeln. »Es ist wohl gut, daß Ihre Krieger Ihnen nicht so treu ergeben sind wie die Dienstboten.«

»Doch, das sind sie«, sagte Leonie mit einem breiten Lachen. »Sie haben nur nicht mitangehört, wie ich an jenem Tag den Schwarzen Wolf verflucht habe.«

»Er kann diesen Namen nicht leiden«, sagte Sir Evarard hastig.

»Was?«

»Mein Herr kann es nicht leiden, wenn man ihn den Schwarzen Wolf nennt«, wiederholte er.

»Oh. Danke für die Warnung.«

Er lächelte sie an. »Ich danke Ihnen dafür, Mylady, daß Sie mir das gesagt haben.«

»Verstehen Sie mich nicht falsch, Sir Evarard. Sie haben zu Recht angenommen, daß ich mich hier nicht wohl fühle. Aber das ist eine Sache, die nur meinen Mann und mich betrifft. Ich wollte lediglich, daß Sie wissen, daß kein Grund zur Sorge besteht, ich könnte etwas, was ihm gehört, schädigen. Mein Herr wird erfahren, was ich empfinde, aber ich werde es nicht an seinem Besitz oder an seinen Leuten auslassen.«

Sie konnte es in seinen Augen sehen. Der Waffenstillstand war vorüber. Sie hätte es dabei belassen sollen.

Leonie seufzte. »Es tut mir leid, Sir Evarard, aber wir haben verschiedene Ansichten über Rolfe d'Ambert. Er hat mich zu sehr beleidigt, als daß ich meine Meinung ändern könnte, aber ich werde Ihnen gegenüber kein Wort mehr gegen ihn sagen.«

Sir Evarard schwieg. Er zog seine eigenen Schlußfolgerungen, und es waren die falschen. Er nahm an, die Dame sei beleidigt worden, als ihr Mann sie direkt nach der Hochzeit fortgeschickt hatte. Aber jetzt war sie wieder da, und sie hätte ihm diesen Schnitzer verzeihen müssen. Er kam nicht auf den Gedanken, daß sie sich auf die Anwesenheit Lady Amelias in der Burg Crewel bezog. Er wußte, daß man ihr gesagt hatte, Amelia sei Rolfes Mündel, und er sah keinen Grund, aus dem sie die Wahrheit hätte ahnen können.

Wenn jemand wußte, wie endgültig die Affäre, die Rolfe mit Amelia gehabt hatte, vorüber war, dann war das Evarard. Amelia teilte jetzt das Bett mit Evarard. Genauer gesagt, er schlief in ihrem Bett. Er hätte sich nie mit der früheren Mätresse seines Herrn eingelassen, wenn Amelia ihn nicht davon überzeugt hätte, daß Rolfe jeden Anspruch auf sie aufgegeben hatte. Der Beweis dafür war, daß Rolfe sie so vollkommen aus seiner Erinnerung gestrichen hatte, daß es ihm nicht einmal etwas ausmachte, wenn sie weiterhin auf der Burg blieb.

Sir Evarard zwang sich, wieder zu der Situation zurückzukehren, mit der er im Moment konfrontiert war. »Sie haben mich rufen lassen, Mylady?«

Leonie nahm ihre Rolle als die Herrin von Crewel wieder an, wenn sie ihr auch oft noch so hohl erschien. Um ihre Autorität zu beweisen, würde sie Befehle erteilen und nicht darum ersuchen, daß man ihre Bitten erfüllte.

»Ich will, daß einer Ihrer Männer nach Pershwick reitet. Er soll mit Sir Guibert sprechen oder, wenn er nicht da ist, mit meiner Tante Beatrix. Er soll sagen, daß ich ihn schikke und aus meinen Vorräten Wermut und Kamille brauche. Man wird wissen, warum ich diese Kräuter brauche.«

»Wir haben hier Vorräte. Ich glaube nicht, daß es Sir Rolfe gefällt, wenn Sie etwas aus Pershwick holen lassen.«

»Mein Mann hat nicht darüber zu bestimmen, denn Pershwick gehört mir«, sagte Leonie entschieden. »Und da diese Kräuter hier nicht im Gebrauch sind, bezweifle ich, daß sie vorrätig sind. Ich will sie heute noch haben. Der Wermut wird gegen die Flöhe helfen. Er muß gestreut werden, ehe die frischen Binsen in den Saal gebracht werden, und hinterher noch einmal. Die Kamille wird im Rest der Burg die üblen Gerüche verdecken, bis sämtliche Binsen erneuert worden. sind. Ich dulde keinen Schmutz, Sir Evarard, und, bitte, hinterfragen Sie meine Gründe nicht, wenn ich Befehle erteile.«

»Wie Sie wünschen, Mylady«, erwiderte er unwillig und wandte sich ab.

»Ich bin noch nicht fertig«, sagte sie mit scharfer Stimme.

Er drehte sich widerstrebend um. »Mylady?«

»Wie oft gehen Sie auf die Jagd, Sir Evarard?«

»Täglich. Zum Vergnügen und um etwas auf den Tisch zu bringen.«

»Nehmen Sie Hunde, oder haben Sie Falken?«

»Falken sind zu mühsam mitzutragen, und wir sind immer nur von einem Ort zum anderen gezogen, ehe wir uns hier niedergelassen haben. Mein Herr hat bisher noch keine guten Falken gekauft. Die wenigen, die wir hier haben, holen gelegentlich einen der Vögel. Ich benutze sie nicht. Ich ziehe die Hunde vor.«

»Dann kann ich davon ausgehen, daß die Jagdhunde

genug Bewegung haben, und wenn nicht, dann haben sie außerhalb der Burgmauern Auslauf. In der Burg selbst werden sie nicht mehr frei herumlaufen. Und ich rede nicht nur von dem großen Saal. Sie haben zu üble Angewohnheiten.«

»Aber sie werden im Saal gefüttert.«

»Ab jetzt nicht mehr«, erwiderte sie und schüttelte angeekelt den Kopf. »Gibt es keinen Mann, der für die Hunde zuständig ist?«

»Doch.«

»Dann sagen Sie ihm, daß er die Tiere, wenn sie nicht gebraucht werden, in den Zwinger sperrt. Falls es keinen gibt, soll er einen bauen – in einer angemessenen Form, damit er täglich gesäubert werden kann.«

»Der Mann wird sich dagegen auflehnen, Mylady«, warnte er sie.

»Dann werden Sie einen Ersatz für ihn finden«, sagte sie, ohne zu zögern. »Und wenn sich kein anderer eignet, dann gehen Sie so mit ihm um, daß er aufhört zu murren. Andernfalls werde ich jemanden aus Pershwick holen müssen.«

»Ich werde dafür sorgen, daß die Angelegenheit geregelt wird, Mylady.«

Er sagte es so hastig, daß es schon komisch klang. Sie nahm an, diese Drohung könnte sie noch öfter einsetzen, wenn sie weiteren Ärger bekommen sollte. Er war mit Sicherheit nicht der einzige in Crewel, der Hilfe von Außenstehenden ablehnte.

20. KAPITEL

Nicht einmal eine Woche lang hatte er sich von ihr fernhalten können, war Rolfes Überlegung, als er fünf Tage später rechtzeitig zum Abendessen in den Burghof ritt. Er empfand den gleichen Widerwillen gegen sich selbst wie damals, als er festgestellt hatte, daß er sich am Tag nach seiner Hochzeit wieder zu Leonie hingezogen gefühlt hatte, obwohl er damals noch gar nicht wußte, wie sie aussah. Dennoch gab es für seine verfrühte Rückkehr noch andere Gründe als seine Frau.

Der Feldzug bei Wroth war zu einem Stillstand gekommen. Zum fünften Mal war der Tunnel, an dem sie arbeiteten, um einen Weg unter den Burgmauern hindurch zu graben, eingestürzt. Rolfe konnte sich neuerliche Verzögerungen nicht leisten. Die verbleibenden Burgen, die er einnehmen mußte, waren seit fast sieben Monaten umzingelt. Die Leute würden allmählich verzweifeln und an einen Punkt kommen, an dem sie gezwungen waren, ihre Tore zu öffnen und zu kämpfen. Und wenn eine der Burgen dies tat, solange Rolfe nicht mit seinem Heer zur Stelle war ...

Er mußte eine Entscheidung treffen, wie sie mit der Burg Wroth verfahren sollten, aber das war ein Entschluß, den er ebensogut zu Hause fassen konnte wie in dem Lager, das sie vor den Toren von Wroth aufgeschlagen hatten – und er würde ihn zu Hause sogar leichter fassen, denn wenn er erst seine Frau in sein Bett geholt hatte, konnte er sie endlich so lange aus seinen Gedanken verbannen, wie es nötig war, um sich mit Wroth zu befassen.

Rolfe hatte sich nicht auf das Essen in Crewel gefreut, und daher hatte er schon etwas gegessen, als er in Kenil angehalten hatte, um zu sehen, wie der Wiederaufbau voranging. Das Essen war gut dort, und er spielte mit dem Gedanken, den Koch nach Crewel zu holen. Doch als er mit Damian und zwei weiteren Kriegern den Saal von Crewel betrat, schlug ihm ein angenehmer Geruch entgegen.

Ihm blieb nur ein kurzer Moment, um sich darüber zu wundern, ehe sein Blick auf Leonie fiel und sein Geruchssinn anderen Sinnen wich. Sie saß an der herrschaftlichen Tafel und war in einem eisblauen Überwurf und mit ihrem silberblonden Haar, das in zwei Zöpfen auf ihre Brüste herabhing, ein ätherischer Anblick. Ein kleines blaues Spitzentuch bedeckte ihren Kopf. Evarard und Amelia aßen mit ihr zu Abend, schienen sich aber nur miteinander zu unterhalten.

Der Saal war voller Menschen, und es war laut, und doch erschien es Rolfe, als sei dort niemand außer ihm und Leonie. Er sah sie nach Herzenslust an und versuchte, sie mit seiner Willenskraft dazu zu bringen, daß sie aufblickte. Schließlich spürte sie etwas und sah in seine Richtung. Ihre Blicke trafen sich, und seine Begierde wallte so glühend und heftig auf, daß ihre Macht ihn bestürzte.

Als sie Rolfe sah, sprang Leonie das Herz in die Kehle. Sie holte tief Atem, um sich zu wappnen, als er mit eindringlichen Blicken auf sie zukam. Sie spürte einen Druck im Magen.

Jetzt würde sie erfahren, was er von den Veränderungen hielt, die sie in seinem Haus vorgenommen hatte, und stellte fest, daß ihr Mut sie verließ. Das Blut rauschte in ihren Ohren.

Rolfe, dessen Blicke sich keinen Moment lang von ihr lösten, beachtete seine Umgebung jedoch überhaupt nicht, und plötzlich schoß ihr das Blut ins Gesicht, als ihr klar wurde, warum er sie so intensiv ansah. Sie senkte eilig den Kopf, als er sich dem Tisch näherte, und wandte sich ein wenig ab. Sie konnte nichts zu ihm sagen, denn sie hatte ihre Stimme verloren.

Viele Blicke waren auf Rolfe gerichtet, als er den Saal so zielstrebig durchquerte, doch er war blind für alles außer Leonie. Wilda und Mary hielten den Atem an und bangten um ihre Herrin, während Rolfes Männer einander angrinsten. Amelia gelang es nicht, ihre Erbitterung zu verbergen, doch niemand nahm das zur Kenntnis, da die

Aufmerksamkeit aller auf das Zusammentreffen ihres Herrn mit ihrer Herrin gerichtet war.

Leonie schnappte nach Luft, als ihr Stuhl vom Tisch gezogen wurde, und sie stieß einen kleinen Schrei aus, als Rolfe sie hochhob und wortlos zur Treppe trug. Hinter ihnen brach Gelächter und Jubel aus, während man sie verschwinden sah.

Leonie war so entgeistert, daß sie ihr Gesicht an Rolfes Brust verbarg. Sie war vor Scham wie gelähmt, und erst, als die Tür ihres Zimmers hinter ihnen geschlossen war und den Lärm aus dem Saal aussperrte, fand sie ihre Stimme wieder. »Wie konntest du das tun?« rief sie und versuchte, sich von ihm loszumachen.

Er preßte sie fest an sich und antwortete unschuldig: »Was habe ich denn getan? Ich habe dich doch nur dahin gebracht, wo ich dich haben will.«

»Jetzt weiß jeder ganz genau, was du vorhast!« wütete sie. Außer ihrer Scham war alles vergessen.

Rolfe lachte in sich hinein, und seine Augen nahmen ein warmes, samtiges Braun an. »Du denkst dir zuviel dabei, Herzchen. Vielleicht glauben alle, daß ich dich hierherbringe, um dich zu verprügeln. Wäre es dir lieber, mit einem blauen Auge in den Saal zurückzukehren?«

»Du tust, als sei nichts gewesen«, sagte sie wütend zu ihm, »aber selbst ein Tier erweist seinem Gefährten einen gewissen Respekt. Das einzige, was mich besänftigen könnte, wäre, sofort wieder nach unten zu gehen.«

Er küßte sie so inbrünstig, daß sich ihre Gedanken wie Blätter im Winde zerstreuten. Als der leidenschaftliche Kuß endete, war sie zu benommen, um sofort zu merken, daß er sie auf die Füße gestellt hatte.

»So«, sagte er. »Jetzt sind deine Lippen so rot, daß jeder glauben wird, ich wollte dir nur einen Kuß stehlen. Du kannst jetzt nach unten gehen, Leonie.«

»Ist das dein Ernst?« fragte sie atemlos.

»Ich will dich, aber wenn ich dich damit verärgere,

dich jetzt hier festzuhalten ... Und jetzt lauf schnell, ehe ich es mir anders überlege.«

Leonie senkte die Lider, und ihre Stimme zitterte. »Danke, mein Gebieter.«

»Mein Gebieter!« wiederholte er bitter und seufzte. »Geh jetzt essen. Und sorge bitte dafür, daß mir ein Bad bereitet wird, und schick mir meinen Knappen. Noch etwas, Leonie: Schick deine Zofen, damit sie ihre Sachen holen, falls sie während meiner Abwesenheit wieder hier eingezogen sind. Aber wenn du nicht innerhalb von einer Stunde wieder hier bist, wirst du erneut Grund dazu haben, mich als Tier zu bezeichnen.«

Leonie eilte aus dem Zimmer. Die Aufgaben, mit denen Rolfe sie betraut hatte, gaben ihr fast das Gefühl, eine richtige Ehefrau zu sein, und sie kam ihnen mit einem gewissen Stolz nach. Das nahm ihr die Verlegenheit, und sie war sogar wieder so ruhig, daß sie sich hinsetzen und weiter essen konnte.

Als jedoch der Zeitpunkt näherrückte, an dem sie zu Rolfe zurückkehren sollte, verließ ihre Ruhe sie. Statt es hinauszuzögern und sich von ihrer Nervosität übermannen zu lassen, stieg sie eilig die Treppe hinauf, ehe sie dem Drang nachgeben konnte, sich ein Versteck zu suchen.

Er hatte ein Bad genommen und saß vor dem Kamin. Er hatte den Stuhl so hingestellt, daß er die Tür im Auge hatte, und als sie das Zimmer betrat, starrte er sie an, Er trug einen Morgenmantel aus feiner gelber Seide. Die Farbe ließ seine Augen heller wirken. Er hatte den Mantel so lose um sich geschlungen, daß das dichte schwarze Haar auf seiner Brust zu sehen war. Immer wieder fiel ihr Blick darauf, und sie errötete heftig, als er sie dabei ertappte.

Auf dem Tisch neben ihm lagen ihre eigene Seife und ein dickes wollenes Handtuch, das Wilda Damian für Rolfe gegeben hatte. Die Seife war wieder in ihre kleine Holzkiste gepackt worden, damit sie trocknen konnte, und das nasse Handtuch zusammengefaltet.

Rolfes Blicke folgten Leonie. »Wolltest du damit, daß du mir diese süß duftende Seife anbietest, etwas andeuten?« erkundigte er sich.

»Nein, Mylord. Seit ich dich kenne, habe ich deinen Geruch nie als unangenehm empfunden.« Er grinste über dieses unbeabsichtigte Kompliment. »Die Seife ist mit Rosmarinöl zubereitet. Ich dachte, sie könnte dir lieber sein als die Kernseife, die ich hier gefunden habe.

»Ist sie kostspielig?«

»Nur, was die Zeit für ihre Zubereitung angeht, Mylord. Ich stelle sie selbst her.«

»Dann freut es mich, daß du sie mir anbietest.« Seine Stimme wurde tiefer, als er hinzufügte: »Aber ich hätte mich noch mehr gefreut, wenn du eher zurückgekommen wärest.«

»Ich habe mich nicht verspätet.«

»Du kommst mir mit Haarspaltereien, wo du doch weißt, was es mich gekostet hat, dich fortgehen zu lassen?«

»Ich ... ich verstehe dich nicht.«

»Vielleicht«, erwiderte er sanft, »aber ich neige doch eher dazu, zu glauben, daß du mich sehr gut verstanden hast.«

Darauf hatte Leonie keine Antwort parat. Er sah sie auf eine Art an, die ihre Nervosität so sehr steigerte, daß sie zum Bett eilte und betete, es möge sie beide ablenken, wenn sie das Bett bereitmachte, damit sie schlafen gehen konnte. Die Zudecke war jedoch bereits zurückgeschlagen, und sie hatte nichts mehr zu tun.

Sie setzte sich auf die Bettkante, möglichst weit fort von ihm, und weigerte sich, ihn anzusehen. Das Bild, das er ihr bot, war einfach zu männlich, dieser Anblick von kräftigen Muskelsträngen, Stärke und Schönheit, und all das war in Selbstsicherheit eingehüllt. Sie hätte gewettet, daß er sich nie fürchtete, wogegen sie dasaß und spürte, daß sich ihre Eingeweide vor Angst zusammenzogen.

Sie schloß die Augen, aber das hinderte ihn nicht daran, zu ihr zu kommen und sich vor sie hinzustellen. »Laß mich dir beim Auskleiden helfen.«

»Ich schaffe das schon allein«, flüsterte sie, und Rolfe spürte seine Anspannung zurückkehren.

»Schmollst du immer noch, Leonie?«

»Ich schmolle nie. Kinder schmollen! Ich bin kein Kind mehr.« – Die Worte klangen krächzend, während sie mit den Bändern kämpfte, die ihr Gewand seitlich zusammenhielten. Er stand geduldig da und beobachtete, wie sie sich ihren Überwurf unwillig über den Kopf zog und sich dann verbissen über die Bänder hermachte, mit denen ihr Hemd zugeschnürt war. Endlich hatte sie sich seiner entledigt und trug jetzt nur noch ihr knielanges, ärmelloses Untergewand. Es war so dünn, daß er ihre Brustwarzen sehen konnte. Rolfe hielt den Atem an.

Sie war so unglaublich schön, diese Frau, die er geheiratet hatte, selbst dann, wenn sie in ihrer Wut Funken sprühte. Er hatte zuviel über sie nachgedacht, während sie voneinander getrennt gewesen waren, und ihr Bild war für ihn zu einem lebenden Traum geworden. Er hatte ihre Augen mit dem silbernen Feuer aufblitzen oder in unschuldiger Verwirrung sanft werden sehen. Ihr Haar war eine prachtvolle helle Glut, und er stellte sich vor, das zarte Silber durch seine Finger gleiten zu lassen. Ihr Körper stand jetzt in all seiner bezaubernden Reife und Schönheit vor ihm – es war kein Traum mehr. Dieses erlesene Geschöpf hatte sich ihm einmal willig hingegeben. Würde sie es noch einmal tun?

Leonie beugte sich vor, um ihre Schuhe und Strümpfe auszuziehen. Da sie wußte, daß sie ihr Hemd nicht ablegen konnte, solange er vor ihr stand und ihr zusah, faltete sie die Hände, blieb mit gesenktem Kopf still stehen und wich seinem Blick aus.

Rolfe zog sacht das Spitzentuch von ihrem Haar, hob ihre Zöpfe und löste sie. Dann zog er ihr das Hemd über den Kopf und ließ es auf den Boden fallen. Ehe sie Einwände erheben konnte, nahm er ihr Gesicht in seine großen Hände und zog es näher, damit sie ihn ansah.

»Leonie, ich habe dich nicht um Verzeihung für das gebeten, was in Pershwick passiert ist. Ich bitte dich jetzt darum. Sei mir wegen dieses Vorfalls nicht mehr böse.«
Sie war so überrascht, daß sie kein Wort herausbrachte. Rolfe wollte auch gar keine Antwort haben. Er wollte nur, daß ihr Zorn sich endgültig legte. Und er wünschte sich verzweifelt, sie würde ihn begehren.

Er bückte sich und küßte sie, erst zart, und dann, als sie auf ihn zu reagieren begann, wurden seine Küsse immer leidenschaftlicher. Schließlich stöhnte sie, und er trug sie zum Bett, legte sie in die Mitte und sich dicht neben sie und preßte sie an sich. Sie vergaß alles andere und verschmolz mit ihm. Sie war verzückt und beseligt, als sie sich seiner Liebe hingab.

21. KAPITEL

Ein silberner Mond lugte durch schnell dahinziehende Wolken, und ein Wind, der über die Brüstungen peitschte, kündigte einen sommerlichen Sturm an. Die Hunde heulten in ihrem Zwinger, und die Pferde im Stall scharrten unruhig mit den Hufen. Rolfe lief vor dem Kamin auf und ab, und die Kerze, die auf dem Tisch neben ihm brannte, warf seinen Schatten an die Wände. Er hatte noch drei Stunden Zeit bis zum Anbruch der Dämmerung, Stunden, in denen er eine Entscheidung treffen mußte.

»Mylord?«

Rolfe drehte sich zum Bett um. Leonie hatte die Vorhänge nicht geschlossen, und er sah, daß sie sich auf der Seite zusammengerollt hatte und ihn aus weitaufgerissenen Augen besorgt ansah.

»Ich wollte dich nicht stören, Leonie. Schlaf wieder ein.«

Seine Schritte hatten sie geweckt. Ein so großer Mann bewegte sich nicht allzu leise.

»Mir geht vieles durch den Kopf«, sagte er und seufzte matt. »Es ist nichts, was dich betrifft.«

Leonie blieb stumm liegen und sah ihn an. Dann sagte sie: »Wenn du über die Dinge sprichst, die dir Sorgen machen, erscheinen sie dir vielleicht nicht mehr so schlimm.«

Er sah sie starr an und schüttelte dann unwillig den Kopf. Wie typisch weiblich, daß sie glaubte, es gäbe für alles eine einfache Lösung.

Leonie war bekümmert. Rolfe sollte ihr Vertrauen entgegenbringen. »Es gibt nichts, worüber ein Mann mit seiner Frau nicht reden kann, es sei denn, er traut ihr nicht ...«

»Nun gut.« Ihre Beharrlichkeit brachte Rolfe auf. »Wenn du etwas über Krieg und Tod hören willst, dann werde ich es dir erzählen. Am morgigen Tag könnten viele meiner Männer sterben, weil mir einfach nichts mehr einfällt, wie ich die Burg Wroth einnehmen könnte, ohne anzugreifen. Die Verhandlungen über die Bedingungen der Übergabe sind längst vorbei.« Er setzte sich und ging näher auf die Einzelheiten ein. »Die Mauern sind dick, und der Tunnel, an dem wir so lang gegraben haben, ist wieder eingestürzt. Es scheint, daß es große Vorräte in der Burg gibt, denn sie verhöhnen uns von den Mauern herab und schwören, sie könnten jede Belagerung überdauern. Meine Männer sind wütend und erwarten die Kämpfe mit Ungeduld, aber die Wahrheit ist, daß ich selbst keine andere Lösung mehr sehe.«

»Du wirst die Mauern mit Kriegsmaschinen stürmen?« fragte Leonie.

»So habe ich es bei der Burg Kenil gehandhabt, und jetzt kostet der Wiederaufbau mehr als mein Heer. Ich führe hier nicht Krieg gegen einen Feind, Leonie. Ich sichere nur das, was mir gehört. Ich will die Festung nicht einnehmen, indem ich sie so zerstöre, daß sie unbrauchbar ist.«

»Könnt ihr nicht über die Mauern steigen?« fragte sie und kam sich kindisch vor, weil sie derart naive Fragen stellte. Aber es schien, als läge sie gar nicht so weit daneben.

»Mir bleibt keine andere Wahl. Ich muß noch drei weitere Burgen einnehmen, und dort herrscht Verzweiflung, weil die Leute schon zu lange belagert worden sind. Es müßte jetzt täglich soweit sein, daß eine, wenn nicht mehrere der Burgen ihre Tore öffnen, weil die Menschen fliehen wollen. Wenn es dazu kommt, werden sie herausfinden, daß alles nur ein Trick war, denn sie werden nur von einer Handvoll Männer in Schach gehalten – und nicht von einem ganzen Heer, wie sie geglaubt haben.«

»Das hast du getan?« fragte Leonie atemlos.

Er sah sie finster an. »Ich bin mit nur zweihundert Männern hergekommen. Ich habe vom Heer des Königs noch mehr ausleihen können, aber das reicht immer noch nicht aus, wenn man sie auf sieben Burgen verteilt. In jeder der Burgen hat man geglaubt, daß ich sie mir als erste vornehme. Sie dachten alle, sie bräuchten nur innerhalb der Burgmauern zu bleiben und zu warten, bis Hilfe von den anderen kommt. Ich habe vor jeder der Burgen mein gesamtes Heer aufziehen lassen, damit die Bewohner glauben, sie hätten in einem Kampf allein keine Chance. Später habe ich meine Männer dann hin und her geschoben, damit dieser Eindruck erhalten bleibt. Aber wenn man in einer der Burgen, die ich noch nicht eingenommen habe, hinter diese List kommt, werden die Männer so erzürnt sein, daß sie jeden einzelnen meiner Krieger abschlachten.«

Leonie war schockiert. »Würdest du selbst mitkämpfen müssen, wenn ihr die Burg Wroth einnehmt?«

Rolfe sah sie finster an. »Ich schicke meine Männer

nicht in eine Schlacht, in der ich selbst nicht kämpfen würde. Ich führe jeden Feldzug an, das habe ich immer getan.«

»Bist du schon über viele Burgmauern gestiegen?«

Sein Gesicht wurde verschlossen. »Ich habe viele Schlachten geschlagen – darunter auch die eures Königs, der jetzt auch der meine ist. Ich habe überall gekämpft, und ich habe es auf die Art getan, die erforderlich war. Erst in der allerletzten Zeit, seit ich mich bemühe, mein Eigentum zurückzugewinnen, gehe ich so abwartend vor. Gewöhnlich entspricht es meiner Art, eine Angelegenheit möglichst schnell zu erledigen, doch habe ich versucht, möglichst wenig zu zerstören.«

»Aber du sagst, daß du Wroth angreifen mußt.«

»Ich muß das Risiko eingehen, und es kann sein, daß es mich Menschenleben kostet, aber ich kann nicht noch mehr Zeit auf diese Burg verschwenden.«

»Dann zieh dich zurück«, schlug Leonie in vollem Ernst vor. »Zieh zur nächsten Burg weiter, und nimm dir Wroth zuletzt vor.«

»Damit meine Männer das Gefühl haben, den Rückzug anzutreten? Ich habe dir doch gesagt, daß sie über den Spott erzürnt sind, mit dem sie von den Burgmauern aus überschüttet werden. Sie flehen mich an, endlich zum Angriff überzugehen.«

»Wie viele dieser Männer werden sterben, ehe du auch nur die Mauern durchbrochen hast und die eigentliche Schlacht beginnt? Wie viele werden sich das Genick brechen, wenn die Leitern, auf denen ihr die Mauern stürmen wollt, von den Festungswällen gestoßen werden? Wie viele werden in heißem Öl und Sand geröstet?«

Rolfe richtete seinen Blick zum Himmel. »Warum rede ich mit einer Frau über Krieg?« fragte er matt.

»Hast du keine Antwort auf meine Fragen?«

»Die Gefahren sind uns allen bekannt«, erwiderte er barsch. »Der Krieg ist kein Spiel.«

»Ach«, sagte sie spöttisch. »Daran habe ich meine Zweifel, denn deine Männer lieben den Krieg mit Sicherheit so sehr, wie Kinder ihre Spiele lieben!«

Er musterte sie finster. »Kriege sind nicht deine Sache, Frau, solange sie nicht vor deine Tore getragen werden. Schlaf weiter. Du bist mir keine Hilfe.«

Sie ließ ihn eine Weile schmollen und sprach dann weiter. »Wären die Gefahren geringer, wenn die Mauern von Wroth weniger stark bemannt wären?«

Sie rechnete nicht damit, daß er sich zu einer Antwort herablassen würde, denn er hatte ihr den Rücken zugekehrt. Dieser sture Mann, dachte sie, bis er schließlich sagte: »Wroth ist ständig in Bereitschaft. Die Wachsamkeit der Männer hat nie nachgelassen, und der dortige Vasall ist kein Dummkopf. Ich bedaure wahrhaftig, daß ich ihn nicht für mich gewinnen konnte.« Aus seiner Stimme war echtes Bedauern herauszuhören.

»Aber wenn nur wenige Männer dawären, um die Leitern umzuwerfen?«

»Eine dumme Frage«, erwiderte er barsch. »Natürlich würde das die Gefahr verringern.«

»Könnte es gelingen, einen Mann unauffällig in die Burg einzuschleusen?«

»Darüber haben wir bereits nachgedacht, aber ein einziger Mann reicht nicht aus, um die Tore zu öffnen, und die Wahrscheinlichkeit ...«

»Es geht nicht darum, die Tore zu erreichen, sondern darum, sich an die Wasservorräte heranzuschleichen.«

Rolfe wirbelte herum, und sein Gesicht war vor Staunen verzerrt. »Du würdest sie alle vergiften? Sogar die Dienstboten? Verflucht noch mal, ich hätte dich nicht für so kaltblütig gehalten!«

»Doch nicht vergiften!« zischte sie empört. »Du bist schnell bei der Hand, wenn es darum geht, mich zu verdammen! Ich schlage dir vor, Haselwurz ins Wasser zu schütten. Das ist ein starkes Abführmittel. Es tötet niemanden.« – Rolfes Erstaunen wurde zu einem schallenden Gelächter. »Sie würden miteinander darum kämpfen, wer als erster die Latrinen erreicht!«

»Und die, die sich keine Erleichterung verschaffen können, starke Krämpfe haben und sich übergeben, werden sich auf den Mauern weit weniger wachsam verhalten«, fügte sie hinzu.

»Der Teufel soll mich holen! Eine derart gemeine List wäre mir nie eingefallen.«

»Es ist keine gemeine List, wenn sie Leben retten kann«, sagte Leonie bissig.

»Einverstanden. Wo bekomme ich Haselwurz?«

»Ich ... ich habe etwas in meinem Medizinkorb, aber nicht annähernd genug.«

»Du hast einen Medizinkorb?« Er wirkte ernstlich überrascht. »Du bist wirklich in der Kunst des Heilens bewandert?«

Sein Tonfall besagte, daß er etwas Derartiges gehört, es aber nicht geglaubt hatte. »Es gibt noch vieles, was du nicht über mich weißt«, antwortete sie aufrichtig. Er nickte, wollte aber nicht von seinem Thema abschweifen.

»Wie geht man vor?«

»Man braucht den Saft von fünf bis sieben Blättern für eine Portion, aber das Ergebnis ist kein mildes Abführmittel, und daher reicht auch weniger aus. Auf alle Fälle wirst du viele Pflanzen brauchen, und wir finden sie mit Sicherheit in den Wäldern. Ich habe sie immer mühelos gefunden. Eine andere Möglichkeit besteht darin, sowohl die Blätter als auch die Wurzeln in Wein einzuweichen. Das sollte ebensogut möglich sein, denn wenn ein Mann die Wasservorräte erreichen kann, gelangt er wahrscheinlich ebenso leicht an die Weinfässer und kann sie verseuchen. Es wäre sicherer, wenn man das Kraut dem Wein und dem Wasser beimischt.«

»Wie lange dauern die Vorbereitungen?«

»Der Vorgang ist nicht einfach.«

»Du hast den ganzen morgigen Tag zur Verfügung, und du kannst jeden Dienstboten haben, den du benötigst. Reicht das?«

Sein selbstherrliches Verhalten kränkte sie, und sie nickte wortlos.

Er trat neben das Bett und nahm ihre Hand. »Wenn es klappt, Leonie, stehe ich tief in deiner Schuld.« Er lächelte. »Nach all dem Ärger, den du mir bereitet hast, bin ich froh, dich auf meiner Seite zu haben. Es ist nicht leicht, dich zum Feind zu haben.«

In dem Moment, in dem sie ihm gegenüber auftaute, mußte er die Vergangenheit wieder ins Spiel bringen. Gleichzeitig war das für sie die Gelegenheit, ihm alles zu erklären, und sie wußte, daß sie sie ergreifen sollte. Doch sein Verhalten hatte bewirkt, daß sie sich wieder in sich zurückzog und beschloß, dieses Thema jetzt ruhen zu lassen. Sie würde schon noch Zeit finden, es ihm zu erklären.

22. KAPITEL

Rolfe weckte Leonie mit einem langen Kuß und verdarb gleich darauf unabsichtlich diesen Augenblick, indem er sie ermahnte, sich an die Arbeit zu machen und Haselwurz zu sammeln. Als er den Raum verließ, entging ihm ihre starre Miene.

Nachdem er eine so köstliche Nacht verbracht hatte, war er großmütig aufgelegt. Er bezweifelte, daß er heute an irgend etwas einen Haken finden konnte, denn er war zu glücklich. Leonie schmollte nicht mehr und hatte seine Entschuldigung angenommen. Den Beweis ihres Verzeihens hatte sie ihm in Form des Angebot gegeben, ihm zu helfen, und ihre Idee begeisterte ihn.

Er hatte alles andere eher von Leonie erwartet als ihre Hilfe. Hatte ihre Heirat etwa eine solche Bedeutung für sie gehabt? Er bedauerte es, sie aus niederen Gründen geheiratet zu haben, denn die Wahrheit war, daß er sie um ihrer selbst willen hätte haben wollen, wenn er sie vor der Hochzeit kennengelernt hätte.

Er seufzte. Ob Leonie wohl genauso glücklich war wie er?

Auf dem Weg zur Kapelle blieb Rolfe stehen und sah sich den großen Saal näher an. Was er sah, überraschte ihn, aber das war noch nicht alles.

»Verdammt noch mal, in diesem Raum riecht es wirklich ... angenehm«, murmelte er vor sich hin.«

»Sommerblumen, Mylord.« Er wirbelte herum. »Wenn sie doch nur im Winter blühten, dann könnte uns ihr Duft das ganze Jahr erfreuen.«

Hatte Amelia auf der Lauer gelegen, um ihn abzufangen? Ja, das hatte sie getan, und sie sprach mit ihm, ohne zu wissen, was Leonie über die frischen Binsen hatte streuen lassen. Dennoch wollte sie ihm einreden, daß die Veränderungen etwas mit den Jahreszeiten zu tun hatten, damit er Amelia nicht vorwerfen konnte, bisher nichts getan zu haben.

Rolfe lächelte. »Du hast viel geschafft, während ich fort war, Amelia. Ich weiß das sehr zu schätzen.«

Amelia senkte die Lider, um ihr Erstaunen zu verbergen. Hatte Leonie sich der Veränderungen etwa nicht gerühmt? Hatte sie das gemeint, als sie zu Amelia gesagt hatte, das Lob würde ihr gelten?

»Ich habe nicht viel getan, Mylord«, sagte Amelia.

»Du bist zu bescheiden«, erwiderte Rolfe. »Hätte meine Frau doch denselben Ehrgeiz wie du. Was hat sie getan, während ich fort war?«

»Sie hat viel Zeit im Garten verbracht«, sagte Amelia ausweichend, aber ihre Stimme war nicht mehr ganz so betörend.

Rolfe brummte. »Ich glaube, sie hat eine zu große Vorliebe für Gärten.« Er sah sich um. »Wo sind die Hunde?«

»Sie ... sie sind in Zwingern.«

Er dachte darüber nach. »Ein ungewöhnlicher Einfall, aber ich kann den Nutzen darin erkennen.«

Rolfes fortwährendes Lob ließ Amelia Mut schöpfen. Solange er glaubte, sie sei für die positiven Veränderungen verantwortlich, wollte sie es nicht abstreiten.

»Ich glaube, die Mahlzeiten werden dir in Zukunft auch mehr Freude bereiten, Mylord«, sagte sie geschickt. »Der Koch ist entlassen worden, und der neue Koch beträchtlich begabter.«

Rolfe und Amelia gingen gemeinsam weiter und kamen an Wilda vorbei, deren Gesicht glühte. Sie hatte genug gehört. Sie schritt so schnell aus, wie sie konnte, und fand Leonie in einer Vorratskammer bei der Küche. Leonie sah sich die Körbe und Krüge an.

»Sie hat es wirklich getan!« zischte Wilda ihrer Herrin zu. »Diese schlechte Person läßt sich für alles loben, was Sie getan haben. Eine solche Frechheit! Wenn der Herr die Wahrheit hören will, braucht er nur irgend jemanden hier zu fragen.«

Leonie erstarrte einen Moment lang, und als ihr dämmerte, wovon Wilda sprach, zuckte sie die Achseln.

»Sie werden ihm doch sicher die Wahrheit sagen, Mylady?« drängte Wilda.

»Damit er glaubt, ich sei auf sein Lob aus? Nein. Außerdem wollte er nicht, daß ich hier etwas verändere. Es mag ihm zwar gefallen, was ich getan habe, aber wenn ihm klar wird, daß ich mich seinen Wünschen widersetzt habe, gefällt es ihm vielleicht doch nicht mehr so gut.«

»Ich kann nicht ...«

»Du wirst kein Wort mehr darüber verlieren«, schnitt ihr Leonie streng das Wort ab. »Du mußt mir helfen, Wilda, denn es gibt eine Aufgabe, um die er mich gebeten hat, und sie erfordert viel Mühe.«

Im Lauf des Tages machte sich Leonie viele Gedanken über Amelia und Rolfe. Seit ihrer Liebesnacht hatte sie begonnen, ihren Mann in einem neuen Licht zu sehen, und fast hätte sie ihm den bösen Anfang dieser Ehe verziehen.

Gewisse Tatsachen machten ihr jedoch weiterhin Sorgen, Dinge, die darüber hinausgingen, daß er sich eine Mätresse im Haus hielt. Alain Montignys Einschätzung von Rolfe schien ihr jetzt übertrieben. War Rolfe denn nicht letzte Nacht auf sie eingegangen? Versuchte er nicht, eine Schlacht mit möglichst wenig Blutvergießen zu gewinnen? Rolfe schien nicht der Mann zu sein, der den armen Alain aufspüren und töten wollte, wie er es behauptet hatte. Doch trotz des Guten, das sie inzwischen über Rolfe wußte, war es nicht richtig, daß Alain Kempston verloren hatte, wenn er keines Vergehens schuldig war.

Es war alles so undurchsichtig – und all das hatte der König ihr aufgezwungen. Sie fühlte sich dazu gedrängt, ihm zu schreiben und ihm mitzuteilen, was sie von seiner Einmischung hielt. Aber niemand stellte den Willen des Königs in Frage, und schon gar nicht eine Frau.

Leonie war den ganzen Tag damit beschäftigt, Kräuter zu sammeln und einzuweichen, und als Rolfe am Abend kam, freute er sich über die Mitteilung, daß alles fertig war. Er sagte ihr, daß in Wroth alles vorbereitet war und daß sich ein Freiwilliger gefunden hatte, der sich im Lauf der Nacht heimlich mit ihrem Gebräu in die Burg einschleichen würde.

Was Rolfe ihr nicht erzählte, war, wie die spontane Reaktion seiner Männer auf ihre Idee ausgesehen hatte. Nicht ein einziger hatte ihr vertraut, und vor allem Thorpe hatte sich lautstark geäußert, er sei sicher, der Plan bringe nur Unglück, statt sie zum Erfolg zu führen. Rolfe war jedoch standhaft geblieben, und schließlich hatte sich einer der Soldaten zu Wort gemeldet und gesagt, er wisse aus Erfahrung, daß Haselwurz genau das bewirke, was Leonie behauptet hatte. Als er seine Geschichte erzählt hatte, bereitete es Rolfe keine Schwierigkeiten mehr, den

Plan in allen Einzelheiten zu erklären, denn seine Männer waren in schallendes Gelächter ausgebrochen.

Er erzählte Leonie jedoch nichts von alledem, und sie sah nur die zufriedene Miene ihres Mannes. Seine gute Laune führte dazu, daß ihre Stimmung sich verschlechterte. Warum war alles soviel leichter für ihn?

»Sind Sie unglücklich, Mylady?«

Leonie drehte sich zu Mildred um, die ihr bei der Arbeit half. Sie preßte den Saft aus der Haselwurz. Vier Tische waren im Burghof aufgestellt worden, um die Blätter einzuweichen, während das Personal in der Küche an der Mischung arbeitete, die in den Wein geschüttet werden sollte.

Sie hatte in der Woche, die sie inzwischen in Crewel verbracht hatte, nicht mit Mildred gesprochen, obwohl sie wußte, daß Wilda sich mit ihr angefreundet hatte. Leonie erinnerte sich an Mildred, weil sie sie bei ihren Besuchen in Crewel kennengelernt hatte, als noch die Montignys die Burg bewohnten. Sie hatte sich sogar einmal um Mildreds Mutter gekümmert. Es war nur eine Kleinigkeit gewesen, die den unfähigen Arzt von Crewel vor ein Rätsel gestellt hatte. Doch diese frühere Bekanntschaft gab Mildred nicht das Recht, in sie zu dringen. Wie konnte die Frau es wagen, ihr eine so persönliche Frage zu stellen?

»Hast du so wenig zu tun, Mildred, daß ...«

»Bitte, Mylady, ich wollte nicht unhöflich sein«, sagte Mildred eilig. »Es ist mein größter Wunsch, daß Sie hier in Crewel glücklich sind – denn ich fürchte, es ist meine Schuld, daß Sie verheiratet sind.«

Diese Äußerung war so lachhaft, daß Leonies Zorn verflog. »Deine Schuld? Wie kann das möglich sein, Mildred?«

Die ältere Frau richtete ihren Blick auf den Boden, als sie flüsterte: »Ich ... ich war es, die meinem Herrn gesagt hat, daß Sie in Pershwick leben.« Sie zauderte und gestand dann: »In dem Moment hat er sich entschlossen, Sie zu heiraten, um Pershwick unter seine Herrschaft zu bringen. Es tut mir so leid, Mylady. Ich hätte Ihnen niemals absichtlich Kummer bereitet.«

Die arme Frau machte einen jämmerlichen Eindruck. »Du machst dir grundlos Vorwürfe, Mildred. Mein Mann hätte von jemand anderem erfahren, was er wissen wollte, wenn du es ihm nicht gesagt hättest. Ich habe seine Aufmerksamkeit selbst auf Pershwick gelenkt.«

»Aber er wußte nicht, daß Sie dort leben, bis ich es erwähnt habe. Er war schrecklich wütend, als er gehört hat, daß eine Frau für all seine Schwierigkeiten verantwortlich ist.«

»Zweifellos«, sagte Leonie trocken. »Aber ich war dafür verantwortlich, und daher muß ich mir selbst die Schuld daran geben, daß ich jetzt hier bin. Denk nicht mehr daran, Mildred, dich trifft keine Schuld.«

»Wie Sie wünschen, Mylady«, erwiderte Mildred widerstrebend. »Aber ich werde für Sie beten, daß Sie den Zorn des Herrn nicht mehr so zu spüren bekommen wie in Ihrer Hochzeitsnacht.«

Leonie errötete, weil sie annahm, Mildred hätte sich auf den Messerstich bezogen, den sie Rolfe zugefügt hatte. »Ich hoffe, du hast niemandem erzählt, was du in dieser Nacht gesehen hast, Mildred.«

»Ich würde niemals Geschichten verbreiten, Mylady, und Edlyn täte es ebensowenig. Aber alle wissen, was er Ihnen angetan hat. Ich hätte nicht gedacht, daß der Herr grausam ist – aufbrausend, ja, aber nicht brutal. Aber jeder Mann, der seine Frau wenige Stunden nach der Hochzeit schlägt ...«

»Was?«

Mildred sah sich eilig um, weil sie hoffte, daß ihnen niemand zuhörte, aber die anderen blickten nur kurz auf und wandten sich dann wieder ab.

»Mylady, bitte, ich wollte Sie nicht verärgern«, flüsterte Mildred.

»Wer hat dir gesagt, mein Mann hätte mich geschlagen?« zischte Leonie.

»Lady Roese hat Sie am nächsten Morgen gesehen, und sie hat es Lady Bertha gesagt, und ...«

»Genug! Mutter Maria, weiß er, was über ihn erzählt wird?«

»Ich glaube nicht, Mylady. Verstehen Sie, nur die Frauen beharren darauf, daß der Herr es getan hat, aber keine von ihnen ist kühn genug, mit ihm selbst darüber zu reden. Die Männer schwören, daß es seiner Natur nicht entspricht, eine Frau zu schlagen, und wegen dieser Unstimmigkeit ist es zu vielen Streitereien gekommen. John hat seiner Frau ein blaues Auge geschlagen, und Jugge hat ihrem Mann eine Schüssel Eintopf an den Kopf geworfen. Lady Bertha redet seit der Standpauke, die er ihr gehalten hat, nicht mehr mit ihrem Mann, und jetzt macht er ihr Geschenke, um sich wieder bei ihr einzuschmeicheln.«

Leonie war bestürzt und verlegen. »Sir Rolfe hat mich nicht geschlagen, Mildred«, sagte sie. »Wenn du dich erinnerst – ich war dicht verschleiert, als ich herkam. Weißt du, warum?«

»Wegen eines Hautausschlags.«

»Ich hatte keinen Hautausschlag, Mildred. Es war eine Lüge, eine Erfindung ... die Gründe können dir egal sein. Mein Vater hat mich schlagen lassen, weil ich mich geweigert habe, Sir Rolfe zu heiraten.«

»Dann ...«

»Meinem Mann wird etwas vorgeworfen, was er nicht getan hat! Das lasse ich nicht zu. Hör mir gut zu, Mildred. Ich will, daß du dafür sorgst, daß die Wahrheit bekannt wird. Willst du das für mich tun?«

»Ja, Mylady«, versicherte Mildred, die beträchtliches Erstaunen über diese Enthüllung zeigte.

Leonie ließ sie stehen, weil sie Mildreds Gesellschaft im Moment nicht ertragen konnte. Sie mußte jetzt allein sein.

Was, fragte sie sich, hätte Rolfe gesagt, wenn er gewußt

hätte, was über ihn gemunkelt wurde? Hätte er eine Möglichkeit gefunden, seiner Frau die Schuld daran zu geben, daß dieser böse Klatsch unter seinen Leuten die Runde machte?

23. KAPITEL

In der Morgendämmerung war es still in dem Lager vor den Mauern der Burg Wroth. Siegesträume waren den Männern in den Schlaf gefolgt. Die Wache meldete sich stündlich bei Thorpe de la Mare, doch die Neuigkeiten, die er erwartete, waren noch nicht eingetroffen. Kurz nach der Dämmerung regten sich die Männer, und es wurde lebendig im Lager, doch es gab nicht viel zu tun. Die meisten Vorbereitungen waren am Abend zuvor getroffen worden, und daher warteten die Männer auf Anweisungen, unterhielten sich miteinander und wurden allmählich unruhig.

Als der Morgen schon vorgeschritten war, erschien Thorpe in Rolfes großem Zelt.

»Es scheint, als hätte der Plan geklappt. Auf den Mauern ist so wenig los, daß sie wie verlassen wirken.«

Thorpe sagte es derart mürrisch, daß Rolfe lachte. »Du hast auf andere Neuigkeiten gehofft?«

»Ich glaube immer noch nicht, daß deine Frau dir helfen will.«

»Ich habe dir doch gesagt, daß sie Menschenleben retten will, sowohl unsere als auch die in den Burgmauern von Wroth.«

»Eher nur die der Männer dort«, brummte Thorpe.

»Heute morgen wirst du mich nicht in Wut bringen, mein Freund. Ich bin bester Laune, Leonies Gebräu hat gewirkt! Laß uns losziehen und Wroth einnehmen.«

»Wirst du auch auf dich aufpassen?«

Rolfe lachte über die Besorgnis des stämmigen Mannes. »Du benimmst dich wie ein Weib, Thorpe. Ich bin nicht hier, um Tee zu trinken, sondern um diese Festung einzunehmen. Aber ich verspreche dir, mein Schwert nicht in die Scheide zu stecken, solange du mir nicht sagst, daß jede Gefahr vorüber ist. Stellt dich das zufrieden?«

Es war lächerlich einfach, die Burg Wroth einzunehmen. Als sie auf die Leitern stiegen, hörten sie lautes Stöhnen. Als sie oben auf den Mauern standen, schlug ihnen ein widerlicher Gestank entgegen. Überall wanden sich Männer in Krämpfen oder erbrachen ihre Nahrung. Einige versuchten, gegen Rolfes Männer zu kämpfen, aber sie hatten keine Kraft, und der Widerstand war schnell erstickt.

Die Burg war schnell geräumt, und die Gefangenen wurden in ein Lager gebracht, das Rolfe abseits von seinem eigenen hatte errichten lassen. Den Ritter John Fitzurse hielten sie als Geisel fest. Der aufsässige Vasall hätte getötet werden können, doch Rolfe fühlte sich ein wenig schuldbewußt, weil ihnen der Sieg so leicht gemacht worden war, und daher neigte er dazu, Milde walten zu lassen.

Der Vormittag war noch nicht vorüber, als Rolfe das Zelt betrat und Damian seinen Helm zuwarf. Dann setzte er sich an den behelfsmäßigen Tisch. Eigentlich wollte er Leonie eine Nachricht schicken, aber vielleicht wußte sie, daß sie keinen Schreiber bei sich hatten, und er wollte nicht selbst schreiben. Sie sollte nicht wissen, wie mühelos er lesen und schreiben konnte. Er wollte ihr keinen Vorwand dafür geben, die Arbeit als seine Sekretärin zu verweigern. Je eher sie anfing, die Aufgaben einer Ehefrau zu übernehmen, desto eher würde sie ihn akzeptieren.

Thorpe betrat das Zelt, und Rolfe fragte: »Ist alles erledigt?«

Thorpe nickte. »Wirst du den Soldaten hier anbieten, was du den anderen angeboten hast?«

»Sind es vorwiegend Leibeigene, die man zu den Kämpfen herangezogen hat, oder Männer, die von außerhalb angeheuert wurden?«

»Ich vermute, Leibeigene, denn die meisten sprechen nur Englisch«, antwortete Thorpe.

»Dann werde ich ihnen anbieten, was wir den Soldaten von Axeford und Harwick angeboten haben. Sie können bleiben und für mich kämpfen oder fortgehen. Die angeworbenen Soldaten werden vor dieselbe Wahl gestellt, denn je weniger unserer eigenen Leute wir hier lassen müssen, desto besser. Wen schlägst du als Verwalter vor?«

»Walter Wyclif. Er hat um Wroth gebeten, und da Richard, Piers und Reinald bei den Truppen bleiben wollen ...«

»Aber ich hätte Sir Walter eine größere Burg gegeben, eine von denen, die wir noch einnehmen werden.«

»Er will sich aber hier niederlassen. Er hat es satt, zwischen Axeford, wo er seine Frau gelassen hat, und den anderen Burgen hin und her zu reiten. Er will Lady Bertha bei sich haben, weil er sagt, sie richtet zuviel Unfug an, wenn er sie allein läßt.«

Rolfe kicherte in sich hinein, aber Thorpe runzelte die Stirn. »Ich würde nicht darüber lachen, mein Freund. Du hast selbst eine Frau, die dazu geschaffen ist, Unheil zu stiften.«

»Seit sie mich geheiratet hat, hat sie mir keine Schwierigkeiten mehr gemacht«, sagte Thorpe zu ihrer Verteidigung.

»Noch nicht«, murrte sein Freund.

Rolfe wollte weitersprechen, als sie Pferde hörten, die in das Lager galoppierten. Als sie vor das Zelt traten, stieg ein Reiter ab, der seine Neuigkeiten gar nicht schnell genug loswerden konnte.

»Mylord, die Burg Nant hat sich ergeben!«

»Unter welchen Bedingungen?« fragte Rolfe.

»Bedingungslos. Die Lebensmittelvorräte sind ihnen ausgegangen, und es scheint, als hätten sie sie schon so lange rationiert, daß sie zu schwach sind, um zu kämpfen. Der Vasall fleht nur noch um Gnade.«

»Ich glaube, mein Glück hat sich gewendet, Thorpe«, sagte Rolfe strahlend.

Doch in dem Moment, in dem er die Worte aussprach, hielt ein anderer Reiter vor ihm an und schrie: »Mylord, eure Mühle in Crewel ist in Brand gesetzt worden!«

Rolfe sah Thorpe finster an. »Sieh zu, daß fünf Männer sich augenblicklich auf den Weg machen, aber du bleibst hier, um das Heer zur Burg Warling zu führen.«

»Sir Piers kann das Heer anführen ...«

»Ich brauche kein Kindermädchen! Ich werde mich selbst um das Feuer kümmern. Tu, was ich sage, Thorpe.«

Weniger als zehn Minuten später ritt Rolfe auf Crewel zu, und fünf Krieger folgten ihm. Die beiden Burgen lagen fünfzehn Meilen voneinander entfernt, und sie ritten in schnellem Trab auf der alten Straße voran, die durch Wälder und offenes Feld führte.

Rolfes mächtiges Streitroß war nicht auf Schnelligkeit gezüchtet, und doch erreichte er die Mühle von Crewel weit eher als seine Männer. Rolfe hielt an dem Bach an, der nördlich der Ortschaft durch den Wald floß, und sah Dutzende von Dorfbewohnern sowie etliche seiner Soldaten. Sie bewegten sich langsam, und daher vermutete er, daß das Feuer gelöscht war.

Er trieb sein Pferd zur Eile an, aber es bestand keine Notwendigkeit mehr, schnell zu sein. Er war gerade in Rufweite gekommen, als der Pfeil ihn traf. Er bohrte sich durch die Glieder seines Kettenhemds und blieb dann in seiner Hüfte stecken. Rolfe konnte einen flüchtigen Blick auf ein paar Gestalten werfen, die in der Dunkelheit des Waldes verschwanden, ehe eine Woge des Schmerzes über ihn hinwegspülte.

24. KAPITEL

Leonie war den Anblick von Blut gewohnt, sogar dann, wenn es so reichlich floß wie jetzt. Sie hatte viele Wunden behandelt, aber sie wurde fast hysterisch bei der Vorstellung, Rolfe versorgen zu sollen.

Ihre Blicke trafen einander, als er in die Halle getragen wurde. Er war jetzt wieder bei Bewußtsein. Dieser Blick ließ sie erstarren. In seinen Augen stand Wut, eine zornige Anklage. Warum bloß?

»Mylady?«

Wilda und Mildred sahen sie besorgt an.

»Ja?«

Wilda sagte: »Sir Thorpe will meinen Herrn in sein – in Ihr Zimmer bringen lassen. Werden Sie sich um ihn kümmern?«

»Hat er nach mir gefragt?«

Wilda konnte ihr nicht in die Augen sehen. »Er hat nach dem Arzt geschickt.«

Das war schmerzhafter als sein anklagender Blick. »Dann ist der Fall wohl geregelt.«

»Aber, Mylady«, flüsterte Mildred, »Odo ist doch nur Barbier! Ich weiß, daß viele Barbiere etwas vom Heilen verstehen und sich als Ärzte betätigen, aber Odo ist ein Dummkopf. Er läßt einen Menschen lieber sterben, als zuzugeben, daß er ihm nicht helfen kann. Sie erinnern sich doch an Odo, Mylady. Er ist der, den sie ausgescholten haben, als er meine Mutter beinah sterben ließ.«

Leonie sah Mildred lange an und wandte sich dann ab. Hatte sie Rolfes Blick falsch gedeutet, oder glaubte er wirklich, sie hätte etwas damit zu tun, daß er verwundet worden war?

Im oberen Stockwerk fand sie einen Wächter im Vorzimmer, der ihr den Zutritt versperrte. Sie wollte an ihm vorbeigehen, aber er verstellte ihr den Weg.

»Es tut mir leid, Mylady«, war alles, was er sagte.

»Hat mein Mann befohlen, mich von ihm fernzuhalten?« fragte sie.

Er sah wortlos zu Boden. Das war eine ausreichende Antwort.

»Ist der Arzt gerade bei ihm?« fragte Leonie.

»Ich ...«

Ein lauter Fluch und ein Klirren hinter der geschlossenen Tür schnitten ihm das Wort ab. Leonie wurde aschfahl, dann schoß die Farbe wieder in ihre Wangen.

»Ich hätte ihm diesen Schmerz ersparen können!« Ihre Blicke durchbohrten den Wächter in ihrer Wut. »Lassen Sie mich jetzt durch, ehe er noch mehr leiden muß!«

»Es tut mir leid, Mylady, aber Sie dürfen nicht ...«

»Sie haben genausoviel Verstand wie dieser Dummkopf da drinnen, der es wagt, sich als Arzt zu bezeichnen. Hörst du mich, Odo?« schrie sie durch die Tür. »Wenn du ihn mit deiner groben Unwissenheit verletzt oder verstümmelst, sorge ich dafür, daß du an den Daumen aufgehängt wirst, bis sie dir abfallen! Und wenn er stirbt, wirst du dir tausendfach wünschen, du seist an seiner Stelle gestorben!« Dann wirbelte sie zu dem Wächter herum, der sie jetzt mit weitaufgerissenen Augen anstarrte. »Und Sie auch!«

Odo hatte Leonie deutlich durch die Tür gehört. Er zögerte, ehe er die klaffende Wunde, aus der er den Pfeil gerissen hatte, verband. Aber jetzt war es still, und solange der Herr bewußtlos war, konnte er ihn bequem verbinden.

Leonie war auch unter der Treppe gehört worden, und sie wurde von vielen Blicken begrüßt, als sie in den Saal zurückkehrte. Sie lief zornig und trostlos vor dem kalten Kamin auf und ab. Niemand wagte es, sie anzusprechen.

Sir Evarard war nicht bereit, sich Rolfes Befehlen zu widersetzen und sie in das Zimmer zu lassen, obwohl ihm der Zutritt erlaubt war. Schließlich schickte Leonie einen Boten zu Thorpe de la Mare, weil sie hoffte, daß Rolfes

Freund, der älter und weiser war, diesem Unsinn ein Ende setzen würde.

Sir Thorpe kam am frühen Abend und schloß sich mit Rolfe ein. Er kam erst spät nachts wieder aus dem Zimmer. Leonie erwartete ihn im Saal und stürzte sich in dem Moment auf ihn, in dem er die Treppe herunterkam.

»Wie geht es ihm?«

Thorpe musterte sie kühl. »Er schläft.«

»Und die Wunde?«

»Sie wird heilen – aber das hat er nicht Ihnen zu verdanken.«

»Ihnen etwa?« zischte sie. Sie wußte, daß sie zu wütend war, um sich zusammenzureißen, und daher wandte sie sich ab, starrte die Decke an und faßte sich einen Moment lang. Dann wandte sie sich wieder an ihn. »Sir Thorpe, ganz gleich, was Sie denken – ganz gleich, was er denkt – ich bin nicht für das verantwortlich, was passiert ist. Meine Leute würden ihn jetzt auch nicht mehr angreifen. Warum glauben Sie, daß ich es veranlaßt haben könnte?«

Thorpe setzte sich auf einen Stuhl und rief einen Dienstboten, der ihm etwas zu essen bringen sollte. Erst, als ihm das Essen und der Wein vorgesetzt worden waren, durchbohrte er sie mit seinen dunklen Augen ... Augen, die denen von Rolfe so sehr ähnelten. »Er hat gesehen, daß der Mann, der den Pfeil abgeschossen hat, durch den Wald nach Pershwick verschwunden ist. Evarard sagt, daß Sie schon in Pershwick waren, seit Sie hier leben.«

»Das stimmt. Meine Tante Beatrix lebt weiterhin dort. Es ist mein gutes Recht, sie zu besuchen. Was ist daran zu verurteilen?«

»Sie hatten Zeit, den Tod Ihres Mannes zu planen, solange Sie hier waren. Es ist allgemein bekannt, daß Sie ihn nicht heiraten wollten und sich immer noch nicht mit dieser Ehe abgefunden haben. Ebenso ist bekannt, daß Sie Rolfe schon viel Kummer bereitet haben, ehe Sie ihn kannten. Die Schlußfolgerung liegt auf der Hand. Sie wollten ihn loswerden.«

»Wenn es sich so verhielte, warum hätte ich ihm dann geholfen, die Burg Wroth einzunehmen? Außerdem hätte ich ihn jederzeit vergiften und die Schuld auf die schmutzige Küche schieben können. Aber statt dessen habe ich sie reinigen lassen.«

»Das haben Sie getan?«

»Ach! Es glaubt also noch jemand nur zu gern, daß die Veränderungen Lady Amelias Werk waren. Nachdem sie so lange in diesem Dreckloch gelebt hat, hat sie sich urplötzlich entschlossen, den Haushalt in die Hand zu nehmen, stimmt's? Ach, glauben Sie doch, was Sie wollen. Glauben Sie von mir aus auch, ich würde einem unsicheren Pfeil überlassen, was ich mühelos selbst hätte erledigen können. Ich mache keine halben Sachen, Sir Thorpe. Wenn ich den Tod meines Mannes gewünscht hätte, wäre er jetzt tot.«

»Sie haben sich immer gegen ihn gestellt, Lady Leonie. Können Sie das leugnen?«

»Ich werde weder bestreiten, noch mich dafür entschuldigen, was ich früher empfunden habe. Man hat mir erzählt, der Schwarze Wolf sei ein Ungeheuer. Alain Montigny war mein Freund, und Ihr Herr hatte vor, ihn zu töten, wenn er ihn gefunden hätte. Ja, ich habe ihn dafür verabscheut, daß er in diese Gegend gekommen ist. Alain, dem man seine Heimat genommen hat, mußte fliehen, um sein Leben zu retten. Ich hätte sogar meine Soldaten ausgeschickt, um Alain dabei zu helfen, sein Eigentum zu behalten, aber er hat sich dafür entschieden, nicht zu kämpfen.«

»Aber Sie haben sich entschieden, zu kämpfen.«

»In dem Punkt täuschen Sie sich«, sagte Leonie kühl. »Ich habe den Schwarzen Wolf dafür verflucht, daß er sich unrechtmäßig Besitz aneignet, aber das war auch schon alles. Meine Leute haben den Rest erledigt und meinen Zorn in ihrem eigenen Namen ausgelebt. Das einzige, was ich ihm je angetan habe, war in unserer Hochzeitsnacht.« Sie fügte hastig hinzu: »Und das war ein Zwischenfall, an den er sich gar nicht mehr erinnert.«

Thorpe sah sie finster an. »Dann ist es gut, daß Rolfe Sie nicht in seiner Nähe haben will.«

Leonie schnappte nach Luft. »Sie haben kein Wort von dem gehört, was ich gesagt habe! Ich will ihm helfen. Ich kann sein Leiden lindern. Ich kann ...«

»Sie werden sich von ihm fernhalten. Selbst, wenn er sich erweichen ließe und zuließe, daß Sie ihn behandeln, traue ich Ihnen nicht, Lady Leonie. Meinem dummen Mundwerk haben Sie es zu verdanken, daß Sie überhaupt verheiratet sind. Als ich Sie dann gesehen habe, habe ich mich wieder geirrt und dachte, es sei doch nicht so schlimm, daß Sie ihn heiraten. Und er ist jetzt klug genug, Ihnen nicht noch einmal zu trauen.«

»Sie sind ein sturer Kerl, Thorpe de la Mare, und ich werde um meines Mannes willen beten, daß Sie nicht weiterhin so stur bleiben. Odo wird ihm mehr schaden als nutzen.«

»Der Arzt? Der hat längst getan, was zu tun war, und Rolfes Wunden werden so schnell verheilen wie eh und je. Sie haben doch nicht geglaubt, das sei seine erste Verwundung?« Thorpe schüttelte den Kopf.

»Ich hoffe, daß Sie recht haben.«

Als er ihr nachsah, kniff Thorpe die Augen zusammen. Mildred, die im Dunklen gewartet und gelauscht hatte, sah seinen Blick und traf eine Entscheidung. Sie trat vor und zischte: »Sie irren sich in ihr.« Die dunklen Augen trafen sie mit aller Wucht, doch sie wappnete sich dagegen und fügte hinzu: »Sie weiß alles, was man über das Heilen und Lindern von Schmerzen wissen kann. Und sie würde meinem Herrn niemals schaden. Sie hat Odo sogar bedroht, weil sie weiß, daß er ein Stümper ist. Fragen Sie Sir Evarard, wenn Sie mir nicht glauben.«

»Frauen verteidigen sich gegenseitig, ob zu Recht oder nicht«, sagte Thorpe geringschätzig.

»Männer auch.«

»Er braucht ihre Hilfe nicht!« knurrte er. Er fragte sich, woher diese Frau die Frechheit nahm, ihm zu trotzen. Waren die Leibeigenen von Pershwick etwa noch schlimmer?

»Lady Leonie würde ihm niemals schaden!« beharrte Mildred. »Sie war wütend, als sie erfahren hat, daß man ihn zu Unrecht beschuldigt, sie geschlagen zu haben. Sie hat um seinetwillen dafür gesorgt, daß die Wahrheit bekannt wird. Handelt so eine Frau, die ihrem Gatten Haß entgegenbringt?«

Mildred ging. Sie war selbst über ihren Ausbruch überrascht. Ihr Rücken wurde, bis sie außer Sichtweite war, mit demselben durchbohrenden Blick bedacht, den Thorpe Lady Leonie nachgeworfen hatte.

25. KAPITEL

Nach vier Tagen hatte sich Rolfes Zustand verschlechtert, Thorpe war am Ende seiner Weisheit angelangt. Es hatte ausgesehen, als sei die Wunde unkompliziert, Rolfe hatte schon Schlimmeres abbekommen und war schnell genesen. Diese Wunde schien ernstlich an seinen Kräften zu zehren. Am zweiten Tag setzte Fieber ein, das anstieg, bis Rolfe im Fieberwahn wütete und im einen Moment nach seiner Frau rief, um sie im nächsten zu verfluchen. Thorpe erkannte er nicht.

Odo, dieser Stümper, hatte sich aus der Burg davongeschlichen und war geflohen, ehe man ihm die Schuld daran geben konnte, daß Rolfes Zustand sich verschlechterte.

Thorpe wußte nicht mehr, was er tun sollte. Es gab nur eins, was ihm übrig blieb. Er schickte einen Diener los, um Rolfes Frau zu holen. Als sie das Zimmer betrat, kam Wilda mit ihr, und er besaß den Anstand, sie beschämt anzusehen. Er zuckte zusammen, als sie einen Schwall von Flüchen ausstieß.

»Warum haben Sie mich nicht eher geholt?« fragte sie. »Der Schmutz in der Wunde bringt ihn um.«

»Ich habe seine Verbände nicht gewechselt«, sagte Thorpe zu seiner Verteidigung. »Daher habe ich die Wunde auch nicht gesehen.«

»Sie hätten sie sich aber ansehen müssen! Ich habe Sie gewarnt, daß Odo ihm mehr schadet als nützt.«

»Können Sie ihm helfen?« fragte Thorpe kleinlaut.

Sie sah sich die eitrig entzündete Wunde an und sagte: »Ich weiß es nicht. Wie lange hat er dieses Fieber schon?«

»Seit drei Tagen.«

»Dann gnade ihm Gott.«

Die Farbe wich aus Thorpes Zügen. Die Hoffnungslosigkeit in ihrer Stimme sagte ihm alles, was er wissen mußte. Er betete, als er näher an das Bett trat und ihr zusah. Als erstes flößte sie Rolfe gewaltsam Flüssigkeit ein, und es gelang ihr, ihn dazu zu bringen, daß er sie schluckte. Thorpe spürte Respekt in sich aufsteigen. Dann zerdrückte Leonie Blätter, um sie zusammen mit einer übelriechenden Paste auf die Wunde zu legen. Wasser wurde zum Kochen aufgesetzt, und sie begann, den Inhalt etlicher Flaschen zusammenzugießen.

Als sie ein kleines Messer aus ihrem Korb holte, faßte Thorpe ihr Handgelenk. »Wozu ist das gut?« fragte er.

Sie musterte den kräftigen Mann. »Seine Wunde muß geöffnet werden, damit ich finde, was das Fieber verursacht. Möchten Sie es lieber selbst tun?« fragte sie spitz. Thorpe schüttelte den Kopf und ließ ihr Handgelenk los.

Leonie säuberte das Messer und entfernte dann äußerst behutsam die Blätter, die sie auf die Wunde gepreßt hatte. Sie begann, vorsichtig in der Wunde herumzustochern und sie zu reinigen. Einige Augenblicke lang herrschte vollkommenes Schweigen, dann stieß sie einen entsetzten Schrei aus.

»Der Tod ist zu gnädig für diesen Pfuscher von einem Arzt.« Leonie starrte Thorpe so haßerfüllt an, daß er das Gefühl hatte, er allein sei an Rolfes schlechter Verfassung schuld. »Er hat den Pfeil entfernt, aber ein Stück von Rolfes Kettenhemd, das der Pfeil mitgerissen hat, in der Wunde gelassen.«

Sie zog es langsam und sorgfältig heraus und fuhr dann fort, die Wunde zu reinigen. Als endlich reines Blut aus der Wunde sickerte, seufzte sie dankbar. Sie bedeckte die Wunde, die jetzt gesäubert war, mit ihrem Gebräu.

Schließlich lehnte sie sich zurück und sah Thorpe an. Ihr Gesichtsausdruck hatte seine Besorgnis verloren. »Das Blut muß aus der Wunde sickern können, bis das Fieber zurückgeht, dann wissen wir, daß die Gefahr vorbei ist. Ich werde die Wunde bis dahin nicht zunähen. Es wird ihn vorerst noch mehr schwächen, aber ich wage es nicht, etwas gegen das Bluten zu unternehmen, solange ich nicht sicher bin, daß die Wunde sauber ist. Ich habe Säfte, die ihm helfen werden, das Fieber zu bekämpfen und ihm die Kraft zurückgeben.« Thorpe nickte, und sie sprach weiter. »Ich werde ihm auch etwas gegen die Schmerzen geben.« Als er stumm blieb, fragte sie: »Lassen Sie zu, daß ich hierbleibe, um seine Fortschritte zu beobachten und ihn zu versorgen?«

»Ist er außer Lebensgefahr?« fragte Thorpe vorsichtig.

»Ja, ich glaube schon.«

»Dann bleiben Sie, Mylady.«

»Wenn er soweit zu sich kommt, daß er mich erkennt, ist ihm das vielleicht gar nicht recht.«

»Dann ist es ihm eben nicht recht«, sagte Thorpe fest. Er war zu dankbar, um sich Sorgen darüber zu machen, wie Rolfe reagieren würde.

»Nun gut.« Sie seufzte. »Aber ich bitte Sie, ihm nicht zu sagen, was ich unternommen habe.«

»Warum nicht?«

»Ich will nicht, daß er sich während seiner Genesung aufregt. Lassen Sie ihn ruhig in dem Glauben, der Arzt hätte ihn geheilt, wie er es haben wollte.«

»Ich würde Rolfe nicht belügen.«

»Sie brauchen nicht zu lügen. Sagen Sie einfach gar nichts. Ich werde mich bemühen, nicht mehr hier zu sein, wenn er zu sich kommt.«

Am späten Nachmittag des nächsten Tages bandagierte sie gerade die Wunde, nachdem sie die ausgefransten Ränder zusammengezogen hatte, als Rolfe die Augen aufschlug und ihre Blicke sich trafen. Das Fieber hatte ihn ausgezehrt, und dichte Bartstoppeln bedeckten sein Gesicht. Er sah furchtbar aus, und seine Augen wurden vor Zorn dunkel, als er sie sah.

Leonie sagte kein Wort, sondern brachte schweigend das zu Ende, womit sie gerade beschäftigt war, und verließ dann das Zimmer. Thorpe, der auf einem Stuhl vor dem Kamin eingeschlafen war, wachte auf, als er hörte, daß sie die Tür hinter sich schloß. Er trat an das Bett.

»Du bist also wieder zu uns zurückgekehrt?«

»Wo bin ich gewesen?« Die Stimme war sehr schwach. Thorpe lächelte seinen alten Freund an.

»Du warst dem Tod sehr nah.«

Rolfe musterte ihn skeptisch. »Durch eine kleine Pfeilwunde?«

»Diese kleine Wunde war ein übler Krankheitsherd. Du hattest ein schweres Fieber, weil sie sich entzündet hat.«

»Lassen wir das. Was hatte Leonie hier zu suchen? So deckt ihr mir den Rücken? Ihr laßt ausgerechnet die Frau zu mir, die verantwortlich dafür ist ...«

»Reg dich nicht auf, Rolfe«, schnitt ihm Thorpe das Wort ab. »Ich glaube nicht, daß sie die Schuld trägt. Ich bin sogar sicher, daß es nicht der Fall war.«

»Ich habe dir gesagt, was ich gesehen habe.«

»Ja, und das sprach gegen sie, aber es war kein schlüssiger Beweis«, sagte Thorpe verbissen.

»Plötzlich verteidigst du sie? Bisher hast du ihr nicht über den Weg getraut. Ich will nicht glauben, daß sie zu so etwas fähig ist, Thorpe. Ich dachte, ich hätte Fortschritte bei ihr gemacht, und jetzt das.«

Thorpe schüttelte den Kopf. »Du hattest keine Zeit, dir genauer zu überlegen, was geschehen ist, ehe der Schmerz deiner Wunde deine Gedanken getrübt hat. Denk gut nach, ehe du ihr die Schuld gibst, denn jeder könnte diesen Pfeil abgeschossen haben. Es könnte ein Mann gewesen sein, der aus einer der Burgen, die wir eingenommen haben, kam, und sogar jemand von hier. Hat dich in Pershwick bisher jemand angegriffen? Und jetzt sollten die Leute es plötzlich tun, obwohl du ihre Herrin in deiner Gewalt hast?« Er trat einen Schritt zurück und musterte Rolfe scharf. »Weißt du, warum Lady Leonie vor der Hochzeit gegen dich war? Hast du sie je nach den Gründen gefragt?«

»Was würde das ändern?«

»Hast du es getan, Rolfe?«

»Nein«, sagte er barsch, »aber ich vermute, du hast die Gründe erfahren. Warum sonst solltest du mich derart plagen?«

Thorpe grinste. »Wie ich sehe, bessert sich deine Laune schon wieder.«

»Hast du mir nun etwas zu sagen oder nicht?«

Thorpe schüttelte den Kopf. »Wir irren uns in ihr, verstehst du. Und sie ist falsch über dich unterrichtet worden. Es ist jetzt euer beider Angelegenheit, die Dinge zu klären, Rolfe.«

»Ich liege hier und leide, und du gibst mir Rätsel auf.« Rolfe seufzte. »Wo steckt überhaupt dieser verfluchte Arzt? Mir kommt es vor, als stünde meine Hüfte in Flammen.«

»Kein Wunder, nach allem, was du durchgemacht hast.

Was Odo angeht – er ist in der vorletzten Nacht verschwunden, weil er um seine Daumen gebangt hat.«

»Noch mehr Rätsel?« sagte Rolfe matt.

»Deine Frau hat sehr deutlich zum Ausdruck gebracht, was sie Odo antut, wenn er dir schadet, und so, wie die Dinge stehen, war es Odos Unfähigkeit, die dich nahezu umgebracht hat ...«

»Du erzählst mir ständig, ich hätte auf der Schwelle des Todes gestanden. Da der Arzt fort ist, nehme ich an, ich habe die Besserung dir zu verdanken?« Thorpe schüttelte nachdrücklich den Kopf. Rolfe riß die Augen weit auf, als er plötzlich verstand, was hier vorging. »Sie hat ihr Wissen eingesetzt, um mich gesund zu pflegen? Um mir wieder einmal zu helfen? Warum hast du mir das nicht gleich gesagt? Hör mal, Thorpe, ich glaube allmählich wirklich, daß sich diese Frau etwas aus mir macht.«

»Ich würde es nicht überschätzen«, sagte Thorpe eilig. »Sie mag dir zwar dein armseliges Leben gerettet haben, aber ich glaube, es ist einfach ihre Art, anderen zu helfen. Sieh darin nicht zu viel. Sonst hast du später nur wieder Schwierigkeiten.«

Doch Rolfe hörte ihm nicht mehr zu. Er war glücklich. Sie war zu ihm gekommen, um für ihn zu sorgen. Hieß das vielleicht, daß er sie doch bald dazu bringen konnte, ihn zu lieben?

Diese Frage beschäftigte Rolfe, bis er ermattet einschlief.

26. KAPITEL

Leonie sah, daß sich Erneis in dem Moment aus dem Saal schlich, in dem sie eintrat. Schon seit langem versuchte sie, den Verwalter von Crewel zu erwischen, um mit ihm über die Abrechnungen zu reden, doch er war immer auf dem Sprung oder gerade nicht auffindbar. Warum ging er ihr aus dem Weg?

Sie folgte dem kleinen Mann aus dem Saal und hielt ihn an, ehe er im Stall verschwinden konnte. »Erübrigen Sie mir ein paar Minuten Ihrer Zeit, Meister Erneis.« Er blieb stehen und drehte sich möglichst langsam um. Er gab sich keinerlei Mühe, seinen Widerwillen, mit ihr zu reden, zu verbergen.

»Meister Erneis, Sie waren doch schon bei Sir Edmond Verwalter, nicht wahr?«

»Einige Jahre lang, Mylady«, antwortete er, und die Frage schien ihn ein wenig zu überraschen.

»Finden Sie, daß der neue Herr von Crewel zu hart durchgreift?« fragte Leonie freundlich.

»Nein, durchaus nicht, Mylady. Natürlich war Sir Edmond weit mehr ... mein neuer Herr ist sehr selten hier ...«

Er war verlegen, und Leonie nutzte schnell den Vorteil, den ihr seine Verwirrung bot.

»Ich möchte die Buchführung von Crewel sehen, Meister Erneis.«

»Sie?« Er kniff die Augen zusammen. »Was sollten Sie denn damit anfangen?«

»Mein Mann will die Bücher sehen.« Die Lüge glitt ihr mühelos über die Lippen.

»Aber er kann doch auch nicht lesen.« Der Mann war nicht verlegen, sondern in heller Panik.

Leonie lächelte aufmunternd. »Er hat während seiner Genesung wenig zu tun, Meister Erneis. Ich nehme an, er möchte wissen, womit sich in Crewel Gewinne erzielen lassen.« Sie zuckte die Achseln und fügte dann ganz bewußt hinzu: »Aber als Soldat, der sich gerade erst seßhaft gemacht hat, wird er die Abrechnungen wahrscheinlich nicht verstehen. Ich vermute, daß er sie sich von seinem Schreiber vorlesen lassen wird.«

»Das kann ich doch machen«, beharrte der Verwalter.

»Aber Sie haben doch immer so viel zu tun.«
»Ich werde mir die Zeit nehmen.«
»Das ist nicht notwendig. Der Schreiber hat jede Menge Zeit.«
»Aber ...«
Leonie riß die Geduld. »Haben Sie etwas gegen die Anweisungen meines Herrn einzuwenden?« fragte sie scharf.
»Nein, nein, wahrhaftig nicht, Mylady«, versicherte er ihr eilig. »Ich hole die Bücher gleich.«
Als Erneis ihr den erbärmlich kleinen Stapel Pergamente in die Hand drückte, behielt Leonie ihr Erstaunen für sich. Haushaltsbücher wurden von Jahr zu Jahr geführt, meistens von Michaeli bis Michaela, und dieser Festtag lag nur wenige Monate vor ihnen. Diese Aufzeichnungen sollten die Ausgaben und Einnahmen von fast einem Jahr festhalten, aber es sah so aus, als seien kaum mehr als die Beträge eines Monats aufgezeichnet.
Sie nahm die Papiere in das kleine Zimmer mit, in dem sie geschlafen hatte, und sah sie sich sorgfältig an. Es war schlimmer, als sie es sich vorgestellt hatte. Der Verwalter hätte sich jeden Abend mit dem Küchenpersonal und den Stallknechten besprechen sollen, um alle Vorräte aufzuzeichnen, die gekauft worden waren, und die genauen Summen festzuhalten, die dafür bezahlt worden waren. Außerdem hätte er die Vorräte verzeichnen sollen, die verbraucht wurden, sowie die Naturalien, die die Dorfbewohner zur Zahlung ihrer Miete ablieferten. Jeder Überschuß aus verkauften Waren sollte ebenfalls verbucht werden, um die Gewinne festzustellen. Aufgezeichnet wurden außerdem die Summen, die für Dienstleistungen bezahlt wurden, wie den Transport von Gütern, die verkauft wurden oder die Arbeit, die der Schmied und andere Handwerker über das hinaus leisteten, was sie an Miete schuldig waren.
In einer Tagesabrechnung von Pershwick wären die

Mengen an Brot, Getreide, Wein und Bier festgehalten worden, die bereits an anderer Stelle in den Aufzeichnungen auftauchten. Die korrekten Mengen wurden als den Vorräten entnommen verbucht. Was von Kaufleuten oder in Rethel gekauft wurde wie Töpfe, Stoff und Gewürze, sowie alle Dienstleistungen wurden peinlich genau verzeichnet. Für die Küche wurden ganz bestimmte Dinge eingekauft – besondere Käsesorten, Fisch, der nicht auf Lager war, und es war nur wenig, da Pershwick gut vorgesorgt hatte und fast das gesamte Fleisch und Geflügel selbst stellen konnte. Für den Stall wurden Heu und Hafer aufgeführt, Gras, das geschnitten wurde, und all das wurde auch eingelagert. Zu den Hauptausgaben zählte der Kauf eines Pferdes, wenn eins der Tiere zu alt geworden war, um noch auf dem Feld zu arbeiten. Diese alten Pferde wurden den Armen geschenkt.

Meister Erneis hatte Listen für die Küche und den Stall angelegt, aber sie wurden nur einmal wöchentlich auf den neuesten Stand gebracht. Noch schlimmer war, daß nichts einzeln aufgeführt wurde, sondern nur die wöchentlich gezahlten Gesamtsummen festgehalten wurden. Er verzeichnete die Zahlungen der Dorfbewohner in Form von Vorräten, aber nur armselige Summen waren hier ausgewiesen. Verkäufe überschüssiger Waren hatte er nirgends verzeichnet. Leonie hatte jedoch selbst gesehen, daß Getreide, Schafe und Rinder geliefert und zum Verkauf nach Axeford gebracht worden waren. Warum wurden diese Vorgänge nie aufgezeichnet?

Das war schon schlimm genug, aber noch schlimmer stand es um die Gesamtsummen der wöchentlichen Ausgaben, lachhafte Summen, das Dreifache dessen, was sie in einem Monat ausgegeben hätte. Diese Beträge umfaßten keine Verpflegung für Rolfes Heer, dessen war sie sicher. Sir Evarard hatte ihr gesagt, daß Rolfe für die Versorgung des Heeres zahlte, dessen Proviant direkt in den

Städten beschafft wurde, die der jeweiligen Burg am nächsten lagen.

Leonie hatte die Vorräte inspiziert. Sie wußte, daß zwar kein Überfluß herrschte, sie aber wieder aufgefüllt würden, wenn in wenigen Wochen die Ernte begann, und die Vorratskammern waren noch nicht so leer, daß es die hohen Kosten, die angegeben waren, erklärt hätte.

Meister Erneis kam seinen Pflichten nicht nach. Soviel stand fest.

In ihrem Zorn lief sie wieder nach unten, um sich den Missetäter vorzunehmen. Sie nahm für den Fall, daß sie sie brauchte, zwei Soldaten mit, sagte ihnen aber nicht, worum es ging. Sie spürte den Verwalter in der Küche auf. Ehe sie die Küche betrat, befahl sie den Soldaten, sie vor der Tür zu erwarten.

Meister Erneis wirkte überrascht, als Leonie mit den Pergamenten in der Hand den langen, schmalen Schuppen betrat. »Sie bringen mir die Aufzeichnungen so schnell zurück, Mylady?« Er griff nach den Papieren, doch sie entzog sie ihm.

»Meister Erneis«, fragte sie mit ruhiger Stimme, »wo in diesen Aufzeichnungen sind die Pferde aufgeführt, die Sie erworben haben?«

»Pferde?« Der Mann runzelte die Stirn. »Was für Pferde?«

»Die Pferde.« Ihre Stimme wurde lauter. »Sie haben doch gewiß Dutzende von Pferden gekauft.«

»Ich habe nicht einmal den Kauf eines einzigen Pferdes angeordnet, Mylady. Wie kommen Sie auf den Gedanken ...«

»Keine Pferde? Dann täusche ich mich wohl. Haben Sie vielleicht Geschenke meines Herrn für Lady Amelia gekauft?«

»Ich bitte Sie, Mylady.« Erneis richtete sich empört auf. »Ich habe nie etwas für irgendwelche Damen gekauft, und Sir Rolfe hat mich auch nie darum gebeten. Was hat er zu diesen Aufzeichnungen gesagt, daß Sie jetzt Fragen stellen wie ...«

»Was hätte er wohl sagen können?« unterbrach sie ihn.

»Mylady?«

»Wo werden die Gelder aufbewahrt, die Sie für den Haushalt ausgeben, Meister Erneis?«

Er sah sie finster an. »In einer der Vorratskammern steht eine verschlossene Truhe.«

»Und mein Mann füllt den Vorrat an Münzen auf, wenn es nötig ist?«

»Das ist bisher nicht notwendig gewesen. Er hat reichlich Gelder ...«

»Wieviel?«

»Mylady?«

»Wieviel Geld hat er Ihnen gegeben, um diesen Haushalt zu führen?« fragte sie mit scharfer Stimme.

»Etliche ... Hunderter«, erwiderte er voller Unbehagen.

»Wie viele Hunderter?« fragte sie leise. »Ich kann mich nicht ...«

»Wie viele?«

Er zauderte und warf über die Schulter Blicke auf den Koch und seine Gehilfen, die neugierig zusahen. Die Fragen nahmen immer mehr den Charakter eines Verhörs an.

»Elf oder zwölf Hunderter«, sagte Erneis ausweichend. »Ich kann mich nicht genau erinnern. Aber ich verstehe nicht, Mylady, was das mit Ihnen zu tun hat – es sei denn, Sie wünschen etwas zu kaufen. Wenn das der Fall ist, ist es mir ein Vergnügen ...«

»Das kann ich mir denken«, sagte sie barsch. »Darf ich daraus schließen, daß das, was Sie von den Geldern meines Mannes noch nicht ausgegeben haben, sich noch in der verschlossenen Truhe befindet?«

»Selbstverständlich, Mylady.«

»Und über die fehlenden Summen ist hier Rechenschaft abgelegt?« Sie hob langsam die Papiere und hielt sie ihm vor das Gesicht.

»Ja, allerdings.«

»Dann haben Sie nichts dagegen einzuwenden, wenn Ihr Zimmer durchsucht wird, ehe Sie aus Crewel verwiesen werden, oder?«

Erneis wurde blaß. »Mylady? Sie ... äh ... ich glaube, ich verstehe Sie nicht richtig.«

»Das glaube ich kaum«, erwiderte sie kalt. »Sie konnten meinen Mann über die Ausgaben belügen, weil er ein Krieger ist, der nicht daran gewöhnt ist, einen eigenen Haushalt zu führen, und daher nicht wissen kann, wie hoch die Kosten sind, die das mit sich bringt. Aber Sie waren so dumm, zu glauben, Sie könnten mich hinters Licht führen. Ich bin keine untätige Frau. Ich habe meine eigene Burg einige Jahre lang verwaltet. Ich weiß genau, welche Kosten es mit sich bringt, einen Haushalt dieser Größenordnung zu führen, bis auf die letzte Münze.« Er riß die Augen auf, und sie lächelte. »Ich sehe, daß Ihnen allmählich etwas dämmert, Meister Erneis.«

Seine Lippen zogen sich zu einem Strich zusammen. »Sie haben keinen Beweis dafür, Mylady, daß ich etwas Unrechtes getan habe. Crewel ist nicht Pershwick. Als Sir Rolfe hier ankam, herrschte ein Chaos, die Vorräte waren zu Ende und die Kosten hoch.«

»Wäre mein Mann nicht krank, dann würde ich es ihm überlassen, mit Ihnen fertig zu werden, denn Sie stellen meine Geduld auf eine harte Probe«, sagte Leonie wütend. »Sie meinen, ich hätte keine Beweise?« Sie wandte sich an den Koch und fragte: »In diesen Aufzeichnungen, Meister John, steht, daß Sie in der letzten Woche Lebensmittel im Wert von fünfunddreißig Talern einkaufen mußten. Stimmt das?«

»Nein, Mylady!« Der Mann schnappte entsetzt nach Luft. »Wir haben weniger als zehn Taler ausgegeben.«

Leonie sah den Verwalter wieder an, dessen blasses Gesicht vor Wut rot gesprenkelt war. »Nun, Meister Erneis?«

»Sie haben nicht das Recht, mich nach den Abrechnungen zu fragen, Lady d'Ambert. Ich spreche mit Ihrem Mann ...«

»Nein, das werden Sie nicht tun!« fauchte sie. Sie wich zur Tür zurück und bedeutete den beiden Wachen, die erstaunt zugehört hatten, näherzutreten. »Bringt Meister Erneis in sein Zimmer und durchsucht seine Habe. Wenn das Geld, das er gestohlen hat, aufgefunden wird, kann er Crewel mit seinen Kleidern auf dem Leib verlassen – und mit sonst gar nichts. Wenn das Geld nicht da ist« – sie sah den kleinen Verwalter noch einmal an –, »wird Ihnen der Wunsch erfüllt, mit meinem Mann zu sprechen. Ich bezweifle, daß er Nachsicht walten läßt.«

Leonie kehrte in den Saal zurück, um dort zu warten. Sie kochte vor Zorn und fragte sich, ob sie diese Angelegenheiten vielleicht doch nicht selbst in die Hände hätte nehmen sollen. Hätte sie sich an Sir Evarard oder an Thorpe de la Mare wenden sollen, damit sie sich den Verwalter vornahmen?

Ihr blieb nicht viel Zeit, um darüber nachzudenken, denn die Wachen kamen betreten zurück und teilten ihr mit, der Verwalter sei geflohen, während sie seine Habe durchsucht hatten. Sie hatten nur fünfzig Taler gefunden. Nur fünfzig von Hunderten? Wie sollte sie Rolfe das erklären?

27. KAPITEL

Rolfe stöhnte, als er sich vorbeugte, um die große Truhe zu öffnen. Er wußte, daß er nicht hätte aufstehen dürfen, denn Thorpe hatte ihn wiederholt davor gewarnt. Er war noch schwach, und seine Wunde war erst am Vortag genäht worden.

Aber Rolfe war ungeduldig. Seit er erfahren hatte, daß

Leonie ihn geheilt hatte, statt die Urheberin seiner Wunde zu sein, wollte er sein ungehobeltes Benehmen wiedergutmachen. Was mußte sie von seinem Mißtrauen halten, vor allem, nachdem sie ihm gerade erst geholfen hatte, Wroth einzunehmen?

Den größten Teil des Tages hatte er damit verbracht, sich zu fragen, was er Leonie schenken könnte. Er wollte nicht, daß sie glaubte, er wolle sich ihre Vergebung kaufen, sondern er wollte ihr etwas schenken, das sie wie einen Schatz hüten könnte. Ihm wurde klar, daß er ihre Vorlieben und Abneigungen nicht kannte und keine Ahnung hatte, was sie besaß. Es war dringend erforderlich, ihren Truhen, die im Vorzimmer standen, einen Besuch abzustatten, und er konnte es kaum erwarten, daß Thorpe den Raum verließ, damit er aufstehen konnte.

Die beiden ersten Truhen enthielten nur Kleider. Die dritte kleinere enthielt Leonies Schätze. Er fühlte einen schuldbewußten Stich in der Brust, als er sah, wie wenig es war. Ein Schachspiel aus Elfenbein, und in einer kleinen Holzkiste, die mit Samt ausgeschlagen war, lagen zwölf silberne Löffel. In Beuteln waren rare Gewürze enthalten. Auf dem Boden der Truhe lagen in weiche Wolle gewickelt ein mit Steinen besetzter Ledergürtel und ein Gürtel aus geflochtenen Goldschnüren. In einem kleinen Kasten fand er drei Broschen. Eine war mit Granaten besetzt, eine andere emailliert. Daneben lagen zwei silberne Haarnadeln, eine goldene Schnalle und ein edles Schmuckstück, eine goldene Halskette mit sechs großen Granaten, die zwischen den Kettengliedern eingesetzt waren, und einem goldenen Kreuz.

So wenig Schmuck für eine so schöne Frau. Aber Rolfe wußte, daß Leonie als Kind von ihrem Vater abgeschoben worden war. Wen hatte es gegeben, der sie mit hübschen Dingen beschenkt hätte, um zu sehen, wie ihre Augen vor leuchteten? Eine Woge von Haß auf den Mann, der Leonie so übel mitgespielt hatte, ging über Rolfe hinweg.

Die Tür öffnete sich leise, und sie stand da. Und sah Rolfe – vor ihrer offenen Truhe, und das Bettuch, in das er sich gehüllt hatte, war blutdurchtränkt. Sie hatte ihn auf frischer Tat ertappt, und er hatte keine Ausrede parat.

Sie starrte ihn an, sagte kein Wort, und er konnte nicht in ihrem Gesicht lesen. Rolfe wandte sich errötend ab und machte sich langsam auf den Rückweg zu seinem Bett.

Leonie folgte ihm. Schweigen hing in der Luft, bis sie schließlich etwas sagte.

»Falls du meine Medizin gesucht hast, Mylord, hätte de la Mare dir sagen sollen, daß mein Korb dort neben dem Feuer steht.«

Rolfe seufzte. »Ja, das hätte er tun sollen.«

»Aber ich muß dich davor warnen, dich selbst zu behandeln. Du kannst mehr Schaden anrichten, als es dir nützen kann, wenn du nicht mit den Heilmitteln vertraut bist. Ich helfe dir gern.«

»Wirklich?«

Leonie wandte sich ab, denn sein Tonfall, der plötzlich so sanft war, brachte sie aus der Fassung. »Du hättest warten sollen, bis ich zu dir komme.«

»Aber ich war nicht sicher, daß du kommst.«

Sie sah ihm in die Augen. Offensichtlich hatte er bisher noch nichts von dem Verwalter gehört. Aber etwas anderes machte ihm Sorgen.

»Warum hätte ich nicht kommen sollen, Mylord?« fragte sie spitz. »Du hast deutlich ausgedrückt, daß du Gehorsam wünschst.«

»Aber du tust ohnehin, was du willst.«

Plötzlich sprachen sie über das, was zwischen ihnen nicht stimmte, obwohl es keiner von beiden vorgehabt hatte. »Ich gestatte es niemandem, Mylord, über meine Gedanken oder meine Gefühle zu bestimmen. Im übrigen kannst du mir als deiner Frau befehlen.«

Rolfe hätte fast gelacht. Natürlich hatte sie recht. Er konnte nicht über ihre Gedanken und Gefühle herrschen, und es war unsinnig, daß er das versucht hatte. Jetzt war es nötig, daß er versuchte, ihre Gefühle zu ändern, oder wenigstens einige ihrer Empfindungen.

»Wenn du mich lieber nicht pflegen willst, Leonie, dann verstehe ich das.«

Sie fand die Demut in seiner Stimme keineswegs überzeugend. »Die Gabe des Heilens, die ich von meiner Mutter habe, ist mir gegeben, damit ich sie anderen zugute kommen lasse. Wenn ich sie nicht anwenden kann, wird sie wertlos. Und jetzt laß mich etwas gegen das Bluten tun.«

Er nickte, und sie zog das Laken zur Seite, um den Verband zu wechseln. Sie strahlte bei der Arbeit vor Befriedigung, denn es machte sie froh und erfüllte sie mit Stolz, ihre Fähigkeiten nutzen zu können.

»Es bereitet dir Freude, anderen zu helfen?« fragte Rolfe plötzlich.

»Ja.«

Er seufzte. Er hatte sich geirrt. Es war so, wie Thorpe gesagt hatte. Es lag einfach in ihrer Natur, anderen Menschen zu helfen. Er war für sie keine Ausnahme.

»Stimmt etwas nicht, Mylord?«

»Nein«, sagte er schnell. »Ich bin nur gerade auf den Gedanken gekommen, daß ich dich beleidigt haben könnte, als ich nicht nach dir, sondern nach dem Arzt rufen ließ.«

»Es hat mich nicht verletzt«, versicherte sie ihm eilig. »Ich war zornig darüber, weil ich wußte, daß Odo unfähig ist. Aber dein Befehl, mich von dir fernzuhalten, war verständlich. Du warst geschwächt und hattest Schmerzen. Du konntest nicht klar denken.«

»Warum bringst du Entschuldigungen für mich vor?«

Sie schüttelte den Kopf. »Wenn du klar bei Verstand gewesen wärst, Mylord, bin ich sicher, daß du mich in Eisen hättest legen lassen, statt mich lediglich aus deinem Zimmer zu verbannen.«

»In Eisen legen!« Er runzelte die Stirn. »Das täte ich nie ... Du bist meine Frau.«

»Darum geht es nicht«, sagte sie zornig. »Jemand hat versucht, dich zu töten. Diese Person muß gefunden und bestraft werden – ganz gleich, wer es ist. Ich würde keine geringere Strafe erwarten, wenn ich es gewesen wäre.«

Rolfe lachte kläglich. »Ich gebe zu, daß ich zuerst an dich dachte, als der Pfeil mich traf und ich sah, daß der Gauner nach Pershwick verschwand. Ich wollte nicht glauben, daß du in der Lage sein könntest, meinen Tod zu wollen, aber der Gedanke ist mir gekommen, und wenn man an die Vergangenheit denkt, ist er nicht allzu unsinnig ... Es tut mir ehrlich leid, daß ich wieder an dir gezweifelt habe, Leonie.«

Warum wollte sie ihn nicht ansehen? Sie hatte seinen Verband gewechselt und wühlte in ihrem Korb. Sie hielt ein kleines blaues Fläschchen hoch. »Darf ich dir das gegen die Schmerzen geben, Mylord?«

Rolfe runzelte die Stirn über diese ausweichende Bemerkung. Sie wollte ihm immer noch nicht in die Augen sehen, und wirkte plötzlich sehr verlegen.

»Nein!« fauchte er und bereute es augenblicklich.

»Du zweifelst also immer noch an mir?« fragte sie mit sanfter Stimme.

»Das habe ich nicht gesagt.«

»Und doch lehnst du meine Medizin ab, obwohl du Schmerzen hast. Du fürchtest, ich könnte dich vergiften, das ist es doch?«

»Verdammt noch mal! Gib her!« Er riß ihr die Flasche aus der Hand und trank einen Schluck. »So! Und jetzt sag mir, warum du mir nicht verzeihen kannst.«

»Aber das tue ich doch«, sagte sie sanft und mit festem Blick. »Ich kann nur hoffen, daß du mir verzeihst, wenn ich dir sage ...«

»Sag es mir nicht.« Er schnitt ihr abrupt das Wort ab. »Ich will jetzt keine Geständnisse von dir hören.«

»Aber ich muß dir erzählen, daß ...«

»Nein!«

Sie stand auf und funkelte ihn wütend an, jede Zaghaftigkeit war verflogen. »Du würdest mich warten lassen, damit ich mich vor deinem Zorn fürchte, bis ein anderer es dir erzählt? Das werde ich nicht zulassen. Mylord, ich habe deinen Verwalter entlassen, und es tut mir nicht leid.«

Sie wartete auf einen Wutausbruch, aber Rolfe starrte sie nur voller Erstaunen an.

»Ist das alles?« fragte er.

»Ja«, erwiderte sie starr.

»Was ... was für eine Reaktion hast du von mir erwartet, Leonie?«

»Du hast das Recht, wütend auf mich zu sein, und es wird deiner Wunde nicht schaden, wenn du mich anschreist.«

»Vielleicht«, sagte er leise und bemühte sich, nicht breit zu grinsen, »tue ich es, wenn du mir sagst, warum du ihn entlassen hast.«

»Ich bin dahintergekommen, daß Meister Erneis dich bestiehlt, und zwar nicht nur ein wenig. Es geht um Hunderte von Talern.«

»Woher weißt du, daß er mich bestohlen hat?« fragte er mit scharfer Stimme.

Sie erklärte es ihm hastig. »Mir tut es nur leid, daß ich es so unklug angestellt habe, denn jetzt ist er verschwunden, und mit ihm dein Geld.«

»Du hast mir immer noch nicht gesagt, warum du sicher bist, daß er gestohlen hat.«

»Mylord, ich weiß nicht genau, wieviel du dem Verwalter gegeben hast, aber er sagte, du hättest ihm elf oder zwölf Hunderter gegeben. Du bist seit neun Monaten hier, und er hat aufgezeichnet, daß er in dieser Zeit neun Hunderter ausgegeben hat. Das ist bei weitem zuviel.«

»Leonie, woher weißt du das?« fragte Rolfe ermattet.

Sie errötete und senkte den Kopf. »Ich ... ich habe meine Burg selbst verwaltet, aber das habe ich dir noch nicht erzählt. Ich weiß, daß ein Haushalt dieser Größenordnung sich selbst trägt, wenn nicht häufig Gäste zu Besuch sind, und was es kostet, ihn zu führen.«

Rolfe schüttelte den Kopf. Sie hatte ihre Burg selbst verwaltet, und doch weigerte sie sich, in Crewel die Zügel in die Hand zu nehmen.

»Dir muß längst klar geworden sein, daß die Verwaltung eines Anwesens nicht meine Stärke ist. Daher muß ich deinen Worten Glauben schenken, daß mich mein Verwalter betrogen hat.«

»Ich schwöre dir, daß ich seine Buchhaltung genau gelesen habe und ...«

»Ich habe nicht an dir gezweifelt. Aber jetzt stehe ich ohne einen Verwalter da. Evarard kann den Posten nicht übernehmen, denn er weiß über diese Dinge noch weniger als ich.«

»Das stimmt.«

»Was also schlägst du vor? Du hast den Mann entlassen. Hast du eine bestimmte Vorstellung davon, wer ihn ersetzen könnte?«

»Mir fällt niemand ein.«

»Mir schon. Du wirst den Posten selbst ausfüllen müssen.«

»Ich?«

»Findest du das nicht gerecht? Du trägst doch jetzt die Verantwortung.«

»Ja, natürlich.« Leonie wandte sich ab und trug ihren Korb zum Kamin, damit er nicht sah, wie sehr sie sich freute. Er glaubte, es sei eine Strafe für sie, und in Wirklichkeit befahl er ihr, das zu tun, was ihr am meisten Vergnügen bereitete. Sie hätte den Vorschlag von sich aus gemacht, wenn sie nicht gefürchtet hätte, er würde ihn ablehnen. Schließlich hatte er ihr jegliche Verantwortung in Crewel aus den Händen genommen – bis zu diesem Augenblick.

Es gelang ihr, ihre Freude zu verbergen, als sie sich wieder zu ihm umdrehte. »Wenn es noch etwas gibt, worüber du sprechen willst, Mylord? Andernfalls lasse ich dir jetzt dein Abendessen schicken.«

»Wirst du mir dabei Gesellschaft leisten?« fragte er schläfrig. Das Morphium, das er aus der blauen Flasche getrunken hatte, tat seine Wirkung.

»Wenn du es wünschst.«

»Gut. Und noch etwas, Leonie, wo hast du eigentlich geschlafen?«

»Ich ... ich habe ein paar meiner Sachen in eines der Zimmer gegenüber von den Unterkünften der Dienstboten gebracht.«

»Bring sie wieder hierher.« Er war zwar sehr schläfrig, aber schien keinen Widerspruch zu dulden. »Du wirst von jetzt an hier schlafen.«

»Wie du wünschst, Mylord«, murmelte sie errötend.

Sie verließ das Zimmer und fühlte sich glücklich und besorgt zugleich.

28. KAPITEL

Ein Feuer knisterte in dem großen Kamin, als die Dienstboten durch den Saal liefen und unter Wildas Aufsicht die Tische deckten. Amelia arbeitete vor dem Feuer an ihrer Stickerei und übersah bewußt, was um sie herum vorging. Neben ihr saß Sir Evarard, der sich, nachdem er seine Pflichten erledigt hatte, einen großen Krug Bier genehmigte.

Als Leonie aus dem Gemach ihres Mannes kam und die Treppe hinunterlief, richteten sich Amelias Augen auf sie. Sie beobachtete gebannt, wie Leonie ein paar Worte mit ihrer Zofe wechselte und dann den Saal verließ.

Amelia lehnte sich mit einem selbstgefälligen Lächeln

zurück. Sie hatte auf den Tag gewartet, an dem Rolfe seine Frau wegen ihrer Vergehen zur Rede stellte. Evarard hatte ihr erzählt, was Rolfe vermutete, und ob es stimmte oder nicht – jetzt würde er Leonie mit Sicherheit wieder nach Pershwick schicken.

Amelia war ihr aus dem Weg gegangen, als Rolfe verwundet worden war, denn wenn er gestorben wäre und niemand seiner Frau die Schuld hätte nachweisen können, hätte Amelia ihre Sachen packen müssen. Sie konnte es sich nicht leisten, mit Leonie verfeindet zu sein.

Aber jetzt hatte sich Rolfe wieder erholt und glaubte, seine Frau hätte ihm den Tod gewünscht.

»Glaubst du, er hat ihr gesagt, sie soll ihre Sachen packen?« fragte Amelia Evarard, der ebenfalls beobachtet hatte, wie Leonie den Saal durchquert hatte und die Treppe zu den Unterkünften der Dienstboten hinaufgestiegen war.

»Packen? Wieso?«

»Natürlich, damit sie nach Pershwick zurückgeht.«

»Warum sollte sie das?«

Amelia starrte ihren Liebhaber wütend an. Immer mußte sie ihm jede Kleinigkeit erklären, weil sein Verstand völlig anders als ihrer funktionierte. Sie konnte Sir Evarard niemals etwas anvertrauen, weil er ein Mann war, der seine Ehre als Last mit sich herumtrug.

»Hast du mir nicht gesagt, er macht sie für das Feuer in der Mühle und den Angriff auf ihn verantwortlich?« flüsterte sie unsicher.

»Das war ein Irrtum«, sagte Evarard beiläufig.

»Ein Irrtum? Wer hat sich geirrt?«

Evarard zuckte die Achseln. »Sir Rolfe weiß jetzt, daß er sich getäuscht hat.«

»Woher weißt du das? Hat er es dir selbst gesagt?«

»Sir Thorpe hat es gesagt, ehe er fortgeritten ist. Er hat die Belagerung von Warling begonnen.«

»Aber er hat doch Rolfe gepflegt.«

»Lady Leonie wird sich jetzt um ihn kümmern, und daher gibt es für Sir Thorpe keinen Grund mehr, hierzubleiben.«

Amelia biß die Zähne aufeinander. »Glaubst du, sie wird ihn immer noch pflegen, wenn er erst hört, was sie mit dem armen Erneis angestellt hat?«

»Sir Rolfe wird das auf seine Weise regeln, aber ich bezweifle, daß er seine Frau verstoßen wird, weil sie ihre Vollmachten überschritten hat. In jeder anderen Hinsicht ist er sehr zufrieden mit ihr. Sieh dir nur an, was sie alles getan hat, seit sie hier ist.«

Amelia unterdrückte einen Aufschrei der Wut und stach statt dessen mit der Nadel in ihre Stickerei. Evarard schien ihren Zorn nicht zu bemerken.

Es war einfach ungerecht! Gerade jetzt, wo Amelia schon angefangen hatte, zu hoffen, sie könne ihre Heuchelei aufgeben und sagen, sie hätte eine Fehlgeburt gehabt. Nun mußte sie ihr Verhältnis mit Evarard fortsetzen, zumindest solange, bis er sie geschwängert hatte. Und das mußte schnell passieren. Wenn sie ihre Monatsblutung bekam, konnte sie ebensogut gleich aufgeben, denn Rolfe war nicht dumm. So wie die Dinge standen, mußte sie eine verspätete Geburt vortäuschen, falls sie schwanger würde.

Sie versuchte, dem Schwirren ihrer Gedanken Einhalt zu gebieten. Ja, sie mußte sich schwängern lassen. Eventuell würde sie sogar gezwungen sein, der Schwangerschaft ihren Lauf zu lassen, es sei denn ...

Leonie mußte etwas von dem Kind erfahren. Amelia konnte es in ein Gespräch einfließen lassen, als sei es ihr versehentlich entschlüpft, und dann mußte sie Abstand halten und abwarten, was diese Neuigkeiten in der Beziehung zwischen dem Herrn und der Dame des Hauses auslösten. Leonies Stolz konnte vielleicht verhindert haben, daß sie Rolfe zur Rede stellte, wenn er eine Mätresse in seinem Haus leben ließ, aber es war etwas ganz anderes, wenn sie ihm ein Kind gebar – vor allem, wenn es sich um ein Kind handelte, das nach der Eheschließung gezeugt worden war.

Es würde nichts ausmachen, wenn Leonie Rolfe deswegen zur Rede stellte, denn er konnte das Kind nicht leugnen. Aber Leonie würde ihn vielleicht gar nicht danach fragen, sondern einfach fortgehen. Dann hatte Amelia immer noch Zeit, das Kind loszuwerden, wenn sie den Trank anwandte, den sie vor Jahren am Hof kennengelernt hatte.

Während sich Amelia ihren Träumereien hingab, kehrte das selbstgefällige Lächeln wieder auf ihr Gesicht zurück.

29. KAPITEL

Sie würden an den königlichen Hof gehen. Leonies Magen drehte sich vor Abscheu um, als sie es vernahm. Zu ihrem großen Verdruß mußte sie den Brief schreiben, mit dem die Einladung des Königs angenommen wurde.

Rolfe wollte ihre Ausflüchte nicht hören, sondern beharrte darauf, daß sie ihn begleitete.

»Heinrich möchte dich kennenlernen«, war alles, was er dazu sagte. Und niemand verweigerte dem König das, was er wollte, rief sie sich erbittert ins Gedächtnis zurück.

Rolfe ging es noch nicht gut genug, und daher wurde der Tag der Abreise für die darauffolgende Woche festgelegt.

Die Woche verging im Flug. Leonie betete, daß ihre Nervosität ihren Ausschlag nicht wieder ausbrechen ließ und auch darum, daß sie sich nicht ungeschickt anstellen würde. So viele Jahre waren vergangen, seit sie am Hof gewesen war. Ob sie sich wohl noch erinnerte, wie man sich dort benahm?

Rolfe verstand sie und tat sein Bestes, um ihre Ängste zu mildern. Er erzählte ihr lustige Geschichten über den König und seine Höflinge und hob hervor, daß sie vielleicht sogar einige ihrer Verwandten dort treffen würde. Sie war nicht sicher, ob sie sich daraufhin besser oder noch schlechter fühlte.

Sie schliefen im selben Bett, aber es ging ihm nicht gut genug, um sie zu lieben. Sie verbrachte fast ihre ganze Zeit damit, ihm vorzulesen, mit ihm zu essen und ihm zur Verfügung zu stehen, wenn er einen Brief diktieren wollte. Sie sprachen viel miteinander. Rolfe erzählte ihr von sich und zwang sie, auch über ihr Leben zu reden.

Er war in jeder Hinsicht bemüht, ihr zu gefallen, bis auf den Punkt, der für sie die größte Rolle spielte und immer zwischen ihnen stand – Amelia. Jedesmal, wenn sie versuchte, mit ihm über seine Mätresse zu sprechen, hielt ihr Stolz sie zurück. Wenn er Amelia doch bloß fortgeschickt hätte. Aber sie wagte es nicht, ihn darum zu bitten. Sie fürchtete seine Ablehnung, die ihr nur zu offen gesagt hätte, was sie nicht wissen wollte. Liebte er Amelia? Immer wieder quälte sie diese Frage.

Sie verbarg ihre Gefühle und hielt eine Distanz zu Rolfe aufrecht, die zu ihrer Abwehr nötig war. Sie konnte es sich nicht leisten, ihm gegenüber locker zu sein, mit ihm zu lachen und ihn zu necken, wie es in ihrer Natur lag. Dann hätte es passieren können, daß sie sich hoffnungslos in ihn verliebte, und davor mußte sie sich mit aller Kraft hüten.

An dem Morgen, an dem sie nach London aufbrachen, würde Rolfe erstmals sein Zimmer verlassen. Er überließ Leonie alle Vorbereitungen für die Reise, sogar das Pakken seiner eigenen Sachen. Sie kostete diese Aufgaben einer Ehefrau genüßlich aus.

Ihr eigenes Gepäck brachte sie jedoch in ein Dilemma, denn sie besaß nur zwei festliche Kleider. Daher arbeitete Wilda lange und hart, um aus einem Stück spanischen

Wollstoffs, den Leonie aufbewahrt hatte, ein drittes Kleid anzufertigen.

Leonie war im Nähen sehr geschickt und hatte viele Altartücher und Taufkleider bestickt. Sie vergeudete jedoch wenig Zeit mit ihrer eigenen Kleidung, da sie fand, die derzeitige Mode sei jeder Gelegenheit leicht anzupassen. Das lange Gewand mit den losen Ärmeln konnte sie problemlos bei der Gartenarbeit tragen, wenn sie gröbere Ärmel, einen Kittel und einen Überwurf darüber trug. Die Mode ließ sich ebenso leicht einer förmlichen Kleidung anpassen. Sie hatte deshalb so wenige Kleider, weil sie nicht viele brauchte.

Die Nachricht erreichte sie, als sie gerade nach London aufbrachen und wurde Leonie von einer Leibeigenen aus der Ortschaft, die sie nicht kannte, ausgehändigt. Sie kam nicht dazu, sie zu lesen, und daher vergaß sie die Nachricht, nachdem sie sie in den engen Ärmel ihres Hemdes gesteckt hatte, um sie später zu lesen. Als ihr Blick auf Rolfe fiel, der ein paar Worte mit Amelia wechselte, vergaß sie die Nachricht ganz und gar – und sie war übellaunig. Diese Stimmung hielt fast den ganzen Tag über an.

Sie unterbrachen ihre Reise in einem kleinen Gasthof, und Leonie zog sich frühzeitig zurück, weil sie schon schlafen wollte, wenn Rolfe zu ihr kam. Als Wilda ihre Gewänder aufschnürte, fiel die Nachricht auf den Fußboden. Leonie runzelte die Stirn, als sie sie las.

»Sie kommt von Alain Montigny.«

»Sir Alain? Aber ich dachte, Sie hätten gesagt, er sei in Irland, Mylady.«

»Anscheinend nicht mehr. Er bittet mich, ihn auf der Weide zu treffen, die die Güter voneinander trennt.« Leonie legte die Stirn in noch tiefere Falten. »Was um Himmels willen tut er hier?«

»Werden Sie sich mit ihm treffen?«

»Ich hätte ihn getroffen, aber er wollte mich heute schon um die Mittagszeit sehen.«

»Ich dachte, er hätte Angst vor Ihrem Mann.«

»Ja, das stimmt.«

»Was denkt er sich dann dabei, in die Höhle des Schwarzen Wolfes zurückzukehren?«

»Nenn ihn nicht so!« fauchte Leonie.

»Ich ... ich bitte um Verzeihung, Mylady.«

Leonie riß die Augen auf. Mutter Maria, was war bloß los mit ihr?

»Mach dir nichts daraus, Wilda. Sieh zu, daß du ins Bett kommst. Es war ein langer Tag.«

Als Wilda durch die Tür schlüpfte, warf Leonie die Nachricht ins Feuer und legte sich in das Bett, das ihre Zofe mit dem Bettzeug bezogen hatte, das sie mitgebracht hatten. Aber sie konnte nicht schlafen. Sie dachte unaufhörlich an Alain. Was dachte er sich bloß dabei, in seine Heimat zurückzukehren, nachdem er geschworen hatte, das könnte ihn sein Leben kosten?

Sie fing an, sich zu fragen, ob das eine Lüge gewesen war. Alles, was Alain ihr an jenem Tag über ihren Mann erzählt hatte, hatte sich entweder als Lüge oder als eine Wahnvorstellung, die seiner Furcht entsprang, erwiesen. Nach alldem, was sie jetzt wußte, war Rolfe d'Ambert nicht der Mann, den sie an jenem verhängnisvollen Tag verflucht hatte. Er hatte seine Fehler, aber brutale Rache lag nicht in seiner Natur. Sie konnte das persönlich bestätigen.

»Schläfst du schon, Leonie?

Wie leise er ins Zimmer gekommen war! »Nein, Mylord.«

»Kannst du mir helfen? Ich habe Damian zu Bett geschickt.«

Sie lächelte. In letzter Zeit hatte er sie nur noch selten um Hilfe gebeten, war so ganz von seinen arroganten Forderungen abgekommen. Sie fragte sich, ob er sein früheres Benehmen bereute.

»Setz dich, Mylord.«

Sie stand aus dem schmalen Bett auf, das soviel kleiner war als ihr Bett zu Hause, und begann seine Beinschienen zu lösen. Sein schweres Kettenhemd hatte ihm Damian schon ausgezogen.

»Ich würde mir deine Wunde gern ansehen«, sagte Leonie. »Ich möchte wissen, ob sie von dem heutigen Ritt aufgegangen ist.«

»Das ist nicht nötig.«

Wie müde seine Stimme klang! »Heitere mich auf, Mylord.«

»Heitere mich auf, Mylord«, wiederholte er matt. »Du verlangst viel und gibst doch so wenig. Heitere mich auf, Mylord. Sag mir, warum du uns keine Chance geben willst.«

Sie zuckte zusammen und wandte sich dann ab. »Du weißt selbst, warum.«

»Natürlich.« Er seufzte. »Ich hatte geglaubt, deine Gefühle könnten sich geändert haben.«

Sie war zutiefst verwirrt. Warum fragte er sie, wenn doch er derjenige war, der es ihnen nicht erlaubte, sich zu ändern? In diesem Augenblick kam ihr plötzlich der unglaubliche Gedanke, er könne seine Mätresse deshalb in seiner Nähe behalten, weil sie ihm gegenüber kalt war. Sie war so verblüfft, daß sie erstarrt stehenblieb, ohne sich von der Stelle zu rühren. Wartete er nur darauf, daß sie sich für ihn erwärmte, ehe er sich von Amelia lossagte?

Sie war unsicher. Sollte sie das Thema fallenlassen oder ihn fragen, was sie ihn fragen wollte? »Laß ... laß mich dir den Rock ausziehen«, sagte sie hastig und beugte sich zu ihm vor. Als sie das tat, glitt der Ausschnitt ihres Leinengewandes über ihre Schultern, und Rolfes Blicke hefteten sich an ihre schönen Brüste. Er holte tief Atem, und seine Augen glitten langsam zu den ihren hinauf. Sie sah ein großes Verlangen in seinem Blick und wurde sich darüber klar, daß sie seit seiner Verletzung im Zölibat gelebt hatten. Er war müde von der Reise, aber das schien keine Rolle zu spielen.

Glut stieg in ihre Wangen, und sie zog ihr Gewand über ihren Brüsten zusammen. Das war nicht der rechte Zeitpunkt für eine Rückkehr zu amourösen Aufmerksamkeiten. Wie konnte sie auf die bestürzende Frage eingehen, wenn er sie weiterhin so ansah?

Da sie nicht wußte, was sie sonst tun sollte, griff sie nach dem Saum seines Rockes und zog ihn behutsam über seinen Kopf, um die Wunde nicht zu streifen. Dasselbe tat sie mit seinem Unterhemd, und dann wich sie an das andere Ende des Raumes zurück, damit er aufstehen und seine restliche Kleidung ausziehen konnte.

Die Spannung, die im Raum hing, war unerträglich, und schließlich platzte sie heraus: »Mylord, wenn ... wenn ich mich ändern würde ... würdest du Lady Amelia dann fortschicken?«

»Nein.«

Er sagte es tonlos und ohne zu zögern, und Leonies Magen zog sich krampfhaft zusammen. Sie schloß die Augen und fühlte sich elend. Wie konnte sie nur so dumm sein? Sie hatte die Frage gestellt, von der sie wußte, daß sie sie nicht hätte stellen dürfen, und die Antwort bekommen, die sie gefürchtet hatte.

»Was hat das eine mit dem anderen zu tun?« fragte Rolfe mit scharfer Stimme.

»Nichts, Mylord«, flüsterte sie.

»Dann erkläre dich näher.«

Leonie geriet in Panik. Was konnte sie ihm sagen? Sie erinnerte sich daran, daß Amelia ihr gesagt hatte, Rolfe haßte Eifersucht. Legte er ihre Frage etwa so aus, daß sie eifersüchtig war? Natürlich war sie nicht eifersüchtig. Warum hätte sie es sein sollen, wenn sie Rolfe nicht liebte? Mein Gott, wie gern sie doch geweint hätte!

Tonlos sagte sie: »Ich denke schon an dein Mündel, seit ich sie heute morgen gesehen habe, weil ich mich gefragt habe, warum du sie nicht auf diese Reise mitnimmst. Ich dachte, du seist vielleicht böse auf sie.«

Er kam zurück und stellte sich in einer angespannten Haltung vor sie hin.

»Ich bin nicht böse auf sie. Es gab keinen Grund, sie mitzunehmen. Sie mag den Hof nicht.«

»Ich mag den Hof auch nicht, aber mich hast du mitgenommen.«

»Du bist meine Frau!«

Leonie wirbelte herum und kehrte ihm den Rücken zu. Es hatte keinen Zweck, ihrem Zorn freien Lauf zu lassen, aber sie konnte ihn kaum noch unter Kontrolle halten.

»Ich dachte, du kämst gut mit Amelia aus«, sagte er, und sie drehte sich langsam um.

»Natürlich komme ich gut mit ihr aus«, erwiderte sie scharf. »Warum sollte ich es denn nicht?« Sie stand kurz vor einem Tränenausbruch.

»Verdammt noch mal, Leonie! Was hat das alles zu bedeuten? Hast du dich mit Amelia gestritten?«

Sie schüttelte den Kopf. »Ich täte ihr nichts Böses, wenn es das ist, was du fürchtest.«

»Ihr etwas Böses tun? Warum reden wir überhaupt über sie?« Rolfes Wut steigerte sich.

»Du willst, daß ich sie fortschicke, ist es das?«

»Das habe ich nicht gesagt. Ich habe dich gefragt, ob du es tätest, und du hast nein gesagt, damit ist das Thema beendet.«

Sie versuchte, sich wieder abzuwenden, aber Rolfes Hände legten sich fest auf ihre Schultern. Er sah ihr so tief in die Augen, daß sie ihre Blicke nicht abwenden konnte. »Du weißt es! Darum dreht sich also alles! Wer hat es dir gesagt?«

»Mylord?« fragte Leonie und brach dann in Tränen aus. Schockiert zog er sie in seine Arme und hielt sie behutsam fest. »Ich schwöre es dir, du bringst mich um den

Verstand, Leonie. Warum kannst du nie offen mit mir reden?«

Sie schluchzte. Sollte er doch denken, was er wollte. Sie hätte nichts von alledem sagen sollen, und sie weigerte sich, auch nur noch ein Wort mehr zu sagen. Niemand sollte ihr vorwerfen, sie sei eine eifersüchtige Ehefrau.

Er hob sie auf, trug sie zum Bett, wiegte sie auf seinen Armen und schaukelte sie sachte, bis ihre Tränen versiegten. Seine Hand strich beschwichtigend über ihr Haar und lullte sie ein. Und plötzlich küßte er sie, aber es gelang ihr, den Bann zu brechen und ihn von sich zu stoßen. Sie leugnete ihre eigenen Bedürfnisse ebenso wie seine.

»Nein, Mylord, nicht jetzt – bitte«, flehte sie ihn an und wappnete sich gegen seinen Zorn.

Doch er versetzte sie in Erstaunen. »Dann laß mich dich einfach festhalten, Herzchen. Ich werde nicht mehr tun als nur das.«

Fast hätte sie wieder angefangen zu weinen, weil er so gut zu ihr war. Sie senkte den Kopf, und nachdem er sich unter der Decke ausgestreckt hatte, zog er sie an sich. Es dauerte lange, aber schließlich umfing sie ein Schlaf, der von Träumen geplagt war, und sie preßte sich fest an ihren Mann.

30. KAPITEL

Rolfe wurde davon wach, daß sich etwas bewegte, und als er die Augen aufschlug, sah er Leonie aus dem Bett schlüpfen. Der Streit zwischen ihnen hatte dazu geführt, daß er die halbe Nacht wachgelegen hatte, während er versuchte, die Geschehnisse zu einem Bild zusammenzufügen.

Möglicherweise würde sie eines Tages erfahren, was Amelia ihm bedeutet hatte, aber an diese Möglichkeit wollte er noch nicht einmal denken. Wenn Leonie darauf beharrte, daß Amelia sein Haus verließ, wie konnte er ihr erklären, daß Amelia bleiben mußte? Er konnte Leonie nicht sagen, daß die andere Frau ein Kind von ihm erwartete. Wenn sie das erfuhr, hatte er für die Zukunft jede Chance verspielt, ihre Liebe für sich zu gewinnen.

Er beobachtete Leonie, als sie ihr blaues Leinengewand überzog und zu der kleinen Feuerstelle lief. Sie setzte sich auf einen Hocker und fing an, ihr Haar zu kämmen. Das Licht, das durch das Fenster fiel, ließ ihr langes, seidiges Haar schimmern. Wie hübsch sie doch war!

Und sie war rücksichtsvoll, eine wahrhaft gute Frau. Sie rief ihre Zofe nicht, solange er noch schlief. Und zu den Dienstboten war sie ebenso gütig wie zu ihm.

Was hatte diese Frau an sich? Womit brachte sie ihn so außer sich? Sie verursachte ihm schlaflose Nächte, ließ sein Temperament mit ihm durchgehen, stürzte ihn in grenzenlose Verwirrung und bereitete ihm ständig Sorgen. Sie ließ ihn Hoffnung schöpfen und sie dann wieder in sich zusammenbrechen. Würde er sich ihr gegenüber jemals ungezwungen fühlen?

Thorpe hatte vorgeschlagen, er sollte offen mit ihr reden, aber Rolfe war nicht bereit, dieses Risiko einzugehen. In Wirklichkeit fürchtete er, der wahre Grund, aus dem sie ihn von Anfang an abgelehnt hatte, sei der, daß sie Alain Montigny, diesen feigen Ritter, liebte. Sie haßte ihn, weil er jetzt Montignys Land besaß. Konnte das die Wahrheit sein? Er wollte nichts weniger, als ein solches Geständnis von ihr erzwingen. Das hätte seinen Hoffnungen ein Ende bereitet.

Leonie spürte, daß er sie anstarrte. Sie stand auf, ging zu ihm und sah ihn besorgt an.

»Es ist kein Wunder, daß du so lange geschlafen hast.

Du hast dir zuviel zugemutet«, schalt sie ihn liebevoll aus. »Laß mich jetzt nach deiner Wunde sehen, ja?«

Er nickte. Ihre silbergrauen Augen suchten seinen Blick. »Mylord, ich bitte dich, die letzte Nacht zu vergessen. Ich war übermüdet und ... und ich bin nicht ich selbst, wenn ich nervös bin. Wenn ich dich verärgert habe, tut es mir leid.«

»Du bist immer noch so nervös, weil du Heinrich treffen sollst?«

Sie nickte und sah ihn niedergeschlagen an.

»Dann kehren wir um und reiten nach Crewel zurück.«

Sie war verblüfft. »Das tätest du für mich?«

»Natürlich«, sagte er schlicht. »Mir war nicht klar, daß du dich so sehr fürchtest.«

»Es ist eigentlich keine Furcht. Es ist eher ein ... Unbehagen«, versicherte sie ihm. »Ich bin sicher, daß es vorübergeht.« Es flößte ihr große Zuversicht ein, daß er bereit gewesen wäre, seine Pläne um ihretwillen zu ändern. »Jetzt ist es zu spät für eine Umkehr. Der König erwartet uns.«

»Es kann nicht schaden, Heinrich ab und zu zu enttäuschen.«

»Nein, Mylord, wirklich, ich werde dafür sorgen, daß ich die Nerven nicht verliere.«

»Bist du sicher?«

»Ja. Und das Schlimmste, was passieren kann, ist, daß mein Ausschlag wieder ausbricht. Ich habe ihn immer bekommen, wenn ich als Kind an den Hof mußte.«

»Das wäre vielleicht gar nicht schlecht.« Er grinste sie an. »Dann brauche ich nicht zu fürchten, daß jeder Ritter im ganzen Königreich sich in dich verliebt.«

Sie zuckte die Achseln. »Ich bin längst über diese nervösen Ausschläge hinaus, und daher wird es nicht dazu kommen.«

Rolfe runzelte die Stirn. »Leonie, du hattest am Tag unserer Hochzeit einen Ausschlag.«

»Natürlich, Mylord«, erwiderte sie trocken.

»Soll das heißen, daß du keinen hattest?«

Ihre Augen sprühten Funken. »Du weißt genau, warum ich verschleiert war. Ich habe keine Lust, darüber zu reden.«

Rolfe starrte sie ungläubig an, als sie aufstand und wütend zur Tür ging. Glaubte sie wirklich, er hätte verstanden, wovon sie sprach?

»Leonie!«

Sie drehte sich nur lange genug zu ihm um, um wütend zu sagen: »Ich werde nicht darüber reden! Und jetzt setz dich in Bewegung, Mylord, weil wir London sonst nicht vor Einbruch der Nacht erreichen.«

Sie schlug die Tür hinter sich zu, und Rolfe blieb allein zurück. So bestürzt wie in diesem Augenblick war er in seinem ganzen Leben noch nicht gewesen.

31. KAPITEL

Da Leonie so lange in der Zurückgezogenheit von Pershwick und dann von Crewel gelebt hatte, faszinierte sie die Reise nach London. Rolfe dagegen war so viele Jahre lang durch Frankreich und England gereist, daß er sich kaum die Mühe machte, sich auch nur umzusehen, und es ihr ganz allein überließ, die Freuden der Reise auszukosten.

Sie kamen durch Ortschaften, die sie seit Jahren nicht mehr gesehen hatte, und sie sog gierig alles in sich auf, von dem gewohnten Anblick von Bauern, die auf den Feldern ihrer Lehnsherren arbeiteten, bis zu prächtig gekleideten Damen zu Pferde, die mit ihren Wachen reisten. Sie war froh, daß keine ältere Frau dabei war, die sie ausschalt, denn sie wußte selbst, daß sie nicht alles um sich herum derart fasziniert hätte anstarren sollen. Aber sie hatte großen Spaß daran, und ihr war klar, daß sie sich meistens sowieso nicht einen Pfifferling um die hergebrachten Anstandsformen kümmerte.

Sie kamen durch eine Ortschaft, als die Glocken gerade zum Dreiuhrgebet riefen, und die Stille des Nachmittags weckte Leonies Erinnerung und ließ sie an die Zeiten denken, an denen sie mit dem Unterricht fertig war und von ihrem Kindermädchen zu ihren Eltern geführt wurde. Von drei bis vier war eine geheiligte Zeit, zu der sie sich zu dritt unterhielten und, wenn es das Wetter zuließ, im Wald spazierengingen. Niemandem war es je gestattet worden, sie in dieser Stunde zu stören.

Mit dem Tod ihrer Mutter waren all dieser Frieden, diese vergnüglichen Zeiten für immer zu Ende gegangen. Zum Teufel mit meinem Vater, dachte sie. Warum hatte er sich nach dem Tod ihrer Mutter nicht mehr um sie gekümmert? Warum war er so schwach gewesen? Sie hätte sich an seiner Stelle gezwungen, den Kummer zu besiegen.

Wann würde sie es je lernen, nicht an ihren Vater zu denken? Die wenigen Momente des Kummers, die sie sich gestattete, würden dazu führen, daß sie einen Tag lang, wenn nicht länger, unglücklich vor sich hin brütete, soviel wußte sie aus Erfahrung – und sie hatte in ihrer jetzigen Situation genug zu bewältigen, als daß sie auch noch um ihre Jugend trauern konnte.

Sie wandte sich wieder nach allen Seiten um und rief sich ins Gedächtnis, daß sie diesen Genuß auskosten mußte, denn sie fürchtete, daß London ihr nicht viel Freude bereiten würde.

In London gab es mehr als hundert Gemeinden, von denen eine jede ihre eigene Kirche hatte, und die Kirchtürme, die über die Stadtmauern aufragten, waren ein ehrfurchtgebietender Anblick. Leonie konnte sich noch gut an ihre erste Reise nach London erinnern, als sie ein Kind war, und an die auffälligsten Gebäude, die sie aus weiter Ferne gesehen hatte – die Saint Pauls Kathedrale, die sich hoch über die Stadt erhob und sie mit ihren mächtigen Dächern, Erkern und gotischen Bögen beherrschte.

Der Königspalast, der fast ein Jahrhundert alt war, war ein weiterer prachtvoller Steinbau in einer Stadt, in der vorwiegend einstöckige Fachwerkhäuser standen. Er war der einzige königliche Palast innerhalb der alten römischen Stadtmauern, und dort würden Leonie und Rolfe wohnen.

Leonie war froh darüber. Der König residierte in der Westminster Hall, die außerhalb der Stadtmauern lag, und daher hoffte sie, Heinrich nur ein einziges Mal sehen zu müssen. Sie würde ihm am Tag nach ihrer Ankunft vorgestellt werden. Rolfe würde ihn jedoch bereits an dem Abend sehen, an dem sie in London eintrafen.

Als sei Leonie nicht schon aufgeregt genug gewesen, König Heinrich treffen zu sollen, schüchterte auch noch London selbst sie ein. Es erstreckte sich über eine ganze Quadratmeile. Dort wimmelte es von Menschen, und es ging rauh und weltstädtisch zu. Die Stadt widmete sich vorwiegend dem Handel. Es gab Textilienhändler, Krämer, Fischverkäufer mit ihren Stäben, an denen sie die Länge der Fische maßen, und jede Art von Kaufleuten. Die Themse war unter dem Gedränge von Kähnen und Flußschiffern kaum noch zu sehen. Und all dieser Lärm und Trubel spielte sich innerhalb der Mauern von London ab, wogegen direkt vor diesen Mauern gepflügte Felder und ausgedehnte Wälder lagen.

Sobald ihr Blick auf den Tower fiel, erinnerte sich Leonie wieder daran, welche Menschenmengen sich am Hof drängten. Als sie dort gewesen war, hatte es von Dienstboten nur so gewimmelt, von feinen Herren und Damen und den Parasiten, die immer dort herumlungerten, wo sich die Macht ballte, von Tänzern, Spielern, Quacksalbern, Marktschreiern, Jongleuren und sogar von Prostituierten und Zuhältern, die alle dem König folgten, wohin er auch ging.

Sie betete, daß der größte Teil des Hofstaats bei Heinrich in Westminster sein würde und sie im Stadtpalast ihr Zimmer nicht mit anderen teilen mußte.

Was sie im königlichen Palast erwartete, war nicht halb so schlimm wie das, was sie befürchtet hatte. Rolfe blieb nicht da, um zu warten, bis sie sich eingerichtet hatte, aber sie hatte vorher gewußt, daß er gehen mußte. Er ließ Sir Piers und die Hälfte seiner zwanzig Krieger bei ihr zurück. Richard Amyas und die zehn anderen Männer begleiteten Rolfe. Sir Piers und Sir Richard waren die einzigen Ritter, die sie nach London begleitet hatten, Sir Piers, weil Rolfe wollte, daß er Leonie bewachte, wenn er nicht bei ihr war, und Sir Richard, weil sich der junge Mann für das höfische Leben begeisterte.

Sir Thorpe war zurückgeblieben, um die Belagerung der Burg Warling anzuführen, und Leonie stellte fest, daß sie ihn vermißte. Sie kam mit dem jungen Richard gut aus, aber Piers konnte sie überhaupt nicht leiden. Der alte Mann war unbeugsam. Sie spürte, daß er sie nicht mochte und nur um Rolfes willen duldete. Dennoch erfüllte er korrekt seine Pflichten und sah jeden finster an, der auch nur in Leonies Richtung sah, als sie den großen Saal des königlichen Palastes durchqueren.

Leonie bekam ein kleines Turmzimmer zugewiesen, das sie mit Wilda und Mildred teilen sollte. Rolfe und Damian würden, wenn sie zurückkamen, im selben Raum schlafen müssen. Aber zumindest brauchten sie sich das Zimmer nicht mit Fremden zu teilen, sagte sich Leonie erleichtert.

Es war schon sehr spät, als Rolfe aus Westminster zurückkam. Leonie lag im Bett, und eine Kerze brannte, während sie dalag und sich Mildreds aufgeregtes Plappern anhörte. Das Mädchen hatte einen großen Teil des

Schlosses gesehen und einen attraktiven Wächter kennengelernt, den sie später, wenn sein Dienst beendet war, treffen wollte. Wilda entschied sich, nicht in das Turmzimmer zurückzukehren, sondern bei einem gutaussehenden Ritter zu bleiben, den sie an diesem Nachmittag kennengelernt hatte.

Leonie schalt beide Mädchen aus und war sehr schokkiert, aber sie konnte sich nicht entscheiden, ihnen ihr Vergnügen zu untersagen.

Als Leonie Rolfes Stimme hörte, die aus einer größeren Entfernung nach ihr rief, zog sie eilig ihren Morgenmantel über. Mildred fürchtete sich vor Rolfe, und Leonie wollte sie nicht zu ihm schicken. »Was kann passiert sein, Mylady? Seine ... seine Stimme kling nicht so wie sonst.«

Leonie runzelte die Stirn, als sie Rolfe wieder brüllen hörte. »Er wird noch das ganze Schloß aufwecken!«

Sie eilte aus dem Zimmer und auf den Treppenabsatz. Ein Kerzenhalter an der Wand warf nur düstere Schatten auf die Stufen. Sie hörte ihren Mann, ehe sie ihn am unteren Ende der Treppe sehen konnte. Richard Amyas stützte ihn. Beide Männer wankten und hielten sich aneinander fest.

Rolfes Stimme erhob sich wieder dröhnend und hallte mit gespenstischer Lautstärke von den Steinwänden wider. »Leonie!« Zu Richard sagte er: »Wenn sie nicht da ist, nehme ich dieses Haus auseinander und ...«

»Hier bin ich, Mylord«, rief Leonie.

Sie blickten zu ihr auf. Richard grinste einfältig, Rolfe strahlte. Leonie erinnerte sich wieder an das einzige Mal, als sie ihren Mann betrunken gesehen hatte, an dem Tag, an dem er gehört hatte, daß sie geschlagen worden war. Die Vorstellung, daß dieses Wissen ihn dazu veranlaßt hatte, sich zu betrinken, hatte ihr wohlgetan.

»Kannst du mir sagen, warum du um diese Tageszeit derart lärmen mußt?« fragte Leonie, und Rolfe hob eine

Hand, um Schweigen zu gebieten, und sagte zu Richard: »Such dein Zimmer, mein Freund. Meine Frau wird sich jetzt um mich kümmern.«

»Wie denn?« rief Leonie ihm zu. »Ich kann dich auf der Treppe nicht stützen. Du bist zu schwer.« War er wirklich zu betrunken, um sich zurechtzufinden?

»Ich kann laufen, Herzchen. Aber du kommst runter und führst mich.«

Leonie seufzte, als Richard sich vor ihr verbeugte und fortging. Zwar mit unsicheren Schritten, aber in die richtige Richtung. Als Richard ihn losgelassen hatte, lehnte sich Rolfe an die Wand, um sich zu stützen.

»Das war kein kluger Einfall, Mylord«, sagte Leonie gereizt, als sie die Treppe hinunterlief. Sie nahm seinen Arm und legte ihn um ihre Schultern. »Wir werden beide die Treppe herunterfallen.«

Er kicherte vor sich hin. »Du hast zweifellos den irrigen Eindruck, ich hätte zuviel getrunken. Laß dir von mir versichern, daß das nicht der Fall ist. Es war nur so, daß Heinrich zum Reden aufgelegt war und darauf bestanden hat, daß ich mit ihm trinke.«

»Und das konntest du dem König natürlich nicht abschlagen«, sagte sie sarkastisch und seufzte. »Aber er hätte sicher ein freies Bett in seiner Nähe gehabt. Du hättest dort bleiben sollen, Mylord, statt hierher zurückzureiten. Du hättest dir das Genick brechen können – es wäre nicht das erste Mal, daß das einem Mann zustößt, der zuviel getrunken hat.«

Sie fing an, ihn die Treppe hinaufzuziehen, aber er riß sie zurück. »Schimpf nicht, Herzchen. Ich fühle mich nicht betrunken, und daher bin ich es auch nicht. Und ich konnte nicht dortbleiben, weil du hier bist.«

Sie lachte. »Ich wünschte, du könntest auf deinem Pferd die Treppe hinaufreiten.«

»Du glaubst, ich komme nicht allein hinauf?« brummte er, und bei diesen Worten griff er nach ihrer Hand, rannte die Treppe hinauf und zerrte sie hinter sich her, bis sie oben angekommen waren. Dann grinste er sie an.

»Das war eine Dummheit, Mylord«, sagte Leonie atemlos.

»Schmolle nicht, Herzchen.«

»Ach!«

Sie riß ihm unwillig ihre Hand fort, aber Rolfe schlang seinen Arm wieder um ihre Schulter, machte ein paar unsichere Schritte und stützte sich schwer auf sie. Er kicherte in sich hinein, als sie murmelnd einen heftigen Fluch von sich gab.

»Ach, Leonie, ich glaube wirklich, daß ich dich liebe.«

Ihr Herz machte einen Satz, aber sie unterdrückte sofort den Impuls, ihm eine ähnliche Erklärung zu geben. Er war betrunken. Sie konnte es sich nicht leisten, trunkenen Unsinn zu glauben.

»Wirklich, Mylord?«

»So muß es wohl sein«, sagte er ganz einfach. »Warum sonst sollte ich mir deine mürrische Art gefallen lassen?«

»Ich bin nicht mürrisch.«

»Und deinen Ungehorsam«, fuhr er fort, als hätte sie nichts gesagt. »Und deine Halsstarrigkeit.«

»Mir war gar nicht klar, daß ich so viele schlechte Eigenschaften habe«, sagte sie steif.

»Die hast du, aber ich liebe dich trotzdem.« Er riß sie in seine Arme und drückte sie an sich, bis ihr die Luft wegblieb. »Kannst du mich auch lieben, Herzchen?«

»Natürlich – Mylord.«

»Ach, Leonie, ich wünschte, du sagtest die Wahrheit, aber ich weiß, daß du lügst.«

Er flüsterte es in ihr Ohr, und ihre Nerven prickelten. Es war immer wieder ein aufwühlendes Erlebnis, daß sie sich derart von diesem Mann angezogen fühlte. Sie wünschte, sie wäre auch betrunken, könnte ihre Selbstbeherrschung aufgeben, ihren Gefühlen freien Lauf lassen und die Zeit mit ihm auskosten. Sie wünschte ...

Sie wand sich aus seiner heftigen Umarmung, um ihre Arme um seinen Hals schlingen zu können. »Es ist nicht unmöglich, dich zu lieben. Im Grunde genommen ist es sogar ganz einfach.«

Rolfe schnappte nach Luft. Sie preßte ihren zarten Körper an ihn, und er sagte heiser: »Du machst dich über mich lustig, Herzchen, aber das ist zumindest ein Anfang.«

Sein Mund senkte sich auf ihre Lippen und küßte sie mit erfahrener Leidenschaft. Im ersten Moment war sie von der Heftigkeit seines Kusses benommen und schokkiert, doch dann schmolz sie dahin und überließ sich den köstlichen Empfindungen. Sie schmiegte sich an ihn, spürte jeden seiner festen Muskeln und erwiderte seinen Kuß leidenschaftlich. Ihr Verlangen nach ihm jagte ihr Angst ein.

Plötzlich ließ Rolfe zu ihrem großen Erstaunen den Kuß abrupt enden, warf den Kopf zurück und stieß ein wüstes Gebrüll aus, das wie ein Kriegsschrei klang. Schauer durchrieselten sie. Als er auf sie heruntersah, glühte ungezähmte Leidenschaft in seinen dunklen Augen. Ganz langsam und bewußt ließ er seine Hände auf ihre Hüften heruntergleiten und hielt sie fest.

Glut stieg in ihre Lenden, und plötzlich ließen ihre Muskeln nach. Ihre Beine konnten sie nicht mehr tragen. Es mußte etwas in ihren Augen stehen, denn Rolfe lächelte triumphierend und hob sie auf seine Arme.

Leonie schnappte nach Luft. »Wir könnten das Zimmer sicherer erreichen, wenn du mich wieder absetzt.«

Dazu war er zu betrunken. »Nein«, sagte er gepreßt.

Sie deutete auf die offene Tür wenige Schritte von ihnen entfernt. »Dort«, sagte sie.

Unsicher wankte er in das kleine Zimmer. Als er Mildred sah, schickte er sie hinaus. Leonie lächelte über den Gesichtsausdruck des armen Mädchens, als sie aus dem Zimmer rannte, denn sie war sicher, daß das Mädchen nur zu froh darüber war, gehen zu dürfen.

»Wo ist die andere?« fragte er, als er auf das Bett zuging.

»Wilda schläft heute nacht nicht hier.«

Er lachte. »Ein kluges Mädchen.«

»Und was hast du mit Damian angestellt?«

»Ich habe ihn bei Lord Sutton gelassen, seinem Vater. Ich wollte mit dir allein sein.«

Sie ließen sich schwer auf das Bett fallen und lachten. Er brauchte sie nicht zu bitten, ihm beim Auskleiden zu helfen. Sie tat es von sich aus in aller Eile, und sie lachten und neckten einander. Dann glitt ihr Morgenmantel von ihrem Körper, und Rolfes Augen sprühten vor Verlangen Funken. Als er seine Hände auf ihre Brüste legte, wurde ihr schlagartig bewußt, wie rasend sie ihn begehrte. Sie legten sich auf das Bett und preßten sich eng aneinander.

Seine Kraft war augenfällig, und sie konnte die Muskelstränge fühlen, die sich über seinen Hals und seine Brust zogen. Er war wie eine Gewalt, die mühsam in Schach gehalten wurde, und sie nahm seine Zartheit als ein Geschenk an. Sie berührte seine Muskeln, fühlte, wie sie sich unter ihren Fingerspitzen bewegten, spürte das seidige dunkle Haar, das seinen ganzen Körper überzog, ein weiteres Zeichen seiner überwältigenden Männlichkeit.

Er war alles, was sie sich nur je hätte wünschen können – und sie begehrte ihn über alles, und ihre Augen sagten es ihm. Er konnte deutlich sehen, wie fasziniert sie von ihm war. Daraufhin fing er an, mit ihren Lippen zu spielen, zart an ihnen zu nagen und sich ihnen wieder zu entziehen, und dabei wußte er, daß sie zermalmt werden wollte. Als er sich schließlich auf sie stürzte und seine Zunge in ihrem Mund wütete, entrang sich ihr ein Laut höchster Lust.

Seine Zärtlichkeiten waren eine Marter, als er von ihren Brüsten zu ihrem Innersten kam und seine Finger sie öffneten. Sie preßte sich so dicht wie möglich an ihn und wollte mehr, und plötzlich ballte sich eine Glut in ihren Lenden zusammen, die ihr den letzten Rest an Beherrschung raubte. Sie riß ihre Lippen von seinem Mund los, um seinen Namen zu rufen, als die köstlichen Zuckungen sie durchfluteten. Dann legte er sich auf sie, ehe sie dazu kam, ihre Fassung wiederzugewinnen, und seine Arme glitten unter sie, um sie dichter an sich zu ziehen. Das Pochen in ihren Lenden ging weiter, als er in ihre Tiefen eindrang, und dann brach es wieder in Flammen aus, als die Wärme seiner Erlösung sie erfüllte.

Leonie konnte spüren, wie ihn einen langen, köstlichen Moment lang die Lust durchströmte, dann drehte sich Rolfe auf die Seite, zog sie mit sich und hielt sie weiterhin eng umschlungen. Sie lag an seiner Brust und hatte das Gefühl, zu schweben.

Nach einer Weile merkte sie, daß er fest eingeschlafen war. Sie sah ihm mit einem zärtlichen Lächeln ins Gesicht und versuchte dann, sich behutsam von ihm lösen. Doch Rolfes Arme schlossen sich enger um sie und wollten sie selbst im Schlaf nicht loslassen. Daher suchte sie sich eine andere Lage, legte ihren Kopf auf seinen Arm, preßte ihren Leib an seine Seite und ließ ein Bein über seinem Körper liegen. Sie schlief beseligt ein.

32. KAPITEL

»Wissen Sie, welche Wetten letzte Nacht nach Sir Rolfes Rückkehr abgeschlossen worden sind? Die Hälfte der Gäste hier im Haus schwört, daß er Sie umgebracht hat. Die andere Hälfte teilt sich in zwei Lager. Die einen glauben, er hätte Sie mit einem Liebhaber gefunden und ihn getötet, und die anderen glauben, er hätte Sie verprügelt. Was ist nun wirklich passiert, Mylady?«

Leonie war sprachlos, und eine heiße Röte stieg in ihre Wangen. Alles wurde dadurch noch schlimmer, daß Wilda es mit aller Seelenruhe ausgesprochen hatte, während sie Leonie das Haar kämmte. So früh am Morgen war Leonie auf nichts Derartiges vorbereitet.

»Woher weißt du, daß Wetten abgeschlossen worden sind, Wilda?« fragte sie.

»Unten wird über nichts anderes gesprochen, Mylady.« Das Mädchen zuckte die Achseln und grinste dann. »Alle haben gehört, wie laut er nach Ihnen gerufen hat, Mylady. Und daher fragen sie sich jetzt, was geschehen ist, nachdem er Sie gefunden hat.«

»Ich kann einfach nicht glauben, daß die Leute denken, bloß weil er zuviel Lärm gemacht hat, hätte er jemanden umgebracht.«

»Das liegt an diesem letzten entsetzlichen Gebrüll, obwohl das nicht alle gehört haben, weil der Herr zu dem Zeitpunkt schon hier oben war. Die es gehört haben, schwören, er hätte einen Mord begangen.«

»Jetzt reicht es aber!« fauchte Leonie. »Er hat zuviel getrunken, das ist alles. Und er hat keine Schwierigkeiten gemacht, Wilda, mir nicht und sonst niemandem.«

Wilda warf einen hoffnungsvollen Seitenblick auf ihre Herrin. Sie wünschte sich inbrünstig, daß sich die Dinge zwischen Leonie und ihrem Mann ins reine bringen ließen, denn sonst sah sie vor ihrer Herrin nur Jahre des Unglücks liegen. Sie hatte Leonie wirklich gern.

»Mildred hat gesagt, er hätte Sie ins Zimmer getragen«, wagte sie sich vor.

»Sei nicht so ungehörig, Wilda! Mildred redet zuviel.«

»War er genauso gebieterisch wie …?«

»Jetzt hör aber auf, Wilda!« Leonie fiel es schwer, nicht zu lachen. Das Mädchen war unverbesserlich, aber Leonie wußte, daß Wilda nur eine Bestätigung dafür haben wollte, daß ihre Ehe in Ordnung war.

Sie stand auf, damit Wilda ihr beim Ankleiden helfen

konnte, und in dem Moment ging die Tür auf, und Rolfe kam herein. Er überraschte die Frauen mit seinem Erscheinen. Unter dem Arm hatte er eine lange, schmale Kiste, und in der Hand hielt er einen kleineren Kasten. Er war ebenso überrascht wie die Frauen, denn Leonie trug nur ihr ärmelloses, kurzes Unterhemd. Er blieb abrupt stehen, drehte sich mit finsterer Miene um und rief: »Richard! Mach die Augen zu!«

Der Ritter folgte Rolfe auf dem Fuß und mühte sich mit einer großen Truhe ab. »Zieh dir etwas über«, sagte Rolfe »damit mein Freund seine Last abstellen kann.«

Errötend kam Leonie seiner Anordnung eilig nach. Sie war gereizt über Rolfes Benehmen, das ganz und gar nicht ritterlich war. Wie konnte er es wagen, ohne Ankündigung in ihr Zimmer zu stürmen und sie dann finster anzusehen, weil sie noch nicht angekleidet war?

Sie sagte nichts, während sie ihren Morgenmantel überzog, doch als sie sich wieder zu ihm umdrehte, stand ein silberner Glanz in ihren Augen, der Bände sprach. Sie stellte fest, daß Rolfe verlegen lächelte, und Sir Richard grinste, als er die schwere Truhe abstellte, sich förmlich verbeugte und dann das Zimmer verließ.

Rolfe drohte ihr im Scherz mit dem Finger. »Komm her, und sieh dir an, was ich für dich gekauft habe.«

Leonie trat zögernd näher und war auf der Hut, als Rolfe die Truhe öffnete. Erstaunt kniete sie sich hin und betastete mit den Fingerspitzen die edelste graue Seide, die sie je gesehen hatte. Sie war mit soviel Metallfäden durchwebt, daß sie wie flüssiges Silber schillerte. Sie hatte noch nie etwas, Vergleichbares gesehen.

Aber das war nur die erste von vielen Überraschungen. Es gab zehn lange Stoffbahnen, die zusammengefaltet in der Truhe lagen. Darunter waren schwere rosafarbene Seidenstoffe, die mit Gold durchwirkt waren, violetter Taft und ein schwerer grüner und blauer Damast. Noch schöner waren drei Ballen Samt in leuchtenden Farben.

Samt kam nur selten so hoch in den Norden, und daher war er in England so kostspielig, daß sie ihn bisher nur an Königen und sehr reichen Lehnsherren gesehen hatte. Sie hätte nie geglaubt, daß sie je Samt besitzen würde und war überwältigt.

»Wo ... wo hast du das bloß gefunden?« fragte sie ehrfürchtig.

»Heinrich hat mir seine Lager geöffnet«, sagte Rolfe beiläufig, obwohl er strahlte, weil sie soviel Freude daran hatte. »Er hat dir diese Stoffe geschenkt?«

»Geschenkt?« knurrte Rolfe. »Was für ein Gedanke! Heinrich verschenkt nie etwas, wenn er keine Gegenleistung dafür erwartet. Nein, ich habe ihm gesagt, wonach ich suche, und er hat vorgeschlagen, ich hätte die größte Auswahl, wenn ich die Sachen aus seinen Lagern kaufe. Er bekommt Schiffsladungen aus dem Fernen Osten, von denen Londoner Kaufleute nur träumen können.«

»Aber ... aber diese Stoffe sind ja ein Vermögen wert.« Leonie schüttelte langsam den Kopf und war zutiefst verwirrt. »Du hast diese Stoffe für mich gekauft?«

»Ja, selbstverständlich.«

»Warum?«

Er grinste. »Kannst du dich nicht ganz einfach bedanken? Muß ich denn für alles, was ich tue, einen Grund haben?«

Besorgnis stieg in ihr auf. Wurde sie etwa für ihr Verhalten in der vergangenen Nacht belohnt?

»Wenn das auch nur irgend etwas mit der letzten Nacht zu tun hat ...«

Leonie errötete und war außerstande, den Satz in Wildas Gegenwart zu beenden. Sie nickte dem Mädchen zu, um ihm zu bedeuten, es solle verschwinden. Als er mit ihr allein war, drang Rolfe weiter in sie. »Hast du letzte Nacht etwas getan, was rechtfertigt, daß ...«

»Nichts, was Geschenke rechtfertigt.« Sie schnitt ihm empört das Wort ab. »Wie kommst du auf den Gedanken?«

»Ich bin nicht darauf gekommen. Ich hatte eigentlich sogar vor, dich nach der letzten Nacht zu fragen.« Er wirkte jetzt weit weniger selbstsicher. »Es scheint, als könnte ich mich nicht erinnern ... ich habe keine Erinnerung daran, Westminster verlassen zu haben, nur vage daran, dich hier am unteren Ende der Treppe gefunden zu haben.«

Als sie nichts darauf sagte, sagte er: »Muß ich davon ausgehen, daß ich mich zum Narren gemacht habe?«

Leonie lächelte. »Wenn du heute seltsam angesehen wirst, dann liegt das daran, daß du gestern nacht das halbe Schloß aufgeweckt hast.«

»Und was ist mit dir, Leonie?« fragte er leise. »Ich hätte ungern das Gefühl, dich in irgendeiner Weise gekränkt zu haben.«

Entgeistert sagte sie: »Du hast viel geredet, aber du hast mich nicht gekränkt.« Dann fragte sie vorsichtig: »Erinnerst du dich an gar nichts?«

»Doch, an Einzelheiten, Herzchen«, erwiderte er und sah sie nachdenklich an. »Aber ich bin nicht sicher, ob das ein Traum war oder ... habe ich dich in dieses Zimmer getragen?«

Leonie nickte zögernd, und nun veränderte sich Rolfes Verhalten. Er kicherte, und seine Augen funkelten vor männlichem Stolz.

»Das sollte mich lehren, öfter soviel zu trinken.« Er grinste. »Ich habe eine Ewigkeit darauf gewartet, daß du es zuläßt, daß ich wieder mit dir schlafe, und als es endlich soweit war, war ich so betrunken, daß ich mich nur an die Hälfte erinnern kann.«

Leonie spürte die Glut, die wieder in ihre Wangen stieg. Sie fing an zu glauben, daß er das alles nur sagte, damit sie errötete. Ob sie sich wohl jemals an seine Direktheit gewöhnen würde?

»Die Geschenke, Mylord«, erinnerte ihn Leonie.

»Wir sind also wieder bei ›Mylord‹?«

Leonie senkte ihre Lider.

Rolfe seufzte. »Das hier ist auch für dich.« Er reichte ihr die Schachteln. Als die Frage wieder in ihre Augen trat, warnte er sie: »Begeh nicht den Fehler, mich zu fragen, warum ich dir diese Geschenke mache. Es ist das Recht eines Mannes, sein Geld so auszugeben, wie es ihm paßt.«

»Ist das auch aus Heinrichs Lagern?«

Die Kästen selbst waren schon schön. Der längliche war aus geschnitztem Hartholz, der kleinere aus Silber, das mit Emaillearbeiten verziert war. Sie fürchtete sich fast davor, zu sehen, was sie enthielten.

»Das habe ich letzte Woche bei dem Goldschmied hier in London in Auftrag gegeben. Ich hoffe, es gefällt dir.«

Er wartete ihre Reaktion nicht ab, sondern wandte sich ab, um zu gehen.

»Ich danke dir sehr, My ...«

Leonie ertappte sich selbst bei dem Gebrauch der Anrede, die ihn erboste, und sie sprach nicht weiter, doch es war zu spät. Rolfe drehte sich an der Tür noch einmal um, und seine Miene war unergründlich.

»Wenn du es endlich über dich bringst, meinen Namen mühelos über deine Lippen zu bringen, werde ich glauben, daß du mich liebst. Ich werde auf diesen Tag warten.«

Nachdem er gegangen war, starrte sie die geschlossene Tür an. Sie war vollkommen verwirrt. Warum wollte er unbedingt, daß sie ihn liebte? Er hatte doch Amelias Liebe. Reichte ihm das nicht? Ach, solche Gedanken würden sie ja doch nur wieder unglücklich machen! Sie schüttelte sie ab.

Welche Großzügigkeit! Im länglichen Kasten waren zwei kostbare Gürtel. Einer war auf seine gesamte Länge von eineinhalb Metern aus kleinen Goldplättchen angefertigt, die ineinandergriffen, und auf der blinkenden runden Oberfläche eines jeden war eine winzige Blume eingraviert. Der andere bestand aus Goldketten, die verschieden lang waren und im Abstand von jeweils zehn Zentimetern von einem großen Rubin zusammengehalten wurden. Ein noch größerer Rubin diente als Schnalle. Wenn sie den Gürtel trug, würden die Goldketten bis auf ihre Füße fallen.

In dem silbernen Kästchen lagen Hunderte von kostbaren Steinen, die bereits kunstvoll in Gold gefaßt waren. Sie ließen sich mühelos auf die Kleider aufnähen, die Leonie aus den prächtigen Stoffen anfertigen würde. Sie hielt ein Vermögen in ihren Händen.

Sie stand benommen und hingerissen davor. Doch selbst jetzt stellte sie fest, daß sie sich fragte, ob er sich Amelia gegenüber ähnlich großzügig erwiesen hatte.

33. KAPITEL

Sie trug ihren besten Überwurf aus glatter blauer Seide über einem Hemd, das in einem dunkleren Ton gehalten war; und doch war Leonies Selbstvertrauen sehr gering, als Rolfe sie in den großen Saal von Westminster führte. Nur der neue Gürtel paßte zu dem reichen Prunk der höfischen Kleidung.

Sie wurde zu Prinzessin Alice und ihren Gesellschafterinnen geführt und dort zurückgelassen, da es noch zu früh war, um sie dem König vorzustellen. Leonie kannte Prinzessin Alice, Heinrichs allgemein bekannte Mätresse, nicht, aber sie hatte bei einem der Besuche, die sie dem Hof in ihrer Kindheit abgestattet hatte, Königin Eleonore kennengelernt. Es hieß, daß sie Heinrichs Söhne zum Aufstand angestiftet hatte. Ob dem nun so war oder nicht – er hatte sie nach Windsor verbannt. Der Umstand, daß die Königin mehr oder weniger gefangengehalten wurde, während Heinrichs Mätresse an seiner Seite weilte, erinnerte Leonie an ihre eigene Situation, und ihre Laune verschlechterte sich.

Sie war enttäuscht, daß sie die Königin nicht treffen würde. Sie war eine wunderschöne Frau mit dunkelbraunen Augen und einer Elfenbeinhaut, und es war kein Wunder, daß sie die Gemahlin zweier Könige gewesen war. Ihre Ehe mit König Ludwig von Frankreich war wegen zu naher Verwandtschaft aufgelöst worden. Aber sie waren nur Cousins vierten Grades gewesen, und die Auflösung der Ehe war bewirkt worden, damit sie Heinrich heiraten konnte.

Heinrich war zwei Jahre nach seiner Heirat mit Eleonore der Nachfolger Stephans auf dem englischen Thron geworden. Er war bereits Herzog der Normandie und Graf von Anjou, und durch die Eheschließung war ihm Aquitanien zugefallen, was ihn zum Herrscher über den gesamten Westen Frankreichs gemacht hatte. Er war der mächtigste Mann in ganz Europa.

Leonie hatte Eleonore als eine fröhliche, frivole Frau in Erinnerung, die recht temperamentvoll und sehr eitel war. Doch Leonies Mutter hatte ihr beteuert, Eleonore sei reifer geworden. Sie war zwölf Jahre älter als Heinrich, und möglicherweise war das der Grund, aus dem der König sie abgeschoben hatte, um sich eine jüngere Frau zu suchen.

Alice, die Tochter König Ludwigs, war nicht älter als Leonie. Sie war mit Heinrichs Sohn Richard verlobt worden, aber das hatte Heinrich nicht davon abgehalten, sie vor vier Jahren zu seiner Mätresse zu machen, ein Umstand, den er gar nicht erst zu verbergen versuchte, nachdem er die Königin vom Hof verbannt hatte.

Erstaunlich war, daß Alice nicht schön war, noch nicht einmal besonders hübsch. Ihre Hofdamen wiesen immer wieder darauf hin, daß Heinrich sich daran erfreute, wie geistreich sie war. Leonie wurde vertraulich mitgeteilt, wie sehr Heinrich Alices Anmut beim Tanzen oder Laufen bewunderte. Es schien, als suchten diese schönen Damen Gründe dafür, warum ihr König sie nicht vorzog, doch der einzige Grund, den sie hätten anführen müssen, war der, daß Heinrich Alice zweifellos ebensosehr liebte wie sie ihn.

Leonie hätte sich für die Prinzessin erwärmen können, wenn sie in Alice nicht ausschließlich die andere Frau und in Heinrich den untreuen Ehemann gesehen hätte. Wenn sie Alice ansah, wurde sie sofort an Amelia erinnert. Daher war sie nicht gerade bestens gelaunt, als Rolfe kam, um sie zum König zu führen.

Heinrich hatte sich in den sechs Jahren, seit Leonie ihn das letzte Mal gesehen hatte, kaum verändert. Er war nach wie vor ein ehrfurchtgebietender Mann. Auch an seiner Nachlässigkeit, was seine Kleidung anging, hatte sich nichts geändert. Er fand offensichtlich keine Zeit für seine Schneider, denn wenn seine Kleidung auch kostspielig war, so saß sie doch nicht gut.

»Ich habe Ihrem Mann einen schlechten Dienst erwiesen, als ich ihm erzählte, Sie seien ein unansehnliches Kind gewesen. Ich habe sogar versucht, Sie ihm auszureden. Ich sehe jetzt, daß er mir nie verziehen hätte, wenn es mir gelungen wäre.«

Das waren die ersten Worte, die Heinrich an sie richtete, als er sie von Rolfe fortführte. Leonie war nicht besonders beeindruckt.

»Wenn das ein Kompliment ist, Eure Majestät, dann bedanke ich mich«, sagte sie trocken.

Seine grauen Augen wurden lebhafter. »Haben Sie etwas gegen mich, meine Liebe, oder sind Sie wirklich so unbeugsam, wie Rolfe es behauptet?«

Leonie stöhnte innerlich. Das war der König, und sie wagte nicht, ihn zu reizen.

»Ich weiß nicht, was er Ihnen erzählt hat«, sagte sie und zwang sich zu einem Lächeln.

»Ach, vieles, wirklich sehr viel – obwohl ich glaube,

daß er übertreibt. Es kann doch nicht wahr sein, daß Sie versucht haben, ihn in Ihrer Hochzeitsnacht umzubringen.«

Leonie erbleichte. Rolfe hatte nie mit ihr über diesen Vorfall gesprochen, doch Heinrich davon berichtet.

»Das ... das war ein Versehen, Eure Majestät, das durch meine Nervosität und meine Angst ausgelöst worden ist.«

»Das dachte ich mir schon.« Heinrich lächelte sie entwaffnend an. »Und ich bezweifle auch, daß Sie unzufrieden mit dieser Ehe sind, die ich für Sie arrangiert habe, obwohl Ihr Mann das zu glauben scheint. Es mag ja sein, daß Sie anfangs Einwände dagegen hatten, aber als Sie ihn erst gesehen haben, waren Sie doch erleichtert, oder etwa nicht?« Er wartete ihre Antwort nicht ab. »Sagen Sie mir eins, Lady Leonie, sind Sie mit Sir Rolfe zufrieden?«

»Wenn es Ihnen beliebt, das zu glauben, Eure Majestät.«

»Das ist keine Antwort.«

»Dann lautet meine Antwort nein.«

»Sehen Sie ...«

Ihr Herz sprang in ihre Kehle. »Sie wollen doch sicher nicht, daß ich Sie belüge, Eure Majestät. Sie haben mir eine Frage gestellt, und ich habe sie beantwortet.«

Heinrich kicherte in sich hinein. »Ja, das haben Sie allerdings getan.«

Leonie hatte vergessen, wie aufbrausend er war. Sie hätte auf seinen Gesichtsausdruck achten sollen, statt ihre Augen niederzuschlagen. Zum Glück schien es, als hätte sie ihn beschwichtigt.

»Das ist ja hochinteressant, meine Liebe«, fuhr Heinrich nachdenklich fort. »Ihr Gemahl ist ein Mann, den die Damen äußerst attraktiv finden.«

»Das ist er auch«, stimmte Leonie ihm zu.

»Gefällt er Ihnen?«

»Ich habe nicht gesagt, daß er mir nicht gefällt, Eure Majestät.«

Henry legte die Stirn in Falten. »Außerdem ist er eine verdiente Persönlichkeit und jetzt auch Grundeigentümer, und er besitzt Reichtümer, die er sich im Krieg und bei Turnieren erworben hat, einen Reichtum, den ich mir gar nicht auszumalen wage. Würden Sie mir jetzt bitte genauer sagen, was Ihnen an Rolfe d'Ambert mißfällt?«

Sie hatte keine Möglichkeit, ihm eine Antwort zu verweigern.

Leonie sah sich um, um sich zu vergewissern, daß kein anderer das Eingeständnis ihrer Schande hören konnte.

»Ich kann mir vorstellen, daß es etwas ist, wogegen viele Ehefrauen etwas einzuwenden haben«, sagte sie leichthin und zuckte die Achseln. »Mein Herr ist kein treuer Ehemann.«

»Es fällt mir schwer, das zu glauben, nachdem er Sie getroffen hat«, erwiderte Heinrich.

»Ich wünschte, ich könnte daran zweifeln«, gab Leonie zu.

Es herrschte ein brütendes Schweigen, und dann sagte der König: »Ich erinnere mich noch gut an Ihre Mutter, meine Liebe. Sie war eine Zierde meines Hofes, und sie hat viel dazu beigetragen, die Impulsivität der Königin zu hemmen – wofür ich ihr sehr dankbar war. Es gefällt mir nicht, ihre Tochter unglücklich zu sehen. Ebensowenig gefällt es mir, zu beobachten, daß ein Mann, den ich ganz besonders in mein Herz geschlossen habe, zutiefst verwirrt und ebenso unglücklich ist. Können Sie nicht dankbar für das sein, was Sie haben, und ihn so akzeptieren, wie er ist?«

»Ich weiß, daß ich das tun sollte, Eure Majestät. Und ... und ich werde es versuchen, wenn es Euer Wunsch ist.«

»Das klingt nicht gerade vielversprechend«, schalt Heinrich sie freundlich. »Wenn es Ihnen so wichtig ist, könnte ich Lady Amelia an den Hof zurückbeordern.«

Leonie zuckte zusammen. Sie hatte Amelias Namen

nicht ausgesprochen, und wenn der König etwas von Amelia wußte, dann mußten es auch andere bei Hof.

»Eure Majestät, das ist etwas, was mein Herr selbst entscheiden muß.«

»Wie Sie wünschen, meine Liebe.«

Heinrich schien über ihre Antwort erleichtert zu sein. Er sprach jetzt über weniger persönliche Dinge mit ihr. Zweifellos wollte er sich nicht gern in Rolfes Leben einmischen. Es war ihm lieber, seinen Männern und nicht deren Frauen seine Gunst zu erweisen. Frauen waren selten in der Lage, sich für eine Gefälligkeit zu revanchieren, und Heinrich war ein kluger und taktisch geschickter Monarch.

Die Jagd, die am Nachmittag in den nahen Wäldern veranstaltet wurde, war keineswegs eine anregende Unterhaltung. Ein Hirsch und drei Eber wurden schnell hintereinander und ohne viel Aufhebens erlegt. Wenn die Jagd spannender verlaufen wäre, wäre die Rede vielleicht gar nicht erst auf ein Turnier gekommen. Doch am Hof herrschte Langeweile und Ruhelosigkeit, da Heinrich länger als gewöhnlich in Westminster geblieben war. Sogar Leonie spürte bei diesem Vorschlag eine gewisse Erregung in sich aufsteigen. Immer wieder hieß es, daß Heinrich ein Turnier niemals erlauben würde, und doch hoffte sie, er würde eine Ausnahme machen, wenn er hörte, daß seine Männer zu gern eines veranstaltet hätten.

Leonies Aufregung ging noch am selben Abend in Sorge über, als Rolfe ihr sagte, Heinrich hätte sie alle in Erstaunen versetzt, indem er seine Zustimmung zu dem Turnier gegeben hätte, und er selbst, Rolfe, würde an ihm teilnehmen. Es sollte am folgenden Tag stattfinden.

»Aber du kannst das unmöglich«, erklärte sie und vergaß ganz ihre Vorbereitungen, die sie gerade traf, um ins Bett zu gehen.

»Ich kann nicht? Warum?« fragte er stirnrunzelnd.

»Deine Wunde«, sagte sie. »Es ist noch keine vierzehn Tage her ...«

Rolfe lachte. »Deine Sorge schmeichelt mir, Leonie, aber sie ist unbegründet.«

»Du verspottest mich, wenn ich es ernst meine«, sagte Leonie gepreßt.

»Sogar du hast gesagt, daß meine Wunde verheilt ist.«

»Ich habe gesagt, daß sie am Abheilen ist. Das ist ein Unterschied.«

»Du kannst dich darauf verlassen, daß ich selbst weiß, ob ich zu etwas in der Lage bin oder nicht.«

»Du hast dich auch zu dieser Reise in der Lage gefühlt«, sagte sie mit scharfer Stimme, »und doch vergißt du, wie ermattet du am ersten Abend warst. Du bist noch nicht wieder bei Kräften. Es wäre der reinste Wahnsinn, wenn du morgen deine Gewandtheit erproben wolltest.«

»Es wäre Wahnsinn, auf die Einwände einer Frau zu hören«, gab er ebenso bissig zurück. »Turniere waren mein Leben, ehe ich nach England gekommen bin. Und diese englischen Ritter stellen keine Herausforderung für mich dar. Ihre Fähigkeiten haben nachgelassen, weil Heinrich den Schildpfennig akzeptiert, statt sie zu ihrem vierzigtägigen Heeresdienst aufzurufen.«

»Mylord«, sagte sie lakonisch, »ein Hieb kann deine Wunde wieder aufreißen lassen.«

»Hör auf, ehe ich wütend werde, Leonie.«

Sie hätte daran denken sollen, daß Rolfe keinen Streit im Schlafzimmer duldete, doch er rief es ihr ins Gedächtnis zurück, als er sie an sich zog und sie heftig küßte.

Das war der Anblick, der sich Wilda bot, als sie in der Tür stand. Sie brachte Mildred und Damian dazu, eilig umzukehren, anschließend machte sie leise die Tür zu.

Leonie hatte das drohend bevorstehende Turnier vergessen. Was zwischen ihr und Rolfe im Zorn begonnen hatte, endete mit süßer Leidenschaft. Aber später, als zärtliche Gefühle für ihren Mann sie durchfluteten, entschied sie, ihm die Entscheidung aus der Hand zu nehmen.

34. KAPITEL

»Das ist nicht recht, Mylady«, sagte Wilda, als sie Leonie widerstrebend den Weinkelch reichte. »Sein Zorn wird alles überbieten, was wir bisher erlebt haben.«

»Was macht das aus, solange ihm nichts zustößt?« fragte Leonie.

»Aber das zu tun, Mylady!«

»Sei ruhig, Wilda!« fauchte Leonie. »Er kann jeden Augenblick zurückkommen, und dann hört er dich.«

»Das ist besser als das, was passiert, wenn die Tat erst getan ist«, murrte Wilda.

Aber Leonie hörte nicht mehr auf sie. Sie öffnete ihren Medizinkorb und fand die Kräuter, die sie brauchte. Sie hatte sie gerade in den Wein gerührt, als Rolfe mit Damian von der Messe zurückkam. Er sah sie finster an, denn er wußte, wie sie über das Turnier dachte.

»Wirst du dich jetzt bereitmachen, Mylord?« fragte Leonie.

»Wirst du mir helfen?«, erwiderte er skeptisch.

»Wenn du willst.«

Rolfe schüttelte den Kopf. »Ich schwöre dir, daß ich dich nie verstehen werde, Leonie. Damian wird mir beim Ankleiden helfen. Dich bitte ich lediglich, mehr Vertrauen in mich zu setzen.«

»Deine Geschicklichkeit und dein Können habe ich nie in Zweifel gezogen, Mylord, nur deine gesundheitliche Verfassung. Trink das bitte, und ich werde mir keine Sorgen mehr machen.«

Er beäugte den Weinkelch skeptisch. »Ich brauche keinen Heiltrank, Leonie.«

»Es sind nur ein paar Kräuter, die dich stärken. Bitte«, flehte sie ihn ernsthaft an. »Das ist das mindeste, was du für mich tun kannst, um mir eine Last von der Seele zu nehmen. Was können ein paar Kräuter schon schaden?«

Er nahm ihr den Kelch aus der Hand und leerte ihn. »Hörst du jetzt auf, dir Sorgen zu machen?«

»Ja«, erwiderte sie leise und reichte Wilda, die angesichts dieser Verstellung ihrer Herrin die Augen verdrehte, den Kelch.

Es dauerte nicht lange, bis der Schlaftrunk zu wirken anfing. Damian geriet in Panik, als Rolfe zu wanken begann. Er war von seiner plötzlichen Müdigkeit so verwirrt, daß er es Damian gestattete, ihm dabei zu helfen, sich auf das Bett zu legen. Leonie war erleichtert, denn sie glaubte, damit sei die Sache ausgestanden.

Doch Rolfe packte ihr Handgelenk, ehe sie von dem Bett zurücktreten konnte.

»Was ... was hast du mit mir gemacht, Leonie?«

Seine Lider waren schon schwer, doch seinen Augen gelang es noch, sie zu durchbohren. Er wußte es. Es war sinnlos, es abzustreiten.

Sie sagte standhaft: »Ich habe für deine Sicherheit gesorgt, Mylord, da du es nicht selbst getan hast.«

»Ich schwöre ... diesmal ... zu weit.«

Seine Hand ließ die ihre langsam los, und seine Augen schlossen sich. Seine Worten waren zusammenhanglos, doch sie hatte sie verstanden. Sie war zu weit gegangen.

»Das haben Sie getan, Mylady?« Damian starrte sie ungläubig an.

»Ja.«

»Er wird Sie umbringen!«

Leonie erbleichte. Damian begriff, was sie getan hatte, aber nicht, warum. Rolfe würde es wissen, aber das würde nichts ändern. Für ihn spielte es keine Rolle, daß sie den Gedanken nicht ertragen konnte, er könnte sich wieder eine Verletzung zuziehen. Er ging von der irrigen Vorstellung aus, daß ihm nichts zustoßen konnte, und wenn er nicht zugeben wollte, daß er noch nicht wieder bei Kräften war, würde er auch nicht zugeben, daß ihr Vorgehen berechtigt war.

Es war zu spät, um ihre impulsive Entscheidung zu bereuen. Damian hatte recht. Er würde sie umbringen. Rolfe war Soldat. Was sie getan hatte, war unverzeihlich.

»Ich muß mit Sir Piers sprechen«, sagte Leonie, als sie auf die Tür zuging.

»Sagen Sie ihm bloß nicht, was Sie getan haben!« warnte Damian sie. »Er wird Sie niederschlagen.«

»Dann gehe ich eben zum König.«

Sir Piers versuchte, Leonie davon abzuhalten, das Schloß zu verlassen, ohne auf Rolfe zu warten, aber er war es auch, der sie schließlich zur Westminster Hall begleitete, als er erkannte, daß sie andernfalls allein den Hof verlassen hätte. Sie erzählte ihm nichts von dem, was sich abgespielt hatte, denn sie zweifelte nicht daran, daß Damian recht hatte.

Das einzige, was sie an diesem Morgen richtig machte, war, daß es ihr gelang, Heinrichs Aufmerksamkeit auf sich zu lenken, ohne daß es einer der Männer, von denen er umgeben war, bemerkte. Er war noch beim Essen, als sie mit Piers den Saal betrat. Da er die Angewohnheit hatte, im Stehen zu essen und herumzugehen, während er sich mit seinen Höflingen unterhielt, fiel es nicht auf, daß er auf Leonie zuging.

»Ist Ihr Gemahl direkt zum Turnierplatz gegangen, um sich eintragen zu lassen?« fragte er.

Heinrich war bestens aufgelegt, und sie betete um seinen Beistand.

»Er wird nicht zum Turnier erscheinen, Mylord.«

Heinrich legte die Stirn in Falten. »Warum um Himmels willen nicht?«

Sie sagte es ihm und beendete ihre Erklärung mit den Worten: »Ich habe keine andere Möglichkeit gesehen, ihn zu schützen.«

»Ihn zu schützen! Ich glaube, er braucht Schutz vor Ihnen!«

»Ich habe das getan, was ich für das Richtige gehalten habe, Eure Majestät«, erwiderte sie kläglich. »Es tut mir nicht leid, daß ich ihn vor möglichem Schaden bewahrt habe. Mir tut nur leid, daß es nötig war, das zu tun.«

Heinrich schüttelte erstaunt den Kopf. »Sie kennen Ihren Mann nicht, Lady Leonie. Sie haben ihm keinen Gefallen getan. Mein Sohn Richard ist ebenfalls ein begeisterter Turnierkämpfer, und er hat mir erzählt, daß er gesehen hat, wie Rolfe d'Ambert eine Wunde nach der anderen empfangen und doch noch alle Turniere des Tages gewonnen und ein Vermögen an Preisen kassiert hat. Es gibt wenige, die es auf dem Turnierplatz gegen ihn aufnehmen können. Das ist seine Art – die Art des Wolfes. Er hat diesen Namen nicht nur wegen seines dunklen Äußeren bekommen, meine Liebe.«

»Das ... das wußte ich nicht, Eure Majestät.«

»Er wird es Ihnen nicht danken, meine Liebe«, sagte der König und seufzte.

»Ich weiß«, erwiderte sie.

»Ich hoffe, Sie sind nicht hier, um sich meines Schutzes zu versichern?« fragte er schlau.

»Nein, aber ich bitte Sie um einen Begleiter, der mich nach Hause bringt. Ich fürchte, Rolfes Männer tun es nicht, ohne vorher mit ihm zu sprechen.«

»Sie wollen vor seinem Zorn davonlaufen?«

»Nein ... Ich will nur seiner Wut Zeit lassen, um sich abzukühlen, ehe ich mit ihr konfrontiert werde.«

Heinrich kicherte vor sich hin. »Ganz so schlimm wird es nicht kommen, es sei denn, er muß Sie suchen, um sich Ihre Erklärungen anzuhören. Nein, ich werde Ihnen nicht dabei behilflich sein, vor Ihrem Mann davonzulaufen, aber ich gebe Ihnen einen Begleiter, der Sie zu ihm zurückbringt.« Mit einer lockeren Bewegung seines Handgelenks zitierte Heinrich drei Männer zu sich und erteilte Ihnen Befehle. Zu Leonie sagte er: »Ich schlage vor, daß Sie Rolfe die Wahrheit sagen. Vielleicht wird er Ihnen diese Dummheit ausnahmsweise nachsehen.«

»Die Wahrheit! Er weiß längst, warum ich nicht wollte, daß er heute an den Kämpfen teilnimmt.«

»Ach, ich spreche davon, was hinter diesem Grund steckt, meine Liebe. Sagen Sie dem Mann, daß Sie ihn lieben. Es ist erstaunlich, was dieses Eingeständnis bewirken kann.«

Heinrich entließ sie.

Leonie ergriff die Gelegenheit, eilig zu verschwinden, ehe Sir Piers es bemerkte und ihr folgte, um ihr weitere Fragen zu stellen. Sich zu einer Liebe bekennen, die sie nicht empfand? Nein, so war es nicht. Aber sie wollte nicht ausgerechnet jetzt darüber nachdenken.

Als sie in den Stadtpalast zurückkehrte, fand sie Richard Amyas in den Ställen vor. Seine Ungeduld war offensichtlich, und sie konnte ihn mühelos davon überzeugen, daß Rolfe noch eine Weile brauchen würde und er schon vorausgehen sollte, um sich Sir Piers auf dem Turnierplatz anzuschließen. Er machte sich augenblicklich auf den Weg und nahm nur zwei der Krieger mit. Das bedeutete, daß Leonie mit den übrigen acht Kriegern zurückblieb, die von Guy von Brent angeführt wurden.

Leonie hatte bisher noch nie einen Grund gehabt, mit ihm zu reden. Sie tat es jetzt, und sie wählte einen Ton, der keine Einmischung duldete. Er war nicht wie Piers oder Richard, die das Gefühl hatten, es sei ihre Pflicht, ihre Wünsche zu ergründen. Guy tat ganz einfach, was man ihm sagte, und er befahl, daß einer der Gepäckwagen bereitgemacht wurde. Er schickte Männer mit ihr, um ihre Koffer zu holen.

Damian machte ihr mehr Schwierigkeiten. Sie wollte

nicht, daß er blieb und Rolfe sagte, sie sei abgereist, aber sie konnte Damian auch nicht fesseln und knebeln und ihn mitnehmen. Sie wartete, bis ihre Koffer fortgebracht worden waren, ehe sie zu der Lüge Zuflucht nahm, die den Zeitpunkt hinauszögern würde, an dem Rolfe ihre Verfolgung aufnahm.

»Der König hat mich gebeten, in die Westminster Hall zu ziehen, bis mein Mann wieder soweit bei Vernunft ist, daß er sich meine Erklärungen zu dem, was geschehen ist, anhört.«

»Das ist ein weiser Entschluß, Mylady«, erwiderte Damian feierlich. »Sie haben sich also den Schutz des Königs gesichert?«

»Ja. Bleib bei meinem Herrn, bis er wieder zu sich kommt.«

Sie sah Rolfe noch einmal an und wußte, daß sein Gesicht, wenn sie ihn das nächste Mal sah, nicht den friedlichen Ausdruck haben würde, der jetzt auf seinen Zügen lag. Ein Schauer lief über ihr Rückgrat. Machte sie durch ihre Abreise alles noch schlimmer? Sie konnte nur beten, daß Rolfe sich mit der Zeit wieder beruhigen würde.

35. KAPITEL

Leonie brachte ihre Eskorte dazu, von der Hauptstraße abzubiegen und am späten Nachmittag durch die Wälder zu fahren, und das trotz der ernsten Warnungen Guys, der ihr beteuerte, es sei nicht sicher, abseits von der Hauptstraße zu reisen. Doch Leonie hatte keine Angst vor Wegelagerern oder wilden Tieren. Sie erkaufte sich Zeit, denn Rolfe würde auf dem direkten Wege nach Crewel reiten, da er annehmen mußte, das sei ihr Ziel, und der Weg, den sie jetzt eingeschlagen hatten, würde sie um Crewel herum und schließlich von Osten her nach

Pershwick führen. O nein, sie wollte nicht noch schlimmere Fehler machen, indem sie ihre Leute in Pershwick gegen ihren Mann aufhetzte, aber er würde es sich hoffentlich zweimal überlegen, ehe er sie dort prügelte.

In der Nacht schlugen sie ihr Lager im dichten Wald auf. Leonie durfte sich nicht beklagen, denn sie hatte es so gewollt. Wilda dagegen murrte fortwährend.

Rolfe würde ihr nie verzeihen. Dieser Gedanke verfolgte Leonie in den Schlaf. Als sich irgendwann eine Hand auf ihren Mund preßte und sie davon erwachte, war ihr erster Gedanke, Rolfe hätte sie doch früher gefunden, als sie erwartet hatte.

Sie wurde auf die Füße gezogen, ein Arm glitt unter ihre Brüste und zog sie fest an einen kräftigen Körper. Im Schein des kleinen Feuers sah sie, daß alle anderen im Lager in Ruhe gelassen wurden und daß der Wachposten nicht da war, wo er hätte sein sollen. Nur auf sie hatte man es abgesehen.

So hätte Rolfe sie nicht fortgebracht. Er hätte in seinem rasenden Zorn mit seiner dröhnenden Stimme das ganze Lager aufgeweckt. Aber wenn es nicht Rolfe war ...

Leonie fing an, sich zu wehren, aber es war zu spät. Das Knurren des Mannes hinter ihr war nicht laut genug, um im Lager gehört zu werden. Ihr Versuch, zu schreien und ihren Entführer in die Hand zu beißen, bewirkte nur, daß er sie noch fester an sich preßte.

»Gib Ruhe, Weib, oder ich muß dich meine Faust fühlen lassen.«

Die brummige Stimme sprach Französisch, aber es war nicht das gewandte Französisch des Adels. Sobald sie das erkannt hatte, wußte sie, daß der Mann nicht allein war.

»Führen wir sie dem Herrn vor?«

»Wozu habe ich so lange gewartet, um sie mir zu schnappen, wenn wir das jetzt nicht tun?« sagte der Mann hinter ihrem Rücken gereizt.

»Wir könnten sie zur Abwechslung für uns behalten.«

»Das füllt unsere Taschen nicht mit Gold«, lautete die flinke Antwort.

»Aber die hier ist hübsch, Derek.« Ein fleischiges Gesicht erschien vor Leonie.

»Was nutzt das, wenn wir die Bezahlung brauchen?«

»Wir können uns beides holen.« Eine dritte Stimme sprach jetzt. »Dein Herr wird seinen Spaß mit ihr haben, Derek, aber warum sollten wir ihn uns nicht auch gönnen? Wir haben die Gefahr auf uns genommen, sie zu entführen. Ich will sie haben, ehe wir sie ihm übergeben.«

»Gib deine Zustimmung, Derek, oder wir gehen nicht weiter«, drohte der zweite Mann.

Einen Moment lang herrschte gespanntes Schweigen. Die beiden anderen Männer warteten auf Dereks Entscheidung. Dann wurde die Stille von einem anderen Mann durchbrochen, der aus den Büschen kam und auf sie zurannte. »Osgar«, keuchte er, »die Wache ist gestorben, ohne einen Laut von sich zu geben. Ich habe meine Sache gut gemacht.«

»Bring deinen dämlichen Bruder zum Schweigen, Osgar«, zischte Derek erbost. »Ich schwöre dir, daß ich nicht weiß, warum ich mich überhaupt mit ihm abgebe.«

»Weil er dir das Töten abnimmt«, sagte Osgar schlagfertig. »Und – was ist jetzt mit der Frau? Vergnügen wir uns erst an ihr?«

»Ja, aber nicht hier«, willigte Derek ein. »Und es muß schnell gehen. Bis zum Schloß ist es weit, und ihre Männer haben Pferde, wir nicht.«

»Wir hätten sie alle töten sollen«, murrte jemand.

»Es waren zu viele, du Dummkopf. Und jetzt müssen wir eilen, wenn wir noch einmal Rast machen wollen, ehe wir das Schloß erreichen.«

Leonie wurde fast im Dauerlauf fortgetragen. Anfangs fühlte sie sich benommen. Das konnte doch nicht wahr sein! Aber ihre Betäubung fiel von ihr ab, als Osgar und die anderen wieder miteinander sprachen, während sie durch die Wälder eilten.

»Wird sie gemartert werden wie die andern, Osgar?«

»Du redest zuviel«, fuhr Osgar seinen Bruder an.

»Sag schon, wird sie gefoltert?«

»Wenn sie nicht sagt, wer sie ist, und wenn sie nicht dafür sorgt, daß Lösegeld für sie bezahlt wird, dann wird sie gefoltert, ja.«

»Derek schaut zu, oder nicht?«

»Du Idiot! Derek foltert sie doch selbst. Sein Herr ist es, der gern zusieht.«

Derek, der das mitangehört hatte, lachte. »Hast du ihm erzählt, wie oft du dich selbst schon in den Kerker geschlichen hast, um zuzuschauen, Osgar?«

Es herrschte Schweigen, und dann fragte Osgars Bruder: »Wird sie lange im Kerker festgehalten, Osgar?«

»Du stellst zu viele Fragen.«

»Dieser Kaufmann ist getötet worden, nachdem der Bote das Lösegeld gebracht hatte. Der Kaufmann und dieser Mann sind beide umgebracht worden.«

»Bring deinen Bruder zum Schweigen, Osgar, ehe ich es tue«, sagte Derck wütend.

Leonie hatte schon von solchen Vorfällen gehört, aber nicht mehr seit den Zeiten König Stephans, in denen Anarchie geherrscht hatte. Damals konnte selbst der ärmste Landbesitzer Reichtümer anhäufen, und viele taten es, indem sie Leibeigene und freie Bürger erpreßten und sogar Kirchen plünderten. Verbrechen gehörten zur Tagesordnung, und oft wurden Menschen, von denen man vermutete, sie besäßen auch nur das geringste Vermögen, gefangengenommen. Die Opfer wurden eingesperrt und gefoltert, bis sie bereit waren, alles herzugeben, was sie besaßen. Niemand war in jenen Zeiten sicher gewesen, weil man keinen Schutz durch einen König hatte, der ständig darum kämpfte, seine Krone zu behalten. Das wahre Ausmaß der Kriminalität wurde erst später erkannt, als sämtliche unrechtmäßig angeeigneten Burgen auf Heinrichs Befehl niedergerissen oder in andere Hände übergeben wurden.

Leonies Angst wurde übermächtig, als sie sich überlegte, was ihr alles zustoßen konnte, wenn sie Dereks Herrn übergeben wurde. Dennoch trat diese Furcht in den Hintergrund, als die vier Männer anhielten und ihr klar wurde, was sie vorhatten.

Galle stieg in ihrer Kehle auf, als Derek mürrisch sagte: »Ich brauche einen Knebel.«

»Aha, du willst sie also auch haben. Und erst machst du einen solchen Wirbel ...«

»Einen Knebel! Und zwar schnell!« fauchte Derek. »Ich warne euch, wir haben wenig Zeit. Sie muß eingesperrt werden, ehe sich ihre Männer auf die Suche nach ihr machen.«

»Wir schleppen keine Lumpen mit uns rum«, murrte Osgar.

»Dein Hemd tut es auch. Gib her.«

In dem Moment, in dem Derek sie losließ, damit man sie knebeln konnte, stieß Leonie einen durchdringenden Schrei aus. Er wurde eilig erstickt, als das stinkende Hemd fest auf ihren Mund gepreßt wurde. Es wurde hinter ihrem Kopf so fest zusammengebunden, daß sie glaubte, ihre Mundwinkel würden einreißen.

Als der Knebel angebracht war, schüttelte Derek sie heftig. Schmerz schoß dort, wo er sie gepackt hatte, durch ihre Arme.

»Hör auf, Derek, ehe du ihr das Genick brichst!« warnte ihn eine andere Stimme.

»Glaubst du, daß sie sie im Schloß gehört haben?« fragte Osgar.

»Denen ist egal, was in den Wäldern geschieht«, sagte Derek zu ihm.

»Warum bist du dann so wütend?«

»Wir sind zwar weit von ihren Männern entfernt, aber

nicht weit genug, wenn einer von ihnen aufgewacht ist und uns verfolgt.«

»Wir hätten sie alle bis auf den letzten Mann töten sollen«, sagte Osgar verärgert. »Es war kein Ritter unter ihnen.«

»Und das einzige Schwert, das wir hatten, war meines«, erinnerte ihn Derek herablassend.

»Ruhig! Ich höre etwas.«

Leonie hörte es auch, und es wurde von Sekunde zu Sekunde lauter. Es war der unverwechselbare Klang von Pferdehufen, die sich durch die Büsche näherten. Hoffnung stieg in ihr auf und gab ihr neuen Mut.

»Für den Moment bist du sicher, Weib«, krächzte Derek wütend, »aber dafür wirst du mir später noch bezahlen.« Den anderen befahl er: »Wir können jetzt nicht trödeln. Bewegt euch schnell, aber macht um Gottes willen keinen Lärm.«

»Nein, Derek«, ließ sich ein erschrockenes Flüstern vernehmen. »Die Wiese liegt noch vor uns. Dort werden wir gesehen.«

»Niemand sieht uns, wenn wir am Rand der Wiese warten, bis alles still ist. Sie müssen ausgeschwärmt sein, um sie zu suchen. Wenn einer von ihnen auf uns stößt, können wir ihn töten.«

Leonie wurde wieder hochgehoben. Diesmal hatte der Mann ihre Arme direkt über den Ellbogen gepackt, damit sie die Hände nicht bewegen und den Knebel aus ihrem Mund ziehen konnte. Die drei anderen Männer liefen vor ihr her, doch Derek war langsamer, weil sie sich wehrte und zappelte. Sie versuchte, sich von ihm loszureißen, ihm auf die Füße zu treten, und ihre eigenen Füße vom Boden hochzuheben, damit er fiel. Er war weit stärker als sie, und nichts von alledem half. Schließlich brummte er und klemmte sie sich unter den Arm, um sie wie einen Mehlsack fortzutragen.

Allmählich verzweifelte sie. Der Klang der Hufe verhallte. Sie hätte ihr Leben dafür gegeben, wenn sie die Gelegenheit gehabt hätte, um Hilfe zu schreien.

Derek blieb am Rand einer Lichtung stehen, die sich durch den Wald zog und im Vergleich zu den bewaldeten Hängen, von denen sie umgeben war, außergewöhnlich groß und hell war. Die drei anderen Männer kauerten sich an den Rand der Lichtung und warteten auf Leonie und Derek. Sie waren auf der Hut, und ihre Nerven waren angespannt.

»Was habt ihr gesehen?« fragte Derek, der einen Blick auf die Lichtung warf.

»Keine Bewegung, aber ich dachte, ich hätte weiter hinten auf dem Weg noch einen Laut gehört.«

»Wer hat sonst noch etwas gehört?« Niemand antwortete, und Derek knurrte: »Wie ich es mir dachte. So weit kommen sie nicht, um sie zu suchen. Wir brauchen nur noch die Wiese zu überqueren und sind in Sicherheit.«

»Ich fühle mich erst wieder sicher, wenn wir sie los sind. Das war doch keine so gute Idee, Derek. Unsere Opfer haben sonst keine so große Eskorte.«

Sie traten auf die Lichtung und blieben dicht beieinander. Aber sie hatten noch nicht den halben Weg über die freie Fläche zurückgelegt, als ein Reiter langsam hinter den Bäumen herauskam, auf die sie zuliefen.

»Sag mir, daß das dein Herr ist, Derek.« Die Stimme war von Furcht erfüllt.

»Natürlich ist er es nicht. Er ist nicht so groß. Aber geratet jetzt nicht in Panik«, warnte Derek die anderen. »Das ist ein Ritter in vollständiger Rüstung. Sie hatte keinen solchen bei sich.«

»Warum sitzt er da und starrt uns an?« fragte Osgar voller Unbehagen. »Warum rührt er sich nicht?«

»Warte, jetzt kommt er«, rief Derek. Er stellte Leonie auf die Füße und stieß sie zu den anderen. »Haltet sie fest. Es kann sein, daß ich mit ihm kämpfen muß.«

»Du willst gegen ihn kämpfen?«

»Mit eurer Hilfe«, zischte Derek in dem Moment, als das große Streitroß vor ihnen stehenblieb. »Wie können wir Ihnen zu Diensten sein, Mylord?«

»Zeigt mir, wen ihr dort habt.«

»Das ist nur die Gemahlin meines Herrn, die ausgerissen ist. Wir werden oft ausgeschickt, um sie zu suchen und zurückzubringen. Sie neigt zu Verwirrungszuständen.«

»Seltsam. Sie sieht meiner eigenen Frau sehr ähnlich. Mir würde es gar nicht gefallen, wenn ich den Eindruck hätte, die Herrin von Kempston würde roh behandelt.«

Derek schien vollständig die Sprache verloren zu haben.

Der große Ritter auf dem Streitroß musterte den groben Kerl und wartete auf eine Antwort.

»Ich glaube, wir machen Bekanntschaft mit dem neuen Herrn von Kempston«, flüsterte Derek.

»Aber Kempston gehört jetzt dem Schwarzen Wolf. Du meinst ...«

»Ja, ich glaube ... ich glaube, daß es seine Frau ist, die wir geschnappt haben.«

»Gott sei uns gnädig, seht euch ihre Augen an!« rief der dritte Mann aus. »Sie kennt ihn!«

Osgars Bruder rannte davon, ehe die Worte ausgesprochen waren. Das gewaltige Streitroß schnitt ihm innerhalb von Sekunden die Flucht ab, und eine Klinge, die aufblitzte, streckte ihn nieder. Dann ertönte ein Kriegsschrei, bei dem einem das Blut gerinnen konnte, und die drei anderen Männer rannten fort, jeder in eine andere Richtung. Aber es war nur eine Frage von Sekunden, bis das Schlachtroß zwei von ihnen eingeholt hatte und das Schwert gezogen worden war.

Osgar lief in die Richtung zurück, aus der sie gekommen waren, und er wäre in den Schutz der Bäume entkommen, ehe das Pferd die Lichtung überqueren konnte, doch aus dem Wald ritt ein anderer Ritter auf ihn zu und beförderte ihn mit einem Speer ins Jenseits.

Leonie konnte sich nicht von der Stelle rühren. Die Leichen ihrer vier Entführer waren um sie herum verstreut, aber sie spürte keine Erleichterung. Sie war in Sicherheit – und war es doch nicht. Eine neue Feuerprobe stand ihr bevor.

»Erledige das, Piers, und dann schick die Männer wieder zu ihrem Lager.« Als Rolfe das sagte, ritten weitere seiner Leute auf die Lichtung hinaus. »Wenn einer von diesen Männern noch am Leben ist, will ich wissen, wohin sie sie bringen wollten.«

»Wirst du ...?« setzte Piers an.

»Ich komme gleich nach ... mit meiner Frau.«

Leonie hatte den Knebel entfernt, aber sie war derart vor Entsetzen erstarrt, daß sie kein Wort herausbrachte.

Rolfe stieg ab und trat vor sie hin. Sein Gesicht war unter seinem Helm verborgen, und sie konnte nicht erkennen, was er dachte. Das Schweigen hielt sie in seinem Bann.

Endlich fragte er: »Haben Sie dir etwas angetan?«

Wie kalt und förmlich er war! »Sie ... hatten es vor, aber als sie eure Pferde hörten, sind sie zu sehr erschrocken.« Sie sah ihn jetzt flehend an. »Mylord, ich würde mit euch reden ...«

»O, wir werden miteinander reden, Mylady. Daran besteht kein Zweifel.«

Leonie schnappte nach Luft, als er ihren Arm packte und sie auf sein Pferd zerrte. Er stieg auf und zog sie vor sich auf den Sattel. Sie ritten in die Wälder und ... nicht zum Lager, sondern in die entgegengesetzte Richtung.

Leonie fühlte sich elend, und sie fürchtete sich. Sie wollte nicht, daß Rolfe ihr etwas antat. Aber er würde sie schlagen. Warum sonst hätte er sie von den anderen fortbringen sollen?

Es kam ihr vor, als würde er nie mehr stehenbleiben,

und sie wollte doch nur, daß es endlich vorbei war. Er ließ ihr soviel Zeit, daß ihre Furcht sie überwältigen konnte. Je weiter er sie von den anderen fortbrachte, desto schlimmer wurden die Strafen, die sie sich ausmalte.

Sie kamen auf eine andere Lichtung, in deren Mitte die Ruine eines alten Turms stand. Rolfe ritt darauf zu, hielt neben den zerbröckelnden Steinen an und stellte Leonie auf ihre Füße. Es war ein gespenstischer Ort, der im Mondschein verlassen wirkte, aber noch unheimlicher war ihr Mann, der jetzt von seinem Pferd stieg. Er setzte betont langsam seinen Helm ab und zog seine Handschuhe aus, kam auf sie zu und blieb zwanzig Zentimeter vor ihr stehen. Sein Gesicht war hart.

»Wer hat gesagt, ich sei dir untreu?«

Sie starrte ihn ungläubig an. Sein Zorn war unübersehbar. Sein Gesicht war vor Wut angespannt, seine Lippen zu einem schmalen Strich zusammengepreßt, aber warum fragte er sie jetzt so etwas?

»Ich ... ich verstehe dich nicht.«

»Was hast du Heinrich erzählt?«

»Ich ...« Sie schnappte nach Luft und erinnerte sich wieder an das Gespräch, das sie am Vortag mit dem König geführt hatte. Sie geriet in Wut. »Er hatte kein Recht, meine Worte vor dir zu wiederholen!«

»Es steht nicht zur Diskussion, welche Rechte der König hat. Wer hat gesagt, ich sei dir untreu?« fragte Rolfe wieder. »Das brauchte mir niemand zu sagen«, gab sie zurück. »Glaubst du, ich hätte nicht selbst Augen im Kopf? Lady Amelia ist nicht dein Mündel. Sie war es nie.«

»Sie bedeutet mir nichts«, sagte er hastig.

»Glaubst du, damit sei alles in Ordnung?« schrie Leonie. »Ein Mann kann es mit der Dienerin im Haus seines Nachbarn treiben, und es mag sein, daß sie ihm nichts bedeutet, aber das heißt noch nicht, daß er seiner Frau treu ist! Er ist lediglich schicklicher in seinem Benehmen als ein Mann, der sich unter seinem eigenen Dach eine Mätresse hält – die jeder kennt und von der jeder weiß.« Ihr kamen die Tränen.

»Verdammt noch mal, Leonie, ich habe seit unserer Hochzeit keine andere Frau mehr angerührt!«

Das fachte ihren Zorn nur noch mehr an. »Du hast mich angerührt! Hast du vergessen, daß du in Pershwick mit mir ins Bett gegangen wärst, ohne zu wissen, wer ich bin?«

»So!« Er sah sie fest an, und seine Augen durchbohrten sie. »Du hast es mir immer noch nicht verziehen.«

»Ich erwähne es nur, um die Falschheit deiner Worte unter Beweis zu stellen, Mylord. Du hast andere Frauen angerührt. Die Tatsache, daß Lady Amelia immer noch dein Schlafzimmer mit dir geteilt hat, als ich wieder nach Crewel gebracht wurde, beweist es.«

Er kam auf sie zu, und ein Knurren drang aus seiner Kehle, doch Leonie wich keinen Schritt zurück. Selbst, als sich seine Finger in ihre Arme gruben und er sie vom Boden hochhob, um ihr Gesicht dicht vor seines zu bringen, zuckte sie mit keiner Wimper.

»Sag mir, warum dich das so sehr interessiert.« Rolfes Stimme war bedrohlich leise. »Hast du nicht gesagt, dir ist es egal, mit wie vielen Frauen ich ins Bett gehe?«

»Ja, aber mit Anstand.«

»Mir war nicht klar, daß Bedingungen damit verknüpft waren«, sagte er zynisch. »Es macht dir also wirklich nichts aus?«

Sie hatte einen Kloß in der Kehle. »Nein, es macht mir nichts aus.«

Er stellte sie wieder hin und wandte sich ab. Leonie biß sich auf die Lippen und verabscheute sich selbst.

»Warum möchtest du, daß es mir etwas ausmacht?« Ihre Stimme wurde sanft.

»Einer Frau sollte es etwas ausmachen«, sagte er leise.

»Eine Frau sollte nicht die Beleidigung ertragen müssen, die Mätresse ihres Mannes um sich zu haben.«

Rolfe wirbelte zu ihr herum, und sein ganzer Körper wurde steif vor Zorn. »Es war nie als Beleidigung gedacht. Ich sagte dir doch, daß sie nicht mehr meine Mätresse ist.«

»Wenn du wolltest, daß ich das glaube, Mylord, dann würdest du sie fortschicken.«

»Verlang das nicht von mir, Leonie.«

Sie überwand ihren Stolz. »Doch, ich bitte dich darum. Wenn sie dir nichts bedeutet, dann hast du keinen Grund, sie bei dir zu behalten.«

»Sie ... sie will nicht fortgehen«, sagte er gepreßt.

Er hätte ihr ebensogut ins Gesicht schlagen können. »Du stellst ihre Wünsche über meine?« Sie wartete darauf, daß er etwas sagen, ihr versprechen würde, Amelia fortzuschicken. Als er nichts sagte, sagte sie: »Wenn das so ist, dann hast du, Rolfe d'Ambert, von mir nichts anderes als meine Verachtung.«

»Ich werde mehr als nur das bekommen.« Er riß sie an sich, und sein Mund senkte sich brutal auf ihre Lippen herab. Sein Kuß ließ sie zittern, und sie fühlte sich schwach. Sie durfte sich nicht wieder von ihm überwältigen lassen und zulassen, daß er diese unsagbaren Gefühle in ihr wachrief.

»Ich hasse dich«, flüsterte Leonie, und die Worte klangen selbst in ihren eigenen Ohren keineswegs überzeugend.

»Dann werde ich dich eben trotz deines Hasses lieben.«

Er küßte sie wieder, und die verräterische Flamme entzündete sich in ihr und zog sie trotz allem zu ihm hin. Sie kämpfte verzweifelt. Doch das, wogegen sie ankämpfte, war nicht er, sondern ihre eigene Begierde.

36. KAPITEL

Ein räudiger Köter, der an ihren Füßen schnupperte, weckte Leonie und Rolfe. Er erhob sich brüllend und tat so, als wolle er das Tier angreifen. Der Hund starrte ihn nur an. Leonie kicherte, und Rolfe drehte sich mit einem empörten Gesichtsausdruck zu ihr um.

»Vielleicht könntest du ihn einfach bitten, fortzugehen?« schlug sie vor, und in ihren Augen stand ein Lachen.

»Das kannst du gern selbst ausprobieren«, sagte er.

Sie tat es. Der Hund starrte auch sie an. »Wir sollten ihm einfach erlauben, hierzubleiben«, schlug sie vor.

Rolfe kicherte in sich hinein. »Ich glaube, genau das wird er ohnehin tun.«

Er beugte sich zu ihr herunter und zog ihren Kopf an sich, um sie zart zu küssen. Seine Augen lächelten sie an, Dann verließ er sie, um sich zu erleichtern, und Leonie legte sich mit einem wohligen Seufzen wieder auf seinen Rock. Sie hatten die Nacht zwischen Gesteinsbrocken, die heruntergefallen waren, und den Resten der Burgmauer verbracht. Sie hatte in Rolfes Armen glücklich und sorglos geschlafen, und sein Verlangen nach ihr hatte ihren ganzen Zorn und Schmerz fortgeschwemmt.

Das war etwas, was sie gelten lassen mußte. Ganz gleich, was sonst auch zwischen ihnen stand – Rolfe begehrte sie. Sein eigener Zorn konnte seinem Verlangen nicht standhalten. Und dieses Wissen war ein Balsam, der Leonies Schmerzen linderte.

In der letzten Nacht hatte er sie eine Zeitlang in dem Glauben gewiegt, daß er sie liebte. Sie hatte sich in diesem Gefühl und all den anderen Empfindungen, die er in ihr entfacht hatte, gesonnt. Sie errötete heftig, als ihr Rolfes Ungeduld wieder einfiel. Er hatte sich mit ihrer Hilfe entkleidet und sie sich mit seiner, und sie hatten einander langsam geliebt und jeden einzelnen Moment und jede zarte Liebkosung ausgekostet. Sie hätte sich nie vorstellen können, daß ein so gräßlicher Tag so enden konnte.

»Dein Erröten verrät deine Gedanken, Herzchen.«

Leonie errötete noch tiefer, und Rolfe lachte vor Glück. Er half ihr auf die Füße und tätschelte mit deutlichem Besitzerstolz ihre Rückseite.

»Geh, und tu, was du tun mußt«, sagte er grinsend zu ihr. »Wir haben länger hier herumgetrödelt, als zu erwarten war.«

Sie eilte davon und war immer noch verlegen. Als sie zurückkam, war Rolfe mit seinem Pferd beschäftigt. Sein Rücken war ihr zugekehrt, und daher hörte er nicht, daß sie näherkam. Sie blieb zögernd stehen. Ihre Ängste kehrten zurück. Es war unvorstellbar, daß Rolfe kein Wort über den Trank verlieren würde, den sie ihm eingeflößt hatte. Es war ihr verhaßt, daran zu denken, daß sein Zorn zurückkehren konnte.

Sie legte die wenigen Schritte bis zu Rolfe zurück. Er drehte sich immer noch nicht um, und sie klatschte unsicher in die Hände.

»Wie hast du mich eigentlich so schnell gefunden?« Sie bemühte sich verzweifelt, die Frage beiläufig klingen zu lassen.

»Nachforschungen führen zu Ergebnissen. Man hat dich gesehen, als du von der Hauptstraße abgebogen bist. Die Richtung, die du einschlagen würdest, stand fest, und daher war es nicht schwer, euer Lager zu finden, auch nicht nach Einbruch der Dunkelheit. Ich hatte allerdings nicht damit gerechnet, daß du verschwunden warst.«

Er drehte sich langsam um und sah sie an.

»Ich ... ich bin dir zutiefst dankbar, Mylord, weil du mich im richtigen Augenblick gefunden hast.«

»Weißt du, wohin sie dich bringen wollten?«

»In eine Burg in der Nähe. Zu einem Herrn, der durch die Folter seine Opfer erpreßt.« Sie schauderte. »Ich bin sicher, daß du mir das Leben gerettet hast.«

»Sie hätten dich nicht getötet, Leonie. Sie hätten dir wehgetan, aber du bist zu wertvoll, als daß sie dich umgebracht hätten.«

»Ihnen war ganz gleich, wer ich bin oder welchen Wert ich habe. Ich bin ganz sicher.«

»Sie hätten deinen Wert erkannt, wenn du ihnen erst deinen Namen genannt hättest.«

Er sagte es ganz beiläufig, aber wie meinte er das? Dann fielen ihr die Reaktionen der Männer wieder ein, als sie erkannt hatten, wer Rolfe war. Selbst der übermäßig selbstbewußte Derek hatte den Mut verloren, als er begriff, daß er die Frau des Schwarzen Wolfes entführt hatte.

Leonie sagte nachdenklich: »Ich sehe jetzt ein, daß ich in all diesen Jahren in Pershwick zu isoliert war. Ich hatte keine Ahnung, daß solche Dinge geschehen.«

Rolfe knurrte: »Wie kann es sein, daß du nichts davon wußtest? Dein Nachbar war einer der übelsten dieser Schurken.«

»Mein Nachbar? Von wem sprichst du?«

»Von wem wohl?« sagte Rolfe verächtlich. »Von Montigny und seinem Sohn. Zweifellos waren seine Vasallen auch an diesen Geschichten beteiligt. Das würde erklären, warum sie solche Furcht davor hatten, mich anzuerkennen. Sie haben zweifellos geglaubt, ich sei hier, um dafür zu sorgen, daß der Gerechtigkeit Genüge getan wird, und zwar vollauf.«

Leonie zuckte zusammen. »Das glaube ich nicht! Ich habe die Montignys mein Leben lang gekannt. Sir Edmond war ein guter Nachbar, und Alain ...«

»Kein Wort über diesen Jungen!« schnitt ihr Rolfe das Wort ab. »Und ob du es glaubst oder nicht, Leonie, die Montignys haben sich vieler Verbrechen schuldig gemacht. Sie waren aber sehr vorsichtig. Ihre Opfer wußten nicht, wohin sie gebracht wurden oder wer ihr Lösegeld kassiert hat. Und die, die getötet wurden, konnten natürlich nichts verraten. Aber Heinrich hat schon seit langem Klagen aus Mittelengland gehört. Erst kürzlich hat er die Namen erfahren, die mit diesen Verbrechen in Verbindung stehen.«

»Es ist unfair von dir, einen Mann schlechtzumachen, der tot ist und sich nicht verteidigen kann!«

»Was glaubst du denn, wie er gestorben ist? Endlich gab es genug ehrliche Männer, die von seinen Untaten wußten und bereit waren, ihr Wissen zu beeiden. Er wurde getötet, als er sich seiner Verhaftung widersetzte. Sein Sohn ist geflohen, ehe man ihn vor Gericht stellen konnte.«

»Aber das klingt alles so unsinnig. Sir Edmond war Herr über ganz Kempston. Wozu hätte er es nötig gehabt, sich unrechtmäßig zu bereichern?«

Rolfe zuckte die Achseln. »Zu Stephans Zeiten hatte er viel mehr Burgen, die er gezwungen war, aufzugeben. Ich nehme an, er hat auf ungesetzliche Mittel zurückgegriffen, um sich den Reichtum zu verschaffen, an den er gewöhnt war. Er hat immer ein verschwenderisches Leben geführt.«

Leonie fiel ein, daß sie gehört hatte, wie außerordentlich luxuriös Sir Edmond gelebt hatte.

Ihr fielen auch wieder vage Gerüchte ein, von denen sie nichts hatte wissen wollen. Hatten sie der Wahrheit entsprochen? Es fiel ihr schwer, das zu glauben, besonders, wenn es um Alain ging. Sein Vater mochte korrupt gewesen sein, aber der furchtsame, schwächliche Alain?

Aber es war ein ungünstiger Zeitpunkt, um eine Auseinandersetzung zu beginnen. »Sollten wir nicht aufbrechen, Mylord?« fragte Leonie.

»Ich vermute, Guy harrt schon lange genug gespannt seiner Strafe. Ja, laß uns aufbrechen.«

Er stieg auf und hob sie auf sein Pferd.

»Was für eine Strafe? Was hat er angestellt?« fragte sie.

»Er hat dich in Gefahr gebracht.« Das Pferd lief in den Wald.

Sie schnappte nach Luft. »Aber er hat nur meine Anweisungen befolgt.«

»Darum geht es nicht. Du warst ihm anvertraut. Er hätte wissen müssen, daß er nicht von der Hauptstraße hätte abkommen dürfen. Er hat Glück gehabt, daß ich ihn letzte Nacht nicht umgebracht habe. Er wird heute abend, wenn wir Crewel erreichen, zwanzig Peitschenhiebe bekommen und dankbar dafür sein, daß er damit wegkommt. Er weiß, daß er einen großen Fehler gemacht hat.«

Leonie war entsetzt. »Ich wünschte, du würdest ihn nicht bestrafen, Mylord. Niemand soll für etwas leiden, was meine Schuld war.« Sie rief es laut, um die Pferdehufe zu übertönen.

»Du kannst die Schuld auf dich nehmen, Leonie, und zwar zu Recht, aber du wirst dich nicht in mein Urteil einmischen. Der Mann wird für seine Nachlässigkeit bestraft, und nichts kann das verhindern.«

»Und wie sieht meine Strafe aus, Mylord?« fragte sie.

»Ich hoffe, du hast letzte Nacht eine wichtige Lektion gelernt.«

»Solltest du mich nicht auch auspeitschen lassen?« fragte sie. »Ich war genauso nachlässig wie der Anführer deiner Krieger.«

»Führe mich nicht in Versuchung, Leonie. Du warst mehr als nur unvorsichtig«, sagte er grob. »Deinetwegen hätte ich mich fast mit dem König angelegt.«

Leonie stöhnte. »Nein!«

»Doch. Ich habe ihn einen Lügner genannt, als er darauf beharrt hat, daß du dich nicht unter seinem Schutz verbirgst.«

»Mutter Maria!« Jegliche Farbe wich aus Leonies Gesicht. »Ich habe Damian nur gesagt, ich ginge zum König, um deine Verfolgung hinauszuzögern. Ich hätte nicht geglaubt, daß du Heinrich kein Wort glaubst, wenn er dir sagt, daß ich nicht da bin.«

»Sir Piers hat beeidet, er hätte dich nicht fortgehen sehen. Wenn er nicht gemerkt hätte, daß die Hälfte meiner Männer fort war, und es mir nicht rechtzeitig gesagt hätte, hätte ich auf meiner Suche nach dir Heinrichs Palast auseinandergenommen.«

»Du ... du hast den König wirklich als einen Lügner bezeichnet, ist das wahr?«

»Ja, das habe ich getan.«

»Gott sei dir gnädig, er wird es dir nie verzeihen! Was habe ich bloß angerichtet!«

»Er hat es mir bereits verziehen«, sagte Rolfe, der jetzt nicht mehr ganz so streng wirkte. »Er ist kein unsensibler Mensch. Er hat eingeräumt, mein Verhalten sei verständlich. Er hat mir sogar von deiner Unterhaltung mit ihm erzählt, weil er mir helfen wollte, dich zu verstehen. Ich war wütend, als ich erfuhr, daß du Heinrich erzählen konntest, warum du mich nicht akzeptierst, es mir aber nie gesagt hast.«

Eine Zeitlang herrschte Schweigen, dann sagte er: »Und jetzt stelle ich fest, daß es noch nicht einmal die Wahrheit war.«

»Es war die Wahrheit.«

»So, war es das? Du hast letzte Nacht geschworen, es sei dir gleich.«

Leonie öffnete den Mund, überlegte es sich aber sofort wieder anders. Das hatten sie jetzt schon einmal gehabt, und es hatte zu nichts geführt. Er hatte seinen Standpunkt klargemacht. Er wollte Amelia nicht aufgeben. Sie würde ihn nicht noch einmal darum bitten.

Rolfe seufzte. »Gib mir keine Schlafmittel mehr, Leonie. Und lauf mir auch nie wieder fort.«

»Ja, Mylord.«

Er sagte kein Wort mehr.

37. KAPITEL

Auf den Ländereien von Crewel, deren Ertrag dem Lehnsherrn gehörte, hatte die Ernte begonnen. Es fehlte Crewel jedoch an einem Verwalter, der die Dorfbewohner bei der Arbeit überwachte, und Leonie hätte diesen Posten zwar übernehmen können, doch da sie sich an die Feindseligkeit erinnerte, mit der ihr die Dörfler begegnet waren, entschied sie sich, es nicht zu versuchen. Sie ernannte als Aufseher den Henker des Ortes. Von einer solchen Wahl hatte man noch nie gehört, aber ihr erschien die Entscheidung logisch, da die Leibeigenen ihm gehorchen würden.

Sie hatte die Verfügung allein erlassen, da Rolfe nicht da war. Er war während der zwei Wochen seit ihrer Rückkehr aus London fort gewesen.

Seine Abwesenheit war nur eine der Schwierigkeiten, die Leonie seit der Nacht gehabt hatte, in der Guy von Brent die zwanzig Peitschenhiebe bekommen hatte. Rolfe war direkt im Anschluß an diese Strafe nach Warling geritten, um an der Belagerung teilzunehmen, und seitdem nicht zurückgekehrt.

Die Burg Warling lag fast fünfzehn Meilen nördlich von Crewel, also zu weit entfernt, um nach Hause zu kommen, aber Leonie vermißte ihn. Sie ertappte sich dabei, daß sie aufhorchte, wenn sich Pferdehufe näherten, und sie hatte sogar in Erwägung gezogen, selbst nach Warling zu reiten, aber sie wußte, daß Rolfe diesen Schritt mißbilligt hätte.

Es war auch nicht ihr einziger Kummer, daß sie Rolfe vermißte. Die ständige Anwesenheit von Lady Amelia bedrückte sie.

Eines Abends wurde Sir Evarard während des Abendessens gerufen. Er stand vom Tisch auf, und die beiden Frauen blieben mit zwei leeren Stühlen zwischen sich sitzen.

Leonie beabsichtigte zwar durchaus, sich Lady Amelia gegenüber höflich zu benehmen, doch es wurde ihr nicht leicht gemacht. Diese Frau strahlte eindeutig Selbstgefälligkeit aus. Das verblüffte Leonie. Worin konnten die Gründe für diese Haltung liegen?

Als sie an jenem Abend beim Essen saßen und Sir Evarard weggegangen war, bat Amelia Leonie um ein Mittel gegen Übelkeit.

»Sollten Sie nicht im Bett bleiben, wenn Sie krank sind?« fragte Leonie.

»Um Himmels willen, nein!« Amelia lachte. »Mir fehlt nichts, was die Zeit nicht innerhalb von einem Monat heilen wird. Ich habe nur Schwierigkeiten bei den Mahlzeiten.«

Jetzt begriff Leonie, was sie soeben gehört hatte. »Wollen Sie damit auf etwas anspielen, Lady Amelia? Worauf wollen sie hinaus?«

»Rolfe hat es Ihnen doch gewiß erzählt!« Amelia wirkte erstaunt. »Es ist ja wohl kaum etwas, was man geheimhalten kann.«

»Wollen Sie damit sagen, daß Sie ein Kind von meinem Mann erwarten?« sagte Leonie mit ruhiger Stimme.

»Ja, das Kind ist von Rolfe«, erwiderte Amelia. »Er leugnet es nicht.«

In dem Moment wurde Leonie plötzlich vieles klar. Kein Wunder, daß Rolfe sich weigerte, Amelia fortzuschicken! Es war fast erleichternd, es endlich zu wissen.

Leonies Blick glitt über Amelias Figur, die so überschlank wie immer war, und sagte eisig: »Wann sind Sie schwanger geworden?«

»Welchen Unterschied ...«

»Antworten Sie mir, Amelia!«

Amelia zuckte die Achseln. »Vor einem Monat.«

Leonie rechnete eilig nach. Es war einen Monat her, seit sie nach Crewel geholt worden war, um hier zu leben. Sie konnte sich allzu deutlich an die Nacht erinnern, in der

Rolfe erbost ihr Zimmer verlassen hatte. Amelia war am nächsten Morgen außergewöhnlich gut aufgelegt gewesen.

Leonie verließ Amelia ohne ein weiteres Wort. Was gab es denn noch zu sagen? Doch die folgende Nacht war die elendste in ihrem ganzen Leben. Als sie allein war, schluchzte sie und verfluchte Rolfe für seine Schwäche und seine Lügen. Doch sie verfluchte auch sich selbst – weil es ihr so nahe ging, sie sich viel zu viel daraus machte.

Als am nächsten Tag eine weitere Nachricht von Alain Montigny eintraf, war Leonie zu zerstreut, um sich damit zu beschäftigen. Sie verräumte die Nachricht zusammen mit einigen anderen Papieren und vergaß sie sofort. Für den Rest der Woche versank sie in eine düstere Melancholie. Ihre Stimmung war durch den Schock ausgelöst worden, daß sie feststellen mußte, daß auch sie schwanger war.

Der Umstand, daß die Babys etwa gleichzeitig geboren werden würden, war höchst verräterisch. Es war nicht unüblich, daß ein Mann seine Frau bat, seine unehelichen Kinder aufzuziehen. Sie hatte keinen Grund, dieses Ansinnen abzulehnen, weil die Kinder vor ihrer Heirat mit ihrem Vater gezeugt worden waren. Doch es war etwas vollkommen anderes, Kinder zu akzeptieren, die nach der Eheschließung mit einer anderen Frau gezeugt worden waren.

Leonie glaubte nicht, daß Rolfe sie bitten würde, Amelias Kind aufzuziehen. Aber sie hatte kaum Zweifel daran, daß er sowohl das Kind als auch die Mutter in seiner Nähe haben wollte. Es war schließlich nicht das Kind einer Leibeigenen. Von einer solchen konnte man erwarten, daß sie ihr Kind hergab, weil sein Vater ihm ein weit besseres Leben bieten konnte als sie. Aber Amelia würde ihr Kind niemals aufgeben, und daher würde Rolfe Amelia behalten müssen.

Die Zukunft sah zunehmend düsterer aus. Leonie hatte jetzt nicht mehr die Hoffnung, Rolfe würde sie eines Tages fortschicken. Rolfe würde sie niemals gehen lassen, wenn er wußte, daß ein Kind unterwegs war.

Sie würde es ihm nicht sagen. Sie hatte noch die Hoffnung, ihn verlassen zu können, ehe ihr Körper die Wahrheit verriet. Vielleicht konnte sie sich bis nach der Geburt des Kindes in Pershwick verbergen. Sie entschied sich, ihm keinen Grund dafür zu liefern, daß er sie bei sich behalten wollte.

Leonie konnte eine gewisse Zuneigung mit anderen teilen, andere an ihrer Gabe des Heilens teilhaben lassen, aber sie konnte ihren Mann nicht mit einer anderen Frau teilen. Sie hatte immer die Hoffnung gehabt, Amelia würde fortgehen. Jetzt war diese Hoffnung zerstört. Es schien, als reiße es ihr das Herz aus der Brust, denn dort hatte sie einen Schmerz, der nicht nachließ, auch dann nicht, als die Tage vergingen.

Sir Bertrand und sein ältester Sohn Reginald kamen an einem späten Nachmittag mit der Neuigkeit nach Crewel, Rolfe hätte jemanden geschickt, um sie herzubestellen. Bertrand war Leonies Vasall in der Burg Marhill, einer der Burgen, die in ihrem Besitz waren. Warum ihr Mann Bertrand zu sich holen ließ, war ihr ein Rätsel.

Sie konnte an nichts anderes denken als daran, daß Rolfe bald nach Hause kommen würde. Es gelang ihr, sich zu verhalten, wie es sich gehörte. Sie fragte nach der Ernte in Marhill, aber sie konnte sich später nicht mehr daran erinnern, was Bertrand auf ihre Fragen geantwortet hatte. Rolfes Heimkehr hatte sie in tiefe Verwirrung gestürzt.

Es gab viel zu tun. Sie unterhielt ihre Gäste, so gut sie konnte, und Sir Evarard half ihr dabei. Glücklicherweise hielt sich Amelia dem Saal fern. Es wurde spät, und Rolfe war immer noch nicht gekommen. Leonie ließ Zimmer für ihre Gäste bereitmachen, doch die Männer zogen es vor, im Saal sitzen zu bleiben, denn sie waren gespannt darauf, zu erfahren, warum Rolfe sie sprechen wollte.

Schließlich waren Laute zu hören, die sein Kommen ankündigten, Leonie entschuldigte sich eilig und zog sich in ihr Zimmer zurück. Sie war schließlich zu der Auffassung gelangt, daß sie Rolfe nicht sehen konnte, ohne vor Zorn überzukochen, und es war undenkbar, es vor ihren eigenen Vasallen dazu kommen zu lassen. In der Sicherheit ihres eigenen Zimmers brauchte sie ihre Gefühle nicht zu verbergen.

Sie hatte jedoch keine Zeit, sich auf das vorzubereiten, was ein regelrechter Kampf zu werden schien. Rolfe kam sofort zu ihr, und zwar so eilig, daß er für die Gäste nicht mehr als einen flüchtigen Moment zur Begrüßung gehabt hatte. Was konnte ein derart ungehöriges Benehmen entschuldigen? Schließlich hatte er die beiden Männer zu sich bestellt.

Leonie zog argwöhnisch die Augenbrauen zusammen. »Du hast mich nicht etwa beschämt, Mylord?«

»Wie das?«

Rolfe warf seinen Helm und seine Handschuhe hin, doch sein Blick wandte sich keinen Moment lang von Leonie ab. Sie blieb vor dem Kamin stehen und erstarrte in dieser Haltung.

»Du hast Sir Bertrand und seinen Sohn holen lassen. Was sollen die beiden davon halten, daß du sie nicht zur Kenntnis nimmst?«

Rolfe grinste und kam auf sie zu. »Ich habe ihnen gesagt, ich sei müde und würde morgen früh mit ihnen reden. Das haben sie verstanden.«

»Wie konntest du das tun?« zischte Leonie. »Du mußt nach unten gehen und jetzt mit ihnen sprechen!«

»Sie haben sich bereits in ihre Zimmer zurückgezogen, Herzchen, und ...«

Er verstummte, als Damian das Zimmer betrat. Leonie

schluckte ihren Zorn hinunter und drehte sich mit dem Rücken zu ihnen, während er Rolfe mit dem schweren Kettenhemd half.

Der junge Knappe brauchte nicht lange dazu, und wenige Minuten später sagte Rolfe freundlich: »Ab ins Bett mit dir, Junge.«

Damian verließ das Zimmer mit offenem Mund. Er war überrascht, denn so freundlich hatte Rolfe noch nie mit ihm geredet. Es war erstaunlich, wie vollständig die Gegenwart seiner Frau sein Verhalten verändern konnte.

Leonie wartete nur auf das Geräusch, mit dem die Tür geschlossen wurde, bis sie herumwirbelte und bereit war, sich alles von der Seele zu reden. Doch als sie Rolfe in seiner Unterwäsche dastehen sah, verschlug es ihr die Sprache. Die kräftigen Muskeln seiner langen Beine, seine breite Brust – die sie immer wieder verblüffte, weil sie ohne die Rüstung genauso breit war – sein Haar, das sich unbändig lockte, all das zeigte den Mann und zugleich den Jungen in ihm. Es war ungerecht, daß er einen so gewaltigen Eindruck auf sie machte. Sie konnte sich nicht einmal daran erinnern, was sie eigentlich hatte sagen wollen.

»Du hast mich vermißt, Herzchen.«

»Nein, ich habe dich nicht vermißt«, sagte sie steif.

»Lügnerin.« Er war zu ihr getreten, ehe sie zurückweichen konnte. Er hob ihr Kinn hoch und sah ihr in die Augen. Die seinen hatten ein samtiges Braun und waren doch durchdringend. »Du bist böse, weil ich so lange fort war.«

»Es gibt viele Dinge, über die ich böse bin, Mylord, aber das ist keiner meiner Gründe.«

»Du kannst mir deine Gründe morgen aufzählen, Leonie, denn jetzt ist nicht der rechte Zeitpunkt für Zorn.«

Sie versuchte, sich von ihm zu lösen, doch Rolfe zog sie an sich und küßte sie.

»Ich habe dich vermißt, Leonie. Mein Gott, wie sehr ich

dich vermißt habe«, rief er aus, als seine Lippen über ihre Wange zu den zarten Konturen ihres Halses glitten.

Sie war verloren. Sie konnte nicht zulassen, daß er ihr das wieder antat, aber ihr Verlangen war bereits entfacht, und das trotz all ihres Elends und ihrer Bitterkeit. »Wenn ... wenn du unbedingt eine Frau haben mußt ... dann geh zu deiner anderen ... ich kann nicht ...«

»Ich habe keine andere.«

Sie bog sich ihm entgegen und gab nach. Sie konnte nicht gegen ihrer beider Leidenschaft ankämpfen, und für den Moment gab sie den Versuch auf.

38. KAPITEL

Rolfe lehnte sich in seinem Stuhl zurück und sah Thorpe fest in die Augen. Es war immer gut, seinen alten Freund zu Rate zu ziehen. Das Gespräch mit Bertrand von Marhill und seinem Sohn Reginald war gut verlaufen. Sie hatten darum gebeten, gleich nach ihrer Zusammenkunft wieder abreisen zu dürfen, da sie selbst Gäste zurückgelassen hatten, um Rolfe zu treffen. Rolfe war sehr zufrieden. Es war so, wie Heinrich gesagt hatte. Bertrand hatte etliche Söhne, die Rolfe gut gebrauchen konnte. Rolfes eigene Männer hatten einen gewissen Widerstand dagegen, Verantwortung zu übernehmen und seine übrigen Burgen zu regieren. Sie zogen es vor, ein Soldatenleben zu führen.

»Was hältst du von Sir Reginald? Wird er in Warling einen guten Burgvogt abgeben?«

»Er wirkt eifrig, eigentlich sogar übereifrig«, erwiderte Thorpe nachdenklich. »Bis jetzt hatte er nur Aussichten auf Marhill, und das auch erst nach Bertrands Tod. Ich glaube, daß er dir gut dienen wird, und sei es nur, um zu beweisen, daß er Marhills würdig ist, wenn es an der Zeit ist.«

»Ich bin deiner Meinung. Jetzt müssen wir Warling nur noch einnehmen.«

»Noch ein oder zwei Wochen, und die Mauern öffnen sich uns«, sagte Thorpe zuversichtlich voraus. »Der Tunnel in Blythe ist auch schon im Bau. Kempston sollte gut abgesichert sein, ehe der erste Schnee fällt. Und was tun wir dann? Wir werden bis dahin Frieden in deinen Gebieten haben, und uns bleibt nichts mehr zu tun.«

Rolfe grinste ihn an. »Laß mich eine Zeitlang den Frieden genießen, ehe ich mich nach dem nächsten Krieg umsehe.«

»Es könnte dir zu gut gefallen, ein begüterter Grundbesitzer zu sein, und dann wirst du nicht mehr in den Krieg ziehen.«

Rolfe sagte nichts dazu. Er dachte über die Wahrheit nach, die in dieser Vorhersage steckte, und Thorpe wußte es.

»Jedenfalls verstehe ich, worum es dir geht. Es war klug von dir, Sir Bertrand und seinen Sohn auszuhorchen, ob du sie wirklich brauchen kannst. Um die Wahrheit zu sagen – ich dachte, du schiebst das Treffen nur vor, um deine Frau zu sehen.«

Rolfe grinste, und Thorpe lachte schallend. »Verdammt noch mal! Ich hatte recht!«

»Mir kommt alles gelegen, was mich hierher zurückbringt.« Rolfe zuckte die Achseln.

»Und was hat sie davon gehalten, daß du zwei von Bertrands Söhnen für deine eigenen Burgen ernennst? Er hat doch gesagt, er hätte noch einen Sohn, der sich für die Burg Blythe eignen würde?«

»Ja, aber ich habe Leonie noch nichts davon erzählt.«

Thorpe rollte die Augen himmelwärts. »Was hast du dir dabei wohl gedacht, mein Freund? Sir Bertrand ist einer ihrer Männer.«

»Ja, ich weiß.«

»Du hättest dich mit ihr besprechen sollen, ehe du ihm dieses Angebot machst.«

»Das hatte ich vor, aber gestern abend ... war nicht der geeignete Moment. Und heute morgen«, sagte er und lächelte liebevoll, »hat sie so friedlich geschlafen, daß ich sie einfach nicht wecken konnte. Aber was sollte sie dagegen einzuwenden haben? Ich habe die Familie lediglich enger an uns gebunden. Der Vater wird für sie arbeiten, die Söhne für mich.«

»Eine Frau kann wegen etwas, was ihr gehört, verbissener sein, als es einem Mann je einfiele.«

Rolfe runzelte die Stirn. »Wie kommt es, daß du urplötzlich so viel über Frauen weißt?«

»Ich weiß offensichtlich weit mehr als du.«

Rolfe knurrte und streckte die Hand nach dem kalten Fleisch auf der Platte aus, die das junge Dienstmädchen gerade auf den Tisch stellte. Rolfe bemerkte ihr Lächeln, und seine Blicke folgten ihr, als sie ging.

»Wenn du so viel über Frauen weißt«, fragte er Thorpe, »dann sag mir, was zum Teufel mit den Frauen in meiner Umgebung los ist. Ich spreche nicht von meiner Frau.«

Thorpe verschluckte sich an einem Bissen Brot. »Welche Frauen?« fragte er in vollem Ernst.

»Alle! Absolut alle! Die Dienstmädchen, die Ehefrauen meiner Männer. Wochenlang hat sich jede einzelne von ihnen verhalten, als wäre ich krank. Und jetzt werde ich plötzlich von allen Seiten angelächelt. Lady Bertha ist nach Warling gekommen, um mir einen Obstkuchen zu bringen, und Warrens Frau hat Blumen geschickt – Blumen!«

Thorpe konnte seine Belustigung nicht mehr verbergen und lachte laut vor Vergnügen. »Sie versuchen zweifellos wiedergutzumachen, daß sie geglaubt haben, du seist derjenige gewesen, der deine Frau in der Hochzeitsnacht verprügelt hat. Lady Leonie selbst hat diesen Irrtum ausgeräumt. Ich habe gehört, sie soll sehr zornig gewesen sein, als sie erfuhr, daß man dir die Schuld an dem gegeben hat, was ihr Vater getan hat.«

»Sie ist verprügelt worden? Wer sagt das?«

Thorpe verging das Lachen. Rolfe war blaß geworden, und sein Körper erstarrt. »Verdammt noch mal, Rolfe, soll das heißen, daß du es nicht gewußt hast? Aber du hast doch die Nacht mit ihr verbracht. Wie kann es sein, daß du nichts davon weißt?«

»Wer?« wiederholte Rolfe. Seine Stimme flüsterte.

»Lady Roese hat ihr Gesicht am nächsten Morgen kurz gesehen, als die Damen gekommen sind, um eure Laken zu holen«, sagte Thorpe verlegen.

»Wie übel war sie zugerichtet?«

Thorpe wurde klar, daß er jetzt alles sagen mußte, was er wußte. »Offensichtlich ist sie brutal zusammengeschlagen worden. Ich habe gehört, Lady Leonies Gesicht sei grotesk angeschwollen und voller blauer Flecken gewesen. Das war es doch, was Lady Roese so sehr schockiert hat. Da sie dachte, du seist dafür verantwortlich, konnte sie ihren Mund nicht halten.«

»Du hast all das gewußt und nie mit mir darüber gesprochen?«

»Ich bin davon ausgegangen, daß du es weißt. Ich hätte auch jetzt kein Wort darüber verloren, wenn nicht dieses Gerede wäre und ...«

Thorpe sah Rolfe an, als er von seinem Stuhl aufsprang und mit sechs ausholenden Schritten den Saal verließ. Wenige Sekunden später zuckte er zusammen, als im oberen Stockwerk eine Tür zugeschlagen wurde.

39. KAPITEL

Leonie blickte unwillig auf, als ihr Mann über ihr aufragte und sie böse ansah. Irgend etwas mußte ihn verärgert haben.

»Warum hast du mir nie erzählt, was dir angetan worden ist?«

»Angetan?« War er wieder betrunken? »Du mußt dich deutlicher ausdrücken, wenn ...«

»Du bist grausam geschlagen worden! Sollte das etwa jeder außer mir wissen?«

Leonie zuckte zusammen, doch ihre Augen wurden silbergrau und bedrohlich. Es war kein Thema, das ihr lieb war, aber das war ihm schließlich auch nichts Neues.

»Ich sagte dir bereits, daß ich nicht darüber spreche, was damals geschehen ist«, sagte sie frostig.

»Verdammt noch mal, du wirst mit mir darüber reden! Du wirst mir sagen, was es bedeuten sollte, vor mir zu verbergen, daß du mißhandelt worden bist!«

»Es zu verbergen!« reagierte sie aufgebracht. »Es gab nichts zu verbergen, außer vor Sir Guibert, und das hat dazu gedient, ein Morden zu verhindern. Du hast es gewußt! Judith hat mir gegenüber zugegeben, daß sie es dir gesagt hat. Was glaubst du denn, warum ich in dieser Nacht mit dem Messer nach dir gestochen habe? Ich bin von den Schmerzen aufgewacht, die du verursacht hast, weil du mein geschwollenes Gesicht berührtest. Es war eine unbedachte, ganz normale Reaktion. Das mußt du verstanden haben, denn du hast mir gegenüber nie mehr ein Wort über diesen Messerstich verloren.«

Rolfes Zorn ließ sich einigermaßen von ihrer Wut abkühlen, aber er beruhigte sich nur halbwegs. »Ich habe von dieser kleinen Fleischwunde, die du mir mit deinem Messer zugefügt hast, deshalb nie geredet, Leonie, weil es nicht mehr als ein Kratzer war. Außerdem hat deine Stiefmutter mich gewarnt, man hätte dich zu der Eheschließung zwingen müssen, aber auf welche Weise, hat sie nicht gesagt. Ich dachte, man hätte dir ein paar Mahlzeiten versagt, wie es bei widerspenstigen Bräuten die Regel ist.«

»Dafür hätte die Zeit nicht ausgereicht, Mylord«, sagte Leonie verbittert. »Mein Vater hat mir erst von dieser

Heirat erzählt, als nur noch ein Tag Zeit bis zur Hochzeit war. Seine Trunkenheit hat ihn wie üblich rücksichtslos handeln lassen.«

»Entschuldigt ihn das?«

»Ich verzeihe es ihm nicht!«

»Die Prügel, oder daß du jetzt mit mir verheiratet bist?« fragte er unfreundlich.

Leonie wandte ihm den Rücken zu, doch Rolfe drehte sie wieder herum, seine Finger bohrten sich in ihre Arme, und seine Augen waren schwarz vor Wut.

»Warum, Leonie? Warum schien ich dir so abscheulich? Warum mußtest du geschlagen werden, ehe du eingewilligt hast, mich zu heiraten?«

Er schrie sie an und wühlte ihre Empfindungen, die ohnehin schon in Aufruhr waren, noch mehr auf. Es machte ihm nichts aus, daß sie geschlagen worden war, daß sie gelitten hatte. Seine Eitelkeit war verletzt, das war alles, was ihm Sorgen machte!

»Ich habe mich vor dir gefürchtet, Mylord. Ich hatte gehört, du seist ein Ungeheuer, und das war alles, was ich von dir wußte. Ich dachte, du wolltest mich nur, um dich an mir für die Schwierigkeiten zu rächen, von denen du geglaubt hast, ich hätte sie dir gemacht. Prügel waren nichts im Vergleich zu dem, wovon ich glaubte, daß du es mit mir vorhast.« Nachdenklich fügte sie hinzu: »Ich dachte, ich könnte den Schlägen standhalten, aber der Halunke hätte mich umgebracht, wenn ich nicht beim Grab meiner Mutter geschworen hätte, dich zu heiraten.«

Sie äußerte es mit all dem Haß den sie Richer Caveley entgegenbrachte. Rolfe glaubte, daß sich ihre Wut darüber, ihn heiraten zu müssen, darin widerspiegelte.

»Du hast mich also für ein Ungeheuer gehalten?«

»Ja.«

»Und du hältst mich immer noch dafür?«

»Das habe ich nicht gesagt, Mylord.«

»Nein, natürlich nicht, aber ich muß davon ausgehen. Warum sonst solltest du mich immer noch ablehnen? Warum sonst weigerst du dich, wirklich meine Frau zu sein?«

Etwas in seinem Tonfall ließ sie wachsam werden. Was war das für ein Geständnis, das er ihr entlocken wollte? Plötzlich kam sie darauf. Er wollte sie gegen seine Mätresse wüten hören. Wie sehr es seiner Eitelkeit doch geschmeichelt hätte, wenn sie die Rolle der eifersüchtigen Ehefrau gespielt hätte. Diese Befriedigung wollte sie ihm nicht gönnen.

Sie schlug die Augen nieder. »Ich verschmähe dich nicht, Mylord. Warum solltest du das glauben?«

»So, du tust es nicht?« sagte er grob. »Dann bist du also von Natur aus kalt?«

»Vielleicht«, stimmte sie ihm eilfertig zu.

Er wandte sich von ihr ab. »Oder vielleicht liebst du einen anderen?«

»Einen anderen?« erwiderte sie ungläubig, und trotz ihrer Entschiedenheit flackerte ihr Zorn erneut auf. »Wer spricht hier von einem anderen? Ich nehme die Ehe ernst, Mylord, auch, wenn du es nicht tust.«

»Das ist verdammt noch mal nicht wahr, denn wenn du es tätest, hättest du deiner ersten Liebe entsagt und mich akzeptiert. Und jetzt will ich die Wahrheit hören, Weib, damit auch das erledigt ist. Ich bin nicht mehr bereit, diese Zweifel noch länger an mir nagen zu lassen.«

Leonie fiel es schwer zu glauben, was er da sagte. Wie konnte er es wagen, sie anzuklagen, wenn er ...

Sie riß sich mühsam zusammen, richtete sich starr auf und sah ihn mit düsteren grauen Augen an. »Wenn du einen Vorwand suchst, um mich fortzuschicken, Mylord, brauchst du dir nicht soviel Mühe zu machen. Ich gehe mit Freuden.«

Seine Augen blitzten auf, ehe sich seine Lippen zu einem unheilverkündenden Strich zusammenzogen. »Das würde dir zweifellos so passen, Frau.«

»Allerdings«, gab sie zurück, und ihr Zorn loderte wieder auf. Er hatte vor, ihrer Beziehung einen ernsten Schaden zuzufügen. Wie leicht doch alles für die Männer war!

Er kam einen Schritt auf sie zu, und sie glaubte schon, daß er sie schlagen würde, weil seine Miene so finster war. Er ragte mit starrem Körper und geballten Fäusten über ihr auf, und seine Augen glühten wie heiße Kohlen.

»Wenn du gehofft hast, du bekämst ihn doch noch, dann hoffst du vergeblich«, krächzte er wütend. »Es mag durchaus sein, daß ich dein eisiges Benehmen eines Tages satt habe und mit dir fertig bin, aber ihn wirst du nie bekommen. Eher bringe ich ihn um!«

»Wen?« rief sie.

»Montigny!«

Leonie war so überrascht, daß sie am liebsten gelacht hätte. Es war ein Pech, daß sie es nicht tat, denn Rolfe sah nur ihr Erstaunen, und das entflammte ihn um so mehr.

»Du dachtest wohl, ich wüßte nicht, daß es dieser junge Tunichtgut war? Ich wußte es schon, ehe ich dich geheiratet habe!«

Leonie versuchte, ihm zu folgen, aber es gelang ihr nicht. So sagte sie einfach: »Du irrst dich, Mylord.«

»Du hast ihn immer geliebt. Deshalb hast du deine Leute auch gegen mich aufgehetzt und dich geweigert, mich zu heiraten. Deshalb haßt du mich immer noch, weil ich dich besitze, während er sich nach dir verzehrt.«

Diesmal lachte Leonie, und jetzt war Rolfe bestürzt. Sie konnte sich nicht zusammenreißen. Er war eifersüchtig auf den armen Alain! Wie absurd!

Sie lächelte ihren Mann an. »Ich habe nicht vor, diese Sache auf die leichte Schulter zu nehmen, denn zweifellos hegst du diesen Verdacht schon seit einiger Zeit. Aber, versteh doch, Alain ist nur ein Freund. Ich habe mir früher einmal vorgestellt, er könnte vielleicht einen guten Ehemann abgeben, aber das ist lange her, und damals war er der einzige junge Mann, den ich kannte, und ich war schon verzweifelt, weil ich dachte, daß ich in meiner Abgeschiedenheit in Pershwick niemals einen Mann bekommen würde. Aber das war nur eine Laune, die ich schnell wieder vergessen habe. Alain ist zu einem Mann herangewachsen, dem es in betrüblichem Maße an Charakter mangelt, und ich wollte später ohnehin keinen Mann mehr haben. Trotzdem wollte ich ihn nicht einfach aufgeben, weil er ein paar schwache Seiten hatte, und daher sind wir Freunde geblieben.«

Rolfe sah sie immer noch finster an. »Du erwartest von mir, daß ich glaube, du hättest deine Leute aus reiner ... aus reiner Freundschaft gegen mich aufgebracht?«

»Würdest du nicht für einen Freund in den Krieg ziehen?«

»Du bist eine Frau.«

Leonie zügelte ihre Erregung. »Darüber werde ich mich nicht mit dir auseinandersetzen, Mylord. Die Wahrheit ist die, daß ich meine Leute nicht gegen dich aufgehetzt habe. An dem Tag, an dem Alain mir erzählte, was ihm zugestoßen ist und daß du kommst, um ihm sein Land abzunehmen, habe ich dir die Pocken gewünscht. So, jetzt habe ich dir endlich gestanden, was ich getan habe«, sagte sie erleichtert. »Ich habe das Schlimmste von dir angenommen, und meine Leute haben es sich zu eigen gemacht.«

Rolfe wußte nicht mehr, was er denken sollte. Er wollte Leonie glauben, aber wenn sie Alain nicht liebte, warum konnte sie dann ihn nicht lieben?

»Wenn alles, was du sagst, wahr ist, Leonie, dann gibt es keinen Grund für dich, mich nach wie vor zu hassen.«

»Aber ich hasse dich doch gar nicht, Mylord.«

»Aber du akzeptierst mich auch nicht.«

Leonie schlug die Augen nieder und sagte leise: »Ich

könnte dich akzeptieren, mein Gebieter, wenn es nur um dich ginge. Aber du forderst mehr von mir, als nur das.«

»Glaubst du im Ernst, daß ich mir daraus etwas zusammenreimen kann, Frau?« Seine Stimme wurde lauter, weil er nicht weiter wußte.

Leonie sah ihn nicht an. Rolfe ließ sie nicht aus den Augen, dann wandte er sich ab und verließ den Raum. Thorpe saß unten und wartete auf ihn, und das erinnerte ihn daran, was ihn dazu gebracht hatte, zu Leonie zu gehen, und seine Enttäuschung über die unverständliche Bemerkung seiner Frau verwandelte sich wieder einmal in Wut. Er mußte diesen Geheimnissen, Verwirrungen und Aufregungen ein Ende setzen, und er glaubte, das erreichen zu können, indem er zu den Anfängen zurückkehrte.

40. KAPITEL

Judith ließ ihren Kopf in den Nacken fallen und kicherte, als Richers dichter Bart ihre Brüste zu kitzeln begann. Er hatte sie in der Vorratskammer überrascht und fing an, seine kleinen Spielchen mit ihr zu treiben, und weigerte sich, ein Nein hinzunehmen. Er stieß sie auf die Getreidesäcke, preßte seinen Körper gegen ihren und brachte mit seinen Lippen ihre Einwände gegen Zeit und Ort zum Verstummen.

Wie gewalttätig er war, dieser Mann. Und er war brutal. Sie konnte, wenn er sie sanft berührte, in seinen Augen lesen, daß er danach verlangte, sie statt dessen zu verletzen, ihr wehzutun, wie er es mit seinen anderen Frauen auch tat. Aber ihr gegenüber wagte er nicht, grob zu werden. Aber der Umstand, daß sie nicht wußte, wozu er imstande war, machte ihn für sie nur erregender.

Als er anfing, ihre Röcke hochzustreifen, protestierte

Judith noch einmal zum Schein. Das war es, was ihm gefiel – ihre Weigerung. Sie brachte sein Blut immer wieder zum Kochen. Wenn sie sich an den vereinbarten Orten trafen, war sie gewöhnlich zu bereitwillig, zu eifrig. Ihm machte es Spaß, sie unvorbereitet abzufangen, sie an den Orten zu nehmen, von denen er wußte, daß sie dort eine Entdeckung fürchtete und daher versuchen würde, ihn abzuweisen.

»Kannst du nicht bis heute abend warten, Richer, und in mein Zimmer kommen, wie wir es geplant haben?«

Er brummte. »Mir macht es keinen Spaß, wenn dein Mann betrunken neben uns schnarcht.«

»Aber gerade das macht es doch so aufregend«, schnurrte Judith. »Wenn er aufwacht, glaubt er, er hätte eine seiner Sinnestäuschungen.«

Er sah sie finster an, aber sie wußte, daß es sich recht gut mit Richers makabrem Humor vereinbaren ließ, seinen Herrn direkt vor dessen Augen zum Hahnrei zu machen. Ihr war das auch sehr recht, weil sie William von Tag zu Tag mehr haßte. Es war berauschend, sich von einem anderen Mann besteigen zu lassen, während ihr betrunkener Ehemann neben ihnen schlief.

»Ich will dich jetzt haben und später wieder.« Richer grinste sie finster an und preßte seinen Unterleib fest gegen ihren.

Sein glühendes Verlangen wurde von ihr so erwidert, wie er es erwartet hatte. Ihre Schenkel öffneten sich, um ihn aufzunehmen, während sie seufzte und dramatisch äußerte: »Du tust ja doch das, was du willst, Richer. Wie immer.«

Er lachte, doch sein Gelächter riß abrupt ab, als eine winselnde Dienstbotenstimme vor der Tür zu hören war. »Mylady?«

»Was ist?« kreischte Judith.

»Mylady«, sagte die bebende Stimme. »Ihr Schwiegersohn ist hier. Rolfe d'Ambert erwartet Sie.«

Sie sagte barsch zu Richer: »Laß mich aufstehen, mein Lieber. Du mußt wohl doch bis heute abend warten. Pfui! Was zum Teufel mag er wollen?«

Judith strich eilig ihre Kleider und ihr Haar glatt. Sie rief dem Dienstboten zu, sie würde ihren Gast sogleich empfangen.

»Ich werde mich rar machen«, sagte Richer. »Für den Fall, daß er seine Frau mitgebracht hat.«

Judith sah ihn verblüfft an. Noch nie hatte sie Unsicherheit in Richers Stimme gehört.

Sie runzelte die Stirn und sagte nervös: »Ja, das wäre wohl das Beste. Wenn der Lord von Kempston auch nur die geringste Zuneigung zu meiner Stieftochter gefaßt hat, wäre es unklug, ihn an dich zu erinnern. Es könnte dazu kommen, daß sie mit ihrem Mann über dich spricht, und es wäre nicht absehbar, wohin das führt.«

In dem großen Saal von Montwyn stand Rolfe d'Ambert mit zwei von seinen Rittern und wartete. Es war kein reiner Höflichkeitsbesuch, und Judith erschrak sofort, als sie Rolfes bedrohliche Miene sah. Sein Gesicht drückte nicht die geringste Freundlichkeit aus, und als er nähertrat, täuschte er nicht die Spur eines Lächelns zur Begrüßung vor. Zumindest war Leonie nicht mitgekommen, und sie hoffte, ihre Abwesenheit würde ihn weniger selbstherrlich handeln lassen, als es den Anschein erweckte.

Judith nickte ihm höflich zu. »Lord Rolfe ...«

»Was ist mit Ihrem Mann? Wie lange wird er mich noch warten lassen?«

»Sie warten lassen? William ist unpäßlich, Sir Rolfe. Die Dienstboten wissen, daß sie ihn nicht stören dürfen.«

»Dann schlage ich vor, daß Sie ihn holen.«

Sie bedachte ihn mit ihrem betörendsten Lächeln. »Sie haben doch sicher nichts dagegen, sich statt dessen mit meiner Gesellschaft zu begnügen? Ich werde William später sagen, daß Sie hier waren.«

»Nein, Lady Judith«, sagte Rolfe. »Ich habe etwas mit

Ihrem Mann zu besprechen und nicht mit Ihnen. Werden Sie ihn jetzt holen, Mylady, oder soll ich es tun?«

»Aber er ist wirklich unpäßlich«, beharrte Judith besorgt. »Ich ... ich bezweifle, daß er Sie auch nur erkennen würde, Mylord.«

»Ist er so früh am Tag schon betrunken?« knurrte Rolfe angewidert.

Judith zuckte die Achseln. Vielleicht war es das Beste, wenn er es erfuhr, denn dann würde er sie kein zweites Mal belästigen. »Die traurige Wahrheit, Mylord, ist, daß William sehr selten nüchtern ist.«

»Ich verstehe.«

Rolfe wandte sich an seine Männer und sagte: »Wir werden hierbleiben und dafür sorgen, daß der Mann vollkommen ausgenüchtert wird und trocken bleibt. Gebt Sir Thorpe Bescheid, daß wir heute nicht zurückkommen. Es ist das Beste, wenn er gleich wieder nach Warling reitet – der Teufel soll mich holen! Es läßt sich überhaupt nicht sagen, wie lange das dauern kann!«

Judith fiel es schwer, ihre zunehmende Furcht zu verbergen. »Was wollen Sie von meinem Mann, Sir Rolfe?«

Rolfes schwarze Augen richteten sich fest auf sie. »Das ist nicht Ihre Angelegenheit.«

»Aber ... aber sie können doch nicht einfach ...«

»Nein?« unterbrach er sie mit gesenkter Stimme. »Vielleicht haben Sie gern einen Trunkenbold zum Mann?«

»Natürlich nicht.« Es gelang ihr, entrüstet zu wirken. »Ich habe versucht, sein Trinken zu unterbinden, aber ohne Alkohol kommt er nicht aus. Es ist mir nicht gelungen, ihm zu helfen.«

»Dann werden Sie mir dankbar sein, wenn ich Ihnen unter die Arme greife. Ich werde dafür sorgen, daß er bald wieder vollkommen bei sich ist und mich durchaus versteht. Und jetzt zeigen Sie mir bitte den Weg. Ich werde mich augenblicklich an diese unangenehme Aufgabe machen.«

Judith geriet in Panik, und sie steigerte sich unablässig, als die Tage vergingen und Rolfe d'Ambert beharrlich die Aufgabe ausführte, die er sich selbst gestellt hatte. Sie zog sogar in Erwägung, den arroganten Lord zu töten oder William, aber ersteres war unmöglich und letzteres unklug, wenn William starb, erbte Leonie alles. Judith würde ohne einen Penny vor die Tür gesetzt werden. Leonie würde ihr gegenüber keine Milde walten lassen, soviel stand fest.

Wenn sie doch nur gewußt hätte, was den Lord von Kempston zu William geführt hatte, aber er ging nicht auf ihr Flehen ein, ihr den Grund seines Besuchs zu erklären. Richer beharrte darauf, daß sie sich umsonst Sorgen machte, aber warum war Rolfe d'Ambert so wütend, und so rücksichtslos entschlossen, William in einen Zustand zu bringen, in dem er Zusammenhänge verstand und auf Vernunft reagierte?

Der Lord von Montwyn wurde viele Male gebadet und rasiert und wieder gebadet, obwohl er fluchte und alles tat, um seine Folterknechte abzuschütteln. Er wurde mit Nahrung vollgestopft, die er doch nur immer wieder erbrach. Man versagte ihm jedes andere Getränk als Milch und Wasser. Niemand ging auf ihn ein, wenn er nach gehaltvolleren Getränken schrie, und beachtete ihn, wenn sein Körper unkontrolliert zitterte. Und während all dieser Zeit war d'Amberts Zorn spürbar, und nur der Himmel wußte, was ihn in Schach hielt.

Judith konnte nur hilflos danebenstehen und beobachten, wie alles, was sie im Lauf der Jahre erreicht hatte, zunichte gemacht wurde. Ihre einzige Hoffnung bestand darin, daß William schon zu zerrüttet war, um sich an die jüngste Vergangenheit zu erinnern, und daß er, sowie d'Ambert ihn in Ruhe ließ, wieder anfangen würde zu trinken.

41. KAPITEL

Rolfe rieb sich matt das Gesicht. Er hatte dieses Zimmer satt und den erbärmlichen Mann, der sein ganzes Leben im Alkohol ertränkt hatte.

»Wenn Sie vorhaben, mich zu töten, warum können Sie es dann nicht schneller tun?«

Rolfe hatte diese Klage in den schlimmen Tagen, die vergangen waren, schon Dutzende von Malen gehört. William von Montwyn tat sich selbst abgrundtief leid, und er fühlte sich elend. Aber seine Hände zitterten nicht mehr ganz so stark, und seine Alpträume ließen nach.

Rolfe entschied, er hätte lange genug gewartet. Endlich gab er ihm eine Antwort, rief sie quer durch den Raum, und diese Antwort verblüffte Montwyn und seine Dienstboten, Rolfes Männer und Lady Judith. »Weil ich will, Mylord«, sagte Rolfe gedehnt, »daß Sie wissen, warum ich Sie töten will.«

Die Stimme war so gefühllos, daß William der Äußerung keinen allzu großen Wert beimaß. Seine Augen, die immer noch leicht gerötet waren, richteten sich auf Rolfe. Er war trotz seiner Proteste an diesem Morgen vollständig angekleidet worden, und man hatte ihn gezwungen, sich an den Tisch zu setzen, auf dem ihn ein Festmahl aus gesunden Nahrungsmitteln erwartete. Er würdigte das Essen mit keinem Blick und starrte unnachgiebig den Mann an, der für seine elende Verfassung verantwortlich war.

»So, wollen Sie das wirklich, Sir Rolfe?« fragte William sarkastisch mit brüchiger Stimme. »Dann seien Sie so gut, mir den Grund zu nennen.«

»Nicht doch, William!« Judith eilte besorgt zu ihm. »Provoziere ihn nicht.«

»Sie sind diejenige, die mich provoziert, gnädige Frau«, sagte Rolfe barsch, als er aufstand und näherkam. »Raus, und zwar alle«, befahl er und nickte Sir Piers zu, um ihm zu bedeuten, daß Judith nachgeholfen werden mußte, wenn sie den Raum nicht verlassen wollte.

»Sie nehmen sich zu viele Freiheiten heraus!« meckerte William, ohne aufzustehen.

Rolfe wartete, bis die Tür geschlossen war, ehe seine Blicke William durchbohrten. »Erkennen Sie mich?«

»Natürlich erkenne ich Sie. Ich habe Sie gerade mit meiner Tochter verheiratet. Bei Gott ein Jammer!«

»Gerade?«

»Was soll das heißen, Sir?« fragte William.

»Es ist volle drei Monate her, seit ich Ihre Tochter geheiratet habe. Ist Ihnen das klar?«

»Drei Monate?« William sackte seitlich in sich zusammen. Wo ... wo ist die Zeit hingekommen?«

»Erinnern Sie sich an die Hochzeit?« Rolfes Stimme war jetzt bedrohlich kalt.

»Nun ja, an das meiste.«

»Und an vorher?«

»Sie haben den Vertrag unterschrieben.«

»Und davor«, zischte Rolfe und beugte sich über den Tisch. »Was war, ehe Sie nach Crewel gekommen sind?«

»Hören Sie, verstehen Sie doch.« William seufzte erschöpft. »Wenn Sie mir etwas zu sagen haben, dann heraus damit. Aber hören Sie auf, mir Rätsel aufzugeben. Ich bin sehr müde.«

»Ich will genau wissen, wie weit Sie sich daran erinnern, was Sie Ihrer Tochter angetan haben.«

William rieb sich bestürzt die Schläfen und versuchte, nachzudenken. Was konnte er bloß getan haben, um seinen Schwiegersohn derart gegen sich aufzubringen?

»Ach ja, ich erinnere mich jetzt, daß sie sehr böse auf mich war, und das mit gutem Grund«, gestand William freimütig ein.

»Böse?« knurrte Rolfe. »Nach allem, was Sie ihr angetan haben, war sie nur böse auf Sie?«

»Ich bringe nichts zu meiner Rechtfertigung vor«, sagte William zerknirscht. »Ich habe sie nicht rechtzeitig von dieser Hochzeit unterrichtet, weil ich mich selbst nicht mehr daran erinnern konnte. In Wirklichkeit kann ich mich bis heute nicht erinnern, den Befehl des Königs erhalten zu haben, in dem er darauf bestand, daß Leonie Sie heiratet.«

»Verdammt noch mal!« schrie Rolfe wütend. »Sie wagen es, von Lappalien zu reden, nachdem Sie sie derart brutal zusammengeschlagen haben!«

William stand langsam auf, auf seinem Gesicht standen rote Flecken. Er war außer sich vor Wut. »Was ist das für ein Schurkenstreich? Wie können Sie es wagen, anzudeuten ...«

»Sie ist verprügelt worden, Mylord, und sie ist gezwungen worden, mich zu heiraten, jetzt hat sie es mir gegenüber endlich eingestanden. Ich selbst wußte nichts davon, aber sonst wußte weiß Gott alle Welt davon.«

Anstelle der Röte trat eine gespenstische Blässe. »Das ist ausgeschlossen.«

»Ausgeschlossen, daß Sie sich daran erinnern, oder daß Sie diese abscheuliche Tat begangen haben?«

William schüttelte den Kopf. »Ich sage Ihnen, ganz gleich, ob ich mich erinnere oder nicht, ich hätte dem Kind nie etwas zuleide getan. Sie ist alles, was mir noch von meiner Elisabeth geblieben ist. Ich könnte ihr niemals wehtun. Dazu liebe ich sie viel zu sehr.«

»Sie lieben sie?« Rolfe war wirklich verblüfft. »Sie lieben sie so sehr, daß Sie sie aus Ihrem Haus verbannt und sie jahrelang im Stich gelassen haben?«

»Was sollen diese Lügen?« fragte William gereizt. »Ich ... ich habe sie eine Zeitlang fortgeschickt, als mein Kummer übermächtig war, daran kann ich mich erinnern. Aber nicht lange. Ich könnte mich nie für längere Zeit von meinem einzigen Kind trennen. Sie war ...«

Er preßte die Handflächen gegen seine Schläfen und

versuchte, sich zu erinnern. »Judith hat beeidet ... Leonie hatte so viel zu tun ... ich ... Judith hat mir geschworen ... Gütiger Himmel!« stöhnte er. »An jenem Tag in Pershwick habe ich sie nicht erkannt! Ich kann mich nicht erinnern, erlebt zu haben, wie Leonie herangewachsen ist!« Er sah Rolfe benommen an, als erwartete er von ihm eine Erklärung.

Rolfe runzelte die Stirn. Hier stimmte etwas nicht. Die Seelenqualen dieses Mannes waren echt.

»Was wollen Sie damit sagen, Sir William?« fragte Rolfe vorsichtig. »Etwa, daß Sie in Ihrer Trunkenheit geglaubt haben, Leonie sei noch hier bei Ihnen?«

»Sie war hier.« Die Stimme war ein Flüstern.

Rolfe seufzte angewidert. »Wenn Sie nüchtern gewesen wären, als ich hier ankam, hätte ich Sie für die Qualen getötet, die Sie Ihrer Tochter zugefügt haben. Jetzt kann ich nur noch Mitleid für Sie empfinden.« Er wandte sich langsam ab und ging auf die Tür zu.

»Warten Sie! Ich weiß nicht, wer Ihnen diese Lügen erzählt hat, aber Judith kann Ihnen sagen ...«

Rolfe wirbelte herum, und seine Augen sprühten Feuer. »Sie Dummkopf! Leonie hat es mir erzählt.«

»Nein! Gott sei mir gnädig, nein! Möge mir die Hand abgehackt werden, wenn ich ihr je etwas angetan habe. Ich schwöre ...«

»Lassen Sie mich nachdenken!« brüllte Rolfe, und William verstummte.

»Wer war noch bei Ihnen, als Sie Leonie mitgeteilt haben, daß sie mich heiraten muß?« fragte Rolfe.

»Ich kann mich kaum daran erinnern, bei dieser Hochzeit gewesen zu sein, und Sie erwarten von mir ...«

»Denken Sie nach, Mylord!«

»Es waren Dienstboten dabei ... Leonies Vasall Guibert ... meine Frau.«

Es stimmte vorn und hinten nicht. Leonies Leute hätten ihr nichts getan, und Judith war nicht stark genug, um

Leonie etwas anzutun. Und Sir Guibert hätte niemals Hand an sie gelegt.

»Was hat Leonie gesagt, als Sie ihr die Nachricht überbracht haben? Hat sie versucht, Pershwick zu verlassen?«

»Ich sagte Ihnen doch schon, daß sie böse war. Sie hat kein Wort mit mir gesprochen, sondern ist in ihr Zimmer geflüchtet. Wenn sie vor dem nächsten Tag noch einmal herausgekommen ist, weiß ich nichts davon.«

»Sie haben noch nicht einmal den Versuch unternommen, mit ihr zu sprechen?« fragte Rolfe. Was war nur los mit diesem Mann?

William ließ niedergeschlagen den Kopf hängen. »Judith meinte, es würde nichts nützen, nachdem meine unverzeihliche Vergeßlichkeit Leonies Unwillen geweckt hatte. Sie hat darauf bestanden, daß ich die Sache ... ihr überlasse.« Williams Stimme versagte wieder. »Sie hat versichert, ich sei meiner Leonie bei ihren Vorbereitungen im Weg. Sie hat dafür gesorgt, daß Sir Guibert zu meiner Unterhaltung eine Jagd veranstaltet. Verstehen Sie? Allmählich fällt mir einiges wieder ein.«

Rolfe trat zur Tür und rief Sir Piers. »Wohin hast du Lady Judith gebracht?«

»Nach unten.«

»Hol sie her – und zwar schnell.« Zu William sagte er: »Sie ist eine Frau. Welcher Mann hier in der Burg täte, was sie von ihm verlangt, ohne viel zu fragen?«

»Alle«, gestand William ein. »Es beschämt mich, aber ich muß sagen, daß ich mich nicht erinnern kann, wann ich überhaupt das letzte Mal direkt mit meinen Leuten in Kontakt gekommen bin.«

»Soll das heißen, daß Ihre Frau über Jahre hinweg allein über Montwyn bestimmt hat?« fragte Rolfe ungläubig.

»Ich ... so muß es wohl gewesen sein«, flüsterte William.

Williams Verstand arbeitete immer noch sehr langsam,

doch eines wurde ihm klar. Wenn er glauben konnte, was sein Schwiegersohn ihm gesagt hatte, dann trug Judith nicht nur die Schuld daran, daß sie ihn mit einer List zu dieser Heirat gebracht hatte – ja, daran, konnte er sich sehr wohl erinnern – sondern dann hatte sie ihn auch bewußt von seiner Tochter ferngehalten. Er wußte nicht, wie sie das angestellt hatte, aber sie hatte es getan.

Leonies Mann war zornig über die Schmerzen, die man ihr wegen dieser Eheschließung zugefügt hatte, doch William war völlig zerstört, wenn er an den Schmerz dachte, den es ihr bereitet haben mußte, zu glauben, ihr Vater hätte sie über einen so langen Zeitraum im Stich gelassen. Und er hatte sie wahrhaft im Stich gelassen, sie seinem Kummer geopfert, seinem schwachen Willen und einer Frau, die ihn so lange manipuliert und so mühelos belogen hatte.

Plötzlich fielen ihm zu viele Dinge auf einmal wieder ein, und eine gewaltige Wut, die aus seinem tiefsten Innern aufstieg, riß ihn mit sich. Er trug die Schuld. Er hatte zugelassen, daß seine ränkeschmiedende Frau seine gesamte Existenz an sich gerissen hatte.

Als sie das Zimmer betrat, wurde Judith von ihrem Mann mit einem derart mordlüsternen Blick empfangen, daß sie wußte, er war ihr auf irgendeine Weise auf die Schliche gekommen. Das ließ sich mit Lügen nicht wieder ausbügeln, denn William war jetzt nüchtern und wußte, was er tat. So hatte sie ihn nicht mehr gesehen, seit er damals entdeckt hatte, daß sie ihn überlistet hatte, sie zu heiraten. Er sah sie an, als wollte er sie umbringen. Sie würde sich ihm auf Gnade und Ungnade ausliefern und Zeit gewinnen müssen, bis sie wieder miteinander allein waren und sie ihn dazu bringen konnte, weiterzutrinken.

Ihre Angst war durchaus echt, als sie zu ihrem Mann stürzte. Die Tränen traten schnell in ihre Augen, und sie blickte flehentlich zu ihm auf.

»William, ganz gleich, was du von mir denkst – ich bin immer noch deine Frau. Ich war dir eine ergebene Dienerin und ...«

Mit dem Handrücken streckte er sie flach auf den Fußboden. »Du bist mir eine ergebene Dienerin gewesen? Damit, wie du mir gedient hast, hast du mich fast umgebracht!« fauchte er.

Judiths Finger legten sich auf ihr brennendes Gesicht, und ihr Magen zog sich zusammen, als sie daran dachte, wie er sie das letzte Mal geschlagen hatte. Sie nahm Rolfe gar nicht mehr zur Kenntnis. Die haßerfüllten Augen ihres Mannes durchbohrten sie. Er würde ihr nicht gnädig sein, das wußte sie jetzt. Sie konnte sich wohl doch nur noch mit Lügen retten.

»Niemand hätte dich davon abhalten können, dich in die Selbstvergessenheit zu trinken, William«, sagte sie. »Mir war es nicht recht, aber was hätte ich denn tun können?«

»Lügnerin!« zischte er, und sie wand sich, als er einen Schritt näher auf sie zukam. »Du hast mich darin unterstützt, zu trinken. Glaubst du etwa, das wüßte ich jetzt nicht? Und der einzige Mensch, der mir hätte helfen können, war nicht hier. Du hast auch dafür gesorgt, daß Leonie nicht hierher zurückkommt, während du mich belogen und mir eingeredet hast, ich sähe sie häufig. Warum hast du Leonie von mir ferngehalten?«

Judith erstarrte vor Entsetzen. Wie hatte er sich jetzt schon soviel zusammenreimen können? In ihrer Verzweiflung stürzte sie sich auf den ersten Gedanken, der ihr kam. »Ich habe es für dich getan. Und für sie. Siehst du denn nicht ein, was es bei ihr angerichtet hätte, wenn sie dich in dieser Verfassung gesehen hätte? Ich habe versucht, dir die Schande zu ersparen. Und ich habe mich bemüht, ihre Unschuld zu behüten.«

»Beim geheiligten Blute Christi! Hältst du mich für einen solchen Narren?« krächzte William. »Die einzige, die du beschützt hast, war deine eigene widerwärtige Person! Du wußtest, daß ich nichts von dir wissen wollte und dich aus dem Haus geworfen hätte, wenn ich bei Sinnen gewesen wäre. Und daher hast du dafür gesorgt, daß ich nicht einen Moment lang bei klarem Verstand war. Und ich glaube, daß du meine Tochter von mir ferngehalten hast, indem du ihr eingeredet hast, sie sei hier nicht willkommen.« Er sah die Wahrheit seiner Behauptung in Judiths Augen und packte sie.

Rolfe hielt ihn zurück. Es lag nicht in seiner Natur, zuzusehen, wie eine Frau geschlagen wurde, obwohl er wußte, wie Sir William später mit ihr verfahren würde, wenn niemand mehr da war, der ihn zurückhielt.

»Mylord, ich würde gern mit ihr reden.« Rolfes Tonfall besagte: Ehe Sie mit ihr tun, was Ihnen beliebt.

William zwang sich dazu, eine gewisse Selbstbeherrschung aufzubringen. Er war Rolfe alles schuldig, was er ihm nur irgend hätte gewähren können.

Rolfe streckte eine Hand aus und half Judith beim Aufstehen. »Warum haben Sie meine Frau schlagen lassen?«

Seine Stimme war täuschend ruhig, und Judiths Blicke wandten sich William zu, weil sie sehen wollte, wie er darauf reagierte. Auf seinem Gesicht zeigte sich jedoch keine Regung. Hatte er schon von diesen Schlägen gewußt? Sie sah Rolfe an.

»Es war notwendig«, sagte sie ausweichend. »Sie hat sich geweigert, Sie zu heiraten. Glauben Sie etwa, ich konnte wagen, daß wir uns dem Willen des Königs entgegenstellen?«

»Sie haben es von sich aus getan – ohne die Zustimmung Ihres Herrn?« fragte Rolfe behutsam.

»Ich hätte mich wohl kaum darauf verlassen können, daß er sie vor den Altar schleift«, sagte sie, und es gelang ihr nicht, den verächtlichen Blick zu verbergen, den sie auf William warf. »Dem König muß man Gehorsam erweisen.«

»Es hätte andere Mittel gegeben!« sagte Rolfe erbost. »Sie hätten mich davon unterrichten und mir die ganze Angelegenheit überlassen können!«

Judith starrte ihn ungläubig an. »Sie wagen es, über die Mittel zu nörgeln, wenn Sie ja doch nur hinter ihren Ländereien her waren? Ich habe Ihnen doch gesagt, daß sie zu der Hochzeit gezwungen werden mußte. Sie haben bekommen, was Sie wollten. Was ändert es jetzt noch, wie Sie es bekommen haben?«

Rolfe mußte seine gesamte Selbstbeherrschung aufbieten, um sie nicht zu schlagen. »Davon wissen Sie nichts.«

»Ach, nein?« sagte sie höhnisch. Wozu veranstaltete er bloß diesen Wirbel? Sie hatte ohnehin schon genug am Hals. »Sie haben sich bemüht, Pershwick zu kaufen, ehe Sie um Leonies Hand angehalten haben. Als ich beide Angebote ablehnte, haben Sie den König um Hilfe gebeten!«

Als die Worte ausgesprochen waren, wurde Judith blaß. »Ich ... ich meine ... ich ...«

»Judith.« William schnitt ihr Stammeln mit einem gewaltigen Seufzer ab. »Wie viele Anträge hast du an meiner Stelle abgelehnt? Wie lange wolltest du Leonie unverheiratet bleiben lassen?«

»Sie wollte nicht heiraten«, versicherte ihm Judith. »Ich habe keine Notwendigkeit gesehen, aus der wir ... ihre Ländereien sind gut geführt worden. Warum hätte jemand anders daraus Nutzen ziehen sollen?«

Die beiden Männer starrten sie schweigend an.

»Was habe ich denn bloß falsch gemacht?« fragte Judith erbost. »Ich sage dir doch, daß Leonie nicht heiraten wollte. Warum sonst hätte sie Lord Kempston so einfach abweisen sollen?«

»Sie hatte Gründe dafür, mich abzulehnen, von denen Sie nichts wissen«, warf Rolfe kalt ein. »Was Sie Leonie angetan haben, berechtigt zu ... aber Sie sind nicht meine Angelegenheit. Alles, was ich von Ihnen verlange, ist, daß

Sie mir den Namen des Mannes nennen, der ihren Befehlen folgt, jeglichen Befehlen.«

Sie reckte ihr Kinn starr in die Höhe. »Es gibt hier nicht einen einzigen Mann, der zögern würde ...«

William schlug sie wieder. »Sag ihm, was er wissen will, oder, bei Gott ...«

»Richer Calveley!« Judith stieß den Namen hervor, weil sie hoffte, dafür nachsichtiger behandelt zu werden. Sie verschwendete keinen Gedanken mehr an Richer und wäre nie auf den Gedanken gekommen, ihn zu beschützen. »Er ... er ist der Anführer meiner Krieger, und daher war es naheliegend, daß er Leonie zu der Heirat gezwungen hat, denn sie wußte, wozu er fähig ist.«

Rolfe drehte sich um und verließ das Zimmer. Sollte doch William mit seiner Frau machen, was er wollte.

Als er Richer Calveley mit seinen Männern in dem Quartier der Soldaten fand, vollzog sich ein Wandel mit Rolfe. Seine Wut verbarg sich tief in seinem Innern. Der Mann war groß, stämmig und roh, Arme und Brust waren kräftig, die Hände gewaltig. Leonie mußte brutal verprügelt worden sein. Seine kleine, zarte Frau war nicht in der Lage, sich gegen einen Mann zu verteidigen, der so gebaut war. Wie tapfer und naiv sie gewesen sein mußte, zu glauben, sie könnte diesem Ungeheuer standhalten! Sie hatte nie auch nur eine Chance gehabt, und daher würde es auch für Calveley keine geben.

Als Richer Rolfe d'Amberts Augen sah, wußte er augenblicklich, warum er ihn aufgesucht hatte. Er opferte einen Moment dafür, die treulose Lady zu verfluchen, die ihn den Wölfen zum Fraß vorgeworfen hatte. Aber er hatte schon damals, als sie ihm befohlen hatte, Lord Williams Tochter zu schlagen, gewußt, was das nach sich ziehen konnte.

Er hatte dieses Erlebnis ausgekostet, weil sie eine hochgestellte Dame war, aber ihr Status war zugleich auch das, was ihm zum Verhängnis wurde. Es gab nicht einen

Lehnsherrn im ganzen Königreich, der gezögert hätte, ihn dafür zu töten, daß er die Hand gegen eine Dame erhoben hatte. Und hier war der Mann dieser Frau.

Richer spürte, daß ihm der Schweiß ausbrach, und er fragte sich, wie ihn der Tod ereilen würde, denn Tod war das, was er in den Augen des Lords sah. Sein Ende konnte in der schlimmsten Form über ihn kommen, die man sich nur vorstellen konnte, als Folterqualen, die eine Ewigkeit dauerten. Niemand würde das verhindern. Er war von Männern umgeben, die seinen Befehlen Folge leisteten, und doch hätte es nicht einer von ihnen gewagt, einem Mann zu trotzen, der Rolfe d'Amberts Rang hatte. Es war ein ekelerregendes Gefühl, zu spüren, wie die Angst sich seiner Eingeweide bemächtigte, und er wußte, daß es nichts gab, um das aufzuhalten, was jetzt mit ihm geschehen würde.

»Richer Calveley?« Rolfe wartete keine Bestätigung ab, denn er konnte die Angst des Mannes riechen. Seine Stimme war seltsam ausdruckslos, und daher klang alles nur noch unheilverkündender. »Für das, was Sie meiner Frau angetan haben, bringe ich Sie jetzt um. Ziehen Sie Ihr Schwert.«

Es dauerte einen Moment, bis Richer begriff, welches Glück er hatte, und doch wurde ihm ganz schwindlig, als ihm klar wurde, daß sein Tod keine langwierige, qualvolle Angelegenheit würde. Der Lord von Kempston hatte ihm einen fairen Kampf angeboten, mehr als das sogar, denn er trug keine Rüstung, und Richer hatte durch sein dickes Lederwams zumindest einen gewissen Schutz.

Richer hatte die Chance, zu siegen, eine gute Chance sogar, aber irgendwo in seinem Kopf hatte sich die Vorstellung festgesetzt, daß er sterben würde, und das beraubte ihn seiner Chancen, arbeitete gegen ihn und unterminierte seine Geschicklichkeit im Umgang mit dem Schwert. Als er es in der Hand hielt, fuchtelte er wild damit herum.

Rolfes Schwert fand bei seinem ersten Hieb mühelos sein Ziel und schnitt glatt durch Fleisch und Knochen, um das Herz zu durchbohren. Kein Funken Mitleid regte sich in Rolfes Brust, und er bedauerte nicht, diesen Mann getötet zu haben. Vor seinem geistigen Auge stand das Bild seiner Leonie, die unter diesen brutalen Händen litt. Er wandte sich ab und ging fort, ehe Calveleys massiger Körper auf dem Boden zusammengebrochen war.

42. KAPITEL

Auf der Weide blühten sommerliche Blumen, und die Nachmittagssonne wärmte die Luft. Im Gegensatz dazu lag der Wald, von dem die Weide umgeben war, dunkel und still da. Er konnte die acht Männer und ihre Pferde mühelos verbergen.

Als Alain Montigny in ihre Richtung sah, war er zufrieden, weil seine sieben Männer nicht zu sehen waren. Sie bildeten sein Gefolge, eine Schar von zerlumpten Dieben und Rittern ohne Land wie er selbst, und er bezahlte sie von dem Geld, das der Verwalter von Crewel für ihn unterschlagen hatte. Aber dieses leicht zu beschaffende Geld war nicht mehr zu haben, seit man Erneis auf die Schliche gekommen war. Alain hatte sich seiner eilig entledigt, da er ihm jetzt nicht mehr von Nutzen war. Es wurmte ihn immer noch, daß Leonie diejenige gewesen war, die Erneis bei seinen Unterschlagungen ertappt hatte.

Alain brauchte jetzt dringend Geld. Die wenigen Reisenden, die seine Männer und er ausgeraubt hatten, hatten nur wenig in ihren Geldbeuteln bei sich getragen, und das Geld reichte nicht aus, um seine Horde zu ernähren. Die Männer wollten zu den stärker befahrenen Wegen im Süden weiterziehen, aber Alain hatte seine persönlichen Gründe dafür, dort zu bleiben, wo er war. Er hatte nicht die Absicht, weiterzuziehen, ehe sich ihm die Gelegenheit bot, den Mann zu töten, der für diese Wende seines Glücks zum Schlechten verantwortlich war. Es war ihm nahezu gelungen, als er die Mühle von Crewel in Brand gesteckt und sein Opfer an einen Ort gelockt hatte, von dem aus es ein gutes Ziel bot. Leider hatte er Pech gehabt, und sein Pfeil hatte sich nicht in eine gefährliche Stelle gebohrt.

Es dauerte zu lange, abzuwarten, bis er Rolfe d'Ambert allein oder getrennt von seiner Eskorte begegnete. Wenn Alain ihn doch nur schutzlos überrascht hätte, dann hätten seine Männer Rolfe mühelos überwältigen und umbringen können. Dann konnte Alain Leonie heiraten und bekam alles wieder, was ihm gehörte und verlorengegangen war.

Erneis hatte ihm erzählt, daß Leonies Leute dem Schwarzen Wolf Scherereien machten. Wie sehr Alain Leonie doch dafür geliebt hatte! Erneis war es auch gewesen, der ihm gesagt hatte, daß sie gezwungen worden war, d'Ambert zu heiraten. Im ersten Moment war Alain in Wut geraten. Doch dann hatte er entschieden, daß es gut so war, denn Leonie würde es so verhaßt sein, etwas gezwungenermaßen tun zu müssen, daß sie ihren Mann ebensosehr hassen würde wie Alain ihn haßte. Sie würde Alain heiraten, und mit ihrer Unterstützung konnte er ein Gnadengesuch beim König einreichen. Der Plan würde klappen, und zwar bis in alle Einzelheiten, denn welcher Mann, und mochte es auch der König sein, konnte Leonies Charme und ihren Reizen widerstehen oder gar ihren bezaubernden Körper zurückweisen können, wenn dieses Mittel eingesetzt werden mußte?

Alain behielt die Wälder wie ein ausgehungerter Geier im Auge. Diesmal mußte sie kommen. Es war nicht einfach, ihr Nachrichten zukommen zu lassen, da die Dorfbewohner mit ihrem neuen Herrn zufrieden waren. Es gab nur einen Mann, der bereit war, Leonie seine Nachrichten zu übermitteln. Die anderen Männer erinnerten sich nur zu gut an Alains Strenge und hätten d'Ambert berichtet, daß er sich in der Gegend aufhielt. Alain gelobte sich, daran zu denken, wenn er erst wieder der Herrscher über Crewel war.

Leonie hatte auf seine beiden ersten Nachrichten nicht reagiert, aber zweifellos war es schwierig für sie, ihn allein aufzusuchen, wie er es erbeten hatte. Nun gut, d'Ambert war nicht in Crewel, und daher erwartete Alain begierig ihr Erscheinen ... begierig und mit größter Nervosität. Die Männer waren unruhig und übellaunig. Es wurde immer schwieriger, sie davon zu überzeugen, daß sie zu größerem Reichtum kommen würden, wenn sie noch ein wenig Geduld hatten.

Ein hohes Lösegeld würde eines von Alains Problemen lösen und die Männer eine Zeitlang gefügig machen. Sollte er Leonie sagen, daß er beabsichtigte, ein Lösegeld für sie zu verlangen? Wenn sie sich bereit erklärte, freiwillig mit ihm fortzugehen, erleichterte das seine Lage. Schließlich brauchte er ihr ja nicht alles zu erzählen.

Als Hufschläge zu hören waren, die aus der falschen Richtung kamen, geriet Alain in Panik, doch dann sah er sie. Sie ritt mit ihrer Eskorte aus dem Wald, aber sie kam aus Pershwick. Die Soldaten waren ihre eigenen Leute, die die Farben von Pershwick trugen.

Leonie war augenblicklich dorthin aufgebrochen, als Alains dritte Nachricht sie erreicht hatte. Sobald sie dort angekommen war, hatte sie ihre Eskorte zurückgeschickt und den Männern gesagt, sie würde mit Wachen nach Crewel zurückkehren, da sie beabsichtige, die Nacht in Pershwick zu verbringen. Sie wollte nicht, daß einer von Rolfes Männern ihm hätte sagen können, daß sie sich auf dem Feld mit einem Mann getroffen hatte. Aber sie wollte auch keine Nachrichten mehr von Alain entgegennehmen, und die einzige Möglichkeit, das zu unterbinden, bestand darin, daß sie mit ihm sprach.

Es war ihr unmöglich, Pershwick allein zu verlassen, da Sir Guibert darauf bestanden hatte, sie solle mindestens sechs Männer mitnehmen, und es war ihr nicht gelungen, ihm das auszureden. Aber es waren ihre Leute, und als sie ihnen sagte, sie sollten sie am Waldrand erwarten, erhob niemand Einwände.

Ihre Wachen konnten sie mühelos im Auge behalten, als sie langsam auf Alain zuritt. Ihr Herz schlug schneller, als sie sich dem Mann näherte, den sie seit einem halben Jahr nicht mehr gesehen hatte. Es schien sogar noch länger her zu sein, denn in dieser Zeit hatte sie soviel mehr durchgemacht und von der Welt gesehen als in ihrem ganzen bisherigen Leben. Und Alain, wie mochte es ihm wohl ergangen sein, seit er die Gegend verlassen hatte? Sie nahm an, daß es nur zwei Dinge bedeuten konnte, wenn er sich wieder in dieser Gegend aufhielt. Entweder lief er nicht mehr davon und hatte vielleicht Grund zu der Annahme, die Gnade des Königs für sich in Anspruch nehmen zu dürfen, oder er war so verzweifelt, daß er sich in der Nähe seiner früheren Heimat nicht in größerer Gefahr fühlte als irgendwo sonst. Der arme Alain.

Als sie ihn das letzte Mal gesehen hatte, hatte eine kalte Wintersonne sein blondes Haar golden schimmern lassen und seine Wangen rot gefärbt, und er hatte jünger als seine zwanzig Jahre ausgesehen. Als sie sich ihm jetzt näherte, stellte sie entsetzt fest, wie ausgezehrt er wirkte. Auf seinem Gesicht lag eine tiefe Mattigkeit, und in seinen Augen funkelte eine Verschlagenheit, die sie wachsam werden ließ.

»Alain.« Leonie begrüßte ihn reserviert, als er sie von ihrem Pferd hob. »Ich dachte, du hättest vorgehabt, in Irland zu bleiben.«

Er lächelte bitter. »Das hatte ich auch vor, aber als ich dort ankam, mußte ich feststellen, daß meine Angehörigen ganz hinter Heinrich stehen. Niemand wagte, sein Mißfallen zu erregen, indem er mich aufnahm. Sie haben mir nur geholfen, sofort wieder aufzubrechen, kaum, daß ich angekommen war.«

»Das tut mir leid«, sagte Leonie mitfühlend, aber sie mußte zur Sache kommen. »Du hast mir nie gesagt, was dir vorgeworfen wird, Alain, und ich habe Dinge gehört ...«

»Lügen«, sagte er hastig. Er lächelte freundlich. »Es ist so schön, dich zu sehen, Leonie. Geht es dir gut? Es scheint dir bei dem Schwarzen Wolf nicht übel ergangen zu sein.«

Sie antwortete steif: »Er mißhandelt mich nicht, Alain. Aber ich will nicht über ihn reden. Warum bist du hierher gekommen?«

Er wirkte geknickt. »Kannst du dir das nicht denken? Als ich von deiner Heirat hörte, habe ich mir Sorgen um dich gemacht. Ich dachte, du würdest meine Hilfe willkommen heißen.«

»Vielen Dank, Alain, aber ich brauche keine Hilfe«, sagte sie so höflich wie möglich.

»Du bist glücklich mit diesem Mann?«

Sie wandte sich betrübt ab. »Ich kann nicht sagen, daß ich glücklich bin, aber nichts kann meine Lebensumstände ändern.«

»Du könntest mit mir fortgeben, Leonie.«

Sie wandte sich verblüfft zu ihm um. Sie hatte mit dem Gedanken gespielt, zu fliehen, aber solange Rolfe nicht bereit war, sie freiwillig fortgehen zu lassen, würde er sie mit Sicherheit aufspüren. Was sie brauchte, war Schutz, und den konnte ihr Alain wohl kaum bieten.

»Wohin planst du zu gehen, Alain?«

Die Frage wurde aus reiner Neugier gestellt, doch er legte sie als Einwilligung aus.

»Du wirst deine Entscheidung nicht bereuen, Leonie.« Er lächelte und zog sie in seine Arme. »Ich schwöre dir, daß ich dich glücklich machen werde.«

»Alain!« keuchte sie und versuchte, ihn von sich zu stoßen. »Ich bin verheiratet.«

Er zog sie dicht an sich. »Ein Fehler, der bald berichtigt werden wird.«

Leonie erstarrte. »Was soll das heißen?«

»Dein Mann setzt sein Leben täglich aufs Spiel«, antwortete Alain behutsam. »Selbst jetzt führt er mit meinen Vasallen Krieg.«

»Mit den Vasallen deines Vaters.«

»Das ist dasselbe«, sagte er barsch. »Ein solcher Mann, ein Krieger, wird sterben – und zwar schon bald.«

Ihr wurde fast schlecht, als sie plötzlich verstand, was das heißen sollte. Alains erste Nachricht an sie war kurz nach dem Zeitpunkt eingetroffen, als Rolfe sich die Pfeilverletzung zugezogen hatte. Alain konnte damals schon hier gewesen und derjenige gewesen sein, der diesen Pfeil abgeschossen hatte.

»Alain«, setzte sie zögernd an, »du ... du mißverstehst ...«

»Sei still!« zischte er, und sein Körper spannte sich. Sie sah in dieselbe Richtung wie er und stellte zu ihrem Entsetzen fest, daß ihr Mann allein aus dem Schutz der Bäume trat.

»Sorg dafür, daß sich deine Männer aus dieser Sache heraushalten«, sagte Alain aufgeregt. »Meine eigenen Leute werden leicht mit ihm fertig.«

»Was?«

Sie sah keine anderen Männer auf der Lichtung oder in ihrer Nähe. Doch als Alain einen schrillen Pfiff ausstieß, wußte sie, daß Rolfe in Gefahr war.

»Alain! Du darfst Rolfe nicht angreifen!«

»Schweig, Leonie«, sagte Alain zuversichtlich. »Es ist ganz einfach.« Er rief über die Lichtung: »Bleib, wo du bist, d'Ambert. Du hast verloren, was dir gehörte.«

Rolfe hatte das Liebespaar, das in einer engen Umarmung dastand, bereits gesehen. Es war die Wahrheit, die er gefürchtet hatte. Er war nach Crewel zurückgekehrt, um Leonie die Wahrheit über ihren Vater zu erzählen, doch dort hatte er feststellen müssen, daß sie nach Pershwick geritten war. Dann fand er die Nachricht von Alain Montigny, die sie achtlos auf dem Schreibpult hatte liegen lassen. Bei einer genaueren Suche fand er noch eine Nachricht von Montigny. Das reichte aus, um ihre Schuld zu bezeugen, und das, was er jetzt vor sich sah, war die letzte Bestätigung.

»Laß sie los, Montigny!«

»Sie geht mit mir fort«, höhnte Alain.

Leonie schnappte empört nach Luft. Aber dann geschah alles so überstürzt, daß sie keine Zeit mehr hatte, Alains Behauptung abzustreiten.

Ihre eigenen Männer waren aufgesessen und ritten auf sie zu. Wesentlich näher kamen Alains Krieger aus dem Wald gestürmt. Alle sieben Männer, die Alain mitgebracht hatte, griffen Rolfe an, der blitzschnell sein Schwert zog. Sein Kampfgeheul ertönte auf der Lichtung und ließ einige der Angreifer vor Schreck erstarren, so daß nur vier von ihnen gleichzeitig auf Rolfe zustürmten.

Leonie schrie ihren Männern zu, sie sollten sich beeilen, aber niemandem wurde klar, daß sie sie aufforderte, Rolfe zu helfen. Alain, der fest an seinen Plan glaubte, nahm auch an, sie hätte ihren Leuten befohlen, Rolfe anzugreifen.

»Nur keine Angst«, sagte Alain beschwichtigend und kostete seinen Triumph aus. »Er ist zwar stark, aber sie sind ihm zahlenmäßig überlegen.«

»Du Dummkopf!« schrie Leonie, und Alain verging das Lächeln. »Eher würde ich dich töten, als zuzulassen, daß du ihn umbringst!«

»Du wirst mir noch dafür danken ...«

Er verstummte, als seine Männer umkehrten und in die Wälder flohen – fünf von ihnen, während zwei andere tot auf der Wiese lagen. Als er den Grund dafür erkannte, umklammerte Alain Leonies Handgelenk und zog sie zu den Pferden. Rolfe war doch nicht allein gekommen, sondern in seiner Eile, Leonie zu finden, seinen Männern davongaloppiert. Zwei Ritter und ein halbes Dutzend Soldaten waren jetzt an Rolfes Seite. Und Leonies eigene Leute hatten sich ihrer Herrin angeschlossen.

Rolfe rührte sich nicht von der Stelle, sondern sah Alain aus einigen Metern Entfernung an. »Wenn du mit ihm gehst, Leonie, werde ich ihn finden und töten.«

Alain ließ sie augenblicklich los. »Er will dich, also soll er dich haben«, sagte er furchtsam zu ihr. Er stieg auf sein Pferd und warf einen Blick auf Rolfe, um zu sehen, ob der Stärkere ihn aufhalten würde.

»Er nimmt das Schlimmste an«, sagte sie zu Alain. »Du mußt ihm sagen ... Alain! Komm zurück!« Er ritt in der Richtung, die schon seine Männer eingeschlagen hatten, in den Wald. Leonie rief noch einmal seinen Namen, aber Alain drehte sich nicht einmal nach ihr um.

Sie wirbelte zu ihrem Mann herum. Seine Augen waren schwarz vor Wut, und sein Gesichtsausdruck war grausam, als er sein Pferd langsam zu ihr führte.

»Mylady, sollen wir gegen Ihren Mann kämpfen?«

Sie hatte kaum wahrgenommen, daß sich ihre Männer um sie versammelt hatten. Was konnte sie ihnen nur sagen? Sie wollte nicht mit Rolfe alleingelassen werden, aber natürlich kam ein Kampf nicht in Frage.

»Antworte ihnen!« befahl Rolfe.

»Mylord, du mußt dir meine Erklärungen anhören«, begann sie.

»Antworte ihnen!«

Sie holte tief Atem. »Mylord, du mußt ihnen sagen, daß du mir nichts Böses antun willst.«

»Ich werde ihnen lediglich mitteilen, daß mich niemand von meiner Frau fernhält. Ich werde jeden töten, der das versucht. Wenn sie sterben wollen, können sie von mir aus gegen mich kämpfen.«

Leonie sah ihre Wachen an. »Kehrt nach Pershwick zurück. Ich gehe aus freiem Willen mit meinem Mann.«

»Aber, Mylady«, sagte der jüngste der Männer voller Unbehagen und warf einen Blick auf Rolfe. »Sir Guibert wird uns umbringen ... wenn Ihnen etwas zustößt.«

»Sagt ihm, daß ihr mich nach Crewel zurückbegleitet habt.« Der Mann rührte sich nicht von der Stelle. »Ich lasse nicht zu, daß Guibert Fitzalan mit einem Heer nach Crewel kommt, um mich zu retten, verstehst du? Ich werde dich eigenhändig auspeitschen, wenn er erfährt, was sich hier abgespielt hat. Und jetzt geh.« Der Mann rührte sich immer noch nicht. Leonie seufzte. »Er ist mein Mann. Ich muß mit ihm gehen. Mach es mir nicht noch schwerer, ich bitte dich.«

Sie bedeutete ihm, ihr beim Aufsitzen behilflich zu sein, und er tat es widerwillig. Dann ritt sie von der Lichtung, ohne auf jemanden zu warten, auf die Burg Crewel zu. Es dauerte nicht lange, bis Rolfes Männer sie eingeholt hatten.

Sie drehte sich nicht um, um zu sehen, ob Rolfe hinter ihr war.

43. KAPITEL.

Die nächste Woche verging in einem Strudel von Gefühlen, und Leonie wurde zwischen tiefen Depressionen und ohnmächtigem Zorn hin und her gerissen. Rolfe folgte ihr nach Crewel und führte sie sofort in ihr Zimmer. Sie rechnete mit dem Schlimmsten, doch er schloß sie nur ein. Später erfuhr sie dann, daß er sich an jenem Abend bewußtlos getrunken hatte.

Am nächsten Tag ließ er sie wieder frei, aber nichts hatte sich geändert. Er wollte ihr nicht zuhören, wenn sie versuchte, ihm zu erklären, was es mit dem Treffen mit Alain auf sich gehabt hatte. Er nahm es nicht zur Kenntnis, wenn sie sagte, es hätte nie zur Diskussion gestanden, daß sie mit Alain fortgehen könnte. Er wollte ihr weder zuhören noch mit ihr sprechen. Die Dienstboten gingen ihr aus Furcht vor seinem Zorn aus dem Weg.

Das Schlimmste war, daß Wilda und Mary fortgeschickt wurden und Leonie allein zurückblieb. Es gab niemanden mehr, mit dem sie reden konnte.

Wenn Rolfe erst wieder die Burg verließ, würde die Anspannung auf ein erträgliches Maß zurückgehen, sagte sie sich. Aber er schloß sich der Belagerung von Warling nicht mehr an. Er verließ nicht einmal die Burg, um auf die Jagd zu gehen. Er blieb in Leonies Nähe und hielt sich ihr doch fern, als traute er sich selbst nicht, wenn er ihr zu nahe kam, und doch konnte er sie nicht allein lassen.

Sie wußte genau, was er glaubte. Er rechnete damit, daß sie fliehen würde, und blieb, um sich zu vergewissern, daß sie es nicht tat. Als sie an dem Tag, an dem Rolfe sie in ihrem Zimmer eingesperrt hatte, die beiden Nachrichten von Alain zerknittert auf dem Fußboden liegen sah, war ihr klar geworden, wie Rolfe sie gefunden und welche Schlußfolgerungen er daraus gezogen hatte. Sie wußte, wie sehr die Situation, die er auf der Lichtung vorgefunden hatte, gegen sie sprach, aber sie hatte keine Möglichkeit, die Dinge richtigzustellen, wenn er ihr nicht zuhören wollte.

Er war nicht einmal bereit, mit ihr in einem Bett zu schlafen, sondern schlief auf einem Strohsack im Vorzimmer und lag wie ein Wächter vor ihrer Tür.

Sie wußte, daß sie das nicht mehr lange aushielt. In ihrer Hoffnungslosigkeit und Wut riß Leonie die Tür auf, die sie von ihrem Mann trennte. Seine Augen waren offen. Er starrte die Decke an und tat so, als sei sie gar nicht da, und das gab ihr den Rest. Sie sah sich im Vorzimmer nach etwas um, was sie nach ihm werfen konnte.

»Tu das nicht, Leonie.« Seine Stimme war leise und drohend.

»Warum nicht?« fragte sie erbost. »Dann könntest du mich schlagen, und das wäre zumindest erledigt.«

»Dich schlagen?« Rolfe setzte sich auf seinem Strohsack auf. »Ich habe einen Mann dafür getötet, daß er genau das getan hat, und du wagst es, zu glauben, ich ...«

»Was?«

»Calveley ist durch meine Hand gestorben«, teilte er ihr tonlos mit. »Ich konnte ihn nach dem, was er dir angetan hat, nicht weiterleben lassen.«

Leonie war wie benommen. »Woher wußtest du das? Ich habe dir nie gesagt ...«

»Diese letzte Woche, in der ich fort war, habe ich mit deinem Vater verbracht. Ich habe ihn soweit ausgenüchtert, daß er meine Herausforderung zum Duell annimmt.« Da ihre Augen Panik widerspiegelten, sagte er gereizt: »Ich habe deinen Vater nicht getötet, Frau. Er war nicht der Schurke, für den ich ihn gehalten habe. Er hat sich von seiner Frau zu einem Trunkenbold machen lassen. Er war schwach, und ist wohl kaum schuldlos, aber er hat nicht angeordnet, daß du geschlagen wirst, Leonie. Er wußte überhaupt nichts, nicht einmal, daß du in all diesen Jahren in Pershwick warst.« Rolfes Stimme klang etwas freundlicher.

»Wie ... wie kann es sein, daß er es nicht wußte?« flüsterte Leonie verwirrt, und Rolfe erklärte ihr alles von Anfang an.

»Im Moment zerfleischen ihn Gewissensbisse, weil er dich so schmählich im Stich gelassen hat«, beendete er seine Erklärungen.

Sie fühlte sich ganz elend. Warum hatte sie kein einziges Mal versucht, gewaltsam zu ihm vorzudringen? Sie hätte sich selbst und ihrem Vater soviel Leid ersparen und die Wahrheit eher erfahren können.

»Ich werde ihn sofort aufsuchen!«

»Nein!«

»Nein?« schrie sie. »Wie kannst du mir das verbieten?«

»Gib dem Mann eine Chance, seine Selbstachtung wiederzuerlangen, Leonie«, sagte Rolfe heftig. »Er wird zu dir kommen, wenn er soweit ist. Du kannst ganz sicher sein, daß er das tun wird.«

Sie sah ihn böse an und fühlte Tränen in ihren Augen brennen. »Tarne dein Verbot nicht mit edelmütigen Regungen! Du sagst nein, um mich hier gefangenzuhalten. Warum streitest du das ab?«

»Verdammt noch mal!« explodierte Rolfe. Mit zwei großen Schritten stand er vor ihr, ohne sich seiner Nacktheit bewußt zu sein. »Ich bin hierher zurückgekommen, um dir alles zu erzählen, was ich über deinen Vater in Erfahrung gebracht habe, und mußte feststellen, daß du mit deinem Liebhaber ausgerissen bist!«

»Er war nie mein Liebhaber!«

»Lügnerin!« Seine Hände gruben sich in ihre Schultern. »Es würde mich nicht erstaunen, wenn du seine Nachricht absichtlich hättest herumliegen lassen, um mich in seine Falle zu locken. Du hast doch gewußt, daß er Männer bereitstehen hatte, die mich angreifen sollten?«

»Ich weiß es jetzt, aber damals wußte ich es nicht. Woher hätte ich es denn wissen sollen? Ich hatte ihn bis zu diesem Tag nicht gesehen, das schwöre ich dir.«

Er war so wütend, daß er sie schüttelte. »Es waren zwei Nachrichten da!«

»Nein, drei!« schrie sie zurück. »Aber auf die beiden ersten habe ich nicht reagiert. Ich wollte lediglich wissen, was Alain hier tut. Er hat so beharrlich darauf bestanden, mich zu sehen. Und warum hätte ich Botschaften für dich liegenlassen sollen, wenn du mir erzählt hast, du könntest nicht lesen? Wenn hier jemand ein Lügner ist, dann bist du es!«

Rolfe ging mit keinem Wort auf dieses Thema ein. »Was hat er dir erzählt, Leonie?« fragte er finster.

Sie ließ sich von seinem ruhigeren Tonfall nicht täuschen. »Daß er mir helfen wollte, da er dachte, daß ich an deiner Seite leide.« Sie senkte ihre Stimme jetzt auch. »Aber ich glaube nicht, daß das der eigentliche Grund war, aus dem er mich auf die Weide gelockt hat. Ich glaube, diese Männer, die sich auf dich gestürzt haben, waren da, um ihm Beistand zu leisten, falls ich nicht einwilligte, mit ihm fortzugehen. Mir scheint, er hatte vor, mich wegen Lösegelds festzuhalten.«

Sie senkte ihren Blick. Das war ein Fehler, denn plötzlich wurde ihr seine Nacktheit äußerst deutlich bewußt. Er wußte nicht, ob er ihr glauben sollte, aber wünschte sich verzweifelt, ihr trauen zu können.

Als er sie in seine Arme zog, war sie schockiert. Wie konnte jemand so wankelmütig sein? Sie versuchte, sich von ihm loszureißen.

»Nein, Rolfe!«

Er preßte sie an sich. »Das ist unfair, Leonie. Du nennst mich bei meinem Namen, um mich schwach zu machen.«

»Wie kannst du ...«

»Wie könnte ich nicht? Gott steh mir bei, ich begehre dich. Ich kann nicht dagegen ankämpfen, und ich werde es auch nicht länger versuchen.«

Rolfe wußte es nicht, aber diese Worte wirkten wie ein Zauber auf sie, denn ihr ging plötzlich auf, daß er sie liebte – er war nur zu stur, um es einzugestehen.

In Wirklichkeit war alles, was Leonie je von ihm gewollt hatte, seine Liebe. Wenn sie die hatte, würde sie ihm alles schenken, ihr Herz, ihr Leben, Kinder.

Sie brachte ihm eine Leidenschaft entgegen, die sich an seiner eigenen messen konnte, und Rolfe verlor fast den Verstand über ihre Reaktion. Er hob sie auf seine Arme und trug sie zu dem breiten Bett, in dem sie nicht allein hatte schlafen können. Dort liebte er sie mit seinen Händen, Lippen, seinem ganzen Körper und zeigte ihr mit seinem Verlangen, was er in seinem Herzen fühlte.

Leonie erwiderte seine Liebe ohne an etwas anderes als

an den Augenblick zu denken. Er gehörte ihr, und sie ließ sich von ihrer überwältigenden Freude leiten und frohlockte darüber, ihn zu besitzen.

44. KAPITEL

Als Leonie am nächsten Morgen erwachte, war Rolfe nicht mehr bei ihr. Aber da es seine Gewohnheit war, das Zimmer vor ihr zu verlassen, schenkte sie diesem Umstand wenig Beachtung. Deshalb war sie schockiert, als sie später erfuhr, er sei zu seinem Heer zurückgekehrt und würde nicht so bald wieder in der Burg erwartet. Wie konnte er sie verlassen, ohne auch nur mit ihr zu reden? War alles zwischen ihnen wirklich klar? Sie war nicht mehr sicher und fing an, sich zu fragen, ob sie sich all diese köstlichen Empfindungen der vergangenen Nacht nicht nur eingebildet hatte. Hatte sie aus seinen Worten nur das herausgehört, was sie hatte hören wollen?

Sie zog sich in ihr Zimmer zurück und setzte zwei Tage lang keinen Fuß vor die Tür. Von der Beachtung her, die ihr Fernbleiben im Haushalt auslöste, hätte sie ebensogut tot sein können. Mahlzeiten wurden vor ihre Tür gestellt, aber das war auch schon alles. Was bedeutete es diesen Menschen schon, daß sie sich hier nach wie vor wie eine Fremde fühlte? Sie kam sich wie ein Eindringling vor, und das deprimierte sie tief. Sie konnte so nicht leben, beim besten Willen nicht.

Als sie zögernd ihr Zimmer verließ, um ein Dienstmädchen zu bitten, ihr ein Bad einzulassen, stellte sie fest, daß Amelia immer noch da war und die Rolle der Hausherrin in der Burg spielte. Das war wie ein Schlag ins Gesicht. Sie würde fortgehen. Sollte Rolfe doch versuchen, sie wieder zu holen!

Sie packte, nahm aber nur eine Kiste mit, damit es nicht auffiel und befahl, die Kiste nach unten zu bringen. Genau so weit kam sie. Sir Evarard hatte Anweisung, ihr eine fünfzehnköpfige Eskorte mit auf den Weg zu geben, falls sie die Burg verlassen wollte. Die Männer sollten bis zu ihrer Rückkehr nicht von ihrer Seite weichen. Evarard widerstrebte es zutiefst, so viele Männer von Crewel abzuziehen, wenn es sich nicht um einen dringenden Notfall handelte. Das Heer war geschwächt, teilte er ihr mit, da alle überzähligen Männer mit Rolfe ausgezogen waren. Er weigerte sich heftig, sie fortgehen zu lassen.

Als Leonie Amelia fand, kam sie ohne Umschweife auf ihr Anliegen zu sprechen. »Ich gehe fort und werde nicht zurückkommen, ungeachtet jeglicher Beweggründe. Paßt Ihnen das nicht gut, Amelia?«

Die ältere Frau war zu erfreut, um zu heucheln. »Das paßt mir ganz ausgezeichnet.«

»Das dachte ich mir. Dann würden Sie mir wohl auch behilflich sein? Sir Evarard will die Männer nicht fortgehen lassen, die Rolfe zu meiner Eskorte bestimmt hat. Er scheint Ihnen recht gewogen zu sein. Könnten Sie ihn dazu bringen, es sich anders zu überlegen? Sagen Sie ihm, daß ich höchstens zwei Stunden brauche.«

»Aber wenn die Männer hier gebraucht werden ...«

»Sie werden zurückkommen, sowie ich sicher in Pershwick gelandet bin«, versicherte ihr Leonie.

»In Pershwick? Aber dort wird Rolfe sie finden. Könnten Sie nicht lieber England verlassen?«

Leonie seufzte angewidert. »Ich habe nicht die Absicht, mich zu verstecken, Amelia. Es spielt keine Rolle, ob Rolfe mich findet oder nicht, da Pershwick ihm die Tore nicht öffnen wird.«

»Oh.« Amelia lächelte. Das war noch besser als alles, worauf sie gehofft hatte. Wenn Rolfes Frau ihre Krieger gegen ihn antreten ließ, würde das ihre Beziehung für alle

Zeiten zerstören. Er würde sie nicht mehr bei sich haben wollen. »Evarard überlassen sie mir«, sagte sie.

Evarard gestattete Leonie, Crewel zu verlassen, doch seine saure Miene zeigte deutlich seinen Widerstand.

Der sonst so kurze Ritt nach Pershwick kostete mehr Zeit, weil sie den Gepäckwagen mit Leonies Truhe bei sich hatten. Als sie endlich eintraf, mußte sie feststellen, daß Sir Guibert nicht da war. Das war Leonie um so lieber, denn er würde ihren Schritt mißbilligen, das wußte sie, und es hätte sogar sein können, daß er versuchte, sie daran zu hindern. Er konnte nicht mehr viel tun, wenn er zurückkehrte und vor vollendeten Tatsachen stand, nachdem sich Leonie in Pershwick verschanzt hatte.

Sie erteilte persönlich die Anweisungen zur Verteidigung der Burg. Ihre Eskorte hätte angesichts dieser Aktivitäten Verdacht schöpfen können, doch Leonie hielt sich von den Männern fern, und sie konnten nichts mehr unternehmen, als sie endlich Verdacht schöpften. Die Hauptvorbereitungen waren abgeschlossen, als sie die Männer aus der Burg bringen ließ und ihnen lediglich erklärte, sie würde nicht nach Crewel zurückkehren.

Tante Beatrix war mitfühlend. Wilda dagegen erhob überraschend Einwände. Sie fand es empörend, daß Leonie Amelia Rolfe kampflos überlassen wollte. Wenn es um Amelia ging, reagierte sie recht heftig, und es stellte sich heraus, daß Amelia diejenige gewesen war, die befohlen hatte, daß man sie und Mary aus Crewel fortwies. Wenn Amelia faule Tricks anwenden konnte, um alles zu erreichen, was sie wollte, warum sollte Leonie ihr dann nicht etwas von ihrem eigenen Kampfgeist zeigen? Sie sorgte dafür, daß Wilda alle Hände voll zu tun habe, damit sie gar nicht erst zum Reden kam.

Mit Sir Guibert konnte sie nicht so umspringen. Als er an diesem Abend eintraf und ihre Pläne vernahm, war er wütend. Er fand sie im Saal und sah sie finster an, als er auf sie zukam.

»Sind Sie von Sinnen?« herrschte er Leonie an, ohne sie auch nur zu begrüßen. »Sie wollen Krieg gegen Ihren eigenen Gemahl führen? Ich kann nicht ...«

»Nicht Krieg«, unterbrach ihn Leonie. »Ich weigere mich lediglich, weiterhin mit ihm zusammenzuleben.«

»Das können Sie nicht tun!« platzte Guibert heraus. »Gott sei Ihnen gnädig, Leonie, er ist jetzt Ihr Herr. Sie sind in jeder Hinsicht an ihn gebunden.«

Ob es nun wahr war oder nicht, es nagte an ihr, diese Worte zu hören. Sie wollte nicht nachgeben. Aber sie brauchte Guiberts Unterstützung, und daher tat sie etwas, was sie noch nie getan hatte. Sie brach in Tränen aus, denn wie wußte genau, welche Wirkung das auf den Mann haben würde, der wie ein Vater zu ihr gewesen war. Zwischen herzzerreißenden Schluchzlauten gestand sie Guibert alles und ersparte ihm nichts – noch nicht einmal, daß sie ein Kind von ihrem Mann erwartete – sein zweites Kind.

Die Enthüllungen, die sie ihm über Amelia machte, schockierten ihn jedoch nicht so sehr, wie sie es erhofft hatte, denn sie hatte vergessen, daß ihre Situation zwar schmerzlich, aber keineswegs ein Einzelfall war.

»Sie sind nicht die erste Frau, die aufgefordert würde, die unehelichen Kinder ihres Mannes aufzuziehen, Leonie«, schalt Guibert sie sachte. In Wahrheit war er über Rolfes Verhalten empört und grämte sich für Leonie, aber im Moment wäre ihr nicht damit gedient gewesen, verhätschelt zu werden.

»Wenn es nur das wäre, könnte ich damit leben«, sagte sie. »Aber mein Mann will die Mutter seines Kindes nicht fortschicken. Ich habe ihn darum gebeten, doch er schlägt es mir ab. Er überträgt ihr Verantwortung, die rechtmäßig in meinen Händen läge. Ich fühle mich wie eine Zweitfrau!«

»Sie übertreiben, Leonie.«

»Nein, ich übertreibe nicht! Ich habe Ihnen offen gesagt, wie es gewesen ist. Ich habe versucht, damit zu leben, Guibert. Wenn ... wenn meine Gefühle nicht so sehr in diese Sache verstrickt wären, könnte ich es vielleicht. Aber ...«

»Sie lieben ihn?«

»Ja«, sagte sie und schluchzte jetzt ohne jede Verstellung. »Ich habe dagegen angekämpft, ihn zu lieben, das habe ich wirklich getan. Ich wußte, daß ich andernfalls nur leide. Und er erwartet von mir, daß ich ihn weiterhin mit dieser Frau teile. Ich kann nicht mehr. Es bringt mich um, Guibert.«

Guibert seufzte. »Ich verstehe nicht, was Sie damit bezwecken, hierher zurückzukommen, Leonie. Ihr Mann hat mächtigere Burgen als diese belagert und eingenommen.«

»Das täte er hier nicht!« sagte Leonie. »Ich bin seine Frau.«

Guibert sah sie kopfschüttelnd an. »Und Sie glauben, das würde ihn daran hindern? Genau das ist doch der Grund, aus dem er sich nicht von unseren geschlossenen Toren abwenden wird.«

»Nein, Guibert«, sagte sie zuversichtlich. »Rolfe muß noch zwei Burgen einnehmen. Er wird sein Heer nicht dort abziehen und seinen Sieg gefährden, um hierher zu kommen. Er wird selbst kommen, ja, aber ich werde ihm ganz offen sagen, was ich empfinde – und wenn ich es von den Mauern herunterschreien muß. Er wird meine Entscheidung akzeptieren müssen.«

»Weiß er, daß Sie in anderen Umständen sind?« fragte Guibert scharfsinnig.

»Nein«, gab sie zu, sah ihn an und wandte ihren Blick dann wieder ab. »Ich will ihm nicht diesen Vorwand dafür geben, mich zu zwingen, mit ihm nach Crewel zurückzukehren.«

»Ich werde dafür beten, daß er dich freigibt«, sagte Guibert seufzend. »Wenn nicht«,– und bei diesen Worten schüttelte er den Kopf –, »dann steh Gott uns bei.«

45. KAPITEL

Leonie machte sich noch tagelang Sorgen wegen Guiberts bösen Ahnungen, denn sie hatte damit gerechnet, daß Rolfe augenblicklich nach Pershwick kommen würde, doch sie hatte sich sehr getäuscht. Tage zogen sich zu Wochen hin, und er kam immer noch nicht. Sie fühlte sich so elend wie noch nie.

Nach zwei Wochen ließ Leonie die Tore von Pershwick wieder öffnen und die Dinge ihren normalen Lauf nehmen. Sie schickte die Männer, die sie von ihren anderen Burgen angefordert hatte, wieder zurück, aber sie ließ ihre Krieger in Bereitschaft bleiben. Da es kurz nach der Ernte war, waren ihre Speicher angefüllt, und in dieser Hinsicht brauchte sie sich keine Sorgen zu machen. Die Zeit schleppte sich dahin und nahm ihr den letzten Rest an guter Laune. Fast vier Wochen waren vergangen, seit Leonie Crewel verlassen hatte. Sie war im dritten Monat schwanger, und ihr Taillenumfang ließ sich kaum noch verbergen. Das stand ihr sehr im Weg, da sie vorgehabt hatte, Rolfe vor ein Ultimatum zu stellen, ohne ihre Schwangerschaft ins Spiel zu bringen.

An einem ungewöhnlich warmen Tag stand sie auf der Brüstung und sah ihren Mann auf die Burg zukommen. Vier seiner Ritter ritten direkt hinter ihm. Doch im Hintergrund bot sich ihr ein Anblick, der bewirkte, daß sie wie angewurzelt stehenblieb.

»Mutter Maria, er hat sein gesamtes Heer mitgebracht!«

Tausend Männer schienen auf Pershwick zuzukommen. Das Heer blieb außerhalb der Schußweite stehen. Sollte das heißen, daß Rolfe ernstlich mit einem Kampf rechnete?

»Ich habe Sie gewarnt, Mylady«, sagte ihr Freund und Vasall kläglich.

Leonie riß ihre Blicke von dem drohenden Anblick los

und unternahm keinen Versuch, ihre Angst vor Sir Guibert zu verbergen.

»Ich werde die Tore öffnen lassen«, sagte er.

»Nein«, gab sie zurück, und sein entgeistertes Gesicht bot ein Bild des Jammers.

»Gott gnade Ihnen, Leonie, was denken Sie sich bloß? Hier geht es nicht mehr um die Laune einer Frau. Ihr Herr macht ernst!«

»Ich sage Ihnen, daß er uns nicht angreifen wird«, beharrte sie. »Er hat sein Heer nur mitgebracht, um mir Angst einzujagen.«

»Sie würden unser aller Leben von dieser Vermutung abhängig machen und in Gefahr bringen?« rief er aus.

»Guibert, bitte«, flehte Leonie. »Hier wird über mein ganzes Leben entschieden. Lassen Sie mich zumindest anhören, was er zu sagen hat. Wenn Sie mich ihm übergeben, ohne das zuzulassen, dann wird er nie in seinem ganzen Leben glauben, daß er auf meine Gefühle Rücksicht nehmen muß.«

Guibert sah wieder auf die Truppen hinunter. Ein Mann besorgte sich nicht ein Heer von Söldnern, wenn er nicht vorhatte, dieses Heer auch zum Einsatz zu bringen. Sie machte sich selbst etwas vor. Der Schwarze Wolf war zum Angriff bereit.

»Sie wollen selbst mit ihm reden?« fragte er, und als sie bejahte, fragte er hastig: »Sie werden ihn doch nicht provozieren?«

Leonie schüttelte den Kopf. »Ich werde vorsichtig sein, aber er muß wissen, daß ich fest bleibe. Wie sonst könnten wir zu einer Einigung kommen? Aber ich schwöre, mich zu ergeben, wenn es nicht gutgeht.«

»Gut.« Guibert seufzte. »Aber vergessen Sie nicht den Stolz eines Mannes, Mylady, und treiben Sie ihn nicht zu weit. Stolz kann einen Mann dazu bringen, Dinge zu tun, die er eigentlich gar nicht tun will, nur, um seine Ehre zu retten.«

Rolfe und seine Ritter waren zum Pförtnerhaus geritten und hatten dort angehalten. Rolfe ließ seinen Blick langsam über die bemannten Mauern beidseits des Pförtnerhauses gleiten, über die Waffen, die auf ihn gerichtet waren, und das geschlossene Tor. Die Luft knisterte vor Spannung.

Rolfe forderte, eingelassen zu werden, und der Einlaß wurde ihm verweigert. Leonie hielt den Atem an, als sie seine Reaktion erwartete. Wie weit würde Rolfe aus Gründen der Ehre wirklich gehen?

»Meine Gemahlin hält sich in der Burg auf?«

»Ich bin hier, Mylord«, rief Leonie zu ihm herunter.

»Beug dich vor. Ich kann dich nicht sehen«, rief er zu ihr hinauf.

Sie beugte sich vor. Sie konnte ihn von Kopf bis Fuß sehen. Er trug seine volle Rüstung, und da er seinen Helm nicht absetzte, waren selbst seine Augen nicht zu sehen.

Rolfe ritt auf seinem Streitroß direkt unter die Mauer. »Du hast Pershwick kampfbereit gemacht?«

»Burgen sollten immer in Bereitschaft sein«, antwortete sie ausweichend. »Ich könnte dich ebensogut fragen, wieso du mit deinem Heer gekommen bist.«

»Natürlich, um dir eine Freude zu bereiten«, rief er. »Du willst doch Krieg, oder?«

Leonie schnappte nach Luft. »Ich treffe Vorkehrungen, Mylord, reine Vorsichtsmaßnahmen, und sonst gar nichts.«

Es brach heftig aus ihm heraus: »Gegen mich!«

»Ja!«

»Warum, Leonie?«

Die Antwort war zu peinlich, um sie von den Mauern zu rufen, aber sie mußte es tun.

»Mylord, ich lebe nicht in Crewel, solange deine ... solange Lady Amelia dort wohnt.«

»Ich kann dich nicht hören, Leonie.«

Sie hatte ihn nur zu deutlich verstanden. Wollte er sie beschämen?

Leonie wappnete sich und beugte sich noch weiter über die Zinnen. »Ich habe gesagt, ich bleibe nicht länger in Crewel, wenn Amelia auch dort lebt.«

»Geht es dir etwa darum?« Seine Stimme klang ungläubig.

»Ja.«

Und dann geschah das Undenkbare. Rolfe fing an zu lachen. Er zog seinen Helm ab, und sein Gelächter wurde lauter und immer lauter. Es hallte über die Mauern bis ins Innere der Burg.

»Dein Humor ist fehl am Platz, Mylord.« Ihre Stimme klang erbittert. »Ich meine es ernst.«

Einen Moment lang herrschte Stille, dann sagte er rauh. »Jetzt reicht es, Leonie. Befiehl, daß die Tore geöffnet werden.«

»Nein.«

Seine Miene war finster und wild. »Nein? Du hast gehört, daß ich gesagt habe, niemand hält mich von meiner Frau fern. Das schließt auch dich ein, Frau.«

»Du hast auch gesagt, du würdest jeden umbringen, der das versucht. Schließt das auch mich mit ein, Mylord?«

»Nein, ganz bestimmt nicht, Leonie, aber wenn du mich zwingst, diese Mauern einzureißen, bezweifle ich, daß hinterher noch viele Männer am Leben sind, um Pershwick wiederaufzubauen. Willst du deine Leute tot sehen?«

Sie schnappte nach Luft. »Das tätest du nicht!«

Rolfe wandte sich an seine Ritter. »Sir Piers, befehlen Sie, daß das Dorf in Brand gesetzt wird!« rief er.

»Rolfe, nein!« rief Leonie.

Rolfe wandte sich wieder an Leonie und wartete.

»Du ... du kannst reinkommen, Mylord ... allein. Und nur, um mit mir zu sprechen. Bist du damit einverstanden?«

»Befiehl, daß die Tore geöffnet werden«, sagte er kalt.

Leonies Züge drückten ihre Niederlage aus. Rolfe hatte sie gezwungen, Farbe zu bekennen. Ihr Vorteil war verloren, und sie wußten es beide. Er wußte auch, daß er in ihrer Burg sicher war, denn er hatte ein Heer vor ihren Toren stehen.

»Tun Sie, was Sir Rolfe sagt, Sir Guibert«, sagte Leonie leise. »Ich werde ihn unten im Saal erwarten.«

»Nehmen Sie es sich nicht so sehr zu Herzen, Leonie«, sagte er sanft. »Vielleicht gewährt er Ihnen, was Sie wünschen, nachdem er jetzt weiß, wieviel es Ihnen bedeutet.«

Sie nickte betrübt und ging.

Guibert spürte kalte Wut in sich aufsteigen, als er ihr nachsah. Er ertrug es nicht, sie so verzweifelt zu sehen. Er billigte das, was sie getan hatte, nicht, doch ihre Motive waren verständlich. Zornig machte er sich auf den Weg, um Rolfe d'Ambert einzulassen.

46. KAPITEL

Rolfe ritt in den Burghof und stieg von seinem mächtigen Streitroß. Er war wütend. Er hatte Crewel leichten Herzens verlassen in der Überzeugung, daß Leonie ihn liebte. Wie konnte sie derart leidenschaftlich zu ihm sein, wenn sie Montigny geliebt hätte, hatte er sich selbst gescholten.

Diese Frage war jetzt bedeutungslos, da Alain tot und begraben war. Rolfe war nicht dabeigewesen, aber er hatte davon gehört. Der junge Narr hatte das Dümmstmögliche getan: Es war ihm gelungen, sich in die Burg Blythe einzuschleichen und deren Bewohner, die unter Belagerung standen, aufzuhetzen, Rolfes kleines Lager außerhalb der Burgmauern zu überfallen. Dann hatte er die Männer nach Warling geführt, weil er geglaubt hatte, die Burgbewohner, die umzingelt waren, kämen auch heraus und würden sich den Kämpfen anschließen. Sie taten es nicht, aber das hätte auch nichts geändert. Montigny war entweder einfältig, oder er hatte die Größe von Rolfes Heer weit unterschätzt. Es kam gar nicht zu einem wirklichen Gefecht. Montigny hatte weniger als hundert Männer um sich versammelt. Sie wurden schnell überwältigt, und viele starben, darunter auch Alain Montigny.

Die Bewohner von Warling, die das Gemetzel mitansahen, einigten sich schnell auf die Bedingungen der Übergabe.

Rolfe war nicht dort gewesen und hatte diese erstaunliche Wende der Geschehnisse nicht miterlebt, weil er schon wenige Tage, nachdem er Leonie verlassen hatte, in die Normandie gerufen wurde. Er hatte die letzten Wochen damit verbracht, sich um die Güter seines verstorbenen Bruders zu kümmern.

Es war eine schwierige Zeit gewesen, in der er versucht hatte, dahinterzukommen, was er für seinen Bruder empfand. Schließlich war ihm klar geworden, daß er überhaupt nichts für ihn empfand. Dieser Tod ließ ihn nicht trauern. Er stellte jedoch fest, daß er nicht den Wunsch hatte, die Witwe und die Kinder sich selbst zu überlassen. Alles in allem war es eine aufreibende Zeit.

Und dann erst! Nach Hause zurückzukehren und zu erfahren, daß Leonie sich in all der Zeit in Pershwick verschanzt hatte und Vorkehrungen getroffen hatte, gegen ihn zu kämpfen, um dort zu bleiben! Wieder einmal hatte sie sein Vertrauen zum Gespött gemacht. Er entschied, das sei das letzte Mal, daß sie ihn verletzen konnte. Wenn sie sich so verbissen gegen ihn wehrte, daß sie etwas Derartiges tat, dann wollte er sie nicht mehr haben. Es war ein fester Entschluß.

Das hatte er zumindest geglaubt. Drei Tage lang hatte er jedem Impuls widerstanden, es sich doch anders zu überlegen. Das Problem bestand darin, daß er Leonie eben doch haben wollte, und zwar um jeden Preis. Er hatte sogar sein Heer mitgebracht, um es ihr zu beweisen. Und jetzt mußte er feststellen, daß das Motiv, das hinter diesem ganzen Drama steckte, nichts anderes als Eifersucht war! Er wußte nicht, ob er sie mit Küssen überschütten oder sie erwürgen sollte.

Eines wußte er. Sie würde ihm damit nicht ungestraft davonkommen. Er mußte ihr beibringen, daß sie nicht jedesmal, wenn es Unstimmigkeiten zwischen ihnen gab, zu ihren Vasallen laufen konnte.

Wenn Rolfes Wut einer Ermattung Platz gemacht hatte, dann blieb es nicht dabei. Sir Guibert kam ihm im Burghof entgegen und teilte ihm schlicht mit, Leonie würde Pershwick keineswegs verlassen, wenn sie nicht aus freiem Willen von hier fortging. Er war bereit, seinen Standpunkt mit dem nötigen Nachdruck zu vertreten.

Rolfe wurde fuchsteufelswild. »Ist Ihnen eigentlich klar, wofür Sie hier sterben wollen?«

»Ja, Mylord.«

»Wissen Sie auch, daß die Eifersucht meiner Frau unbegründet ist? Es gibt einen guten Grund dafür, daß Lady Amelia sich in Crewel aufhält. Mir ist es alles andere als lieb, aber es muß sein.«

»Wir sind uns darüber im klaren, daß es um ein Kind geht«, erwiderte Guibert unerschrocken.

»Wir?«

»Lady Leonie würde nicht diesen erbitterten Standpunkt einnehmen, wenn sie lediglich einen Verdacht hätte.«

Rolfe sah ihn finster an. »Ich sagte Ihnen doch, daß ihre Eifersucht grundlos ist. Das Kind hat nichts mit ihr zu tun, weil es gezeugt worden ist, ehe ich sie geheiratet habe.«

»Dann werden Sie sie davon überzeugen müssen, Mylord, denn sie ist entschieden anderer Meinung.«

Rolfe blieb abrupt stehen. Die Äußerung war beiläufig gemacht worden. Es war schon schlimm genug, daß Leonie etwas von dem Kind erfahren hatte, obwohl er gehofft hatte, ihr dieses Wissen möglichst lange ersparen zu können. Aber daß sie gar glaubte ...

»Führen Sie mich zu ihr«, forderte Rolfe, der sich jetzt über den Unsinn ärgerte, den Leonie glaubte. Das zeigte deutlich, was für eine Meinung sie von ihm hatte. Jetzt fielen ihm wieder die Zweifel ein, die er gehabt hatte, als es darum ging, Amelia bei sich zu behalten, aber er wäre nie darauf gekommen, welche Schlußfolgerungen Leonie aus seiner Nachsicht gegenüber Amelia ziehen konnte.

Als Leonie Rolfe auf sich zukommen sah, war sie erstaunt über die Angst, die sie vor ihm hatte, doch trotz dieser Angst spürte sie, wie unbändig stolz sie auf Rolfe war. Sie hatte Respekt vor einem Mann, der seine Absichten so zielstrebig verfolgte.

In Wahrheit hatte sie gar nicht gewollt, daß er ihren Forderungen nachgab, wenn sein Nachgeben nur bedeutet hätte, daß er sich zukünftig nach Amelia sehnte. Damit war nichts erreicht. Leonie wollte diesen Punkt für alle Zeiten klären.

Rolfe blieb einige Schritte vor Leonie stehen und musterte gründlich ihre Haltung und ihr Auftreten. Sie stand hinter einem Stuhl, und ihre Finger umklammerten die hohe Rückenlehne, als wolle sie diesen Stuhl zwischen sich und ihm haben. Ihr Kinn war trotzig in die Luft gereckt, aber ihre Augen waren unsicher und ängstlich.

»War es nötig, mit einem Heer hier anzurücken, Mylord?« fragte sie, um den Anfang zu machen.

Er hätte fast gelacht, denn in dem Saal standen ein Dutzend bewaffnete Männer, ihr getreuer Vasall und außerdem eine ganze Reihe von grimmig blickenden Leibeigenen, die gar nicht erst den Versuch unternahmen, ihre Abneigung gegen Rolfe d'Ambert zu verbergen.

»Du kannst froh sein, daß ich das getan habe, Frau, denn wenn ich allein hierhergekommen wäre, hättest du diesen Unfug nicht aufgegeben und wärst hart geblieben, und das hätte mich gezwungen, später zu strengeren Maßnahmen zu greifen.«

Sie schäumte über. »Es ist wohl kaum als Unfug zu bezeichnen ...« Sie preßte ihre Lippen zusammen. »Darüber streite ich mich nicht mit dir. Was hast du jetzt vor?«

»Dich zurückzubringen.«

»Und wenn ich mich weigere, von hier fortzugehen? Wirst du dann meine Burg angreifen?«

»Ich werde nicht einen Stein auf dem anderen lassen«, antwortete er. »Ich habe sowieso Lust, Pershwick einzureißen.« Sein Gesicht wurde hart. »Du kannst nicht jedesmal, wenn du dich über mich ärgerst, hierherkommen und deine Leute gegen mich aufhetzen, Leonie. Wenn du das jemals wieder tust, zögere ich nicht, Pershwick zu zerstören. Du gehörst zu mir.«

»Aber ich bin nicht glücklich mit dir!« Sie warf ihm die Worte an den Kopf.

Sie wirkten wie ein Schwerthieb. Er sagte sich, daß er ihr sein Herz nicht öffnen durfte, wenn sie nichts anderes haben wollte, als seine Gefühle mit Füßen zu treten.

»Ich hatte gehofft, du würdest mich mit der Zeit lieben, Leonie, oder ein Leben mit mir wenigstens ... angenehm finden. Ich bedaure zutiefst, daß du das nicht kannst.« Er sagte es mit einer Stimme voll tiefer Trauer.

Ihr Mut sank. »Du ... du gibst mich also auf?«

Rolfes Augen zogen sich finster zusammen. Das war es also, was sie wollte. »Nein, ich werde dich nicht aufgeben.«

Ihr Herz überschlug sich vor Freude, doch sie mahnte sich, ihm nicht zuviel von ihrem Inneren zu zeigen.

»Was ist mit Amelia?« fragte sie ruhig.

Er seufzte matt. »Sie wird in eine andere Burg gebracht.«

»In eine andere deiner Burgen? Was ändert das schon?«

»Sei nicht herzlos, Leonie«, brummte er. »Du weißt,

daß sie ein Kind bekommt. Willst du, daß ich eine schwangere Frau im Stich lasse?«

»Das würde ich nie von dir verlangen!« schrie sie. »Aber mußt du sie denn immer in deiner Nähe haben, damit sie da ist, um dich zu trösten, wenn du böse auf mich bist?«

»Verdammt noch mal, wie kommst du bloß auf diese Idee? Die Frau war meine Mätresse, ja, das stimmt. Ich bedaure, daß aus diesem Verhältnis ein Kind entstanden ist. Aber ich habe sie nicht angerührt, seit wir verheiratet sind, und es ist mir ein Rätsel, warum du immer wieder andeutest, ich hätte es getan oder würde es tun.«

»Lady Amelia behauptet etwas anderes, Mylord«, teilte sie ihm mit.

»Du hast sie wohl falsch verstanden«, erwiderte Rolfe verbissen.

Leonie wandte ihm den Rücken zu und war so wütend, daß sie am liebsten mit irgend etwas auf ihn eingeschlagen hätte. Heilige Maria, wie konnte sie ihn lieben, obwohl er sie derart in Wut versetzte? Er log. Mit Sicherheit log er!

»Denk dir, was du willst, Leonie«, wandte sich Rolfe an ihren starren Rücken. »Wir gehen jetzt. Und zwar sofort. Und wenn dir Sir Guiberts Leben etwas wert ist, dann wirst du ihm sagen, daß du aus freiem Willen mit mir kommst.«

Sie wirbelte wieder herum. »Ich gehe nicht aus freiem Willen, aber du brauchst mich nicht fortzuzerren oder irgend jemanden umzubringen«, zischte sie ihn an.

Sie eilte an ihm vorbei, um anzuordnen, daß ihre Kiste gepackt wurde. Dann besprach sie sich mit Guibert, der sehr erleichtert war, als er erfuhr, daß sie eingewilligt hatte, mit ihrem Mann nach Hause zu reiten.

»Er ist doch nicht wütend auf Sie?« fragte Guibert argwöhnisch, als er Rolfe musterte, der mit ungeduldigen Schritten durch den Saal lief.

»Ich fürchte mich nicht vor seinem Zorn«, log Leonie tapfer.

»Er hat sich geweigert, die andere Frau fortzuschikken?« fragte ihr Vasall zögernd.

»Nein«, sagte sie seufzend. »Er hat eingewilligt.«

Guibert runzelte die Stirn. »Dann sollten Sie sich freuen, Mylady.«

»Ja, das sollte ich wohl. Aber ich tue es nicht.«

Guibert schüttelte den Kopf, als sie ihn stehenließ und er ihr nachsah.

47. KAPITEL

Die Dinge sollten sich jedoch auf eine Weise klären, mit der niemand hatte rechnen können.

Leonie war gerade erst in Crewel angekommen und betrat das Schlafzimmer des Schloßherrn, als sie von einem verzweifelten Dienstmädchen aufgesucht wurde. »Mylady, sie liegt im Sterben! Sie müssen kommen – bitte«, rief Janie aus.

»Das ist eine List«, sagte Wilda sofort. Das junge Mädchen war Amelias persönliche Zofe und gehörte nicht zum Haushalt der Burg Crewel. »Die Frau hat gehört, daß sie fortgeschickt wird, und sie will es verhindern, indem sie eine Krankheit vortäuscht.« Sie warf Janie einen triumphierenden Blick zu.

Wilda hatte sich zwischen Leonie und Janie aufgebaut, und Leonie freute sich darüber, daß Wilda versuchte, sie zu beschützen, wie sie es so oft tat. Wenn sie schon nichts anderes damit erreicht hatte, daß sie nach Pershwick zurückgegangen war, dann war es ihr doch wenigstens möglich gewesen, Wilda wieder mitzubringen.

»Geh wieder zu ihr, und sag dieser Frau, daß wir sie

durchschaut haben«, sagte Wilda unverfroren, und Leonie sah, daß sie dem ein Ende setzen mußte.

»Erzähl mir, was passiert ist«, sagte sie, und Janie brach in Wehklagen aus. »Sie wird wütend auf mich sein, daß ich zu Ihnen gekommen bin, weil sie nicht will, daß jemand erfährt, was sie getan hat. Aber sie blutet, und es will einfach nicht mehr aufhören. Sie stirbt, Mylady, ich bin ganz sicher!«

»Was hat sie getan?« fragte Leonie beharrlich weiter.
»Sie ... sie hat etwas eingenommen. Sie hat gesagt, es sei dazu da, alles wieder in Ordnung zu bringen.«

Leonie verstand das Mädchen augenblicklich und wurde blaß. »Gott sei mir gnädig, das ist meine Schuld. Ich habe wegen seiner Mutter soviel gegen dieses Kind gehabt, und ...«

»Kommen Sie mit mir, Mylady?« bat Janie wieder, und Leonie gab sich einen Ruck. Sie hatte jetzt keine Zeit für Gewissensbisse.

»Wilda, hol meine Medizin. Eil dich.«

Zu Leonies Erstaunen wartete Sir Evarard vor Amelias Tür. Er machte einen sehr unglücklichen Eindruck.

»Fehlt Amelia etwas Ernstes?« fragte er mutlos.

»Sie haben sie gern, Sir Evarard?« Sie wußte einfach nicht, was sie sonst hätte sagen sollen.

»Gern? Ich liebe sie!« sagte er leidenschaftlich.

Leonie lächelte ihn an. »Ich werde alles tun, was ich kann.«

»Wirklich?« fragte er. Er war zu besorgt, um diplomatisch zu sein. »Ich weiß, daß Sie sie nicht leiden können und daß Amelia Sie auch nicht mag. Und sie kann kindisch und quengelig sein, aber ... aber sie ist nicht durch und durch schlecht, Mylady.«

»Sir Evarard«, sagte Leonie freundlich, »gehen Sie jetzt bitte nach unten. Wenn ich Amelia helfen kann, werde ich es tun. Das können Sie mir glauben.«

Amelias Gemächer waren größer, als Leonie es erwartet hatte, und sie standen voll mit Gegenständen von denen sie die meisten an Alain erinnerten. Er hatte immer einen Hang zu verschnörkelten Möbeln gehabt, und den größten Teil seiner Habe zurückgelassen, als er aus Kempston geflohen war.

Das ganze Zimmer roch nach Krankheit. Das Bett war kürzlich frisch bezogen worden, doch das blutige Bettzeug lag auf einem Haufen in der Ecke.

Ein flüchtiger Blick auf die hagere Gestalt, die in dem Bett lag, reichte aus, um Leonies Verdacht zu bestätigen. Das Gesicht hatte eine ungesunde graue Färbung, und unter den Augen waren tiefe dunkle Ringe. Amelias Körper krümmte sich vor Schmerzen, und in ihrem Zustand, der nah an der Bewußtlosigkeit war, schlug sie um sich und wimmerte und stöhnte, während die beiden Mädchen neben dem Bett standen und Leonie hilflos entgegensahen.

Leonie zog die Bettdecke zur Seite. Amelia lag in einer Blutlache. Mit Hilfe der Mädchen wechselte Leonie erneut das Bettzeug, säuberte Amelia und wickelte sie in Verbände, um den Blutfluß aufzuhalten. Dann zwang sie Amelia, einen Sirup aus Sumpfwundkraut zu trinken, da sie hoffte, daß er die Blutungen eindämmen würde.

In einer Phiole auf dem Nachttisch war der Sud, den Amelia zu sich genommen hatte und von dem Leonie wußte, daß es sich um Seidelbast handelte, ein Kraut, das gewöhnlich eingesetzt wurde, um der Darmtätigkeit nachzuhelfen, und das Abtreibungen bewirkte. Eine zu große Menge konnte Erbrechen und blutigen Stuhl verursachen und erwies sich oft als tödlich. Die Phiole war fast leer.

Als Amelia die Augen aufschlug, blickte sie in ihrer Verwirrung wild um sich. Sie sah Leonie neben ihrem Bett stehen und flüsterte: »Was haben Sie hier zu suchen?«

»Wieviel haben Sie hiervon getrunken?« fragte Leonie und hielt die Phiole hoch.

»Genug. Ich habe es schon öfter angewandt, aber ... aber immer sofort, wenn ich den Verdacht hatte. Nie so spät.«

»Warum, Amelia?«

Die ältere Frau war verblüfft, weil Leonie sich offensichtlich Sorgen machte. »Warum? Was soll ich denn mit einem Kind? Ich kann Kinder nicht ausstehen!«

Leonies Mitgefühl begann zu schwinden. »Und deshalb haben Sie das Kind meines Herrn getötet?« fragte sie angewidert. »Wenn Sie es nicht haben wollten, warum haben Sie dann so lange gewartet?«

»Ich brauchte es, um ... aber als Sie fort waren ... ach, lassen Sie mich in Ruhe.«

»Ich würde am liebsten genau das tun und Sie an Ihrer eigenen Torheit sterben lassen!« Leonies Stimme klang so erregt, daß sie brüchig wurde.

»Nein, bitte, Sie müssen mir helfen!« rief Amelia. »Ich habe das Kind schon verloren, und jetzt wird er mich fortschicken.«

»Sind Sie sich dessen so sicher?« wollte Leonie wissen.

»Rolfe wollte mich nicht mehr, nachdem er Sie geheiratet hat«, stöhnte Amelia. »Ich dachte, er würde mich behalten, aber ich täuschte mich.«

»Erklären Sie mir das genauer, Amelia.«

»Ich wollte nicht an den Hof zurückgehen«, wimmerte Amelia. »Sie wissen nicht, wie das Leben dort aussieht. Immer muß man mit jüngeren Frauen konkurrieren, und immer ...«

»Erzählen Sie mir von Rolfe«, beharrte Leonie mit erhobener Stimme.

»Ich habe ihn belogen«, sagte Amelia. »Ich habe Rolfe gesagt, ich sei schwanger, als ich es noch gar nicht war.« Sie sah Leonie ins Gesicht und gestand ihr die volle Wahrheit.

»Das Kind ist nicht von Rolfe, sondern von Evarard. Ich habe ihn dazu benutzt, schwanger zu werden, falls

Rolfe zu lange braucht, um Ihrer überdrüssig zu werden. Ich dachte wirklich, so käme es. Als er hierher zurückkehrte und Ihnen nicht sofort nach Pershwick folgte, war ich sicher, daß das das Ende seiner Liebe zu Ihnen ist, und daher brauchte ich das Kind nicht mehr als Vorwand, um hierbleiben zu können.«

Leonie ermahnte sich, keine Reaktion zu zeigen und Amelia mit gelassener Miene anzusehen. Die Enthüllung ihrer Rivalin hatte ihre Liebe zu Rolfe von neuem entfacht, und am liebsten wäre sie augenblicklich zu ihm geeilt und hätte ihre Arme um ihn geschlungen. Aber sie wollte nicht, daß Amelia erfuhr, wieviel ihr diese Worte bedeuteten. Wenn alles gesagt und getan war, mußte ihnen beiden noch ein Rest von Würde bleiben, und daher gestattete sie es sich nicht, ihre Gefühle zu zeigen.

Sie entschied sich, ein schneller Themenwechsel sei der einzige Weg, den sie einschlagen konnte, und sie sagte: »Evarard ist vollkommen außer sich. Dieser Narr liebt Sie!«

»Liebe?« erwiderte Amelia bitter. »Was ist Liebe? Mein erster Mann hat mich auch geliebt – bis er mich geheiratet hat. Dann haben ihn nur noch andere Frauen interessiert. Was glauben Sie denn, warum ich so sicher war, daß Rolfe mich wieder haben wollte, nachdem Sie ihn geheiratet haben? Männer machen sich nichts aus ihren Ehefrauen.«

»Ich glaube nicht, daß das immer so ist, Amelia.«

Amelia seufzte. »Rolfe scheint Sie wirklich zu lieben.«

»Und vielleicht würde sich Evarard bewähren, wenn Sie ihm eine Chance geben. Er erkennt Ihre Fehler, aber er liebt Sie. Wußte er etwas von seinem Kind?«

»Nein. Ich hätte es ihm gesagt, aber ihn in dem Glauben gelassen, daß es Rolfes Kind ist. Das habe ich vor mir hergeschoben, weil ich ihm nicht wehtun wollte.«

Amelia hatte keine Bedenken gehabt, Rolfe und ihr wehzutun, und es getan, ohne zu zögern, dachte Leonie bitter. Aber sie fing an zu glauben, daß sie Amelia im Lichte dessen, was sie gerade gehört hatte, verzeihen konnte.

»Dann sehe ich keinen Grund, weshalb er allzuviel davon erfahren sollte«, sagte Leonie zu Amelia.

»Und Rolfe?«

»Wenn es um ihn geht, bin ich weniger unbefangen. Ich werde es ihm nicht sagen. Sie werden es tun.«

»Aber er wird mich umbringen, wenn er erfährt, daß ich Sie beide belogen habe!«

»Das glaube ich nicht, Amelia. Ich glaube, es wird ihm eine Erleichterung sein, die Wahrheit zu erfahren. Aber wenn Sie mir nicht versprechen, es ihm zu erzählen, dann werde ich sie hier liegenlassen und ...«

»Sie sind grausam, Lady Leonie.«

»Keineswegs. Es ist nur so, daß ich meinen Mann liebe und nicht zulasse, daß er um ein Kind trauert, das er zu unrecht für sein eigenes gehalten hat.«

48. KAPITEL

Der kleine Junge war sehr hübsch. Leonie sah ihn in dem Moment, in dem sie die Treppe herunterkam, nachdem sie Amelias Schlafzimmer verlassen hatte. Rolfe stand neben dem Jungen. Er hatte dichte schwarze Locken und sehr dunkle braune Augen, die sie scheu betrachteten, als sie auf das Kind zukam. Es war ein achtjähriges Abbild von Rolfe.

Sie sah sich mit einem fragenden Blick nach Rolfe um, und er sagte: »Ehe du die falschen Schlußfolgerungen ziehst – er sieht mir so ähnlich, weil er mein Neffe ist.«

Leonie lächelte. »Wie hätte ich auf einen anderen Gedanken kommen können?«

Rolfe stellte ihr stirnrunzelnd Simon d'Ambert vor und

nahm Leonie dann zur Seite. »Ich habe ihn in den letzten Tagen zu Lady Roese geschickt, weil ich nicht in der Stimmung war, ihn bei mir zu haben. Aber jetzt bist du hier, und daher ...«

»Aber du hast mir nicht gesagt, daß er zu Besuch kommt.«

»Mein Bruder ist tot«, sagte Rolfe schlicht, »und das Kind ist nicht nur zu Besuch hier. Mein Bruder und ich haben einander nicht gerade geliebt, aber darum geht es im Moment nicht«, fuhr Rolfe mürrisch fort. »Seine Witwe macht sich Sorgen um das Wohlergehen seiner Kinder und wandte sich an mich. Sie hat die Gascogne sofort nach dem Tod meines Bruders verlassen und Unterschlupf bei einem Freund in der Normandie gefunden. Dort bin ich während des ganzen letzten Monats gewesen, Leonie.«

Sie riß die Augen weit auf. »Dann bist du deshalb ... ich habe mich allerdings gefragt, warum es so lange gedauert hat, bis du nach Pershwick gekommen bist. Du hast also während all der Zeit noch nicht einmal gewußt, wo ich bin?«

»Das habe ich erst nach meiner Rückkehr nach England erfahren. Sir Evarard hat Boten zu mir geschickt, aber sie haben mich nicht gefunden. Die Witwe meines Bruders hat vor Sorge fast den Verstand verloren. Sie hat niemandem getraut und hatte Angst, die mächtigen Herren in den Gebieten um die Gascogne könnten versuchen, ihre Kinder oder sie an sich zu bringen, um die Länder meines Bruders einzunehmen.«

»War damit zu rechnen?« fragte sie leise und warf einen Blick auf das Kind.

»Nein. Die Ländereien der Familie in der Gascogne sind der Königin und somit Heinrich direkt unterstellt. Sie hätte Heinrich nur um Schutz zu bitten brauchen.«

»Oder den Kontakt mit dir aufnehmen.«

»Ja, ich habe eingewilligt, die Verantwortung zu übernehmen. Ich habe meine drei Nichten mit ihrer Mutter wieder in die Gascogne geschickt, mich aber entschlossen, den Jungen eine Zeitlang bei mir zu behalten. Mein Bruder hat wenig Zeit für ihn gehabt, und er ist zu lange nur von Frauen umgeben gewesen.«

»Hier gibt es auch Frauen, Mylord«, neckte sie ihn.

»Ich möchte ihn kennenlernen, Leonie«, sagte Rolfe barsch. »Hast du etwas dagegen?«

Leonie schlug ihre Augen nieder, um ihr Lächeln zu verbergen. »Nein, natürlich nicht, Mylord.«

Rolfe schüttelte den Kopf. Was hatte bloß diesen Wandel ausgelöst? Wo war die aufbrausende Frau, die er noch heute morgen erlebt hatte? Sie war so einsichtig, so freundlich.

Er war auf der Hut, aber er sprach weiter. »Ich muß einen Mann finden, dem ich vertrauen kann, und ihn in die Gascogne schicken, damit er die Ländereien beaufsichtigt und die Witwe und meine Nichten sorgsam im Auge behält, bis sie im heiratsfähigen Alter sind.«

»Dürfte ich Sir Piers vorschlagen?« erbot sich Leonie. »Er ist bestens geeignet, um einen Haushalt voller Frauen zu überwachen. Es könnte sogar sein, daß er Zuneigung zu der Witwe faßt und an eine Heirat denkt.«

»Piers? An eine Heirat denken? Niemals!«

»Das kann man nie wissen, Mylord. Aber jetzt laß mich bitte eine Zeitlang mit Simon allein, während du Lady Amelia einen Besuch abstattest.«

Rolfe sah sie finster an. »Ich werde ihr schon früh genug sagen, daß sie verschwinden muß. Du brauchst nicht zu glauben, ich hätte es vergessen, Leonie.«

»Das dachte ich gar nicht, Mylord. Aber sie ist ... krank. Ich habe ihr geraten, ein paar Tage im Bett zu bleiben, vielleicht eine Woche lang.«

Er wirkte schockiert, doch ehe er etwas äußern konnte, sagte sie mit fester Stimme: »Geh zu ihr, Mylord, denn sie muß mit dir reden. Aber wenn du fertig bist« – sie legte eine Pause ein – »dann komm zu mir, denn ich habe dir viel zu sagen.«

Rolfe war so verwirrt, daß er sich entschloß, es nicht auf eine Auseinandersetzung ankommen zu lassen. Er wandte sich ab und ging auf die Treppe zu. Leonie sah ihm nach.

Leonie saß mit Simon im Saal und unterhielt sich leise mit ihm. Er war schüchtern und sprach sehr wenig. Sie versuchte, ihm ein Gefühl der Geborgenheit zu vermitteln, aber das war schwierig, weil sie selbst so furchtbar nervös war.

Rolfe kam eine halbe Stunde später wieder in den Saal. Es gelang ihm kaum, sich zusammenzureißen. Er sagte kein Wort zu Leonie, als er sie am Arm packte und sie aus dem Saal und durch den Burghof in den Garten zog. Dort ließ er sie los und trat zornig den Löwenzahn mit seinen Füßen.

»Weißt du, wie sehr ich diesen Garten gehaßt habe, als du ihn anlegtest?« tobte er. »Amelia hat mir gesagt, ich könnte dich nicht mit der Führung meines Haushalts belasten, aber hier konntest du deine Zeit vergeuden! Ich habe oft daran gedacht, mein Pferd auf diese verfluchten Pflanzen loszulassen!« Leonie erstickte fast an ihrem Lachen. »Dein Pferd wäre allerdings sehr krank geworden, wenn du das getan hättest, Mylord.«

Er sah sie finster an. »Mach keine Scherze, Leonie. Warum hast du geglaubt, ich würde dich bitten, die Schreibarbeiten für mich zu erledigen, wenn ich das durchaus selbst hätte tun können? Ich dachte, das sei das einzige, was du mir nicht abschlagen kannst. Alles andere hast du mir verweigert. Und als es für mich die Welt bedeutet hätte, zu wissen, daß du mein Heim bewohnbar gemacht hast, hast du zugelassen, daß sie es sich als ihr Verdienst anrechnet! Warum, Leonie, warum bloß?«

»Du warst schließlich so dumm, zu glauben, sie könnte dieses Haus in Ordnung bringen«, sagte sie bissig.

»Ich so dumm? Was bist dann du, wenn du so absurdes Zeug geglaubt hast wie die Behauptung, ich wollte nicht, daß du meinen Haushalt führst?«

»Genau so ein Dummkopf«, sagte sie.

»Verdammt noch mal, ich finde nichts von alledem komisch! Warum hast du nicht ein einziges Mal mir gegenüber den Unsinn erwähnt, den sie dir eingeredet hat? Wenn du mit mir darüber geredet hättest, wäre erwiesen gewesen, daß sie eine Lügnerin ist, und dann hättest du mir vielleicht geglaubt, als ich dir sagte, daß ich sie nicht liebe.«

»Dieselbe Frage könnte ich dir auch stellen. Du hast ihr diesen Unsinn genauso geglaubt wie ich.«

»Darum geht es im Moment nicht!«

»Ach, wirklich?« Sie trat näher an ihn heran und legte zögernd ihre Hand auf seine Brust. Mit sanften, strahlenden Augen fragte sie ihn: »Warum bist du so zornig, Mylord?«

Er sah in diese Augen und verlor sich darin, »Weil ... weil ich jetzt endlich glaube, daß du mich liebst ... und doch hast du es mir nie gesagt. Ich habe dir gestanden, daß ich dich liebe ...«

»Wann hast du mir das gesagt?« schrie sie ihn an.

»In der Nacht in London.«

»Du warst betrunken«, beharrte sie.

»Nicht so betrunken, daß ich mich nicht mehr daran erinnern würde. Und ich habe dich gefragt, ob du mich ebenfalls lieben könntest. Das Dumme ist nur ... daß ich mich nicht an deine Antwort erinnern kann.«

Mächtige Wogen der Freude durchfluteten sie. »Ich habe damals gesagt, daß es sehr leicht wäre, dich zu lieben«, sagte sie mit zarter Stimme. »Und das war es auch. Ich liebe dich, Mylord.«

»Rolfe«, verbesserte er sie automatisch, während er sie in seine Arme zog.

»Rolfe.« Sie seufzte atemlos, und dann küßte ihr Mann sie mit all der Wärme und Liebe, die er für sie empfand.

Er hob sie auf seine Arme und trug sie wieder durch den Saal und zu ihrem Zimmer hinauf. Alle, die ihn vorübergehen sahen, lächelten, aber niemand sagte ein Wort. Es war an der Zeit, nicht mehr über den Herrn und seine Frau zu reden.

Als Rolfe Leonie die Stufen hinauf und in ihr Zimmer trug, hatte sie ihn fest umschlungen und lächelte bei dem Gedanken daran, wie stur er war – wie auch sie – und wie zart zugleich, und dabei war er doch so stark. Später würde sie ihm von dem Kind erzählen und von dem dummen Stolz, der bewirkt hatte, daß sie so lange uneinig gewesen waren. Später.

Für den Augenblick wollte sie an nichts anderes als an ihre Liebe denken und ihm zeigen, wie tief und leidenschaftlich sie ihn liebte.

Johanna Lindsey
Meisterin des historischen Romans

Heute ist Johanna Lindsey eine international anerkannte Bestsellerautorin. Zahlreiche Preise, darunter der »Romantic Times Award«, sind Zeichen ihres schriftstellerischen Talents. Dieses wurde, wie sie selbst sagt, »zufällig« entdeckt: »Verheiratet und Mutter von zwei Kindern, hatte ich plötzlich das dringende Bedürfnis zu schreiben.« Innerhalb kurzer Zeit eroberte sie mit ihrem ersten Roman *Die gefangene Braut* die Bestsellerlisten Amerikas. Von ihrem für sie selbst überraschenden Erfolg beflügelt und unterstützt von einer täglich wachsenden Leserschar, schrieb sie weiter. »Ich weiß nicht, warum und wie mir alle diese Geschichten einfallen, aber es gibt für mich noch so viel zu erzählen, daß ich mich selbst nur noch schreiben sehe.«

Das Geheimnis ihres Erfolges ist Johanna Lindseys unnachahmliche Begabung, ihre Leser zu fesseln. Von ihrem Erzählstil bezaubert, läßt der Leser sich in die historische Welt ihrer Romane entführen.

»Es gibt für mich nichts Schöneres, als zu wissen, daß das, womit ich täglich meine Zeit verbringe – ich schreibe 10 bis 16 Stunden pro Tag – so vielen Menschen Freude macht.« Davon angespornt schreibt die nunmehr finanziell unabhängige Johanna Lindsey für ihre Leserschaft, der sie »die wunderschönsten Jahre« ihres Lebens verdankt.

Verzeichnis lieferbarer Titel

(Stand Juni 1993)

Fesseln der Leidenschaft (01/8347)
Die gefangene Braut (01/6831)
Geheime Leidenschaft (01/7928)
Geheimnis des Verlangens (01/8660)
Das Geheimnis ihrer Liebe (01/6976)
Herzen in Flammen (01/7746)
Lodernde Leidenschaft (01/8081)
Sklavin des Herzens (01/8289)
Stürmisches Herz (01/7843)
Sturmwind der Zärtlichkeit (01/8465)
Wenn die Liebe erwacht (01/7672)
Wild wie der Wind (01/6750)
Wildes Herz (01/8165)
Zärtlicher Sturm (01/6883)
Zorn und Zärtlichkeit (01/6641)

Zwei bzw. drei Romane in einem Band:
Auf den Wogen der Leidenschaft/Paradies der Leidenschaft/Wildes Liebesglück (23/34)
Die gefangene Braut/Das Geheimnis ihrer Liebe/Zärtlicher Sturm (23/78)
Liebe unter heißer Sonne/Die Sprache des Herzens/Sündige Liebe (23/43)
Zorn und Zärtlichkeit/Wild wie der Wind (01/8520)

Die Bandnummern der Heyne-Taschenbücher sind jeweils in Klammern angegeben.

Alexandra Ripley

Die dramatischen Südstaatenepen von der Autorin, die »Vom Winde verweht« weiterschrieb.

01/8339

Außerdem erschienen:

Auf Wiedersehen, Charleston
01/8415

Wilhelm Heyne Verlag
München

Heather Graham

...Geschichten von zeitloser Liebe in den Wirren des Schicksals

04/106

Außerdem lieferbar:

Die Geliebte des Freibeuters
04/37

Die Wildkatze
04/61

Die Gefangene des Wikingers
04/71

Die Liebe der Rebellen
04/77

Geliebter Rebell
04/97

Wilhelm Heyne Verlag
München

Marie Louise Fischer

Träume von Leben und Liebe – die hinreißenden Romane und Erzählungen der beliebten Autorin im Heyne-Taschenbuch

Gisela und der Frauenarzt
01/5389

Geliebte Lehrerin
01/5481

Mit der Liebe spielt man nicht
01/5508

Kinderärztin Dr. Katja Holm
01/5569

Nie wieder arm sein
01/5639

Mädchen ohne Abitur 01/5717

Alles was uns glücklich macht
01/5773

Flucht aus dem Harem 01/5836

Jede Nacht in einem anderen Bett
01/5871

Hasardspiel der Liebe 01/5908

Wichtiger als Liebe
01/5993

Dreimal Hochzeit
01/6067

Gefährliche Lüge
01/6121

Auf offener Bühne
01/6167

Geliebter Heiratsschwindler
01/6220

Der Mann ihrer Träume 01/6263

Vergib uns unsere Schuld 01/6308

Die andere Seite der Liebe 01/6393

Glück ist keine Insel
01/6455

Der Traumtänzer
01/6528

Plötzlicher Reichtum 01/6612

Ein Mädchen wie Angelika 01/6698

Millionär mit kleinen Fehlern
01/6775

Zweimal Himmel und zurück
01/6959

Der japanische Garten 01/6980

Der Weg zurück
01/7687

Ich spüre Dich in meinem Blut
01/7768

Im Schatten des Verdachts
01/7878

Wenn das Herz spricht 01/7936

Frauenstation
01/8062

Späte Liebe
01/8281

Sanfte Gewalt
01/8429

Liebe meines Lebens 01/8652

Alle Liebe dieser Welt 01/8760

Wilhelm Heyne Verlag
München